伊内斯与欢乐

Almudena Grandes

INÉS Y LA ALEGRÍA

〔西班牙〕阿尔穆德娜·格兰德斯 著

王军 译

作家出版社

（京权）图字：01-2020-6861

图书在版编目（CIP）数据

伊内斯与欢乐／（西）阿尔穆德娜·格兰德斯著；王军译. --北京：作家出版社，2021.5

　　ISBN 978-7-5212-1158-0

　　Ⅰ.①伊… Ⅱ.①阿… ②王… Ⅲ.①长篇小说-西班牙-现代 Ⅳ.①I551.45

中国版本图书馆 CIP 数据核字（2020）第 204892 号

INÉS Y LA ALEGRÍA by Almudena Grandes
Copyright © 2010 by Almudena Grandes
First published in Spanish language by Tusquets Editores，Barcelona，2010
Simplified Chinese translation arranged with TUSQUETS EDITORES
through Beijing Sinicus Literary Consulting LTD
Simplified Chinese edition copyright:
2021 THE WRITERS PUBLISHING HOUSE
All rights reserved.

伊内斯与欢乐

作　　者：（西）阿尔穆德娜·格兰德斯
译　　者：王　军
责任编辑：赵　超　赵文文
装帧设计：卿　松
出版发行：作家出版社有限公司
社　　址：北京农展馆南里 10 号　　　邮　　编：100125
电话传真：86-10-65067186（发行中心及邮购部）
　　　　　86-10-65004079（总编室）
E-mail: zuojia@zuojia.net.cn
http://www.zuojiachubanshe.com
印　　刷：唐山嘉德印刷有限公司
成品尺寸：150×214
字　　数：560 千
印　　张：38
版　　次：2021 年 5 月第 1 版
印　　次：2021 年 5 月第 1 次印刷
ISBN 978-7-5212-1158-0
定　　价：65.00 元

再次献给路易斯

此情永不移

今天，当你不再需要自己的故土，

在这些书中它仍是你所热爱和需要的，

比另一个故乡更真实，更令人魂牵梦萦。

但如今那个西班牙是你的家园。

加尔多斯让你了解的祖国，

像他一样包容对立的忠诚，

遵从塞万提斯的无私传统，

为了曾经属于自己的前途，

而非另一个西班牙重返的险恶往昔，

英雄般地生活，英雄般地战斗。

那个淫秽压抑的西班牙，

如今恶棍统治着它。

于你而言真实的故土不是它，

而是加尔多斯在其书中塑造的

这个永远高贵鲜活的西班牙，

抚慰并治愈那个西班牙留给我们的创伤。

路易斯·塞尔努达[1]，《西班牙双连画屏》

《客迈拉的悲痛》（1956—1962）

---

[1] 路易斯·塞尔努达（Luis Cernuda, 1902—1963）：西班牙著名诗人、文学评论家。作为"二七一代"诗人、西班牙共产党员，内战中为共和国而战，战后流亡海外，在墨西哥去世。——译注（本书所有注释均为译注）

目录

献给阿苏塞娜·罗德里格斯^①，
我为她执笔一部未能问世的电影剧本，
她也为我创作此部小说，
我们结下永恒友情。
我俩都是伊内斯，
因为这是我们的历史。

以此纪念托尼·洛佩斯·拉马德里，
我挚爱他，
对他怀有诸多永恒的感恩，
最后一件即对此书的热爱。

---

① 阿苏塞娜·罗德里格斯（Azucena Rodríguez，1955— ）：西班牙女导演，电影
编剧。她执导的影片有《在共和派女士中间》（*Entre rojas*，1995）、《告诉我》
（*Cuéntame*，2001）。2007 年她把阿尔穆德纳·格兰德斯的小说《人文地理地图》
（*Atlas de geografía humana*）搬上大银幕。

尽管失去了最好的战友，
尽管悲伤至极的家人不理解
我最希望他们明白的事，
尽管有朋友当逃兵并出卖我们。

涅夫拉，我的同志，
虽然你不知道，
在这场遭受摧残的卓绝苦难中，
我们还留下信念，即快乐，快乐，快乐。

拉斐尔·阿尔贝蒂，《致涅夫拉，我的犬》

《光荣之都（1936—1938）》

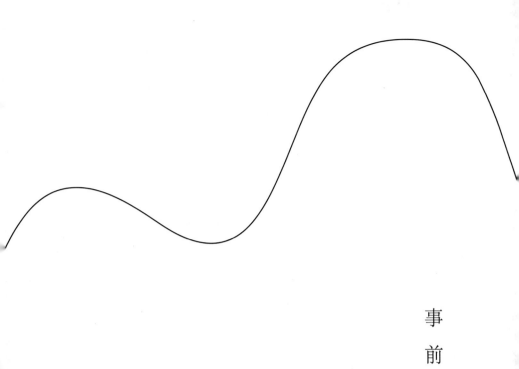

事前

图卢兹①，1939 年 8 月的一天，或许尚在 7 月，抑或是 9 月初。

一个女人抿着嘴唇走在街上，匆忙而专注的架势显得她是身陷困境或有一长串任务要完成的人。她的名字叫卡门②，很年轻。最有可能的是，具体日期不详的那天她还未满二十三岁。然而此人阅历不浅。

"早上好，先生。"

*"早安，夫人！"*③

面包店主人或肉铺主人或水果店主靠在卡门刚刚路过的店门门框上，用满意的腔调问候一位（或许因为度夏而）近日未曾谋面的女顾客，1939年法国人还在度夏，他们生活的世界还存在着工作岗位和假期、配有更衣室的海滩、立着遮阳伞的沙滩、地中海的微波和大西洋壮阔的潮汐。

---

① 图卢兹（Toulouse）：位于法国西南部加龙河畔，大致处于大西洋和地中海之间的中点，为上加龙省、南部－比利牛斯大区首府，距巴黎 590 公里。法国第四大城市，仅次于巴黎、里昂和马赛。它是距离西班牙最近的法国大城市，西班牙移民的比例很高。

② 卡门·德佩德罗（Carmen de Pedro）：西班牙共产党员、速记员。内战结束时西共主要领导人离开法国，指定她担任在法国的西共中央委员会代表团负责人。她的主要任务是营救被关在集中营里的西共领导人弗朗西斯科·安东。她曾是赫苏斯·蒙松的伴侣，后嫁给另一名西共领导人阿古斯丁·索罗阿。

③ 本书所有斜体对话原文均为法语。

卡门大概想念那一切，或许想到一个群岛，那儿有晒着床单的屋顶平台，或被绿葡萄串重压变形的葡萄藤，午睡慵懒的宁静中阳光在墙壁的石灰上反射，一只苍蝇因数小时围着同一个圆形奥妙的陶制大肚水罐飞来飞去而晕头转向，半裸的孩子带着无花果汁或西瓜汁的微笑，这些瓜果的甜水在他们的下巴画出快乐、舒畅的溪流。那是另一个年代，卡门现在觉得近年的夏天如此遥远，一个既存在又不存在的国家已经消失，但将继续拥有关闭的窗户、放下的遮阳帘，好似抵御酷热的盾牌。在城里，喜欢过夜生活的酒鬼和歌手挤满露天吧台，他们幸福地目睹另一天降临在大街上。在沿海，村镇也将继续存在，那里的斜坡陡得令人目眩，犹如满是尘土、没有护面墙的灰土滑道，在尽头露出一片自家的大海，那么洁净、美丽、蔚蓝，永远不可能是外国的海洋。"最好不知道，不记得。"卡门一边远远地听着一个陌生女顾客在询问店主这个或那个东西的价钱，一边想着西班牙，愈发加快脚步，抿紧双唇，那种决心的夸张变体是绝望者的唯一遗产。

"喂，马塞尔！你这是去哪儿？"脚踏板的声音，齿轮急速转动发出的金属巨大嘎吱声，妨碍卡门听懂剩余的提问。

"再见！"相反卡门倒是听见了回答，自行车手调皮、机灵的语调把这个中性的表达变成了一个她无法破解的暗号。

他们交会时，走在人行道上的那个少年还在笑，虽然几分钟前他朋友的自行车已消失在一个街口。他大概不知道这位反向行走的姑娘几乎每天总是低声发出差不多相同的一个词，"salud！"[①]，尽管听到它谁也不会发笑。即便他知道，大概也无所谓，因此卡门宁愿不去想这些，急匆匆地行走，尽力关注周围发生的事情而不引起路人的注意。至少对这位小矮个儿、宽胯、双腿短得不成比例的女孩来说，这点向来不难；她长着一张和蔼的脸庞，机灵的小眼睛，爱笑，算不上丑，对那些有时间或愿意打量她两次的人来说，甚至是耐看的，但卡门尤其是一个从内心到外表都普通、甚至有点俗的女孩，是芸芸众生中的一个。卡门·德佩德罗一直是这样的。

---

① 西班牙语的 salud 与法语的 salut 词型相似，意思也近似，用于表达问候或再见。

直到她，虽然大写的她①或许更加公平、准确，在众人中选择了卡门，并交给卡门一个太超出其志向、更超出其能力的任务。

从那天起卡门睡不好觉。从那天起她害怕一切，特别是害怕自己，害怕在完成一项比她伟大得多的任务时可预见的失败。她入党时还是个少女，几乎是个孩子，从来不敢想象某一天落到肩上的重担会压得她喘不过气来，会耗尽她的想象力，震动她的良心。现在她感觉那种责任好似一块棱角锋利的巨石，每走一步都在撕裂她的皮肤，在她醒来的每一刻、在其惨淡梦境的昏暗缝隙里，播种怪物，怪物式的危险。

那便是卡门行走在图卢兹时所看到的，她或许走过雅各宾派大街、米尔普瓦大街、莱昂·甘必达②大街，狭窄的街道两边是石砌的房屋，街道尽头没有任何海滩。这位向来安分守己的好姑娘，马德里中央委员会的打字员，的确亲眼见识过几乎所有的西班牙共产党领导人，但这仅仅是因为

---

① 这个"她"指的是多洛雷斯·伊巴鲁利（Dolores Ibárruri, 1895—1989），别称"热情之花"（La Pasionaria），西班牙工人阶级的领袖，国际共产主义运动著名活动家。生于西班牙北部比斯开省一个矿工家庭，做过女仆，当过矿工。1916年2月15日与胡利安·鲁伊斯结婚，育有六个子女（1937年起与弗朗西斯科·安东保持长期的情人关系）。伊巴鲁利在丈夫的社会主义思想影响下，开始接受马克思主义。1920年参与创立西班牙共产党，她常以"热情之花"为笔名宣传革命思想，曾六次被捕。1930年任西共中央委员，1932年任西共中央政治局委员，1931年至1936年当选国会议员，1937年任国会副议长。1934年参加阿斯图里亚斯地区反法西斯起义，同年参加创建反法西斯妇女组织。1936年至1939年西班牙内战时期，她参与领导西班牙人民反对法西斯叛乱的斗争。内战失败后流亡苏联达三十八年，1942年接替何塞·迪亚斯任西共总书记，同年被选为共产国际执委会主席团成员，1960年起任西共名誉主席。1977年佛朗哥死后回国，再次被选入议会。她曾任世界和平理事会副主席和国际民主妇女联合会名誉主席。

② 莱昂·甘必达（Leon Gambetta, 1838—1882）：法兰西第二帝国末期和第三共和国初期著名的政治家，资产阶级共和党人。曾担任过国防政府成员（1870—1871），后又任内阁总理和外交部部长（1881—1882）。他激烈反对第二帝国。在普法战争第二阶段，他是抗击普鲁士的组织者。他为粉碎旧王朝复辟阴谋、建立和巩固第三共和国做出了贡献。

5

她用打字机誊写过他们的发言，誊清过他们的信件以便之后领导人在信上签名；因为他们到来时她为其开门，嘴唇上带着同样的微笑送别他们之后把门关上。这是她会做的事，也一直是她的工作，她从未期望别的。图卢兹还在享受法国舒适、温和的另一天，享受这样无聊的生活，法国什么也不想知晓，不知身处何地，也不知活在哪一天，谁是它的邻居，邻居们在玩什么游戏，有何企图，而卡门·德佩德罗却背负着一个地狱，一个便携的痛苦，另一个该死的西班牙祝福，行走在图卢兹的街道。

"夫人，一会儿见！"

"再见，玛丽，星期天见！"

安在门轴上的小铃丁零响起来，仿佛一条有异国风情的欢快响尾蛇，一种悦耳的奢华，与那位珠光宝气、发型整齐、衣着讲究、看上去一辈子都很富有的老妇形象契合，她手里端着一个点心托盘跨过门槛，一个约莫十岁大的女孩为她敞着门。

"再见，妮可！" 这声问候让小女孩微笑了，她的嘴唇粘着糖，右手是放学时拿的面包圈，咬了一半。

"再见，夫人！"

玻璃后面是穿着雪白围裙的女孩母亲，她商店的名称"卡皮托利①糕点店"绣在华丽书写的蓝色字母上，等到女顾客消失后，她才命令女儿立刻上楼做功课。甘必达大街在汇入卡皮托利广场之前稍宽了几米，广场宽阔和谐，犹如没有临近图卢兹的大海。他在一根廊柱下，半藏于一家商店门口，假装兴致勃勃地在那儿观赏橱窗，里面展示着精心遴选的但他根本不感兴趣的雨伞、奶酪或书籍，他在等卡门。②

几天来他一直远远地跟踪她而不被发现。他知道卡门住在何处，与谁

---

① 卡皮托利（Capitole）：原本是罗马城里朱庇特神殿所在的山丘，后借指某些城市的政治中心和权力机构所在地。法国有比较著名的卡皮托利的城市是图卢兹。

② 这里出场的"他"指的是赫苏斯·蒙松·雷帕拉斯（Jesús Monzón Reparaz，1910—1973），律师、营销学教师。投身政治后成为西班牙政治家、共产党员、反佛朗哥战士，在被纳粹占领的法国进行抵抗运动。因攻占阿兰谷受挫而受到西班牙共产党的处分和排挤，1948 年被开除党籍，1986 年恢复名誉。

交往，通常几点出门，走哪条路，在哪里与谁就餐，几点回来，而且是独自回家。他原本可以在前一天或后一天沉着、极其自然地接近她，但他以同样的方式决定，不，你瞧，必须是今天，一边观赏片刻自己在玻璃窗中的身影，缓慢纠正额头上帽檐的角度，把手插在兜里，突然转身，眼睛盯着地面穿过广场，装出一副匆忙的样子，切断那位女人行进的直线，直到与她相撞。

"*对不起！*"当他与她面对面时，直到此刻他才抬起头，望着她的眼睛，张嘴露出一副排练过的表情，以此来表示无限的惊讶，"卡门！"

"赫苏斯……"她半天才认出他来，往他左边、右边和后面张望，确认他是独自一人，再次注视他，看见他的微笑，她终于也笑了。

"卡门，真意外！"他朝卡门伸出双手，抓住她的手，或许亲吻了她的面颊，"你好吗？"

描写这个男人绝非易事，很难将其与战友、同胞和同代人相比较。从内心和外表都很容易爱上他，很难忘记他。此人高大强壮，肩宽手大，也许有某种将来会发福的迹象，但眼下我们不在意，因为与1939年8月，或7月抑或9月他在法国的政治流亡者身份不相容，此刻的赫苏斯·蒙松·雷帕拉斯尤其是一位像家一般热情、宽厚的人。他的面孔说不上漂亮，因为他的头好像直接坐落在躯干上，省去了脖子，前额上的头发已经稀疏。然而有时当他微微一笑，他的眼睛闪烁着一丝斜光，斜度与嘴唇采纳的角度一致，使得其所有的聪明智慧和不怀好意（两者都不少）将他提升到一个更高的地位，远远超出了大多数美男子软绵绵、肉乎乎、圆滚滚、经常孩子气的美貌所能达到的层次。因此他不仅是一个有魅力的男人，甚至可以说是不可抗拒的，他知道这点。

这就是当时的情形，或至少可能是这样。现在唯一可以确切肯定的是，卡门·德佩德罗与赫苏斯·蒙松直至那时仅仅是认识而已，见过面，仅此而已。他们在夏季的任何一天，1939年8月，7月，甚或9月，在法国相遇，可能是在图卢兹，表面上是偶遇。相关细节不清楚，因为他极有可能留心以确保无人目击一次改变了许多事物并且差点儿改变一切的偶遇。

那时赫苏斯·蒙松尚未满三十岁，但看上去老十岁。他严肃、成熟的相貌对他远远利大于弊，特别是在危险复杂的岁月，那时谁也不敢相信别人，西班牙共和国的许多部长、议员和名人表现得就像怕得要死的鲁莽小青年，要不然就像一条可以把自己的母亲也踩在脚下的鬣狗，只要能在一条墨西哥船上找到舱位①。此刻，赫苏斯·蒙松先生完美的礼帽、他那件做工无可挑剔的英国大衣，在潘普洛纳②最好世家之一从出生起就呼吸到的、之后内战期间供职于阿利坎特和昆卡省政府所获得的沉稳，把他变成了一个极为宝贵的人物。一方面，赫苏斯·蒙松给人以信任感；另一方面，他有能力掌控任何处于极端危急关头的局势。但赫苏斯·蒙松不仅看似极其有价值。他的确很宝贵，即便西共领人从未信任过他。

内战爆发前不久，蒙松在纳瓦拉创立了西班牙共产党组织并担任总书记，直到 1936 年 7 月 18 日的政变在潘普洛纳不战而胜，埃米利奥·莫拉将军③确实是从该城向叛军发布命令的。赫苏斯大概在其家族的某个成员帮助下得以逃生，他的兄弟、表兄弟、父母、祖父母、曾祖父母都是卡洛斯派，为上帝、祖国和国王而战④。尽管如此，卡洛斯派的某个义勇军士

---

① 墨西哥拉萨罗·卡德纳斯（Lázaro Cárdenas）政府（1934—1940）在西班牙内战期间曾大力支持西班牙共和国，为之提供军事援助，内战结束时又派船运送大批西班牙共和派人士及儿童逃离佛朗哥的镇压，流亡墨西哥。

② 潘普洛纳（Pamplona）：位于西班牙北部，纳瓦拉自治区首府，因每年 7 月 6 日至 14 日的奔牛节（San Fermín）著称于世。海明威曾在其小说《太阳照常升起》里描写过该城的奔牛节。

③ 埃米利奥·莫拉（Emilio Mola Vidal, 1887—1937）：西班牙军事领袖，在普里莫·德里维拉独裁及第二共和国时期扮演了重要角色。他也是 1936 年军事暴动的头目，暴动在最初的失利之后演变为西班牙内战。内战期间指挥过北部国民军的许多重要战役，特别是在巴斯克地区。他也是有名的"第五纵队"一词的起源。1937 年 6 月 3 日，莫拉搭乘飞机前往维多利亚，途中因为天气恶劣而失事坠亡。有传闻认为他遭到佛朗哥的暗杀，但没有相关的证据。

④ 19 世纪卡洛斯一世的支持者为维护西班牙王室正统论爆发了一系列战争，史称卡洛斯战争（guerras carlistas）。卡洛斯派代表了自由主义的对立面，他们维护极权主义的传统君主政体、保守的天主教和特权主义，其战斗口号为"为了上帝，为了祖国和国王"。从地理上看，卡洛斯派最重要的据点主要分布在巴斯克地区和纳瓦拉地区。

兵协助他越过封锁线。赫苏斯到达毕尔巴鄂、回到共和派统治区的第一阶段，他的成功逃亡带来的更多是猜疑而非拥抱。

这并非唯一的事例。那场战争的交战双方同样不信任回头浪子，他们常常直接从审讯室被带到监狱。赫苏斯任何时候都不曾被捕，也未被骚扰，但也没得到晋升或其组织内的某个职务作为补偿。而以伊格纳西奥·伊达尔戈·德西斯内罗斯和康斯坦西娅·德拉莫拉①为首的其他出身同样显赫家族的共产党员，在党内青云直上而无人怀疑他们的贵族身世。蒙松被胡安·内格林先生②先后任命为阿利坎特和昆卡省长，他的晋级都是在政府部门，远离党的决策中心。卡萨多陆军上校③以政变的方式——它正是引发内战的手段——结束内战之前几天，极其聪明的内格林直至最后都依靠像蒙松这样的人，任命他为国防部部长，在当时情形下那是十分重要的职务，而蒙松已来不及就职。

然而在西共中央领导机构中蒙松依旧无足轻重，以至于他刚到法国不久，多洛雷斯·伊巴鲁利只想到任命他做自己秘书的助手，而这个秘书职

① 伊格纳西奥·伊达尔戈·德西斯内罗斯（Ignacio Hidalgo de Cisneros, 1896—1966）：西班牙将军，飞行员。内战期间担任第二共和国空军司令，是这支部队的主要组织者之一。

康斯坦西娅·德拉莫拉（Constancia de la Mora Maura, 1906—1950）：西班牙贵族，内战期间坚定支持共和国事业。作为伊格纳西奥·伊达尔戈·德西斯内罗斯的妻子，担任共和国对外宣传办公室主任。1959年中国出版了她的著作《自豪的西班牙》。

② 胡安·内格林（Juan Negrín, 1892—1956）：西班牙政治家，生理学医生，1937—1945年任第二共和国总统。内战后流亡伦敦。

③ 塞希斯孟多·卡萨多·洛佩斯（Segismundo Casado López, 1893—1968）：西班牙军事家，在西班牙内战后期具有特殊的重要作用，因为他作为共和军中部战线司令于1939年3月5日在马德里发动军事政变，推翻极端社会党人胡安·内格林的政府，之后与其他温和的社会党人、左翼共和派组建了全国抵抗委员会（Consejo Nacional de Defensa），为叛军占领马德里敞开大门，结束了共和派的抵抗运动，使得国民军得以占领第二共和国统治的最后一片地区（西班牙中南部），西班牙内战于1939年4月1日告终。

位已由伊雷妮·法尔孔①担任，她负责制定将被邀请前往苏维埃定居的西班牙领导人名单，这次人员挑选从未包括纳瓦拉共产党第一任总书记的名字。不难设想这一职位渗入赫苏斯·蒙松自尊心中的痛苦，他习惯于指挥，既能干又对自己的才华十分在意，总之是一个高傲的人。为了说明他所承担的工作之卑微，只需补充一点，共产国际总书记格奥尔基·季米特洛夫②在此阶段认识了蒙松，将其当作"热情之花"的秘书。季米特洛夫消遣性地在自己的日记中记录下米赫、切卡或德利卡多③等平庸的领导人的优点——也有缺点——后总结道：尽管蒙松在共和国期间当过省长，但他一无是处。

任何人都有不顺的一天，当然那天季米特洛夫说得不客气，虽然他的某个西班牙同志可能已经发现蒙松将因自身的优点而非缺点而更具危险性。如果有人这么想，他就猜对了，然而多洛雷斯·伊巴鲁利也许从未犯过像轻视赫苏斯·蒙松·雷帕拉斯这样的严重错误。可以引证对她有利的减刑情节是，当她选择一个糟糕的解决办法时，她的头脑里只容得下一件事。

不朽的大写历史与凡胎肉体之爱交汇时会做出怪事。也许不会，只是肉体之爱不会显露在官方的历史版本里，那个版本最终成为严肃刻板、四平八稳、方方正正的大写历史。它根本不屑于关注灵魂之爱，后者的确更加崇高，但也更加苍白，因此没那么具有决定性。唇膏不会出现在书页

---

① 伊雷妮·法尔孔（Irene Falcón, 1908—1999）：其父亲是波兰裔犹太人，母亲为西班牙人。其丈夫塞萨尔·法尔孔（César Falcón）是秘鲁新闻报业人士，拥有西班牙国籍，曾加入西班牙共产党，并积极参加保卫共和国的西班牙内战。伊雷妮妮为西班牙记者、女权主义者、西班牙共产党党员，曾多年担任伊巴鲁利的私人秘书。

② 格奥尔基·米哈伊洛维奇·季米特洛夫（Georgiy Mikhailovich Dimitrov, 1882—1949）：保加利亚共产党总书记和部长会议主席，国际共产主义活动家。1934年2月27日到达苏联，受到斯大林接见，经斯大林提议，由季米特洛夫领导共产国际的工作，从1935年至1943年任共产国际执行委员会总书记。

③ 安东尼奥·米赫·加西亚（Antonio Mije García, ?—1976）、佩德罗·切卡（Pedro Checa, 1910—1942）和曼努埃尔·德利卡多（Manuel Delicado, 1901—1980）均为西班牙政治家，第二共和国及内战期间西共领导人。

里。老师们在组合经济、意识形态和社会因素以便划定确切的跨学科范围时也不会考虑口红，这些框架缺乏分类的小格子，将颤抖、预感、两道目光交汇时沉默的呼喊、耸立的毛发、看似偶遇实则在一个或多个不眠之夜精心筹划的不可思议的偶然相遇分门别类。大写的历史书里既容不下在黑暗中睁开的眼睛、卧室天花板四角所限定的天空，也不容慢慢煎熬的欲望、它漫出可爱的幻想、无足轻重的调皮、有趣的不宜的界限，直到在铅金属熔化的稠液中沸腾，这股沉重的液体令嘴巴干渴、嗓子沙哑、胃部收缩，最终使其帝国的火焰蔓延，甚至会在一具毫无防备的可怜凡胎的最后一个细胞里点燃篝火。灵魂之爱是更加高尚，但也无法忍受那种吸引。任何东西、任何人都无法忍受它。连伊巴鲁利也不行，因为她已经变成不朽，但还活着。

"不许法西斯通过！"

挤满位于安东·马丁广场的莫努门达尔影院①座椅和走道、半圆梯形楼座和楼梯、走廊和前厅的马德里人，没有发现正在发生或已经发生或立马要发生之事的蛛丝马迹。在那场活动的报刊报道中，她和他首次平等地共同出现在公开场合，但报道只提到这两人的名字，概括他们的发言，配上可以与其他舞台、集会、剧场的诸多其余照片交换的相片。但今天不是随随便便的一天。

"不许法西斯通过！"

日历停留在 1937 年 3 月 23 日，莫努门达尔影院被兴奋又多疑因而更加幸福的马德里人挤得水泄不通，他们沉浸在一种崭新、彻底、意外、陌生的快乐中。今天终于可以好好庆祝一番，因为四十八小时前发生了迄今为止只有敌人可以庆贺的事件。共和国军队已不是那支由大批没有纪律、没有训练、没有军官的志愿者组成的不像样的杂牌军，就如 1936 年 11 月临时集结的那些保卫马德里的士兵，而是一支真正的军队，刚刚收获了一

---

① 莫努门达尔影院（Monumental Cinema）：1923 年 10 月 20 日落成开业，集电影院与剧院的功能于一体。1935 年 6 月 2 日西班牙共产党在此创建了"人民阵线"（Frente Popular）。后为西班牙广播电视乐团的一个音乐厅。

场真正的巨大胜利，在旷野里打败了墨索里尼的军队①。歌利亚被石块击中额头中央倒地，大卫对此难以置信，但他有足够的聪明来推断出这个结论。

"不许法西斯通过！"

这句话伊巴鲁利已喊得声嘶力竭，敌人将不会通过，他们尚未从山区、从拉蒙克洛阿②通过，别想开玩笑从拉科鲁尼亚公路通过，更不会也永远不可能从瓜达拉哈拉通过，甭想这样做，正如他们未曾越过哈拉马河。"幸亏有瓜达拉哈拉，马德里比以往更有活力，更加坚固"，第一位演讲者掷地有声地肯定了这一点，听众中的许多妇女如痴如醉地向他鼓掌，更多祝贺的是他而非胜利本身。因为弗朗西斯科·安东③的确是美男子。他非常、非常地漂亮。安东二十八岁，英俊，但尤其是漂亮，一张强健的脸庞，那里的骨骼近乎少年般清秀，颌骨突出，鼻梁优雅精致，嘴唇带有

---

① 这里的胜利指的是 1937 年 3 月 8 日至 3 月 23 日的瓜达拉哈拉战役（batalla de Guadalajara），发生在瓜达拉哈拉城周围，参战双方分别为共和国人民军和意大利干涉军（企图配合佛朗哥军队），目的是抵挡法西斯军队从马德里北部进攻首都。该战役代表了叛军直到内战结束最后第二次攻克马德里的企图。战役的结果有助于暂时提升共和国军队的士气，因为这是其第一场大胜，避免了马德里被完全包围。同情共和国军队的美国记者赫伯特·马修斯（Herbert Matthews）甚至认为"意大利人在瓜达拉哈拉的战败可与拿破仑贝冷战役的灾难相提并论"。

② 拉蒙克洛阿（la Moncloa）：位于马德里城西北，17 世纪在那里建造了一座贵族宫殿。内战期间几乎全部被毁，1955 年重建，作为接待到访西班牙的外国元首及政要的国宾馆。从 1977 年起成为西班牙政府所在地。

③ 弗朗西斯科·安东（Francisco Antón, 1909—1976）：1909 年（也有资料表示他出生于 1912 年）出生于马德里，曾在北方铁路公司任职，1930 年加入西班牙共产党，先后担任保卫马德里的政委、西共政治局委员，在法国负责领导西共地下党组织。西班牙内战和战后初期为伊巴鲁利的情人，但两人的关系在 50 年代初变冷，安东有了新的恋情，他与卡门·罗德里格斯结婚生子，此举被伊巴鲁利视为对自己的背叛，于是开始在政治上打击安东，将他派往华沙，在那里艰辛度日。1964 年卡里略为安东恢复名誉，他重新当选西共中央委员。后定居捷克斯洛伐克，支持"布拉格之春"运动。1976 年逝世于巴黎。相关内幕在格雷戈里奥·莫兰（Gregorio Morán）1986 年出版的《西班牙共产党的伟大与卑微，1939—1985》（*Miseria y grandeza del Partido Comunista de España, 1939—1985*）一书中得到详细披露。

肉质的性感，与那双眉毛浓密的黝黑眼睛风格十分般配。正面看他令人印象深刻，侧面看像个电影演员，从缩小图看仿佛是从米开朗琪罗壁画中出来的一个形象。所有这些汇集在一个身着中部军政委制服的平民小伙子身上。那当然是让人难以抗拒的场面。

"不许法西斯通过！"

伊巴鲁利已是不朽者，但还活着。今天她也在场，在莫努门达尔影院舞台上，跟其他人一样兴奋、幸福、情绪高涨，但没超过其他任何一天。因为她所代表的恰好就是那一切。她的面孔覆盖所有的大楼，她的话语印制在所有的传单上，她的声音响彻所有的电台，还有在任何时候都浑身充满活力的举止，这一切始终是她的同志害怕失去的力量、从他们口中逃离的勇气、差点儿要抛弃他们的信仰。在这次集会上多洛雷斯·伊巴鲁利再次做自己，她是如此自我，与其自身和传奇十分一致，谁都察觉不出与其他下午、其他集会的任何差异，然而她变了，她应该是变了。

许多年后那些得以了解真相的人将会努力回忆那个下午，试图重新审视站在那个剧场舞台的多洛雷斯，并将捕捉到零散的形象，比如从嘴里外溢的微笑，她拥抱在台上、在身边的战友的方式，用力抓住他们的前臂，直视他们的眼睛。事实上别的就没什么了，因为多洛雷斯对待弗朗西斯科·安东与对待其他人一样。她还是自己，同样的发髻，同样宽松的衬衣，同样难看的裙子，还有那永恒、假想的守丧，纯粹的宣传，超出了失去四个孩子的痛苦，他们死的时候都不知道自己的母亲是什么人物。

可怜的多洛雷斯，她大概不喜欢给任何人造成这种同情的感觉，但放弃这种想法和说法很难。可怜的多洛雷斯，她未曾给自己买过一件彩色的、修身的连衣裙或一双高跟鞋，从来不能披散头发，也不能把鬓角上那时为数不多的几根白发染一下。可怜的多洛雷斯，除了可怜的女人，可怜的世界象征，全世界不幸者的可怜偶像，可怜又永远是她自己，强势，野心勃勃，有才华，不屈不挠，被当作上帝加以崇拜，当她被失恋激怒，陷入怨妇般的痛苦时，她便如冷酷的上帝。可怜的多洛雷斯，1937年冬春之际，她只为安东涂沫口红，挑战自己虚构的那个人物令人喘不过气来的完美，不清楚今后此事将如何给自己带来多大的负担，她真是可怜之人。从鏖战期间多洛雷斯在照相馆拍摄的一些相片上，可以看到一双更加深色的嘴唇，轮廓清晰，涂满颜色，但其余的一切都雷同，前额上头发同样的波浪，脖子上草草绾起的同一种发髻，一对相同的小耳环，有时挂一颗小珍珠，有时没有，但永远与8月节日期间西班牙任何一个村镇的街头小摊上可以找到的那些耳环相似。

然而她已经与他同床。秘密地，地下地，悄无声息地，即便从来没人看到他俩一起进出任何地方。每晚记住一个不同的密码，一个短暂的暗号和关门仪式，弗朗西斯科·安东和多洛雷斯·伊巴鲁利同居了，她还得感谢那些不阻止此事的人。"热情之花"不像其他妇女，也不可能是，因为她远不只是一个女人，她是偶像、象征，一个没有性别、像天使一样高高在上的宗教形象。多洛雷斯的确是母亲，但她是所有人的母亲，是国际无产阶级的圣母玛利亚，童贞受孕，贞洁之身可以怀上一个共产党领导人的孩子，一个黝黑又严肃、诚实但平庸、比她笨拙得多的男人，一个通常无人重视、无足轻重的影子。谁也没太在意胡利安·鲁伊斯①，直到那股天性的力量履行其职责，她犹如一股龙卷风、一场海啸、一场毁灭性的热带雷暴似的爱上了一个非常年轻漂亮、对她很合适而对其前途很不合适的男孩。

伊巴鲁利四十二岁，安东比她小十四岁，但在内战的第一个春天两人同居了，清晨起床时他俩拥有相同的年龄。看起来是那样，她的战友，那些爱她、需要她、以她的名字发誓的人，在同一天的几个地方见到她时，也这么认为，那些活动极其漫长，令人筋疲力尽，她在这些活动中可以应付自如，从来不会被压垮，不倦地微笑，如此坚毅、精力旺盛同时又那么温和，从前线到一个委员会，拍照之后再次前往前线，聚餐、典礼、纪念活动、会议、每日集会，她的声音几乎每晚都能在电台里听到。大家彼此要问："这个女人哪来这么多精力，她会累瘫在床上的……"她是累倒了，但不是困得倒下。她不能浪费时间睡觉，但谁都从来猜不出她传奇般耐力的根源。

生活中只存在一个比恋爱更大的幸福，即正确的恋爱。所以它很少

---

① 胡利安·鲁伊斯（Julián Ruiz, 1890—1977）：西班牙矿工领袖，多洛雷斯·伊巴鲁利的丈夫。

发生。首先在多洛雷斯·伊巴鲁利身上、之后在卡门·德佩德罗身上发生的事情更糟糕，但常见得多。因为她们不是爱对了或爱错了，而是危险地爱上了两个出于各自不同的动机、各行其道同样危险的迥异男人。不朽的大写历史与凡胎之爱交汇时会做出怪事，后者脆弱蠢笨，易受伤害，无法看到比所爱客体更远的东西，无可救药地屈从于那股无形无状、掌控无敌欲望的力量。不朽的大写历史常常是一段爱情史，而这段历史是两位无法连续多年爱着同一个男人的女人情史，她们没来得及厌倦他们的鼾声，未能成千上万遍地重复同一些无用的问题："喂，把毛巾放在毛巾杆上而不是扔在卫生间地上，费你多大事呀？"她们不埋怨，不威胁，即使发生与之前诸多口角完全相同的无聊争吵也不气馁，也没有看见情人衰老。她们没有时间去体验随着自身肉体的衰老节奏而逐渐衰败的那个熟悉身体奇妙的柔情，夜晚在床上拥抱它时永远觉得是同一个身体，但不是这样的，因为它已经变了，其轮廓与以前的不一样了，皮肤的肌理也不同，肌肉逐渐松懈，在被窝里占据的体积也变了，不过它依旧是同一具肉体，因为它的记忆还保留着肉体本身都在不知不觉中失去的女人纤细的蛮腰、浑圆的臀部、苗条的大腿、平坦的腹部和坚挺的胸部。

多洛雷斯和卡门都没有走到这个地步，但并不妨碍她们在此期间狠狠地幸福了一把。那是爱情的本质，掩盖那两段历史既相似又不同的地下状态，至少开始时更多的是甜蜜而非苦涩。年轻时那么笃信宗教的多洛雷斯，秘密将她与那个被禁止的男人结合得更紧密，他唤醒了她身上自斋戒和吃素、圣餐和苦行以来沉睡的激情，这些行为曾把她奉献给耶稣圣心。与此同时，她拥有各种理由为一项全世界的人类事业而放弃自己的神明。多年之后，她又以一种相似的方式重温那种激情，但自然是没有痛苦也没有罪责，因为她太聪慧，她的生活太与众不同，不会让那些继续束缚她周围人的偏见拖累自己。然而在安东的怀抱里她再次体验到诱惑的眩晕、罪孽的甜蜜、被抛弃的愉悦痛苦、放弃献身的不知所措，而献身之后没有回头的可能。

她的战友，那些十分严肃刻板、负责任、与她共同分担党的领导工作、几乎都听从她命令的男人，从来无法理解为什么如此伟大的一个人物会自愿陷入这么小的陷阱。女人们大概因为对这种事更加理解，所以不那么苛求，但大伙都仅仅出于纪律（虽然不赞同）勉强容忍了此事。谁也不敢反对多洛雷斯，假如有人胆敢这么做，大家都将承受公开那件确实严重的事件的风险，这是一个最好小心翼翼、偷偷摸摸、安全处置的致命炸弹。治疗比疾病更糟糕，为了以防万一，最好保持沉默。

于是多洛雷斯的私情变成了一个不触及、不讨论的秘密，即便在那些事先知晓其对话者知情的人群之间也不窃窃私语。谁都不必向其他人解释此事。谁也不必提醒他人议论"热情之花"的爱情时要压低声音，因为大家都知道严禁此事，也不是某人禁止了此事，而是用不着。他们和她们中的每一个人都禁止自己议论此事，因为这么大年纪的女人，已婚妇女，有子女，这么重要的领导人，跟那么年轻的小伙子……这很不堪，是个丑闻，家丑不能外扬，只能关紧大门，把百叶窗放下来，在自己良心的洗涤槽里清洗。为此他们求助的方式虽上不了台面，但有效粉饰了自己受到侮辱的道德，一些清教徒偏见的余孽，他们知道这些不利于自己所代表的事业，因此用令人起腻的陈旧骗人观点加以掩盖。

"那不是爱情，"多年后一些异己者试图辩护，他们是唯一敢谈论此话题的人，"那只是床笫之欢，不道德行为，一种转瞬即逝的激情……他配不上她，他们不是平等的，真正的爱情只能在平等人之间产生，因为爱情是共同的事业、志同道合、宽容大度，是波及肉体、思想、感情、整个一生的完整结合，而不是小小的心血来潮。爱情不只是交媾、做爱……"

这一切都很美好、高尚、进步，但它是腐朽的谎言。因为他们当中有幸得知不停地做爱到底意味着什么的人，总是可以有小小的任性，即便是党内一员。而独一无二的多洛雷斯不行。安东从来不是多洛雷斯的伴侣。他是她的情人，她的相好，她的弱点。他不是她的伴侣。因此当一切都结束的时候她救不了他，不能把他拴在自己身边，不能把他随身带到莫斯科，尽管她有权力。他跟其他人一样将落入法国集中营，而她虽然被人簇拥却感到孤独，她孤单地启程。

从 1939 年春季起，多洛雷斯平安定居莫斯科，住在一个温暖、舒适的宅第，撰写第二天要做的演讲，在人群的掌声中微笑，收集少先队员的鲜花和亲吻，天天接待向她表达敬意、尊重、声援西班牙人民的代表团，独自躺在一张宽敞得让她觉得巨大的软床上，犹如躺在干旱、冰冷的沙漠。因为入睡之前，在唯一可以与自身的孤独感单独相处的时候，她更加思念他。帕科在勒韦尔内①，那甚至不是一个可怕的普通集中营，而是一个可怕的惩戒性集中营，专门关押叛逆、危险或以革命事业出名的西班牙共和派人士，那才是一个西共领导人所要面临的问题。法国当局不知道那层连接弗朗西斯科·安东与"热情之花"关系的性质，或许这点无知救了他的命。反过来，他跟那个集中营的其余囚犯一样，得到其他集中营犯人一半的食物和水，除非轮到他"站桩"，即空腹站立二十四小时，手腕和脚踝绑在树桩上。

多洛雷斯对安东日思夜想，时刻挂念他，总是随身携带一张他的照片。虽然她在钱包里放的照片或许与其他相同处境的人十分不同，在她的所有照片里都有一个讲台、一张桌子、一些麦克风、一张马克思的肖像、一张列宁的照片，周围有太多的人。也许她连一张单独与安东在一起的照片都没有，一张私密、放松的照片，在饭后闲聊或瞭望台前的照片，情侣们通常在一座桥的栏杆或一座山的轮廓前拍摄的质量不好的全景照片，他的手臂落在她的肩膀上，两个一模一样的微笑，仅此而已，那些大家都有的照片。她大概有一张，或根本连那些都没有，她只能审视自己的记忆，一遍又一遍地重温那段盛开在枪林弹雨下的爱情所留下的凝固、静止、日益苍白的形象，映照在自身焦虑不安的镜子里。

不仅仅是这位囚犯的处境使多洛雷斯产生持续、重大的痛苦，还有她所珍爱的、千挑万选的那具躯体天天遭受的饥饿、干渴、痛苦和刑罚，其命运的不确定性，厄运最任性的举动可以随时了结他的生命。在勒韦尔内，任何疾病都意味着走向死亡的第一步，1939年年末至1940年年初的某一时刻，帕科病倒了。在欧洲的另一端多洛雷斯得知此事，惊慌不安，她收到的消息与这个囚犯的状况成正比恶化。那将是最糟糕、最艰难、最痛苦的，但她的敌人不止一个，其中一个便是时间。平安待在莫斯科却在

---

① 帕科是弗朗西斯科的昵称。勒韦尔内（Le Vernet）是法国上普罗旺斯阿尔卑斯省的一个市镇，属于迪尼莱班区（Digne-les-Bains）塞恩县（Seyne）。

众人之中倍感孤单的她，也意识到自己身体急速衰老的节奏与昼夜的流逝在她情人肌肤上涂画的爱抚不同，不管他遭受多么残酷的监禁，不管他病得多厉害。多洛雷斯没有时间。她是一位面容姣好的女人，四十四岁，之后四十五岁，在开始成为远不止女人而且是偶像、圣徒、无神论者的女神之前生育过几次。可她依然只有四十四岁，四十五岁，身负四次身孕，而即便被封为圣女也无法恢复她的身体。此事无计可施。

　　在时间所意味的距离里，在不曾愿意关注她爱情的那个大写历史里，多洛雷斯旅居莫斯科的痛苦有种深深打动人的东西。能够从天主教文化掠取母性的神圣名誉、使之为反法西斯主义服务的多洛雷斯，大概不乐意知道这一点，但她的孤独与不安，她作为成熟、通奸、无可救药地迷上一个美丽胴体之无情青春的女性惶恐，比任何肤浅的女性柔情流露都感人得多。她懂得十分聪明地分配使用和传递这种柔情，终于将它变成全世界各地革命斗争的基本要素。在时间和大写历史的另一边，她的软弱和愤怒令人感动，她甚至不敢高声表达那种愠怒，因为她是上帝但不是男人，是上帝但也是女人，因此当上帝对她毫无用处。她同时是上帝和圣母、上帝和母亲、上帝和姐姐、上帝和妻子的榜样，上帝和战友的榜样，上帝和忘我的劳动者、上帝和不屈不挠的革命者、上帝和国际无产阶级的至高祭司……国际无产阶级大概会用肘击①和同谋者宽容的微笑来祝贺任何一个四十四岁的男人带上一个二十七岁的小姑娘去流亡。许多人这么做了，什么事都没有。人们会说："战争，失败的混乱，当时一切都很困难……"那是事实，一切都很艰难，他们利用这点把不愿与之共同生活的女人遗忘在西班牙，而同一种形势并没有妨碍许多幸福的夫妻很快在比利牛斯山或大西洋的另一边团聚。

　　多洛雷斯必须等待。她像男人一样冒险，像男人一样决策，像男人一样指挥，但不得不像女人那样，也就是说，与丈夫一起流亡。她也许连他的面也没见到。他们不会在飞机上相遇，之后也不会相会，他俩多年未曾相见。那没关系。重要的是被苏联接纳的西共领导人名单里出现了多洛雷斯和她丈夫，她在很上面，他在很下面，但在一起，为的是继续不见面、不说

---

① 肘击这个动作是用来表示提醒或示意，中文语境里可能用"击掌"更合适。

话、不住在同一个家、不睡在同一张床，然而还是按照敌人的上帝指示作为夫妻联系在一起，那个上帝在最厌恶它的人们头脑和意识里依旧根深蒂固。

1939 年春天，前往莫斯科之前，多洛雷斯·伊巴鲁利，苏联之外的西共最高领导人（何塞·迪亚斯①已经在苏联，1942 年她将接替迪亚斯出任西共总书记），把党和成千上万名在法国艰难度日的西共党员的命运交到另一个女人的手里，此人那时正处于战败的后遗症中，尚未爱上任何人。这是一个糟糕的决定，但那一刻多洛雷斯的头脑里只容得下一件事情。

"请卡门照顾安东。"多洛雷斯委托路易斯·德拉赫②，由他负责把权力传递给卡门，"请关心安东，尽力给他寄些包裹、传递消息，一定让安东知道，他不孤单，我们时刻思念着他，尽管我们得离开……"

弗朗西斯科·安东在政治局的职位允许多洛雷斯用第一人称复数、以党而不是她本人的名义说这番话。不过很容易想象这番任务给卡门·德佩德罗所造成的恐慌。那个女孩被这项不同寻常的任务吓倒了，她不知所措，被压得喘不过气来，对她肩膀的体量来说太巨大、太沉重、太危险。卡门十分清楚，除了为那些关在勒韦尔内的人祈祷，别的什么也做不了，而对共产党员来说连祈祷都不管用。但另外卡门可能是第一个意识到多洛雷斯刚做出一个奇怪的选择，尽管她身边围着一大群如果不算出色、起码能干、可以不加争辩地执行她任何命令的下级。应该考虑的是，"热情之花"也接受命令，共产国际的命令是决定性的，鉴于可能发生的一切，共产国际希望在签署纳粹－苏联协议之前，所有的西共领导人撤出法国。但在那些没被邀请做任何旅行的人中间有更适合承担那个责任的人选，这点很快就会显现出来。

多洛雷斯轻视这些人，偏爱一个微不足道的女人，一个伪君子和忠

---

① 何塞·迪亚斯（José Díaz，1895—1942）：西班牙政治家，1932—1942 年担任西班牙共产党总书记，1938 年流亡苏联，1942 年因胃癌病重自杀。

② 路易斯·德拉赫（Luis Delage，1908—1991）：西班牙共产党领导人，埃布罗河战役失败后流亡法国，担任西共中央委员会与苏联大使馆之间的联络人，之后前往古巴。1945 年年初当选为流亡西共中央委员会顾问委员，随后被派回国内。他是 1946 年 11 月西班牙警察大搜捕中唯一逃走的西共高级领导人。

实犬交配的杂种，一个根本没有政治素养、视野、野心、个人观点的小姑娘。多洛雷斯犯错了。她认为不值得考虑西共在即将成为第三帝国一部分的法国的干涉能力，她错了。她以为西共政治局可以在莫斯科，中央委员会在布宜诺斯艾利斯，她最重要的代表团在哈瓦那，她的绝大部分党员分散在法国和西班牙，而党的团结不会出问题，她错了。她以为提防夺权比冒险提拔一个新领导更重要，她错了。她以为授权卡门等于在千里之外遥控局势，她错了，而那个错误差点儿终结了她的政治生涯。

"你怎么会在这里？"因为这个高大魁梧、像家一般热情的男人估量了那场错误的所有后果，1939 年 8 月的某一天，抑或 7 月，也许 9 月的头几周他刚刚强行促成了与卡门·德佩德罗的一次偶遇，"我原以为你在莫斯科或美洲呢。"

"是的，其他人都走了，你知道的，不是吗？"他点头称是，因为他知道这一切，他当然清楚，"但把我留在这里，负责一切。"

"哎呀！我可不羡慕你，真的，责任太大。"

"是的，你都看到了……"

赫苏斯擅长微笑，当他认为是该微笑的时候了，那一刻卡门也许感觉脚下的大地空了。

不朽的大写历史与凡胎之爱相交时会做出怪事，那个时代重大的怪事同时交汇在伟大的"热情之花"及卑微的卡门·德佩德罗的爱情中。1939 年 8 月，斯大林决定最好是背叛自己的事业及全世界数百万捍卫它的人民，在阿道夫·希特勒的嘴唇上留下魔鬼般的吻，这时多洛雷斯刚在莫斯科定居不久。而卡门最有可能的是已经遇到了一个与众不同的特殊男人，这个大骗子将满足于做她的强势影子，直到向光明前进一步的时机来临。在法国，一个西班牙女人感觉那个男人开始变得比党、比她的职务、比自己更有价值时，在苏联，另一个女人努力解释无法解释的事情，制定复杂、棘手的理论，越复杂便越棘手，将战略与战术区分开来，把背叛掩饰为实用主义，尊重谎言，给它贴上各种形容词，坚持认为帝国主义战争不会影响全球劳动者的事业。卡门在法国集中营的囚犯中间传播那些口号，试图说服、宽慰、约束他们，成效甚微，但那场道德突变并不妨碍她继续把自己的空暇时间投入到更加愉悦的工作中去。

赫苏斯是魔法师、奇人，懂得把一个女人的生活变成一列刺激、充满欢笑、令人眩晕的过山车。卡门，一个平民阶层的小姑娘，其出身可以与弗朗西斯科·安东交换，但她的本质十分不同。那正是多洛雷斯的主要错误，即没有及时意识到卡门对权力不感兴趣，从未对权力发生过兴趣。当赫苏斯把卡门的眼睛蒙上，教她品味他俩喝的酒，当他教卡门在豪华餐馆吃鹅肝，租住带花园的僻静别墅，太阳直射到卧室的中央，占据那里的是一张永远凌乱的幸福床铺，这时她对权力更没兴趣了。这么多享乐的代价是权力，她热切地把它交给赫苏斯，他看来也以同样的热情甘愿在所有方面取悦她，在能够觉悟之前只有卡门以同样的热诚为赫苏斯而活，满足他的一切。大写的历史藐视凡胎的爱情，而脆弱的肉体以精神恋爱所不及的残忍歪曲、拆解、打乱历史。然而当时棋赛是平局，直到德国入侵法国，世界为之震动。

1940 年 6 月 22 日，贝当元帅在维希城与军事占领的德国当局签订休战协定。那天在欧陆的另一端，一个热恋中的女人比世界颤抖得更厉害，她有权势又在热恋中，她雄心勃勃又在热恋中，她聪明又在热恋中，她遵守纪律又在热恋中，她是传奇人物，但在所有这些东西之上，她是恋爱中的女人，因此脆弱、钻牛角尖、不谨慎、易受伤。她等待这一刻很久了，连一秒钟都不能浪费，虽然她或许用了几秒钟重新小心地涂抹口红，在镜中端详自己的脸庞。维希协定签署的那天，多洛雷斯·伊巴鲁利重新感到坚强，重新年轻起来，更加意识到自己的皮肤而非年龄，在给克里姆林宫打电话要求私人会见时她的声音没有颤抖。不朽的大写历史与凡胎之爱相交时会做出怪事。"热情之花"从未像她横穿斯大林的办公室、与其目光直视时那么地凡俗。

"同志，你得帮我一个忙。"

恩里克·利斯特①在其回忆录里写道，那天斯大林以一种适合挖苦意

---

① 恩里克·利斯特（Enrique Líster, 1907—1994）：西班牙政治家、军事家，1925 年加入西班牙共产党。第二共和国期间曾被派往共产国际的列宁政治军事学院和伏龙芝军事学院学习，在之后的马德里保卫战中一战成名。从 1939 年起先后流亡苏联、法国、捷克斯洛伐克，1977 年回到西班牙。当年便出版了《一个战斗者的回忆录》（*Memorias de un luchador*），2007 年再版。

志软弱的小资产阶级那种小激情的轻蔑语调，对他的密友们评价道，如果朱丽叶没有她的罗密欧就活不下去，那就得把她的罗密欧带回来。没有理由怀疑弗斯特的这段叙述，虽然引用莎士比亚令人瞠目结舌。从内务人民委员会呈送给斯大林的报告有意使用的单调、重复性和简易的句法结构来判断，斯大林不是一个好读者。更可信的是一个简单的算术公式。这位苏联领导人不能拒绝帮多洛雷斯这个忙，因为他不在乎关在勒韦尔内的那个小伙子，但让这个女人满意对他有好处。他拿起电话与莫洛托夫①同志谈此事之前或许会再次嘟囔："瞧瞧，这些西班牙人真奇怪呀。"此刻莫洛托夫同志麻利有余地给他的朋友里宾特洛甫②去电。里宾特洛甫甚至会想，莫洛托夫在帮他的忙，因为法国人尽早明白真正在自由法国当家做主的是谁，对所有人都更好。的确维希城没人吭声。只需里宾特洛甫的一个下级下达命令，贝当的一个下级就直接把这些指令转达到勒韦尔内。五分钟后弗朗西斯科·安东获释了。法国新政府给他苏联护照，使他可以坐火车穿过交战中的欧洲到达莫斯科。

当涂着精致口红的多洛雷斯看见瘦削、苍白、受伤、被饥饿和发烧折磨的安东抵达时，她那么激动，甚至或许不会仔细考虑刚从火车上下来的那个男人不只是她深爱的男人。安东也是西共高层唯一留在西欧的成员。他曾经是，但现在不是了，因为他终于到达莫斯科，与她会合。多洛雷斯拥抱他，两眼充满泪水地亲吻他，请求他振作起来，因为两人的痛苦已经结束。她大概十分激动，十分满足于能够拥抱他，看到他虚弱、生病而十分伤心，也许没花费片刻时间自问那场旅行在法国可能引起的后果。

---

① 莫洛托夫（1890—1986）：苏联著名革命家、政治家、外交家，第二次世界大战时期曾任苏联人民委员会主席兼外交人民委员，人民委员会第一副主席兼外交人民委员，国防委员会副主席。

② 乌利希·弗里德里希·威廉·约阿希姆·冯·里宾特洛甫（Ulrich Friedrich Wilhelm Joachim von Ribbentrop, 1893—1946），纳粹德国政治人物。希特勒政府时期曾任驻英国大使和外交部部长等职务，对促成德、日、意三国同盟起过重要的作用，此外里宾特洛甫直接参与了闪击波兰、入侵捷克斯洛伐克和苏联的战争。二战后被英军抓获，1946年10月被纽伦堡国际军事法庭判处绞刑。

在此刻的法国，那位往日的伪善者如今已不是一只小苍蝇，更别说死掉了①。她画着精致的唇妆，正在把笔记本上的名字逐个划掉。

"我和赫苏斯想在马赛召开一个会议。""赫苏斯？哪个赫苏斯？"被她召集的代表会一个接一个地问，"在马赛？为什么在马赛？既然大伙儿都在的地方是图卢兹。""因为我们认为开始行动的时刻到了。""现在？恰好现在纳粹侵略了法国，我们要开始行动吗？""嗨！顺带说说……我有一个好消息。帕科·安东已经在莫斯科了。"

可怜的卡门。与赫苏斯相逢时她境遇不佳，年纪二十二岁，情况不妙，无法求助任何人，处境糟糕，缺乏任何理论或实践能力以便执行交付给她的任务。卡门很惨，孑然一身，被抛弃，无能，状况不好。可怜的卡门，当那个如此魁梧的男人触摸着帽檐走近她时，卡门显得那么矮小，他具有尊贵的外表和天生的冷静，会来事，他招呼服务员、点最好的菜肴、挑选最好的葡萄酒、留下合适小费的方式使得别人对他恭敬相送。可怜的卡门，赫苏斯开始让她觉得他是上帝的礼物，是对她每个恳求的回应，是她所有问题的解决办法。可怜的卡门，对他的抗拒连五分钟都不到，因为在赫苏斯·蒙松看来她没有什么女人味，也不太聪明，但有足够的智商猜想自己将来不会有比这更好的机会了。

反过来赫苏斯不是聪明而是聪明极了。他太聪明了，以至于在整整一年里只限于宠爱自己的政治负责人，恭维她，取悦她，与卡门做一些她从未想象可以用人体所做的事，对她悄悄私语那些最适合他说的、做的、赞同的或拒绝的事情。他总是对她咬耳朵，因为绝对不宜让人知道他俩同居了，不宜让人胡思乱想，例如他让卡门坠入情网是为了操纵她、利用她、以她为代价往上爬。可怜的卡门不太聪明，从未弄明白地下工作中的这层地下关系。那时他俩都是自由身，不伤害任何人，因为她是未婚，他作为那些至少正式地在路上失去妻子的男人之一，"你知道，战争，战败的混乱，当时一切都很困难……"，好像也是单身。但现在一切依然很

---

① 此处原文是"mosquita muerta"，本义是"死掉的小苍蝇"，引申为"伪善者，表面温顺内心不善的人"。

艰难，政治地下工作中的地下爱情变成了持续兴奋的又一个因素。那个已经不记得自己曾经那么呆板的女孩，兴奋地享受她一生中最紧张阶段的每一分钟。

那一年在莫斯科、布宜诺斯艾利斯和哈瓦那，对卡门·德佩德罗，对她在非常困难的形势下所做的出色工作，对逐渐协调集中营被关押的同志、加入劳改营的同志、西共与法共党员的那些既大胆又合适的措施，都是一片赞扬。卡门接受伴随着亲吻的指示，她头靠在枕上，肌肤得到满足，赫苏斯的声音既温柔又体贴，向她确切解释该做的事、怎么做、为完成此事该使用什么话语。那一切像是又一场游戏、又一次宠爱，那个活着只为了让她幸福的男人优雅慷慨的一个新表现。卡门从来没有如此幸福，所以当她起床时，她的表现仿佛是另一个人，仿佛赫苏斯在卡门身上留下了他的一部分力量、个性和智慧，不过野心在无可挑剔的情人面具下原封不动。

赫苏斯·蒙松极其精明，当弗朗西斯科·安东被关押在勒韦尔内时，他从不公开张嘴谈论西共的事务。他精通那么多东西，音乐、电影、艺术、文学、饮食、政治理论和世间万物，乐于主导谈话，但当谈话滑到某个危险方面的时刻，他立马闭嘴，让卡门说话，甚至怀着兴致和崇拜倾听她，好像需要自问，正如其他人也心想，"这个女人从哪里得来这么好的主意"。赫苏斯从不冒任何风险，只要他本人的关系网可能反对自己，只要有人会怀疑什么，只要存在一种不管看起来多么遥远的可能性，即任何议论越过勒韦尔内的铁丝网，让多洛雷斯的情人怀疑党内正在发生什么，而她自以为从莫斯科可以遥控西共，赫苏斯就不冒险。他还不着急，让时间就这样流逝，直到德国入侵法国。这一事件给予西班牙流亡者沉重打击，使得他们的命运超出糟糕的水平，陷入更可悲的地步，但彻底改变了他们之中两个人的生活境遇，这两个男人已经懂得在两个女人身上激起无条件的爱。一个是弗朗西斯科·安东。另一个是赫苏斯·蒙松。

卡门·德佩德罗传达给出席马赛会议的所有人、每个人的好消息确实如此，远超预料中的意义。因为从某种程度上终结了多洛雷斯·伊巴鲁利的大秘密。莫斯科不是法国，更不是西班牙，在那个城市没有那么多人认识多洛雷斯，几乎无人认识帕科，胡利安·鲁伊斯就更无人知晓了，已经无须隐瞒。在马赛发生类似的情况。在赫苏斯喜欢的那种舒适又低调的花园别墅里，面对二十个来自法国占领区不同地方的代表和一些纯粹出于他们的信任而挑选出来的普通党员，赫苏斯·蒙松与卡门·德佩德罗首次在公开场合表现得像一对情侣，他恢复了好像在1939年3月丧失的口才。

还是卡门在招呼陆续到达的同志们，给他们提供座位、烟灰缸、饮料。她大概也讲一两句欢迎的话，用来介绍她身边的那个男人，但说话的是他。

"同志们，卡门和我，"他还是把她放在前面，即便只是在礼貌的句法上，"认为在我们正经历的这样艰难的关头，恢复某一层次的组织是必要的，以免我们的人员感到无助，士气低落，不由得以为什么都无所谓了、再次并永远失去了一切……"

他说得在理。他这么有理，因此不仅无人对此进行争论，而且也没人仔细地把安东获释的好消息与召集那次会议联系起来。在此次会议上，赫苏斯·蒙松作为西共在法国的最高领导人首次登场。从那时起他不停地做事。的确没有人要求他这么做。但他也确实把所有的事都办得漂亮。

赫苏斯聪明绝顶，野心勃勃，共产党员，勇敢，迷人，傲慢，性感，以自我为中心，出色，鲁莽，能干，爱冒险，持重，阴谋家，富于想象力，有信服力，自信，慷慨，花心，和蔼，不择手段，高雅，通情达理，狡猾，彬彬有礼，爱挑剔，无所顾忌，优秀，有教养，通晓数种语言，爱搞鬼，精致，会享受，有手腕，亲切，见过世面，复杂，淫荡，危险，盛气凌人，邪恶，强大，美食家，善谈者，优秀的作家，最佳组织者……他太优雅，无法用普通资产阶级的标签打发他。他是培养所有精致享乐的行家里手，有些享乐不那么高雅；他具有十分扎实的理论素养，无与伦比的指挥才华，天生让女人爱上他的本事，难得的个人魅力和恰当的顾忌……再举不出别的优点了。

1939年春天在法国孑然一身、遭上级轻视的赫苏斯就是这样一个男人，不被领导信任，与同伴分离，他们没有分享自己的不幸，而是袖手旁观。当赫苏斯环顾四周、分析局势、权衡其分析的后果、根据现有情况做判断时，他就是这样一个男人。直到公开自己的身份，以表明所有那些可以用来描写他的修饰词概括为两点，他就是这样一个男人。从那时起，认识他的人都无条件地臣服于一个容易爱上却难以忘怀的男人的魔力。

"你打扮得漂漂亮亮，宝贝，什么都不用操心，有我在这儿呢……"

1940年夏季至1943年冬季，那个可怜女人，马德里中央委员会无足轻重的打字员，明白做一个全能男人的宠爱女孩比执掌那个权力要幸福得多，而权力令他那么幸福。她忙于过幸福的生活。

赫苏斯决定违反纳粹－苏联协议，命令不惜任何代价破坏西班牙共和派人士被招募到由德国军队直接掌控的劳务公司所组成的托特组织[①]，而卡门很幸福。

赫苏斯把党组织扩展到位于自由法国与被占领的法国分界线两边的所有营地、监狱和劳工营，而卡门很幸福。

赫苏斯与法共领导人开会时处于不同寻常的优势地位，因为他作为西班牙人拥有更多的党员、干部、关系和组织，而且比法共组织更有效率，而卡门很幸福。

赫苏斯决定进入武装斗争的时刻到来了，他在具有军事素养并且最让自己信任的人员中间挑选出他的参谋部，鼓励游击队员入伍，建立他自己的纵队番号、组织和等级制度，策划其行动计划，并将这些计划融入新生的法国抵抗运动，使得他的队伍领导了法国南方许多地区的抵抗活动，所以卡门很幸福。

赫苏斯把西共变成了流亡法国的西班牙共和派无可争辩的支配力量，他开始觉得拥有那些还不够，而卡门很幸福。

赫苏斯考虑莫斯科、布宜诺斯艾利斯、哈瓦那以及战争进程，比以往任何时候都更加自由，他分析局势并将它投射在不久的将来，根据目前形势加以判断，永远得出合理的结论，而卡门依旧很幸福。

---

① 托特组织：第二次世界大战期间由纳粹德国的工程师和高级官员弗里兹·托特创办，负责纳粹德国战争机器的劳动力和各项工程建设的运作。德国因希特勒而一步步走向战争时，托特代替国防军人员接掌军械和弹药部，也将许多战俘和志愿人员用于建造巨大的防线，如齐格菲防线、大西洋壁垒等。

赫苏斯继续租住在带花园和服务人员的僻静别墅，待卡门如女神，带她去最好的餐馆吃晚饭，挑选最好的葡萄酒，让她的生活如此愉快，卡门从来不敢期待自己的生活会是这样。他已经决定回西班牙了，但卡门不知情，她从未如此幸福。

卡门以为他俩组成一个团队，在这个团队里他指挥，她负责打扮得漂漂亮亮，什么事都不用操心。但爆炸性的男人终究要爆发，因为那是他们的性格，他们的本性。

1943 年年初，赫苏斯·蒙松有了一个新念头，跟他通常的想法一样，很好、很出色，又很不切实际。赫苏斯不知道他的政治局同志已经在他之前考虑了类似的东西，但他身边也没有任何斯大林似的人物，其观点可以阻止赫苏斯实施这一想法。西班牙全国联盟①——其名字继承了内战刚结束时埃里韦托·基尼奥内斯②试图在国内建立的组织——被构想为一个持民主、稳健纲领的平台，代表了所有反对弗朗西斯科·佛朗哥独裁统治的组织，但表面上由西班牙共产党，更确切地说由他掌控。为此他是该联盟的发明者，等盟国打败轴心国后开始考虑西班牙问题的时刻来临时，他将是理想的对话者。

1943 年年初，赫苏斯·蒙松确信希特勒会输掉战争，但哪怕冲突延长，哪怕因不可预见的因素而复杂化，西班牙全国联盟都是一个极佳的想法，正如二十多年后西班牙所有的民主力量所证实的，他们建立了类似的平台。

赫苏斯把一切都想到了。他一方面跟胡安·内格林先生及里克尔梅将

①　西班牙全国联盟（Unión Nacional Española）：1942 年夏季（而非文中所说的 1943 年年初）西班牙共产党在法国的领导人赫苏斯·蒙松在蒙托邦郊区的一次秘密会议上创建的一个反法西斯组织，目的是团结所有反佛朗哥的力量，同时致力于法国抵抗运动。1943 年 8 月在马德里附近召开了一次地下会议，试图把该组织扩大到西班牙国内。1945 年 6 月该组织解散。

②　埃里韦托·基尼奥内斯（Heriberto Quiñones González, 1907—1942）：共产党员，1930 年作为共产国际代表到达西班牙，参加了西班牙内战和战后抵抗运动，1942 年被佛朗哥政府处决。

军①，另一方面与西班牙工人社会党②、西班牙全国劳工联合会③、西班牙劳工总会④及西班牙左翼共和党⑤在法国的代表都商谈过了。确实他与赢得1936年2月大选的"人民阵线"其余合伙人的接触不属于各自党派的高层，但也的确不可能以别的方式接触。40年代工人社会党或共和派的最高领导人没有一个住在法国，内战失败五年后西班牙全国劳工联合会几乎被解散。但不管怎样，赫苏斯还与保皇派、卡洛斯派、造反的长枪党人、不满的"西班牙自治右翼联合会"⑥成员约定在马德里会晤，免得任何人害

---

① 何塞·里克尔梅（José Riquelme, 1880—1972）：西班牙军人，以在摩洛哥战争和西班牙内战中的出色表现而著名。他捍卫第二共和国事业，1939年加泰罗尼亚沦陷后流亡法国，1972年在巴黎逝世。

② 西班牙工人社会党（Partido Socialista Obrero Español，简称PSOE）：1879年5月2日成立，创始人伊格莱西亚斯·波塞。1936年1月该党参加"人民阵线"。1936—1939年西班牙内战期间，工人社会党曾与共和党、共产党一起组织联合政府。佛朗哥实行独裁统治后，宣布西班牙工人社会党非法。该党被迫转入地下，主要领导人流亡国外。1976年4月获得合法地位。

③ 西班牙全国劳工联合会（又称西班牙全国劳工联盟，Confederación Nacional del Trabajo 简称CNT）：西班牙一个重要的工人运动组织，指导理念为无政府工团主义。因其同时为国际工人协会（英语缩写IWA，西班牙语缩写AIT）的重要成员，因此也被简称为CNT-AIT。同时全国劳工联合会又与伊比利亚无政府主义者联盟（西班牙语缩写FAI）达成深度合作关系，因此也被简称为CNT-FAI。西班牙全国劳工联合会在西班牙工人运动史上扮演关键角色，并处于领导地位。

④ 西班牙劳工总会（Unión General de Trabajadores，简称UGT）：西班牙第二大工会组织，成立于1888年，与西班牙工人社会党历史渊源相同。

⑤ 西班牙左翼共和党（Izquierda Republicana）：1934年由曼努埃尔·阿萨尼亚创建的一个西班牙左翼政党，在西班牙第二共和国和内战开始前的那段期间扮演过重要角色。佛朗哥独裁时期，除了在流亡墨西哥的共和派人士圈内还搞一些活动，几乎从政治舞台上消失。1977年在西班牙重建，但已没有其历史影响力。

⑥ 西班牙自治右翼联合会（Confederación Española de Derechas Autónomas）：成立于1933年，解散于1937年，是西班牙第二共和国期间天主教党派及西班牙右翼的一个联盟。作为一支保守的天主教党派，它要求对第二共和国宪法进行修改，停止农业、教育等方面的改革。曾是"人民阵线"的组成部分。

怕，免得背叛过一次共和国的民主列强以对抗马克思主义乌合之众的宣传为借口，再次为自己开脱，这种宣传已经把佛朗哥送入帕尔多王宫①。

"啊呀！那我们就要回马德里了！"可怜的卡门得知此事时大叫起来，"太好了！"

"不，亲爱的……"赫苏斯尽量委婉地打消她的幻想，"我去马德里。但我已经考虑过了，你最好与马诺洛·阿斯卡拉特②去瑞士。"

然后赫苏斯向卡门解释，他已经与诺埃尔·菲尔德③建立了联系，后者是美国驻日内瓦国际联盟代表团的官员，从1941年起同时为一家帮助难民的慈善组织"独神论派"工作，通过它为美国政府维持欧洲反法西斯战士的活动输送资金。而菲尔德反过来已被艾伦·杜勒斯招募——此人在"二战"期间担任美国情报机构驻瑞士代表团团长，之后成为美国中央情报局第一任文职局长——与德国共产党脆弱的地下组织领导也一直保持联系。或许通过该渠道蒙松得知了那位神秘慈善家的存在，到头来菲尔德确实是情报官员，而不能算是慈善家。

---

① 帕尔多王宫（Palacio Real de El Pardo）：原为西班牙王室的行宫，1939—1975年为佛朗哥的官邸。几十年中，关系到西班牙发展方向的大部分决定都从此宫发出。

② 马诺洛·阿斯卡拉特（Manuel Azcárate, 1916—1998）：西班牙政治家，长期担任西班牙共产党领导人。曾在马德里康普登塞大学学习法律，留学于伦敦政治经济学院。1934年起加入西班牙共产党，内战后流亡法国。1960年起为西共中央委员会委员。1959—1964年旅居苏联，1976年返回西班牙，负责西共在知识界和大学的工作，1968—1981年负责该党的国际政策。他坚定地支持欧洲共产主义，与当时的西共总书记卡里略发生冲突，1982年被开除党籍。著作有《欧洲共产主义危机》（*Crisis del eurocomunismo*，1982）和《欧洲左派》（*La Izquierda Europea*，1986）。其回忆录《失败与希望》1994年获得第七届科米亚斯奖（Premio Comillas）。

③ 诺埃尔·菲尔德（Noel Field, 1904—1970）：美国间谍，20世纪30年代在美国国务院工作时曾是一名苏联间谍。1938—1939年作为国际联盟驻西班牙代表，援助受难者和反法西斯人士。内战结束后积极帮助为共和国而战的外国人返回自己的国家。1949年在布拉格被捕，在匈牙利监禁。1954年获释。

巴勃罗·阿斯卡拉特[1]，西班牙共和国驻伦敦大使，内战期间该职务使其成为内格林政府驻"不干涉委员会"的常任外交部部长，他与菲尔德结为好友。在那场令人精疲力竭的战争期间，菲尔德经常前往英国或住在那里。正如马诺洛·阿斯卡拉特（巴勃罗的儿子，赫苏斯·蒙松的同志加朋友）对菲尔德的回忆，这位美国人一直表现得像一名真诚的反法西斯人士和共和国的忠诚朋友。因此卡门试图说不，不行，绝对不行，为什么，她要与赫苏斯去马德里，既然那个菲尔德是马诺洛父亲的朋友，那他独自去日内瓦吧，但赫苏斯不让步。

"卡门，你是这里的领导。"可怜的卡门。"政治局代表是你，不是我。所以你去瑞士，尽你所能把那家伙的钱榨出来，然后回到这里，因为我们绝不能把党遗弃在法国。"

可怜的卡门，不太聪明，但也没有傻到没发现那个能够从他的大礼帽里让任何东西冒出来的魔术师，往好里说是厌倦她了，往坏里说是把能从她身上获取的好处都捞光了，无论哪种情况赫苏斯都要摆脱卡门。赫苏斯太狡猾了，不会事先走漏任何风声，他尽力通过各种手段打消卡门的那个印象，让她带着最好的心情前往日内瓦，为他和西共工作，而他就是西班牙共产党。

卡门照办并且把事情办得很好，像一名无愧于其老师的弟子。与菲尔德几次会晤之后，她从他那里获得 1943 年的五十多万比塞塔[2]，这笔财富将落到马德里，落到线型城区[3]一座舒适、低调、当然是带花园的别

---

① 巴勃罗·德阿斯卡拉特（Pablo de Azcárate, 1890—1971）：其姓氏中间有 de，但在本书中被略去。西班牙政治家、外交官、历史学家、法学家。从国际联盟开始其外交生涯，西班牙内战期间担任第二共和国驻英国大使，内战结束后被迫流亡。之后通过西班牙难民转移服务机构（Servicio de Evacuación de Refugiados Españoles）为那些共和派流亡人士寻找帮助。从 1948 年起为联合国工作，后在瑞士退休，撰写了不少有关西班牙内战的书籍和回忆录。

② 比塞塔（peseta）：西班牙在加入欧元区之前使用的传统货币。

③ 线型城区（barrio de Ciudad Lineal）：1886 年工程师阿图罗·索里亚（Arturo Soria）为马德里郊区城市化而提出的一个方案，包括现在的本塔斯（Ventas）、新镇（Pueblo Nuevo）、金塔纳（Quintana）、康塞普西翁（Concepción）、圣帕斯夸尔（San Pascual）、圣胡安·包蒂斯塔（San Juan Bautista）、科利纳（Colina）、阿塔拉亚（Atalaya）和科斯蒂亚雷斯（Costillares）。

墅。赫苏斯·蒙松在实施的征服、掌控、诱惑、说服、组织、指挥与在国境线另一边同样多甚至更多，在这个家他商定与一帮数量有限但精挑细选的脱离佛朗哥政权的人会晤，招募许多没有政治名分的不满者，把国内的西共变成像流亡法国的西共那样令人钦佩的萌芽组织。在这个家他有一个外表惹眼的女佣帮忙，一个月，最多一个半月后，她不再假扮他的伴侣，开始真正成为他的情侣。

那是赫苏斯·蒙松的幻想之家、错觉之家。这里离太阳门[①]那么近，离莫斯科、布宜诺斯艾利斯和哈瓦那那么远，图卢兹离这里只有响指之遥。当一切比他敢于预期的要好，当西班牙右派的某些历史性领导人对他以"您"相称时，蒙松陶醉在权力中，自以为不朽、不可战胜，有无上的权威，他开始出错。

或许没有，或许他没错。或许他保留了完好的分析能力，是他的估算出问题了，是的，但只差一点点。1944年夏，他的人马解放了法国南部，这支队伍是他的，是他训练、组织、领导的，这些人服从他，服从这个唯一与他们一直同样玩命的领导人，而不是听从那些在莫斯科、布宜诺斯艾利斯或哈瓦那度假的领导者。于是线型城区的这个男人意识到，赫苏斯·蒙松·雷帕拉斯，即他本人，那个三等领导人，那个微不足道、默默无闻的纳瓦拉人，1939年无人愿意信赖他，无人为其在任何飞机上提供座位也没有委托他任何任务，现在不仅在法国和西班牙掌握权力，而且拥有自己的军队，2.5万名到3万名装备精良、训练有素、有纪律的胜利之师，他们打败了纳粹，只等他的一道命令便越过边境。

"多洛雷斯，你现在笑话我吧，"赫苏斯·蒙松大概会在他马德里舒适的家中咕哝，他家离红场十分遥远，而太阳门近在咫尺，"现在你嘲笑吧，走着瞧，咱们看谁笑到最后……"

笑到最后的是多洛雷斯，但就差一丁点儿。就差那么一点儿，佛朗哥在帕尔多王宫继续生活达三十一年之久。就差一丁点儿，赫苏斯·蒙松的

---

① 太阳门（Puerta del Sol）：西班牙最著名的广场之一，位于马德里市中心，建成于19世纪下半叶。1931年西班牙第二共和国宣布成立的地点就在此广场。

形象没有重复出现在千百万张邮局的邮票和银行的纸币上。马德里卡斯蒂利亚喷泉大道差点儿就被命名为赫苏斯·蒙松大道。那个已无人记得的男人差一点儿成为英雄、救世者和国父。

因为 1944 年初秋，赫苏斯·蒙松·雷帕拉斯从他线型城区的马德里家中命令西班牙全国联盟军，他自己的军队，越过比利牛斯山。

独立西班牙电台，西共的地下广播电台，即大众熟知的"比利牛斯电台"，在其新闻节目中宣布"光复西班牙"行动已经启动。

1944 年 10 月 19 日，星期四，西班牙全国联盟军真的越过边境，准备攻占阿兰谷①。

---

① 阿兰谷（Valle de Arán）：西班牙加泰罗尼亚自治区莱里达省的一个县，辖有 9 个市镇，总面积 633.6 平方公里。该地居民讲法国加斯科尼方言。

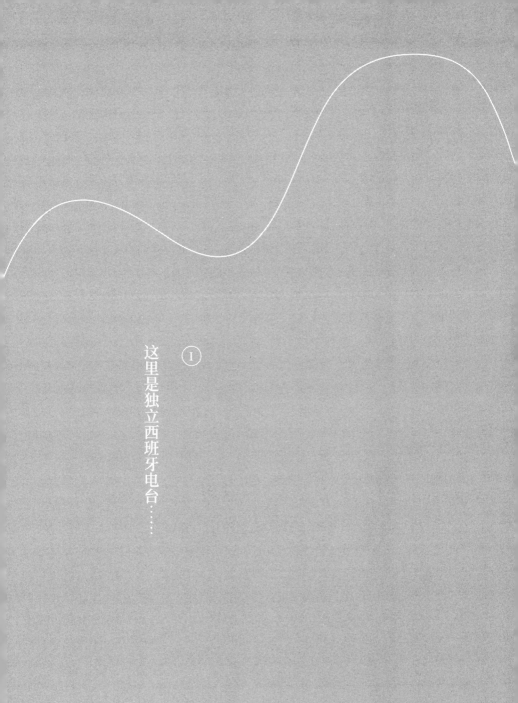

① 这里是独立西班牙电台……

一

"面粉，尽可能多的面粉。"

进入厨房时我发现大理石锃亮，地板刚擦过，看不见任何锅碗瓢盆。还不到早上八点，但厨娘和她的助手已经离开。

我深呼吸，把双手撑在揉面板上，闭上眼睛。我的心脏以狂乱的失调节奏跳动，就像一个差点儿散架的上弦玩具的机械装置，差点儿快乐地飞起来，散落成大量的弹簧和细小螺丝，再也无法重新运行。但我的身体、脸庞和双手还在掌控之中，即便附近没人看着我，这种表面的正常对我而言是必不可少的。过了几秒钟我才闻到一个收拾过的厨房自身的气味，漂白粉和肥皂，湿度和洁净，一种不张扬、居家的香气使我平静下来，仿佛能用它的手指抚摸我。

尽管谁也没有培训过我，也没有教我在厨房干活，我人生的一些重大时刻都发生在宽敞、明亮、墙壁铺了瓷砖、地面是洁白大理石的房间，小小的白色世界，跟我刚刚独自待过的那个世界一样整齐。或许因此，那家的最后住户准备放弃它时，我决定戴上围裙，做炸面包圈。

"面粉，尽可能多的面粉。"我记得，于是睁开眼睛，把手从揉面板上拿开，晃动肩膀，开始干活。我在食品储藏室找到三个一公斤的面粉袋，毫不费劲地估算了其余的配料，同一个配方做过那么多次了。我把九个鸡蛋、一公斤糖和早餐剩下的几乎一升牛奶放在一边。大概有人已经通知送奶工早上不要来，但有这些就足够了。没有黄油。1944年10月20日，半公斤黄油对一位西班牙长枪党省特派员的厨房甚至都是很奢侈的，但在没有其他东西的时候，阿农西亚西翁修女就使用猪油，我也要这么做。

开始将柠檬擦成丝的时候，我的手在抖。我把食指肚刮伤了两次，不得不停下来提醒自己，不能允许自己出最小的事故，既不能在右手上，更别说在那个指头上。我继续放慢速度擦柠檬丝，完事后意识到最好是轮流和面，因为我不是像阿农西亚西翁修女那样专业的甜点师，希望那些炸面包圈能做得好，做成我这辈子最好的炸面包圈。

我把三分之一配料聚在揉面槽里，插入双手，没到手腕处，用所有的手指和面时渐渐感觉好起来，更加自信。糖的颗粒、面粉的沙质结块与鸡蛋、牛奶、熔化的猪油及烈酒（我决定加入平常剂量的两倍，以便说服自己只是在给男人做面包圈）混合后在面团里慢慢溶解，其油腻、滑润、软绵的质感，令我肌肉放松、大脑清凉，因为甜面甚至咸面团会把那种轻淡又潮湿、新鲜又松软的感觉传递给我的手指。我一生最美好的事情都发生在梦里，自打突然从梦中醒来，厨房是我唯一还能感觉自己有皮肤、皮肤还给予我欢乐的地方。

"小姐，我想请您帮个忙……"

1936年9月的那天，一切都已开始，不过一切却是从那时开始的。

"是因为今天下午开会的事，你记得我曾跟你说要出门吗？好了，我们刚得知政府把开会场地变成军事区了，我考虑过了……既然厨房这么大，而且就剩咱们俩……您介意咱们在厨房开会吗？"

我和比尔图德斯在我父母家独自住了一个半月，虽然我已多次请求她重新对我以"你"相称，就像小时候那样，但她还是以一种令人愕然的亲密与尊重混合的语气跟我说话，仿佛她也无法相信正在发生在我们身上的事情。我俩同岁，从一开始就认识，因为她是家里女管家的孙女，从小与我们一起生活，住在她奶奶的房间。那个时期我俩总是在一起，但她满七岁时她母亲来要她，把她带到卡拉班切①，直到满十五岁时她才回来，带来了一顶上过浆的女帽和一套侍女制服。当她穿上制服时我俩一直不太明白该如何相处。我对她很有感情，没法向她发号施令，而她看来也一直害怕与我说话稍有不敬。于是开始时我们俩每次在走廊碰面都会脸红，之后也无法找到一种说话的方式。直到有一天所有那些事情不再重要。

"伊内斯……" 7月19日，天还没亮就有人把我猛地从梦中惊醒，刚开始我都没认出是谁，"伊内斯，醒醒吧！"

前一晚我很难入睡。1936年7月18日晚上很少有西班牙人睡得好。我也不例外，虽然事实上我不知怎么就知晓了时局，那种奇怪的方式就是有时候我们发现自己事先知道某个刚发生的事件，但对此并没有意识到。哥哥里卡多几个月来一直在谋反，我不太清楚他如何、为何谋反，但倒是晓得他跟随谁、反对谁。无须太多想象力就可以找到那个拼图游戏中缺失的那块。

"昨晚在俱乐部的舞会上……你们没在那里太遗憾！太棒了……"

5月的一天下午，堂姐小卡门和她男友一起来喝咖啡，他是某些下午与哥哥一起关在爸爸办公室的朋友之一。小卡门讲述她前一天的伟大冒险时眼里闪着激动，她早上如何与一些女友去奥尔达雷萨大街的一家种子仓库购买两公斤藜草籽；如何把种子分发到一些小袋子里，缝在她们晚礼服的衬里上；如何若无其事地进入舞场，一边跳舞，一边把藜草籽撒在那些与女友跳舞的军官脚下，直到把舞厅的地板变成了鸡窝，这正是她们想要达到的目的。

"聪明人一点就通……"小卡门结束她的叙述，此时她男友、我哥哥、妈妈、姐姐玛蒂尔德和姐夫何塞·路易斯都在笑，称赞这一出色的计策。

我没有笑。也许事实上一切从那一刻就开始了，因为我没笑，堂姐的荒唐之举并未让我觉得有趣。

小卡门几乎大我两岁，是一种独一无二的天生成功者，她开口的那瞬

---

① 卡拉班切（Carabanchel）：马德里历史老区之一，人口最多，有点像马德里的城中城。

间就把我们的年龄差扩大了好几倍。安静、沉默的时候，我像是两人中的老大，因为我更高，对那个时代的审美标准而言太高了；我的肩膀、胸部和臀部更加突出，对那个时代的资产阶级审美标准来说也过分了；我拥有女骑手的肌肉，对那个时代资产阶级媒婆的审美标准来说过于运动型了。另外我的脸很长，五官分明，颧骨凸出，嘴巴很大，迥异于那些在玩具店橱窗宣告美之典范的洋娃娃脸，而小卡门的脸蛋十分符合这种美的规则。或许因此从来没人叫我小伊内斯，但堂姐嘬着嘴唇嘟哝"是的，是的，是的"，开始点头赞成自己有理时，那一刻我的优越感幻觉消失了。

小卡门所说、所想或所做的一切显示出她对自己毫不动摇的自信，她不仅毫不怀疑自己永远占理，而且缺乏的不仅是尊重，甚至是对其他人观点的好奇心，她向来觉得别人的见解不配称得上是道理。小卡门是先于西班牙法西斯主义存在的西班牙女法西斯分子的典型。我们还是小孩时，她的那种冷静让我自卑、矮化甚至达到在她面前消失的奇迹，但事情到了那一步她对我产生的影响十分不同。1936 年 5 月我已经发现，事实上我讨厌小卡门，虽然假如另一个堂姐没有把她拱手献给我，也许我从来不会得出这么简单同时又这么舒服的结论。

我是爷爷所有孙儿里最小的一位，弗洛伦西娅是我父亲的侄辈里最大的一位，我们一直叫她玛利亚。她小时候父亲就去世了。长到少年时伯母玛鲁哈判定无法管教那个叛逆、无纪律、好斗的女孩，不像是她的闺女，所以没太伤心就把她送到国外留学，一开始是法国，之后是英国。多年里我们没再与她见面，但叔叔与父母在家庭聚会时低声交换的赌注里，"无可救药"或它更邪恶的变体"自甘堕落"重复得比任何词语都多。1933 年冬天，几乎让他们恼羞成怒的是证实自己错到了何种程度。

堂姐陪一名乌拉圭钢琴家回到马德里，他皮肤很白，头发很黑，像中世纪游吟诗人的头发那么长，堂姐把他作为未婚夫介绍给大家。她的谨慎止于那个称号。立刻谣传他从来不称呼她玛利亚而是弗洛伦西娅，因为她已决定放弃自己的第一个名字，只使用第二个，但尽管那个传言引人注目，却不是唯一的新闻。伯母玛鲁哈的放浪女儿个头跟我一样高，肩膀跟我一样宽，穿着质地亮丽、轻薄的锦缎裙子，特别合体，虽然或许是因为她走路的时候裙子紧贴臀部，使大腿显形，裙子正好在膝盖下面。有人发誓说，见过她穿裤子。大家都可以看到她的头发比男友的还短，露出后颈，用黑色、含油多的眉笔描眼睛，就像阿拉伯女人用的那种笔，用烟斗抽烟甚至吞下烟雾。不过这一整套下流醒龊的言行完全不符合我家族权威人士多次指定给她的那种流落街头的可怜虫形象。堂姐漂亮极了，吃得好，穿得好，所有的手指上都戴满了戒指，虽然她那双幸福者的眼睛比任何戒指都更加闪闪发亮，享受自己的好运而无须任何人的许可。

弗洛伦西娅的男友奥斯瓦尔多来马德里，准备在皇家剧院举办一场音乐会，但实际上是三场他俩合作的表演。第一场我没能去，因为我只有十六岁，母亲在这方面十分保守。但我听了小卡门的报道，她经常光临丽兹饭店的舞会，公开回顾弗洛伦西娅与那位乌拉圭人跳探戈舞时所引发的丑闻，从中找到一种晦涩的乐趣。

"他们贴得紧紧的，紧紧的，像帽贝似的那么紧！"她把手掌并到一起以强化自己的描述，"他俩配合得像动物似的，真的，太丢脸了！大家围观他们，当然了，因为她……居然把腿插进他的双腿之间！而他……居然把她抛到地上，然后把她举起来！说真的，我都不知道该躲到什么地方去。"

"你别犯傻了，小卡门。"哥哥里卡多当时也在舞会上，他为捍卫现代新潮事物而插话，正如他那时一直这样做的，"大家围拢他们是因为他俩跳得好。探戈就得这么跳。"

"是吗？我肯定不会这样跳舞的。我不相信任何体面的女人得把双腿叉开成那样来跳什么舞曲。"

第二场演出，皇家剧院的音乐会，我的确有幸观看，尤其是有幸聆听。我能陪母亲去仅仅是因为父亲在最后一刻把自己的票让给了我，说他已经预见到演出会是什么样的。母亲不喜欢节目单，但她得承认奥斯瓦尔多是一个值得尊敬的钢琴家，甚至对他没有为该音乐会挑选真正的音乐而感到遗憾。母亲对"真正的音乐"的理解只限于德国巴洛克音乐和意大利歌剧。浪漫派她已经觉得刺耳，普罗科菲耶夫①和斯特拉文斯基②为巴黎的俄罗斯芭蕾舞团③创作的跳跃舞曲具有莽撞的现代性特征，她大概宁可不听人谈起，但不得不听这些曲目，因为那晚奥斯瓦尔多弹的就是《罗密欧与朱丽叶》《彼得鲁什卡》和《火鸟》的片段，在听众中引起愤怒的反响。开场十分钟，正厅一半观众开始起身，把他们座位的椅子撞在后背上发出声响，之后下巴抬得老高，趾高气扬地从走廊离去，仿佛他们受到了挑战。剧院似乎空了，但最后一个音符响起时，聚集在剧场顶楼的贫寒音乐家和音乐学院的学生，还有坐在更高也更便宜包厢里的音乐狂，爆发出经久不息的喝彩，中间穿插着那么火爆的"棒极了！"喊声，迫使奥斯瓦尔多两次返场。其中一次是阿尔贝尼兹④《伊比利亚》组曲中的一首，所

---

① 谢尔盖·谢尔盖耶维奇·普罗科菲耶夫（Sergei Sergeyevich Prokofiev, 1891—1953）：苏联作曲家，曾被授予"斯大林奖"，死后被追授"列宁奖"。代表作芭蕾舞剧《罗密欧与朱丽叶》《灰姑娘》，交响童话《彼得与狼》，七部交响曲，九部协奏曲，九部钢琴奏鸣曲、大提琴奏鸣曲，歌剧《三橘爱》《火天使》和《战争与和平》，电影配乐《亚历山大·涅夫斯基》。

② 伊戈尔·费奥多罗维奇·斯特拉文斯基（Stravinsky, 1882—1971）：又译"斯特拉温斯基"，俄国作曲家，20世纪现代音乐的传奇人物，革新过三个不同的音乐流派——原始主义、新古典主义以及序列主义。他被人们誉为"音乐界的毕加索"。

③ 俄罗斯芭蕾舞团（Ballets Russes）：在20世纪初的世界歌剧史上，它是一个重要的艺术团体。1909年由佳吉列夫在巴黎创立，被认为是现代芭蕾之源，"交响式"的编舞理念便是由该团提出的，强调音乐与舞蹈之间的紧密关系，这也影响了作曲家对歌剧创作的兴趣。该团经理兼艺术总监为佳吉列夫，演职人员包括编舞福金、马辛、尼金斯卡和巴兰钦，舞蹈家尼金斯基、格尔采尔、卡尔萨温娜，作曲家斯特拉文斯基、拉威尔、米约、普罗科菲耶夫和德彪西，舞台美术设计毕加索、马蒂斯、贝努瓦、鲁奥和德兰等，他们在印象派画家和塞尚开拓的道路上前行。

④ 伊萨克·阿尔贝尼兹（Isaac Albeniz, 1860—1909）：西班牙著名钢琴家、作曲家，童年时便显示出惊人的钢琴演奏天赋，并在四岁的时候在巴塞罗那首次公开演出。1905—1909年间，他创作了著名的《伊比利亚》，一部由十二首钢琴作品所组成的组曲，共四卷。这部作品有着丰富的内涵以及复杂的作曲技巧，它们是西班牙民族音乐（特别是安达卢西亚音乐）与欧洲印象派以及浪漫乐派音乐所交织成的复合体。他最成功的歌剧作品为《贝比塔·希梅内斯》（*Pepita Jiménez*）和《梅林》（*Merlín*）。

有可以想象的琶音及娴熟技艺引出的竟然是："塔啦啦，嘿；塔啦啦，嗨，妈妈，我来跳这首舞曲。"①

"太不像话了！"那首幸好留在最后弹奏的曲子终于引起母亲的愤怒，"这太过分了，我们走，太缺乏尊重了！他以为这座剧院是什么？居然来这里用如此的喧闹侮辱所有的人。"

然而评论非常好，像《太阳报》和《使者报》这样的现代小报（家人谁都不信任它们）与《ABC》报（对家人的趣味而言它是唯一值得尊重的日报）的评价一样热烈。也许是受到那个一致认可的成功鼓舞，伯母玛鲁哈说服弗洛伦西娅带着她的钢琴师出席她妯娌卡门的生日舞会。那是他俩在马德里的第三场表演，对我的审美而言是最好的一场。

"玛利亚！真高兴见到你！"寿星卡门见到堂姐时说道，假装很高兴玛利亚能光临她的客厅。

"伯母，请叫我弗洛伦西娅。"侄女在卡门脸上贴了两个吻，与卡门给她的吻一样虚伪，之后温柔地说，"我更喜欢这个名字。"

"那当然！别说了，我早就知道了！"于是小卡门带着身处自家客厅所追加给她的自信分量，竟敢说出一番谴责性的见解，还不停地点头赞同自己，"瞧，见过世面对你帮助很大，是的，是的，是的，是的，是的，可你却带着那个散发着母牛气息的乡土名字回来，我们叫这个名字就如同背负一个十字架似的……"

弗洛伦西娅的洗礼名为玛利亚·弗洛伦西娅，同样小卡门叫卡门·弗洛伦西娅，我姐姐叫玛蒂尔德·弗洛伦西娅，我叫伊内斯·弗洛伦西娅，这都是为了向一个祖辈传统致敬，该传统被严格遵守，直到我们的上一代将它搁置到所有出生证明的第二位。那一刻弗洛伦西娅猛地停下来，转身看着小卡门，从一座想象的塔楼顶部发话，这座塔高耸得仿佛在她与我们之间有容得下云海的富足空间。

"散发着母牛、田野和新鲜空气的气息那该多爽！"仿佛这还不够，她

---

① 这是一首西班牙民歌，歌名就叫《塔啦啦》（*La Tarara*）。孩子们手牵手形成一个圆圈，按照该曲的节奏绕圈跳舞。

微笑着，"从未离开过这个蹩脚、无知的征服者国家而以此为荣的家族，任何东西都比它的火盆、库房、圣器室的气味好。亲爱的，西班牙的精华是马厩。马厩和生活在马厩的人们。你们肯定希望像他们那样高雅。"

弗洛伦西娅说完那段话之后，伯母玛鲁哈假装晕倒，免得面对她的长女。其余人的脸色从惊讶的苍白逐渐过渡到愤怒的红色，无法用言语来表达这两种情绪。玛利亚已经永远只是弗洛伦西娅了，她抓住男友的胳膊与他一起离开，永远不知道堂妹伊内斯将多么深刻地铭记她，尽管一辈子没跟她说上一两次话。我从来没有像在1936年春天那样记起她，当时周围发生的一切，包括俱乐部舞厅地板上到处滚动着藜草籽，似乎它们发生的唯一目的就是承认弗洛伦西娅永远有理。

"伊内斯，你不明白吗？"等大伙儿重新恢复镇静，足以分析那个不可原谅的唐突言语时，他们的结论是弗洛伦西娅已经投敌，直到那时敌人还是任何一个敢于和他们作对的人，但自从那年2月大选胜利后敌人完全就是人民阵线政府了。"我们称他们为懦夫，软弱的胆小鬼，因为他们不制止这种丑事，你不明白吗？"

"明白，明白，小卡门，"我打断她的话，"我懂了。"

"你不觉得可笑吗？"

"那……"我想办法回避她寻求的答复，虽然这事我依旧没觉得可笑，"的确有点小聪明。"

那个时代我已经开始独立思考，虽然在我出生的那个无与伦比的家庭，守旧的家人谁也不知道这一点，也许连我自己也不清楚。我宁静舒适的童年，像我睡觉的麻布床单那样讲究，是在一个白色花边的天地度过的，那里所有的一切，我的衣服和玩具的服饰、我的房间和它们小房子的窗帘、我的床垫和它们摇篮的垫子、我的头巾，甚至我玩具厨房的隔板，都用种类单调的精致花边带子收尾。我满十三岁时环顾四周，判定自己不喜欢那些花边，但谁也没考虑过我的想法。数年后当他们强迫我放弃马术时，还是不听我的想法，或许因为马是我生活中唯一不能用花边装饰的东西。

大姐跟我一样，学过英语、法语、音乐、绘画、文学、历史和数学，十八岁时穿着从上到下绣着花、数米长网眼裙摆的婚纱裙出嫁了，三个月便怀孕。小卡门正在为这种生活做准备，那也是等待我的生活。然而1933年6月弗洛伦西娅丑闻的传言尚未平息，父亲便因自己都不清楚的心脏病猝死在大街上，他的离世在那个看似不变形的强大结构中撕开了一道不断扩大的裂缝。

母亲垮得那么厉害，以至于我们都以为她永远不会从这场不幸中恢复过来。她的忧郁超出任何适当的悲哀，她的身体衰弱下来，开始整日躺在床上，而她的长子里卡多承担起一家之长的角色，决定由我负责照顾母亲直至她康复。那个任务一方面让我感到负担重，因为它意味着禁足在家；另一方面使我摆脱了找夫君的压力，这个宝贝我压根儿不想拥有。我倒是偶尔出门，每次都带一个不同的年长妇女，以便不被人遗忘并准备最终进入后备的未婚女子市场，即所谓首次亮相于成人的幸福世界。它意味着忍受一大群长着粉刺的小伙子的践踏，还得不停地给他们的母亲好脸色看，直到中了一个有钱郎君的头奖，谁也永远不会问我是否喜欢那个男人，正如无人问弗洛伦西娅是否喜欢她的那位乌拉圭钢琴家。那是我生活了这么多年的花边世界的自然延续，因此尽管隐居让我逐渐落后于堂姐、她们的女友和我女友的婚约，但我从不抱怨待在家里照顾母亲，很快她本人就补偿了我这份努力，早上起床，在有阳光的那几个小时端坐在扶手椅上。

随着父亲的去世一切都变得太快，没有了他事情继续以相同的节奏变化。一开始，里卡多打算以他在我那个年纪所受过的同等严苛来管束我，但1934年年初他扮演那个角色还不满一年，就加入了普里莫·德里维拉[①]的一个儿子刚创建的党，既无时间也无兴趣为别的事而活。

"怎么样？"他继续穿着那件一天下午在家首次亮相的深蓝色南京棉衬衣，让我和母亲早于所有人看到它，"你们喜欢吗？"

我吓坏了，连嘴皮子都没张开，但妈妈向里卡多做了一个形象的不悦鬼脸。

"嗨……漂亮当然说不上。我很高兴你父亲没见到你那副模样，因

---

① 米盖尔·普里莫·德里维拉（Miguel Primo de Rivera, 1870—1930）：西班牙政治家、军人，1923—1930年在西班牙实行独裁统治。他有六个子女，其长子何塞·安东尼奥·普里莫·德里维拉（1903—1936）于1933年10月创建西班牙长枪党。

为……说真的，你像个工人，我的孩子。"

"妈妈，这就是它的意义。"哥哥走近她，亲了一下她的前额，"就是说我们都是建设一个强大、文明的新西班牙的工人。"

"胡说八道，"母亲回答说，"我一辈子都拥护君主政体，到死都是如此。"

"君主制是一种女性政体，一种软弱的政体，妈妈……"

"胡说！"她重复道，"作为女性，我强大到足以生下你们所有人，因此……"

里卡多再次吻她，笑了起来。随后他抓起帽子、大衣，过来吻我。

"你等会儿，我跟你一起去。"我俩独自在走廊上时，我抓住他的胳膊，低声对他说："可是你……变成共产党员了？"

"共产党员？"他高声重复我的提问，之后笑了起来，"当然不是，伊内斯！我怎么会成为共产党员呢？我加入长枪党了。"

"是吗？很遗憾告诉你，共产党员的服装就是这样的。我从加西亚·德巴雷德斯市场前面经过的时候，每天都看见他们在出售自己的报纸，总是穿着同样的衬衣。"

"是的……"里卡多依然微笑着表示同意，"但他们很快就会不再穿这样的衬衣了，你别担心。"

他说中了，共产党员把对蓝衬衣的垄断让给长枪党时，里卡多已经卷入政治，以至于有一半的日子不和我们共进晚餐。但长枪党改变的不仅仅是里卡多的作息时间。

我挚爱里卡多，超过对玛蒂尔德及胡安的爱，因为前者的早婚、后者的军事专业以及父亲的去世，让我俩在蒙特斯金萨大街的家族公寓格外孤独，就像两个独生子，第一个太大，第二个太小。最后三年我们共同生活在那栋房子的第一阶段，我照顾妈妈，他照顾我们俩。里卡多对我而言远不只是大哥。他是我的同伴和参照对象、为我观察这个世界的眼睛、为我讲述所见事物的嘴皮子。世界从他嘴里冒出来很有趣，因为他风趣、机灵，是个夜猫子，又那么摩登，我希望自己有朝一日也能这样。所以我没太关注他的政治倾向，也许是因为那个时代在马德里大家都参与政治，厂主和工人、老爷和饿死鬼、太太和她们的女仆，所有人都属于这个党派或相反。大家都为自己的事业出力，出席集会，在朋友中间争取新的追随者，甚至召集与他们政见相同的人去参加周日晚会。所有的人，除了我。妈妈没心情去散步的那些天我连家门都不出。

"我很担心你哥哥的那些新朋友。"她时不常对我说，"有一天听他说不知什么社会革命，我就跟他说了：'我不会允许你变成一个革命者，除非你看见我两腿一蹬地离开这个家……'"

我总是微笑，尽量不顶撞她，但即便没有高声说出来，我始终站在哥哥这边。里卡多年轻、单身，他变成革命者我觉得很自然，正如之前他成为共和派。我对政治一无所知，只懂英语和法语、音乐和绘画常识、文学、历史和数学的一些苍白肤浅的知识，都是许久之前我浅显掌握的普通文化常识，从未对我起过任何作用就已四分五裂。但里卡多上过大学，有诗人朋友，晚上与他们聚会，所有人都穿那件蓝色的工人衬衣。他们唱歌、酗酒、向姑娘献殷勤，都是他那个年纪的其他男孩所干的事……那是他告诉我的，我相信他，因为哥哥依旧非常和气、摩登，对任何事情一笑了之，什么也不当真。

"西班牙穿的裙子太长了，妈妈。应该把它剪短……至少剪掉一拃。"

于是她生气了，我笑了，一切照旧，直到哥哥的存在、他的陪伴和聊天、他的玩笑和哈哈大笑所组成的那一切随着莱罗克斯①政府逐渐软弱无力，或许更确切地说，随着左派目睹其很快收复权力的信念增大而开始相应地变细、失去浓度和韧性。

随着 1935 年的推进，里卡多也开始缺席早餐了，起初只是不时地，后来更加频繁，直至有一半的夜晚不再回家睡觉。白天还能见到他，但他几乎总是像一个意外的影子，一个匆忙、短暂的幽灵，已经没有兴致与我说话，给我讲笑话，对我甜言蜜语，因为里卡多再次出门或把自己关在父

---

① 亚历杭德罗·莱罗克斯·加西亚（Alejandro Lerroux García, 1864—1949）：具有共和国意识形态的西班牙政治家，在第二次共和国期间数次担任政府首脑。创建了激进共和党（Partido Republicano Radical），从一开始就是一个引起争议的政治家，以其煽动性演讲而闻名。西班牙内战期间前往葡萄牙，1947 年回国。

亲办公室之前，几乎没有时间洗澡、换件干净的衬衣，在厨房站着吃点东西。他把空闲时间都花在与自己的朋友一起在办公室谋反，那些和他一样风趣、摩登、喜欢夜生活的小伙子，我以为毕生都了解他们，直到他们慢慢变得跟里卡多一样奇怪。

"伊内斯！"哥哥把那座城堡的大门唯一对我敞开的那次，不是为了询问我怎么样，也不是为了聊会儿天，"喂，你过来。把门关上，把插销插上。"

随后里卡多带着最近一段时间以来所动用的严肃表情，仿佛喜欢让自己老十岁，坐到父亲的扶手椅上，拿起一个皮质封面磨损严重的本子，多年来我们一直在那个笔记本上记下不宜丢失的电话号码。他把本子从字母R处打开，看着我。

"你姓什么？"他问我。

"那你希望我姓什么？"我抗议道，因为不理解那出喜剧性场面，"跟你一样的姓氏。你太奇怪了，里卡多……"

"好吧，但告诉我你的第一个姓氏。"我再次抗议之前他还在问我，"告诉我，别装傻，这很重要。"

"鲁伊斯，"我回答，"我姓鲁伊斯。"

"很好，"他指着那个词，在他翻开记事本的那页，四个没有与任何专用名字而是与一个简单的缩写词联系起来的字母，"在这儿，鲁伊斯先生，看到了吗？"我点头肯定，我看见了。"你的第二个姓氏呢？"

"马尔多纳多。"他翻动页面直到在M页找到一个类似的条目，再次盯着我。"卡斯特罗……"我接着说，"德索托……苏亚雷斯。"

"很好！"他十分满意地重复，"妥了，与你头五个姓氏吻合、按那同一顺序写的前四个电话号码，就是保险箱的密码组合。"

"保险箱？"那一刻我感到一阵寒噤从上到下传遍自己的身体，在背部中央留下一条冰凉、肮脏、不舒服的痕迹，"我干吗要知道保险箱的密码组合？里卡多，出什么事了？"

"没什么事，"他还是很严肃，"没发生什么事。但假如有一天发生……"于是他起身用力拥抱我、吻我，仿佛又是我之前的哥哥，一直以来的哥哥。"可是你得向我保证，你不会让我们身无分文，跟某个男朋友逃到美洲去，嗯？"

"男友？"我翻了翻白眼，"你大概会告诉我上哪儿找到男朋友……"跟从前习惯的那样，我俩一起嘲笑我的回答，但未再谈起保险箱的事。

1936年竞选活动期间，我家的形势又发生了变化，但朝不同的方向。首先，母亲奇迹般神速地从她所有的伤感痛苦中恢复过来。我俩独处时，妈妈依旧对我说担心哥哥的那些朋友，然而她又跑去开门，用大大的拥抱、热情的目光迎接他们，其目光好似流露出假如我不在场她会说出的严厉话语。他们微笑，默默地赞同，从我身边经过仿佛没看见我，竖起衣领，眉宇间挂着一副轻歌剧式阴谋家恶狠狠、做作的表情，但隆起的真手枪使他们的西服上衣变形。自从这些人武装起来，他们再也没在我这里浪费一秒钟，恭维我的头发或衣裙，甚至没有高声抱怨里卡多把我关在家里，不让他们带我去周围跳舞。那些经年累月宽慰我岩石般单调生活的殷勤之举，不过是些客套的举动，也变得无法与他们的新身份相容。这种显著变化使他们的脸部表情变得生硬，五官变得尖利，在他们的眼睛里播撒了一种暗淡闪烁的强烈恐惧，这没有妨碍他们越来越像自己的父亲。那群快乐而不负责任的小伙子已经变成一帮严肃、寡言的绅士，不像是赞成把任何人的，更不用说西班牙的裙子剪短。

"可怜的小伙子！"办公室大门关闭时，母亲转身看我，嘴唇上的一丝提醒掩饰了她温和、同情的点头，"但是总之局势非常严峻。每个人比以往任何时候都更应该明白自己的职守是什么，义务是什么。"

我也默默赞同，但已不受那些评论徒劳地企图唤起懊悔的影响。那不是我的过错，自己长久以来如此无聊而谁也不关心，这不是我的责任。当哥哥谋反、妈妈抱怨，下午三四点钟躺到床上时，我感到无聊。身边没有一个女友可以倾诉，早上我百无聊赖地去做弥撒，傍晚无聊地念经，第二天还是无聊，徘徊于给植物浇水或去点心店买下午茶的糕点——那是我必须做的最困难的决定，直至一天下午无聊透顶，于是斗胆接受了三楼邻居的邀请，她好像是唯一隐约看到我渐渐在了无生趣的深潭缺氧的人。那时妈妈、哥哥和他的朋友们都不关心我的命运。

奥罗拉不像我，也不像我认识的任何女人。她年过二十五岁，还是单身并且以此为乐。或许是因为她保持着里卡多已放弃的生活方式，继续夜夜外出，凌晨才开车回来，车里挤满喧闹的男女，醉成那样，我从卧室几乎都能闻到他们的酒气，但他们总是很有趣。这是她与小卡门的差别，虽然在其余所有方面，说话的冷静、注入每个手势的自信、对自己声明的热情肯定，她俩太像了，宛如一对双胞胎灵魂，被迫在一个具有西班牙轮廓、形状和名字的冰封海洋两岸，互不理睬。不过我对奥罗拉印象不错，因为她偶尔上楼来给母亲打针时总是面带微笑，之后带着遗憾的表情注视我，好像没有谁还会对我的处境产生这种感觉。

"伊内斯，你不无聊吗？整天闷在这里，不透口气……"

"现在母亲的身体好点了，我们每天早上都出门，你别以为。"

"是的，但那……"她带着沮丧的表情摇头，"我指的是另一种外出，我不知道该怎么说。去剧院，去影院，去某场音乐会……你几岁了？十八九岁？你这个年纪不能像老婆婆似的生活。最近的某天下午，等找到有意思的事做，我会通知你，让你跟我一起出去。"

她说到做到，逐渐给我提计划，而我一个接一个地拒绝，更多的是害怕而非谨慎。从小我就认识奥罗拉，但对她、她的生活、她的朋友、她经常光顾的地方知之甚少。我只出门与母亲散步或跟某个兄弟出席正儿八经的聚会，在那些场合很多时候我甚至没能与任何家庭成员之外的人说话，因为我还没学会跳舞，因为甚至在那些沙龙，大家唯一感兴趣的还是谈论政治。我带着那样的精神包袱是行不通的。事实是，在单身女子夜晚独自外出、凌晨喝多了回来的世界里，我害怕出洋相，害怕不能显得足够出色或辛辣，或有吸引力，或摩登。但除了我的不自信，她的提议诱惑着我，好像预感到她的兴趣和弗洛伦西娅的狂妄言行被一根强大的无形脐带联系起来。有时一种无形的预感暗示我，在我从未见过甚至不敢想象的朦胧风景的那一端，有一个声音在呼喊我的名字，仿佛在等待我。

直到有一天，奥罗拉向我提了一个无法抗拒的计划。我对聆听云集在跑马场高地大学生公寓①附近的那些年轻诗人怀有太多的好奇，因此不能不尝试一次，付诸实施竟然容易得出乎意料，因为 1935 年 9 月，当母亲的长子看来已经不跟我们一起生活时，她尚受困于那种所有医生都不知其属性的无以名状的痛苦，比我还要更加脱离现实，如此远离一切，对允许我陪女邻居去的那个地方连大致的概念都没有。

"玛利亚·德马埃斯图？②"妈妈只是评论，"我不认识她，但从姓氏看大概是拉米罗的妹妹，对吗？他当然是一个值得敬佩的人，来自一个非常值得尊重的家庭……"

当哥哥里卡多惊讶得双手抱头时，为时已晚。他断然禁止我再次踏入"女性俱乐部协会"时，我已经看了一场与之前所看过的和之后将观看的任何电影都不相似的影片。

那是一部纪录片，其影像拍摄于随便一个村庄尽头的山地草场，村里有石头房屋和弯曲的街道，篱笆和牲口的畜栏，大概是老卡斯蒂利亚或莱昂、加利西亚内地、阿斯图里亚斯或欧洲之巅③的山麓，靠近北部，临近冬天，因为天气那么冷，刺骨的寒风好像差点儿给镜头上霜，穿过银幕把我冻在座位上。大街上玩耍的孩子没有感到寒意，仿佛知道很快就会把

---

① 大学生公寓（Residencia de Estudiantes）：创办于 1910 年的马德里，是西班牙教育家、哲学家、作家弗朗西斯科·希内尔·德洛斯里奥斯（Francisco Giner de los Ríos）推行自由教育创新思想的直接成果。从它建立起便希望是对大学的一个教育补充，在那里培养自由主义领导阶层的子女。1910—1939 年为西班牙科学和教育现代化中心之一。2007 年被评为"欧洲遗产"（Patrimonio Europeo）。

② 玛利亚·德马埃斯图（María de Maeztu Whitney，1881—1948）：教育家、女权主义者，出身于西班牙书香名门马埃斯图家族。1915—1936 年领导并推动西班牙的女生公寓（Residencia de Señoritas），1926—1936 年主持"女性俱乐部协会"（Lyceum Club Femenino）。西班牙内战爆发后，她哥哥、"九八年一代"成员拉米罗被枪毙，对玛利亚来说是一个沉重打击。她辞去女生公寓职务，流亡阿根廷，在布宜诺斯艾利斯大学担任教育学历史教授，直至去世。

③ 欧洲之巅（Picos de Europa）：坐落于西班牙北部的群山，属于坎塔布里亚山脉的中央部分。虽然不太宽阔，但其接近大海的地理位置使得那里的交通事故频发。目前是西班牙游客第二多的自然公园。

他们的热量传递给我。所有的人都很小，五岁以上，十岁以下，所有的人都是褐色的，皮肤因日晒和风吹雨打而变得黝黑，头发很短，有些几乎是光头，另一些是秃顶。他们衣衫褴褛，鞋子穿得更差，十分瘦削，脏兮兮的，本该让人难过，但他们在笑，不停地笑，因为他们很满足，围成圈子做游戏。与他们玩耍的是一个成年人，一个依旧年轻、发型和衣着讲究、脸庞和姿势优雅的男人，一个有教养、事业有成的城里人，这位先生的出现看似是一个失误，仿佛是陷入一部出错的影片或粗制滥造的定格画面的演员。然而他与那些又脏又长癣的孩子围成圈子做游戏，跟他们一起、像他们那样发笑，对我而言，他笑得足以说服我他在那个场景中出现不是失误，而是奇迹。当灯光亮起时我感觉到那一点，在专心的观众排山倒海般的掌声中，我刚在银幕上看到的那位男子起身上台。

他说"我是亚历杭德罗·卡索纳"[1]，这是真的。他是亚历杭德罗·卡索纳，一位习惯于成功、在马德里最佳剧场首演、靠其作品挣钱的戏剧家，一个得到命运和成功青睐的男人，最近致力于在西班牙最贫穷的地区、最落后和遥远的地方旅行演出。那些村镇的人从未见过戏剧，甚至不知道那个词的意思。当演员在那儿排练，技术人员搭建即将上演他某个剧作的舞台时，卡索纳与孩子们做围圈游戏。这就是那个下午他想告诉我们的，所以他来到"女性俱乐部协会"礼堂，不是为了向我们讲述他的成就，而是讲述他在"教育布道"[2]中的经历。"因为你们可以确信的是，我不为一生所做的任何事而感到骄傲，"他补充道，又停顿了一下，以便更

---

① 亚历杭德罗·卡索纳（Alejandro Casona，1903—1965）：西班牙戏剧家，成名作为《搁浅的美人鱼》（La sirena varada，1933）。战前《我们的娜塔查》（1936）也获得巨大成功，此外他还领导"人民剧院"。战后流亡墨西哥、阿根廷，在那里上演了《晨曦姑娘》（1944）、《没有渔夫的小船》（1945）、《树木站着死去》（1949）和《第三个词》（1953）。1962年回到西班牙。

② "教育布道"（Misiones Pedagógicas）：这是由第二共和国政府通过其公共教育部在1931年资助的一项文化、教育扶贫计划，合作方有国立教育博物馆（Museo Pedagógico Nacional）及自由教育机构（Institución Libre de Enseñanza），超过500名不同身份的志愿者加入这个行动，如教师、艺术家、青年学生和知识分子。

加强调他接下来的声明，"不为任何事，除了当布道者。"那是他的话，我听到后瞬间眼睛也感受到在他眼里颤抖的那种感动，那一瞬间长得像一辈子。

那一秒钟礼堂鸦雀无声，几乎是一种礼拜式的肃静，卡索纳需要那一秒钟让自己的眼睛吸收不愿在我们面前流下的眼泪。之后他笑了，指着银幕，如刚诞生的世界那般雪白，向我们解释他喜欢与孩子们玩耍，因为孩子们教他奇妙的歌曲，那么优美，他永远也写不出来。"我来尝试着给你们唱一首。"他说，接着以不那么动听但很合调的声音唱了起来，他唱我听，虽然只听清了一半。他不愿哭泣的眼泪保留在我的眼里，直到活动结束甚至之后，如奇怪而宝贵的珍宝，上面铭记着我人生的命运。我一直把眼泪保留在那里，在我眼皮的保护下，纯洁、炙热、晶莹，它们彻底成为我的眼泪，犹如两只新眼睛，通过它们我可以观察一切——我镜中的脸庞，街上行人的面孔，我的行动和思想。哥哥里卡多早起请求母亲允许我单独与他谈话的那天，它们也能看到其他人的行动和观念。那天上午里卡多不知道，亚历杭德罗·卡索纳的两滴眼泪与我一起坐下，在早餐桌上陪伴我。

"我不会允许你再踏进那个俱乐部一只脚，伊内斯。"里卡多说这话的时候抓起我的手，用他的手把我的压在桌布上，"答应我，因为我从来没有禁止你任何事情，你知道的，但是如果你不服从我，那我只能禁止你这么做。"

"为什么？"我问他，"我在那里没有干任何坏事。只是去看展览，听讲座，有诗歌朗诵会、音乐会……"

"是的，我知道这些是谁干的，"他的声调变硬，"出于什么目的，那点我也清楚。前几天为了庆祝人民阵线的胜利，小曲、钢琴、小诗，你在那里，手里端着一个酒杯。"

"可是我原来不知道这一切，里卡多。"为自己的无辜辩护我感到奇怪，尚未意识到自己罪过的本质，但无论如何我得坚持，"奥罗拉对我说是去参加一个聚会，我……"

"我不希望你再见到奥罗拉，伊内斯。你不要走那条路，真的。很……危险。"他又用手指攥紧我的手，把我的手举到嘴边，亲吻它，恢复了一开始那种同伙、家人的语调，"你很年轻，小妹妹。你的阅历很少，一辈子都关在这里，我知道，我想过很多次，你别以为我没考虑。最近我太忙了，投身于这场运动是因为它重要，十分重要，我没有关心你。现在我发现没有考虑你……你对生活一无所知，伊内斯，你将无法保护自己……那些人很危险，像松节油一样具有腐蚀性，即便你难以置信。你可能觉得他们很有趣，但他们什么也不尊重，不尊重上帝和任何人。听我的，我说这些是为了你好。而且……"他停顿了一下，看着他的手、我的手，皱皱眉头。"这些不会持续得很久。等西班牙再次变得自由，你可以去所有你想看的展览和想听的音乐会，我向你保证。"

我原本可以问里卡多许多事情，但我点头同意，放弃告诉他自己的想法。我原本可以问他，按照他的观点，是什么、是何人恰好在那时剥夺了西班牙的自由，而我觉得当时比任何时候都自由。我原本可以问他，他知道什么，他会做什么以便消除我道路上的那些危险分子，在"女性俱乐部协会"这样的地方会有什么危险窥视我。它是欧洲最现代的女性俱乐部，玛利亚·德马埃斯图数月来一直力争使它成为男女混合型俱乐部，却无法说服那个创办了俱乐部原始模式的国际组织。其他人尚未到达他们正在归来的那个地方，我在那里学到了简单、善意的真理，就像堂姐弗洛伦西娅最近的声明——"西班牙的精华是生活在马厩里的人，你们会喜欢像他们那样高雅"——不是蠢话，而是表达了许多十分文雅、国际化、出色的人所共享的观点，他们十分强大，懂得忍住刺痛我眼睛的眼泪，即使没有携带藏在西服上衣里的手枪。

这就是盛行于该地的腐蚀类型，孔查·门德斯[①]开着自己的车到那里，来自良好家庭的其他小姐在那里吸烟、喝香槟，围绕自己的私生活开双关语的玩笑，努力对一切事物持有观点。从这些小姐及那些不顾规矩、在她们身边周旋的男人那里，我开始学会什么是法西斯主义和社会主义、进步

---

① 孔查·门德斯（Concha Méndez，1898—1986）：西班牙"二七年一代"女作家，尤以诗歌著称。她热爱自由和体育，很早便抛弃传统女性的生活方式，周游世界。她的初恋是著名导演路易斯·布努艾尔（Luis Buñuel），后嫁给诗人兼出版商曼努埃尔·阿尔托拉基雷，政治上拥护第二共和国，内战后流亡拉美。

和反动、大男子主义和女权主义。但尤其是多亏了她们和他们，我发现在自家大门的另一边存在着一个名为世界的地方，对它的喜爱远远超出了我的想象，我透过镶有花边的透明纱帘注视它，如既享有特权同时又被监禁的苏丹宠妃，伤感又渴望。

那天上午原本可以向里卡多提出很多问题，但我沉默了，因为即便未听过他的回复，我已经知道答案了。因此 1936 年 7 月 18 日得知非洲军团①叛乱时，我再次一字一句地听到他几个月前对我说过的话，并且意识到自己所知道的比原本愿意知道的要多得多。

我知道堂姐小卡门和她的女友在俱乐部舞会上用藜草籽播撒了那场叛乱。我知道里卡多和他哥们在父亲办公室组织了那场叛乱。我知道如果叛乱得逞，完蛋的会是吸烟、自驾车的女人，当着大伙儿面亲吻金发美女作家嘴巴的英俊金发诗人，弹奏钢琴的古铜色诗人，与衣衫褴褛、长癣的孩子玩耍时心情激动、同时把自己的微笑传染给摄像机的成功剧作家。我唯一不知道的是为何自己在他们中间感觉这么好，为何觉得那个地方属于自己，为何我家庭反感的那些习惯和话语，理解世界、生活和一切事物的那种方式，吸引我的同时又激励我。我不知道自己为何、何时、如何终于改换到另一阵营，避难于一处热情好客之岸，那儿黑暗与光明之行与我向来所知道的逆向而动。但是我确信，如果将军们获胜，"女性俱乐部协会"将关门大吉，尚未完全属于我的那个世界将在我指间消失，像一片金色的粉雾，一个美丽、虚假的幻景，如不忠情人之爱抚，一个我还无法面对的陷阱。那时在我眼中颤抖的泪花，作为一种未知的情感承诺处处陪伴我的泪水，将永远干涸，那些刚刚发现戏剧为何物的村庄再也不会拥有它。我知道那会很可怕，同时又是最不重要的，我知道两个哥哥也许还有姐夫深度卷入那场企图终结做围圈游戏的孩子们之快乐的叛乱，因为只有这样才可以解释为什么我与里卡多独自在马德里。

---

① 非洲军团（Ejército de África）：有时也称为"非洲远征军团"（Ejército Expedicionario de África），曾是西班牙陆军的一支部队，自 1912 年建立到 1956 年摩洛哥独立作为西班牙在摩洛哥的保护领地驻军。西班牙内战期间，它以残酷杀害平民和共和派军人著称。

天气开始热起来时，已经有两个孩子的姐姐玛蒂尔德，正经历着一场非常糟糕的怀孕，等待一对双胞胎的降生。她在靠近圣塞巴斯蒂安①的一处海滩租了房子，之后让里卡多相信换个环境妈妈会开心的，至少她也同样会得到母亲随身带去的佣人帮忙。6月初我亲自陪妈妈到了姐姐的度夏之家，与她们待了三个星期，直到不得不把自己的房间让给玛蒂尔德的几个大伯小叔，他们商定于7月29日，我二十岁生日前夕，把房间还给我。我家准备举行晚会庆祝，已经邀请了附近所有度夏的单身汉。

　　我不仅不介意返回马德里，而且准备回去享尽那个奇怪的自由空档期的最后一刻。所以让我十分不爽的是，哥哥胡安，驻扎在潘普洛纳的步兵中尉，在我启程后一周出现在那里，把他的妻儿留在那儿，坚持让我立马回到圣塞巴斯蒂安。玛蒂尔德进行抗议，因为没有空闲的房间，而胡安威胁她，即便他的妻儿得睡在客厅的沙发上也得接纳他的家庭，否则这辈子就不再跟玛蒂尔德说话。他的主意迫使姐姐让佣人们都挤到一间卧室。哥哥对我也变得一样讨厌，但我不能让他称心，因为那段时期可以预见的是火车满员，所有的座位从数月起就预订完了。每年情况如此。那些负担得起假期而6月下旬不去北方的马德里人，一般在7月上旬出去度假。于是我给母亲打电话，告诉她只买到17日快车的一个席位，18日早上到达目的地，她觉得这样很好。然而出发前十二小时我正在收拾行李时，胡安来电，既没有向我解释也不许提问，要求我推迟行程。到了晚上里卡多以为我已上了卧铺车厢，他气喘吁吁地跑到家里，遇见我坐在客厅时扑到我身上，他的亲吻让我透不过气来。

　　然而1936年7月19日凌晨模糊降临之际，当所有的利剑还悬在空中，里卡多坐在我床边时，我还以为可以容许自己不肯定正在发生的事。

　　"可这是怎么回事？"尽管我睁开眼睛时见里卡多穿了一身不是他的军服，我还是很难相信这一切，"里卡多！你穿成这样要干吗？几点了？"

---

① 圣塞巴斯蒂安（San Sebastián）：西班牙吉普斯夸省（Guipúzcoa）省会，属于巴斯克自治区。该市位于西班牙东北部，濒临比斯开湾，紧邻法国边境。圣塞巴斯蒂安如画的海岸线使它成为广受欢迎的海滨旅游胜地。这座城市有两个沙滩，是市中心的一个特色，被誉为"欧洲最漂亮的沙滩"。

"早上五点半，伊内斯，抱我一下……"他拥抱我的强烈程度与嵌入他声音中的激动一样深沉，"今天请不要出门，不要离开这里，等着我。等一切都结束了，我们今天晚上见。"

"什么？"于是还没松开他，我亲吻了他好多次，因为他是我哥哥，我爱他，但尤其是因为我发现他在颤抖，"里卡多，出什么事了？你要干什么，干什么……"

"别害怕，伊内斯。"挣脱我的拥抱之前，他也这么长时间以来最后一次吻我，"一切都会成功的。我们会彻底解决这一切。"

"里卡多！"但我再次喊他时，里卡多已经走了。

我严格遵照他的指示，一整天独自待在家里，但那天晚上哥哥没回家，第二天、第三天晚上也没回来。傍晚时分我不再等待时，唯一没有随我母亲去圣塞巴斯蒂安的女佣比尔图德斯回来了，她帮助我理解里卡多好几个月投入的那场业余谋反者游戏已经到了何种地步。

"皮奥王子山军营①的人投降了。"她向我通报这个消息，作为她不在家的所有理由。"看来今天早上发生了激烈的战斗。那些……"她忍住不说，看着我，"好吧，我想说的是隐蔽在军营里面的军人把马德里所有步枪的枪栓都给卸了，把它藏在那里，让谁也无法使用它们，除了他们自己。但另一位军人，一个陆军上校或将军，我也不清楚，一个为共和国而战的炮兵上校，架起一门大炮，一直在向他们猛烈炮轰。于是……"她把胳膊在空中舞动了一下，仿佛是她在射击："一个接着一个……总之他们亮出白旗，以示投降，不是吗？可是当那边围观的人靠近时，他们拼命射击，造成无谓的惨重伤亡，不过最后还是投降了。"

"你去过那儿？"我纯粹出于好奇问比尔图德斯，可她脸变得那么通红，好像害怕我会责怪她。

"没有，小姐，我……很抱歉。这是街上的人一路告诉我的，因为今天凌晨，很早，我去看望父母，但费了老大劲才到卡拉班切，您一定想不

---

① 皮奥王子山军营（Cuartel de la Montaña）：建于19世纪马德里的一处军营，位于皮奥王子山（Montaña del Príncipe Pío）。1936年7月的军事叛乱首先发生在此地，标志着西班牙内战的爆发，该军营由此得名。

到，有轨电车几乎不经过，那些过来的车辆挤满了人，于是有一半的路程我只能走着去。然后，那里……真失望，您知道我母亲是什么样的人。我只想知道他们是否平安，但她竟然向我哭诉了半小时，坚持让我留下来吃午饭，回程又再次步行。所以我回来得那么晚。"

"没事，比尔图德斯。"我看着她，对她微笑，"你回家做得对，如果局势都变成这样了……但幸好，因为如果皮奥王子山军营的人投降了……"我高声揣测："这一切都该结束了吧，是吗？"

"我哪儿知道呀，小姐！"她不那么肯定，"看来其他地方的情况不像这里。大家说将军们占领了塞维利亚和加里西亚，还有更多其他什么地方……"

"那倒无所谓，比尔图德斯。如果他们在马德里投诚了，也会在那些地方投降的，你走着瞧吧。"

那天我们没聊别的。她没向我打听哥哥，我也没提起他的存在，我俩独自在家过夜，一个在厨房熨衣服，另一个假装在客厅听收音机，实际上在留意大门的动静。但里卡多没有回来。

我继续服从他的指令，严守每天早上都让我感觉越发荒唐的纪律，比尔图德斯依旧履行她历来的惯例，早早上街去买早餐吃的面包和牛奶，随后去市场，之后下午三四点钟再出去逛一圈。因为只有我俩在家，她没多少活可干。我待在家里，总是在家里，像往常一样从阳台上注视从前相同的人做着从前相同的事，至少我觉得是那样，因为战争离马德里市中心还很远。我在人行道上不时辨认出的军装、步枪尚未中断位于一个安静街区的一条安静大街的平静，那里不像是在发生什么不寻常的事情。从阳台上我也看见奥罗拉进进出出，一开始是吃晚饭的时候，几天后就像往常那么晚。虽然她时不时上楼来看望我，告诉我电台没广播的事情，但比尔图德斯的预测远比我大胆的乐观主义更符合这一现实的版本。

"喂，今天晚上你跟我来。"我隐居家中一周，就像她第一次拯救我时那么与世隔绝，奥罗拉执意邀请我，"我并不能给你提供一个另一世界的计划，但我们还是可以喝上几杯，笑一会儿，喂，你打起精神来……"

"不行，改天吧，现在……我太忙了。我不敢出门，万一里卡多……"

"里卡多不会回来的，伊内斯。"我邻居委婉地让我醒悟，"他卷入叛乱不能自拔，你知道的，不是吗？我得知他、你堂姐的男友还有另外两三个人在瑞典使馆请求避难。我肯定这是真的，因为告诉我这事的是没让进使馆的另一个法西斯分子，仿佛使馆是一家旅馆，门口挂着客满的招牌。"

"可是那接下来发生什么了？"我说不下去，因为感觉心脏差点儿从嘴里逃出身体。

"没什么。"奥罗拉过来坐在我身边，抓起我的手微笑，"他不会有事的，准确地说里卡多不会出事的，真的，绝对不会。"她重复道，我从她眼里看到她在对我说实话。"假如他躲在其他地方，我不会跟你说他不会出事，但在使馆，而且是一个欧洲使馆……谁也不会动他们的，伊内斯，你可以确信。等这一切都明朗时他会流亡的，那倒是。瑞典人会把他们从这里捞出去，之后……谁知道呢。所有这一切都是疯狂举动，无耻到这种地步，最容易的是很快我们将像过去那样，互相不打招呼，真的，没别的了……"

虽然那晚我也不想出门，我们的生活再也不像从前那样了。

奥罗拉披露的事比哥哥不在家更令我不安，因为他获救的好消息裹在一种苦涩的悖论里。从未独居的我，除了独居也从未要求过别的东西，在最不合时宜的关头获得了它。从未能够决定自己的生活、行为和命运的我，在所能想象的最糟糕节骨眼上变成掌控自己的唯一权威。我思考世界是把它作为要看、要做、要享受的无限趣事的总和，世界就在我面前，唾手可得，我却甚至无力走到楼梯平台。并非易事。不易忘记学过的一切，即便我从来没喜欢过它们；做事无须同意也不易，纵然我多么讨厌要征求同意。从自己憎恶的过去朝最好与最坏事物兼容的未知将来迈出一步，对我来说很不容易。但那是一场战争，没什么顾忌了。

"对不起，小姐，可是……"7月27日比尔图德斯走进客厅，两手拧着围裙，"您有钱吗？"

"钱？"我问她，好像不知道那个词的意思，"哦……没有。哎，我不知道，我这么长时间没有上街了……为什么？"我想起我们所在的日期："啊，好嘛！我以为你是月底领工资……"

"不是那回事，小姐，是因为……"她变得更加紧张，因为我都看不到她紧紧捏在手指间的围裙边了。"现在我的工资是次要的，但我连买面包的钱都没了。"

"没了？"我十分惊讶地问她，"可是在厨房的抽屉里……"

"厨房的抽屉里什么都不剩了。昨天我花掉最后一点钱……"

"明白了，明白了！"我在空中挥舞着一只手，一边点头同意，"当然了，如果说一周前……"哥哥走了，我想，但没说出来。"好吧，你别担心。我去那边看看，看能找到什么。在包里我应该有点钱……"

钱不多，我把它交给比尔图德斯，既然她出门就托她顺便去买东西。我想单独与自己的名字和姓氏待着，伊内斯·鲁伊斯·马尔多纳多·卡斯特罗·德索托·苏亚雷斯·德梅迪纳。最后一个姓氏甚至没有写在记事本里，不需要。我小心翼翼地把其余五个姓氏的前四个号码抄下来，之后取下祖父的肖像，面对嵌在墙里的保险箱。

我知道它在那里，因为远远地见过它一次，但从未靠近它。我专注地研究保险箱的钢门、轮子和手柄，这一整套我觉得太复杂了，事先就泄了气，虽然我的手在抖，但结果很容易就打开了。我十分缓慢地取出保险箱里面的东西，不是因为我镇静，而是完全相反。血液在我的血管里流得太急，或许太慢，但当然是按照错误的节奏，甚至妨碍到我的手和手指最简单的活动。保险箱装满了文件，在全部文件上面有一张里卡多的便条，日期是 1936 年 7 月 19 日凌晨五点。

亲爱的伊内斯：如果你在读这文字，是因为一切都失败了。如果你在看这张便条，是因为我死了。我应该是怀着为祖国自由而献身的平静良心死去，希望的是我的死有助于打造一个新帝国，悲伤的是留下你无依无靠，伊内斯，我可怜的伊内斯。我只能请求你原谅，因为我没有懂得照顾你，没有让你避免大概正在承受的痛苦和不安。原谅我，伊内斯，原谅我，原谅你这个不幸的哥哥，他只履行了自己的义务。你不要相信任何人，谁也别信，坚强、勇敢起来，照顾你自己和某个……

在那句没写完的话后面，里卡多像从前的许多次那样与我告别，给我亲吻和拥抱，告诉我他爱我。我也爱他，或许因此我为他哭泣，仿佛他死了，虽然我从未放弃相信奥罗拉的话。我一直确信哥哥得救了，然而那天早上我悲伤地为他哭泣，泪水就好像洒在他的尸体上。但我的哭泣戛然而止，因为再次把手伸进那个钢箱时，摸到一本里卡多·鲁伊斯·马尔多纳多名下的西班牙长枪党证件。那就是战争，观察结束了。

我先把门锁上，之后将该证件烧毁在烟灰缸里。然后以渐渐平静的心态逐一研究保险箱内存放的契约、股票、父母的遗嘱和厚重的一大笔钞票等物品。后来我对自己的镇静感到诧异，因为那一刻都来不及惊讶，我一辈子都没见过这么多钱在一起。我一张张地数钱，直到发现总额竟达23.2万比塞塔这一天文数字。我分开一沓钞票，留了几张在口袋里，剩余的钱塞进写字台的一个抽屉里，用钥匙锁上，把其余东西还回保险箱。随后我整理头发，抻直衣服，感觉自己太有罪了，仿佛已经发现某人在注视我。

我把五杜罗①塞进厨房抽屉里，告诉比尔图德斯，如果需要钱再向我要，这一天剩下的时间我都避开她。我依旧感觉自己像小偷、他人王位的篡夺者或笨拙的诈骗犯，那些自以为聪明但警察已经悬赏通缉的人。但警察从没来找我。

"伊内斯……"五个月后有人来找我时，比尔图德斯已经对我以"你"相称，因为我俩都没剩下别的姐妹，"外边有个男人说认识你，是里卡多的朋友，虽然如果你希望我说实话，我一辈子也没见过这个人……"

哥哥派人来照顾我并负责处理那笔钱时，我发现自己的血脉是兴奋的，也明白了自己的眼睛为了什么、为谁保留那些眼泪，它们代表的是比任何保险箱的物品更珍贵的财富。

"喂，比尔图德斯，"因为打开保险箱的那天我没出门，第二天也没有，但7月30日我决定可以了，"我想过了，既然今天是我生日，我还没

---

① 杜罗：西班牙过去的银币，等于五个比塞塔。

能庆祝它，什么也没干……为什么你不收拾一下，我们去格兰大街^①？"

1936年7月30日我满二十岁，我赠给自己的礼物是停下来思考。环顾四周，从我还保留的东西中刨掉失去的东西，这样首先我就明白了：直到那时我所过的生活，包括它的习惯和惯例，我一直顺从遵守的规矩，冒犯它们时从内心纠缠我的罪责，都失去了它们的全部意义。对我而言只有两条路，把所有大门的门闩插上，活埋自己，除了自己隐居，没有别的前景和目标，或学会以另一种方式生活。选择第二条路时我发现还可以送自己另一个礼物，于是去找比尔图德斯。我在厨房碰见她在熨衣服，但她对我的拒绝比我料想的更顽固，即使晚饭才做了一半。

"去格兰大街？"

她非常缓慢地重复此话，一边看着我，好像我用一种无法破译的语言向她提出这个建议，再次说话时比尔图德斯的声音已经细到一根颤抖、不牢固线条的临界点。

"我们去格兰大街干什么？"她问我，而我不知该怎么接她的话茬儿。

假如她问我为什么，那倒更容易了，因为我一整天都在思考那个回答。假如她问我为什么，我就可以回答说，因为我没有任何罪过；因为我厌倦躲在家里；因为如果所有人都把我留在那里，让我听天由命，那我有权做自己想做的事；因为我正变得像看不到太阳的死人那般苍白；因为如果那晚我能够出门，那第二天也可以；因为是我生日；因为那天我满二十岁，只能在出门和死去之间选择。但她没问我为什么，而是问我出于什么目的，我很难找到一个答复。

"就是为了去那里。"我找不到更好的回答，但走近她，抓住她的手，用我的手晃动它们，就像我们小时候，"还是因为某个夜晚你已经去过格兰大街了？"

"哦，没有，小姐，"她使劲摇头否认，"我当然没去过。"

"我也没去过。该是时候了，知道吗？"

---

① 格兰大街（Gran Vía）：马德里市中心的一条主要的商业、旅游、休闲大街，建于20世纪初，云集了各大商场、影院。

"问题是……"但我无法以此来说服她，"晚上出门逛格兰大街，就我们俩……我们会像妓女的。"

"妓女？"我松开她的手，觉察到自己声音中的失落，一边以少有的严肃说话，"别跟我说那些，比尔图德斯，别跟我说那些，看在上帝的分上，我求你了，别再说了。喂，今晚恰好是我一生中第一次可以随心所欲，结果你说会像个妓女。"

"对不起，小姐。"

我无法注视她的眼睛，因为请求我原谅之后她低下头，目光盯着地上的花砖，但我发现她没理解我。解释并非易事，可是我再次抓起她的手，握紧它们直到她重新看我。我继续说话，辨认出自己的声音，但没听出它的语调，一种属于它也应该属于我的冷静。因为是从我嘴巴里冒出来的，但直到那一刻我才知道它的存在，仿佛之前从来不需要它。

"我只想出去转一圈，因为是我生日，我在家待够了，而且……因为我一直想晚上去格兰大街。"说出真话时我像个傻帽似的微笑，"你希望我对你说什么？母亲总是说我跟乡巴佬趣味相投，但我一直想去那里，谁也不肯带我去。现在……如今这里求不到别人准许我们，对吧？他们把我独自留在这里，那就把我变成了自由的女人，不是吗？比尔图德斯，我们两个是自由女子，与奥罗拉一样，她每天晚上和朋友出门，凌晨才回来，什么事也没发生。"

"是的，但奥罗拉小姐习惯了，而我们……"

"我们会立马习惯的，比尔图德斯，你走着瞧吧。我只想去格兰大街转一圈，这个要求不过分，不是吗？"这一点儿也不为过，但那时那对我而言这意味得太多，我的声音未经我允许就哑了，"我们把时间浪费在争论这种小事上太傻了，因此你从我衣柜里拿出想带的东西，我们开路，因为今天我满二十岁，我不愿意……我不愿意晚餐在厨房吃个法国煎蛋饼就完事了。"

"好吧，如果您想……"我本不愿意唤起在她眼中看到的同情，虽然只有那样才使她下了决心，"但您别对我哭，小姐。"

"我没在哭，你看，看见了吗？"我一把擦干眼睛，"我没在哭了。"

半小时后，在阿尔卡拉大街与格兰大街的拐角，两个自由的女人从出租车上下来。其中一个是比尔图德斯，另一个是我，我俩面带微笑。

"美女去哪儿？"

我回过头来，无法弄清楚一辆朝阿尔卡拉大街下行远去的卡车里哪个民兵喊出了那个问题，因为他们都在对我们微笑。于是我环顾四周，伸开胳膊，仿佛自己从未有过胳膊，仿佛从未张开过它们，仿佛夏夜的微风从未抚摸过它们。

到达嘎耀广场之前我已判定，我的胳膊和微风，那句恭维和伴随它的年轻笑容，一座向外翻转活在大街上的城市，熙熙攘攘犹如白天的人行道，那个璀璨明亮的夜晚，危险好像还很遥远，然而已在那儿，把话语、手势、身体和生命等变得锐利，所有这一切胜过任何理由。那些都超出了我所能期待的，我期望那么多以至于被那种洋溢之情弄得晕头转向。但不管怎么发蒙，我开始在那一大堆乱哄哄的人群里感觉良好。他们神秘地融入一个尽管困难但有意义的和谐整体，散发香气、高雅的女人微笑地接受一个没脱去工作服的工人递给她们的点烟之火；衣冠楚楚的绅士们在咖啡馆的桌边争论，赤裸裸地亵渎神明；出轨的情侣有幸在角落里亲吻，谁也没停下来看他们；身着军装的军官听到他们经过时的掌声便微笑着高举拳头；许多外国人，比尔图德斯和我，一群外表熟悉而本质陌生的极其有生命力的男女。一个出乎意料的马德里，它变得不同但仍旧是同一座城市，我的城市，我觉得自己比以往任何时候都更属于它。倘若那晚它没有让我认识到自己的鲜血可以亢奋，那之后的一切都不可能发生。

"我们坐到这里吧。"看到露天咖啡座的一张桌子空了我便对比尔图德斯说。

"不行，小姐，那确实不行。"当我的手已落在一把椅子上时，她抓起我的胳膊，"白天还行，但现在……我俩不能单独坐在这里，好像是在橱窗里，让大家都看得见我们。我们会像什么？人家会怎么想我们？"

我望着她，看到一种真正的紧张在她眼里颤抖，这种真实的恐惧与她这番话语所引出的不公平、可恨、荒唐的习俗看法无关。身材矮小的比尔图德斯没有我那么引人注目，但脸蛋更漂亮，她穿着我的衣服，一件衬衣、一条短裙、一根彩珠项链。从外表看我们好像一样，从内心看她的心神不定将我们区分开来。我可以允许自己不在乎那天晚上别人怎么看待我，但她有权为自己的声誉担心。我是那么想的，不能强迫她陪我，因为那样对她不公平，于是我挽起她的胳膊继续前行，随着那股没有尽头的巨大人流直达太阳门，在那里她终于同意走进"马略卡女人"西饼屋①。我们买了两个奶酪馅面包，在街上吃掉，仿佛连坐在一家点心店里面都是与两个单身姑娘的体面完全不相容的休闲。对生日来说这是一场可怜的"盛宴"，但在结束之前我已明白事情比看起来的要复杂得多。

"你在干什么？"

她没回答我，也没转过头来看我，直到交通信号灯亮了她还杵在人行道上，身体笔直，嘴边挂着一丝沉静的微笑，右胳膊拐成直角，握紧拳头，向一辆在我们身边停下、装满民兵的卡车致意。

"比尔图德斯！"我走近她，摇晃她，"你在干什么？"

"没干什么，就是问候他们。"她十分坦然地回答我，"那些人跟我是一伙的。"

"跟你一伙的？"我继续问，好像一开始没弄明白，"怎么会是跟你一伙的？"

"是的，是我的人。"于是她闪开目光，放低声音，好像后悔走到这个地步，"我从来没对您说过，小姐，但我……加入了社会主义青年联盟②。"

"加入社会主义青年联盟？"我奇怪地看着被啃咬过的面包，把它包在餐巾纸里，免得弄脏，然后将它放在地铁台阶的栏杆上，因为我已无力把它吃完，"你怎么加入社会主义青年联盟了？换句话讲，你说夜里出门是

---

① "马略卡女人"西饼屋（La Mallorquina）：这家百年点心店兼茶馆位于太阳门广场，由马略卡人胡安·里波利（Juan Ripoll）于1894年创办，以各类奶油、巧克力点心和咖啡著称。

② 社会主义青年联盟（Juventudes Socialistas Unificadas）：1936年3月创立的一个西班牙青年政治组织，由西班牙共产主义青年联盟（Unión de Juventudes Comunistas de España）与西班牙社会主义青年团（Juventudes Socialistas de España）合并而成。内战结束后该组织的许多成员流亡海外，留在国内的人遭到严酷的镇压。50年代逐渐凋零，直到1961年彻底消失。

妓女干的事，不让我坐在露天咖啡馆，强迫我在大街上走着吃东西，免得被别人当作妓女……现在结果你居然是社会主义青年联盟的人？"

"是的。"她刚用舌头把奶酪舔净，怪怪地看着我，"那跟这些无关。"

"可是怎么会没有关系呢？"

我开始在人行道上漫步，三步向左，三步向右，再次向左。一位进地铁的老妇抓起裹在餐巾纸里的那包东西，打开它，显得很满意，三口就囫囵吞下我剩余的面包。

"你想一下，比尔图德斯，这都是一样的，你不明白吗？"在我们周围形成圈子之前，我挽起她的胳膊，再次行走起来，"如果你希望事物改变，希望所有人都有正义和自由，你怎么想得出来女人无权与男人做同样的事？"

我们乘另一辆出租车回家，到家时我让她在厨房等我。当我拿着一瓶佩德罗·希梅内斯葡萄酒和两个酒杯再次进入厨房时，她又看着我，好像不认识我，好像无法明白我那天所做、所说的一切。

"行了，我们干杯。"我建议，"这是能向生日要求的最少东西。顺便咱们聊一会儿，看看是否可以互相理解……"

那晚我们说个不停，争论、发笑，接着又说，直到快天亮时眼皮累得、醉得耷拉下来。一个半月之后，当门铃开始在比尔图德斯自己召集会议的时间响起时，我还没有完全说服她，或许因为我本人的信念从我自由的第一晚起已逐渐变化。只过了一个半月，然而格兰大街对我而言已变得过于狭窄了。我还不知道用另一种方式来描写我的渴望，它犹如一个想象的洞眼，占据我胃部的位置，拒绝被那些一开始我觉得很大的夜间小冒险填满。奥罗拉时不时邀请我出门，但我与比尔图德斯更投缘，也许是因为女邻居所保留的少数朋友唯一的聊天话题是嘲笑那些不在场的人，因为他们都入伍了。

我凭直觉感到，在奥罗拉玩世不恭、冰冷精致的嘲讽背后只有内疚、懦弱，它伪装成智力优势，寻求我的同谋，但只适用于扩大我胃部的洞眼。直到有一天晚上，我像其他许多夜晚一样在考虑，假如我是男人，我会参军，我意识到自己正在想的不仅仅是话语。假如我是男人，我会参军，这是真的。所以我高声说出来。然后我起身，穿上大衣，上街，步行回家，再也不向比尔图德斯发出有关妇女解放的任何说教，因为没必要。我知道那场军事叛乱不像我们之前所经历过的任何暴动，但直到那晚我才明白，尽管天天制造无组织、无秩序、无节制和错误，我们把一切都下注在同一个赌博里。从那一刻起我举起拳头向那些在街上相遇的卡车微笑并致敬，从未停止。

我们经历着一个关键时期，我的胃早于我发现了这点，因为当我从沙发上起身去厨房打探一下时，我感到胃是空的，但还不了解它凹陷的缘由，也不知道该怎么称呼它。那天下午我像往常一样无聊。我无事可做，第一次有旁观一个政治会议的机会，即便是远远地。沿着通往厨房的走廊悄悄过去时我并没有太多期望，假如门是关闭的，那我就会怀着第二天都记不起来的轻微失望折返脚步。但那扇门是敞着的，直接通向我的未来。

谁也没看见我，而我所见的是十二个非常年轻的人，九个男的，三个女的，他们每人的脸上只有严肃、专注、充满不安和激动的表情。八个男孩和一个女孩穿着军装，但所有人好像都在专心倾听一个比他们稍大、身穿便服的人，一件黑色双排扣皮衣的大翻领套在一件极白的衬衣上面，赋予他一种比士兵本人还要英武的气质。他长着栗色、卷曲的头发，乱蓬蓬地耷在前额，蜜色的大眼睛，薄薄的嘴唇紧抿，嘴上有一种沉稳的坚毅。我第一次见到他时他默不作声，点头赞成一个眉头紧锁的小民兵说的话。此人犹如历代西班牙农民的经典肖像，双手大得不成比例，新剃的头上有几处光秃。

"同志，搞政治的时代结束了。"那是我首先听到的，"换句话说，莫拉已经在纳瓦塞拉德①。我们不能像以前那样继续开会、办杂志。现在要战斗。"

"瞧，佩德罗，"女民兵怀着克制、尊重的冲动对那位穿皮衣的男子说，"我是因为你而入伍的，你知道的，但这次……何塞有理。"

"我没有否认这点，"听他说话时我颤抖起来，因为从未听过那样有

---

① 纳瓦塞拉德（Navacerrada）：马德里自治区的一个镇，距离马德里市52公里。海拔1200米，位于拉巴兰卡山谷（Valle de la Barranca）的入口。

力同时又柔和的嗓音，能够传递一种宽容、几乎甜蜜的权威，允许他巩固自己高人一等的姿态而不伤害任何人，但也不留下任何质疑或不服从的空隙，"何塞当然有理。是战斗的时刻了，但在外边大家得知道我们为何而战、向谁开战。人类的前途在西班牙，难道你们没发觉吗？我们是世界自由的先锋。"

"那是真的。"另一个民兵高声说出我在走廊的阴影掩护下所思考的话，"我们不是随便一支军队。"

"因为这不是随便什么战争。这是一场正义的战争，一场反对贫穷、不公、剥削的战争，一场为了未来的战争。"那个声音呼唤我，撼动我，从内心搅乱我，从外部打乱我周围所环绕的一切，"你们意识到我们头一回把命运掌握在自己手中吗？你们意识到在这个该死的国家历史上，我们头一回能够决定自己想成为什么人、想怎么生活吗？"

假如在一个影院、一个剧场，在任何一个挤满人的封闭大厅听到那些话，远离讲台的那些无名者在默默赞同，或许它们可以说服我，但从来不会像那天下午在自家厨房让我如此激动。与此同时，小伙子们肩负历史的那一刻如此年轻、贫穷、沉着，他们把历史扔到背上，就像被母亲抛到世上以来扛过的无数货包之一，为的是开始用自己的肩膀扛起别人的世界。当我注视他们严肃、坚定的面孔的那一瞬间，一股巨大、陌生的柔情渐渐侵入我，一点点地不断加大，犹如大海的波浪侵蚀沙子。

"我们是什么？我们的父母曾经是什么？我们的祖父母呢？"我几乎可以看见他们还是孩子的时候，围起圈子做游戏，衣衫褴褛，又瘦又脏，鞋子更加破旧。"他们不过是驴子、佣人、负重的牲口，那就是他们，我们生来如此，只是名义上的人。我们是曾经一无所有，但如今有一个机会的人。"那些借来的神秘又突然苍老的眼泪终于从我眼眶溢出时获得了生命和意义。"仅此而已，一个机会，看似很少，却超过我们以往所拥有的一切。因此战斗的时刻来临了，但也是明白我们为何而战的时候了，因为直到今天我们从未能够为自身、为我们的前途、子女的前途而奋斗。"没有什么比那一短暂、秘密的哭泣更属于我，只有两滴眼泪同时在我的命运和面颊上留下印记。"那是我们的使命，打造一支真正的人民军队，一支十分清楚自己是什么、代表什么的军人队伍，一支拳头和良心的军队，能够用武器，但尤其是用真理开火……"

1943 年 3 月，当我以为甚至失去了呼吸所需的气息时，多亏了嫂子阿德拉的关爱和一台收音机的陪伴，我的生活有了好转。两年前哥哥把我从本塔斯女子监狱①捞出来时，比利牛斯电台尚不存在。亏得在一扇关闭的门后随意听到的零星谈话片段，我才得知它开始播音了，我还知晓了其他许多事情。

收到西班牙长枪党莱里达省特派员的任命时，里卡多已经在省会最好的街道之一租了一套好公寓。那时阿德拉刚生下玛蒂尔德，她的第二个也是最后一个女儿，还在康复中。数月后，在妇科和儿科医生的相应许可下，哥哥租了另一套房子，蓬特·德苏埃尔特②郊外的一处古老乡间别墅。它坐落在比利牛斯山坡的一个优越位置，掩映在松树丛中，靠近一条河流，如其神秘的名字诺格拉·里瓦戈萨娜一样美丽，别墅花园犹如绿色海洋中的一座绿岛，一个清凉又惬意、富庶又美丽的世界中心，犹如盛开在儿童故事书页里的那些国度。嫂子喜欢那座房子，以为只会在夏天使用它，但 9 月来临，里卡多告知阿德拉自己的职务不允许他远离省会居住，已经决定最好是她和孩子留在乡下，周末他来看望她。阿德拉这才明白如此美景的真正意义，一个金笼子的本质，我将不是它唯一的囚犯。

"可是我不知道，你住在一处，我在另一处……"可怜的嫂子嘟哝着，"那就好像我们分居了，不是吗？"

"你别夸张了，老婆。"他回答她，"英国人一直都是这样生活的。"

"够了，可我是维多利亚③人，你是马德里人。我们不是英国人，里

---

① 本塔斯女子监狱（Cárcel de mujeres de Ventas）：建造于 1931 年，其设计者为共和国女议员、该监狱的首任狱长维多利亚·肯特（Victoria Kent，1898—1987），其目的是建造一所模范女子监狱。1939 年内战结束后，佛朗哥政权对该监狱采取极端恶劣的管理，原本只能容纳 450 名犯人，结果超过 4000 名。该监狱于 1967 年关闭。

② 蓬特·德苏埃尔特（Pont de Suert）：位于莱里达省的比利牛斯山区中心，上里巴戈尔卡（Alta Ribagorca）地区的首府。

③ 维多利亚（Vitoria）：西班牙北部阿拉瓦（Álava）的省府，巴斯克地区自治区议会和公共机构所在地。

卡多。"

"好了，但这样是最好的，"亲吻阿德拉额头之前里卡多向她投去比自己的话语更加意味深长的一道目光，"对咱俩是最合适的。我知道自己说了什么，听我的。"

从1942年秋天起，只有周末或零星一天在省里出差的落脚点距离蓬特·德苏埃尔特比省会更近，里卡多才会在那栋别墅过夜。如果出现那种情况，他总是打电话通知家里，阿德拉来告诉我之前只要看她的脸色我就知道了。于是当她的眼睛闪闪发亮时，我便事先放弃其他夜晚的小小冒险之举。那些夜里我在自己房间读书，直到终于厌倦了这所沉睡宅子的寂静。之后凌晨时分下楼，悄无声息地走进图书馆，在黑暗中打开收音机，十分缓慢地转动旋钮，直至找到一个声音，"*这里是独立西班牙电台，比利牛斯站，唯一不受佛朗哥审查的电台*"。它温暖我的心脏，把我带回时间上十分接近，然而在自己的记忆里却如此遥远仿佛从未见识过的幸福。那个声音是我唯一所拥有的，是我选择的命运留给我的唯一东西，是我心仪的那个世界，不多，但我已经长得很大的生命突然变得那么小，单单那个声音便足以包裹它，在微弱、行善的希望怀抱里摇动它，在与世隔绝的无情孤独中陪伴我。它们仅仅是话语，但我最需要的就是倾听它们。

那些夜晚阿德拉常常服用一粒安眠药，免得因琢磨丈夫除了为自己的利益、孩子的利益、他朋友的享乐之外滞留在省会的各种理由而失眠。天气好的时候，里卡多几乎每个周末都邀请朋友来打猎、骑马散步。因此并且因为比利牛斯电台还是一个完全吸引我注意力的新鲜事物，那天夜里我没听见阿德拉进来。我还在想怎么能够不碰到任何东西就把灯打开，这时我回过头来看见她站在门前，穿着长睡衣，光着脚，跟我一样，双臂在胸部下方交叉，脸上有一种比往常更加强烈的困惑表情。

"我不明白，伊内斯。真的，我不明白。"

阿德拉人很好，但很单纯。她的善良非但不是自身天真导致的，而且相反，是强加在她认识世界的局限性之上的意志力不断行使的结果。她确信有好人和坏人，就像图书的白纸上有黑色字母一样，对她而言我永远只能是黑纸上一个反常的白字母，代表着一种持续的冲突，加剧了一场更加深重的危机。阿德拉和我哥哥在一起过得几乎不幸福。很少有我认识的人这么应该得到幸福，但她不幸福。或许因此，或许因为她不理解里卡多执意违背我的愿望将我扣留在西班牙，从第一刻起她就决定爱我，她爱我就仿佛是我的母亲，同时又是我姐姐，为的是给我回忆爱一个人意味着什么的机会。我也深爱她，以至于那天夜里看到她悲伤、失望地注视我时，我都无法动弹，也无法关闭收音机。

"我从来不敢问你这事，但你……"她闭着眼睛摇头，嘴巴缩成一种沮丧的表情，"你怎么能这样？你与那些人有什么关系？"

那一刻我发现，即便看似撒谎，不论母亲和兄弟、女狱长和她的女职员，还是修道院女院长、修女和阿农西亚西翁修女，这些人对我的关注都不足以提出那个问题。仿佛他们都确信我不可能有任何动机去改变方向、蜕皮、投敌，他们恨我、害怕我到如此程度，或根本不需要谴责我。我没有任何现成的答复，但我闭上眼睛片刻，想起 1936 年 9 月那个下午佩德罗·帕拉西奥斯的话和位于蒙特斯金萨大街我家的厨房，于是关闭收音机，起身走到嫂子身边，用力拥抱她，这些对我来说变得十分容易。

"阿德拉，我跟他们有一切关系，所有关系。"我与她分开，注视她，我用双手抱住她的头，让她停止否定，停止把头从一边晃到另一边，"如果他们谈论自由、人类、前途，他们那么年轻、勇敢……他们一无所有，却愿意为我奉献一切，为我牺牲，我怎么能与他们没有任何关系呢？"

那晚阿德拉和我一宿未眠，在图书馆聊了很多个小时。我向她讲述自己的生活，阿德拉尽管单纯却很理解我的生活，她再也没敢问我为什么在 9 月那个内战的下午从走廊的阴影处走到厨房的阳光下。

"大家好！"那一刻，直觉足以证实我的脚步迈对了，"我叫伊内斯。你们介意我坐下来听吗？"

无人，连比尔图德斯都没有立马回答。我环顾四周，差点儿感觉自己是一名不速之客，但佩德罗灿烂的笑容及时稳住了十一张犹豫的脸庞、十一只被惊讶凝住的张开的嘴巴。

"当然不介意。"他起身给我让座时，从上到下打量我，绽开笑容，"欢迎你。"

之后佩德罗靠在墙上继续说话，解释说在反法西斯战争中，在前线和后方战斗是一样的，都是必需的。战壕里的战士、工厂里的工人、街上的党员都在保持人民鲜活的热情、民众对奋力抗战和为获得胜利而牺牲的信仰。听他发言时我终于明白自己的胃为什么空空荡荡，在我面前已经没有两条路，只有一条路，即奉献自我，把我所拥有的一切贡献出来，彻底献身，遭受的风险远超一个观点、一种同情或一个孤立举动。那个夏天我航行在谨言慎行的大海，若即若离，似是而非，不带感情地思考。这看似是一个重大、复杂的决定，但很容易。因为实际上我已经选择，因为我只需明白这点。我只需倾听直至那时将现实所意味的一切击碎成面包屑似的那个声音，以便面对新生活排山倒海的力量，我昔日的外壳无法保留其白色花边的假象，[①] 与佩德罗说出的话语碰撞时迸裂成碎片。

"我知道对大家要求很多，但我会向你们提出更多的要求。"佩德罗对他的战友说，但看着我，"我会要求你们全部的东西。必须付出一切，不向沮丧、痛苦、疲惫让步，才能获得一切。我们不能凑合。"

"有需要的时候请算上我。"最后等所有人都出去，可以和他在门边独处片刻时，我对他说。

听到此话佩德罗再次微笑，他眯起眼睛，把右手伸向我，轻轻滑进我的脖子和衬衣之间，把手按在我的皮肤上片刻，我将头微微靠在他手上，体验他的热度、他手指粗糙有力的触觉。

"谢谢，伊内斯！"那一刻他已经知道我俩之间迟早将要发生的事，我也知道，虽然更加隐晦，"再见！"

之后我静静地待在门槛边，看着他下楼梯。在楼梯平台处他抬头看我，微笑了一下，我也微微一笑。我在发抖但无法享受自己的颤抖，因为那一刻比尔图德斯把我拉开，关上门。

"该死的卡斯特拉尔！"她好像发火了，我不明白，"这家伙好像读过书似的。"

"他应该是读过书的，比尔图德斯。"我出面为佩德罗辩护，依旧保持自己的笑容，"即便没上过大学，我肯定他也读过书，不然不可能说得那

---

① 指女主人公过去生活在白色花边的世界里，与现实隔绝。

么好……"

"可是他从来没有那样说过话！他是个该死的铁路工人，因此……是为了欺骗。我不知道他听谁说过那些东西，但我确信不是从他脑子里出来的。"她停住看着我，仿佛也在生我的气，"他这么做只是为了打动你，瞧瞧我对你说的话。"

"如果他希望打动我，"我独自对自己的结论发笑，"你想象不到他干得多出色。"

"啊！这么说那是我们得出的结论，哎？我跟你说另一件事，伊内斯，你别信任他。"

"嗯，为什么？"

"因为他不值得信任，因为……"比尔图德斯咬住嘴唇，停顿了一下，仿佛需要鼓起勇气，"因为他是马德里下层人，好了，我已经说了。即便他是我党的一个领导，那是事实。如果他这么有用，懂得那么多，那么确信自己说的话，那他就该去前线，那儿才是需要男人的地方。可他干不了那事，这倒是真的。他喜欢的是操纵他人，自己待在马德里，这么舒服，整天散步，一个会议接着另一个会议，晚上在咖啡馆吹牛。这事他倒干得好，瞧，在大伙面前吹牛，简直傲气得不得了，说真的，每周带不同的女伴。"

"这我不奇怪，"我再次微笑，自己都没意识到，"他很帅。"

"帅？"那个形容词终于让比尔图德斯发飙，"他不漂亮，伊内斯。他只是芸芸众生中的一个。"

"不，比尔图德斯，他帅。你至少要承认这点……"

我俩谁都分毫不让，不过都有理。佩德罗漂亮，但不值得信任。我的那部分事实给予自己十分巨大的快乐和各种程度的不快；比尔图德斯的那部分事实毁掉了我俩的生活。我幸存下来。她没有。

佩德罗的任何负约和不忠，所有那些突然的出差、重要的使命、连我也不能告知的秘密任务等谎言，其结局都是相同的。都是别人告诉我，他们看见佩德罗与一个、两个或三个女人在酒馆出风头，因为他已经懒得再次吹嘘晚上与蒙特斯金萨大街的一个小资在其圣洁之母手工绣制的麻布床单上发生性关系。这一切都没有让我料到最后一次会以那种方式见到他，对此我毫无心理准备。我当时在安置于父母家的国际红色救援组织①办公室工作，工作，不知疲倦地工作，在没有任何人帮助的情况下，靠保险箱里的巨资维持该组织的运转到几乎内战结束，却无法感谢那些男人的知心话、那些坚持要我看清现实的女人。我不在乎他作为底层小混混的出格行为，因为我爱上了他。我知道亲吻、拥抱、热情的话语迟早会回来。"原谅我，原谅我，我是无耻小人，但我爱你，只是无法相信一个像你这样的女人会爱我，爱我这样一个一无所有的人，一个死无葬身之地的倒霉蛋。但你知道我爱你，伊内斯，我爱你，我这么爱你，连我都不明白，爱情对革命者来说一直是个问题，爱一个像你这样的女人，问题更多，因为你是革命之中我的革命，伊内斯。所以有时候我忘记一切，我疯了，但你得原谅我，因为我这么、这么爱你……"这个口才好、精明的男人尤其善于抓住我的家族财富、我的资产阶级和右派前辈、我作为富家小姐的自卑感等原罪，从中获益，他只需要两个字出卖我。

"是她。"

佩德罗在我父母公寓的佣人楼梯平台上，就像第一次那样，但没笑。我也没有。

1939 年 4 月 28 日早上八点半，警察来敲门，我保持镇静，因为我以为一切都在自己的掌控中。此外家里还藏着七名同志，因为家人暂时还不敢回马德里。里卡多与母亲、姐姐玛蒂尔德及胡安（死于贝尔奇德）的遗孀在萨拉曼卡。我跟他们通了电话，告诉他们自己一切都好，没有发生比饥饿和恐惧更糟糕的事情。妈妈请求我千万别有去看望他们的念头，让我安静地待在家里，直到局势完全正常化。那天早上，我派比尔图德斯去开门，她重新穿上无可挑剔的制服，围裙上过浆，我甚至竟然对第一个进入

---

① 国际红色救援组织（Socorro Rojo Internacional）：共产国际 1922 年创办的一个国际性社会服务组织，目的是像国际红十字会那样独立运行。它于 1934 年出现在西班牙阿斯图里亚斯革命运动期间，其成员包括艺术家和作家。1936 年 1 月扩展到巴塞罗那，目的是在多个前线抗击法西斯主义。西班牙内战期间作家华金·阿德柳斯（Joaquín Arderíus）流亡法国和墨西哥之前为该组织主席。它的主要活动是帮助共和区的孩子获得食品，为战士提供图书馆，也协助建立了 275 家医院。

厨房的警察微笑。

"对不起，警察，但这想必是个误会。我叫伊内斯·鲁伊斯·马尔多纳多，这是我父母的家，我家人……"

"你别往下说了，不需要。"还没来得及向他解释我祖父是桑坦德银行的创建者之一，他就已经给我戴上了手铐，"我们了解你的一切。"

比尔图德斯已经被带到楼梯平台上，那个警察把我推到那里时，我听到一个熟悉的声音："不，不是那个女人。"楼梯的灯亮着，我可以清晰地看见佩德罗·帕拉西奥斯站在两个警察之间。于是我以为他可能也在同一场搜捕中落网，我试图相信这一点，但不能不看到他的手是自由的，他的目光慌乱，无法在我的目光上停留一秒钟。佩德罗那么了解我，无须看到我的脸来辨认我，他没这么做。他只是点头同意，只需两个字"是她"，向我表明我的错误犯到了何种地步。因为直到那一刻我才确定一切都完了，一切都毁了，垮了。但他只用两个字就终于失去我，毁掉我，比失败本身更加压垮我。

"你可以走了。"佩德罗左边的那个警察对他说。

"佩德罗，看着我！"他开始下楼梯时我喊道，"看着我，婊子养的，看着我！"

我大概永远不会知道他在离开之前是否看过我，因为一个警察用手背击打我，用力过大，把我推倒在地上。

"你闭嘴时更加漂亮。"

过了一会儿那个警察亲自把我扶起来，佩德罗已经不在了。那天早晨我被关进本塔斯监狱，成为数千个无名女囚中的又一位相同境遇者，在比风餐露宿更艰苦的条件下听天由命，而那之后无人再看见佩德罗。我们吃的不是食物，我们喝的几乎没有，也没有洗漱的水。例假是每月的不幸之事，营养不良倒是使它渐渐停止。挨了那么多饿，或早或晚我们这些最年轻的女孩最终都停经了。

本塔斯监狱装不下我们，没有伸直身体睡觉的地方，坐的时候没有一小块墙壁可以倚靠，院子里也没有散步的空间。让我们放风时，我们甚至不能走动，只能拖着脚步，整体迈着碎步移动，犹如一群早上七点半落入地铁车厢的企鹅。那个院子散发着人群的体味、温室的气味、数千个被自身的肮脏弄得抬不起头的肉体难以避免的汗臭味，没有足够的空气给所有人。5月份我们已经被炎热烤焦了。白天可怕，夜晚恐惧，但最糟糕的是凌晨的寒冷，每天清晨卡住我们脖子的冰钳。那时一个遥远的噪声以死亡之钟的准时吵醒我们，太阳还在沉睡，而我们睡不着了。天天在同一时间、对着东部墓地的同一片围墙枪毙我们的人，离得那么近，连风或雨都不能给我们省去远距离见证枪决的折磨。每天步枪的射击惊醒我们，除了星期天，因为刽子手尊重上帝之日的戒律。我们天天聆听零星、分散的致命一击，眼里充满泪水，刹那间冷得要死，那一刻我们不再感受炎热、痛苦、饥饿、干渴、害怕、疲倦。天天如此，那天也一样。

　　我已经习惯蜷身睡在自己那一块半花砖的地板上，嵌在另外两个佝偻着身体的女人之间。在监狱的一个半月尚未感觉到女看守喊我名字时从上到下贯穿全身的那种纯粹的，犹如冰冷、鲜艳的蛇袭击的恐怖，也没有体验到同伴双手的温和，她们默默地抚摸我，以这种我们被允许的唯一方式鼓励我。然而，在女狱长办公室会客厅等待我的那个男子，身着便服，十分礼貌地问候我，之后跟我解释，他是律师，是哥哥里卡多派来的。

　　"您的家人十分担心您。"他以一种略微殷勤、与真诚无法相容的和气语调对我说，"您母亲和哥哥姐姐理解您不得不独自在马德里生活三年的悲剧，没有任何人的帮助，在那时的首都您的姓氏每天将您置于死亡的危险之中，而且……他们都一致认为在如此艰难的局势下，唯一重要的是您幸存下来了。他们相信我们可以尽早改善您的处境。"

　　来访者停顿了一下看我，微笑并将笑容稳固在嘴唇上几秒钟。此人没有细心扮演自己拯救天使的角色，因为他大概以为自己张嘴的那一瞬间我就会崩溃。他为此有备而来，为的是我满含泪水扑向他的怀抱，愿意背叛、乞求、接受任何东西，只要能从监狱出来，但我任何时刻都没有感觉到崩溃的诱惑。虽然他的来访给我造成的惊慌失措与我们大家面对任何新变化时的感觉一样，不管看上去多么无足轻重，从我睡在监狱的第一晚就在等待它。我多次估算过家人做出反应之前合理的等待时间以及那种反应可预见的性质。我只是带着平静、专注但疏远的表情听他、看他，正如他们教过我如何对待陌生人那样。意识到这点时他停止微笑，语调变得略微强硬。

"我料想您自己已经发现这所监狱不是生活的最佳之处，所以我不会浪费时间跟您谈拥挤、瘟疫、疥疮、营养……"

"确实如此。"我轻柔地赞同他说得有理，像一位有教养的小姐，"我不需要任何人对我解释那些。"

"好，嗯……我是来给您提供一个解决办法的。您很年轻，小姐……我能叫您伊内斯吗？"我点头同意，他再次微笑，"嗯，如果您允许我提醒您的话，伊内斯，青春是干傻事的年纪。"

"那我不知道，"于是我还给他微笑，"我没干过任何傻事。"

"您这么认为吗？"他不仅没有领会我的微笑，而且事先没打招呼就拿出一张照片与我对质，"您认识这个男子吗？"

"不，我认为……"我当然认识他，"哎，让我再近点看他……"

照片上的这位男子大约三十五岁，我认识他的那天，他打扮成工人，穿着一件底边磨损、肘部几乎透明的法兰绒夹克，脚上是麻底帆布鞋，尽管很冷还露着脚面。那一切与他的问候同样令我错愕，"早上好，同志，我来找你"，这些话与比尔图德斯几分钟前所说的"外边有个男人说是里卡多的朋友"不吻合……直到我想起长枪党分子模仿了我们衬衣的颜色之后也开始互称同志。

"不，我不认识他。"1939 年 5 月，我面带另一个微笑把此人的照片还给我家的律师，他还是没在意我的笑容，"第一眼看上去像阿尔玛格罗大街的修鞋匠，但我不知道他是谁。"

"我不认识您，"12 月的那个下午我对来者也是这么说的，"您是谁？"他没告诉我他的名字，但递给我一张便条，抬头与我连同哥哥的长枪党证件一起烧掉的那封信相同。"亲爱的伊内斯，"之后是同一字体写的四句话，"我已经与妈妈和玛蒂尔德在一起了。我写这些话是为了向你推荐一位好朋友，一个优秀的员工，他会修复祖父的画。我很好，希望你在我身边。非常爱你，里卡多。"

"您确认吗？"

"完全确认。"但我感觉律师不相信我，"我从未见过这个男子。"

"我不明白这上面写的东西，"那天下午我对照片上的男子说，"我不知道谁写了这些话，也不清楚他的意图，因此我请求您马上离开我家。""什么？"听到我的答复后，这个男人比两年半后他把照片带到监狱给我的那位律师显得更加猝不及防。"可是……这不可能……您没读过？……""这些费解的话？"我把便条扔在地上，"是的，我读过了，但不懂它的含义，我已经跟您说过了，我不想跟您去任何地方，因为我不认识您，我对您没有任何信任感，因此请您离开吧，您一进来就该意识到这个家是国际红色救援组织的一个办公室，在政府的保护下。"

"相反，我们认为您的确是认识他的。这个男人，何塞·路易斯·拉莫斯·加西亚，1936年12月18日穿过封锁线到马德里执行一系列任务。第一项任务就是来接您，并带上您哥哥为资助国民起义①积攒的钱，将您平安带到我们的地区。里卡多先生向他反复强调要在赴其余任何约会之前与您取得联系，以便对您的解救不冒任何风险。把里卡多从瑞典使馆救出来的同一小组负责此事。他没有理由不遵照这些指示，我们清楚，他被捕、被人民法庭判处死刑、接着被枪毙之前在马德里还跟其他人见过面。"

"是的，战争就是这样。"我回答他，"你们应该知道这一点，因为你们就是为此而发动战争的。"

"如果您不立马离开，我要喊警察了。"我甚至对拉莫斯·加西亚说到这份上了，尽管我掂量了片刻他的许诺，萨拉曼卡、我的家人、他们的庇护、一种平静的生活，每天都一样，跟之前的日子、历来的日子相同，没有任何责任和痛苦，动荡、警报和轰炸都结束了，用修女的头巾和弥撒书换来的和平，松软的祈祷椅，以免弄破我的长筒袜，回家时能吃上巧克力加烤面包片。"如果您不立马离开，我要喊警察了。"我重复道，"我不是在开玩笑。"即便那时他也不相信我，我不得不拿起电话，拨了一个号码之后才使他信服。"早上好，我需要与安全局局长通话，我叫伊内斯·鲁

---

① 国民起义（Alzamiento Nacional）：它是反对西班牙第二共和国的叛乱者及之后的佛朗哥政府对发生于1936年7月17日至18日的政变所给予的命名，它的部分失败导致了西班牙内战。现代历史学已废用该命名。

伊斯·马尔多纳多，是他妹妹奥罗拉的一位朋友，是急事……"当邻居古斯塔沃对我说，要真是急事就更好了，因为他的桌上摆满了无名尸体的照片，拉莫斯·加西亚终于起身跑了出去。我请求古斯塔沃原谅，白麻烦了他一场，但对任何人、包括比尔图德斯都没说起拉莫斯·加西亚到访的真正意图。"他想干吗？""没什么，就是看看我们是否能在这里隐藏他的一个亲戚，但我不信任他，他都不愿意告诉我他的名字，在哪里居住，什么都不说……"

"战争的确是这样的，"但那位律师不喜欢我提醒他这点，"为此我们开战，目的是以胜利告终。小姐，我对您会非常坦诚。我毫无兴趣把您从这里捞出去。对我而言，您可以烂在这所监狱里。但您哥哥对所发生的一切感到愧疚，他不愿意理解真相，您不过是一个没有教养的娇小姐，被一个漂亮脸蛋的工人迷得神魂颠倒，忙于用不是您的钱来充当革命的资助者。所以他愿意给您另一个机会。最后一个机会。"

律师停顿片刻，在他的文件中寻找某物。不过当我凭直觉知道不管怎样他愿意铺在我迷途知返路上的地毯质量时，我比以往任何时候都明白在自己身上发生的不可逆转的异变之重要性。

"找到了。很简单。如果您声明比尔图德斯·莫雷诺·卡斯塔尼奥采取威胁手段把您扣押在家里，强迫您在蒙特斯金萨大街的家庭住址设置国际红色救援组织的办公室，并怀疑是她告发了何塞·路易斯·拉莫斯……"

"您不必再念下去了，"打断他的话之后我站起来，"我不会在那个文件上签名。"

"明天这个时候，"他停下来看我，"您就可以获释了。"

"明天这个时候，"我也停顿了一下，看着他，"我会继续留在这里，比尔图德斯将跟我在一起。请把这话告诉我哥哥，告诉他……"

律师说出比尔图德斯全名之前我很平静，但那一刻我真为她感到害怕，无法继续说下去。然而仅仅数月前战争才结束，我还没明白自己生活在什么类型的国家。我还以为自己的话能起点作用，我的决定可以影响比尔图德斯的命运，我还拥有尊严的慰藉。

"请您也告诉我哥哥，我爱他。非常爱他，像之前那样、像往常那样爱他。但我不会因为做了自己认为应该做的事而请求他原谅。"我转过身，开始朝大门走去，结束了那场对话，"午安。"

"总有一天您会对刚说过的话感到后悔。"

"假如我有钱，"我转身看他，"我会把最后一分钱都用来赌我不后悔。"

我从不后悔，即便我从修道院写给比尔图德斯的信开始被退回，或是当恩里克塔写信告诉我，复审了对她表妹的审判，再次起诉她，判决她死刑，并十分匆忙地执行了判决。我从不后悔，因为我已经知道自己生活在什么国家，相信即便提供自己的合作以换取对比尔图德斯的赦免，哥哥也不会尊重那个协定。对于她的牺牲我这辈子都会感到内疚，但从不后悔。我也不抱希望赢得那场赌博，直到1944年10月18日凌晨，我疲惫不堪的漫长旅行遇到一个意外的结局。

那天晚上，像许多其他夜晚一样，我悄悄下楼，偷偷溜进图书馆，暗中打开收音机，寻找那个声音，"*这里是独立西班牙电台，比利牛斯站，唯一不受佛朗哥审查的电台*"，突然那些话语变成长剑和步枪，打开的大门和敞开的窗户，能够清除噩梦灰色尘埃的劲风，普照万物的晨曦，清晨柔和的天空，迷宫的胜利出口，仲夏夜爆炸的焰火和歌曲，在街上起舞的喜悦身体，举在空中的裸露胳膊，在街角亲吻的陌生嘴巴，同一个微笑呈现在成千上万不同的嘴唇上，马德里，欢乐。

所有那一切突然容纳进这些话语，一种甜蜜而强烈的滋味瞬间淹没了我的味觉。这滋味如此美妙，我永远也无法描写它，因为他们来了，因为他们回来了，因为他们正在归来，因为他们是我的同伴，很快要再次越过边境线，而我就在附近，近得几乎可以看见他们、触摸他们、用我的声音呼唤他们。我感觉到这点，蛇蜕皮的时候应该有相同感觉，我的皮肤光滑、紧绷、红润，犹如新生女婴的肌肤，如此奇特以至于瞬间我不知所措，因为我想笑，可是我在哭，既然很多年没有这么满意了，不知为何我却不停地哭。我用手捂着脸免得出声，躺在地毯上，在那里继续表面哭内心笑，一遍又一遍地聆听那些话："*独裁者的日子屈指可数，光复西班牙的行动已经启动。将法国南部从纳粹的恐怖中解放出来之后，胜利的西班牙全国联盟军加紧越过边境，重新恢复共和国及自由。*"

那晚我几乎没睡几个小时，但醒来时轻松、愉悦，直到阿德拉问我为什么心神不宁一个人笑眯眯地一直在家到处晃悠，我才意识到自己的兴奋是危险的。

"我知道你怎么了。"幸好可怜的嫂子从来啥事都不明白，"有人告诉你今晚加里多少校要来吃晚饭，是这么回事吧？"

"哦，我听说了一点儿。"我避重就轻地回答。

"是吗？"我的答复让她困惑，"姑娘，我不知道怎样说，因为……看来是一件极其秘密的事。里卡多提醒过我，他宁可你不出面打个招呼。我不知道到底发生了什么事，但他那么紧张，都不敢在他办公室开会，而宁愿请他们到这里吃晚饭。"

"那么说，他不仅仅是跟加里多一起吃晚餐。"

"当然不是！确实省长和省军区司令都要来，还有……天知道还有什么，一大堆人，但是由于他从来不告诉我任何事，我唯一知道的是我要招待的客人数量。"

"你别担心。我来负责晚餐。"

"行，但我不认为今晚你能见到你的恋人。"

我没有见到加里多，但是当餐厅的谈话变成争论时，我的确可以听见他，他的声音与其他熟悉、陌生的声音混在一起，于是我在通往地下室的门口后面躲藏了两个多小时后，比前一晚更加心满意足地上床。

钻进被窝时我疲惫不堪，但回忆起哥哥的忧虑。"不可能，怎么会发生这样的事？""他们有多少人？"加里多不好意思地嘟哝："在马德里说有 10 万，但我不相信。"阿尤索将军以试图中立的语调宣布数据："大致是 8000，很容易计算出来，因为他们已经聚集在塔布①附近，但后备力量是两倍。"哥哥再次发话："而我们呢？"加里多再次回答："是问在阿兰谷吗？加上维耶拉②的守军、省里的新兵军训学员，还有我们可以从这里带过去的人马，大约 1900 名，还可以加上加泰罗尼亚民防队。"阿尤索再次

---

① 塔布（Tarbes）：法国西南部的城市，南部 - 比利牛斯大区上比利牛斯省的省会，也是该省的经济、交通、文化中心和人口最多的城市。

② 维耶拉（Viella）：位于加泰罗尼亚自治区莱里达省，是该市及阿兰谷地区的首府。

发言："1900 名加上加泰罗尼亚民防队？我现在明白为什么他们在比利牛斯的那个电台大肆吹嘘了。"又是哥哥发话："操，操，操，马德里的那帮人在考虑什么呢？"这一切让我无法立马入睡。

1944 年 10 月 20 日我早起，以便经历自己一生中最重要的一天。阿德拉的女仆通知我哥哥要跟我谈话时还不到早上七点，我已穿好衣服。我等了几分钟，脱掉鞋子，这样下楼梯时不发出声响，我踮起脚走到离餐厅门口几步远时站住。门是开着的，但里卡多在桌头，背对着我，在他左边的阿德拉无法把目光抬离桌布，她那么受惊，除了持续不断的啜泣我都无法听懂她说的话。假如那天嫂子的紧张情绪没有再次把她丈夫的心态搞砸，对我来说一切都会更加困难。

"阿德拉，需要，当然需要。"因为我是完全可以听到里卡多说的话，"你希望我怎么给你解释？你像是个傻瓜，操……昨晚共和派已经在博索斯特①过夜了，离这里五十公里，你觉得还不够吗？"

一声不易混淆的嘎吱动静向我显示厨房门刚打开，这时我匆忙穿上鞋，与他们会合。

"早安，"我用平静、平和、对自己最有利的语调问候哥哥，"克里斯蒂娜跟我说你想见我。"

"是的，"他开始翻阅报纸，以便不用看着我的脸回答，"我想告诉你我们要走了。当然，是临时的。"

"不过伊内斯请你坐下。"他妻子停止片刻的呜咽，以便再次表明她是唯一在任何形势下考虑我的人，"你吃早饭了吗？"

我摇头否定，坐到她对面，给自己端上咖啡、牛奶、一个螺纹面包，根本没看里卡多，仿佛不在乎他要对我说的话。

"是这么回事，我们要把家关了。军队下了疏散整个地区的命令。有风暴的威胁。"

"风暴的威胁？"我想也不太适合装傻，"既然我们远离大海……"

"是来自比利牛斯的暴风雪。"我点头认可，他继续说话，目光还是没

---

① 博索斯特（Bosost）：西班牙的一个镇子，位于莱里达省阿兰谷地区西部，与法国交界。

有离开报纸，"问题是我们都得离开。孩子们现在跟保姆去马德里。我马上出发去莱里达，留在那里，看是否需要协调救援队，因此你们暂时独自待着。下午将过来一辆车接你们，会把你放到修道院，继续带阿德拉到马德里。等危险一过我们就回来。"

"我也回来？"

他点头同意时，阿德拉抽噎着，但什么也没说。我也没说。我对好运的记忆丧失到如此地步，根本无法平静地承受它。直到那一刻我只限于估量8000名武装人士的行动可能会对我的生活产生的影响，没有考虑到自身的行动能力。但数月来我一直在准备自己的逃跑，里卡多通知我那辆车到来时，我明白自己不会遇到更好的时机了，当然这车永远不会把我送到任何地方。

他的司机在花园按响喇叭，我的手在出汗，腿在颤抖，大脑无法跟上我思想的速度。里卡多起身，在他妻子头上吻了一下，与她告别，开始朝门口走去，他转过身来带着同样的匆忙在同一部位吻我，最终没有张嘴便离去。他的脚步声消失在走廊之前，阿德拉爆发出她丈夫在场时勉强忍住的哭泣。

"不会吧！这算怎么回事呀！现在得以这种方式离开，孩子们在一头，我在另一头，好像我们又一次在逃难……"当哭泣让她无法继续说下去时，阿德拉拿起餐巾擦脸，让我看到了下面的东西，"既然在马德里我们已经没有家，什么也没有……我们现在要做什么？去哪儿？如果路上我们出点事？"

那块金属吸引了我的目光，让我的大腿活动起来，强迫我起身、行走，绕过桌子朝阿德拉走去，站到她后面，我的手放在她的肩膀上，手枪犹如白桌布这张洁白的地图上一座未开发的岛屿。

"别哭了，阿德拉，没什么大不了的……"我几乎听不到自己被紧张情绪所窒息的声音，但不知从什么地方获得足够的镇静，即兴装出一种纯粹好奇的语调，"那是什么？"

"手枪？"她在椅子上转过身来看我，我对着她淡红的脸蛋、哭肿的眼皮点头称是，"你瞧，你哥……他说，万一我需要……"

"大嫂，为什么你会需要它？"听到我的话她又开始哭起来，我开始过早地感到自己有罪，"既然只是一场暴风雪。把手枪拿到你屋里吧，哎呀，别吓着谁。"

一个半小时之后，我独自在厨房，一支面包圈大军在大理石上完美地成形，油在最佳状态。我脑子里的想法最终清晰，像甜点那样有条理，阿德拉比手枪更让我担心。孩子们已经走了。我亲自抱着还睡在毛毯里的侄女下楼，把她安顿在一辆只比他们父亲的车晚出发几分钟的车后座，在她哥哥旁边。之后我卷起袖子，轮流揉面搅拌，直至面团的质地达到完美，我把它分成同样厚度的圆柱体，小心、耐心地制成面包圈。我没再看到任何人，直到辨识出嫂子的鞋跟在瓷砖地上的回声，那时已经油炸了一半多的面包圈。

"哎哟！你在这里干什么？"

"做面包圈。"我用眼角看到披头散发的阿德拉，她比之前更加紧张，过于匆忙地打开又关上抽屉，找不到正在寻找的东西，"你没看见吗？"

"啊呀，我的孩子，你真勇敢！我真的不理解你。形势这么不利，你居然开始那么平静地烧饭……"

"我要把炸面包圈带给修道院的厨娘阿农西亚西翁修女，是她教我做的。"这是我首先想到的东西，不太巧妙，但话说到一半时我已经没有退路了，"她出售炸面包圈，为穷人挣点小钱，知道吗？"

"啊！很好。"幸好阿德拉已经找到一把剪刀，没时间察觉我的矛盾之处。

"我快做完了。立马上楼去帮你。"

"好的，我需要你，因为我有一大堆乱七八糟的事情……"

从油里捞出最后一个面包圈时我发现，运送这么多公斤的炸面包圈，不让它们压碎，最终变成像又硬又甜的油煎碎面包那样不成形的面团，绝非易事。但我还有更严重的问题要解决，已经到了应对它们的时刻了。

我摘掉围裙，上楼，进入主卧，穿过乱糟糟打开的皮箱和堆积在床上的衣服，看到了那把手枪，靠在阿德拉床头柜的一些钞票上。

"伊内斯，多亏了上帝！"这位可怜的女人看到我很高兴，"你检查一下，看看是否……"

但她话没说完，手枪已经在我手里。

"哎呀！请放下它，只要看到它我就不舒服。"

"为什么？既然手枪应该是退了膛的。"我把撞针往后一拨，证实并非如此，"哎哟，不对！它是上了膛的……"

二

"早安，妮可。"

用来通报新顾客光临的金色金属小钟祝贺我出现的高兴程度比不上她见我进门时让脸庞熠熠生辉的喜悦。

*"早安，我的……"*她闭上眼睛尽力想找到自己所需的词语，把舌尖伸到牙齿之间，像学生面对一门没有充分学习的考试，*"上尉？"*

我原来以为妮可是我最持久的崇拜者，直到发现她以同样的方式在柜台另一边恭维她遇到的所有单身汉，这位小姑娘小矮个儿，圆乎乎的，非常可爱，或许是因其五官、光滑粉红的皮肤、软软的脸蛋和厚厚的嘴唇。她正在与童年告别。妮可不超过十五岁，大概十六岁，是我平生认识的最会卖弄风情的女孩。妮可也是最有趣的女孩之一，因为她出于对游戏的纯粹享受而真诚地调情，没有陷阱也没有双重意图，她总是在微笑。

"很好，妮可。"我也微笑，一边点头肯定她做得对，*"很好。就是这个词，上尉。那么……我要买半公斤那边的俄国松糕。"*

我常常突然改变语言，想考验她，让她重温在学校里努力学的那丁点儿西班牙语，而她对我的理解越来越好。可是那天早上，她手里拿着夹子盯着我，嘴巴勾勒出一个完美的圆圈，完全充满了惊讶。

"那么……您要半公斤这样的俄式小点心……"

我点头肯定时发现俄国松糕的托盘大半是空的，但还是不明白什么事让她这么惊讶。

*"哎呀！"*于是她笑了起来，*"今天西班牙人都要买俄式小点心。我想您已经是第三个了。"*

那一刻我开始起疑心。并非因为我是第三个在位于莱昂·甘必达大街的那个小巧精致的点心店买一盘俄国松糕的西班牙人，据"明白吗"的妻子说，它是图卢兹最好的点心铺，而是因为我几乎可以确定另外两个买主是谁。我原本可以用几个简单的问题加以确认，但没必要。我马上就会知道的，因为已经一点多了，安赫利塔打电话邀请我吃中饭约的是两点。

"多谢！妮可。"我把一张五法郎的纸币放在柜台上，对自己微笑，一边看她停在收款机前面，背对着柜台，停留的时间远超她需要找零的工夫。

"我们的英雄今晚做什么呢？"尽管很擅长应付这种情形，她把零钱放到柜台上时还是脸红了。

"我不是英雄，妮可。"

"您当然是啦，我还在想……您跟夫人另外有约会吗？"

她最后一句话进入我这阿斯图里亚斯人耳朵时无意间做了一个语言游戏，我对此微微一笑，拿起点心，开始朝门口走去。

"不是跟夫人，妮可。"我从门口对她说，"夫人已经是过去的事儿了。"

"真可惜！"但她笑了起来，一边说太遗憾了，"不是吗？"

"回头见，妮可！"

"再见，上尉。"

桑德里娜第一次带我去她父母遗赠给她的乡间别墅时，我没有发现她邀请我进门之前从轿车后备厢里取出来的开胃面包和点心是用卡皮托利糕点店的纸包装的，那是妮可母亲的商店。第一次我也不知道，按照法国特有的关于美丽和宁静的标准，那是一个美丽而宁静的村庄，拥有绿色草坪和木质栅栏，比钟楼还小的教堂，酒吧正面的大门旁边用粉笔写在黑板上的菜单，村名叫维耶拉·图卢兹。那一次我甚至没有搞清楚罗马人在那里建造了一座城市，并且对它的命名与我们西班牙流亡者用以指代其后继者的图罗萨[①]，是同一个名字，仿佛我们想暗示自己在吉普斯夸省。一个周

---

① 图罗萨（Tolosa）：公元5世纪西哥特人曾在法国南部建立图罗萨王国，该地区使用的奥克语被称为"图罗萨"。而法语里的图卢兹（Toulouse）在公元前120年至公元前100年并入罗马帝国，后成为图罗萨王国首都，因此现在把这两个地名视为同一座城市。在西班牙北部吉普斯夸省有一个同名城市图罗萨，位于奥里亚（Oria）河谷。

四，午饭时间，也许我本该问问她丈夫在哪里，但我无暇顾及，因为我们根本没有上床。

桑德里娜，更确切地说，梅西耶夫人，嫁给了图卢兹最富有的企业家之一，一个汽车配件生产商。他与占领军做生意做得很出色，直到1944年头几个月，他选择捐献部分利润给自由法国的军队，以此购买一份爱国证明。同年8月26日，尚未从前一晚的宴会恢复过来的上校委派我代表他出席市政府的招待会，我在那种情形下认识了梅西耶，特别是他妻子。

"你不能对我说不。"那天上校冒失地上楼到我房间睡午觉，直到我拿起电话机"狼"才住嘴，"因为向你发誓我吃不消了。我消化不良，肚子疼，酒后不适，胃部灼热，加上安帕罗穿着衬裙、描眉画眼，在楼道里啪嗒啪嗒穿着高跟鞋走路，哼，她还嚷嚷说为了免得见到我的影子，宁可我在打仗也不希望我在家里，因此……恐怕这是一道命令。"

"那么好吧。"作为唯一从两场战争中幸存下来的女人，安帕罗没有失去1927年当选卡塔罗哈①篝火晚会女主持人的曲线身段，一想到她在家里不服从"狼"就让我好笑，"愿上帝赐福好运。"

"我也是这话。"安帕罗的丈夫不比她高，倒是比她瘦许多，应该不需要上帝来让她开心，因为她挂断电话时还在笑。

法国解放之后六天，图卢兹城开始恢复一些正常化的表象，但整个周末把城市放肆折腾个够的节日还没有结束。抵抗组织中心、醉醺醺的军人、讨人喜欢的妇女、歌曲吉他、争斗咒骂、排列在酒吧桌子上宛如一支玩具士兵军队的几十个空酒瓶，都还这么活跃，我以为找不到任何人愿意陪我。"左撇子"和"教堂司事"在战斗中失踪；"明白吗"21日上午九点就与我拥抱告别，醉意胜于激动，他跟妻子去了酒店，把电话也挂了，据我所知，他再没离开自己的房间；"帕斯谷人"我根本就没指望他，因为我记得那天凌晨见到"帕斯谷人"的妻子，她出来找他，碰见他和我在一起，还有一个并非妓女的女子坐在他膝盖上，她用手指敲打丈夫的头部，

---

① 卡塔罗哈（Catarroja）：西班牙瓦伦西亚自治区的一个市，属于瓦伦西亚省，位于南果园（Huerta Sur）地区。

把他从地下室拽出来，我们在那里玩得正尽兴呢。西班牙全国联盟在新政府的全力保护下占据了阿卡德酒店，将其军官安置在那里，然而我正从酒店出来时，无神论者的天意就把"羊倌"带到我面前。

"你没看见我的模样吗？""羊倌"一整天都在街上，衬衣上满是污渍，头发蓬乱，一层厚重的汗渍使他的脸庞发光，仿佛刚从浴室出来，虽然最引人注目的是他全身散发着不可思议的鱼腥味，像第二张皮肤裹着他似的，"我这样怎么能陪你去任何地方？"

"没事。"我抓住他两条胳膊，把他像个犯人似的塞进电梯，"你冲个澡，穿上军服，就精神抖擞了。"

"可那是几点的事？"他问我，还想开溜。

"八点，"我看了下表，"也就是说，十分钟之内。"

"好吧，但九点钟我得离开，我有事。"

八点零五分我们与伯努瓦及让－保罗相遇，他们在门前等候我们。各种公众和私人的庆祝活动也对"法兰西爱国狙击手"（法共抵抗组织，西班牙全国联盟的西班牙人都加入了该组织）的领导层造成了伤害，因为我们代表团领头的不过是一个陆军中校，伯努瓦·拉封。陪同他的是我，一位刚晋升的少校，还戴着离开西班牙时缝的上尉军阶臂章，还有两个上尉，让－保罗和"羊倌"，虽然后者还保留着他西班牙中尉的肩章。"该死的浪漫主义！""狼"常常抱怨，他那么自负，没有放弃把任何一次法国晋升的臂章缝在军装上面。"'秘密部队'的戴高乐主义者那么秘密。"[1]那个夏天之前我们常这么说，因为我们在山上时从未见过这支部队的任何人，他们只派了另一个上校，但在那次招待会上很少有人能够察觉法国内地军无论本土还是外国代表级别的不足。

"这个混蛋……"

---

[1] "秘密部队"（Armée secrète）：1942年第二次世界大战期间由几个法国抵抗组织合并成立的。流亡海外的戴高乐将军任命查尔斯·德莱斯特兰（Charles Delestraint）将军组织和指挥这支部队。1944年该部队与"法兰西爱国狙击手""法国地下抵抗军成员""军队抵抗组织"合并，组成"法国内地军"，由皮埃尔·科尼（Pierre Koenig）将军指挥。"秘密部队"尤其在法国南部势力强大。

伯努瓦用头向我示意梅西耶，他看起来像是挤满大厅的那些事业有成的资产阶级中的一员，穿得好，吃得更好。那个混蛋与至少四分之三的名人一样，是个通敌分子，这些人手里端着酒杯、带着比犹大之吻更虚假的哀叹表情握完我们手之后到处转悠。"但他妻子长得相当不错。"我反驳道。"那倒是。"伯努瓦再次用目光扫视她之前承认我说得有理。"好极了。"他点头肯定，强调他的附和。

梅西耶夫人比我大两岁，比她丈夫几乎年轻二十岁。她高个子，头发不是特别地金黄，皮肤无可挑剔，显示其斯拉夫人的血统，穿着一条白裙子，戴着一条绕了数圈的珍珠项链，这是她波兰贵族奶奶的遗产，缠在她的颈脖上，犹如一条豪华、受宠的铁环。那是她第一个引起我注意的东西，但不是唯一的。

"九点了……"我们已经在人群中玩了一刻钟的捉迷藏游戏。"一会儿我看你，一会儿我躲起来，一会儿我再看你。"这时"羊倌"把他的香槟杯子放在一张桌上，"我撤了。"

"去哪儿？"我朝他迈了一步，为的是再次聚焦梅西耶夫人，她微微一笑，"操，你真着急。"

"是的，因为我与索蕾约好了。"

"跟谁？"我把杯子在空中摇晃，向她远远祝酒，她也模仿我的举动。

"跟索蕾。""羊倌"重复道，只有当我确信不认识任何叫这个名字的人时，我才回过身来看他，"是的，哥们儿，索蕾，鱼贩的女儿，安赫利塔的朋友……"

"安赫利塔的朋友？"发现他说的是谁时我皱起了眉头，"可是那个女孩叫索朗热！"

"是的，但这个名字我念不好，我给她改名了。"

1942年3月，"明白吗"和我在佩皮尼昂①附近的一家军事化螺丝工厂上班，在所谓自由法国的地盘上。两个月前我们被强行从滨海阿热莱

---

① 佩皮尼昂（Perpiñán）：法国南部城市，东比利牛斯省首府。地处鲁西荣平原的泰河畔，东近地中海岸，西接比利牛斯山脉，水果和农产品贸易中心。

斯①集中营救出来，编入一个外国劳工连。工厂的生活尽管艰苦，但比在海滩上无法忍受的、差点烦死我们的单调好多了，即便仅仅是因为十小时、有时达十二小时的工作之后，我们纯粹是累得像块石头似的倒头就睡，而不是因为醒着无事可干的无聊。不过我们没有多少时间学习操作车床。

"鳀鱼味道真好，对吧？"

我一抬头，在那天轮到自己工作的机器对面碰到一个陌生人。我肯定从未见过他，不然是不会忘记他的。他的睫毛很浓、很黑，像是画上去的，黑眼睛，眼角轻微裂开。相反，他的肤色很浅，鼻子、嘴巴、颧骨分布在一张完美的鹅蛋脸上，跟我之前只在一些美女脸上看到的一样。假如看见他之前没有听此人粗声粗气地用阿拉贡口音说出暗号的第一部分，我会以为他是个同性恋，他说话跟那些宁可与火车相撞也不躲避的阿拉贡人开玩笑的口音一样浓重。

"尤其是醋鳀鱼。"我回答道，我俩同时笑了起来。

"一会儿工头会叫你们，通知你们，要转移你的朋友和你，"他提醒我，"你们不要拒绝。"

我点头同意，继续干活，没再看他，他也没再朝我抬眼，直到有人通知我，工头要跟我说话。那天我没再见到他，第二天也没有，虽然那天晚上四点钟，我们被叫来做准备时，我再次在工厂大门遇见了他。他排在大约30名工人组成的队列之首，全部是西班牙人，等待卡车运送我们前往一家公司，它的老板把我们要去了。从那时起我们将在一个锯木厂劳动，它位于比利牛斯山法国一侧的山脊，那地区叫吕雄莱②，离佩皮尼昂300多公里，离图卢兹南部100多公里，比其他任何地方都更接近西班牙边境，尽管当时我并不清楚那个情况，正如我错误地向自己后面的那个人做了解释。

"同志……"

---

① 滨海阿热莱斯（Argelès-sur-Mer）：法国城市，在法国南部地中海沿岸，靠近西班牙边境。

② 吕雄莱（Luchonnais）：指法国西南部城市巴涅尔-德吕雄（Bagnères-de-Luchon）周边地区。

他第一次叫我时我根本没动弹。在工厂里，塞内加尔士兵已经不监视我们，这些阿热莱斯的雇佣兵对我们没有任何特别的反感，除了发给他们武器用来对付白人时给他们壮胆的那种小人得志的傲慢无礼言行。在佩皮尼昂，我们的看守是武装的平民，为维希政府效劳的志愿者，是我们在西班牙打击过的长枪党和义勇军的法国翻版。那些婊子养的是自愿待在那里，没有理由不过得快活，他们已经下令肃静。后面的那位应该跟我一样听清楚了这个命令，但他用嘴唇发出嘘声想引起我的注意，之后想再次尝试。

"哎，同志！"确认我还是保持沉默时，他在我肩膀上轻轻敲打了一下。

维希分子在队首聊天，隔着十二个人的距离。其中一个弯腰用另一人的打火机点烟时，我终于转过头。工厂仿佛是座监狱，在给它照明的探照灯光下，我辨认出一个脸上长满雀斑和疙瘩的小伙子。

"幸好，我原以为你睡着了。"他长着奇怪的头发，介于近似棕色的橙色和近似橙色的棕色，听口音我一开始以为他是阿斯图里亚斯人，"你知道把我们带到哪里去吗？"

"不知道。"我回答他，再次朝前看，没有猜到仅仅一个单音节刚刚启动了一个令人惊讶的功能。

"但会是去另一个跟这一样的工厂或采石场吗？我听说也可能是一座矿山，我倒无所谓，因为我习惯了。我来自法贝洛，你知道吗？那是莱昂的一个小村子，靠近阿斯图里亚斯边界，在比艾尔索地区^①……"正在抽烟的那个看守开始朝我们方向走来，手里端着冲锋枪，但沉默没有超过他离开三步所需的时间。"所有那个地区都是矿山，哦，你可以想象得到，因为开采我村矿山的那个公司很有名，名叫'法贝洛的无烟煤'，在马德里格兰大街有一块非常大的招牌挂着它的名字，因为它的办事处在那里，当然了，虽然……"看守再次从我们这边经过，我的耳朵得到一个同样短暂的休息。"在那些办公室工作的人一辈子没来过我村子，在法贝洛我

---

① 比艾尔索地区（El Bierzo）：位于莱昂省西部，北部与阿斯图里亚斯接壤。该地区拥有丰富的煤矿，也因此成为矿工工会运动的发祥地，尤其是比艾尔索矿工革命的发展早于阿斯图里亚斯矿工运动和西班牙内战。

们也不认识他们，但多亏了煤炭他们大概才过得很好，因为他们想方设法让那里除了矿井没有别的工作，没有农业、畜牧业，什么也没有……"端机关枪的那个看守结束了他的散步，我又转过头来看这个喋喋不休的人。"我的祖父，父亲以及……"

"该死的，你愿意彻底闭嘴吗？"我以为自己的声音甚至以低语的音量都完美地表达我生气到何种程度，可是他过于沉迷在自己的世界里，根本没有察觉我的发怒。

"行了，我只是想说我不介意去矿山干活，因为我来自矿工家庭，我祖父、父亲、大哥都是矿工，你知道吗？我小时候多次下井，因为虽然法律禁止，可……"

"闭嘴！"这次是"明白吗"回过身来，甚至一把将我推开，想看清楚他，"按这个速度连他妈的矿区都到不了，明白吗？到达甭管什么地方之前我们就会因你的过错而丧命。"

"得了，您也没必要这样，我只是想讲……"但幸好来接我们的卡车马达让他把话留在嘴里。

这不是一辆军用汽车，而是一辆普通卡车，后部是空的，敞篷，两侧挂着一些招牌，上面画着一家锯木厂。看守命令我们按顺序上车，之后当大家都席地而坐时，把车门关上，只敲了一下驾驶室，让司机启程。我在法国生活的三年，那是第一次没有在任何步枪的射程之内，但那个同伴居然不给我机会来思考那次令人惊讶的监视缺位的原因。

"虽然他们知道那是犯罪，"因为这家伙以令人震惊的自如，在话头打住的同一点上继续自己冗长的啰唆，"还是使用我们这些孩子来勘查新开的巷道，让我们告诉他们是否……"

"操！"我听见左边的人说话，"好一趟在等着我们旅程，明白吗？"

"瞧！"他说得有理，我听到的时候已经朝那位饶舌者转过身来，抓住他的衬衣，"我是阿斯图里亚斯人，你知道吗？我出生在迪内奥市一个名叫赫拉的内地村镇，但在米埃雷斯长大。你知道为什么吗？"饶舌者张开嘴，但我没给他时间回答我的问题。"因为我父亲是矿工，可没想到一次地道塌方压死了他。你知道我是干什么的吗？"他再次徒劳地张开嘴巴。

"我是矿工，跟父亲一样，因此我烦透了下煤矿，不需要任何人给我解释煤矿是什么样的，也不用跟我说利用小孩来勘查新开的巷道，检测瓦斯泄漏。因为孩子身体那么小，从一个容不下大人的豁口钻进去，这样工头就节省了采掘工开一个更大的洞所要花费的工时。"我话说得像他那样急促，或许因此他尊重让我喘气的停顿，"我什么都知道，懂了吗？因此你可以闭嘴了，非常感谢。"

"不客气。"他说出此话，但立马改嘴，"不，我闭嘴了。"

卡车离开了我们刚放弃的那个工厂所在的工业区，进入一条没有任何照明的二级公路。我几乎立即注意到有人开始挪动，虽然夜色使我无法辨认他。不过他逐渐接近我们时，我在一声低语中辨识出提醒我鳀鱼味道不错的同一个声音。

"'多嘴'，跟我换下地方。"他请求法贝洛村女人从未生过的最饶舌男人，等他占据了"多嘴"的位置，在无月之夜厚重黑幕下刚透出的亮光让我可以看到他朝我伸来的手，"你好，大伙儿叫我'教堂司事'。你是'风笛手'，对吗？"

"是的。"我握住他的手加以肯定，"这位……"但他抢在了我前面。

"你是'明白吗'，对吧？我认出你了……"他正要说"因为你隔三岔五就要重复这句话"，但及时打住了，"哦，我认出你了。"

之后"教堂司事"向我们解释要去的地方，是属于一家法国－西班牙公司的森林开发企业，其股东都是共产党员。推荐我们来该企业的某个人大概正在那儿工作，这份工作将允许我们加入一支初出茅庐的游击队，从事对德国后方的骚扰。

"因此你们别想着从卡车上跳下去。"我们庆祝完这个消息时他建议我们，"因为除了喧闹，我们在那里会很好，与同志们在一起。"他跪下来朝车厢尽头爬行。"我去跟那边的同志谈谈……"他回过身来看我们，"我想你们应该已经认识'多嘴'了。"

"是的。然后你们就笑话我的绰号，明白吗？"

"他是很好的小伙子。""教堂司事"微微一笑，"唯一的问题是，他紧张时话多，不紧张时……话也多。"

可是"多嘴"重新坐到我右边时继续保持沉默，前额靠在膝盖上，双腿弯曲，手臂围绕腿部，仿佛想防着我们。隐约看见他羞红的面颊时，我发现他很年轻，像十八岁，我估摸或许连十八岁都没到，是一个还没有停止发育的大孩子。即便缩着身体，他的腿也像涉水鸟，长度与其短小、扁平的躯干不成比例，腰部几乎在腋下；反过来手臂极长，每只手腕上的手又大又宽，像男人的手。一开始那点只是吸引我的注意，但我马上想起自己，想起母亲，每当神学院给我放假，她一看见我进门就沮丧地拿出针线盒。"我的儿啊，"她常对我说，"你像只鹳，我不知道该拿你怎么办，没有一条裤子能连续三个月适合你……"

　　"'多嘴'……"他抬起头，看我，又把头藏起来。"听着，'多嘴'，"我不得不肘击他，让他再次看我，"之前的事我很抱歉，唉，原谅我。"

　　我们认识他的那天，米盖尔·席尔瓦·马西亚斯，外号"多嘴"，刚满十七岁，跟我一般高，比"教堂司事"矮一厘米。我们在巴涅尔[①]度过的两年，他往上最后蹿了一次，超过了"明白吗"，后者是西班牙全国联盟军在那一地区身材最高的军官，但"多嘴"的身高没有改变我与他那天建立的关系。

　　"多嘴"在这个世上孤零零的。他父亲和大哥死于我们的内战，前者被枪毙，后者战死。不久之后，就在1936年夏天，他母亲随他们而去。无人能陪伴她，因为那时她二儿子已经上山，十一岁的小米盖尔是老小，与他的教父教母在阿斯图里亚斯。那是他们的远方亲戚，没有子女，通常每年7月中旬带他去海滩。北部战线沦陷之前不久，"多嘴"与教父教母坐船逃亡，到达法国时他被寄宿在一个孤儿院之类的地方。那里起初还可以，虽然1939年2月他失去了与原本唯一可以照顾自己的那几个成年人的联系，大量难民把那个寄宿所变成了挤满西班牙妇女和儿童的场地。1940年年末，尽管未满十六岁，但"多嘴"作为强制劳工者被动员起来。

---

① 巴涅尔-德-比戈尔（Bagnères-de-Bigorre）：法国西南部城市，南部-比利牛斯大区上比利牛斯省的一个市镇，也是该省的一个地区和副省会。位于比利牛斯山脉北麓，阿杜尔河上游的河谷之中，四周均为海拔较高的山峰，地形封闭。该城历史较为悠久，还以温泉和溶洞等地质景观而闻名。

他最后的工作地点是佩皮尼昂的一家螺丝工厂，"教堂司事"在那儿听到"多嘴"的事情时判定这个孩子的遭遇够多了，他请求联络员把"多嘴"纳入那些被招揽的工人名单里，由他亲自负责。然而在锯木厂充当"多嘴"的父母、监护人和大哥、师傅和保姆、保镖和忏悔神父的不是"教堂司事"，而是我。

"操！'风笛手'，别再宠他了！"战友们给我改名之前"狼"多次责备我，改名之后也多次怪我，"你在溺爱他，他整天贴在你脚后跟上，就像一个孩子粘在母亲的裙子上，好像你是个同性恋……"

"不是那回事，'狼'。难以置信你对此不理解，我只不过觉得'多嘴'很可爱。他很逗，我对他印象很好。仅此而已。"

"但一个军官的义务是与他所有的战友一律称兄道弟。"

"是吗？那你也别再那么宠着罗梅斯科。"

"狼"也有自己的宠儿，一个与"多嘴"相同年纪的男孩，很讨他的喜欢。因为那孩子是维耶拉人，离"狼"出生的塞欧·德乌尔海厄镇很近，他在该镇担任公办教师直到1936年政变，"狼"对那孩子一直很关照。

"罗梅斯科，躲起来。"

"可是如果我……"

"我说了，躲起来！立马趴在地上，该死的！"

我对"多嘴"同样如此，而且把他当成自己从未有过的弟弟来爱护，因为对我而言战争从1934年10月就开始了。我拿起步枪那天还差两周满二十岁，至今还没有松开过它。我参战太久了，太长时间受罪、少食、睡在地上，在雨中、冒着寒冷或炎热遭遇恐惧。所以我爱他，因为在连续八年、九年甚至十年里我过的几乎是一种可怕的生活，战争加流亡，再次战争加流亡，又一次战争。大长腿、脸上满是疙瘩的"多嘴"让我想起自己，那个还住在家里、睡在床上、吃母亲烧的菜肴的男孩，那时战争尚未把我变成男子汉，类似于我对"多嘴"正在进行的改造，虽然我们一起到达巴涅尔时，战争离我们原本希望的要遥远得多。

"你们别抱幻想，""狼"在卡车旁等着我们，给我们一个拥抱后让我们清醒起来，"我们干不了大事，因此……"他张开手给我们看锯柄在手掌上留下的茧子，在可以握住不同的武器之前我们也会长出同样的茧子。"这就是现状。"

拉蒙·阿梅特耶尔·罗维拉，外号为"狼"，并不是我们在锯木厂遇到的唯一来自阿热莱斯的同志。招募我们之前他已经要了"帕斯谷人"罗曼和"左撇子"安东尼奥，他俩的命运更糟糕，已经在那儿待了两周。华尼托·萨法拉亚开战以来一直是"狼"的代理人，他来得更晚。再次见到他时，我们已经与"教堂司事"佩佩·桑切斯·阿里萨、"羊倌"马诺洛·冈萨雷斯·阿尔坎塔拉结为好友。他们六人、"明白吗"和我创建的部队最终成为法国内地军第九师第七旅，但直到1943年春天我们更多从事的是伐木和烧炭，而非组建队伍。

"我们的主要问题是没有武器。"莫德斯托·巴列多尔与他兄弟何塞·安东尼奥① 共同掌管西共在上加龙省及周边省份的森林开采业务。我们到达后没几周就召开了一次会议，他们向我们解释局势："我们的联络员每天都冒着生命危险去搞武器，但这些东西只能一点点地到我们手里……"

那确实是真的，在办公室上班的"狼"过了一年多才在一天下午，在出发的汽笛响起之前，登上我们正在伐木的那座山，和我们闪到一边，低声向我们下达命令。

1943年5月15日，我们起床时还是夜里。"明白吗"告诉我这一天是圣伊西德罗节②，那时我无法看清他的表情，但听声音我想象他的表情是因怀乡而忧郁的。"今天在马德里是节日，明白吗？今晚会有露天晚会、舞会和油条，还有一些来自巴耶卡斯③的姑娘，长着这么大的乳房……"

---

① 何塞·安东尼奥·巴列多尔（José Antonio Valledor, 1904—1995）：西班牙共产党员，共和派军人，内战期间曾担任第十五国际纵队队长，是唯一指挥国际纵队的西班牙人。参加了著名的埃布罗河战役，内战结束后流亡法国，在法国南部参加抵抗运动。

② 圣伊西德罗节（San Isidro）：圣伊西德罗是马德里守护神，每年5月15日左右在马德里庆祝该节，节日期间有舞会、游乐活动和烹饪周等。

③ 巴耶卡斯（Vallecas）：原为西班牙的一个镇，位于马德里东南，1950年年底并入马德里。

"别抱怨了，你也会过这个节的。""明白吗"的手在空中划出的两个巨大球体还没泄气时，我试图鼓励他，他笑了一下。那时我俩谁也无法想象我的话将在何种程度上成为预言。

那天上午我们没去锯木厂上班。前一晚我们在大平房找到两个装满缺齿斧头的麻袋、一只带提手和两个盖子的柳条筐，汽笛响起之前我们背上这些东西，好像要去乡间野餐。筐里有巴列多尔兄弟的法国合伙人之一埃米里·皮埃尔签署的一张通行证，作为我们不在营地的证明。

"要是到达村子之前巡逻队拦住你们，""狼"跟我们解释，"就把通行证给他们看，把斧头带给铁匠，跟他说把斧头磨锋利了，然后你们就马上回来，不要引起注意。"

"如果不拦我们呢？"

"哪怕不拦你们，你们也没看见任何德国人，即便在公路上远远地也没看到……明白吗？"

九点整我们远远看到的是装饰在杜贝切斯农场栅栏顶部的釉瓷小鸡。公共汽车站正好在农场对面，在公路的另一边，一位姑娘与我们相向而行，她穿着白衬衣、蓝裙子，头戴一项女用阔边草帽。她胳膊上拎着的柳条筐与给我们的一模一样，不过近到足以辨认出我们背上扛的麻袋时，她停下来，右手摘下草帽，把它放在地上的筐子上，摇晃头部，解开一片几乎及腰的黑发瀑布。只有当用手梳头之后她才非常缓慢地把披肩长发绾成发髻，以便确定我们看清楚她的举动。之后她捡起草帽、筐子，继续行走到车站，眼光盯着地平线，仿佛没看见我们。

"运气不好。"我朝"明白吗"的方向咕哝，因为"狼"斩钉截铁地表示，"如果没有草帽就没有手枪"，但我朝右看时没见着任何人。我不得不转身，发现"明白吗"在我后面数米远，犹如一棵刚种的树那般静止，嘴张得大大的，朝唯一不该看的方向张望。

"那个女孩是谁？"他问我，没有伸直头，仿佛脖子扭了，或一根隐性绳子从公路的另一边拽着他。

"我怎么知道！"我抓住他的下巴，迫使他朝前看，"我们走……"

不过尽管我终于让他迈开步伐，"明白吗"头部保持笔直没有超过一秒钟。

"别看她。"我咬紧牙关对"明白吗"说,假如可能的话,我会以同样的力量把他捏瘪,"可你是傻了还是怎么了?"

"没有……"他的语调如此欢快,仿佛我俩置身于他如此憧憬的某个露天晚会,"我很喜欢她,明白吗?"

"哪怕你喜欢她,也别看她,傻帽。"我击中他的后颈,想让他一下子回过神来,"难道你不记得她筐子里带的东西?"

"明白吗"终于把眼睛转向我,突然眉头皱起来,面颊泛红。

"真是的,"他承认,"你说得有理,明白吗?"

可是在一个转弯的尽头,"明白吗"一边假装系靴子的鞋带,一边再次注视她。去往镇子方向的公共汽车从我们身边经过时,我们又看见了那位姑娘。她站在车中央,抓着扶手,朝我们张望,她对这一切都察觉到了,因为"明白吗"朝她抬头时,她对他微笑。

镇上充斥着德国人,但他们都在休假,几乎全都醉了。我们绕了几圈,避开妓院、咖啡馆、酒吧,设法无须向任何人出示通行证,可由于那些事加上铁匠的耽搁,我们回到营地时太晚了,"狼"已经知道交货失败。三周后他通知我们要再次尝试该行动。

"我们要在远离镇子、离这儿大概五公里的另一个车站进行交货,但或许其他人去更合适,因为……"

"女孩是同一个人吗?"

"当然。手枪仍在她手里。"

"那我们去吧,明白吗?"

"可是很危险,因为……"

"不行。""明白吗"那么冲动地摇头否定,仿佛他的脖子脱臼了,"既然我们没有向他们出示通行证,他们也没看到我们的脸,什么也没看到……我们去吧,我们已经认识那个姑娘了,这样好得多。""狼"显得不那么信服,但"明白吗"反应更快:"那天在车站还有两个女孩,明白吗?她们三人打扮相似。就差明天另一个戴草帽的女孩,这样的话随便一人去就会出错。"

"明白吗"没再多说一个字，他起身，掸掉裤子上的灰尘，很坚决地迈开步伐。

"可你现在去哪儿？"我问他。他没回答我。"狼"想知道他出了什么事，我告诉"狼"自己不十分确定，因为从来没见过"明白吗"这样。在那个公交车站，我也没见到两个穿着与我们联络员一样的姑娘，但我不想说。

1936年11月10日，我确信自己要死了。我独自待在马德里临床医院三楼的一个角落，虽然一直在利用我周围尸体的弹药，但很快就要断了给养。那一刻对我而言那个走廊便是唯一的前线。双数房间是我们的，单数房间是敌人的，我在一边，另一边至少有三个射击手。那不是我第一次以为自己要死了，但从未这么近距离目睹死亡。我已给自己足够的时间与世界告别、想念我的母亲和姐妹、想起那个夏天我逐渐做出的决定。政府请求阿斯图里亚斯矿工炸毁托莱多城堡时，我决定自告奋勇去托莱多，那个举动差点儿导致我在马德里送命，两天前从阿兰胡埃斯①步行到达首都时，我爬上第一辆驶往该医院的卡车。除了那所医院我对这座城市还一无所知，在那里，我首先为共和国，其次为自己的生命连续奋战了36个小时，差点儿丢了性命。第一次听见"明白吗"的声音时，我已给自己充足的时间决定不后悔所做的一切。

"坚持住！明白吗？"我还没来得及问自己要明白什么，就看见从311房间大门向我开枪的那个阿拉伯人如何被打翻在地，"坚持住！我马上到！"

他吸引我注意的第一点——甚至先于他在所有话中重复的那个问题——是戴着那么脏的眼镜居然有这么好的准星。此外，那天上午他的眼镜碎了，他时不时地摘下眼镜，用路过治疗室时拿到的一卷胶布修理它。除此

---

① 阿兰胡埃斯（Aranjuez）：马德里自治区南部的一个镇，以其王宫闻名，2001年被联合国教科文组织评为"世界文化遗产"。该王宫是天主教双王伊莎贝尔和费尔南多"出逃"之处。18世纪时波旁王朝的国王菲利普五世将宫廷中心移到阿兰胡埃斯，卡洛斯三世和四世分别修建了王宫的两翼和"王子花园"以及"农夫之家"。阿兰胡埃斯宫的正面充满东方风情，中国殿和阿拉伯殿是主要的游览景点。阿兰胡埃斯的花园设计独具匠心。岛屿花园的花草、雕像与喷泉相映成趣。王子花园反映了西班牙国王想把西班牙中部和海洋联系在一起的梦想。

之外他很高、很瘦，身材很不匀称；小蜗牛似的、歪歪扭扭长着的鬈发，不停地耷拉到他的额头上。那天之前其他人救过我的命，但我对谁也没有这么好的印象。我跟谁的配合都比不上跟那个男孩的配合，他和我同岁，二十二岁，好似能洞穿我的思想。当我们的人巩固从我们阵地到楼梯的那片防区时，我们已经立马消灭了对面的三个敌人，换防部队遇见我们正十分安静地吸着烟。他告诉我他来自比卡尔瓦罗①，在马德里仅待了一周，安顿在一座阳台正对着雷蒂罗公园的豪宅，房东在 7 月 18 日之前就放弃了它。女门房跟"明白吗"同村，向他告发了此事，我对他说连睡觉的地方都没有时，他回答我说自己富余 200 平方米，有一大堆房间可以选择。我们就这样成了朋友，从他救我命的那天起，直到他爱上一个提着筐子、戴着草帽的姑娘，我们几乎没分开过。

"'明白吗'，操！"第二次交货的上午，我醒来时他不在大平房，见他进门时我很难认出他来，因为"明白吗"刮了脸，剪了头发，穿着一件刚洗过、还在滴水的衬衣，"在你旁边我会像个叫花子的。"

"说得正是，明白吗？"

"我不知道'狼'是否也这样想。"但他拿起一只麻袋，微笑着，什么也没说。

"我一直在想……"我们步行了一公里多，这时他再次开口，"那个女孩，会是法国人还是西班牙人？"

"我不知道该跟你说什么，"因为事实是我没觉得那个女孩有多么出挑，我都没好好打量她，"从外表看更像是西班牙人，但那并没有多大意义。"

"是的……"他似乎又陷入沉思，但马上反应过来，"最好是西班牙人，明白吗？不是因为我在意这点，无所谓，明白吗？而是因为我们不会有时间说很多话……"

"你们不会有时间干什么？"

于是惊讶得杵在公路中间、停顿下来的人是我，转过身来很奇怪地看着我的人是他。

---

① 比卡尔瓦罗（Vicálvaro）：马德里省的一个老镇，目前并入马德里市东南的一个区。

"说话……"

"瞧，塞巴斯蒂安。"我们只在紧急情况下使用自己的真名，但为了消除任何疑惑，我朝他走去，抓住他的胳膊，摇晃他，免得控制不住给他两个耳光，"既然看来你没意识到我们身处何地，发生了什么，我们要做什么，那我给你解释一下。这里是法国，懂吗？一个被纳粹占领的国家。你和我是两个西班牙囚犯，或者说，一块狗屎，那个姑娘大概是另一名西班牙避难者。她的生命与我们同价，也就是说，另一块狗屎，她将冒着生命危险，或说得更确切些，她正冒着生命危险给我们送枪，因此任何人不能跟她说话，听懂了吗？你、我，任何人都不行！"我停下来看他，看到他那么快乐舒畅，用嘴唇做出奇怪的举动以免发笑。"我向你发誓，假如你做出什么危险的举动，我会从筐里取出手枪，一枪打死你。"

"好吧，我们走着瞧吧，明白吗？"

那天在马德里应该没有露天舞会，不过圣伊西德罗想必觉得亏欠了我们，因为一切都很顺利。真是奇迹，但很好。在约定的时间我们看到同一个姑娘，同一件衬衣，同一条裙子，上次的同一只筐子，在公路对面行走，直至到达一个公共汽车站。那里只有一位上年纪的女士靠着柱子打瞌睡，还有两个大约十二岁的孩子，也不比她清醒多少。那位姑娘把筐子放在地上，但没有摘下草帽，最后我们穿过马路，到达车站，站在她旁边。"明白吗"设法贴近她，然后静止不动，直着头，朝前看，一分钟，又一分钟，再一分钟。幸好，我想，以为自己的责备起了点作用，这时我看到他把头偏向一边，脸上露出十分可疑的傻乎乎表情。一分钟后他闭上眼睛，微笑起来。于是我离开他几步远，舒展身体，直到打起哈欠，我向右看，仿佛想隐约看到一辆没来的公共汽车。我朝后看时撞见他们正互相抚摸着手，俩人都十分僵硬、严肃，好像那些相互接触、从上往下移动、彼此抚摩的手指不是他们的。我回到最初的位置，在"明白吗"左边，把舌头弯在口腔里，用牙齿咬住它。那原本足以让我朋友察觉我恼火到何种程度，可是我仍忍不住低声咒骂。

"我要让上帝、圣母和十二位使徒见鬼去……"他俩谁也没看我，虽然"明白吗"听我发誓时微笑了一下，但我来不及再次发火，因为我立马看见远处出现了她要上车离开的那辆公共汽车。

孩子们抢先准备上车，那位昏睡的女士排在他们后面。那位姑娘拿起我们的筐，用脚把她的那只朝我们推过来，然后朝车门走去，在等待那位老妇找到正好的钱币买票时，这位姑娘仿佛知道"明白吗"在那个瞬间爱上了自己。她摘下草帽，摇晃着头，转身看他，对他微笑。"明白吗"用目光跟着那辆车，直到看不见为止，然后朝我转过身来。

"你告诉过我不要说话，我就没张过嘴，明白吗？"

"明白吗"笑了起来，我觉得从来没见过他这么兴奋，于是也跟他一起微笑。不管怎样我们拿到了手枪，四把崭新的德国鲁格手枪，这是我们弄到的第一批武器，那才是重要的，即便他依旧更加担心其他事情。

"她会是法国人吗？""明白吗"在回来的路上问我，第二天、三个多星期里每天问我好几次，"因为假如她是西班牙人，当你让上帝见鬼去时她应该听到了，明白吗？当然你那么低声说话，或许她没听见。"

"'明白吗'，那个姑娘是哪里人？""教堂司事"开他的玩笑。

"是法国人，不是吗？""羊倌"也开他玩笑，"或者是卡塔赫纳人？我没太弄清楚。"

"看看会不会是我的表妹孔奇塔，因为从对她的描述来看……"

"你们都滚蛋吧！""明白吗"转过身来，好像一只黄蜂刚刚蜇过他，"你们俩，明白吗？"

"你们太不敏感了！"萨法拉亚变成宽容的人，"你们没看见他坠入情网了吗？"

那是最让"明白吗"不舒服的话。听到此话他噌地站起来，拍打裤子上的灰尘，仿佛这辈子都不想再坐下来。他走了，愤怒大于骨气，没有回头看我们。没过两分钟他就回来了，继续高声询问，向其他人打听她的情况。然而那位草帽姑娘除了与"教堂司事"的表妹、数百万世上任何地方和任何国籍的女孩共有一些相貌特征，没有其他信息。她身材不高，接近褐色的栗色皮肤，瘦削，黑眼睛，头发又长又卷，牙齿十分洁白……直到她自己终结了"明白吗"的忧虑。

"'明白吗'！"她出现在我伐木的森林空地那天，我喊他。

"到!""明白吗"回答，那天上午他在林地更上面一点的地方干烧炭工的活。

"你女朋友是西班牙人，安达卢西亚人，来自白井村，名叫安赫利塔。"

"是吗？"一颗完全漆黑的脑袋出现在一堆冒烟的煤渣上面，"你怎么知道这一切的？"

"因为她本人刚告诉我，她就在跟前。"

"真是见鬼了！"想起"明白吗"几天前那么仔细地理发、剃须、洗衬衣，我就笑了，"好吧，你跟她说等我一会儿，明白吗？至少我得去洗洗脸……"

安赫利塔在属于埃米里·皮埃尔父母的一个农场上班，离锯木厂很近，条件与我们差不多。她之前在一个妇女集中营，后来进入一家工厂，又按照党的指示从该工厂被召集到这个农场。尽管如此，她的活动自由度比我们大得多，因为身为同志的皮埃尔夫人上了年纪，几乎足不出户。去镇上采购的是安赫利塔，每当埃米里的父母想给他带某个口信又不敢在电话里传递时，来公司办公室的也是安赫利塔。那天上午她就这样来到锯木厂，无须询问两次就找到了高个子、鬈发、鹰钩鼻、戴着极脏眼镜的男孩下落，因为别人没有这些特征。

从那一刻起"明白吗"和安赫利塔商定比其他人多冒一倍的生命危险，白天如此，夜晚也是如此。每天下午汽笛响起前几分钟，他爬到可以看到皮埃尔农场的岩石上，观察它的后院。安赫利塔用一种晒衣密码来计划他们的约会，把衣服晒在这根或那根木桩的一边或另一边，"明白吗"在床单、衣服和袜子间发现那天晚上她是否等待以及等待的时间和地点。

"费尔南多……"

如果运气好的话，他低声重复我的真名，温柔地晃动我，直到让我睁开眼睛。第一次醒来发现身边的铺盖卷空着时，我对他说，出于可能会发生的事，我希望知道他在哪里。虽然对德国占领军而言，我们官方上是囚犯劳工，在营地内可以自由活动，在大平房也没有看守，然而营地被铁丝网围着，门口有武装人员，他们的真正任务不是阻止我们出去，而是防止我们可能接待的外界来访。我们中间许多人是作为外国劳工连的成员到达那里的，但还有更多的非法者，那些共和国战士，无论是否为共产党员，他们从集中营或工厂逃出来，缺乏任何留在锯木厂的许可。他们是该营地被监视的唯一原因，我们时不时模拟紧急情况，让每个人都知道该在哪里藏身，大伙儿都乐不可支。

轮到某个熟人站岗时，"明白吗"进出都没问题。如果不是熟人，他一周都无烟可抽，但从没缺过一次约会。我知道此事，因为直到他回来我才能再次入睡。我还没来得及调整姿势，这个该死的家伙已经熟睡了，第二天早上好像不是他参加了狂欢，因为他精神饱满地起床，伐树如同拔灯芯草，而我拖着脚步上坡，哈欠连连。

"你朋友正在干的事很危险。""狼"常对我说。

"是的……"我认为"狼"说得有理，但尽量不看他的脸。

"我这么说不仅是为他，也是为她。"

"是的……"

"总有一天我们会遇到麻烦的。"

"是的……"

"他们那样玩命没有意义。"

"你认为没有意义？"直到一天上午，"左撇子"参与了一场不请自来的谈话，"那根据你的观点，生命有什么用处？"

我站在"明白吗"一边，"左撇子"站在"明白吗"一边，我们大伙儿都站在他那边，站在那个极其艰难的爱情一边，只要"明白吗"和安赫利塔继续夜里在森林相会，只要他们想方设法在没有我们，同时为了我们而幸福时，这段爱情盛开在一场无休无止的战败荒芜、崎岖的沙漠里，以保证生命继续存在，前途将在周围某一处存在。"该死的浪漫主义！""狼"抗议道，他说得在理。我们都违反了所有的规定，首先是安赫利塔和"明白吗"凌晨离开宿舍，之后是"狼"同意此事，然后其余的人庇护他们。我们非常努力地编织了一张十分脆弱的网，其中任何一员的软弱都会不可挽回地波及整体的承受力。事情就是这样，我们都明白这点，但我们更在乎知道亲嘴依旧存在。那事比吃饭更让我们看重。

那段时期安赫利塔作为党在国外与国内的联系纽带，对组织而言比我们所有人加起来都宝贵。她二十四岁，长着一副西班牙小姑娘的样子，没有特别突出的特征，是她协调该地区的企业委员会；是她把那些非法劳工分配到各锯木厂；是她交付我们可能从德国人那里偷来的武器；是她记录下英国广播公司的短波广播，将它们破译出来，通知我们盟国的武器交付用降落伞投给戴高乐的"秘密部队"，不知道我们会争取先于法国人捡到这些武器。当我们在她约定的森林空地干成或没干成此事时，她都在那里，冒着不必要的风险。看到"明白吗"时她便从藏身的灌木丛后面走出来，微笑着，忙着干些琐事，仿佛是一个小女孩。他看着她晃来晃去，整理裙子腰带，把前额的刘海分开，不管步枪是否从天空落下，他径直朝她走过去，抱住她，端详她片刻，仿佛之前从未这么做过，然后亲她的嘴，让其他人同时微笑起来，好像我们刚刚想起自己也依然有嘴唇、舌头和牙齿。与此同时，"狼"咕哝着一段单调、无聊、乏味的连祷，如修女的《玫瑰经》："我要开除你们，我要开除你们，我要开除你们，当然我也要被开除，活该，但之前我要把你们统统开除，一个也不能少，听见了吗？一个也不能少……"

我们从未把"狼"的话当真，因为我们知道他说得多做得少。"'狼'，如果每次因你说要开除我的党籍而给我一个比塞塔，那我就是格拉纳达省最富有的人了。"萨法拉亚常对"狼"这么说，他是"狼"最好的朋友，也是唯一敢当面取笑他的人。"瞧我对你说的话，只要给我两个里亚尔①，我就可以在阿尔瓦伊辛②坐拥一座带有柏树、花盆、小喷泉的花园别墅……"那倒是真的，虽然最后"狼"在理。最终"明白吗"在我们最意想不到的时候让我们吃了苦头，当时我们已经在山上，深陷战争之中。

"我要下山，明白吗？"

不久圣伊西德罗节又将来临，但 1944 年我们已经不住在锯木厂，另

---

① 里亚尔：旧时西班牙和拉美国家通用的银币单位，14 世纪开始在西班牙流通，直到 19 世纪中期。一个比塞塔大致相当于四个里亚尔。

② 阿尔瓦伊辛（Albaicín）：安达卢西亚自治区格拉纳达城东部的一个阿拉伯人老区（公元 8 世纪阿拉伯人已聚居此处），1994 年被联合国教科文组织列为世界文化遗产。其典型民居就是带花园和围墙的别墅（carmen）。

一批非法劳工使用我们的姓名在那里伐木烧炭，而我们在山上抗击德国人。大的战役尚未开始，不过我们已经放弃了地下破坏活动，首次参加游击队。我们的营地离过去的大平房很近，几乎就在皮埃尔农场的上方，但"明白吗"对我说他要下山时，我回答他不行，我说这话是严肃的。那是战争，以前只是一种单纯的淘气之举，但现在大家都害怕它的后果，不用说"狼"本人。"明白吗"在平原夜里溜出去，他自己冒着风险，但在山上，在那种形势下，他的任何不慎都会把我们所有人置于危险之中。然而我警告"明白吗"宁可准备逮捕他也不许他下山时，"明白吗"看着我，对我微笑，继续说话，好像连一个词都不相信。

"我几乎两个月没下山了，明白吗？"根据他说话的方式，我察觉他有多么担心，"这不是任性，我没有头脑发热，也没有心血来潮，我向你发誓。不是那回事。她在喊我。连续十天她在叫我，那是因为她出什么事了。她独自一人在山下，明白吗？我得去看她。"

"你听我说，塞巴斯……"

"不听。"他摇头加以强调，"如果你愿意通知'狼'，那你在耽搁时间，明白吗？否则的话，你最好闭嘴，因为今晚我要下山。"

凌晨五点半，他在外面几乎四个小时了，我忍不住了。我的腿发软，五脏六腑也不在自己的位置上，肚脐下面只剩一个空洞，肺部充斥着烟味。一个战士会有的最糟糕的一种害怕，不是害怕死，而是害怕把事情弄砸的责任、良心上背负着大屠杀而死的责任。"明白吗"回来时我已看见他牺牲好几回了：背部挨了一枪，摔倒在山坡上；被折磨而死，在大街上奄奄一息；在坦白我们营地情况之前或之后，躺在土牢的地上，头上有一个枪眼，不知是死是活；带着一队德国人到达我们的所在地。"明白吗"回到营地时，我差点儿要叫醒"狼"，告诉他发生的事情，请求他当晚就枪毙我，如果他愿意的话，但只有把其他人都叫醒、拔营启程之后。"明白吗"回来时我已经想到了所有的可能性，见过各种各样的他，却没有见过眼里流露着痛苦的他，这正是当我来得及看他时所见到的。

"你是个混蛋！"因为我首先做的是朝他走去，一拳打在他肩膀上，"幸好你没有耽搁。"

"我真的没想耽误，"之后我才打量他，怀念起他的陶醉，他的愉悦常常留在声音里的圆润回声，他眼里没有闪耀的明亮，"但那已不重要了，明白吗？因为再也不会发生这样的事了，她情况很不好，那么担惊受怕……"

"别他妈烦我了！"我抓住他的一个肩膀，注视他，看见他点头同意，"'明白吗'，别给我搞事……"

安帕罗·戈麦斯·里波列斯与拉蒙·阿梅特耶尔相识于"教育工作者联合会"①。1931年安帕罗作为共和派人士，以撩人却不落俗套的苏丹宫女体态，为该联合会的海报拍照，一年后两人结为连理。一些法国同志同情她小儿子的过敏性哮喘，帮她疏通，把她从集中营里解救出来。从那时起安帕罗与小儿子及另一个女儿生活在图卢兹，住在一间原本就很小、之后用窗帘一分为二的房间里。她工作的那个酒吧老板从工资中扣除房租，但对她不算太坏，尤其是自从开始怀疑她空余时间充当西共与法共的联络人，幸亏是在列宁格勒战役之后。安帕罗几乎每天都去见她与法共的联系人——一家鱼店的老板。她在那里为酒吧和自家采购。克劳德·雷诺是个好人，虽然抠门得很，在开门营业的十多个小时里店铺只有他女儿索朗热一名店员，这位姑娘二十岁就跟她父亲一样具有政治觉悟，甚至超过他。实际上是她解决了那场危机。

当"狼"疲于宣告他要开除"明白吗"和安赫利塔，萨法拉亚疲于求"狼"不要再说傻话时，安帕罗已经用她尽力即兴装出的最悲惨样子向雷诺报告了那场令人钦佩的反法西斯地下爱情所陷入的走投无路的悲剧。"克劳德，你知道吗？应该把安赫利塔从那里弄出来，她得在被人注意到怀孕之前离开那里。她干了很多工作，冒了很大风险，很宝贵。如果安赫利塔继续这样下去，可能没事，但最坏的可能……在农场没有任何年轻男子。如果德国人逮捕她，审问她，锯木厂就在边上，山上的人员在打仗，因此……"

安帕罗说话的时候这名鱼贩只是以担忧的表情表示同意，但他女儿

---

① 教育工作者联合会（Federación de Trabajadores de la Enseñanza）：它是西班牙劳工总会内部公立和私立大学及非大学教育部门的一个机构，分布在西班牙各自治区的所有教育层次。

双手捂脸、闭眼叹息，想象着森林中的一块空地，一位游击队员为爱情冒着生命危险，月光下两具裸体……索朗热的党员身份非但没有使她失去幻想，反而每个夜晚让她变得更加浪漫一些。"行了，"她对父亲说，"你叫她来这里，跟安帕罗住在一起，跟我们一起工作。""可那正是说不清楚的地方，"克劳德为自己辩护，"要她来我无所谓，相反我很乐意，但之后要证明工作许可的合理性，而这里现在已经有你和我了，因此……""好吧，我把自己的一半工作量让给她，当然还有一半工资。""可是索朗热，我不付你任何工资！""正因为如此，"他女儿起身结束谈话，"你剥削我太多年了，你不觉得吗？如果那个女孩来，我继续像现在这样工作。否则的话我要工资……"

安赫利塔在图卢兹安然无恙时，我们的生活又一次发生了十分极端的变化，连"明白吗"都停止每时每刻思念她。盟军的诺曼底登陆迫使德国人把部队集中在北部，这一调动使南方处于相对无防御状态，允许我们下山到平原，在旷野作战。那已经不是游击战了，而是真正的战争，迥异于我们之前所了解的战争。我不知道其他人大概什么时候意识到这点，但1944年7月2日我开始确信那一次我们会打赢。

"'明白吗'！"当我觉得他与那个德国人说话时间太长时喊道，"过来。"

那天我赢得了一生中最重要的战斗。因为是我独自打赢的，因为敌人数量占优，因为德国人不知道，但我清楚，他们面对的不是一支军队，而是一群装备差、营养差、军装差的衣衫褴褛者，被迫生活在异国他乡，并在那里作战。在此之前我们就是那种人，从那以后我们再也不会重复那种状况。那天在无任何人的帮助下我们解放了一个小镇，它距离巴涅尔比图卢兹要近得多，甚至没有出现在一半的地图上。

"出什么事了？"戴着少校肩章的德国头目没有亲自跟我谈话，而是派来一个副手，之后我便派"明白吗"代表我去谈判。

"我们有麻烦了，明白吗？"他沮丧地摇头，"德国人不愿意投降。"

"什么？"我高声问他，那个说西语的德国军官不得不看我，"可是我们甚至已经缴了他们的械，他们怎么不愿意投降呢？"

"是的，是把部队缴械了，但少校不愿意向我们投诚，明白吗？他说只准备向法国人投降。"

"可以知道为什么吗？"

"是这样的……""明白吗"朝我们周围张望，证实围着我们的是一些奇怪地看着我们的人，他压低声音，"少校曾参加过我们的内战，明白吗？他是布尔戈斯①一个顾问的助手，他说……""多嘴"和"木头人"——一位来自里奥哈的小伙子，与"多嘴"年纪相当，几乎不说话，因此成为"多嘴"密不可分的战友——离得那么近，"明白吗"的声音降低到窃窃私语的程度："他说已经打败了我们。"

"我让上帝见鬼去！"

我闪开几步，咬住卷在牙齿之间的舌头，一边感觉鲜血在身体的静脉、太阳穴和眼眶里跳动，心脏泵血速度之快让我的脑袋好像随时都快要炸裂。我决定冒那次险，转身盯着那个德意志国防军少校的眼睛。他以一种与自己不相称的傲慢接住我的目光，因为我没有在任何军校学习过，也从来没有任何国防部长给我授过勋，我没有军刀、参谋部，也没有骑着白马进入任何城市，但我打败他了。他戴着自己所有的军衔臂章、勋章和亮闪闪的金属鹰徽，已经向一块随意缝在一件借来的军装上的简易三色补丁②屈服，这件制服甚至不像其他战友穿的军装。不过在我右边，"多嘴"以一种令我痛苦的不安看着我，他没有参加过其他任何战争，不知道什么是溃败、撤退、失利，他也没必要知道这一切，因为他是得胜的战士，但还没有意识到这点。获胜的战士只有炫耀、相互拥抱、选择一醉方休或试图与第一个得手的女人睡觉的义务。胜利的士兵非常神气，不会像"多嘴"看我那样看他们的上司，不敢质问那一次我们做错了什么。

"'明白吗'！"但那次我们没做错什么，所有的人，德国人和我的人，

---

① 布尔戈斯（Burgos）：西班牙内战爆发后成为沦陷区的首都，1936年10月1日佛朗哥在此城被宣布为西班牙军队最高首脑，率领国民派与共和派交战。西班牙内战的最后一份战报也于1939年4月1日在该城完成。1939年10月18日重返马德里之前，布尔戈斯在整个内战期间一直充当西班牙的首都。

② 三色补丁：指西班牙第二共和国1931—1939年所使用的红、黄、紫三色国旗的标识。

会同时明白的。

"第六师的人应该离这里大约二十公里，明白吗？我们可以通知伯努瓦，或者……"

"谁也不通知。"我的整个身体在那一瞬间放松，"你不要通知任何人。你要做的是用手枪把德国人带到随便一所房子，把他们关在那里。然后把四五挺机枪放入学校，只要装得下，放在黑板下面，用一块帆布盖着。你去找少校和他的军官，再次用手枪给我把他们都安置在孩子们的小椅子上，一点儿不要客气，面对着机关枪。我们要看看他们是否投降。清楚了吗？"他微笑着同意，因为已经开始明白我。"'多嘴'和'木头人'再加十五或二十个人，你想要多少都行，跟你一起进去，把教室围住。等一切准备就绪你就通知我。"

看见"明白吗"顶着手枪朝他走去的那一瞬间，德国少校闭上了眼睛。他再次睁开眼看我，而我的代理人在空中挥舞着武器命令他起身。在那个面部表情里我意识到德国少校也以自己的方式猜到即将发生的事情，可是我没有改变计划，因为那一刻对我而言他已经是次要的。

"下午好，少校。"机枪架好，那么高大的德国人挤在那么小的椅子上，我的人员个头较矮，立正着，像柱子一样坚挺，各就各位，这一切就绪时我用西班牙语向他打招呼。"我觉得我们有个问题需要解决，不是吗？"

之前跟"明白吗"谈过话的那个副手向前倾斜成一个十分困难的角度，以便能把我的话翻译给他的上司，少校在他的课桌上不动声色，下巴高昂，嘴唇皱成一种蔑视的表情，那么滑稽可笑，与他双腿蜷缩的角度那么不成比例，我继续说话之前朝他微笑了一下。

"解决办法取决于您，少校。您有两个选择，"我用右手的两个手指示意它们，"第一个选择是投降，向我投降。"我把食指放在胸部。"不是向法国人，"我移开手指，指向窗户，"而是向我投降，因为这里管事的……"我再次用手指敲打自己的胸口。"是我，第二个选择……"

我后退几步，继续盯着他，抓住我们的人用来遮盖机枪的蓝色帆布一角，一把掀开它，动作有点夸张甚至戏剧性，但有效，因为把所有的武器都亮出来了。

"您正看到第二个选择。"我停顿一下，注视他，"那么您认为呢……"

德国副手试图翻译我的最后一句话时，少校摇头拒绝。他不需要更多的翻译，只是用一只手掏出他的手枪，将它放在另一只手掌上，朝我递过来。

"多谢，少校。"我面带微笑把它接过来，"*我们将您留在法国军队手中了。*"

当其他人把自己的手枪扔到地上时，我开始朝门口走去，但那位当过翻译的副手在我到达门口之前喊我：

"上尉！"

我转过身来时看见我的人马像往常一样麻利，把德国人的武器都收拾起来了。"您的法语说得很好。为什么您不愿意用大家都懂的语言跟我们说话？"

回答他之前，我证实那间教室里所有的眼睛，一双双黑色和浅色的眼睛，同时都在注视着我。因此我前进几步，走到房间中央，把舌头从牙齿间释放出来，以平和甚至友善的语调回答他。

"因为去他妈的，我不乐意！"

我脚后跟一转，慢悠悠地从学校走出来，镇定得足以察觉"明白吗"跟在我后面。当我们已经离开一段距离时，我听见一种起初无法辨别的声音，"啪，啪，啪"。

"什么？"发现他在鼓掌时，我笑了起来，转身看他，"你喜欢刚才的那一幕吗？"

"操！"他回答我之前先拥抱了我，"比我村里的木偶戏还更有趣，明白吗？"

"得了，咱们要看看是否可以从中获益。"因为我已决定把它进行到底，"卡车装满了吗？"

"是的，所有的东西都在里面。我现在去……"

"不，你别去。"

他奇怪地看着我，因为我们向来做的第一件事是处理掉德国人的武器。当我们在某个无关紧要的小规模战斗中只搞到两三件武器时，就把它们一件件地放到土豆箱的底部，直至有了一场像我们刚取得的较大收获才有前往费尔明农场的必要。他是一位来自巴伦西亚的同志，在西班牙内战之前就移民了。他在粮仓里藏着一个军火库。武器一直是我们的主要问题，但只要我们在法国作战，盟国就武装我们，他们的武器绰绰有余。法国同志知道这一切，时不常出于纯粹的礼貌询问我们缴获的德国人武器在哪里。当我们回答说不知道，或者说把它们埋在了某个地方或丢了河里，但问题是我们已经失去这些武器时，他们笑得比我们还厉害。

"今天不行。""明白吗"是负责此事的人，他细心到把最后一颗子弹都登记在一个总是随身携带的油布封皮笔记本上，但那天我需要他在我身边，"你已经记录下一切了，对吧？你派另一个人去，一个不会在任何酒吧逗留、开车好、知道路的人。"

"为什么？"我没有回答他。他思忖了片刻："'牛倌'行吗？"

"可以，很好。让他挑选另外两个人，这就出发。其余的人我想在十分钟内看到他们在广场集合。"

"现在？"他看着我，眼睛仿佛要从眼眶里冒出来。

"是的。"我也点头向他确定，"立马。"

"可是大伙儿都累死了，明白吗？这刚结束，最好……"

"不行。听我的。必须是现在，在他们失去劲头之前。"

战斗的确刚刚结束。我的人马确实很疲惫，需要休息，但我不认为那十分钟对我跟对任何人来说都同样漫长。我刚做的决定让自己回到了一生中最痛苦的一天，当我远远听着"明白吗"的喊叫时，我再次经历了那一天，看到了那一切——成堆的被弃行李箱散落于公路两侧，那些精疲力竭的女人，背负着包裹和孩子，手上牵着一个更大的孩子，混在脏兮兮、蜷缩的士兵中间，缓慢地沿着公路前进。他们或独自，或成对，或以小组的形式进入法国，有时紧随某只被松开的动物，它被系在一根绳上，但另一端无人牵引。我在那儿，目睹一切，聆听失败的声响，高声重复某个名字的声音回响，抱怨，咒骂，一个走丢女孩的抽泣，还有一个虚弱女子的沉默，她的眼里满含世上所有的绝望，头上戴着村妇的头巾。那个坐在排水沟里的妇女，掏出一只瘦削、空瘪的乳房是为了试图安慰抱在怀里的婴儿，绝非为了让一个美国摄影师用他的相机把自己拍摄下来。

最终那张照片被登在《巴黎竞赛画报》的封面，震惊了世界。我差点儿要去砸烂那个王八蛋脑袋时中校高声喊我："冈萨雷斯！"1939 年 2 月的那天我还不是"风笛手",而他,何塞·德尔巴里奥①,西班牙共和国人民军第十八军军长,是我的上司。到达他身边时,我看见上司也在注视那个女人,而他看她的方式迫使我问自己哪儿能弄到上司随时会问我要的奶水,但他说的是另一件事。"我的人马不能像流浪汉、恶棍那样越过边境,我的人不能这样,"那是他对我说的话,"通知指挥部我放弃入境的次序。我们明天入境。"

"我们是混蛋。"服从那道命令之前,我冲那个摄影师走过去,将他与那个女人分开,我正要教训摄影师时,他胳膊朝前伸展,张开双手,开始用西班牙语安抚我,"好的,好的"。然后他跑着离开,我当时傻极了,连他的胶卷都没夺走。那之后我以为已经没有任何东西可以打动我,但在指挥所有一名年长的将军,军服上挂着勋章,他像一个六十岁的小孩似的哭泣,只知道重复那句话,"我们是混蛋,混蛋,我们是混蛋"。就连那个场景也没有像我回来时中校面对一群衣冠不整、从内到外被打败、勉强站队的人所做的演讲那么感动我。

我目睹他们,目睹他们的疲惫和绝望,跟我的如此相似。"我们失去了战争,但没有失去荣誉;我们失去了战争,但没有失去理智。作为西班牙唯一合法的军队,我们为祖国的宪法合法性奋战了三年……"当我们聆听那些话语,我看见这些绝望是如何一起消失的,我们是如何一个接一个地挺直身体,鼓起士气,昂起脑袋。第二天,第十八军的所有人员刮好胡子,干干净净,精心梳理,列队以完美的队形唱着《列戈赞歌》②越过边

---

① 何塞·德尔巴里奥(José del Barrio Navarro, 1907—1989):西班牙工人领导人、政治家、军人。西班牙内战爆发后成为卡尔·马克思纵队(Columna Carlos Marx)的主要领导和创建者之一。该纵队民兵在阿拉贡前线表现出色,后并入共和国人民军第二十七师。埃布罗战役爆发时,德尔巴里奥所指挥的第十八军作为战略预备队参战。加泰罗尼亚战役结束后,于1939年2月越过法国边境开始流亡生涯。

② 《列戈赞歌》(Himno de Riego):拉斐尔·德尔列戈陆军中校于1820年1月1日率领一支流动纵队在塞维利亚省的拉斯卡韦萨斯·德圣胡安(Las Cabezas de San Juan)起义,反对费尔南多七世的极权统治,试图建立一个新的君主立宪制,将1812年宪法作为治国的基本原则。这支队伍的军歌被称为《列戈赞歌》,作为19世纪至20世纪初西班牙自由主义的象征,它曾是西班牙立宪君主制时期的国歌。

境，结果落到与其他人相同的宿营地，仿佛我们是流浪汉、恶棍。表面上那一举动没起到任何作用，然而1944年7月2日，进入上加龙省的那个镇子广场时（该镇的解放永远不会出现在任何有关二战的著作里），我朝天空望去，就像斗牛士想把斗一只公牛的表演献给某位已不在他身边的人时那样仰望天空，然后开始发言，就像我们事情干得漂亮时中校发话那样。

"恭喜，同志们！恭喜，多亏了大家。面对数量占优势的敌人，我们占领了这个阵地，没有致命的伤亡，这只是开始，但我们的路不会终止于巴黎。"这句话让大家十分困惑，以至于听到它大伙儿才开始真正关注我。"那是我首先要提醒你们的。我们不是为了到达巴黎而战斗，也不是幸运的士兵。我们不是雇佣军，不是在逃犯，不是土匪，也不是拦路抢劫犯，"我停顿了一下，抬高声音，"我们依然是西班牙共和国军队！"他们怒吼起来，但我咆哮得比他们更凶："那就是德国人刚才学到的东西，那就是我不允许任何人遗忘的东西，听清楚了吗？不许任何人忘记！因为五年前我们失去了一场战争，但在三年里我们用武力抗击法西斯主义，为祖国的宪法合法性而战，为西班牙人的权利和自由而战。我不知道你们为什么战斗，但我继续为同一事业而战……"

我说话的时候逐一看着他们的脸，赢得信心的同时又失去了它，因为我不确定他们会如何反应。我没有任何战刀，没有在任何军校上过学，没有从任何国防部长那里接受过军衔或勋章，从未骑着白马列队检阅。我跟他们一样，相同的身份，阿斯图里亚斯矿工，第十八军战士，滨海阿热莱斯的西班牙共和派，强制的伐木工人，后来是游击队员，恰似我面前的这些男人。所以假如他们让我见鬼去，或抗议或躺在树荫下之后继续嘲笑我，我不会感到奇怪。他们的反应更好，更厉害。我说话的时候一直在观察他们的脸部，他们的表情都很严肃，聚精会神于所聆听的话语，一些人仰望天空，另一些人盯着地面，大部分人注视着我，虽然资历最深的老兵之一马丘卡，他应该快满四十岁了，眼睛紧闭。他睁开眼睛时，眼睛亮得过分，那时我开始难受了。"看在你母亲的分上别哭了，马丘卡。他妈的，别对我哭，如果你哭的话，我也会哭的，你会说我的，出洋相……"为了不再看他，我盯住"雏鸡"，他原本可以是马丘卡的儿子，我发现他的脸上满是大块的污渍。我无法继续注视他们。

"明天，我们要以自己西班牙共和国人民军的身份，列队离开这个村子。"幸好在我声音嘶哑的那一刻他们再次咆哮起来，其余的事就容易了，"从此刻起，我不想看到任何一个脏兮兮、没梳头或没刮胡子的士兵；我不想看到任何一粒没有缝好的纽扣、一根松开的背带、一只鞋带露在外面的靴子。谁的仪表配不上自己和他的战友，我就禁闭他十五天。你们可以解散了。"

他们迟了一秒钟才开始鼓掌。一秒钟里他们连鼓掌都做不到，我也无法忍住泪水，虽然"明白吗"及时拥抱了我，我可以把脸靠在他衬衣的一角擦拭，把眼泪擦干。之后我带头与大家做的事是洗漱、剃须、缝扣、剪发。感觉失败的硬痂溶化在脏水里，剃刀从我们脸颊上刮掉荒凉海滩上的耻辱和疲惫，针线再次把我们的荣誉、西班牙的荣誉缝制在军装的三色补丁上。昔日的不幸、以往的不公，刚找到回家之路的流亡者旧日的苦难，都随着理发师用胡须刷从我们脖子上刮掉的死发一起落到地上。

1944年7月2日我变成了"美男子"上尉。离开那个村子的男人与进村的那个不一样了，他需要一个新名字。"狼"与第六军的法国人坐卡车来祝贺我们。他从车上下来，高声问自己是看到了战士还是电影里的美男子，这之后我的战友才找到这个名字。

"说到美男子，'明白吗'……""狼"补充道，而伯努瓦·拉封继续笑话我们刚才头头是道地向他坦白又弄丢了德国人的武器，"安赫利塔已经在图卢兹了，在我老婆家。"

1944年7月2日是一个十分激动的日子，但"明白吗"还有精力再次感动。他似乎不太好意思做完了一整套很不英武的表情：闭上眼睛，用手捂住脸，藏起脸来数秒钟，之后朝"狼"走去，那么紧紧地拥抱他，刹那间我以为他要举起"狼"，然而他只是低下头在"狼"的前额亲吻了一下。

"谢谢，'狼'。"他笑了起来，"如果是男孩，我们会给孩子起名叫拉蒙。"

"去你的，'明白吗'，真讨厌！"

我跟"明白吗"笑得一样厉害，而"狼"则十分恼火地擦干净额头。

拉封好奇地看着我们，无言地问我们他正错过什么笑料。

对我们来说那天开启了理想的战役，像德国人之前的闪电战那样短暂而势不可挡。8 月 20 日我们进入图卢兹，那时已经习惯于进攻而非防守，前进而非后退，打赢而非输掉战斗。

"塞巴斯！"

最近三天我们在城门逐渐重新集结，以便慢慢前进，一个接一个地相聚、拥抱和狂欢，没有任何事先设计好的计划。

"塞巴斯！"

进入图卢兹时我们也不知道该去哪里。"我们去市中心，行吗？""帕斯谷人"建议，他不太愿意与自己的老婆相会，"那里应该有个大广场或其他什么……"

"塞巴斯！"

那正是安赫利塔估计我们会干的事。"不然的话，第一次踏上一座城市的一群西班牙乡巴佬能去哪儿呢？"后来她告诉我们，"去市中心，看看是否有大广场……"因此她与安帕罗、鱼贩的女儿索朗热去卡皮托利广场等我们，她算准了。

"终于见到你了！""明白吗"在拥抱安赫利塔前一瞬间嘟哝道。

我远远地分享他的激动，正如在山上的那段时光，惊讶于时间的神秘弹性。对安赫利塔来说，时间过得那么慢，她的腹部几乎没有隆起来。仅仅九十天的时间内我们已经从地下状态转为最终的胜利，而她只是从怀孕的第二个月到第五个月。我得数一下日子才能让自己相信这一切。那时我注意到一个跟我同样出神看着那对恋人的女孩，表情热烈得多。她的头发很淡，几乎是白色的，眼睛偏蓝绿色而非蓝色，皮肤透明、白皙、红润，像一个还没晒过太阳的婴儿。我心想"羊倌"是否看见她了，看他时我意识到"羊倌"已经先于我发现了那个女孩。

"马诺利托，怎么样？"我走近他，压低声音，以防万一，"你下决心占领这个阵地吗？"

与此同时，我在复习自己通常的声明："我朋友法语说得不好，但他会很乐意对你说，你真漂亮。他来自西班牙南部穆尔西亚的一个镇子，你知道吗？那里没有像你这样的女人……"

"我不知道。"他却回答我。

"不知道？"他的答复让我很吃惊，"她是你喜欢的类型。"

"是的，正因为这样……"

直到那天，每当碰到一个像她那样的女孩，"羊倌"就跑过来肘击我一下，按我的品位来说她太青涩了。"羊倌"比我小两岁，几乎没上过学，但天生具有心算能力，然而或许是为了抵消这个能力，他的听力太糟糕了，就跟没有任何听力一样。

我法语说得比其他人好，因为那不是我第一次流亡法国。从阿斯图里亚斯革命结束到人民阵线胜利的两年里，我生活在巴黎，学习法语。我离开神学院的目的是成为一名中小学教师，但父亲的去世迫使我在公务员考试开考之前下井了。革命前几个月矿区的氛围与学习格格不入，但我在巴黎一家车库谋得一份夜班工作，这样我可以给家里寄钱，并为一场从未举行的考试做准备，我的优势是掌握了一门外语。因此我尝试教"羊倌"至少几句法语，*"我不会说法语，但我很想对你说，你真漂亮……"*，但白费工夫。他发音那么差，连我都听不懂。可是当"羊倌"认识索朗热时，他决定摆脱我的服务。六天后我强迫他陪我去市政府的招待会，他居然跟灰姑娘一样用失踪来威胁我，时钟敲到晚上九点时我发现他一个人应付得不错。

"好了，"他承认这点，他那副又宽又圆的农民脸庞，像烤面包，微微发红，"那天晚上是的，因为……"那一刻，刚一会儿没看见的梅西耶夫人笑容满面地重新出现在左边："你知道女孩们一见到军装就变成什么样了……"

"像疯女似的。"我回给梅西耶夫人一个微笑，没有停止倾听"羊倌"。

"确实如此。"他自己也笑了，"她们就好像失去了理智，但第二天就不同了。'你大概不会以为我是那种每次有阅兵就跟一个士兵走的女人，对吧？'她问我。'不是的，姑娘。'我一边回答她'我知道你不是那种人'，一边把手伸进她的领口……操，你应该见过她的。她打了我一耳光，收拾了我一顿！"

"真的?""羊倌"点头肯定时我甚至忘记了梅西耶夫人,他朝我微笑,仿佛一辈子没经历过比这更好的事情,"照我看来,你喜欢……"

"耳光?"他笑了起来,"不是的,哥们儿,不是耳光,但我确实喜欢她,还有……"他不愿把话说完,但我帮他说完:"我宁可挨她一记耳光也不愿意她跟遇见的第一个男人走。""你为什么不来?她跟我说要带一些女友来,让-保罗已经报名了。"

"我不去。"我摇头给他做了一个动作,指向梅西耶夫人,"我宁愿待在这里,看看是否给我比耳光更好的东西。"

"军事胜利让女人神魂颠倒,""帕斯谷人"常说,"让她们兴奋、感动,促使她们投入街上遇到的第一个年轻士兵的怀抱……"第一次听他说的时候,我俩在一起站岗,卷了支烟消磨时间。"失败也让女人心神不宁,你别以为,"他继续以中学老师低沉、反思的声音说道,"但也以另一种方式让她们激动。因此她们不禁要创造某样东西,拥有某个可以回忆的东西,战胜敌人,在陌生人的怀里幸福几分钟。但最好的东西是地下工作。那的确令她们疯狂。流着汗水走进一所房屋,脸上露出恐惧,头朝大街转去,警察的脚步在远处消失……那不会失灵。她们连五分钟都抗拒不了。因为没有像地下工作这样的生活,留神我对你说的话,没有像地下工作这么糟糕的生活,尤其是没有像地下工作这么美好的生活。"

"帕斯谷人"的理论在1944年逐渐得到一丝不苟的实现,虽然结果很不一致。这是自然的,因为"狼"、萨法拉亚和"帕斯谷人",他们仨比别人大不了多少,但都来得及结了婚,华尼托·萨法拉亚甚至离了婚。1936年夏天我们都是二十岁或稍大一点,连续经历了两次战争,中间还有一段长时间的囚禁。我们的永恒爱情都很短暂,两个夜晚、五个夜晚、一周,有时连那都谈不上。当我们赢得一场我们原本宁可不必作战的战争,除了"帕斯谷人",我们都厌倦了那些一开头让自己如此兴奋的短暂热恋。他的女人有富余,但其余的人需要一个女人,就像需要一个家,为的是生活在那个家里。那个夏天我在法国没有遇到这样的女人。

胜利赠予"羊倌"其一生的挚爱,与"明白吗"之前在地下工作中遇到自己的爱人一样。我的爱情留在了一个烟花城堡里,的确美丽、轰动,甚至壮观，但纯粹是一缕彩色烟雾。桑德里娜·梅西耶只会用西班牙语说几句话，"加油""斗牛士""我的宝贝"和"派对"。我跟她上床的第一天，这几句话让我感觉很好笑，第三或第四次她带我去维耶拉·图卢兹时，这些话开始让我不舒服了。我们在招待会相识的第二天，她来阿卡德酒店找我，这位精致的夫人让我的同志们目瞪口呆。她不过是个婚姻不幸的好姑娘，在家里无聊，在外边寻找比性多一点的东西，如果不是爱情，至少是一个替代品，或许不算多，但超过了我所能给予她的。

"但是你不够浪漫，亲爱的。" 她一再责怪我，弄得我甚至忘记她有多诱人，*"我还以为西班牙人很浪漫呢……"*

刚结婚时她丈夫带她去看过一场《唐璜》，她没有忘记它。桑德里娜向我讲述此剧时，我对她解释，唐璜是塞维利亚人，我是阿斯图里亚斯人。*"这不是一回事吗？"* 不，不是一回事，但我没有办法让她明白这点。假如9月9日桑德里娜没有求我陪她去卡皮托利糕点店取三明治和那天我们要吃的甜点，我可能还没找到抛弃她的办法，这份套餐的单调开始让我感到无聊，就像那种变成了责任的热恋套路。

"你好，夫人。" 妮可迟了几秒钟才发现陪伴桑德里娜的男人不是她丈夫。*"上尉！"* 她看见我时睁大眼睛，*"早上好……太令人吃惊了，不是吗？"*

自从私人饭局和西班牙式饭局在我们这些无业胜利者的休闲时间取代了公众的、法式宴会，妮可的点心铺，唯一得到安帕罗和安赫利塔一致首肯的糕点店，便成为必经之站。解放后一周，虽然酒馆老板为了去巴黎生活已经把店铺转让给安帕罗，她还是说服丈夫搬到一个更大的公寓。店铺上面的那个房子对安赫利塔和"明白吗"来说是最好的，因为她已经决定与"狼"的妻子合伙经营这家酒馆，而"明白吗"也很高兴能够说自己住在圣贝尔纳多大街，正如他从第一刻起就这么叫圣伯纳德大街①。它离圣塞尔南大教堂很近，在一个挤满西班牙难民的街区。她俩已经举办了各自

---

① 西语里的 Calle de San Bernardo（圣贝尔纳多大街）近似于法语里的 Rue Saint-Bernard（圣伯纳德大街）。

的开业宴，那两次我都到妮可那里买了半公斤俄国松糕，这是"明白吗"偏爱的点心，结果只听见他说："这不是俄国松糕，明白吗？这是一堆屎，在马德里奥雷亚纳大街有一家糕点铺，明白吗？名叫尼斯，它做的俄国松糕，操，那才是俄国松糕，而不是这些玩意儿，明白吗？"与此同时他照旧逐个吃掉它们，我们听他这么说话都笑得不行。

梅西耶夫人与我出现在妮可的点心店那天，她告诉我安帕罗预订了一盒三层的蛋糕，用于从第二天晚上开始将成为圣塞尔南大教堂西班牙酒馆的开业典礼。桑德里娜听见此事时坚持要我带她去那个"派对"，正像她称呼的那样，并举手鼓掌。"那你丈夫呢？"我问她，"他不会觉得不妥吗？"我更多的是为了减轻压力而非出于好奇。"别担心。"她回答我，我便不敢再问了。

"喂，费尔南多，""石鸡"迭戈是韦尔瓦人，歌唱得很好，安赫利塔正在上蛋糕时，他走近我，"请告诉你的女友别碰我的手掌，她拍得太差了，这样我都没法专心。"

"哥们儿，"我试图忍住笑，但没法完全做到，他也察觉到了，"她这么做是出于一片好心。"

"是的，她不可能存心这么干。"我跟他一同笑起来，"因为她连一次节拍都没勉强跟上，弄得一团糟……"

"可怜的桑德里娜。"我一边想，一边朝她走过去，从后面抱住她，用自己的胳膊使她的胳膊不能动弹。可怜的桑德里娜，她只想开心，如果不理解安达卢西亚人和阿斯图里亚斯人的区别，那就更不懂得自己与洛拉的手有何差异，这位来自加的斯①的吉卜赛女子头发暗黄，一对巨大的乳房与她的瘦削毫不相称；一张骨感的脸，根据所照到的光线，可能是迷人的或吓人的。可怜的桑德里娜抱怨我强迫她离开喧闹，一边用手指和不悦的表情指着那个在会说话之前已经学会击掌的有生命的打击乐器。洛拉坐在椅子上给"石鸡"伴舞时用后跟、肩膀和整个身体打出节拍，双腿在一个

---

① 加的斯（Cádiz）：位于伊比利亚半岛南部，是西欧最古老的城市，目前为安达卢西亚自治区加的斯省省会。西班牙内战期间是叛军的后援基地。

洞孔周围半开半合；"帕斯谷人"不时拍打膝盖，目光从远处消失在那个洞眼里。当我眼睛发现那道几乎痴迷的固执眼神的严重性不一会儿之后，门开了，卡门·德佩德罗进入酒馆。

卡门进来，"石鸡"停止唱歌；洛拉停止为他击掌；"羊倌"与不再是索朗热的索蕾停止在角落里接吻，仿佛渴望彼此窒息而死；安帕罗不再给我脸色看，因为妮可应该已经告诉她桑德里娜是谁，大概顺便也告诉了她桑德里娜的丈夫是谁。西共驻解放的法国的最高领导出现在一个挤满西共党员的酒吧，同时打断了那里所发生的一切。

"喂，请便，请便。"她一边面带微笑地强调，一边在女人们间分送亲吻、在男人间握手，"请大家继续开派对，我不想中断……"

来锯木厂之前我们从来没听说过卡门。之后我们习惯了听她的名字总是与赫苏斯·蒙松联系在一起。我之前也不认识赫苏斯，但是锯柄在我手掌上还没磨出茧子之前，我就成了他的朋友。

"你好！"一位高大、健壮、衣着考究的男人，虽然只比我大四岁但看上去比我大多了，在一家十分隐蔽、像是幌子的农场门口向我伸出手，墙壁完全覆满爬山虎，后面是一个被树木环绕的花园，树那么高大，阻止从公路上看到它，"我是赫苏斯·蒙松。"

1942年春季的那天，上午十一点钟一辆轿车在锯木厂门口接上我。通知我这次约会的安赫利塔不能告诉我任何更多的信息。她不知道时间、地点、动机，尤其是我的会晤者身份，但假如给我俩一百个名字的范围来猜测这位会晤者，谁都不敢提到他的名字。

"你好。"我握住他伸过来的手，盯着他小而灵的眼睛，那是我这辈子见到过的最聪明的眼睛。

我原先从不知道赫苏斯为什么选择了我。第一次见他时，我在吕雄莱生活不到两个月，但明摆着"狼"作为最高军衔的军官已经掌握了队伍的领导权，没人会跟我争。之后赫苏斯对我说恰好因为这点他才选择了我。拉蒙是军事领导，通过联络员已经知晓他的观点，但赫苏斯更感兴趣的是了解像我这类低一级指挥人员的想法，尤其是感觉，他补充道。在一个类似我的位置上，他笑着补充。一听那话我就很清楚他的意思了，于是我也笑了起来。

"可以说这不是一次会晤，军官。"他把我领到面向花园的门廊里一张铺着白桌布的桌子之后向我澄清，"或至少那不是我的意图。我倒希望你以朋友间聚餐时不拘礼节的聊天方式跟我谈话。"

之后一位身材苗条、皮肤古铜色的法国姑娘，化着淡妆，穿着一条领口比一个无可挑剔的妻子所穿的低不到两厘米的紧身裙子，开始给我们上菜。家常菜，但很好，虽然没有葡萄酒那么棒。

"自然是里奥哈葡萄酒了。"他给我倒满酒杯时宣称，"看看你感觉如何……"

"好极了。"我用酒渗透嘴巴的最后一个角落之后回答他，同时感觉到软腭激动得颤抖。

"我很高兴，因为我是纳瓦拉人，知道吗？"他微笑着，假如从一开始我对他印象不好的话，那这一瞬间他已经让我喜欢上他了，"现在跟我聊聊。我知道你是谁，叫什么名字，在哪里出生，从何时起入党……其他人所能知道的关于你的一切信息我都知道了。你参加内战是在第十八军，你的密友叫'明白吗'，你喜欢红酒、古铜色皮肤的女人和炸药。"我微微一笑。"希望你告诉我有何感觉，怎样看待形势、你的同志、这个地区的组织状况、我们所能达到的水平……你愿意从哪儿开始都行。目前我是西共驻法国并扩展到西班牙的负责人，你知道的，不是吗？"我点头称是，我知道此事。"你能告诉我的一切我都感兴趣。"

我就是以这种奇怪的方式认识了赫苏斯·蒙松。在那座隐蔽的房子里，坐在好似一场梦、一个海市蜃楼的桌边，摇曳着我作为囚犯贱民的渴望，与党的最高领导人谈话，没有压力，没有猜疑，没有那种我已习惯的警察审讯的场面，就像与任何微不足道的电台负责人谈话一样。我立马意识到自己正在倾诉的对象是一个懂得倾听的男人，他不需要秘书、保镖、任何往上爬的象征性靠山，以便巩固像他的教名[1]那样属于自己的权威，从来

---

[1] 赫苏斯（Jesús）在圣经中一般指耶稣，为区别起见，在一般的人名中译为"赫苏斯"。这里作者使用了文字游戏来暗示赫苏斯具有耶稣那样的权威。

没人敢跟他争论。赫苏斯打断我时会请我原谅，犯错时会承认，某事让他觉得有趣时会开怀大笑，但任何时候都没采用苏联教科书里的伎俩——如慈父般地微笑、拍背，这是我所认识的领导人为了让下级产生信任感而使用的花招。他的声音也没有改变语调。既没下降到甜蜜的温柔，也没上升到其他时候别人对我说话时的僵硬刻板。他大概也不需要，因为当我将要意识到这点时，他已经达到了自己的目的，那是一顿真正的朋友之间的午餐。

"我想我会要求她待在厨房……"他以玩笑的口气建议，之前那个女人弯腰给我倒咖啡时，我话说了一半就卡住了。蒙松等她离开了之后向我提了一个意想不到的问题："当然，如果你不愿意，可以不回答我，但我想了一阵了……你多长时间没放炮了？"

"放炮？"我的惊愕让他发笑。"那是什么意思？你别以为，听起来很耳熟，但已记不起怎么放炮了……"

于是他进屋，拿着一瓶麦纳克酒和两个杯子再次出来。饭后闲聊延长到下午三四点钟，但原本可以在我有生之年继续跟他聊下去。那天我告诉了赫苏斯·蒙松他所希望知道的一切，虽然为自己保留了最重要的事实。只要他处在现在这个位置，西共就已经开始复活。我感觉到了这点，我和西共一起重新振作起来。

"我得走了。"五点半时他起身，朝我走过来，拥抱我，"谢谢，同志，你不知道这一切对我有多重要。你在这儿待一会儿，行吗？这条公路这么偏僻，同时出现两辆车会引起怀疑。不管需要多长时间你的车都会等你的。"

我跟在他后面穿过门廊，在玻璃门前站住，看着他如何十分正式地向那位招待我们用餐的姑娘致谢。她陪他到门口，把门关上，脚后跟一转，望着我。走到客厅中央时她把拉链拉下，裙子像一个出其不意的礼物包装落到她的脚部。她与我在门廊会合时已经裸体。

她是妓女还是同志，我不得而知，虽然跟她分别时几乎可以确定她同时为两者。我也从不知道她叫什么，因为根本没问她，虽然从某种意义上讲她是我一生最重要的女人之一。尽管如此，那天我结识的那个男人在我记忆里留下了更持久的痕迹。因此一个半月之后，当我再次与他在同一所房子见面，同一张桌子、同一种酒，我很高兴，即便给我们上餐的人是一个五十多岁的农场女工，胖胖的，头发花白。

"很抱歉，同志。"见我如此打量她时，蒙松笑着对我说，"可你知道的……有时可以，有时不行。"

我与赫苏斯·蒙松没能待多长时间，但对他的了解倒是足以明白那个禁欲的下午是一场考验，一种对我性格的测试。对此我不奇怪。在我们所处的环境中，他希望确保我的坚忍，这很自然。此外，无论他施加权威的方式有多么旁门左道——的确也是如此，赫苏斯·蒙松都是一名不折不扣的共产党领导人，这恰恰是他应该承担的角色。

"下次我会尽力做得更好。"观察完我的脸、让我猜出他喜欢自己所看到的一切之后，蒙松向我保证，"今天，我能提供给你的所有东西……"他把手伸进西装上衣口袋，取出一盒雪茄。"是哈瓦那雪茄。"

"好吧，不是一回事。"我们俩同时笑了起来，"虽然聊胜于无。"

从1942年5月起我与蒙松在那所宅子进行的八次会晤中，还有另外四个女人，全是法国人，都不一样。1943年3月他召见我仅仅是为了告别。

"我会想念你的。"我一边拥抱他一边说，他微笑了一下。

"这我料到了。"

"不。我会想念你的。其他的东西也会想，但尤其是想你。"我跟他说的是实话，他意识到了，"多保重，赫苏斯。"

他搬到马德里的那个时期，我们的谈话已经与我们的第一次会晤几乎毫无相似之处。蒙松是一台制造想法的机器，通常很有意思，即便是糟糕的主意。他惯于把一个计划与另一个计划快节奏地联系起来，以至于我们见面的频率妨碍他让我获悉其计划的制订，于是很快他说得比我多。蒙松告诉我他如何看待战争，如何看待西共和西班牙的局势，盟国胜利前后可能开辟的道路，他确信盟国会胜利，那时我所认识的人谁对此都没有把握。如果不涉及与游击队直接相关的问题，蒙松都不向我提问。那并不意味着他没有提供情报的人。他拥有这些人，我们都认识他们。蒙松痴迷的一个话题是集体的道德水准，可除此之外他从来不强迫我对自己同志的行为或态度发表意见。我感谢他这一点，向他解释我们的形势、人员、武器和期望，大声地细细琢磨他的军事计划，以便一起分析这些计划是否可行、为什么可行。

赫苏斯·蒙松太聪明了，不会混淆事物以及能够从每个人那里得到的忠诚类型。我确信自己不是他以那种奇特的方式招募为顾问的唯一游击队员，也确信他懂得与我们每个人维系一种对他最有利的不同关系。他一直把我当朋友对待，甚至在那处宅子共同度过的谈话时光里，他提及卡门·德佩德罗的名字都不超过一两次。然而酒馆开业的那天她立刻提到了他。

"你是'美男子'，对吧？"她吻我的面颊，作为区分我和其他人的一种方式，对其他人她只限于握手，"赫苏斯老跟我提起你。我一直想认识你。"

"他好吗？"我打量卡门的时候问她，以便争取时间。

卡门·德佩德罗也许不是这个世界上我所能想象的蒙松床上最后一位女人，但相当接近那个位置。她一定是任何西班牙女人都会描写成的"可爱的女孩"，尽管再丑的女孩也不会比那只感冒的小鸟更让我吃惊。卡门除了自身的脆弱及微笑时露出的十分细小的牙齿，没有别的特征。我比任何人都更清楚赫苏斯在女人方面品味很好，第一眼看去卡门也不像是具有出众的才智或能力，但我没时间纠缠那个谜。

"他很好，很好。"她展开笑容以便向我显示，表现得高兴对她有利，"他在马德里，满怀希望，很为你们、为你们所做的一切感到骄傲，而且充满想法、计划……"

"那他还是跟以往一样。"我也浅浅一笑，"请代我向他问好。告诉他我进入图卢兹时很怀念他。"

"好的，我期望告诉他更多的东西，因为他要求我跟你聊聊。这几天我可以邀请你吃顿饭吗？"她的语调、表情、说话时抓住我胳膊的那种友好、几乎亲热的方式，是最纯粹的蒙松风格，"就明天吧，如果你方便的话。"

我和卡门约在下午一点，之后才想起来与桑德里娜一点半约在饭店里。梅西耶夫人已经离开，无法找到她，但我无须停顿一秒钟在两个女人之间加以选择，因为卡门是赫苏斯，赫苏斯是这个世上我会爽约的最后一人。

第二天上午我在饭店服务台给情人留了一张条，告知她因一件急事而耽搁在城外，不知要多长时间。之后我拦下一辆出租车，让他把我带到郊外的一个街区。不整齐的街道，两边是又矮又破的房子，更远处是一座带花园的古老别墅，被改造成了一家房间很少的旅馆。餐厅也很小，只有十二张餐桌，被食客占用的几乎不到一半，他们看样子不像是懂西班牙语的。

"赫苏斯非常信任你，'美男子'，超过对任何人的信任。他说你是唯一从来没恭维过他的人。"上完酒、称赞完菜谱的特色菜之后卡门才进入正题，这点再次让我想起了蒙松，"所以他希望知道……"卡门停顿了一下，假装在选择她接下来要说的话，但没有她情人那么棒，我怀疑她十分小心地排练过。"蒙松相信，从现在起任何策略应该旨在利用你们在法国南部获胜的结果。假设我们能够在比利牛斯山的另一边尝试某个军事行动，当然，是为了设法让盟国朝有利于我们的方向改变主意……你认为我们能采用什么手段？"

一周后，上午十点左右安赫利塔打电话到我饭店，请我参加第二天的一个饭局。"你不能缺席，"她对我说，"因为我要做米饭加香肠，是你很喜欢的那种我家乡的米饭……"我首先想到的是，安帕罗和安赫利塔得知我因厌倦而离了桑德里娜，于是决定出击。我确信在"明白吗"家等着我的是某个西班牙好姑娘，体面、单身、勤劳、共产党员，圈套准备好了，而且我确定那个姑娘不会像他妻子的米饭那么招我喜欢。我在路上遇到"左撇子"，他端着一盘与我手里一模一样的俄国松糕，跟我打完招呼之后立马猜到了我的想法。

"总之，"因为他跟我一样单身，"我期望至少不会再是'大香炉'的表妹。"

我们简称的"炉子"有两个单身表妹，相当漂亮但很乏味，安帕罗认为她们与我俩确实十分般配，但那个周日这两个姑娘谁都不在"明白吗"家。取而代之，我们遇到的是"帕斯谷人"和萨法拉亚，后者告诉我是"狼"而非安赫利塔组织了那顿午餐，如果说没有把我们约到他家，那是由于安帕罗拒绝酒馆打烊。

"行，我们到齐了，对吧？""狼"朝四周张望，我的眼睛追随着他的目光，"'教堂司事'两天没回自己房间了，没有办法找到他。说真的，罗曼，要严加管束那家伙。""帕斯谷人"看着他，耸耸肩，这个动作把"你干吗说那话"和"你在跟我说什么呢"两个问题合并成一个。"因此……噢，不对！""狼"根据情况改口之后，朝"左撇子"转过身去，"'羊倌'呢？"

"他之后尽早过来喝咖啡。""左撇子"停顿了一下，以便制造期待，"今天轮到他分发货物。"

"分发货物？"

"是的，分发小鳕鱼。""左撇子"头一个笑起来，"他女朋友的父亲把他当作游手好闲的人，让他开着货车四处去餐馆送鱼……"

"那我们等他，是吗？""狼"不愿意把话说得更加明确，但我已经猜到那顿午餐的受邀者是我们巴涅尔的八个人，我正在寻思为什么。"我们一边吃饭一边等吧，别让米饭烧过头了，结果安赫利塔生我的气……"

"出什么事了？"因为那天连萨法拉亚也没有事先得知"狼"的计划，所以当女主人开始上菜时他看着"狼"，"你要跟我们说的事会让我们倒胃口吗？"

"有可能。""狼"看了一眼萨法拉亚，之后看着自己的盘子，倒映出一丝只有自己接收的微笑，"我想说几乎肯定。"

他打住话头，直到"羊倌"带着包在一张又脏又皱纸里的半公斤卡皮托利糕点店的俄国松糕出现。

"哥们儿，看谁在这儿！""左撇子"庆贺道，"'小鳕鱼'……"

"小安东尼奥，你他妈的太烦人了，知道吗？"这之后他才把那包糕点放到我们主人的手里，"对不起，塞巴斯，但由于我不懂得向索蕾解释那是什么，她把糕点放了一箱羊鱼上面，因此我不知道它们会是什么味。"

"没事，"塞巴斯指着已经放在桌上的两个托盘，"应该是俄国松糕……"

"不管怎样，'明白吗'，我如果是你的话，今天恰好不会吃得过饱。"那一刻我们都察觉到即便"狼"在开玩笑，他的声音都变了，"谁知道不久之后你是否会再次在那个点心店买俄国松糕……那个点心店叫什么名字，戛纳？"

"不，叫尼斯。"他用一丝声音纠正"狼"，两眼睁得像圆盘。

"对，尼斯……"但"狼"又停顿了一下，让我们再受点煎熬，"我想告诉你们的是……我们要回西班牙了。我们要进攻了。"

第一个反应过来的是"左撇子"，他一边用双手击打桌子，一边点头赞同，并喊道："好！好！好！"仿佛一根弹簧把我从椅子上弹开，我起身拥抱"明白吗"之前看到萨法拉亚已经躺到地上，他身边的"羊倌"摇晃他，好像试图要抬起他，将他肩扛出去。假如"狼"告诉我们中彩了，我们也不会这般大庆、欢笑、叫喊、一次又一次重复地拥抱，而我们中间最沉默寡言的"帕斯谷人"，唯一从不没话找话的人，像一挺机关枪似的喷射出一堆词："法西斯分子、王八蛋、婊子养的、该死的无赖，你们会知道的……"门铃响时，安赫利塔从我跟前过去开门，我察觉她是唯一不满的人。

"现在我们确实都到齐了。"她丈夫是最后一个拥抱"教堂司事"的，后者放声大笑，靠在离他最近的墙上，一次又一次地掌击墙壁，以他的方式发狂，"安赫利塔，你下楼去酒馆，问安帕罗要一瓶白兰地……或者两瓶，我们得干杯，明白吗？"

"你自己下去。"她非常不悦地回答他，两臂交义，把它们靠在肚子上，仿佛是阳台的栏杆。

"行，我下去，但先告诉我你怎么了？"他靠近安赫利塔，想拥抱她，但安赫利塔两巴掌就挫败了他的企图。"我不明白你为何生气……"

"不明白吗？瞧瞧他们，塞巴斯蒂安，"她动了一下手示意我们，"瞧瞧你自己，得了。任何见到你们的人都会以为你们刚约好了去寻花问柳，但不是那回事，知道吗？不是那回事。你不是去西班牙，塞巴斯。你是去参战，再次上战场。你刚回来，又要离开，既然我们这么好，俩人在一起，在自己家里，这么心满意足，现在你又要走，把我独自留在这里，挺着大肚子，还有一个刚开业的生意。我随时想着你是活着还是牺牲了，你是否挨了子弹或什么时候会挨枪子儿，同样的事再次发生，永远不会终结的同一场噩梦……"她的声音开始窒息在哭泣里，哭声落在我们的情绪上，犹如春天清晨的冰雹暴雨。"最糟糕的是我都不会请你留下。最不幸的是我无法请求你这么做……你离开，我理解，但我不愿你走，你听见了吗？我不愿意。"

"终于有一点儿理智了。""狼"下了断言，一个一个地打量我们，想掂量一下那段话的效果，"'教堂司事'，你去取白兰地，因为你磨磨蹭蹭的，活该。"

"不用，不用，我这就去。"安赫利塔挣脱"明白吗"的怀抱，用手擦干净脸，匆匆穿过房间，仿佛正渴望走到楼梯处，再次放声哭泣。

"好吧，现在如果你们允许的话，我要告诉你们局势怎样了……"我们的领导点燃一支烟，直到所有人都坐在他周围，像一群用功的学生听他说话，才愿意接着说下去，"前天卡门召集我去党部开会。她没有跟我解释会议的动机，也没有说还有谁会出席，但我到达时发现所有的人都是军事指挥。哦，不是所有人。跟卡门在一起、护卫她的人有弗洛雷斯和帕切科，仿佛她需要保镖似的，再加上两个我不认识的文职人员，蒙松的人……"

"狼"停顿了一下，看着我，我坦然地迎着他的目光，因为我们之间从来没有误会。我是赫苏斯的朋友，大家都知道这事。假如我没有把赫苏斯告知我的消息一点点地转告他们，那我和赫苏斯的会面就没有意义。那是我的使命，我从来没有向他们隐瞒任何东西，除了有时候跟在饭后甜点之后到来的甜妞，那与他们无关。然而我不是"蒙松的人"，一个以其名义控制西共的机构，他们也知道这点。

"军事计划无可挑剔。""狼"坦承，依旧看着我，"如果执行得好，很容易取得成功。我们至少拥有 2.1 万名武装精良、训练有素、愿意毫不犹豫地跨过边境的人员。我们将留下 1.3 万名作为预备队。其余的人员中，4000 名一开始将分成小队，之后组成更大的分队，从伊伦①到普伊戈塞尔达②的边境所有地点进入西班牙，但主要从阿拉贡的比利牛斯山区。这个

---

① 伊伦（Irún）：西班牙巴斯克地区吉普斯夸省的主要城市之一，与法国交界。城内产业为钢铁、造纸等，人口约 5.5 万人。

② 普伊戈塞尔达（Puigcerdá）：西班牙东北部赫罗纳省的一座小城，以农牧业为主，与法国接壤。

月底就将实施该行动，并按相同的分散方式、像滴管似的继续越过边境，直到10月20日。""狼"突然停了下来，目的是测试我们的注意力。

"为了分散敌人的注意力。"萨法拉亚提示。

"确实如此。""狼"表示赞同，"为的是不让敌人知道我们会有多少人、从哪里进攻，这样他们就无法在任何一个具体地方集中部队。10月19日其余4000名人员将全部从卡内汗①入境，攻占阿兰谷，这是最合适的地点，因为它与法国的交通比跟西班牙其他地方更便利，易于防御。隧道还在施工，已经开了一个口子，足以让人一个接一个地通过，为了不冒风险我们也许要取道它。除此之外，命令的内容为占领阿兰谷，征服维耶拉，建立一个解放区，与纳粹投降之前我们在这里所做的一致。指挥部把阿兰谷地区分成三个战区。我指挥一个战区，你们是我的参谋部。瞧，没办法。"他终于笑了。

"我们八个人。"我概括，他赞同，"还有谁？"

"眼下还有'大香炉''石鸡''剪刀'和'磨刀匠'。""狼"继续发言。下面是一阵满意的低语声，虽然那四人都没有与我们在上加龙省并肩作战过，但他们是朋友、同志，值得信赖。"我们将作为西班牙全国联盟军入境。看来胡安先生，当然是指内格林，以及里克尔梅将军，准备在维耶拉领导一个共和国政府。然后，你们知道的，祈求好运，为盟军做连续九天的祷告，虽然我得承认那也是经过深思熟虑的。如果一切顺利，希特勒在柏林顽抗时，盟国不会容忍在西欧开辟另一条战线。当然我们得到法国同志的支援，他们准备向其政府施压，掩护我们的后方，甚至如果需要的话，紧随我们进入西班牙。英国人要想再次阻止他们，不是好时机，因此……"

"因此怎么着？""帕斯谷人"发问，因为到了那个份上显然"狼"言不由衷。

"我不知道。""狼"回答道，当他似乎要补充点儿别的情况时，仅限于重复，"我不知道。"

---

① 卡内汗（Canejan）：西班牙莱里达省的一个市，位于阿兰谷地区北部。

"什么东西是你不喜欢的?"我坚持道,"来吧,'狼',都说出来吧……"

"好吧。这个计划当然很出色,对吗?"

"出色,那是事实。""狼"用手搓脸,打起精神,"计划是很出色,但没有父亲也没有母亲。我不知道是谁的计划,不知道谁是背后主使。谁都不知道一个字,连洛佩斯·托瓦尔[①]都不知情,而他将是总司令。这是一个政治行动,这是我不喜欢的第一件事。或更确切地说……"他再次注视我们,用目光一个一个地巡视我们的脸。"它将是一场军事行动,因为进入西班牙的将是我们,要冒险、要冒自己及战友生命危险的那拨人也是我们,不是吗?"我们一个接一个地点头赞同。"得了,我们没能发表意见。连日期都没让我们决定。一切,甚至地图,都准备好了。事先确定的阶段、指定的目标、部署的纵队。甚至将要安置指挥所的那些村镇也挑选好了。为什么?谁选定的?是某个知道自己在干什么的人选择的。我没说不行,但问题是谁也没有站出来为这次战役负责。无人做出解释,无人征求意见,只有卡门在说,她说呀、说呀,不停地说,可是她本身什么也没说。'赫苏斯说这,赫苏斯说那,赫苏斯已经考虑了,赫苏斯、赫苏斯、赫苏斯……'她说了那么多次赫苏斯,以至于有人——我认为是'皮诺乔',但也可能是我,因为我想的跟他一样——质问为什么党没有派任何人来支持一项如此规模的行动,那一刻卡门采取守势。'政治局在法国的代表是我,你知道的……'我并非说那不是事实。莫斯科的确很遥远,中间夹着德国,战争,没人能成功穿过欧洲,活着到达这里,是的,但不管怎样,6月份从美洲派来索罗阿只是为了让他闲逛一下,是吧?现在没有派任何人……"

---

① 维森特·洛佩斯·托瓦尔(Vicente López Tovar,1909—1998):西班牙共产党员、政治家、反佛朗哥游击队员。积极参加西班牙内战及第二次世界大战,担任"西班牙游击队员协会"第十五师师长,在法国的反纳粹抵抗运动中脱颖而出,后被授予"法国骑士勋章"。1944年10月被任命为阿兰谷战役总指挥,由于该行动失败,1944年10月25日奉命返回法国。西班牙共产党领导层将这场军事失利怪罪于他和蒙松。

那个时期我们对阿古斯丁·索罗阿[①]也一无所知，除了知道他生活在墨西哥，直到中央委员会派他去西班牙，向中央通报他们不在国内时所发生的一切。如果是在其他情况下我们大概早就会怀疑那种不安与卡门承担政治局给她高升的职位一事不太和谐，但那时我们没有予以重视。战争把党的领导层与西欧的局势完全隔离开来，假如他们维持自身舒服的懒惰，不利用第一个机会派遣任何人，那倒会让我们更意外。大家都认为索罗阿无所事事晒了五年太阳之后在马德里所遇到的局面恰好是他该看到的。谁离开，谁就失去了位置。更不用说那些去了莫斯科或南美的人。蒙松靠自己的力量赢得了权力以及与他共事过的我们这些人的尊重，恰恰是我们在法国南部消灭了纳粹。党代会上是否选举了蒙松我们不在乎。

　　"这很严重，我猜你们都意识到了。"然而那天"狼"设法把他的担忧传染给了我们，"即便不成功都是大事，更不要说成功了。我的感觉是——只是感觉，但让我不舒服——我们只是蒙松在棋盘上移动的棋子。我不敢说莫斯科、布宜诺斯艾利斯毫不知情，可是假如强迫我打赌的话……"

　　"如果我们成功了，""帕斯谷人"高声完成了我们的上司不敢终结的推理，"等盟国入侵时，他们的政治对话者将是蒙松，全国联盟即蒙松，对吧？他将掌权，不仅在党内，而且在全西班牙，大写的权力。我猜他会把共和国总统职务让给内格林，与社会主义者、无政府主义者、共和派，包括自由主义者组成全国联合政府，直到可以举行选举、赢得选举……"

　　"好，那又怎样？"之后我提问，因为我想得跟他一样，但更急迫，"我们在西班牙和法国一直是某人的棋子。应该说这就是我们与法西斯分子的区别，我们夺取权力不是为了据为己有，而是为了把它还给民众。否则的话我们在这儿都干了什么呢？"

　　"那是事实，""帕斯谷人"回答我，"你说得太有理了，我跟你说另一件事。蒙松掌权的那天，我会非常幸福的。第二天上午我会脱掉军装，把它扔到垃圾堆里，我会回到桑坦德，开拉丁文课。如果要干革命，让那些

---

① 阿古斯丁·索罗阿（Agustín Zoroa, 1916—1947）：西班牙共产党党员，出生在摩洛哥。战后流亡美洲，1944 年回到西班牙，与卡门·德佩德罗结为夫妻。1946年 11 月被逮捕，1947 年 12 月被枪决。

待在家里的人报名吧，我作为中学老师，八年多来除了开枪没干别的。"

"我也会幸福的。""狼"盯着我的眼睛补充道，"我估摸自己也会再次教课，虽然或许我会参加革命，那倒是……""狼"再次注视我之前，朝"帕斯谷人"微笑，后者也对他报以微笑。"'美男子'，我不是赫苏斯的朋友，但对他比对任何人都尊重，你知道的。在重大事情上我一直同意他。可是……还有别的事。"

后来把我害苦了的就是那事，因为与赫苏斯相比，"狼"和"帕斯谷人"，当然还有"明白吗"更是我的朋友，我们更加亲密、更加不可或缺。但我那么希望那个行动成功，因此跟他们唱反调，急切和坚信的程度类似于卡门。她否定真相，两天前声称在所有城市的大街上弥漫着不满，骚乱是常态，妇女面对食品的匮乏和涨价在市场上起来暴动，佛朗哥分子因轴心国即将失败而士气十分低落，警察不会袭击游行者，在工厂和车间、商店和办公室，万事俱备要举行大罢工来欢迎我们。"为什么我们不知道那些事？"他们问我，"我们离得这么近，在那里有朋友、家人，隔三岔五会接待刚越过边境的避难者……我们怎么可能毫不知情，为什么这里的报纸一个字也没说，为什么直到现在还没人告诉我们？"我对那些提问没有答复，但信任赫苏斯。"他在马德里，"我对他们说，"他会知道的，他会有信息，有我们需要的情报……"

"请等一会儿，我糊涂了，"那场争论进行到第二或第三回合时，"教堂司事"同时举起双手要求发言，"我不知道是否理解对了。我们去还是不去？"

"我们当然要去。""狼"回答他。

"那我就不明白我们在谈论什么。"

随着行动日期的接近，那个原则压倒了所有的困惑和疑虑。"我们要去，我们要出击，然后走着瞧吧。"与此同时，一天下午我单独约了"狼"，告诉他我与卡门在郊区那个精致小餐馆的会面。"我知道了，"他微笑着对我说，因为我甚至把存在费尔明粮仓的最后一克炸药都记录在一张纸上，其他人根本没考虑到它，"那只有你才会想到。"

行动定在 10 月 19 日凌晨。两天前抵达塔布时我受到第一次伤害，那里集合了 4000 名要从阿兰谷入境的人员。我受的伤害很严重。

"'吉卜赛人'呢？"我问"狼"，"到处都没见到他。"

"他没来。""狼"带着一副我无法理解的表情回答我。

"怎么会没来呢？"

"他没跟我们来。"

"吉卜赛人"并非吉卜赛人，我们这么称呼此人是因为他皮肤非常黑，来自托德西利亚斯，从 1936 年夏天起一直是"狼"的政委。越过边境之前，他一直与"狼"和萨法拉亚在一起，从未分开过。"明白吗"和我在阿热莱斯认识他们时就是这样。"吉卜赛人"之后确实没有跟我们在锯木厂，那是因为他被送到被占领的法国一个军需品工厂工作，他逃跑了，被抓住，关在勒韦尔内。我一直确信他将是我们这个战区的总政委。"狼"都没来得及推测此事，因为在图卢兹的第一次会议上与卡门告别时，她通知"狼"，弗洛雷斯将是他的政委，"狼"试图抗议时，卡门对他说不愿意因为一些人和另一些人的任性而让行动冒险。

"别惹我！"得知此事时我对"狼"高声请求。

首先，弗洛雷斯连军人都不是，我们不知道他的真名。假如他并非不清不白、讨厌的家伙，那即便是文职人员结果也不会太严重。无人确切知道他在我们的内战中扮演过什么角色，也从未在俘房营里遇到过他，不易解释像他这种少见的可疑身份。但最糟糕的是我们认识他。在听说那些认定弗洛雷斯是给蒙松干脏活的谣言之前很久，此人便时不时出现在皮埃尔农场，既不通知安赫利塔也不加以解释，我们已经确信他就是我们这个战区给蒙松通风报信的人。甚至即便无人怀疑过他，他也依旧恰恰是任何游击队员都不敢信任的那种人，在军营，在我们中间，他不是别的，就是间谍。

"你现在理解我了？""狼"问我，"可是你不要对任何人说起此事。总之，我们还差两天……"他看了一下手表："一天半。"

"我们去还是不去？"那时我想起来。"我们正在前往，因此现在不能考虑此事了。""狼"在我背上拍了一巴掌，我们不再谈论此话题。1944年 10 月 19 日凌晨，我们在预定的时间出发，并以同样的准时越过边境，进入西班牙。

九点差一刻罗梅斯科跑过来告诉我，上校在山坡最高处等着我。我到达那儿时，他对我解释为什么叫我来，我朝"明白吗"转过身，刚要求他留下来等待一组掉队的人员。

"'明白吗'！"

"到！"

"上来！"

"现在？"他一边嘟囔着，一边服从我的命令。"喂，我们是否能把话说清楚，明白吗？'一会儿你留在这里，一会儿你上坡，一会儿你下坡……'"

他来到我身边时，"狼"已经开始下坡。

"出什么事了？"他问我，我一边用右臂环抱他的肩膀，一边指着那些走在前面的人。

"没事。看见他们了吗？如果你从那些人走过的地方开始行走，再继续往前，你会走到比卡尔瓦罗。"

"我们在西班牙了？"

"是的。"

我们单独待在那儿，互相挨着，不说话，不互相注视，如两座静止的雕塑，目光盯在地平线上，直到最后一名我们的士兵通过。之后"明白吗"打破我们身陷的咒语。他的左肘碰到我右臂时，我看着他，见他正举起眼镜用手指擦眼睛。

"操！"他对我说，摇着头，仿佛难以置信，"我激动了，就这么回事，明白吗？"

三

当我意识到手里握着一把上了膛的手枪时，瞬间感觉一切都停滞了，时间、我的生命、阿德拉和她的女仆，然而她们继续在床上打开的箱子周围走动，仿佛还没有遇到任何停下来的理由。虽然我会开枪，但从未携带过武器，也不习惯摆弄它们，可是我的感觉与危险或紧张不安毫不相干。完全相反。在不真实的瞬间平静中，与我及周围的一切分离，我的每一块肌肉彻底放松，然后毫不费劲地立刻恢复张力，正如发生在海上遇难者身上的那样，他只有靠游泳赢得一片荒芜的海滩后，才会在昏迷的边缘很快发现自己身陷的那片土地环境恶劣，不适合居住。于是我瞬间恢复意识以及对自己身体的控制，犹如之前失去它们那般匆忙。我朝前看，看见嫂子披头散发，跪在床上，一边用两手撖压克里斯蒂娜无法关上的一只箱子盖，一边喘着粗气。那个天真、有趣、几乎喜剧般的场景最终让我回到现实，那里每样东西都有自己的价值，在我的情绪中植入一根后悔的幼芽，非但没有令我沮丧，反而巩固了我尽早逃跑的决心。

我很爱那个坐在箱子上的女人，她为了不说"操"而说"天哪"，但与她的失望作对的是我的自由。我真的爱她，那么爱她，以至于只要想到第二天她或许会视我为叛徒、自私无耻的忘恩负义者，我的心就疼，但我的伟大机会已经来临，不能放过它。阿德拉看着我，确认我尚未把枪还到床头柜上时皱起眉头，可我差点儿赌上自己的一切，我的生命和前途，重新成为自己的可能性，而她至多是难过一场。我一边尽量那么想，一边紧握手枪，把手指放在扳机上，直直地抬起手臂。

"很抱歉，阿德拉，"但瞄准她时我向她坦白内心正在经历的事情，我是坦诚的，"要是能不出此下策，我愿付出任何代价，不管什么代价。真的十分抱歉。"

"伊内斯，放下枪，天哪……"她突然脸色发白，站起身，伸着胳膊，张着手，脸上带着一副不理解的感人表情，朝我走来，"别干傻事，行了。"

"阿德拉，别过来，回到床上。"

她不理睬我。她无法理睬我，因为她还没明白正在发生的事，为什么我拿着她的手枪，为什么把枪指着她，为什么似乎准备把她当作人质、囚犯，既然她是我的朋友，是唯一站在我这边的人。

"可是你在干什么？出什么事了，什么……"

"阿德拉，看在老天爷的分上，别动。"

我看她又迈了一步时，举起手枪，朝天花板开枪。我原本不希望这么做，但为了让她服从我，为她好，尤其是为我好，我别无选择。我知道自己无法伤害她，朝天花板、朝空中射击是办得到的，但永远不会朝她开枪。我宁可把枪筒转向自己，而我最不想做的是杀了自己，在我正好还剩下那么多东西要看、那么多东西要经历的时刻弃世。我必须有能力在不伤害任何人的情况下走出那间屋子，或永远留在那里，可我不愿意，不值得这样。因此我开枪了，射击如炮击似的在空旷的屋子里回响，一大片白石膏粉落在我身上，如特技处理的雪落在一个剧场的舞台上。

"阿德拉，请你坐下。"但我不是演员，也没在扮演一个角色。

她看着我，闭上眼睛，摇头，仿佛想把我从她的记忆中永远抹去。她瘫倒在椅子上，那么痛苦的架势再次具有加快我行动的功效。

"克里斯蒂娜，用那条蓝色睡衣带把太太绑到椅子上。绑好她，但不要伤着她。"惊恐的女仆倒是从一开始就服从我了。"对不起，阿德拉，我向你发誓，我十分抱歉。很抱歉这事轮到你头上，你是我唯一的朋友，我在这个家里遇到的唯一善良、亲切的人，这么长时间以来我唯一的伙伴……很抱歉，像我这么爱你，却不得不对你做出此举，恰好是对你……真不幸！"

"可是伊内斯你要干什么？"她试图朝前扑，但动不了，"你发什么疯……"

"这不是一场暴风雪，阿德拉，你知道的。是我的人来救我了，就像在童话故事里。"尽管如此，我的嘴唇弯成一丝自动的、几乎孩子气的微笑，"不仅是白马王子，不是的。是8000人，他们刚越过边境。我永远不会忘记你为我所做的一切，阿德拉，我永远也偿还不了你的付出，但现在我要跟他们走，我必须跟他们走。"我无法继续看着她。"请尝试理解我，我知道很难，你不该受这个罪，可是我没有别的出路，既然他们离得这么近，我不能留在这里，冒着回到监狱、被你丈夫关进精神病医院不得善终的风险……"但即便在那一时刻我也无力跟她谈论加里多。

阿德拉也不想回答我，一边看着我在空中挥舞手枪，一边示意克里斯蒂娜另一把椅子，让她跑过去坐下。用一根大衣带子把女仆绑好后，我检查了嫂子的捆绑，用两条手绢把她俩的嘴堵上。

"你疼吗？"阿德拉朝我抬起头，用充满泪水的双眼缓慢否定。"请原谅我，原谅我，我……不得已而为之，你明白的，是吧？"我多次吻她的脸和头，免得冒又一次看她否定的风险。

之后我转身背对着她们，深呼吸，直到我的手停止颤抖。"最糟糕的已经过去了。"我自言自语，去取钱之前给手枪上好保险，插在裙腰上。里卡多给他妻子留下3500多比塞塔，与我曾经拿走的钱款相比是微不足道的战利品，但在我的处境下还是很珍贵的。不过把钱塞进口袋之前，我拿起电话旁边的笔记本和钢笔，走到梳妆台前，因为我不愿意让阿德拉把我视作一名粗俗的小偷。

"我要把钱也带走，但你不要担心，我会给你写一个收据。"

我开始用清晰的字体使劲书写："蓬特·德苏埃尔特，1944年10月20日。价值三千六百九十二（3692）比塞塔，被没收……"写到这里我发现不知道该怎么往下写。

"好吧，瞧……"于是最后我写上自己的名字和两个姓氏，"我会以西班牙全国联盟的名义签署借据，因为现在既然阿萨尼亚①逝世了，我不知道这一切该如何安排，直到再次有大选，但无所谓。钱不是给我的。我将上交给军事指挥部，我会问他要另一张收据作为交换。等我们再次见面时，不论是在马德里还是别的地方，我会把所有的钱都还给你。"于是我起身，最后一次慢慢打量嫂子。"你别担心，阿德拉，因为不管发生什么事，谁也不会伤害你。不会伤害你和孩子的。我向你保证。"

出门之前我看了下表。差几分钟就到早上九点，可是等待我的将是漫长的一天，不管把阿德拉捆绑起来、把她嘴堵住让我多难过，我在那个

---

① 曼努埃尔·阿萨尼亚（Manuel Azaña, 1880—1940）：1931—1933年、1936年两次担任西班牙政府首脑，1936—1939年任第二共和国总统。作为20世纪西班牙政坛最重要的政治家和演说家之一，他还是出色的记者和作家。1926年他所著的传记《胡安·巴雷拉先生生平》（*Vida de Don Juan Valera*）获全国文学奖（Premio Nacional de Literatura）。他最著名的作品为对话体《贝尼卡洛的晚会》（*La velada en Benicarló*），是对西班牙30年代的反思。2000年，西班牙出版了他的《日记全集：君主制，共和国，内战》（*Diarios completos: monarquía, república, guerra civil*）。

房间都不能再浪费一分钟了。我拿起扶手椅上一个空的开盖帽盒，因为一看见它我突然想到用它来装运炸面包圈对我正合适，只是到了门口我才再次说话。

"你们别害怕，因为不会有事的。我会把家门敞开。下午来人接你们时会找到你们的。"

离开本塔斯监狱的那天，一个陌生女人背对着6月的炎炎烈日在门厅等我。尽管逆光，让我感到奇怪的是她的鞋跟，紧贴臀部的裙子，尤其是那个过于夸张的额发，这是流行于胜利者妻子之间的典型发型。她们称呼那个挑战地球引力的硕大头发卷筒为"西班牙向上"①，鬓发往上爬高几厘米，露出当事人的额头，拉长她的身材，代价仅仅是扭曲她的轮廓，只有真正的美人才能承受得起。她长着一张农妇的圆脸，肌肉发达的胖脸颊，那个发型对她不太合适，但发型本身比那点更吸引我的注意，对一名普通的监狱公务员来说是一个太昂贵的奇葩发型。因为即便欣赏完该发型，我也没想到那个女人会是别的身份。

"伙伴，吻我一下。"与比尔图德斯告别时我也不知道再也见不到她了，"答应我你会照顾好自己。"

"伊内斯·鲁伊斯·马尔多纳多！"那个女看守，虽然十分喜欢叫喊，但人不坏，"我不能整个上午等着您！"

"我会给你寄新绷带，还有治疗疮的药膏。"我让女看守多喊了一会儿，继续搂着我的女友，"小特蕾莎已经答应治好你的病。提醒她最重要的是你皮肤要干燥，还有……"

"别那么担心我，保重自己，伊内斯。再亲我一下。"

"伊内斯·鲁伊斯·马尔多纳多！"

我最后一次亲吻比尔图德斯，起身时继续尽力亲吻所有的人，用手触摸所有抚摸我的手，试图用指尖摸到向我伸来的手指。"再见，福斯蒂娜；再见，玛利亚；再见，恩里克塔；再见，多洛雷斯；再见，小特蕾莎；再

---

① "西班牙向上"（¡Arriba España！）原本是佛朗哥政权的一句著名格言，也是当时政府的一家报纸（1936—1975）的名称。

见，亲爱的，愿你的孩子好起来。不知道他们把我带到什么地方，但如果能给你寄点东西，我向你保证我会做到的。再见，再见，代我向其他人告别，向梅塞德斯、比利、贝芭姐妹告别，特别是跟贝芭姐妹告别，鼓励她们，代我吻她们。再见，再见，好运，跟大伙儿再见……"我哭着离开那个牢房，离开地板上一块半地砖的位置，我在那上面蜷身哭着入睡；离开那挤满饥饿女人的四壁。我激动、痛苦得哭起来，为自己、为她们、为她们的孩子、为我可能永远不会拥有的孩子、为能够再次见到她们所度过的时间、为那些再也见不到的人而哭泣。等待我的是从死刑减为三十年徒刑中的二十八年，我还没满二十五岁。在监狱门口等着我的还有一位不认识的女人。

"伊内斯！"她向我张开怀抱，把头贴在我的头上，亲吻我的脸颊时，我闭上眼睛，以便更好地品味她香水的芬芳，我感觉这香气比那天上午的早餐更滋养我，"我是你嫂子阿德拉，里卡多的妻子。我很想认识你。"

我尝试理解那些话的意思时，手里拿着一份表格等着她的那位女工作人员清了清嗓子，阿德拉变得那么紧张，就像一个被老师责备的女孩。签完表格，她看着我，对我微笑，抓住我的胳膊，仿佛我们要一起去购物或散步。

我们走了几步，没说话，也没往后看，我的感觉是她比我更害怕我们正在离开的那幢楼。但当我能在日光下打量阿德拉时，她的发型再次吸引了我的全部注意力。她刚从理发店出来，头发闪亮、柔滑，被细心地染成铂金色，以一种幻觉的韧性吸引我的目光。它是一个模糊的梦境片段，介于渴望与梦魇之间，是一个失去的世界残留物，甚至是一种非现实的征兆。我突然产生一个幼稚的愿望，想摸摸那束让人难以置信的亮闪闪头发，好像出自一部电影、一幅油画、一张外国照片，但我没那么做。在我能够注意与这么白皙的肤色不相称的乌黑眉毛之前，嫂子打开包，取出一支香烟。

"好了，都过去了……"她用安慰受惊孩子的语调对自己嘟哝，之后享受地吸了口烟，那份满足瞬间使我失去对她发型的兴趣。

"可以给我一支烟吗？"假如需要的话，我会跪着求她的，她也意识到了。

"当然。"因为阿德拉给我递烟的迅捷与我的焦急成正比,"我从来不在大街上抽烟,你别以为,里卡多希望我戒烟,但是……"

吐出第一口烟圈时我微笑了一下,只是后来才明白自己更多的是吞下大街上的空气而非烟雾。我的笑容绽开,但她依旧带着一种我无法理解的不满表情看着我。

"伊内斯,你真瘦!"她几次摇头,"假如我不知道是你,我都认不出你来了,知道吗?昨天我在看你的照片……你像是另一个人。"

"行了,这都是监狱造成的。"我再次微笑,可她没有打起精神模仿我,"里卡多在哪儿?他怎么没来?"

"他……好了,你知道的,他很忙,有很多工作。他还在建设部,把整周的时间花在去各地出差。但他给了我……"阿德拉又打开包,我的感觉是,她在磨磨蹭蹭地翻动包里的东西,这让她放松下来,"在这儿。是一封给你的信。"

"信?"

直到那时我还没停下来思考自己的将来会是什么样。三天前通知我要被转移时,我已经感觉奇怪,但不强烈,因为已经审判我了。单独转移不常见,这么仓促也不多见,但当局的随心所欲是我们生活条件的关键要素。那天上午与其他人告别时,等着某个工作人员告知或不告知我新目的地的消息,之后把我单独或与其他女囚塞进一辆货车。然而认识嫂子时我不禁产生幻想。

以比尔图德斯的生命为交换条件给我提供自由的那个律师不合时宜的来访之后,我与家庭的关系几乎不存在了。从未有人来监狱探视我,虽然母亲定期给我写三四段充满关爱和不解的话,表达出深深的痛苦,我在阅读她的文字时有同样的感受。我一直给她回复,信写得比她的长,不试图解释她所不解的事情,但的确回报她同样的爱,直到1941年年初母亲停止写信。我连着给她发了四封信,都没有得到回复,直到4月份姐姐玛蒂尔德第一次也是最后一次给我来信,告知我母亲去世了,并且大家都认为我是唯一有责任的人。"*伊内斯,你害死了母亲*……"

我把那封信撕成碎片，但它在我的记忆里将永远保持完整。无人再想起我，直到阿德拉把我从监狱里接出来，尽管她丈夫在给我一个我不愿接受的出路前已经很生我的气了。那是我从母亲的抱怨中唯一弄清楚的东西，她请求我不要失去希望，因为她寄希望于说服里卡多，让他迟早替我说情。我知道在大家对我的背叛行为普遍怀有的牢骚之上，哥哥对我还有一种特殊的积怨。他记得那笔原本打算资助叛军的巨款，被我用来购买靴子、披风、医药和食品，捐给与叛军作战的人民军战士，一分不剩，但阿德拉把那个信封递给我时，我自由了，在大街上和她一起抽烟，她是我嫂子，我们在一起的几分钟，她待我比内战结束以来我的任何哥哥姐姐都更亲热。假如我有时间停下来思考接下来将要发生的事情，我会以为她即将拦下一辆出租车，邀请我上车，坐在我旁边，一起去她家。反过来那一刻我发现我们不是简单地行走在大街上。出狱时她抓住我的胳膊，把我领到一辆发动机起动的黑色轿车旁。司机坐在他的位置上，但人行道上有两个警察看着我们，其中一位把右手靠在他手枪的枪托上。

我打开信封，取出里面装的纸，试图理解自己正遇到的事情。"*伊内斯，我不是为了让你使我的生活痛苦而赢得一场战争。*"我读完信，闭上眼。

"我们去哪儿？"我问嫂子。

"不，我……"我抬起眼皮，确认她正变得紧张，"我不能跟你去。我有一个小孩子，噢，我还没跟你说过这事，我们时间太少来不及说……是个男孩，叫里卡多，十五个月大，我不能把他单独留下，但你……"她走近我，拥抱我，头贴着我的头，继续说："你在那儿会很好的，你会知道的。嬷嬷很好，而且……"

她最后一句话犹如鞭笞在我耳边回响，任何鞭打对我的伤害都没有这么大。因此我推开她，与她保持一臂之距，假如其中一名警察没有立刻摁住我，把我的胳膊扭到背后，好像要给我戴手铐，我会扑到地上，跪在她脚下。

"我不愿意去修道院，阿德拉，求你了，求你了。"她带着一副惊骇的表情看着我，那神情没有阻碍她的眼睛湿润，但我先于她开始哭泣，"我宁可回监狱，请把我送回监狱，阿德拉，回监狱可以，去修道院不行，我求你了，你别对我做这样的事，看在老天的分上，我不能去修道院，不能去那里……"

"可你在那儿确实会很好的。"她走近我，小心翼翼地伸出一只手，抚摸着我的脸，"你会看到的，伊内斯，伊内斯……"

"不，阿德拉，我不愿意，真的不愿意，我不愿意去修道院，求你了，我宁可回监狱，求你了……"

"行了，好了！"

在我们变成公共秩序问题之前，警察拖着我，强迫我进到车里，但阿德拉跟在我后面，用指关节敲打车窗，直到我打开它。

"对不起。是我的主意，我以为这样更好，因为……"

"我们得走了，夫人。"警察提醒她。

"好的。"她点头同意，但从打开的车窗伸进一只手，抓住我的手，把她的一包烟放在我手里，握紧它，"伊内斯，振作起来。"

那是我们第一次分别时阿德拉对我说的话，振作，而非再见。因此1944年10月20日我捆绑她、堵她的嘴、把她留在自家卧室时，感到有必要祝福她类似的东西，可我不知道该怎么做。最后我只是把门半开半合，那时我才更加紧张起来。

那一刻我不但没有感觉自己斗志昂扬、自由、坚强和自信，反而在即将放弃的家里空气中呼吸到一种突然的疑惑，在墙壁、地毯、窗户和经过的走廊每块空地都预感到一种不存在的危险。楼房空空荡荡，但我被囚禁的经历与无可挽回的逃跑需求融为一体，它已不再是一个计划，我加快了我的所有行动。或许那不过是寂静，或确信对我来说那里一切都结束了，但我的行动与假如一群残暴的猎狗正在穿过花园时我的反应一样迅捷。因此没有停下来喘口气，我换了衣服，把汇总了必不可少行李的背囊扔到背上，下楼到厨房，把在储物间找到的所有易于马匹携带的固体食物席卷一空，几乎没有停顿地把炸面包圈小心翼翼地放置在帽盒里，形成规则的同心圆的层次。然后我把所有东西都送到楼的主立面，堆放在门口，让肺部吸满花园的空气，等到稍微平静些才去寻找小马劳罗。

里卡多把我送到蓬特·德苏埃尔特居住时，我最不敢想象的一件事就是重新骑马。自从母亲判定我已经变成小姑娘，应该放弃比赛，因为障碍赛在一个女孩身上是那么优雅和健康，而对一位小姐来说就显得过于男性化和冒险，那些在我童年房间陪伴白色花边的照片和奖品就一直沉睡在一处放手提箱的地方。"你想干什么？想让全世界都看见你摔在地上，起身又再次摔倒，从上到下沾满泥巴吗？是的，那会很美，你会找到好对象的！"我试图全力反驳那个如此荒唐的观点，可是除了父亲我找不到其他盟友，他也不愿意把自己的观点强加到母亲的原则上，因为1931年7月30日我满十五岁的时候，4月14日的眩晕①尚未从任何人身上消失。"对不起，伊内斯，可是今年我们的麻烦事够多了，现在我不想为了你骑马的傻事跟你母亲吵架。"共和国就以这种奇怪的方式把我与马术分开。最终我将以一种更加奇怪的方式回归马术。

阿德拉不喜欢读书，也不喜欢我看书。这是我从她身上首先得知的一件事情，因为1941年圣诞前几天再次见到她时，阿德拉问我是否需要什么，我请求她给我寄书，她对此不解。

"当真吗？你干吗要书？"

我在修道院醒来的第三天收到了她的第一个包裹，两条烟、三块巧克力、几双厚羊毛袜、两件长袖衬衣、一件毛衣，出乎我意料的是，还有两瓶又白又浓的护肤霜，一瓶擦脸，一瓶擦身。"*因为在马德里见到你时，你皮肤那么干燥，吓了我一跳，因此你每天早晚都要用这两瓶护肤霜，好好把它涂开，确保它能充分浸入皮肤……*"信中她丈夫特别明确了我未来的生活条件。"*伊内斯，我承诺了两件事以换取你的自由。你永远不踏进马德里一只脚，让你永远离开社交圈，因此你可以逐渐习惯这个想法了。*"读完信之后那些指令让我发笑。也许因此我用完了那两瓶护肤霜，12月份阿德拉来探望我时我又用掉了两瓶。她一看见我就惊叹："太好了！你的皮肤好多了。"之后她听到一个会让她皱眉头的请求。

"阿德拉，我干吗要书？为了读书呀。这里我只能弄到圣经，我真的

---

① 指1931年4月14日西班牙第二共和国宣布成立所造成的强烈社会震撼，它取代了阿方索十三世的君主制。1939年4月1日内战结束，第二共和国被推翻，佛朗哥独裁政权取而代之。

很喜欢旧约，但把它背诵下来也不合适。"

"好吧，可是……"她还没完全舒展眉头又再次皱起来，"我给你寄什么呢？"

"《加尔多斯全集》。"因为如果可以选择的话，我愿意回家，回到我的祖国，回到一个我能够理解、属于我的西班牙，但我并未高声表达那种渴望，因为阿德拉的表情再次让我愕然，"贝尼托·佩雷斯·加尔多斯^①，你知道的，不是吗？"

"是的，听起来的确耳熟，可是……你要全集吗？"

"嗯……它们汇集在六七卷里，有便宜的版本。"

"啊！好吧。"她微微一笑，"你为什么之前不这么说呀！"

书籍让阿德拉感到十分无聊，以至于看到我手捧一本书她都会难受。不管我花多大力气向她保证阅读很享受，她都拒绝相信我。然而里卡多仍旧是非常好的读者，1943 年 3 月到他家时，与他妻子的陪伴相比，我更看重他图书馆的陪伴。被分别遣送到监狱和修道院四年之后，重新生活在一个有书的地方让我觉得太棒了，有几个月我曾经对加尔多斯不忠，他是我所剩的唯一伴侣，即便面对仇敌，也只有他陪伴我了。于是阿德拉迟早看出了我的心思，她慢慢走到我跟前，坐到我身边。

"伊内斯，你在这儿干什么？"她本人为这么简单的问题做出了一个无法预料的答复，"老实说，你这么年轻，眼前还有整整一辈子，你却用这种方式浪费它。"

"可我根本没在浪费生命，阿德拉。我在阅读。"

"好了好了，你看，在这儿独自看书……"在她眼里我发现了如此真挚的同情，解除了我的武装，"行了，我们去转一圈。"

"可是我不乐意散步，我在这儿很好。"

"你这样不好！"她站起来，把书从我手里夺去，扔到桌上，强迫我起身，"你怎么会好呢！我们出去让你透透气，你像是行尸走肉……"

---

① 贝尼托·佩雷斯·加尔多斯（Benito Pérez Galdós, 1843—1920）：西班牙 19 世纪最伟大的现实主义小说家，被誉为"西班牙的巴尔扎克"。其最重要的作品为系列历史小说《民族轶事》，共四十六卷。

之后我们坐上车，司机把我们带到镇中心，我们去针线店买扣子，或去报刊亭挑选杂志，或仅仅在马约尔大街散步。我没有感到无聊，因为景色十分优美，以至于我觉得路途短暂，再次在人行道上与不相识的人碰面是件愉快的事，但我几乎总是怀念自己的扶手椅、自己的书籍，阿德拉只有认定其流动慈善事业结束后才允许我回到那个中断阅读的节点。

那个时期劳罗已经在马厩里，这匹漂亮的三岁阿拉伯－西班牙马驹，体形匀称得与我幼时获得几项奖杯的赛马苏丹一样完美。数月前里卡多为阿德拉购买了此马，但她习惯了自己的那匹母马，像奶牛般温顺、平和，不敢骑劳罗。阿德拉执意把她有关消遣的特殊标准强加给我的那样一个上午，我路过马厩附近时看见劳罗在驯马场，它以一种如此惊人的优雅在转圈，于是我走近栅栏，停下来注视它，仿佛被磁铁吸引。

"多么漂亮的马！"我惊呼，牵着它的马夫拉着缰绳。"我可以靠近吗？"

"当然可以。"他微笑时让我看到了犹如他衬衣那么洁白的牙齿，扣子解得比新时期的体统所确定的标准低了四个指头。"是匹好马。"

我好多年没把头紧贴在那样的脖子上，多年没有抚摸类似的皮肤，也没有感觉在手指下面血管里跳动的类似脉动，但劳罗给我提供了一切便利，因为从第一刻起它就那么乐意由着我抚摸它，我不得不控制索要马鞍的冲动。

"小姐，您想骑劳罗吗？"马夫把缰绳递给我，不停地微笑，仿佛猜中了我的念头，"劳罗很适合您，知道吗？它很年轻，这里只有我骑它……"

那一刻马儿感觉到某个骚扰它的东西，一个虫子或某个遥远的声响，它抬起后蹄，一边摇晃着脑袋，一边朝我弯下脖子。它没伤害我，但我感觉到它的气息，我抚摸它，让它平静下来。马夫的做法相同，他走得更近些，在相反的一侧抚摸它。他的衬衣敞着，驯马场在一处没有阴凉的空地，6月的太阳炙热，他流着汗，我流着汗，马的气息、皮肤和绷紧血管的鲜血让我们热起来。"我在头晕。"我想，但不是晕眩，明白之后我往后退，好像刚刚被电了一下。

"您看到了吗？马很紧张。"马夫不该察觉任何情况，但我比马更紧张，不敢看他的眼睛，"您想骑马吗？"

"不，谢谢。最好改天吧。"我对他转过背，挽起阿德拉的胳膊，在我们共同的散步中第一次主动提议，"得了，咱们回家吧。我很不舒服。"

"不舒服？"她猛地停下来，抓住我的肩膀，专注地看着我，"是真的，你脸很红。"

"是吗？"我当然脸红，"我不知道自己怎么回事。"

"也许你的血压降了，或许你是贫血，这点我毫不奇怪，因为你不吃东西，尽管相反你应该脸色苍白才对，不是吗？所以……你经常发生这样的事？"

"有时会，"我撒谎，"但马上就过去了。"我再次说谎："别担心。"

"真的？你不希望我叫医生，问问他？"她怀着慈母般的迫切把手放在我额头，"喂，你有过什么症状？像什么病？"

"我有过……"我看着嫂子，试图推测假如我对她说真话——我体温急剧上升，阿德拉——她会摆出什么表情，我再次抓住她的胳膊，强迫她稍微缓慢地行走。"我认为是因为没吃早餐。"

"真的吗？伊内斯，可是谁会想空腹来野外，顶着这么大的太阳……"

到家时我不得不在嫂子的严密监视下再次吃早餐。我最后一次与男人上床时二十二岁，但那天上午我很快要满二十七岁，我的身体想念男人不需要我的意见，而那不是用一块法式煎蛋饼和两块烤面包所能解决的。

我从来不敢告诉阿德拉的真相是，无论睡着还是苏醒，有无缘由，这种状况都持续发生，我无法控制，无法拒绝自己，避开突然涌现在我脑海里的形象，无脸或熟脸的男人，熟悉或神奇的感觉，真实或虚构的记忆，两个碰撞的肉体在我耳边嘎吱作响的均匀节奏，起初给我温暖、最后让我冰冷的剧烈寒热。在监狱里我没发生过这样的状况。我有太多的恐惧和太多的事情要做、要想。此外那个时期我的记忆还保留着一段鲜活的体验，时间的流逝逐渐将它变得僵硬，变成化石，变得越来越奇怪和可疑。这是快感与眩晕的体验，是生命在鲜血、肉体、皮肤、舌头、牙齿、欢笑、汗液等方面对死亡的压倒性优势体验，我的强大身体战胜了饥饿和沮丧，打败了炸弹和废墟。

1936年秋天，我和比尔图德斯知道了什么是战争，一条把生命与死亡分开的脆弱、纤细至极的界线。10月的一个上午，在鲁恰那大街，离地铁口两步远，一颗炸弹击中了门房的女儿，一个比我还年轻的孩子。早上我还看见她了，我们在大门口聊了一会儿，我们还取笑骚扰她的二楼邻居，她还告诉我她的男朋友在山区，被升为班长。所有那一切是在上午十点半，而下午两点她就死了。另一天，比尔图德斯哭着从街上回来。她的一个年仅五岁的表弟死于对阿鲁切一所学校的轰炸。葬礼在下午举行，之后俩人谁也不想回家，于是我们一起独自进入一家咖啡馆，之后进入另一家。没人看我们不顺眼，没人以为我们是妓女，即便这么想比尔图德斯也无所谓了。战争就是这样，因此从那天起我们几乎每晚都一起出门，直到1937年3月的一个下午，在莫努门达尔影院的前厅佩德罗·帕拉西奥斯看见我从楼梯上下来，等着我走到他身边，拥抱我，还没开腔便亲我的嘴。

我们一直走到安东·马丁广场，庆祝瓜达拉哈拉战役的胜利，虽然提前很多时间到影院，我们只能在阶梯式座位区找到站立的地方。我确信佩德罗肯定也去那儿，虽然知道寻找他是一项不可能的任务，我在集会持续的两个钟头里还是不停地在目力所及的数百个人头中间寻他。我在整个马德里、在预计我们会偶遇或碰不到的地方偷偷寻找佩德罗六个月了。有会议的时候他照旧来家里，总是看着我，对我微笑，抓住我的脖子，他的手在我皮肤上摁一会儿，证实我的汗毛如何倒立起来，之后才告别。"伊内斯，你像个傻瓜，他在跟你玩，难道你没发现？"比尔图德斯常对我说，我不跟她顶嘴。佩德罗真的是在跟我玩游戏，可是我那么喜欢他，不介意装傻，只要有再次见到他的最小可能，即便短暂，我都会不加解释地放一位像绅士般对我献殷勤的炮兵上尉的鸽子。比尔图德斯更加绝望。然而那天下午她那么专注于舞台，根本没责备我。

"好帅，是吧？"我不理解她为什么那么专心，直到演讲者们向前移动，一起唱《国际歌》。

我想回答她那个男人不帅，平常人一个，采用认识佩德罗那天比尔图德斯自己选择的蔑视他的同一种方式，但我还是点头赞同了，因为她指的只能是在舞台边缘唱歌人群中的一位，一个黝黑又年轻的政委，名字叫弗朗西斯科·安东，他的确很帅。

"我有点喜欢他，你知道吗？好吧，我和卡拉班切一半的人都喜欢他，你想让我说什么好呢？"灯光点亮，我们开始下楼梯时她解释得更清楚，"他意识到了，他是那种知道自己长得帅的人之一，周日我回家时……"

那句话我未曾听完。另一个知道自己帅的人站在影院前厅，忍受着外出人群的推挤、肘捣，丝毫没有挪动地方，正朝我微笑。那天晚上我们把自己关在父母的卧室里，直到第二天下午五点饥饿战胜我们才出来。之后即使知道他会跟任何女人来欺骗我，我都一直忠实于他。

在萨拉戈萨省一座修道院的围墙之内开始不由自主地回想起佩德罗时，我已无法相信那真的就是自己的生活，也不相信那个身体是我所继续拥有的。于是当所有灯光熄灭但尚未疲倦地融入比黑暗更凄凉的阴暗中，当夜晚变成一条开凿于无尽岩石的无限过道时，多亏了阿德拉的包裹，我的皮肤外面变得滋润，里面却在干枯，使得其虚幻、苍白的粗糙预示着我的骨头和身上的肉不可修复的干枯，我几乎后悔在那么短的时间里经历了那么多事。

在修道院我用洗衣皂来洗漱，用同一块肥皂擦洗地板、厨房的大理石和碗碟。所有东西的气味都相同，房间、过道、衣服、空气、我和修女的身体，一切都散发出苔藓的气息，一种冰冷、潮湿的香气，如覆盖着苔藓的石头气息。我痛恨那种气味，但无法逃避它，从我鼻子里赶走它，不再闻到它。我以为最好没有什么可与之相比，直到突然一天夜里，不顾修道院院长嬷嬷在最后一次祷告之后把我的门从外面锁上，佩德罗再次钻进我的被窝。他跟我在一起的时候，我过得太爽了，以至于醒来时不知道是该高兴还是为此感到遗憾。给予我一切只是为了之后剥夺我这一切的佩德罗，也控制着我所做的梦，每次醒来苔藓气息变得愈加发霉、潮湿和浓重。我梦见的那个男人不存在，在他身体下扭动的那个女人也不存在，因为她已不是我。我不过是一个空壳，散发着洗衣皂的气味，忘记他对我不合适，但我只有二十四岁，之后二十五岁，再后来二十六岁，纵然我想混淆它，我的皮肤保留着自己年龄的记忆。于是起初像是游戏的东西，最终成为陷阱，因为在梦中找到的快感没有补偿不眠的固执绝望，而天气又寒冷。在我的身体、生活和这个世界，寒意袭来。从厨房偷出一把刀时我也在思考这些问题。

1942 年 12 月 22 日，我已经知道阿德拉不会来看望我。每隔三四个月她的探视打破了我平淡、窒息的禁闭生活，是最近一年来发生在我身上唯一愉快的事情。不仅仅是因为嫂子说服修道院院长允许我穿普通人的服装，跟她出去在附近的某个餐馆吃饭。阿德拉是唯一向我保证在那个如城堡般不可逾越的隔离场所围墙之外世界继续存在的人，在那种条件下扒掉强迫我整天穿的苦行衣，对我而言远远超过换件衣服的意义。

在修道院里，我有一个单人间，睡在一张床上，但那两个便利条件没有补偿我出狱后所失去的一切。阿德拉不理解这些，因为她从来没被关在修道院里，虽然那不是我俩之间的唯一区别。我失去了一场战争，她赢得了那场战争；之前我是幸福的，而她从来不是完全幸福；我独自一人，她也如此，但程度不一样，方式也不同。阿德拉有自己的孩子，我没有任何人可以宠爱、照顾和关心。我身边都没人可以说个话，分担我的痛苦，计划不可能的逃跑或嘲笑自己的不幸。那看起来微不足道，却是我怀念监狱的东西。在那个地狱我是人，有名字和经历，有想法和朋友，对我们正在发生的事有观点和好奇心，有聆听其他人看法的耳朵。在本塔斯监狱我为自己和其他人做事，但在修道院我什么都不是，没有身份。我对什么都不感兴趣，也无人对我感兴趣。

一开始我曾尝试过。一开始我叛逆，甚至让人无法忍受，是修道院院长嬷嬷的特殊梦魇。我拒绝一切，每次拒绝是一种征服，每个惩罚是一种奖励，尽管被监禁的日子粗茶淡饭，尽管被毒打和威胁。

"我们商量一下，嬷嬷。"她每次开门我都向她建议。

"我不商量，孩子。"她回答我，"我们这儿不是这样办事的。我出于教团的利益下达命令，修女一声不吭地服从我，你迟早得做同样的事。"

虽然多次听到相同的警告，但我从未屈服，几乎继续天天听她一次次把我关在房间的钥匙声。可是由于她在外面什么也赢不了，我估计她最终会早于我感到厌烦，结果真是这样。最后她不得不谈判，对我做些让步，以换取我表现好的承诺，一个对她和对我同样有利的协议，因为我的请求是很适度的。她允许我把修女的服装换成见习修女的；不强迫我在弥撒中演奏或唱歌；给我在厨房安排一个固定的岗位，而不是派我去绣花或挖菜园；为了不给女孩们做坏榜样，允许我单独在自己房间时抽烟和读小说。直到我发现自己不仅不再是个女人，因为已想不起男人有什么体味，而且也不再是一个人，因为没有名字、历史和朋友，也没有发表意见、听到其他观点的可能性。我就像一棵要浇水免得死去、免得里卡多生气的植物，仅此而已。

阿德拉来看望我时，我试图向她解释所有这一切而不得罪她。阿德拉什么也不明白，她抓住我的手，点头赞同，直到让我感觉稍好点。之后她跟我讲些鸡毛蒜皮的事，孩子们干的那些令人烦恼的事，她少有的几次偷偷溜到莱里达时所收集到的少量流言蜚语，裁缝正在给她做的裙子，对是否更换客厅家具的犹豫。

"那个发型呢？"有一天我终于鼓起勇气用手在脑袋上比画出与她一样的额发，"你怎么做出来的？"

"不是我做的，是在理发店里做的。里面放一个原棉填塞物，然后上面涂很多发蜡，没有什么神秘的。"

于是若干小时后我又对世界产生兴趣，微笑，嘲笑，喝酒，用我的手指触摸，用我的胳膊拥抱，走路的时候看着自己的腿，以乞丐般顺从的姿态接受所有那些大大小小的礼物，不寻思为什么一位太太选择了对自己行善，为什么给自己而不给每天早上聚集在同一个楼梯上的其他任何人施舍。我知道嫂子为了来修道院不得不凌晨起床，乘坐公共汽车、火车、另一辆汽车，午饭后是反向行程，夜里才到家。我知道她觉得欠了我的，要对说服里卡多把我关在她依旧十分喜欢的那个地方负责任，但我没有及时明白我们的相会对她和我同样重要。我不理解的是，对阿德拉来说探望我也是一种打破她单调生活的方式，她的来访远远超过一项慈悲行动，在她关心的背后没有怀着同情或任何忏悔，也没有出于家族荣誉的任何含糊冲动而行事。只是当我们开始在同一个家生活时，我才明白阿德拉照顾我是因为她有富余的关爱可以付出，在那个远离一切的大宅，带着两个幼儿，加上知道自己永远不会是英国式妻子的悲伤，她缺乏倾注爱心的对象。我以为她不理解我，其实什么也不懂的人是我。直到1942年秋的一天，哥哥里卡多事先没有通知就出现在蓬特·德苏埃尔特，见到他的孩子跟保姆在一起，妻子不在家。一切都完蛋了。

嫂子不愿告诉我里卡多禁止她回修道院。"*我不知道何时能再次去看你，直到圣诞节后大概都不行，我很忙，因为这个假期家里会有客人，我得准备所有的东西……*"这不是真的，但我不知道，也不清楚哥哥变成了哪种人。我只知道阿德拉开小差了，抛弃了我。圣诞节前两周我收到一个大包裹，是平时两到三倍的供给物，但里面没有任何信件，寄件人处是一个陌生的名字，我明白自己的生命太没价值，仿佛已经开始死去。

1942 年 12 月 22 日，自从我冻得要死而不得不起床，黎明从一开始就黑沉、阴郁，我看到修道院回廊的地板结冰了，但不像其他时候让我目眩的洁白无瑕的反光面。那天上午冰也又丑又脏，在洼地的泥水上费力形成一片易碎的细薄膜，不断落下的雨夹雪的含糊性质同时阻止它结冰和化冻。在刚刚结束的秋季，整个西班牙雨下得太少，比前一个春天还少，但铁面无私、吝啬小气的老天给予了我们所应得的东西，一场可怜的蒙蒙细雨的浓郁悲伤取代了干净、丰沛的瑞雪快乐。

1942 年 12 月 22 日，得知阿德拉不会来看我时，比尔图德斯被枪决也满一年了。她表姐给我写信说，这个可怜人确信自己会活到三王节①之后，但在圣诞彩票开奖的那天凌晨就被枪毙了。1941 年 9 月，里卡多把我从狱中救出来三个月后，已经审判过我们一次的法庭重新开庭，再次单独判决她，以此为我的违规出狱开脱。她的死刑没有被减刑。因此在她被处死的第一周年，我独自坐在修道院的厨房，在比阴暗更加漆黑的昏暗里一边听着圣诞节抽奖的咕隆声，一边想着自己没有履行最后的诺言，未能给监狱寄去新绷带和治疥疮的药膏。所有的修女都忙于打发假期回家的女孩。没人看见我拿起一把刀藏在袖子里，穿过回廊，进入自己的房间，移动床头柜和上面的椅子，把它们靠在没有插销的门上，躺在床上，割断静脉。

我办砸了。我失血很多，但不足以丧命，因为纵向的切口会死人，横

---

① 在西班牙每年 1 月 6 日是传说中东方三王向圣婴献礼的日子，这一天父母要向未成年的子女赠送礼品。

向的切口会愈合。在小时候别人送的一本关于知名女性的书中我多次看过夏洛蒂·科黛①在浴缸里奄奄一息，手腕内侧的两个横向切口犹如画得很好的血手镯。那本书救了我的命，但在医院醒来时我没有感谢它。我依然感觉自己是行尸走肉，然而那次失败改变了我的命运。

"伊内斯……"那天上午一名护士通知我，中午哥哥将来接我，但我几乎认不出那个打开我房门的男人，他从门口注视着我，表情与我投向他的同样奇怪。

我七年没见到哥哥了。在发现他内心变化到何种程度之前，我不得不努力回想起他刚满三十五岁，即便这样我也没有从外表认出他来。里卡多依旧是一名年轻男子，但无人会这么评价那位先生，他从自己的面孔和姿势上抹去了我的同伙、我深爱的大哥的微笑。他已不是同一个人了，看上去也不那么风趣，虽然倒是更加优雅，豪华的灰色英国西服，完美的帽子，精致的领带，以往即兴梳的头发被上了发蜡、留着分头的发型所取代，上嘴唇留着又细又直的小胡子，像拿尺子勾画出来的。他身上的一切，他打量、活动、移动的方式力求突出其尚未具有的那个年纪的尊严，或者划定我记得的那个小伙子与正在观察我、仿佛之前从未见过我的那个陌生人之间的差异。

"里卡多……"但他依旧是我哥哥，虽然我除了他的名字不知道再说什么，我站起身，朝他走去。

我伸出右手去摸他西服袖子时，他的手把我牵到他身边，我们像过去、像一直以来那样拥抱，仿佛从1936年7月19日凌晨五点半起我们什么也没经历过，无论是战争、生命还是死亡。"我要哭了。"我搂着他脖子之前思忖了片刻，"我要哭了。"当我把面颊贴在他脸上时："我要哭了。"

"伊内斯，伊内斯，我该拿你怎么办？"但我没哭，他也没有，"为什

---

① 玛丽-安妮·夏洛蒂·德科黛·阿尔蒙特（Marie-Anne Charlotte de Corday Armont，1769—1793）：出身于法国诺曼底地区一个没落贵族家庭，在修道院里长大并接受教育。法国大革命期间她支持吉伦特派。1793年7月13日，她谋杀了对吉伦特派的倒台负有极大责任的激进派人士马拉，此事导致科黛同年7月17日被送上断头台。其姓氏中间有de，但在本书中被略去。

么你得让我那么为难？"

我没有回答他任何问题，因为我及时想起他最后一封信的开头，"*我不是为了让你使我的生活痛苦而赢得一场战争*"。我意识到那不是愤怒、专横或绝望爆发的产物，而完全是声明原则，接下来支配我们关系的准则。

"我们会尽可能处理好这一切，行吗？"他与我分开，看着我，我再次有种不认识他的感觉，"不管怎样，我们将永远是兄妹。来，坐下。"

他指着床，拿起一把椅子，把它放在我面前，坐下来，双腿交叉。

"我跟妈妈告别时，她请求我不要抛弃你，知道吗？这是她去世前对我说的最后一件事，'你要照顾伊内斯'。"

他似乎知道这些话把我震撼到何种程度，或者他也需要时间来消化这些话，里卡多从口袋里取出一包烟，给我一支，拿出另一支，用爸爸锃亮的杜邦白金打火机点燃两支烟。

"我不会骗你的。我想过好多次，但愿妈妈什么也没对我说过，但愿她没记起你，但她想起你了。她死的时候想着你。"在监狱里得知她去世时我几乎哭不出来的眼泪，与里卡多重逢时也没有落下的眼泪，如一股潺潺、丰沛的洪流充满我的眼睛。"妈妈一直觉得那个夏天把你独自留下是她的责任。'发生的一切都是因为我的过失，'她常说：'一切都是因为我的过错，可怜的伊内斯，那么年轻、孤单，在那个马德里那么无依无靠，我可怜的女儿……'所以妈妈坚持让我承诺照顾你，直到我答应了此事她才松开我，之后看着我，对我说：'永远不要忘记向我保证的事。'但愿她没那么做，但我不能背叛那个诺言。你帮我继续履行它。在我找到另一家接受你的修道院之前，你去我的乡间别墅生活，它在一个很漂亮的地方。你跟我妻子和孩子住在一起，唯一的条件是，"他把烟头熄灭在地上，用一只那么光亮、好像刚从擦鞋椅上起脚的鞋踩着烟头，闭上眼睛，"伊内斯，别给我找麻烦。"他再次睁开眼睛："明白吗？别找我的麻烦，因为我已经到了那个承诺的极限。我耐心的极限。"

"让我离开西班牙，里卡多。"

"我办不到。假如是为了我，我会把你送到尽可能远的地方，那样对咱俩都更好。但你很有名，佛朗哥不给共和派护照，我不能冒险组织一次非法逃亡，对我不利。因此我们得按我说的做，你得谢谢阿德拉，因为我已经在考虑把你送进精神病院了。"

"哥哥在哪儿？"我一边问自己，一边起身拿起一个装着我所有物品的箱子，一件长睡衣、几双袜子、一件背心和两罐半空的护肤霜。在走廊上跟着他时，走上大街、证实他宁愿坐在司机旁边让我独自坐在后排的时候，我回想起来，"但我也不是我了"。我永远不能回答那个问题："我在哪儿？哥哥在哪儿？"因为他的变化跟西班牙一样巨大，我不过是一个散发着洗衣皂气味的空壳。我们就这样相处，虽然我不是物体，他不是领地。我俩本该依旧是别的东西，他是男人，我是一个拥有眼睛、听力、皮肤和记忆的女人。永远是、一直是哥哥和他的妹妹，正如我们和妈妈独自生活在蒙特斯金萨大街的那套公寓时那样。但我们再也未能做回自己，看似做到时结果更糟糕。

我依旧爱着里卡多，爱着那个与我共同生活在马德里的里卡多。有时我会在这位坏脾气的先生身上发现那个小伙子的蛛丝马迹、闪现的情调，他乖戾的沉默与断然的命令交替出现，仿佛他不惜任何代价所期望行使的权威无法以友善、和平为基础。然而他依然有朋友，每个周六、有时周五也举办消遣活动，家里充满欢声笑语，觥筹交错，打火机噼啪作响。一开始客人们很关注地看着我，出于纯粹好奇对我和善，接近我就像接近一只多彩的鹦鹉或一株吃人的植物，一个无法理喻、纯粹因异国情调而吸引人的生灵。最初的几个月我是长枪党特派员的共和派妹妹，一个旅游景点，该季节一个乳臭未干的有胡子女人。那些都没有令我不爽，但里卡多的冷漠让我痛心，因为我难以相信这是真的，真的把我从他的生活中抹去，好像我是一个幽灵，一张可以用橡皮擦掉的无实体平面图。有时候哥哥也许无意记起我们已经又生活在一起，当我鼓起勇气模仿小卡门，噘起嘴唇，从上到下摇晃脑袋，低声说"是的，是的，是的，是的"的时候，侄子们都笑死了，里卡多跟着他们笑，我自己也笑了，但那种笑伤害我。随着时间的推移我习惯了，可他继续让我难受，他肤浅、无语的亲吻令我不悦，他的嘴唇有时轻浮、任性地蹭到我的额头，有时没有。我习惯了他不看我、不对我微笑、不跟我说话，我习惯了当一个包袱、他肩负的十字架，但我难以接受的是听任他妻子为我受罪。

在阿德拉生命的最好年华里，当里卡多在家，她身着我俩单独相处时从来不穿的华丽服饰，一路走过时留下她香水的芬芳气息，阿德拉为我痛苦，我意识到这点。她从来不知道拿我怎么办，是鼓励我外出还是请求我关在自己的房间，是把我介绍给来访的少数单身汉，还是把我像一个无耻的罪孽产物隐藏起来。我试图帮助她，尽早离开，但我的消失让她伤心的程度和我的在场令她不安的程度相同。直到有一天我听阿德拉抱怨厨娘，说她家常菜做得可以，但面对任何阿德拉喜欢招待客人的精致菜谱，她都不可避免地做砸了，我突然想到一种自己有用同时又隐身的方式。

"让我来试一下吧。我很会烧饭，是在修道院学的。"

"可是，姑娘，"她摇着头，带着一副哗然的表情加以拒绝，"你怎么能关在……"

"没问题，阿德拉。"我冲着她的茫然表情微笑，"我喜欢做菜，我能干这活儿。你放在食品储藏室的菜谱我都能背出来，你走着瞧吧。"

我们争执了几天，但一个周五的下午，他们去骑马散步时我把自己关在厨房里做蛋奶酥，效果非常好，里卡多第二天向她祝贺。阿德拉非常满意，向我致谢，好像我为她做了件大事，我也感到幸福，因为能够偿还很小一部分欠她的人情。从那时起我在嫂子的厨房度过很长时间，一面尝试、完善、品味她将用来款待莱里达省政权精英人士的菜谱，一面尽力不去思考那些事。我俩都更加满意。

我在蓬特·德苏埃尔特复活。那儿我有一个自己专门的厨房，有"妇女支部"①的菜谱，比我愿意承认的要好得多。有巴拉贝雷侯爵夫人②的菜

---

① 妇女支部（Sección Femenina）：1934 年由那些追随佛朗哥和天主教会的妇女成立，隶属于长枪党，其领导人为 30 年代西班牙右翼思想家、长枪党创始人何塞·普里莫·德里维拉（1903—1936）的妹妹比拉尔·普里莫·德里维拉（Pilar Primo de Rivera，1907—1991），该组织直到 1977 年才解散。

② 巴拉贝雷侯爵夫人（Marquesa de Parabere，1877—1949）：真名为玛利亚·梅斯塔耶·德埃查奎（María Mestayer de Echagüe），是法国驻西班牙领事的女儿。她并非巴拉贝雷侯爵夫人（法国路易十五幼年时期摄政王菲力普二世的情人），而是此贵妇的后代。她对烹饪和历史有浓厚兴趣，20 世纪 30 年代开始出版有关西班牙烹饪的书籍，其中最著名的是《厨房大全》（La cocina completa，1933）。

谱，那么注重享受又情趣盎然，还有一个笔记本，在上面我逐一手工改良阿农西亚西翁修女的菜谱，直到熟记于心。阿德拉和孩子们在那里，有图书馆的收音机、书籍和花园。我还缺很多东西。在蓬特·德苏埃尔特原本可以变得幸福，但我未能如愿。

"伊内斯，你好吗？你是如何适应这一切的？"

"很好，谢谢。"

"肯定吗？"直到那一刻十分和蔼、殷勤、绅士的阿方索·加里多，以一种我不喜欢的方式微笑，"我看你很紧张，不是吗？"

如果是在别的情况下，我大概不会注意到加里多少校。假如我保留着生活在一个完整世界的自由，那里居住着各种类型的男人，或许我根本不会瞧他两次。然而加里多不是普通人，有着独到、特殊的迷人外形。他身高接近两米，双手硕大，双腿巨长，一个显赫的脑袋，犹如罗马塑像的头部，肩膀宽大。倘若加里多全身的比例不是那么完美，可能就会像是集市上的怪物，虽然他的魁梧赋予其某种巨人的神态，却使他远离肥胖，显露出运动员的力量和灵活。加里多的面孔五官大，颌骨方，鼻子宽，略呈鹰钩状，与他的身体很和谐，除了遮住他上嘴唇的符合规定的小胡子。反之，他的淡褐色眼睛带些泛绿的色调，平静有时甚至甜蜜，一直十分受益于整年衬托它们的古铜色皮肤。

内战前阿方索·加里多已经是滑雪冠军，在一个像西班牙这样干燥的南方国家，这是一项独门、昂贵甚至贵族化的运动。我们相识时他指挥着一支驻扎在省会的步兵营，但冬天转到比利牛斯山滑雪道，担任一支滑雪者连队的教练。冰化冻后他再次成为哥哥家里的常客，战时他在萨拉曼卡与里卡多结为密友，不久丧偶，留下两个幼小的女儿，托付给那里的父母。他在城里没有任何责任，因此天气好的时候，许多周六午饭时间他与里卡多回来，周一上午一起离开。这期间他的目光总是不放过我。

我与这个世界隔离这么久，所以费了数月时间才怀疑这一切并非偶然。我只要出门，带侄子去散步，跟他们坐在花园里，少校几分钟后就会跟我会合。我不明白一个像他那样的男人能够在一个被摧残、正在康复的瘦弱女人那里得到什么，可是也不可避免地因其不可理喻的关注而感到满足。加里多怀着那么持久的兴趣看着我，连阿德拉都不是唯一被弄糊涂的人。在蓬特·德苏埃尔特度过的第一个夏天，他也让我迷惑。

"你愿意我们去散步吗？"虽然不幸的是，秋季开始之前他自己驱散了我的所有疑惑。

那天下午我以为自己一个人在家，手里拿着一本书外出到门廊，这时我发现他在我身边。

"您没跟其他人去骑马？"

"没有。"他对我微笑，"上周的演习令我疲惫不堪。最近我锻炼得相当多了，但也不能把午睡延长到晚餐时间。我要到松树林走一会儿，我想你也许有兴趣陪陪我。"

"好吧。"我起身时感觉腿上发痒，这种感觉如此陈旧以至于我费力才识别出它。我习惯了男人顶多比我高出几厘米，发现自己在加里多身边显得那么矮小，我露出一丝微笑。后来它如一颗生锈钉子的尖头长时间穿透我的记忆。

9月的比利牛斯山区气温凉爽宜人，迥异于继续落在我家乡的如沸腾铅水般的热浪，对他家乡的惩罚也不会少到哪里。我们一路上谈论着天气，直到越过花园的边界，进入宅子周围的浓密松树林。那时他才说见我很紧张，虽然我在他的声音和目光里觉察到某种新的、奇怪的东西，但还是自然地回答他，因为无法确定它的起源。

"好家伙，我的处境……不是我经历过的最好环境，但在这里比在修道院强多了。"

"是的，我可以想象。"加里多又微笑起来，"从那个意义上讲你可以安心，因为我不认为你哥哥会把你送到另一个修道院。实际上他对你在这里是很满意的，因为有你给阿德拉做伴，她满意多了，不像过去那么叨扰里卡多。"

"阿德拉对我很好。"我谨慎地回答，"我很爱她。"

"当然，她确实是个好姑娘，问题是你哥哥……"加里多转过头朝地平线望去，接着往下说，仿佛我不在他身边，"女人的事很复杂。里卡多已经不喜欢他的妻子了，从来也没太喜欢过她，真的。可是他一辈子都试图诱惑类似的女人，嫁得好、体面、顾家的好女孩，周日去做弥撒、从不欺骗丈夫的女人。那些是让他有性欲冲动的女人，因为他还是个行家。里卡多太懂得勾引女人了，即便她们从来不相信自己会上他的当，最终大部分女人都落入他的手心。很奇怪，对吗？"

他看着我，停下来，之后转了半圈打量我，我感觉某个地方开始响起警报的汽笛，我能听见它，但不知该如何回答他。

"你不觉得好奇？"他追问道。

"我不知道。"我看着地面说。

他再次缓慢起步，我想逃走，想跑回家，但一想到这样我就觉得自己荒唐，因为实际上什么也没发生，我继续在他身边走。

"我喜欢另一种类型的女人。坏女人。不是妓女，因为她们通常是运气差的好女孩，最终让我感到无聊。不，我指的是另一种妓女，非职业的妓女……例如在战争中我老是想着像你这样的女孩。"于是他抓住我的胳膊，但没有握紧它，也没有弄疼我，只是用他的胳膊挽住我的胳膊，似乎想保证我聆听他要说的话之前不逃跑。"'我在这个战壕倒霉了，'我想，'但对面的那些人拥有她们，自由的女人，不是吗？没有男友、丈夫，只对革命负责，对她们的党负责。'当然我与那一切斗争，但一想到你们，我就……呸！因此每次见到你，我就想象你在连体装下面裸身该有多棒……"听到那些胡扯的、犹如耳光似的粗暴话语，我试图挣脱他的胳膊，但他不许我这么做。"安静点！"他继续发话，但停止行走、移步，对我的惊慌失措和窘困幸灾乐祸。我猜他在看着我，我只盯着布满荆棘的路面。"我想象你跟一些男人拉下拉链，跟另一些男人做爱，不看是跟谁，因为你们不在乎那些，对吧？在我们政府统治区，女孩们去做弥撒、诵读《玫瑰经》、织毛衣、给战士写索然无味的信件，但你们不是这样，你们没有把时间浪费在那些蠢事上……你们属于所有男人，属于事业，为此你们克服了婚姻的迷信、体面的偏见，你们整天性欲冲动，因为要补偿那些民族英雄，让他们满意，不是吗？虽然你们肯定对上级会更好。伊内斯，告诉我一件事，你是跪着给你的政治负责人吹箫吗？"

"放开我！"我试图用全部的力量挣脱、摆脱他，但他比我强壮多了，几乎不用费力就让我动弹不得，用他的手捏紧我的手腕。

"为什么？"加里多的声音柔和，我看着他，见他微笑，嘲笑我。他对我施压的用力只是把我留在他身边所必不可少的。"我只是问问。我想知道，那不是坏事，对吧？你得对我更好点，伊内斯，因为我打赢了战争，不知道你是否还记得。但如果你不愿意回答我，没关系。我知道你和你的政治负责人发生了关系，因为是他出卖了你，我读过你的案卷。一个铁路工人与一位像你这样的小姐发生性关系……操！跟他竞争会很困难，他勃起会像块石头，婊子养的……告诉我，他与多少男人分享了你？多少次他派你去盖洛德酒店给俄国人吮阳？主子就是管这种事的。"

"撒谎！"那一刻我害怕死了，判定保持沉默什么也赢不了，"你说的那一切都是谎言，你知道的，你知道的，你不过是个爱撒谎的王八蛋……"

"哎，哎，哎！"他那么靠近我，我感觉到他的勃起，他的阳具顶着我的臀部。他一边把我的两个手腕合拢，用他的右手抓住它们，一边用左手摸我的乳房，但一直不弄疼我。他的声音和双手里有一种令人愕然的柔和。"小心你说的话，我们别闹得不愉快，尤其是因为……"他把脸贴在我脸上，以便对着我的耳朵靠近说话，"伊内斯，你对我有看法，一个严重的看法。你像只母狗似的发情，看来其他人都没发现，可我发现了，自从你到这儿，我一直在观察你。你极渴望放一炮，最糟糕的是我看得出你的心思，十分明显，知道吗？你受不了，我敢打赌你受不了。"那一刻我的眼泪涌出来，他笑了。"别哭，不要脸的东西，我不会对你怎样的。你以为自己是谁？我现在就可以把你按倒在地，插入你的体内，直达你的喉咙，而且你会喜欢的，我肯定你会喜欢的。可是与我所能赢得的东西相比，这么做除了跟阿德拉闹不愉快，我会得到什么？不。我宁可让你匍匐着来求我，让你跪在我面前，如果让我开心，我也让你高兴，你不必对此怀疑。伊内斯，生命很长，我很有耐心，莱里达是一个很无聊的省份。我们今后还有很多时间。如果不是现在，那会是不久之后，但你和我最终会在这里过得很好，你走着瞧吧。"

于是我感觉他的舌头在慢慢舔我的脖子，从肩膀到耳垂，之后咬了它，但没弄伤我。然后他带着胜利的微笑松开我，转身，继续慢慢行走，没有回头看我。我朝相反的方向跑去，一边跑，一边等待出点事，任何绊住我的腿、把我摔到地上的东西，或出现另一个男人切断我的路，但什么也没发生。我越过栅栏，穿过花园，进家，钻进我的房间，把门锁上，没有谁或什么阻止我这么做。那一晚我没有离开自己的房间，第二天当阿德拉要求我一起去做弥撒时，上校已经走了。过了二十多天才远远地又见到他，到了那个地步我不知道该思考什么，如何定义或界定发生在松树林的事件。一切都那么突然，那么奇怪，我说服自己不会再发生这样的事了。

在监狱里我听说过类似的故事，讲述女人受到一种频繁出现在某些男人想象中的狂热魔念的骚扰。他们实际上不知道在寻找什么，因为纠缠这些女人时，他们追求的是某种从未允许自己拥有的东西，他们所缺乏的东西，他们渴望得到但从不允许自己的女友、妻子为他们扮演的角色。那些故事总是以"在连体装下面裸身"的相同话语开始。这句话是暗号，是一种始终如一的固定念头，是比他们公开、盛大的胜利更长久存在的秘密、渺小的失败垫脚石，一种肮脏、冲动的谵妄，那些亲吻主教的手、高声肯定"基督君王万岁"的好孩子不道德的娱乐。

加里多不可能跟他们一样。有一次他撑不住了，是的，也许喝了酒，也许觉得无聊，只想吓唬我，寻一阵子开心，或不费力地放一次炮。随着日子的流逝，什么也没发生，我开始跟自己打赌最后这个选项。我不得不承认他对我状况的诊断十分准确，仅仅数月前，天热的头几天，一位敞开衬衣的马夫和一匹站立的马就足以让我失去控制。我确实受不了了，假如他选择了另一条途径，一种更加和蔼的接近，或者连那都不用；假如他仅仅向我提供性，没有辱骂和鄙视，没有西班牙法西斯分子的那种可恨的傲慢，或许我在那儿就接受了。加里多少校对我犯下了错误，实质上是一种遗憾，但我依然是里卡多·鲁伊斯·马尔多纳多的妹妹，而加里多太成熟、太有魅力、太强大，不会坚持那种手淫少年的消遣。我是那么想的，于是恢复了平静，直到11月的一个周六，我根本不知道他在家时，我发现犯错的人是我。

"伊内斯，伊内斯……"那次他从背后袭击我，当我听出他的声音时，加里多已经在走廊中央用胳膊搂住我，把他的身体完全贴在我的身上，"像你这样的女人居然没发觉我在你身边，这似乎难以置信……"加里多的左手开始在我衬衣里面移动，钻进我的文胸，掏出一只乳房，另一只手把我的裙子提起来。我愣住了，数秒间根本没有试图阻止他。"总之，等你性欲开始特别亢奋的时候，请记住我。"

加里多再次离去，把我留在走廊上，衬衣敞开，裙子提在腰间，怀着一种更加深切、近乎不理解的茫然，因为那个场景比之前的更粗鲁，但不那么讨厌。我不知道该想什么，然而第二天与我和阿德拉一起听弥撒时，加里多对我表现出一系列殷勤的举动，这令阿德拉兴奋，却开始让我害怕。我还需要一些时间弄懂他那种无法预料的蜜语与威胁、关注与冷漠交替出现的游戏。加里多竟然懂得将它与圣诞假期兼容，假期里他把女儿从萨拉曼卡接来，带她们来拜访我们几次，表现得像最温柔、最亲热的父亲。在吃果仁糖和唱村夫谣①的一个下午，他把自己和我关在卫生间里，那次他伤害了我。

"也就是说，你跟那个倒霉蛋可以，跟我不行。"他把我撞到墙上时轻柔、平静的声音语调没有改变，"我得买一套蓝色连体装，但我穿不合适，因此……事实是我在对你失去耐心，伊内斯。"他撕扯我衬衣的翻领，直到所有的扣子都蹦出来。虽然我紧紧抓住他的手腕，却无法摆脱他拧我乳头的手指。"姑娘，你得对我更和气些，这个夏天我已经告诉你了。你为什么那么冷淡？你会惹我生气的，知道吗？这样对你不利，我严肃地告诉你。"

于是他松开我，推搡我的肩膀，直到我坐在地上，他朝我弯下身，抓住我的脑袋，把它拽到裤子门襟的高度，把我的头摁在他裤子上。

"这是为了让你记住我。"我听见他在笑，一面让我继续靠着他，"我在山上滑雪时也会很想念你的，你别不信我的话。"

之后加里多离开，仿佛什么事也没发生。不一会儿我踮起脚从客厅门口经过时，看见他抱着女儿，齐声歌唱"干渴的鱼儿在河中畅饮"②，他

---

① 西班牙圣诞节期间有吃果仁糖和唱村夫谣的传统习惯。

② 这是西班牙圣诞节唱的一首儿童歌谣，曲名为《河中鱼》(Los peces en el río)。

看见我，朝我微笑，没有破坏那个温馨的场面。

猫和老鼠做游戏。猫围困老鼠，抓挠它，给予它猛烈的爪击，然后是稍微轻柔的爪挠，一直摆出要重创它、把它开膛破肚的样子，但无意这么做，或至少还没有。猫的游戏暂时是另一种，看着老鼠扭动、受罪、跑去躲起来，那是让猫开心的事。猫不吃老鼠，因为不饿，彻底占有它之前也没有灭除该牺牲品的愿望。因此并因为日历强加给加里多一段强制的休战，他还不愿意玩到底，不愿上主菜之前吃甜点。

明白加里多所玩的游戏时，我对他的害怕，加上比恐惧更可怕的晦涩因素，变得复杂起来。加里多让我恶心，但如果加入他的游戏，如果接受他善于在威胁之中夹杂的有毒面包屑，不顾及我的意愿、让我起鸡皮疙瘩的那个声音、那双手、那只舌头所提供的礼物，那我给自己添的恶心就更多了。加里多聪明、强大、致命，因为如果他能够让我臣服，他会从里到外彻底地毁灭我，让我完蛋，让我信仰并为之奋斗的那一切都完蛋，他会取得决定性胜利，让高尚的东西变得卑鄙，让洁净的东西变得肮脏，腐蚀依旧活在我记忆中的清白。加里多不是试图征服我，而是战胜我，让我投降、屈从、无条件地献身于他，所以他放弃打赢自己引起的那场战斗。他不愿意强奸我，滥用我的弱势，享受我的肉体，不，他的期望值高多了。加里多希望的是再次赢得战争，在我身上赢得这场战争，占有一个被打败、被侮辱、没有尊严、没有希望、没有自尊的女人。

"我不会允许他这么做。"独自在我房间这么想、这么说很容易，所以我一次又一次地这么做。"阿方索·加里多永远不会占有我，我宁可自杀。"独自在我房间很容易这么想、这么说、想象我的身体从阳台落下，摔碎在地上，然而那个如此高大、精明、危险的男人继续让我害怕。于是原本在嫂子的保护下我在她家已经过得很不错了，享受着乡间、书籍和我的侄子，但1944年头几个月我变成了一只痛苦的天竺鼠，被关在一个没有出口的笼子，一个不存在任何安全之地的铁丝迷宫。加里多的阴影昼夜逼近我，无论他在场还是不在场都那么强大，因为几乎不留给我思考其他事情的空间。

"你怎么了，伊内斯？"除了加里多，唯一注意到我并很快发现我问题的人是阿德拉，"你的脸色很难看，瘦成皮包骨了，不像是从修道院出来的那个人。你得服用维生素或类似的东西。"

我对阿德拉说自己没事，让她不要担心，但她说得有理，我的状况很糟糕，如果继续住在她家会越来越差。只有一个能救我的药方，它与我的病几乎同样危险，因为即便跟阿德拉说实话我也一无所获。她不会相信我，即便相信我也帮不了我，罩不住我。她的权力没有那么大，我也不敢乞求哥哥的权力。我想过很多次，但总是得出相同的结论。里卡多已经要求我不给他添堵，即便我是无辜的，即便他不得不承认我的清白，他的介入只会把我关进另一个修道院，我不想再回到修道院。唯一的解决办法是逃跑，即便要付出再次被监禁或背上中枪的代价我也要尝试一下。任何代价都强于继续在一条迟早要断开的松绳上保持平衡，因为我的抵抗能力比加里多的狡猾更有限，他已经做到让我开始感谢他不攻击我的那些来访，多半是那漫长的假期，仿佛在内心深处我已经开始接受自己的命运不过是服从他的意志。

让人恐惧是一种极其有效的手段。我知道这一点是因为我是西班牙人，生活在西班牙，不比其他人坚强。在冬季的漫漫长夜里，当冰雪把我与加里多甚至里卡多隔离——他俩常常周六上山滑雪——我在考虑解冻，考虑之后来临的动荡春天，有时忍不住想象自己温和、顺从，因为向他微笑、恭维他、屈膝下跪不会太困难。他不过是个男人，而我喜欢男人；这只不过是性行为，我喜欢性生活。或许他会疲倦，只需少量几次就能让他满足，甚至厌烦我、厌倦我，我就可以安心了。有时我甚至可以说服自己不会让任何重要的东西冒险，因为我内在的一切都不会毁坏，那只是一种表演，一出闹剧，一种纯粹的求生技巧，不危及任何有价值的东西。但这么想的时候我竟然看见自己，像平时一样苍白、瘦削，穿着一件黑色低领小裙子，嘴唇涂成猩红色，在一个咖啡馆默默坐在加里多身边。他与一些男士谈事，但我注意保持微笑，给他递烟打火，为得到他的东西出卖自己的肉体。在战时的马德里我见过那样的场面，被彻底击垮的空虚女人，那么空心，她们甚至没有恐惧的余地，坐在穿制服的男人身边。他们对待这些女人就好比是对待刚在街上收拢的牲口、宠物，她们还要感谢所遭受的鞭打，以换取一些食物，一个夜里可以躺下睡觉的室内角落。那令人厌恶，让人恶心和羞耻，尤其是羞耻，因为那些混蛋曾经是我们中的一员，那比暗淡的光线更让我痛心，暗光把那些女人的眼睛变成永久的黑水坑。

她们是敌人，是人民阵线胜利后把藜草籽撒在俱乐部舞厅军官脚下的小姐，煽动一些效忠过捍卫人民却在无情杀戮人民的将军造反叛乱，是西班牙正在发生之事的同伙。她们变得卑鄙是她们的事，但他们使所有人都变得卑鄙，把我们变得邪恶、可鄙，让我们回到天亮时大街上满是尸体的可怕岁月，剥夺我们的理性，这是我们最宝贵的东西。当我看见自己穿着黑裙，涂着红唇，像加里多少校手中一个弄坏的玩具娃娃时，我回忆起那一切，于是我明白自己得逃跑，别无出路，只能尝试这一步，不惜任何代价，不管代价是监狱还是死亡。与其变成曾经的我，顶着那个女人的外壳——一个拥有我脸庞和身体的东西——活生生地冒犯我所热爱的一切、我信仰的一切、使自己成为曾经的我的那一切，还不如死亡。

4月份又见到加里多时我已经开始恢复气色和力量。我只想着逃跑，只要想到它就足以让我感觉更好、更有活力、更加坚强，我根本不理解之前怎么没有这个念头。然而一开始并不容易。

"问题是……"嫂子向我投来一道充满遗憾、应受责罚的目光，我尽量掩饰自己的精神正在崩溃，"伊内斯，恐怕不可以。我的确真心抱歉，但里卡多从一开始就把事说得很清楚，他明确禁止我这么做，我不知道……"

"别担心，阿德拉。"我责备自己天真地让她处于那种两难境地，因为其他任何答复都不会合乎逻辑。"没关系。既然我感到那么虚弱，就想到重新骑马会对我有益，因为运动和呼吸新鲜空气，可是……"

"是的，你说得有理。自从你来这里我也想过很多次，我对你哥哥说过了，家里有马，你不利用它可惜了。但他不愿意，因为他说……"阿德拉数次摇头否定，之后用裙子掩饰眼睛，"好吧，因为他不希望你逃跑。"

"骑马也不至于能走多远。"我撒谎。

"是的，但他……行了，我能跟你说什么呢。"

我不允许阿德拉的拒绝让自己长时间灰心，因为我没有沮丧的余地。

马匹还在那儿，虽然骑一匹熟悉的马与骑第一匹允许你驾驭的马逃跑不是一回事，我总可以祈求好运，依靠美国西部精神，那儿所有的马驹看起来都一样地温顺和善良。不管怎样 3 月初我利用嫂子不在家的机会接近马厩，看望劳罗，给它刷毛，喂它糖，试图让它跟我熟悉起来。马夫哈伊梅大概已经知道我是谁了，因为他再也没有建议我骑劳罗，直到阿德拉决定给我一个意外。

"难道你不知道今天星期几？"我还没穿完衣服阿德拉就像一股龙卷风似的走进我房间，把一个包着礼品纸的大包裹放在床上。

"知道。"我一边回答，一边扣好上衣扣子，"今天是周三。"

"周三，3 月 22 日。"她竖起眉毛看着我，"也就是说……"于是我也竖起自己的眉毛。"你不记得了？今天是你来这里生活一周年的日子！所以我给你带来一件周年礼物。拿着，打开它。"她坐在床上，把包裹递给我，"我觉得你会喜欢的。"

礼物是衣服。我马上注意到布料的柔软手感，下面有一种更硬的材料，像鞋盒的纸板。我想到加里多，他大概已经没有太多雪可滑，反过来应该有足够的愿望促成嫂子正把我推入的圈套。我确信某种程度上少校在背后操纵，但我在包裹里没有找到晚礼服或鸡尾酒服，也没有找到长方形披肩或高跟鞋，而是一件女式骑马服装——一条裤子、一双靴子、一件外套和雨衣。

"阿德拉！"我很久没有这么满意了，"非常感谢。我很喜欢，不过……我不知道，我以为……"

"行了。"我嫂子忧心忡忡地点头赞同，带着一丝暧昧的微笑，"我记得跟你说过的话，是真话，你别不相信，都是真的。可我一直在想，而且……看你状态那么差，那么伤心，我要敢于违抗我丈夫了。我希望自己不会后悔。"

她注视着我，我盯着靴子，抚摸它们，把它们举到空中，之后用一个问题来回答她，任何一个敏锐或不那么单纯的人都会在该问题中察觉到我的不安。

"你会后悔什么呢？"

她摇头否定，仿佛想把那个念头从她思想中移开，她接着说话，更加振作。

"瞧，我已经想过工作日上午咱俩可以一起骑马。里卡多没必要知道这事，说得更确切些，他无法得知。"阿德拉看着我，我点头同意，她继续说，更加平静，"我已经告诉哈伊梅，你要骑劳罗，还有假如我丈夫获悉此事会很生气。哈伊梅知道我害怕骑劳罗，而里卡多不理解这点。哈伊梅向我保证什么都不会说的。我给了他丰厚的小费，但无论如何我是信任他的，因为马需要人去骑，他自己顾不过来所有的事。现在唯一需要的是你向我保证一件事。"

"说吧。"虽然我已知道她将要求我的事。

"向我保证你不会逃跑。"阿德拉停顿了一下看着我，我根本没眨眼，"你向我保证不会趁机在某天上午狂奔出走。你得向我保证此事，伊内斯，因为假如发生类似的事情……你会毁了我的。你哥哥会抛弃我的，会夺走我的孩子……我都不愿意想这事。"

"我向你保证，阿德拉。我们早上一起外出骑马，每天都一起回来。如果偶尔我试图逃跑。"我补充道，尽量表现得坦诚，"我向你保证那将跟你毫无关系，里卡多和任何人都不能把从未发生的事归咎于你。"

"好了，但最好你永远不要逃跑。行了，咱俩一起在这儿多好，尤其是现在，好天气来临了……"

七个月后，当我穿着阿德拉赠送的衣服，口袋里装着她本人的手枪去找劳罗时，我想起那个保证。想必嫂子被捆绑、被堵嘴在自己房间也在回想那个承诺。不过我履行了自己的诺言。七个月里我与阿德拉去马厩，跟她一起回家，丝毫不偏离自己所承诺的。1944 年 10 月 20 日情况十分不同，但从那时起，无论发生什么事，我将一直感谢她，不仅是因为她的善良。可怜的阿德拉让我保证不逃跑，事实上假如之前我们没有达成那个协议，我永远逃跑不了。

第一次骑劳罗时我没有考虑到自己几乎十三年没上马了，我的感觉与我的记忆毫不相似。那名健壮又灵活、营养好又有弹性、越过三个一组的障碍而根本不会碰到它们的少女，已经沦为一位精疲力竭的女人，身体因缺乏锻炼而僵硬，两条腿软得在马飞奔时发抖，两只胳膊瘦弱得几乎掌控不住缰绳。下马时我向阿德拉坦白自己很累，料到第二天会被酸痛折磨，但不及对任何越过边境的企图最终以不可避免的失败而告终的预感。因为即便劳罗能把我忠实地送到比利牛斯山脊，之后我得步行上山，以我目前的身体状态，我永远也爬不到山顶。

我的身体失去了美好年华的记忆，可我还记得自己必须做的事情。首先，吃饭，放弃汤、水煮鸡蛋和其他营养不良的食物，它们与我作为囚犯的受虐情绪更加搭调，我要恢复自己当骑手时丰盛、量大的食谱。之后我还得开始在地面训练，以便尽早恢复形体。我很快就达到了目的，因为我身体的运作就像一部只适合干一件事的机器，即逃跑、逃跑、逃跑。

逃跑的期望给予我的能量大于食物，给予我的耐力大于锻炼，帮助我入眠，一下子睡着，早上醒来精神抖擞。于是在很短的时间里我的外观改善如此之大，以至于4月中旬加里多少校再次见到我时惊讶得瘫掉了。他目瞪口呆地注视着我，我急速上楼躲到侄子的房间。然而不久他的来访十分频繁，我很快就再次遭遇他。

"好家伙，伊内斯，你真漂亮啊，晒得这么黑……"我听见阿德拉的脚步声，以为她来解救我了，但他没有离开我，也没有把手从我胳膊上抬起，"你胖了，是吧？"

"她是不是漂亮极了？"嫂子手里拿着一瓶波尔图葡萄酒，嘴唇上露出母亲般的微笑，走近我们。

"是的，我正对她说同样的话。"加里多对阿德拉还以微笑，"我从来没见她状态这么好。看看你们哪天来莱里达，我们可以去吃午饭或晚饭，好吗？"

"当然可以。伊内斯，我们得去莱里达，是吧？"我没有任何表情，但嫂子继续微笑着，仿佛上了发条，"好吧，我把这酒给阿尤索将军送去，你们想象不到他以什么速度狂饮波尔图葡萄酒。一会儿见……"

阿德拉拿着酒瓶十分满意地离去，这时加里多从后面撩起我的裙子，朝我弯下身来像往常一样对着我耳语。

"婊子，你不会是在给我戴绿帽子吧？也许你遇到了一个可以做爱的工人。那会让我很不爽，知道吗？但你别担心，因为这几天等你哥哥要去马德里的时候，我会派人逮捕你……"阿德拉从门口转身注视我们，他把手从我内衣下面抽出片刻，在空中摇动，向她致意。"当然，那是一个非正式的逮捕，以便一下子了断这么多蠢事。我把一切都考虑好了。你无法想象自己在一间牢房里裸体套着锁链该多漂亮。那自然是你的错，你别说我没有给你机会……"

"我要逃跑，我要逃跑，我要逃跑。"阿德拉再次进屋时加里多外出到门廊，我再次重复"我要逃跑"，我察觉到一些威胁变得强硬，第一次有了日期和一些具体特征，但同时我觉得过于戏剧化，不会真的可怕。我和阿德拉独处时她为我打破了那个误解。

"少校真是的，多让人失望。"我俩沿着马厩的小路行走时，阿德拉对我说，好像是在自语，"在走廊上他真的和善极了，跟你说了那些事之后，最后来问我是否介意他下次带一个女朋友来。"

"你对他说了你不介意，是吧？"

"当然了，有什么法子呢，可我对你还是抱有幻想的，你想让我说什么呢……"

"我要逃跑，我要逃跑，我要逃跑。"加里多从来没有下令逮捕我，但他的女伴也没有给我省掉几次不期而遇，阿德拉这么称呼她是为了划清界限，给我鼓劲。

"别难过，伊内斯。"最后一次他撞见我在烧饭，我搅拌贝夏梅尔调味酱时他掀起我的裙子，脱下我的短裤，把手指轻轻插入我体内，甚至亲吻我的面颊，"她对我来说不意味着什么，你永远是我的宠儿，知道吗？"他那么急匆匆地做这一切，当我任由面团充满结块时，他已经离去。

然而那个心情永远不舒畅、完全是一副刚从良的妓女模样的女人没有避免的事，登陆诺曼底的盟国办到了。1944 年 6 月 6 日，世界改变了，冲击波触及哥哥，他不再有心思开派对。反过来我的身体准备好了。两个半月的彼此努力之后，劳罗和我接近从马和骑手变成半人半马怪物的完全融洽状态。我们可以一起到达任何地方。但我决定等待，因为即便自己都觉得奇怪，我已不再着急。

事态的发展如此匆忙迅疾，感觉马上要许诺我一个具备所有保障的逃逸，甚至一个过于幸福的结局，我都不必逃跑，冒无谓的风险没有意义了。那个沉寂、平静的夏天，哥哥满足于主持官方庆典，放弃了每年7月18日阿德拉竭尽全力举办的派对，我不能恰好那个时候冒后背中枪倒下的风险。一个多月以来我一直没见到加里多少校，他去萨拉曼卡休假了，我的生活重新回到一个惬意的状态，工作日紧张而安静。我不必躲避任何人，只是等待、骑马、收听比利牛斯电台、查看地图，以便认出德国军队一厘米接一厘米撤退的线路。我甚至读报，纯粹满足于掌握佛朗哥报刊有关战事进展的谎言，享受浮现在社论字里行间日益增大的恐惧。我以为自己可以这么放肆行事，因为盟国每天都在前进，纳粹不停地撤退，战争尾声看来很近了，但事情没有看似的变化那么大。8月份加里多休假回来时，家里一直挤满了军人，没有女人、音乐、舞会、鸡尾酒，只有干喝白兰地和唯一的谈话题目。里卡多和他的朋友都无心狂欢，但也毫不厌倦于谈论战争。

我很清楚使他们整个下午都关在图书馆的那个现象，他们妄想知晓、预估事态的进展，一寸接一寸、一村接一村、一分钟接一分钟地更新前线的局势，乐于对所有信息进行相反阐释，把失败与有计划的撤退混为一谈，对不存在的局部胜利信以为真，在溃散中重新集结，在每一天的小小谋反中借鉴诡计。我很清楚他们正在遭遇的事，因为先于他们我输掉了一场战争，但没有估计绝望的后果、恐惧的残酷苦果、无能为力所引发的补偿需要、那种输掉棋赛的棋手对自己的行为后果完全无动于衷的情绪。我原本应该想到那一点，因为知道失去一场战争意味着什么，但还是那么心满意足地待在自己的房间，独自发笑，直到一天下午房门打开了，我看见身着军装的加里多进来。我的卧室没有插销，他证实这点后对我奸笑了一下。

"很好，伊内斯。"加里多对我说话一直很柔和，这次他用相同的语调提醒我，手靠在他的枪托上，"这是你情愿的。我对你说过太多次不宜惹怒我，你得对我殷勤，可是……"

我从坐着的扶手椅上站起来，但手里还拿着一本书。他开始接近我时，我把书扔掉，听从逃跑的天真冲动，似乎有躲避他、跑到大门的某种可能性，但他不费力地切断了我的路，只需伸下胳膊就让我倒在地上。

"瞧你多傻，我的孩子。我严肃地告诉你，因为像你这样的婊子，像你这般发情，事实上我理解不了。"他递给我那只推倒我的手，但我宁可自己想办法站起来，这样只能让他微笑，"我们本来可以玩得很爽，伊内斯，我们本来可以共度美好时光……我是愿意的，你知道的，但你端着那种愚蠢的尊严，对我太不友好，太不客气……现在怎么着？你看到自己的报应了。当然，暴力也有它的魅力，尤其是对发号施令者，这里显然是我。"

我听到发动机的声音，把头朝窗户转过去，想看看哥哥的汽车如何远去，通过后视镜可以辨认出阿德拉的铂金色头发，加里多再次微笑。然后他让我后退，直到背部碰到墙壁，当他把我围困在一个角落时，加里多拿起我坐过的扶手椅，放在他身后，他还是站着。

"跪下。"他命令我，听到这句话我感觉胃部有一种毒性的烧灼，一种因粗暴的、实打实的、类似于发疯的狂怒而突然中毒，仿佛刚刚失明、失聪，失去了理解正在经历的那个场面的能力，无法理解看见的形象、听到的声音。

"我不乐意。"

我说了那话，差点儿要补充更多的东西，"现在你要有胆就杀了我"，但仅仅一秒钟后我看见加里多从枪套里取出手枪，把它放到我头部的高度。

"什么？"我听见"吧嗒"一声，比他的声音听得更清楚，显示他刚刚去掉手枪的保险。

"他不敢的，"我还想让自己镇静下来，"他不敢的，我是里卡多·鲁伊斯·马尔多纳多的妹妹，我在哥哥家，在我家，他不能杀了我。他该不知道如何解释此事，如何辩解我的尸体倒在地毯上……"我想了一秒钟，也许更短的时间，直到我正视他，他在微笑，用手枪的枪管抚摸我的头颅，比我早发现我尿裤子了。

"没什么。"因为我是狗屎，"我什么也没说。"我一边那么想，一边快速跪下来："对不起，对不起……我已经下跪了。"

"怎么了，你享受危险？"他笑起来，但坐的时候没有重新给手枪上保险，"很好，随你便，但从现在起你最好表现得好点，知道吗？来，给我展示一下你独自会干的事，但要温柔点，嗯？你要奉献自己，就像为俄国人做的那样，因为你现在大概注意到头顶有个又圆又硬的东西，对吧？它是我的另一支手枪，所以你要十分小心自己的牙齿……"

"我是卑鄙小人。"把头埋在他双腿间之前我那么想，之后就没什么了，因为恐惧比他生殖器的味道更重，使我的味觉和思想同时迟钝。我表现得好，很好，甚至比他预期的更好，以至于我认为永远不会原谅自己的这个行为，一边窥伺他最微细的分神、那只把手枪紧紧顶着我脑袋的手的任何松动、搭在扳机上的那个手指姿势的最微小变化。但加里多是个行家，他可以侮辱我又夸奖我，给我指令以便说着话兴奋起来，但从不失控，只有当他注意到接近尾声时才把手枪从我头上移开，两手握住我的头，使的劲那么大，在允许我呼吸之前我几乎无法再次喘气。

"很好！伊内斯，如果你继续这样尽心尽力一段时间，或许总有一天我会插入你的阴户和整个……现在我得放掉你，知道吗？因为你哥哥大概马上要回来了。很遗憾他刚才没看见你。我肯定他会以你为自豪的。"

之后加里多才给手枪上好保险，放回枪套，扯平直领紧身军上衣，什么也没说就离开了，也没有回过身来看我。而我继续坐在地上，靠着墙，连再次表达自己是卑鄙女人的力气都没有。当我终于能够站起来时，我去卫生间洗脸、喝水、照镜子，说了不同的话。

"没关系。"镜子反射给我一张十分苍白的脸，仿佛所有的血液都积聚在眼睛周围，眼圈软绵、红肿，"我要逃跑，那是唯一重要的事。这不是。什么也没发生过，因为我要逃跑，等我远走高飞了，这些都无所谓。"我高声对自己的形象说话，看着自己嚅动嘴唇，聆听自己的声音，感觉说话的女人如何一点点地让注视我的那个女人平静下来，而她也就是我。"我没在哭。瞧，看见了吗？我不哭了。因为向你发誓我要逃跑。我们要逃跑，那是唯一重要的事。"

那天是周六，1944 年 8 月 19 日。24 日，周四，晚上九点二十二分，第一辆盟国坦克进入巴黎市政广场。坦克车身上写有一个名字，一个五音节的词，巴黎人很少有能看懂的。它叫瓜达拉哈拉，虽然所有乘坐这辆坦克的人是埃斯特雷马杜拉①人。紧随其后的是别的坦克：*马德里、哈拉马河、埃布罗河、特鲁埃尔、贝尔奇德*②、*堂吉诃德*，就这样直到出现一辆名为*吉卜赛西班牙*的坦克。那个周末里卡多都没回家。

"你得知巴黎的事了？"我点头称是，阿德拉带着阴郁的表情摇头，"真恐怖，你哥哥担心极了，他的那些军人朋友就甭提了……待在这里也是倒霉了，原本就可以把我们送到安达卢西亚，真是的，我说……"

我什么也没说。我在等待、骑马、收听电台，向自己发誓，看到加里多从车上下来的第一天就逃跑。但我再也没有见过他。

"对了，连少校也不能来看你。"她以一种用来讨好我的矛盾表情向我确认，"看来法国南部的情况很糟糕。既然德国人撤退了……"

"德国人没撤退，阿德拉。"我大胆插嘴，"他们被赶走了。"

"是的，好了，那……总之，看来那里的共和派分子正在制造很大的麻烦，占领西班牙领事馆……不侦察边境的时候，加里多当然是在莱里达，可以说是跟他的团留在营房待命，因为已经禁止他住在城外。当然这很正常，既然法国离我们这么近……可是马德里的人好像没有察觉，里卡多整天在抱怨，不但不派援兵，反而跟他们说别紧张，你看……"

攻占阿兰谷之前两天我蜷缩在走廊上，得知政府还没有反应。1944年10月20日上午十点半，我走到马厩，一路上没碰到任何人，阿兰谷的北部再次是共和国的地盘了。一看到我，劳罗注视着我，仿佛知道了一切。相反，哈伊梅在他居住的茅屋门口遇见我带着鞴好马鞍、准备出发的马时，吓了一跳。

"您在干什么？"他打量我，打量四周，勉强接受不理解正在发生的事情，"您是来告别的吗？"

"不是。我来问你一件事。你知道从哪儿去博索斯特吗？"

"知道。"于是他以另一种方式打量我，仿佛刚刚回忆起我是谁，"但

---

① 埃斯特雷马杜拉：西班牙西部自治区，内战期间曾发生过几场重大战役。

② 以上这些地名是西班牙内战期间发生过重大战役的城市、省份、村镇或河流。

现在不能从那里走，因为那里全是……"

"全是共和派分子，对吧？"我微笑着，但他没有模仿我，"恰恰因此我要去博索斯特。可我不认路，所以你得给我指路。"

"我？"他匆忙摇头拒绝，"不行，小姐，我不敢……"

"行了，你放心吧，你是敢带路的，因为……"我向他出示口袋里装的东西，"瞧，我有五个杜罗和一把手枪。你愿意要哪个？"

哈伊梅沉默不语，先是看地面，然后看武器，之后看纸币，最后正视我，我的眼睛说服他没有任何违抗我意志的可能性。

"我宁愿要五个杜罗。"

我跟在他后面回到马厩，他给哥哥的马鞴鞍时我一直盯着他，之后请求哈伊梅把我的背囊、帽盒、一条开封的火腿、另一只整条火腿、两块奶酪和装满腌肉的鞍囊装载到劳罗的背上时也是如此。随后我请他骑上马，虽然哈伊梅很害怕，我没有对他免除最后一次警告。

"我正瞄准你，别忘了这点。如果你想活着领到那五个杜罗，你最好选准路线，带我穿过原野，远离公路和国民警卫队的岗哨。明白吗？"

"好的……我会尽量缩短路程。"

"你拉长路程我也无所谓。"我再次微笑，"我不在乎，知道吗？我再也不想回来了。"

哈伊梅点头同意，让他的马驹小跑起来，以防任何风险。我们一起默默地骑行了许多小时，不时下马用餐，给马饮水，他不抗议，也不做任何可疑的动作，沿着无人居住的地方前进，只有某个牧民的远影或山脉另一边的遥远钟楼陪伴着我们。午后我们路过一条河，马儿再次在那里饮水，之后不久他停住自己的马，用食指给我指出一个方向。

"博索斯特就在那些山的另一边。"他看着我，把交叉的两个手指举到嘴边，吻它们，"我以母亲的名誉向您发誓，您只要继续按直线走下去，还不到五公里。如果您不介意的话，我想从这里返回了。"

我打量四周，然后是哈伊梅，之后是手中的手枪。我没有所在之处的任何方位参照，但他看来太害怕了，不敢在一个应该强制性充满武装人员的地区欺骗我，最后这个想法帮助我下了决心。

"很好。"我递给哈伊梅五个杜罗，他谨慎地伸手接钱，好像钞票烫手似的，"永别了，谢谢。"

我让马小跑起来，不急不慢地爬坡。在山的另一边我还没下完坡就被一个声音拦住。

"站住！"这辈子从来没有一个单词让我如此幸福，"什么人？"

"共和国！"我喊道，缓缓松掉缰绳。

"什么？"

听到那个提问时我害怕自己出错了，但从一块岩石后面出来的战士穿着我不认识的军服，除了缝在胸前的补丁颜色：红、黄、紫。

"可这是怎么回事？"那个看来是领头的人在法国也没有丧失一点儿安达卢西亚口音，"玩笑？"

我高举着手，缰绳套在大拇指上，嘴上露出最终让他们愕然的微笑，十分缓慢地走近这些战士。

"你们是共和派吗？"走到他们跟前时我问道。

"什么？"之前的那个人再次提问，仿佛不知道说别的。

"你们是共和派吗？"我柔声地反复问道。

"是的，我们是共和派。"第三个人以我会用的相同语调回答我。

"你们来进攻西班牙？"

"是的。"虽然或许他是托莱多人，"怎么了？"

"啊，太高兴了！"我还在微笑，但感觉两粒眼泪从眼睛里落下来，那么圆，那么大，那么咸，仿佛是我所剩的最后两滴泪水，"太开心了！你们无法想象……我要下马了，给你们一个拥抱。"

我一个一个地拥抱那五名目瞪口呆的男人，用胳膊环绕他们的时候，他们都不知道该拿步枪怎么办，之后也不知道拿我怎么办，就那么奇怪地看着我，好像从未见过一个骑马的女人。

"带我去见你们的上司，"但我知道该干什么，"我得跟他谈话。"

犹豫一秒钟之后，那个安达卢西亚人反应过来，留三个人在岗哨，和另一个人陪我去村里，那人立马向我澄清自己不是托莱多人，而是阿尔瓦塞特人。

"你呢？"他反问我，"你是从哪里出来的？"

我开始向他讲述自己的经历，一面行走在他俩中间，牵着劳罗的缰绳，直至走到博索斯特，一个很小、很美的村庄，街道陡峭，石板房顶的石头屋坐落在像士官生一样年轻、鲁莽的加龙河①两岸。但让我沉默的不是它的美丽。让我无语、几乎喘不过气来的是我明白了自己正在经历的一切是真实的。

到达博索斯特时那点震撼了我，恰好遇到我所期待的，证实了我从电台听到的、让哥哥里卡多惊恐的事件。我的自由、现状尤其是前途，都是真的，一种崭新、势不可挡的真实，它如此强大，以至于每走一步我的受苦经历都变得更加可疑、苍白和憔悴，像不确定性那样黯淡，我曾在那个可怕的生活替代品里卑躬屈膝，仅仅为了能够到达博索斯特，等到那一刻。

天开始黑了，但太阳隐身时留在天空的光环足以让我看到绑在轭门周围的三色旗和划定市政辖区的牌子上博索斯特名字两侧的箭头。在河岸上我首先看到的不是房屋，而是一个巨大的军营，到处都是帐篷，或单独，或分成小组进出、移动、休息、抽烟、说话的人员，之后是更多的战士在大街上行走，或坐在门槛上，或挤满酒吧，或靠在酒吧的正面，整个一支按照事先计划部署的占领军。我的护卫队在一座占据了主广场一个角落的庞大结实的石宅前站住，奇怪地看着我，无法理解我内心情感的爆发。门前有一个人在站岗，他的旁边是一面硕大的共和国旗帜，挂在一根固定在阳台的桅杆上面。

"我们到了。"安达卢西亚人跟哨兵打完招呼后说，"那后面有个马厩。如果你愿意的话……"

"不，最好我带劳罗去。"我把褡裢从马上卸下来，也把帽盒交给他们，"把所有这些送到里面去，我马上回来。"

我绕过这座宅第时，听见他们交错的声音，试图解释他们依然觉得无

---

① 加龙河：发源于比利牛斯山东段位于西班牙加泰罗尼亚自治区的阿兰谷，全长647公里，流经阿基坦盆地，由东南向西北，通过法国西部城市波尔多流入大西洋的比斯开湾。加龙河作为法国五大河流之一，是法国西南部最重要的河流。

法解释的事情："上校，来了一位女客人，一个女犯人。"一个欢快的答复："喂，来了什么人，女客人还是女犯人？"拉曼查人不知道该怎样回答这个问题："问题是……我们还不知道，上校。"

我把劳罗留在马厩休息、回转脚步时，门口一个人都没了，因为哨兵从另一边绕过宅子去找我。我很想进去、说话、彻底裁决自己的命运，可是当我独自与那面旗帜待在一起时，我发现还没有流干所有的眼泪。其他眼泪涌出，互相推搡，抢着从我眼里出来，它们是新的，但也是旧的，既是我的也不是我的，因为亚历杭德罗·卡索纳再次从那个石屋正面望着我，正如有一次他从讲台上看着我，在我眼里播撒他不愿在自己眼里溢出的泪水。我旅行的起点和终点就在那场哭泣的永恒承诺所包含的秘密中。瞬间我感觉到这点，仅仅一瞬间，又酸又咸、又苦又甜、又冷又热的瞬间，但足以让我再次流下之前哭过的所有泪水，我不加思考地抓住旗帜的一角，用它遮住自己的脸。

"下午好！"

听到那句话我松开国旗，转身掉头，将握着的拳头举到太阳穴，用力过猛弄疼了自己。

"你好！"

眼前的这个男人出神地看着我，之后给予我同样的问候，但平静得多。

"你好。"他看上去比我大一些，偏高而不是偏矮，偏壮实而不是偏瘦弱，头发偏栗色而不是偏金色，既不帅也不丑，因为他的鼻子很塌，但相反他微笑的时候眼睛闪闪发亮。"我是'美男子'上尉。你是谁？"他在对着我微笑，"你想干什么？"

"我……"我朝他前进几步，以便进入大门上方点亮的灯泡照明的区域，"我叫伊内斯·鲁伊斯·马尔多纳多……"他看见我眼睛上哭泣的痕迹，略微低下头，仿佛那个细节感动他了。"我是西班牙长枪党驻莱里达特派员的妹妹……"他的目光如此感动我，我都说不下去了，"对不起，可是……我无法说话。我很激动。"

我永远不会知道我俩之中谁迈出了一步，缩短了将我们隔开的距离。那时我也不知道谁先张开手臂，但我们互相拥抱了，我拥抱了他，他拥抱了我，在感觉到他双手的压力之前，我更加强烈地察觉到他的体味，一种散发着木头、香烟、干丁香花苞和肥皂的香气，同时隐约有一种又酸又甜的味道，如不太熟的柠檬细丝，还有少许刺鼻的味道，像刚磨碎的胡椒气味。我想："从未结识过那么好闻的男人。"之后我才想起自己忘了男人散发什么气味。

那件奇事让我手足失措到这种程度，以至于我抬起头、想与他的头分开时，没发现他本人在做反向的相同运动，无意中我们撞头了。

"对不起。"因为我感觉是自己的错。

"没关系，我的头很硬。"他再次微笑，"所以我在这里。"

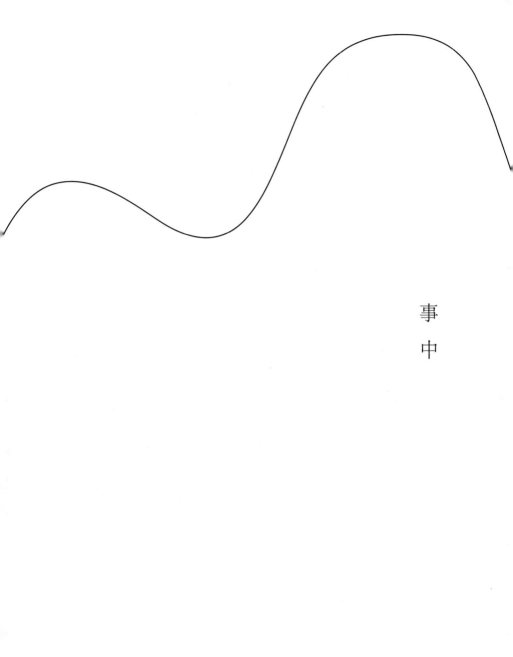

事
中

1944 年 10 月 19 日，马德里，帕尔多王宫。

一辆黑色轿车停在国家元首官邸的正门面前。司机赶忙下车为一个身材矮小、直径可观的女人打开车门。不倒翁比例的身段上顶着一颗小脑袋，头发稀疏暗淡，拢在一个发髻上。刚到的这位女子四十九岁，但显得老多了。自从四年前丈夫过世，留下她一人和十个子女在这世上，每月有 190 比塞塔的抚恤费，她一直穿着孝服。尽管如此，多亏她与大元帅的亲戚关系，她的寡居远没有那么悲惨。

比拉尔·佛朗哥·巴阿蒙德[①]毫无顾忌地进入王宫，就像回自己家或妹妹到哥哥家串门那样简单。她向照面的文职公务员或军人微笑，询问他们的健康："你好吗？你那个膝盖怎么样了？"询问他们子女的学业："你儿子呢？已经跟神父们在一起了吧，不是吗？我很为他高兴，现在需要的就是他用功学习了。"或询问他们的感情生活："你结婚吧，听我的，时间拖得越长越懒得结婚，以后就会越糟糕。"在帕科独裁的最初几年，这一场景几乎天天重复，二十年后将逐渐不那么频繁。比拉尔夫人，对她的亲

---

① 比拉尔·佛朗哥·巴阿蒙德（Pilar Franco Bahamonde，1895—1989）：佛朗哥的妹妹，在家中五兄妹里排行老三。1914 年与军人阿方索·哈赖斯·赫雷斯（Alfonso Jaraíz Jerez）结婚，育有十个子女，最小的儿子才十个月时便守寡。1980 年出版《我们佛朗哥家族》（*Nosotros, los Franco*），叙述了她家族的生活细节。1989 年年初以九十四岁高龄去世。

属来说是比拉尔，属于领袖的密友圈子，她在这群人里行事带有格外明显的母性直爽，有时候甚至会令人尴尬。

不过今天比拉尔将见不到帕科。她以坚定的步伐走在会客厅和过道松软的地毯上时，最想不到的一件事是，一个门卫或者一名代替门卫的军官，恰恰会在她哥哥的办公室门口拦住自己，因为这样的安排不是出于礼节性的。

"对不起，比拉尔夫人，但大元帅已经取消了他日程中所有预定的会晤。"说话者的语调恭敬但坚定，甚至到了断然的程度，"今天不能接待您。他很忙。"

"可是……我不明白……出什么事了？"

"对不起，比拉尔夫人。"

"瞧瞧，你别给我来这套，知道吗？你可以滚了……"

"对不起，比拉尔夫人。"

对独裁者的妹妹来说很难接受这种情况下的拒绝，尤其是证实了这个升格为圣地看守的无名小卒，不会浪费一秒钟向她解释这一不可思议的无礼举动的理由是什么。因此她没有后退而是大概朝前厅走去，被帕科约见的人物通常在那里等候。可能会在那里遇见少数亲信、企业家、顾问、"国民运动"①的高官，谁知道是否还有某个像她那么惊讶的主教。

"主教大人，科斯梅先生……佩佩，真高兴见到你！"她吻主教的一只手，握住他的另一只手，在他苍白的两颊上留下两个永远母亲般的亲吻之后，更加惊愕，"诸位别跟我说连您几位也不让进去。"

"不让进，你已经看到了……"

"连您也不行，阁下？"

"连我也不行。"

"真奇怪！"比拉尔·佛朗哥大概会坐在扶手椅上，一个一个地打量他们，感觉无法提出任何假设，"真是怪了！"

---

① 国民运动（Movimiento Nacional）：简称"运动"（Movimiento），指佛朗哥统治时期受法西斯主义启发所建立的集权体制，它试图成为参与西班牙公共生活的唯一渠道。它对应的是一种合作社的概念，其中只有家庭、工会和市政当局可以发声，佛朗哥为该运动的领袖。

时间就这样开始逝去，一个前所未有的工作日里一段神秘时间的一部分，以至于很可能连服务员都没过来给他们送杯咖啡。1944 年 10 月 19 日，元首的那帮不可或缺的人马在帕尔多王宫显得多余。对所有人来说最好是哪儿来哪儿去，悄悄地、别吱声，但他们谁也不习惯别人对自己发号施令，最多是佛朗哥本人。或许因此他们待了片刻，想看看是否会发生终结这个误解的事情。如果的确如此，那他们只会更加摸不着头脑。

某位身着军服、戴着勋章的陆军上将有可能流星般地从他们面前经过，但没有停下来打个招呼。办公室的大门倒是会为这位将军打开，但没有那么匆忙，所以他们来得及观察这位新到者变色的表情，他面孔苍白，白得像大米纸。更有可能的是他们目睹某位穿便服的年轻人出现，手里拿着文件夹，带着一种与生俱来的不一样的苍白脸色，与他的眼睛、头发和布满面颊的雀斑颜色协调。他没有跑着过来，而是以一种礼貌甚至略微有点拘束的态度走着来，拘束源自他所要传递的信息之重要，也是因为要接见他的那个人的性格。如果大元帅的门卫出来迎他，受冷落的大臣们或许可听到来访者用符合其职业的精致礼节术语自我介绍的短短对话，他的西班牙语不仅正确还带有浓重的外国口音。

"早上好。我是……"他说出一个无关紧要的名字，之后加上一句"芝麻开门"，"英国大使馆的官员。或许阁下还记得我。数月前很荣幸由塞缪尔·霍尔①介绍我们相识。"

"是的，请跟我来。"这个不屑于跟他们搭话的无耻之徒居然极力讨好那个人，"请这边来……阁下正等着您。"

之后比拉尔夫人和她的倒霉同伴勉强听到一扇门开关的声音，在那极短的间隙充其量听见某个遥远的叫喊声或拳头砸在桌上的回音。

"真怪！"元帅的妹妹以她独有的不拘礼节的方式大声说道，"那家伙

<hr />

① 塞缪尔·霍尔（Samuel John Gurney Hoare，1880—1959）：英国政务活动家，1935 年《印度行政法》的主要设计者。1936—1937 年任海军大臣，1937—1939 年任内政大臣，1939—1940 年任掌玺大臣、空军大臣，全面支持绥靖政策和《慕尼黑协定》，是张伯伦内阁的核心成员。1940 年丘吉尔组阁后转任驻西班牙大使，1944 年离职，获"坦普尔伍德子爵"称号。

居然进去了。"

"看来是这样。"主教在其忧伤中找不到更多的话来补充。

"那自然是让人不寒而栗……因为如果英国搅和在中间……那些王八蛋唯一会做的是把一切都搞砸了。"那一刻,一想起前厅他们某位同伴的尊严,科斯梅先生或佩佩应该就忍住不说了,"尊敬的女士,对不起我说了粗话。"

"没事,孩子。在这种情况下……"

但他们谁也不清楚那种情景究竟是怎么回事,命运迫使他们在其中扮演了纯粹跑龙套的角色。

那些拥戴承蒙天恩的西班牙元首形象和事业的作家,一致驳回了比拉尔·佛朗哥·巴阿蒙德晚年在各种采访、纪录片和一本无价的回忆录《我们佛朗哥家族》里慷慨散布的证词。这不奇怪,因为大元帅唯一的妹妹是个少有的说话没分寸的人。对比拉尔的这个评价,不仅是因为她能说会道地回忆起家族其他任何成员从来不敢提及的事件,更是因为她缺乏智慧,导致其弄巧成拙。

比拉尔自封为佛朗哥家族无条件的捍卫者,尽管谁也没要求她这么做。之后她非但没有采取任何一个机灵的孩子都会觉得唯一慎重的态度,即忽略她身边人所卷入的一切微妙或棘手的局面,反而忙于在其回忆录里回顾所有的谣言、丑闻和家族矛盾,只有一个例外。她本人提出这些问题,仔细琢磨并加以分析,提供哥哥帕科在四十年独裁统治期间掩盖的所有信息,之后试图用自己的论据对那些问题加以反驳,这种源源不断的惊人愚笨之举只可与她的冲动相提并论,最重要的是,这是一座金矿。

正如她的诽谤者所言,元首的妹妹在为后世写作的关头,很可能是一个想象力丰富的女人,热衷于装腔作势,但考虑到她能够制造的论据之拙劣,同样不大可能的是她具有必不可少的想象力来虚构自己提供的信息。

例如,她大哥尼古拉斯①把伊萨克·阿尔贝尼兹的一个孙女安置在马

---

① 尼古拉斯·佛朗哥·巴阿蒙德(Nicolás Franco Bahamonde, 1891—1977):西班牙军人、政治家,佛朗哥家族五兄妹中的老大,参加了反第二共和国的军事叛乱。

德里帕里斯酒店①的一间套房里，这个女孩像该作曲家的所有女性后代那么漂亮，又比他年轻许多。比拉尔为了给大哥的这一冲动行为辩护，得出的结论是人们无法理解一段真正友谊的意义。

而为了解释在1936年7月叛乱的最初几小时，帕科下令枪毙他的表弟里卡多·德拉普恩特·巴阿蒙德时所承受的痛苦（此人在成为效忠共和国合法性的空军军官之前，是元首幼年时代最喜爱的玩伴），她提出的理由是二哥被人下了圈套，没有别的办法，只能忍受痛苦摆脱该陷阱，出于对西班牙的热爱而牺牲自己。

但最愚蠢、最厚颜无耻的要算她有关绰号"豺狼"的弟弟拉蒙②空难丧生的版本，简直难以言喻。拉蒙是驾驶"彼方"号水上飞机越洋飞行的英雄，无政府主义者，从一开始就是共和派，1931年当选"激进社会主义党"③议员，是伊格纳西奥·伊达尔戈·德西斯内罗斯、弗兰塞斯克·马西亚④及布拉斯·因方特⑤的朋友，共和国总统曼努埃尔·阿萨尼亚因担心他领导极左派军事政变而于1935年派他前往华盛顿当武官，他还是西

---

① 帕里斯酒店（Hotel Palace）：因西班牙国王阿方索十三世的个人建议，由原籍比利时的旅馆业企业家主乔治·马尔凯（George Marquet）建造，仅用18个月就建造完毕，使用了当时最新的建筑材料：钢筋混凝土。拥有400间客房，1912年9月12日开始对外营业，在当时是欧洲最大的酒店。

② 拉蒙·佛朗哥·巴阿蒙德（Ramón Franco Bahamonde，1896—1938）：西班牙军人、飞行员、共和国活跃的政治家，独裁者佛朗哥的弟弟。因1926年驾驶"彼方"号（Plus Ultra）水上飞机从西班牙西南部城市巴洛斯·德拉福隆特拉（Palos de la Frontera）飞到布宜诺斯艾利斯，首次横跨大西洋而成为他那个时代的英雄。

③ 激进社会主义党（Partido Radical Socialista）：该党成立于1929年12月，于1934年9月解散。在意识形态上捍卫社会自由主义，强烈反对教会。1931年大选后成为当时议会的第三大政治力量，积极捍卫民权和政治权利。

④ 弗兰塞斯克·马西亚（Francesc Macià，1859—1933）：西班牙政治家、军人，拥护共和国和加泰罗尼亚独立，曾担任陆军中校、加泰罗尼亚自治区主席。

⑤ 布拉斯·因方特（Blas Infante，1885—1936）：西班牙政治家、公证人，作为安达卢西亚地方民族主义的最杰出思想家，被官方正式命名为"安达卢西亚祖国之父"（Padre de la Patria Andaluza）。

班牙内战中叛徒形象的最高代表。在那场战斗中有很多叛徒。像他那样的叛徒没有一个，恰好在得知自己的哥哥变成叛军头领的那一刻，前后分毫不差，拉蒙偏航了。

1938 年 10 月 28 日，尽管气象条件极差，指挥部终止了所有的行动，拉蒙还是从帕尔玛·德马略卡机场起飞，自愿去轰炸瓦伦西亚港口，结果与所有机组成员一起遇难，或许因此他的死亡对任何人来说——除了对他姐姐——都意味着一个扣人心弦的秘密。比尔首先声称，共济会会员杀害了拉蒙——如果不是共济会会员，还能是谁呢？——然后提供了拉蒙一个战友的证词，以便为这场完美的事故、一个精心的命运之网自圆其说，这其中国际共济会是什么下场已不得而知。于是自愿钻进云里的佛朗哥中校，在飞机没有配备能够保障不出意外地穿越云层设备的那个时代，不是死于一次枪击，正如他的尸体从海里打捞出来时，他的左太阳穴上一颗十分干净的圆弹孔所证实的那样，他脸庞的其余部分甚至没有最小的抓痕，而是死于运气不佳。在一股气流的撞击中，他的头将撞在机身的一颗螺丝钉上，而这颗钉子恰好缺少螺母。在一架所有机组成员至少会携带一把手枪的飞机上，是这颗致命的螺丝钉洞穿了他的脑袋。

比拉尔·佛朗哥·巴阿蒙德出众的编造能力到此为止，再往前一毫米也不行。一直让人奇怪的是，她唯一闭口不谈的那件家族轶事倒是容易解释得多。

"在我三个儿子里，最能干的是拉蒙，尼古拉斯最聪明，而帕科……"

1942 年 2 月 23 日凌晨，年近八十八岁的尼古拉斯·佛朗哥·萨尔加多-阿劳霍①不情愿地离开了这个世界，为的是让他儿子弗朗西斯科比自己更得以安息。

"假如帕科喜欢女人"——或男人，为了避免误解，值得补充这点，因为尼古拉斯先生没有心情引起误会的暗示——"事情可能会好些"。

那一晚，对肉欲的甜蜜和痛苦无动于衷的独裁者意识到，要卸下多年

---

① 尼古拉斯·佛朗哥·萨尔加多-阿劳霍（Nicolás Franco y Salgado-Araújo，1855—1942）：独裁者佛朗哥的父亲，曾任西班牙海军后勤部部长。

来一直折磨他的十字架，只能求助于妹妹比拉尔，因为她是唯一跟自己相似的人。是比拉尔打了一辆出租车前往弗恩卡拉尔大街 47 号，父亲和阿古斯蒂娜·阿尔达纳居住在那里，这个女人当时几乎还是个孩子，父亲为了她于 1907 年抛弃了自己的合法妻子，一位圣女，与阿古斯蒂娜前往马德里生活。

元首知道要做什么。他妹妹做的第一个决定是叫一个神父去安慰那位奄奄一息的人。之后立马去找安赫莱斯，一个出身神秘的姑娘。她一直作为阿古斯蒂娜的外甥女生活在这个家，虽然一些邻居确信她是这两口子的女儿，比拉尔命令安赫莱斯告诉自己的姨妈躲到另一间屋里，因为神父要来，她不好意思让神父看到父亲亲口忏悔的主要动机。神父到场了，但垂死者没有任何忏悔的欲望，他未经忏悔便离世。

"那个元首是个流氓、混蛋。"以前尼古拉斯·佛朗哥几乎每晚都在马德里格兰大街背面最市中心、人口最稠密的街区之一的酒吧喝上几杯，之后喜欢这样嚷嚷，"我是他爸，我一清二楚！"

佛朗哥家族的那个大嘴女人，那个该说的和不该说的都说过头的女人，小心翼翼地对这位海军总后勤部部长的个性保持缄默。他一辈子都是自由派、自由思想家、反教权主义者、美食家，好女色，还是加尔多斯、帕尔多·巴桑和布拉斯科·伊巴涅斯[①]的读者。他最蔑视的就是资产阶级道德，并且代表了他儿子将于 1936 年 7 月 18 日叛乱所反对的一切。

"小帕科，国家元首？别逗我了！"

假如独裁者的父亲只要稍微再多点敌意，假如他设法少享受点生活，或许作为他的同胞，我们本可以省得看他儿子弗朗西斯科的肖像，免遭他的统治。然而这位大腹便便的矮矬将军一辈子热衷于西班牙理念、西班牙民族的本质、西班牙人的自身概念、其种族品质以及别的相当一部分并不比他妹妹的想法构思得更好的蠢事。他把西班牙精神放在了首位，而与父亲断绝关系。尼古拉斯是游击队员和无政府主义者，高傲倔强；是个人主

---

① 帕尔多·巴桑（Pardo Bazán, 1851—1921）和布拉斯科·伊巴涅斯（Blasco Ibáñez, 1867—1928）均为西班牙 19 世纪下半叶著名自然主义作家，前者被誉为"西班牙的女左拉"，后者的一些小说被好莱坞改编成电影，是具有世界声誉的小说家。

义者又感情用事；是现存事物的终结者，愿意为自由付出生命。在他身上英勇善战的熙德与胡安·特诺里奥先生①各占一半，如果西班牙气质曾经存在过，一边是亚洲，另一边是欧洲，对面是伊斯坦布尔，那弗朗西斯科·佛朗哥·巴阿蒙德的父亲比他本人体现得更加恰当得多。

在阿方索十三世执政最后几年的某个不确定时刻，尼古拉斯·佛朗哥·萨尔加多－阿劳霍决定与他的意中人结婚。他的合法妻子还活着。西班牙不存在离婚。他脑子里根本没有闪过要卑躬屈膝地申请他第一段婚姻在教会无效的念头。所有那一切他都不在乎。因为神父和法官都不会给他主婚。他的主婚者将是自己神圣的睾丸。

"嘿，我们已经结婚了，你看多好呀？"

从拉邦比亚公园的一个小酒馆出来时尼古拉斯先生对阿古斯蒂娜·阿尔达纳说了这番话，这种酒肆是丘蒂斯舞曲歌词及最地道的说唱剧浪漫曲很常见的舞台。他在酒馆自费举办了一场真正的私人露天晚会，有货摊、排骨、油条和旋转木马。他不仅邀请了好友参加，他的总共一百多位熟人也到场了，目睹他与女友伴着手摇风琴的节奏开启了舞会，一边喊着："亲一个！新郎新娘百年好合！"

弗朗西斯科·佛朗哥·巴阿蒙德把这场婚礼仪式当成丢脸的举动，但即便在他去世的那一刻也无法效仿这个享乐无度、敢作敢为的男人。因此得知父亲离世的消息时，佛朗哥首先想到的是别人会怎么议论，于是请求妹妹给父亲穿上军装，把亡父送到帕尔多王宫，并且打算作为温情的儿子在那里为父亲整夜守灵，尽管自己从来不是。

佛朗哥对阿古斯蒂娜根本无所谓，也没必要。到了这个地步帕科和比拉尔是处理这种局面的专家。四年前夺去拉蒙生命的那场空难之后，他俩共同解决了佛朗哥中校的第二任妻子恩格拉西亚·莫雷诺所意味的问题，他们的共和国世俗婚姻与所有同一类型的婚姻命运一致，被这位独裁者取消了。拉蒙与恩格拉西亚育有一个女儿，奇怪的是她也叫安赫莱斯，除了

---

① 熙德与胡安·特诺里奥均为西班牙文学史上著名的文学形象，分别为勇武善战和风流多情的象征。

阿古斯蒂娜·阿尔达纳的神秘外甥女，这个名字在佛朗哥家族没有别的熟悉用法。但她突然成了私生女，她母亲一夜之间变成了普通的小妾，这对母女未被允许参加"彼方"号水上飞机的英雄飞行员葬礼。比拉尔施展出相同的有效手段，使她父亲的妻子缺席尼古拉斯先生从灵堂到墓地所有的祭奠仪式。尼古拉斯·佛朗哥·巴阿蒙德不如拉蒙那么像父亲，即便也跟那两人一样喜欢女人，他后来设法让与父亲共同生活了三十五年的阿古斯蒂娜在守寡之后能够领取海军的丧偶抚恤金。帕科永远不原谅他的这一举动。比拉尔也对此加以辩解，理由是她大哥管闲事了。

1944年10月19日距佛朗哥委托比拉尔处理俩人父亲极其棘手的丧事才过去了两年半。那天国家元首取消了其日程中的所有预定会晤，就担保独裁者与其身边唯一敢在帕尔多王宫主办公室向他陈情的那个人的亲密关系而论，这一点很重要。

"我是靠枪杆子走到这里的，只有靠枪杆子才会离开这里！"

佛朗哥气急败坏地在其军队高层最精锐的指挥官面前叫嚷道，他问上帝自己做了什么事以至于不得不永远被一帮无能之辈包围。那帮故作悲伤的蠢货静静地围着他。他妹妹原原本本地写下"他恼火透了"这句话，懒得掩饰在这个场合这句十分暧昧的表述可与另一些更加特定的话语，例如"害怕死了"，进行交换。她也没有深究这些迹象，因为根据她的习惯，扔出炸弹后就不在意所造成的伤害。"事情都过去之后我才得知的，实际上我没有听见此话，是里面的某个人告诉我的，仔细考虑后我根本不相信。哥哥帕科是个好人，非常平和……"

"我是靠枪杆子走到这里的，只有靠枪杆子才会离开这里！"

此刻谁也不该为加泰罗尼亚最高司令莫斯卡多将军①的前途打赌两个杜罗甚至一个比塞塔，尽管他是1936年托莱多城堡战的大英雄。这位军

---

① 何塞·莫斯卡多（José Moscardó，1878—1956）：西班牙将军，参加了1936年反对"人民阵线"政府的军事政变，导致西班牙内战的爆发。作为参与政变的最高军级的军人，他领导了抵御共和国军队进攻的托莱多城堡保卫战，一战成名。1948年佛朗哥授予他"托莱多城堡侯爵"称号，从1941年直至去世担任西班牙奥林匹克委员会主席。

事将领的前途不会有更高的估价，他可能请求佛朗哥考虑一种通过谈判的出路可能性，虽然不会拿后者的身份冒险。失去了上帝的恩典，元首或许不必向上帝提出那个问题就诉诸武力，但鉴于欧洲局势，二战的进展，佛朗哥1939年的胜利与轴心国源源不断的援助之间的关系，考虑到他的连襟拉蒙·塞拉诺·苏涅尔①组建"蓝色师团"②时的危险念头以及法国南部所面临的形势——西班牙共和派分子与获胜的反法西斯新政权保持亲密的同谋关系，在那里随心所欲地折腾——那句片语只言像是对起初唯一看似明智方案的答复。

"我是靠枪杆子走到这里的，只有靠枪杆子才会离开这里！"

佛朗哥的暴怒是可以理解的。而他下级的怠惰难以理解。一个如此完美、出色地适合其本性的军事独裁政权，在斯大林的默许下对西班牙人实施了和平年代从未记载过的最血腥、最彻底的镇压。它犯下这样的失误难以置信。但问题是1944年10月19日佛朗哥在他的国境内遇到了一支敌军。出什么事了？对此很难理解。西班牙全国联盟的牵制计谋大获全胜。从9月20日起西班牙共和派分子持续在阿拉贡地区的比利牛斯山脉，从

---

① 拉蒙·塞拉诺·苏涅尔（Ramón Serrano Suñer, 1901—2003）：西班牙政治家、律师，从1938—1942年六次担任佛朗哥政府外交部和内政部大臣。作为佛朗哥的连襟，无论是在司法还是政治领域，他都是佛朗哥政权的主要支柱之一，是他推动西班牙派遣"蓝色师团"参与入侵苏联的战斗。他先后创办了非政府组织"西班牙全国盲人协会"（ONCE, 1938）、西班牙埃菲社（Agencia Efe, 1939）和洲际电台（Radio Intercontinental, 1950）。

② "蓝色师团"（División Azul）：西班牙陆军正式名称为西班牙志愿师（División Española de Voluntarios），德军正式名称为步兵第二百五十师，是二战时期在东线给德军助战的一个西班牙志愿者师。佛朗哥既要报答西班牙内战期间德国的支持，又要与西方同盟国保持和平，就约定该师只能与苏联军队作战。该师一开始是士兵15492人，军官2612人，但后来通过轮换，一共有约47000名西班牙军人参战。最初报名的很多是内战老兵，包括长枪党人，还有争取洗清记录的原共和派人士。该师正式制服不是西班牙军服，而是卡洛斯派的红贝雷帽、西班牙外籍兵团的咔叽裤，还有长枪党的蓝色上衣，因此得名"蓝色师团"。他们在战场上穿德军制服加西班牙袖标。

伊伦到普伊戈塞达，仿佛滴管似的一点一点越过国境，一开始是大约五十人的小队，之后达到两百人的大队。蒙松的军事计划在初始阶段得到完美执行，但即便那样也不足以解释佛朗哥军队面对如此高调的进攻所表现出的无措、麻痹和无效，比利牛斯电台甚至宣布了此次行动，理论上看，是把鼓动民众置于进攻部队的战略利益之上。

"我是靠枪杆子走到这里的，只有靠枪杆子才会离开这里！"

出什么事了？以何塞·莫斯卡多为首的边境安保负责人可能还没有认真对待这些虚张声势的警告，他们大概以为是些没有真实根据的威胁，绝望者纯粹的放肆言论。可是看来更可信的是，恐怖，佛朗哥为巩固权力而采取的幸福策略，贯穿的不仅是街道、家庭和工厂，而且是从部队宿舍到指挥官办公室的兵营。谁挺身而出？谁冒险给帕尔多王宫打电话，报告正在发生的一切，请求增援，承认无法独自解决这个局面？无论在维耶拉还是莱里达，即便就是在马德里国防部，谁也不敢这么做。1944 年 10 月 19 日，不可能、不可思议、无法解释的事情变成了一桩既成事实。

弗朗西斯科·佛朗哥面临一场最严重的危机，在其近四十年的统治时期经历这场危机。他跟往常一样感到孤独，照例徘徊于下属的无能与必须依靠他们的需求之间。这是独裁者的问题，首先他们特别小心地铲除自己周围任何有足够的才华使其黯然失色的人，之后又怀念这些人的出色。然而，尽管佛朗哥无法知道这一点，当他在自己的办公室里暴露出一副恼火的形象时，他这辈子屈尊佩服的少数几个人之一已经坐在一张桌子前，从抽屉里取出一些信封，正考虑在每个信封上写什么字。

"那个女人非常精明。"

1944 年 10 月 19 日，从未也永远不会敬佩弗朗西斯科·佛朗哥的多洛雷斯·伊巴鲁利，比他平静不了多少。当然她的优势是比独裁者早几天得知该局势。我们不知道"热情之花"是如何得知此事的，因为她没有任何口无遮拦的妹妹，但反过来我们知道那个时期比利牛斯电台的台址就在莫斯科市中心，该电台向来没有从比利牛斯山的任何地方进行广播。

"这个该死的两面派！"那天、第二天、第三天，"热情之花"估计会嘟嘟囔囔地重复这句话——"但愿最后蒙松把她派到特古西加尔巴①当大使，真的是不可能比她更蠢了……"

这位西共总书记大概是佛朗哥认为唯一可与自己比肩的西班牙人物，或许她自己也震怒得够呛。她也会惊讶地双手抱头，之后当着亲信的面叫喊，用拳击折磨她的桌子，确保以后他们谁都不敢提起此事。发生的事情很大程度上是因为她的失误，她知道这点。她选择了卡门·德佩德罗，把所有的责任交到卡门手里，之后在欧洲的另一端甩手不管，任何时刻都未能掂量她下级的弱点和志向的缺乏。多洛雷斯也没有掂量像赫苏斯·蒙松这样势不可挡的骗子的操纵能力，虽然她生平的成功大事，即让帕科·安东安然无恙地重回自己的怀抱，同时也构成了其政治生涯最大的错误之一，没有什么比明白这一点对她的伤害更大。

认为进攻阿兰谷的消息是通过中央委员会于1944年6月派往马德里的阿古斯丁·索罗阿传递给多洛雷斯·伊巴鲁利的，这点合乎情理。然而政治局在莫斯科，中央委员会分散在布宜诺斯艾利斯和哈瓦那，这本身就很复杂的局势在那年夏天变得更加错综复杂，因为索罗阿的良师圣地亚哥·卡里略②身处北非。

卡里略是西共总书记"热情之花"的未来继任者，当时尤其因在内战中领导"社会主义青年联盟"而著名，他是第一个公开支持多洛雷斯·伊巴鲁利1942年参选西共总书记资格的领导。同年3月中旬，被医生宣布无法治愈的西共领导人何塞·迪亚斯，从位于苏联格鲁吉亚共和国首都第比利斯的一家医院的病房窗户坠楼身亡。那场也许只是一个意外的自杀引发了一场激烈的争夺继任权的斗争，在这场竞争中"热情之花"的对手赫

---

① 特古西加尔巴（Tegucigalpa）：洪都拉斯共和国首都，弗朗西斯科－莫拉桑省首府。它位于中南部群山环抱的乔卢特卡河河谷，海拔975米。

② 圣地亚哥·卡里略（Santiago Carrillo, 1915—2012）：西班牙政治家，从西班牙第二共和国至20世纪70年代末的政治转型期，一直是西班牙共产党的关键人物之一。1960—1982年任西班牙共产党总书记。2010年曾重返阿兰谷凭吊。

苏斯·埃尔南德斯①攻击她，其中一条可以预料的即她与弗朗西斯科·安东的私通关系。多洛雷斯的胜利意味着圣地亚哥·卡里略未来政治生涯的第一个台阶，他的女上司——毋庸置疑很多年里将一直是他的上级——立马派他周游世界，纽约、哈瓦那、墨西哥、布宜诺斯艾利斯，目的是让圣地亚哥尝试建立分散的西共各领导中心之间的联系以及与国内的沟通渠道。在那次周游的墨西哥阶段，卡里略与索罗阿关系密切，他建议索罗阿与马德里的赫苏斯·蒙松取得联系。当索罗阿执行该任务时，卡里略在奥兰安顿下来，这座阿尔及利亚城市是塞万提斯的②，那时也是共和派的城市，因为当地遍布西班牙流亡者，在人员、武器和档案的重大损失一刀切断了西共与国内的联系之后，卡里略的意图是重建西共代表团。

卡里略在奥兰而不是在已经解放的法国组建西共，那里共产党侨民具有无法估量的重要性，这点只能这么解释，即在攻击流亡的主要核心蒙松派堡垒之前，西共领导层需要巩固那些对缺席五年之久的领导人保持忠诚的相关派别。他们无须踏上法国一只脚就可以估计这将是一项非常棘手的任务，但是否是由索罗阿把进攻阿兰谷的消息报告给卡里略，后者再把这个口信转达给他的总书记，这点也不太重要了。看来索罗阿被派往马德里的使命更多的是试图动摇蒙松的地位，而不是评估局势。如果确实如此，

① 赫苏斯·埃尔南德斯·托马斯（Jesús Hernández Tomás, 1907—1971）：西班牙共产党政治家，内战期间曾任教育部部长和卫生部部长。1939 年流亡苏联，任西班牙共产党驻共产国际代表，关注西班牙流亡者的艰难处境。何塞·迪亚斯去世后，与伊巴鲁利竞争总书记职位，但在 1943 年被派往墨西哥，试图把杀害托洛茨基的凶手拉蒙·梅卡德尔营救出狱。1944 年被开除党籍，罪名是从事反苏维埃的活动。1948 年铁托与斯大林决裂后，他站在铁托一边。1954 年移居贝尔格莱德，建立西班牙全国共产党（Partido Nacional Comunista Español）。之后被任命为南斯拉夫驻墨西哥使馆参赞，直至去世。他曾发表自传《我曾是斯大林的部长》（Yo fui un ministro de Stalin, 1953），讲述他与西班牙共产党领导人的分歧与对立。

② 奥兰（Orán），阿尔及利亚第二大城市，海港，瓦赫兰省首府。又称瓦赫兰。位于地中海瓦赫兰湾南岸，距首都阿尔及尔市西南四十三公里。塞万提斯于 1575 年从那不勒斯回国途中被俘，被押解到阿尔及尔。在五年的囚禁生涯中，他数次计划经奥兰逃走，都未成功。

成功与他无缘，因为索罗阿不仅没能给他那位假定受害者投射丝毫不安的阴影，而且直到一场如此规模的军事行动预定日期临近时，索罗阿才在所难免地获悉蒙松手头正在实施的计划。

进攻阿兰谷行动启动时相继发生的各种事件的顺序，允许我们大胆设想多洛雷斯几乎没有回旋的余地。她大概也不会把很多时间浪费在后悔大怒上，之后把自己封闭起来，以便做她向来最擅长的事——思考。这位国际无产阶级的偶像独自思考时，她首先曾是一个工人的妻子，一位善于以很少的生活资源维持家庭运转的主妇，她大概回忆起传统上在家庭、学校和教堂给西班牙少女开设的家庭经济的主要课程。"你们手头总要有半打做好标记的信封，房租、电费、煤、食品、医药、意外开支……这点是极为重要的。"正如她那个时代所有的西班牙妇女，新婚的多洛雷斯也应把丈夫的每日工资分装在那些小信封里，按照专家的观点，它们能确保任何一对夫妻的家庭幸福。1944 年 10 月中旬，那个秘诀或许对她又管用了。

"那个女人非常精明。"

多洛雷斯明白，最不适合把所有的鸡蛋放在同一个篮子里。因此她把自己的权力资本分散在至少四个不同的信封里。认为多洛雷斯会在第一个信封上写下"比利牛斯电台"是可信的。我们确切地知道"独立西班牙电台"宣布了进攻阿兰谷的消息，那就可以估算出决定曝光被其组织者小心翼翼隐瞒的一场军事行动能带给西共总书记的各种好处。"多留神，因为我了解一切，我在监视你们。"这可能是最大的好处，但不是唯一的。该电台播音员庆祝全国联盟游击队员英勇无畏的热情，使得她可以在流亡的和国内的所有西班牙人面前假装自己领导了这场行动，万一行动最终胜利——这种可能性绝对不能排除。对"比利牛斯电台"的听众来说，她是一个世界级人物，而赫苏斯·蒙松完全是无名小卒，因此如果胜利来临，他们不会有该向谁致谢胜利的任何疑问。如果获胜，她永远可以在蒙松本人面前声称，她的介入以及相应的对民众的鼓动效应与派遣部队进入国内同样关键，甚至起更加决定性的作用。

"那个女人非常精明。"

佛朗哥说得有理，因此在另一个信封上多洛雷斯写下"马拉加"①。她通过苏联驻阿尔及利亚大使馆与卡里略保持联系，知道重建的奥兰代表团主要目标是组织武装人员在马拉加海岸登陆。虽然之后西共领导人力图尽一切可能挖苦阿兰谷行动，指责它是不切实际的胡来之举、不负责任的即兴之作、令人惋惜的空洞承诺，事实是卡里略正在组织一场十分类似的行动，连把人员运送到安达卢西亚海岸所需的小艇都买好了，从几个月前起他就在一所游击队员学校培训这批人。

　　与进攻阿兰谷相比，在马拉加登陆有很多优势和一大不利。马拉加海岸的居民、农村短工、渔民、港口工人拥有悠久、光荣的革命斗争传统，具有阿兰谷农村小地主无法比拟的政治觉悟水平，他们所遭受的残酷镇压使马拉加位于西班牙最受惩罚的省份行列。但马拉加与法国不接壤，没有任何封闭的山谷可以凭其地理位置使同盟国不安。不过万一蒙松的行动成功了，安达卢西亚的登陆将起到重要作用。从南部同时入侵不仅巩固了从北部挺进的可能性，迫使佛朗哥分子分散他们的注意力和资源，而且将西共总书记安排在她喜欢待的位置，也就是说，这场新冲突的决策一线。

　　"那个女人非常精明。"

　　多洛雷斯太聪明了，她请求卡里略做好一切准备，以便在她下令的那一刻马拉加登陆行动就能够完成。之后他得重新上路。"热情之花"标注的第三个信封有另一个城市的名字——巴黎。圣地亚哥必须尽快前往那里，而不是图卢兹。

　　多洛雷斯知道，1944 年秋天她的形象、她指挥的领导层形象在流亡法国的西共党员中间实际上不那么得人心。假如党员没有感到自己被抛弃，没有成为党组织自寻活路政策的牺牲品，那些权势人物赶紧舒服地逃离风

---

① 马拉加（Málaga）：西班牙安达卢西亚地区沿海港口城市，建于公元前 8 世纪。西班牙第二共和国成立后 1931 年 5 月在马拉加发生了极左派和反教会人士焚烧教堂的极端事件。1933 年西班牙第一个共产党议员便出自该城，加上大量与社会主义、无政府主义和共产主义相关的人士，这一时期它被称为"红色马拉加"。内战爆发后该城在共和派控制下，直到 1937 年年初佛朗哥军队在意大利志愿军的帮助下占领此地。此后对马拉加的镇压是最残酷和血腥的，大约有 1.7 万人被枪毙。

吹雨打的处境而由其他人在此艰难地生存，蒙松流星般的上升永远都不可能。多洛雷斯或她团队的其余任何领导永远不会承认他们将在法国继承的这一强大组织的缔造者的个人功劳，但也不可能没有意识到这番才华得以施展的环境。

客观上讲，共产国际的决定不是他们的责任，他们无法反对。那时共产国际是唯一的国际党派，在每个国家都有代表团，是凌驾于各自国家利益之上的唯一领导，当时任何国家的任何领导都得听从共产国际的指挥。客观上看，他们只不过是以无条件的纪律执行命令，跟要求自己的下级一样，但这些党员受了那么多苦难、不公、监禁、饥饿、不安、寒冷、奴役和死亡，付出了那么多的努力、魄力和勇气，还有那些被弃留在法国、沦为囚犯的同志，他们有着相似的遭遇，如今党的领导又以自由、凯旋的姿态坐等这些囚犯，因而要求他们保持客观并非易事。鉴于此也因为多洛雷斯非常精明，她命令卡里略去巴黎而不是图卢兹，先与法共领导人而不是与她自己的党员会晤。因为如果法国人对该行动表现出坚决和无条件地支持，那就只能按一种方式运作。如果他们的反应更多的是中立，随着事态的发展就继续存在可以选择的各种可能性。

至此，一切都相当清楚了。大量确凿事实以及其他许多迹象、证据、文献、卡里略自己的回忆录表明，这些是多洛雷斯·伊巴鲁利标注的头三个信封，在三者之间分摊她的工作日。但推测不存在第四个信封并且在此信封上写的字不是"斯大林"，也是令人难以置信的。

1944年10月希特勒继续在柏林抵抗，太平洋战争尚处于远未结束的阶段。赫苏斯·蒙松精心研究了这一局势，为取得其行动的成功他更加相信此形势而非其他任何因素。当他的败局尘埃落定时，介入这场危机的权力中枢，帕尔多王宫、西共政治局、克里姆林宫和英国外交部，一致采取了唯一的策略。仿佛各方已达成共识，所有人都一致同意把攻占阿兰谷战役的影响降低到最低程度，把它当作怪诞的行为、狂妄的冒险、无关紧要的蠢事加以呈现。然而1944年10月19日，佛朗哥失态了，"热情之花"震怒了，卡里略急忙穿过地中海，英国驻马德里大使馆采取应急措施，对培植反佛朗哥主义不起劲，但也不像其他人那样只是嘴上说说的罗斯福还活着。之前比这种规模的军事进攻更加微不足道的行动已经展开，之后头等重要的国际危机还会继续爆发。在那种形势下看来斯大林不可能不召见多洛雷斯，或者多洛雷斯不迅速求见斯大林。从来无人公开这次会面的任何消息，这点根本不会削减其真实性。如果的确有过这次会晤，"热情之花"无须撒半点谎来向这位苏联领导人解释，不是她组织的这场进攻，无人事先向她通报即将发生的事件，首先这是西共自身内部的一场篡权行动。

多洛雷斯也无须撒谎声称，按她以及任何一位三思而后行者的观点，这是一场不成熟的行动，在最不合时宜的时候把盟国的事情复杂化了，危及"二战"一结束在国际军事援助下尝试一场更加重要、更好协调的行动可能性。蒙松此刻发起这个行动的唯一理由在于他是唯一不能等待的人。他偷袭的奏效恰好在于，1944 年 10 月 19 日多洛雷斯在莫斯科，阿萨尼亚逝世并安葬，西班牙工人社会党的领导人分散在平和的中立世界，西班牙全国劳工联合会－伊比利亚无政府主义者联盟①萎缩成一个几乎没有行动力的纯粹传奇，万一那场冒险给佛朗哥政权以致命伤害时，没有其他任何对话者，没有任何控制，没有任何可能的竞争者。

斯大林是否愿意让自己陷入那场困境是另一回事。离欧洲战争结束还差几个月，连希特勒都知道自己的失败不可避免，苏联已经挑选了他那份胜利的蛋糕，西班牙是恰好落在大陆另一端的一颗酸樱桃。宣传是一回事，现实是另一回事，十分不同，莫洛托夫与里宾特洛甫签署 1939 年纳粹－苏联协议时已经摆明这一点。1944 年 10 月给他的盟国施压，斯大林什么也赢不到。全世界卑微者的事业，的确全球所有国家都把西班牙民主事业视为自己的事业，但斯大林是否干预西班牙是另一回事。多洛雷斯·伊巴鲁利，那场战斗的世界象征，最不感兴趣的是施展自己的影响力和声誉，把那个事先篡夺了她那份西共最高领导职位的男人送上权力巅峰。但谁也不要天真地以为，假如"热情之花"匍匐在斯大林脚下，眼中含泪乞

---

① 伊比利亚无政府主义者联盟（Federación Anarquista Ibérica）：1927 年成立于瓦伦西亚，是葡萄牙和西班牙三个无政府主义组织的延续。第二共和国期间支持"人民阵线"，内战期间与共和派政府合作，战后从事地下运动，与西班牙全国劳工联合会联系密切。

求他帮助那些要在阿兰谷重新树立共和国旗帜的人，这位苏联领导人会改变观点。如果西共总书记从那个意义上试探他，即便在1956年之后也从未泄露任何有关这次斡旋的信息，那年向反斯大林主义的靶子开火了①。很容易推测在这个关头，莫斯科方面纯粹最敷衍地表示兴趣而非赞同，也会在英国驻马德里外交使团引发一场歇斯底里的危机。

因此不可避免地认为斯大林选择了装糊涂，结果赫苏斯·蒙松无限的大胆和更加庞大的野心被搁置一边，西班牙反法西斯战士再次一如既往地孤立于世，处于危难境地。不太可信的是那位苏联领导人会花费口舌更别说笔墨来解释一项尴尬的决定，结果一些再次手握武器抗击法西斯主义的同志遭到斯大林的遗弃。那种状况已经使西班牙在1936年成为欧洲独一无二的国家，盟国外交界在1945年之后还扶持一个法西斯政权在台上，这便证实了那个特殊性。斯大林，不用说还有多洛雷斯，也不乐意明确承认赫苏斯·蒙松地位上升之后所暴露出的西共内部的弱点。所以更合理的推测是，克里姆林宫仅限于不介入，驻马德里的英国大使馆比谁都会更好地理解这个态度。因为如果存在过不干涉西班牙的行家，无须争辩就是英国人。

大不列颠是盟国里唯一从1939年4月1日起在一个法西斯政府、轴心国盟友的首都保持高级别外交代表团的。美国在马德里也设有使馆，但直到1942年夏卡尔顿·海斯②到任时，他的上司所扮演的角色更像是临时代办而非一个交战列强的外交首领。相反从1940年起任英国驻马德里大使的塞缪尔·霍尔先生是个一流人物，十足的政治人才，数年前曾担任其国王陛下政府的外交大臣。他的任务主要在于让佛朗哥相信，丘吉尔喜欢他，就如一个为金钱而结婚的成熟男人爱一个年轻、温柔又十分性感的

---

① 指斯大林的继承人赫鲁晓夫在1956年召开的苏共二十大会议中，以一篇秘密演讲词，强烈批评和攻击斯大林的政策，并指责斯大林搞的个人崇拜背叛了列宁主义的基本原则，是在搞政治秘密警察为支撑点的恐怖集权统治，并且放弃了不少斯大林的政策。

② 卡尔顿·海斯（Carlton Hayes，1882—1964）：美国外交官、史学家，曾任美国驻西班牙大使。著有《美国和西班牙》《西方文明史》《全球通史》《近代欧洲政治史与社会史》。

姑娘，尽管形势不允许丘吉尔公开表达自己的爱，这很自然，对理解那个时期佛朗哥政权的发展也十分关键。

当然，假如佛朗哥在与希特勒得以举行的唯一会晤中没有向后者索要北非的法国属地，试图把它与西属摩洛哥领地合为一体，打造自己的殖民帝国，作为以轴心国盟友的身份参战的条件，这一切都不会发生。这点小零碎是贝当让希特勒轻易占领法国的交换条件，那是德国元首唯一不宜给佛朗哥的，虽然希特勒赶忙表示，条款的细微修改可以使这样的诉求变得可取。因为墨索里尼根本不会喜欢另一个列强与他争夺地中海控制权，但穿越西班牙、占领并掌控直布罗陀海峡、沿着北非海岸扩张的可能性太诱人了。

"你参战，"不过当各种因素的顺序发生变化时，希特勒根本不了解加利西亚人①意味着什么，"你参战，等你是盟友了我们再谈。那时一切都会更容易了。"

1940 年 10 月 23 日，昂代火车站，佛朗哥索要很多东西，换来的是一个含糊的承诺。从 1943 年 2 月起，当德国在斯大林格勒的失败已成定局，环境变化如此之大，只要能生存下去，佛朗哥愿意付出一切。

"啊呀，大不列颠！"

不久之后，当"蓝色师团"还布防在东线时，在一次招待会上佛朗哥一边在稀少的驻马德里外交使团成员面前叹了口气，一边把塞缪尔·霍尔先生的手握在自己的手指间。那支毫无掩饰由佛朗哥政权机器设计、征兵和组织的义勇军，在德方作战但在西班牙的指挥下，因此坚持认为它不属于国家军队的一部分就显得很荒唐了。所以佛朗哥变节时尚无人怀疑西班牙与轴心国的结盟，虽然他善于以冷静的谨慎保守内心的秘密，正如温斯顿先生一直懂得以同样的方式向他传递爱的口信。

同意把西班牙视为中立国的杂技般招数，忽略与苏联作战的数万名西班牙士兵这个小细节，霍尔以此为交换获得了一项巨大的胜利。钨矿，一

---

① 佛朗哥是加利西亚人，在西班牙有一种偏见，认为加利西亚人城府深，令人难以捉摸。

种在世界其他地区稀少、对那个时代的军事工业必不可少的战略矿产，多亏他的斡旋，西班牙该矿产的出口不再意味着纳粹的垄断，而是在德国和英国之间分配，且分配的比例越来越有益于后者的利益。作为互相开战的两个主子的仆人，佛朗哥从此刻起也把自己的苦恼一分为二，一是担心自己的游戏不仅在柏林而且在他那些依然好意轻信其亲德故事的军队和长枪党高官中间被发现，二是以一种非钨矿的货币来支付内战中为换取德国的支援而欠下该国巨额经济债务的困难。

"墨索里尼花费更大，你瞧，他表现得像一名绅士，没收我们一文钱……"因为可以说，直至收到神鹰军团^①的账单，佛朗哥才明白德国人是什么东西。

也正是塞缪尔·霍尔先生终于使"蓝色师团"于 1943 年 11 月解散。在第二年的 1 月末，他不是请求而是不客气地要求融入各级德意志国防军、表面上与佛朗哥军队无组织关系——*主动道歉就等于公开控诉自己*——的"蓝色军团"，"蓝色师团"的接班人，彻底解散。弗朗西斯科·佛朗哥·巴阿蒙德 1940 年回答其第三帝国朋友的一个问题时已明确指出，他唯一承认是西班牙人的那些同胞生活在西班牙，因此可以对那些被关押在集中营里的前西班牙共和派分子采取他们认为最合适的手段。而在与塞缪尔先生的那次会晤中，同样是佛朗哥提醒后者，再次有大量他的同胞，共和派士兵和军官，正在盟国军队中作战表明自己一直知道此事，即便从未吭声之后，佛朗哥低下了头。"蓝色军团"消失了。

仿佛是为了补偿佛朗哥所受的那么多耻辱，最有可能的是伦敦代表最终于 1944 年 10 月下旬给了佛朗哥一个惊喜。虽然从时机开始转变起，佛朗哥就公开向美国大使海斯献殷勤——他的亲热举动不会令海斯很受用，因为后者当月中旬就递交了辞呈——只有英国的保证最终给阿兰谷危机的外交层面画上了句号，意思是其政府绝对无意介入被视为西班牙政府内部

---

① 神鹰军团（Legión Cóndor）：指 1936—1939 年西班牙内战期间，希特勒为支持佛朗哥的地面部队而派遣的空中军事力量，其目标包括后勤支援、运送部队、补给、坦克和大炮，建立了西班牙第一个坦克学校。它曾轰炸了西班牙北部小城格尔尼卡（毕加索为此作了一幅名画），成为佛朗哥取胜的关键因素之一。

事务的一个冲突。那并不能阻止以比拉尔·佛朗哥·巴阿蒙德为首的西班牙所有消息灵通的蠢货，将阿兰谷战役归咎为英国的主张和圈套。

佛朗哥统治的西班牙与英国政府长期而富有成效的敌对状态闹剧，对双方来说结果都十分有利，以至于可以认为它也是霍尔的作品，他是这方面的大专家。他太擅长这样的骗局，导致拉蒙·塞拉诺·苏涅尔从不原谅霍尔对 1941 年 6 月 24 日他俩电话交谈的说明。那天早上，当大批愤怒的长枪党人向大英陛下外交使团的窗户扔石头以此庆祝"蓝色师团"成立时，按他及任何人的理解，这正好意味着西班牙加入德国阵营参战，这位佛朗哥的连襟兼外交部部长给英国大使馆打电话，向霍尔提供更多的安全保卫措施。

"不，塞拉诺，您不要给我派更多的警察了，"霍尔总是说自己回应的那个人，作为长枪党人而不是西班牙外交首领，在那同一天上午从阿尔卡拉大街的一个阳台上宣布，消灭俄国是"历史和欧洲前途的要求"，"您最好少给我派点学生"。

"撒谎，撒谎。"之后数年塞拉诺向愿意倾听他的人重复此话，"他没那么说，他没说那话，那话或许巧妙，但不真实，他虚构这些是为了凌驾于我之上，让我出丑，听他说话我就抓狂……"

为了消除佛朗哥作为轴心国盟友参战的任何企图，1940 年塞缪尔·霍尔先生被派往西班牙，他既不择手段又令人钦佩地完成了这项使命。至于其他方面，霍尔作为一个粗鲁的人被载入史册，其下属对他的尊重之少与马德里上流社会对他的鄙视之多形成正比。那些年常见他的人说，霍尔是一个目空一切、不苟言笑、不爱交际、专横跋扈的英国人，他既不喜欢什锦菜和弗拉门戈舞，也不喜欢午睡和天主教会。然而记录下另一件事是公平的。

1944 年 10 月 16 日，西班牙全国联盟的武装力量已经集结，准备跨越边境时，数日前已回到伦敦自愿请求换岗的霍尔给外交部发了一封备忘录，强调佛朗哥的西班牙是一个法西斯通敌政权的证据，建议盟国在适当的时候采取必要的措施来终结该政权。或许从一开始那就是他的观点，所以在马德里那么不受人待见。或许他接到任命时还没有这么明确的原则，但确实是在入侵阿兰谷的节骨眼上霍尔毫不犹疑地表达了与温斯顿·丘吉尔倾向的严重分歧，后者的堂弟吉米——费茨詹姆斯·斯图亚特，阿拉贝娅·丘吉尔[①]的后人，尽管拥有这些姓氏他仍是阿尔瓦公爵——为内战及战后佛朗哥政府驻伦敦的半官方大使，也许受此人的影响丘吉尔从不掩饰自己对哪个阵营亲善。

离开西班牙后，霍尔不可能对比利牛斯山另一边策划的事情完全一无所知，即便仅仅是因为 1944 年 10 月马德里依然为全球每平方米间谍最多的城市之一。但推测塞缪尔先生在伦敦声明反佛朗哥统治时想对阿兰谷行动提出假定的个人支持也不合情理。假如那原本是他的意图，他应该做出明确的表示。不管怎样，尽管那时及后来他的上司对其建议毫不重视，霍尔适时的引退，给自己省去了作为英国政府的官方代表目睹即将发生之事的尴尬。

因为大不列颠是一个盟国大国，而盟国都在与德国作战。1939 年在变成第三帝国占领区之前不久，法国接收了五十万西班牙共和派避难者和士兵，之后他们中间数万名参加了法国抵抗运动，对德国在西线战败起到了决定性作用。这些依旧穿着盟军军装的人，在一个渴望重建被军事政变中断的宪法合法性的民主纲领帜下，刚刚越过比利牛斯山。但大不列颠不但不帮助他们——正如这些西班牙战士帮助英国打赢战争——反而站到他们敌人的那一边，而该敌又是他们罗马和柏林的敌人之友。

如果帕尔多王宫里偶尔有人敢于做出相反的估计，此人肯定不属于独裁者的合作者，佛朗哥在这些人中间引起的恐惧与在其他任何人身上一样多。佛朗哥没有情妇，也没有朋友，其父所言极是。在他最亲近的亲属中要逐一去掉 1936 年他下令枪毙的表弟、死于 1938 年一场难以置信的空难的弟弟、同年被佛朗哥派往里斯本以便摆脱其主动权的大哥（不管中间是否有桃色事件），最后一位是他的连襟——被有些人称为"最亲密的连

---

① 阿拉贝娅·丘吉尔（Arabella Churchill, 1648—1730）：出身于英国贵族丘吉尔家族，是皈依天主教的英国国王詹姆斯二世的情妇，为他生育了四个子女，所以这四个孩子的姓氏"费茨詹姆斯"意思为"詹姆斯的私生子"。阿拉贝娅通过大女儿亨丽埃塔（Henrietta）的婚姻，成为斯宾塞伯爵（戴安娜公主的父亲）的前辈；通过大儿子詹姆斯（James）的婚姻，成为西班牙阿尔瓦公爵（Duque de Alba）的前辈。

襟",被另一些人,更确切地说,被另一些女人称为"塞拉诺火腿"的苏涅尔,此外号不需要更多的解释,只要看看他青年甚至成年时期的任何一张照片即可。1942 年 9 月佛朗哥解除了塞拉诺外交部负责人的职务,理论上是因为他对佛朗哥的小姨子不忠,与佛朗哥另一名部长的合法妻子杨索尔侯爵夫人私通①,实际上大概是因为塞拉诺对德国事业一直保持忠诚,而当时对佛朗哥来说已不适宜。于是 1944 年佛朗哥只剩下他妹妹比拉尔和他堂哥帕贡,弗朗西斯科・佛朗哥・萨尔加多 - 阿劳霍②,一位分享独裁者的教名、独裁者之父姓氏的职业军人。然而根据这位独裁者的亲戚和私人秘书在佛朗哥去世后出版的回忆录来判断,除了向他承认自己钦佩多洛雷斯・伊巴鲁利的智慧外,佛朗哥也从未对他有太多的信任。

如果在帕尔多王宫偶尔有人敢高声说出自己的想法,那人名字必叫卡门。假如佛朗哥生命中的两个卡门其中任何一位提醒他,没有意大利和德国的支援,他永远不会赢得内战,甚至会说,仅仅因为朋友开始走背运就背叛他,那很不光彩,不难想象佛朗哥会如何回答她们。"我要跟你说的话与对部长们说的一样,"那大概是他的答复,"听我的,别参与政治。"1932 年当佛朗哥让圣胡尔霍将军③在一场未遂的政变图谋中单打独斗时,

① 1942 年 8 月 29 日杨索尔侯爵(marqués de Llanzol)弗朗西斯科・德宝拉・迭斯・德里维拉 - 卡萨雷斯(Francisco de Paula Díez de Rivera y Casares)的夫人玛利亚・松索莱斯・德伊卡萨 - 德莱昂(María Sonsoles de Icaza y de León)与塞拉诺私通生下女儿卡门・迭斯・德里维拉(Carmen Díez de Rivera),但塞拉诺一直没有承认这个孩子的身份,反而是由杨索尔侯爵认养。后来卡门・迭斯・德里维拉成为西班牙著名政治家、欧洲议会议员,在西班牙民主过渡时期扮演了重要角色。

② 弗朗西斯科・佛朗哥・萨尔加多 - 阿劳霍(Francisco Franco Salgado-Araujo,1890—1975):家人昵称他为"帕贡",西班牙军人,佛朗哥的堂哥,内战及战后一直是佛朗哥最亲密的合作者之一。他去世后发表了两部遗作《我与佛朗哥的私人谈话》(Mis conversaciones privadas con Franco,1976)和《我在佛朗哥身边的一生》(Mi vida junto a Franco,1977)。

③ 圣胡尔霍将军(José Sanjurjo,1872—1936):西班牙军人,1932 年在塞维利亚领导了一场政变,结果失败,被判处死刑。后被右翼政府释放,流亡葡萄牙,在那里策划反对西班牙第二共和国的阴谋。被佛朗哥等右翼军人视为首领,1936 年内战爆发后死于一场空难。

后者更加幽默地解读佛朗哥：

"小佛朗哥（因为他个头矮，所以战友给他取了这个绰号）是个只顾自己利益的小人。"

除了这些指小词放肆地增多，为了能够从所有细微之处评估弗朗西斯科·佛朗哥与伦敦政府之间温存、低调的友谊，回忆一下法国是什么政治局势很有益处，以该国为例是因为 1944 年 10 月它与西班牙在各个方面都很相近。法国共产党员对打败德国起到决定性作用，但是换句话说，这里没有开展任何无产阶级革命。共产党员尊重民主游戏规则，加入一个全国联合政府，举例来说，其透明度与赫苏斯·蒙松创建的西班牙全国联盟章程所倡议的一致。处于莫斯科势力范围之外的其他国家共产党采取的都是同一个态度，不管其党员在解放各自领土时所起的作用多么突出，比方说意大利共产党或希腊共产党（以免放弃地中海的亲缘关系），他们不但没有夺权，反而被立即非法化，作为对其胜利贡献的补偿。"二战"结束之前这一演变已经十分明显，以至于连零散的革命企图都未发生，除了对通敌分子或重或轻的血腥镇压之外，在任何这些国家的这类镇压中，共产党员从来都不是孤立的。

但西班牙永远是个例外，是世界民主与自由捍卫者的原罪。1944 年 10 月 19 日，蒙松已经考虑到那点，那天他愉悦的日常生活没有发生任何变动，还是住在马德里线型城区一座偏僻、舒适、带花园的别墅里。赫苏斯·蒙松把一切都考虑好了。他十分清楚自己做了什么，介入什么事端，但他不仅相信命运的片面性，还相信命运对胆大者的多情与偏爱。

蒙松知道，他的人马在维耶拉成功建立一个临时共和国政府的那一刻，佛朗哥、多洛雷斯、斯大林、丘吉尔及国际舞台的任何其他演员直到那时所能建立的一切，都会像空中楼阁似的垮台。

秘密会晤与密码电报、部队行动与军营谋反、友好建议与果断命令、外交活动与亵渎神灵的胡言乱语，撞上一张通过所有报刊头版散布到全世界的照片时，这一切会失去全部价值。

因为不秘密支持建立一个政府，它代表着像西班牙第二共和国这样享誉世界的事业，与公开推翻那同一个政府不是一回事。

因为英国当局可以允许自己大搞阴谋，以便阻止胡安·内格林先生重新在西班牙执掌一个共和国政府，但他们永远不敢面对的是，当另一个代表被1936年政变中断的宪法合法性的西班牙政府存在的时候，公开支持佛朗哥将给他们带来的政治和道义代价，即在其盟国和自己国民眼里声誉被毁坏。

因为斯大林可以认为，假如鞋子里没有别的西班牙冲突，他会走得更好、更舒服、更轻便，但在维耶拉存在一个政府的那一刻，他不得不发一封贺电，同时派一名大使。

因为多洛雷斯除了撰写一篇极其冲动、激动人心、注定优秀的演讲，让全世界反法西斯人士的眼睛充满幸福的眼泪，真心与之分享她永远不能不承认的一生最大的快乐，别的无能为力。

因为当维耶拉政府成员在媒体前摆好姿势的那个瞬间，有人可能用英语负责向佛朗哥建议，把手枪收好，请求一架有足够续航能力的飞机以便飞越大西洋。

因为万一佛朗哥选择了手枪，这非常有可能，费了很大工夫将其排除在游戏之外的这个西班牙将军闯入一场看来已经结束的战争舞台，把氧气瓶塞进窒息过半的德国肺部，面对这种可能性盟军最高指挥部便会感觉心惊胆战。

因为如果佛朗哥不理睬那些政治声明、外交活动、民众呼声、法国政府的支持及国际志愿者的入伍，派遣他的军队进攻盘踞在阿兰谷的一小股英勇的自由捍卫者，那一切是可能发生的。

因为即便阿兰谷的山区地形允许长期抵抗，此外与法国后方的便捷联系使抵抗活动相对轻松，盟国不能不怀疑进攻者的压倒性资源优势或早或晚会确保佛朗哥成功。

因为那个变节过一次的人已经知道该怎么做，而佛朗哥在距离法国区区十公里的地方取得军事胜利所意味的威胁是，在离解放的欧洲一步之遥的比利牛斯山麓部署一支完整的军队。

因为这一军事部署反过来又准备了另一种可能性，即一个怨恨的独裁者，像一只被困在全球敌对挡板面前的斗牛，对秘密诱惑又公开牺牲他的英国人发怒，后悔抛弃了德国，现在比以往更加发觉德国才是他唯一真正的爱人，于是决定以牙还牙，越过比利牛斯山，将他的军队布置在比利牛斯山的另一边。

因为那样的话我们就熄灯走人吧。

因为存在一个容易、简练、舒服、实用的解决办法，可以在很短时间里绝对确保幸福地抵消所有这些威胁。

盟军在西欧拥有大量处于预备状态、已不起任何作用但尚未解除武装的部队。只要把他们派到西班牙就够了，这样一下子就同时解决了所有的问题。他们的指挥官根据自己的经验便知道，在其军队踏上任何被占领国家一只脚的那一瞬间，不管直到那时该国民众反法西斯的回应多么温吞，游击队员、抵抗分子甚至志愿者都会不遗余力地冒出来。以西班牙为例，期待一个无与伦比的更有利呼应以及敌方阵营——拥护君主政体者、王室正统论者、纯正的长枪党人、自由主义者，当然还有形形色色的投机分子——相当大比例的开小差是合乎情理的。另外，佛朗哥的孤独将是绝对的，因为这次他得不到北非惯有的增援。直布罗陀海峡与地中海其他地区一样，是盟国的地盘，所以只能跟驻防在休达和梅利亚①的西班牙步兵说再见了。在对德不可避免获胜的历史背景下，无法预见西班牙战役时间会很长，代价很高，虽然为了换取佛朗哥不再不合时宜地参战，任何代价都是便宜的。如果西班牙再次成为西方马克思主义的堡垒，正如丘吉尔所害怕的，之后会有时间处理它，因为一个较小的弊端从来不该阻碍获得一个较大的好处。

那一切蒙松都明白，然而他并不了解全部。

1944 年 10 月 19 日，在其马德里线型城区的家里，西班牙全国联盟的创始人觉得自己是上帝，他那么自负，就像一支比对手领先很多分的足球队的教练。领先太多分，以至于他敢对自己的队员撒谎，欺骗他们，对他们隐瞒媒体报道，编造他自己的消息，伪造记分牌的结果，目的是说服他们只能依靠自身。

但人类不是机器，连最好的前锋也会错失点球。

那是赫苏斯·蒙松唯一没想到要思考的事。

---

① 休达（Ceuta）和梅利亚（Melilla）：这两个城市坐落在摩洛哥北部，是西班牙在海外的唯一飞地。

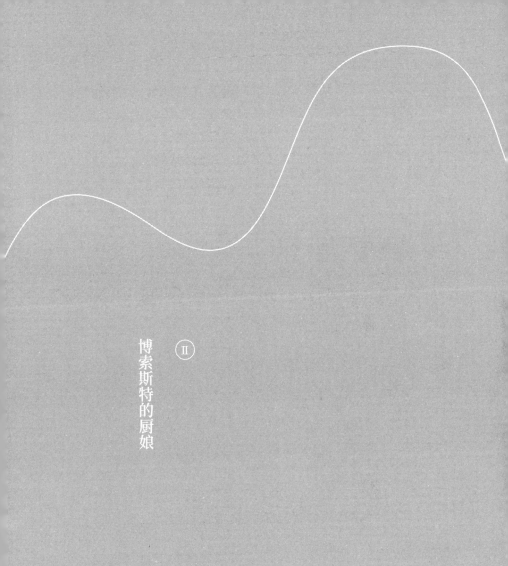

博索斯特的厨娘

Ⅱ

一

　　我跟在上尉后面进去的那栋房子宽大而坚固，砌着石墙，家具布置得正好，有少许精致的老家具，符合一个有钱但没富裕到停止耕种自己土地的农夫的住宅。

　　那是我跨过大门时首先想到的，甚至都不奇怪自己关注那些细枝末节：缺少一个门厅，斯巴达式的简朴装饰，尤其是摆在餐具柜上的一张模糊的婚礼照片，一位表情严肃的男子留着短发，打着一条很细的暗色领带，注视着相机，仿佛相机让他生畏，一位宽脸、强壮、黑发、扣眼上挂着白栀子花的女人显得比她应有的年龄大，同时露出新娘不该有的腼腆、犹豫的微笑。仿佛脚没落地似的往前走的时候，我注意到所有这一切，心情一分为二，既有刚才彻底把我打乱的兴奋，也有一种永远无法与任何人分享的隐秘、模糊的情感，类似于难为情的激动，出人意料根本无法说得清楚的腼腆，但它阻止我回应十五双眼睛同样好奇地打量我的目光。

　　在那座既当门厅又当餐厅和客厅的大堂深处有一张很大的桌子，三位军官坐在那里等我，好似组成一个法庭。中间的那位又矮又瘦，皮肤晒得黝黑，小眼睛黑得像漆皮扣子，明亮得闪出火花。他看上去比其他人大一点，戴着陆军上校的军衔，从一开始我就对他印象不错。坐在他左边的政委我不喜欢，也许是因为太胖了，我觉得他大腹便便、久坐的外表对一个战士来说不合适，与周围那些人肌肉发达、训练有素的年轻身体不相称。

坐在领导另一边的那个人很高，鬈发，鹰钩鼻，眼镜脏极了，是"明白吗"，但那时我还不知道。

"她叫伊内斯·鲁伊斯·马尔多纳多，""美男子"也无法知道我们的第一个拥抱会将我们结合到什么程度，但他决定表现得像我的守护天使，"她既不是客人也不是犯人。"于是他朝我转过身来，再次向我显示他会满脸微笑。"你过来，走近点……她是志愿者。"

"志愿者？"上校笑了起来，他所保留的加泰罗尼亚口音与带我去那儿的那位塞维利亚人像卷曲飘带似的卷舌口音同样有表现力，但政委不觉得有趣。

"这是什么意思？"我看到政委向我的保护人投来一道提醒的目光，但根本没对他产生任何影响。

"志愿者就是志愿者，它的名字说明了一切。"他轻轻地把我往前推，"来，你自己跟他们解释吧。"

我向他投去微笑和目光，并打量四周，一边估算如何能够向他们讲述那么多的事情而不必聊几个小时，但话语以最佳状态的顺从帮了我，做到这点不难。那天晚上什么都不会困难。

"我叫伊内斯，是西班牙长枪党驻莱里达省特派员里卡多·鲁伊斯·马尔多纳多的妹妹。"那一刻有嘟囔、低语、皱起的眉头，虽然谁也没有阻止我继续说下去，那个沉默给了我信心，"我知道听起来不对劲，但我是你们的人。你们可以随便向人打听我，因为我作为长枪党党魁的共和派妹妹在这个省已经很出名了。你们还可问你们在马德里的人，因为我在那里也很有名。内战期间我在父母家设立了国际红色救援组织的一个机构。我为玛蒂尔德·兰达①工作，她的所有合作者都认识我，我跟许多人蹲过

① 玛蒂尔德·兰达（Matilde Landa，1904—1942）：西班牙共产党杰出人士，曾作为共和国军队仅有的两个女子连的战士，直接参加保卫马德里的战役。1939年马德里沦陷后她被任命为首都地区的领导人，负责重建共产党，不久被捕，1942年在帕尔马·德略卡岛监狱自尽。战后长期被遗忘，对她生平传记的恢复始于70年代，历史学家大卫·希纳德-菲隆（David Ginard i Féron）出版了《玛蒂尔德·兰达：从自由教育机构到佛朗哥监狱》（*Matilde Landa. De la Institución Libre de Enseñanza a las prisiones franquistas*）。目前她被视为反抗佛朗哥独裁统治的妇女运动最有意义的象征之一。她死于1942年，而非本书所说的1941年。

监狱……"我观察周围的那些脸庞，大部分人镇定的表情鼓励我往下说。"好了，这也不太奇怪。至少在马德里有很多像我这样的人。远的不说，贝贝·拉因·恩特拉戈①与我当时的未婚夫佩德罗·帕拉西奥斯，我区的社会主义青年联盟总书记，是好友……"

"你怎么知道我们在这里？"政委打断我，语调更适合审讯而非对话。

"因为三天前，大概是 17 日……我从电台听到的。"那个语调让我紧张，为了集中注意力我不得不闭上眼睛，"是 17 日，哦，已经是 18 日凌晨三点了，独立西班牙电台每半个小时重复同一个新闻节目。我不能一直听电台，因此我不知道从什么时候开始发布的消息，但那天晚上电台说了很多次你们马上要越过边境，称呼它为'光复西班牙行动'。我已设想会发生类似的事，因为哥哥很紧张，今天早上我听他说你们已经到达这里。自从跟他们生活以来，我变成了一个在门后偷听的专家。"想起这事我就暗自发笑，我注意到上校对我的微笑报以微笑。"我得知他们要把家关闭，而且……好了，一言以蔽之，我从嫂子那儿抢来她丈夫的手枪，偷了一匹马，给在马厩干活的小伙子五个杜罗，让他把我指引到这里，我就来了。"

"你是骑马来的？"那个不擦眼镜的人站起来，把手撑在桌上，目瞪口呆地看着我。

"是的，"他全然不信的表情让我好笑，"我哥哥家在蓬特·德苏埃尔特，离这儿大约五十公里，马很棒。我把它放在那边后面的马厩了。"

"不管怎样，"他不再看我，朝上校转过身去，"如果她是长枪党首领的妹妹，可能作为人质对我们有用，明白吗？"

上校沉默不语，仿佛需要掂量那个建议，但我急忙替他接受了此建议。

---

① 贝贝·拉因·恩特拉戈（Pepe Laín Entralgo, 1910—1972）：西班牙共产党员、作家、政治家，内战期间为西班牙共产党中央候补委员，并担任第七军政委，内战结束后流亡苏联。1957 年在他哥哥佩德罗·拉因·恩特拉戈（Pedro Laín Entralgo, 1908—2001）的斡旋下回到西班牙，后者是西班牙医生、历史学家、散文家和哲学家，佛朗哥政权的重要人物之一，20 世纪西班牙思想界的主要代表，1982—1987 年任西班牙皇家学院院长。1989 年获阿斯图里亚斯亲王人文交流奖（Premio Príncipe de Asturias de Comunicación y Humanidades）。

"作为人质，作为囚犯，我给你们打扫房间、洗衣服、做饭……需要什么做什么，只要你们不把我送回去。我不相信哥哥会为了我而给你们一分钱，但我给你们带来钱了……"我停顿下来，把手伸进领口，把钞票放在桌上，"3600比塞塔，这是家里有的。我给嫂子准备了一张借据，以你们的名义征用的，希望你们不介意。"

"什么？"上尉放声大笑，看着我，看着他的同伴，"她是不是志愿者？"

"这么说你是骑马来与我们会合的……"上校一边以他惊讶的节奏十分缓慢地概括，一边用下巴指着桌角，我的战利品在那里打盹，"带着你的帽盒及所有东西。"

"不是的！"我掀起帽盒盖子，再次笑起来，"不是帽子，而是炸面包圈。五公斤，我做得很好吃。我紧张的时候就喜欢做饭。今天早上，由于我已经长时间考虑逃跑，于是……我就开始手忙脚乱地做炸面包圈。"

"我们干吗要五公斤炸面包圈？"

"你们干吗要炸面包圈？"那个问题让我陷入深深的惊愕，我甚至懒得回答它，"要吃呀！难道你们不饿吗？"

那一刻"美男子"上尉笑嘻嘻同时又带着令人费解的表情抓起帽盒，开始在他的同伴间分发炸面包圈，这个表情好像只针对他自己。

"饿，真正意义上的饿，我想我们没有，但如果你已经做了，那我们就吃吧。"他带头咬了自己的炸面包圈，"我的天哪……"

"喂，好吃极了，明白吗？"每句话结束都使用同一个问题的那个人是第一位再拿一个炸面包圈的人，"让我想起了村里修女做的炸面包圈。"

"我不奇怪，"我承认，"我是在一个修道院学会做炸面包圈的。"

"你是修女？"尽管他的镜片很脏，我看见他的眼睛是如何睁大的。

"不是，我是共产党。但在本塔斯监狱常见到我，1941年家人把我从狱中救出来，将我关进一个修道院。我在那儿待了几乎两年，直到修女赶我走，哥哥把我带到这里。"

"行了，这么说你是马德里人，对吗？"我点头称是。"我也是，来自比卡尔瓦罗，明白吗？"

"比卡尔瓦罗人！"听到他镇子的名字时，我莞尔一笑，闭上眼睛，再次看见它，仿佛它就在眼前，"战争期间我与你的一个同乡交了朋友，她叫法乌斯蒂娜，红头发，很魁梧……她跟我一样，被判了三十年徒刑，我不知道如今她大概会在哪里。"

"对，我认识她，"他也微笑了，"面包师的女儿，一个特别大、特别胖的女孩，明白吗？"

"是呀，我在马德里认识她的时候，已经没有胖女人了。但告诉我一件事，同志……你从来不清洗眼镜吗？"

与此同时，其他人已经陆续地一点点靠近，其中两位站在我对话者的两侧。他左边的那位长着漂亮脸蛋，因为他的眼睛微微呈杏状，黝黑而明亮，鼻子大但直，在一张孩子气的完美鹅卵形脸上，轮廓纤细但坚实，有阳刚之气，面颊饱满红润。另一个比我稍矮些，头发金黄，眼睛幽深不过是蓝色的，一副笑眯眯、调皮的表情，有点机灵鬼的模样。他是听到我的提问笑得最厉害的人。

"不太洗，明白吗？"这位近视眼游击队员回答我，仿佛没在听其他人的大笑。

"不是不太洗，"但那位长着蓝眼睛的精灵鬼赶紧以柔和、刁钻、极其甜蜜的语气戳穿他的谎言，"他从来不清洗，一辈子没洗过，好像医生禁止他这么做……"他是"美男子"之后第一个向我伸手、正式跟我打招呼的人。"我是'左撇子'。出生在大加纳利群岛的一个小村子，那里没有任何修道院，但我很喜欢你的炸面包圈。"

"我也喜欢。"帅哥比任何人都靠我更近，把我的一只手握在他手里，一边自我介绍，"我来自卡拉塔尤特，大家称呼我'教堂司事'，但我从来没当过，哎？小时候我只是帮助神父举行弥撒的侍童，可由于这些人嫉妒我，因为比我丑，这么称呼我是为了损我……"

我对"教堂司事"微笑，与此同时确认自己被士兵们包围，他们借口跟我打招呼，带着或多或少的掩饰打量我。

"我们在胡扯。"插话的人很瘦，腿很长，细极了，虽然叫他"剪刀"不仅是因为这一点，而且因为他的耳朵如两把蒲扇似的与脑袋分开，像自己名字的把手，"'教堂司事'，我跟你说件事，只要你的愚蠢是帅气的两倍，那我们就倒霉了……""剪刀"也向我伸手，向我说明他是左岸人。

"那自然是内尔维翁河①的左岸？"我猜测。

"内尔维翁河的左岸，"他粲然一笑，"不然的话是哪条河的？"

"我是'磨刀匠'。""剪刀"旁边的那个人自我介绍，"我在磨坊工作，但自从当上游击队员，他们把我的职业改了，因为总是轮到我跟着这家伙。"他指着"剪刀"，我又笑起来。

那时候我已发现，尽管他们年轻——因为最老的刚满三十岁——但所有人都是军官，是主持法庭的那个少校的参谋部。数天后我将学会仅靠听见他们的声音就辨认出各位，除了他们的名字，我还会知道其他许多事情：萨法拉亚对绿椒过敏，不熟的土豆饼让"大香炉"恶心，"羊倌"偏爱早餐时光喝牛奶，"石鸡"只喜欢生蔬菜，"狼"却不喜欢，"磨刀匠"爱吃甜食，"教堂司事"除了是所有人中最帅、最自负的人，还每时每刻都有饥饿感。

"行了，事实上我很高兴你在这里，"虽然看"教堂司事"眼睛转动、歪着脑袋时我就猜到这点，"我总是说有一个美女在旁边就是一半的胜利。"

"你闭嘴，操，真的是不能再傻了。"又高又严肃的"帕斯谷人"沉默寡言，眼睛洁净无瑕，他露出沮丧的表情，"他没救了……"

"好了，我向你们保证，我比任何人都更满意在这里。"我朝那个比卡尔瓦罗人转过身去，"来，把眼镜给我。"

"不行，真的，无所谓。"

"哥们儿，把眼镜给我，不费事……"

"你就把眼镜给她吧，操！"最后是"左撇子"把他的眼镜夺过来给我。

"我不理解你们这些女人，明白吗？我老婆也一样，他妈的整天跟我的眼镜过不去，我说，关你们什么事啊？眼镜是我的，我戴着脏眼镜看得很清楚，明白吗？"突然他停止说话和做手势，改变语气，"我可以再吃个

---

① 内尔维翁河（río Nervión）：伊比利亚半岛北部的一条河流，该河流域及下游的毕尔巴鄂市是巴斯克地区最重要的经济区。

炸面包圈吗？"

我用哈气把镜片弄湿时发现，只能用水和肥皂才可以恢复那些镜片原始的透明，但我努力在干自己的活计，没明白他问我的事。

"啊！"开始用衬衣的衣角擦拭镜片之前我微笑着，"你说再吃一个炸面包圈……想吃就吃，我就是为此而做的。"

"哎，'明白吗'，不能想吃多少就吃多少，"但"磨刀匠"也去吃第二个，"因为照这进度我们得定量分配了。"

"所以大家叫你'明白吗'。"我自个儿总结道。

"你希望我们怎么称呼他？"我知道是"美男子"，他离得很近，就在我身后，因为我正闻着他的气息。

"行了，名字确实选得很好。"我同意"美男子"的话，继续不停地擦镜片，直到对着光线看它们时得到一个可以接受的结果，"拿着，'明白吗'，戴上眼镜，别跟我说你没看得更清楚。"

"嗯……没好多少，明白吗？你想让我说什么？"

木头和香烟、干丁香花苞和肥皂的香气，绿柠檬和少许胡椒，"美男子"抓住我的胳膊，跟我一起移开，几乎对着我耳语，一边还盯着"教堂司事"，后者的眼睛没有从我身上挪开。

"你愿意跟我来吗？我来询问你。"

"当然。""多好。"我自言自语，一边慢慢打量他，我多么希望一个中意的人来审问自己……

下午七点我跟在他后面走上通往楼上的楼梯，直到凌晨一点才再次下楼，当时我们有片刻的空闲，发现还没吃晚饭。然而一进入一间宽敞的小接待室，配备的家具像办公室，通向一个带外阳台的卧室，他做的第一件事是关上连接两个房间的门。然后坐在书桌后面，收拾起两张打开的地图，小心翼翼地卷起它们，从一个抽屉里取出笔和纸，没向我提任何问题。

"把手枪给我。"他的语调温和，但这是一道命令，"现在你已不需要它了。"

那是真的，我已经没有要防备的人了，于是从腰带取下手枪，交给他，但我不喜欢他问我要手枪。

"谢谢。"他把手枪塞进一个抽屉里，用钥匙锁上，把钥匙装在一个口袋里，他看我时，让我明白他已经察觉到我的不悦，但没向我道歉，"上校要求我问你在哥哥家的门后面是否偷听到别的消息。"

　　"是的，"我抬起下巴，从上打量他，让他知道我也懂得高傲，"我听到了许多事情。"

　　我从最近的事开始，向"美男子"和盘托出，图书馆的谈话、里卡多的紧张、加里多提供的数据、阿尤索的暴怒、专有名词、军衔、地名、代号、军事部队，他让我说，一面像负责任的勤奋学生记录下我所说的，时不时请我镇静，"请别冲动"，并且微笑着，"我不能像你那么急速……"，说话让我感到舒服，看他听到某些数据表示赞同时让我感觉更好。"眼下在维耶拉只有 1900 人。""美男子"摇着头，好像我没在对他讲什么新东西，"他们知道你们这里是 4000 人，曾在塔布附近扎营，你们的后备力量几乎是两倍，但他们不敢集中部队，因为害怕让边境失去防御。""美男子"的脑袋对我说那些情况他也知道。"加里多少校承认直到最后一刻还根本不清楚你们要从哪里越境，因为共和派正从四面八方进来……"

　　"谁是加里多少校？"

　　"一个婊子养的。""美男子"看着我，仿佛等着我对他解释，但我没这么做，因为镜子的预言实现了，其他所有的一切不再重要，"他指挥首府莱里达步兵第一营，是省军区司令阿尤索中将的密友，阿尤索是个老醉鬼，但得过很多勋章。"

　　我接着说，向他讲述一切，重要的和不那么重要的事情，经常出席里卡多在重要日期举办派对的那些男女的名字、姓氏、职务和外表，"美男子"继续一边听我说一边写，但方式越来越平和，他不慌不忙地记录零散的材料，留出空暇来注视我，对我微笑，跟我一起取笑某些细节，我已经不介意他下了我的枪，开始理解那不同于我在内战期间从属的委员会、办事处和政治机构，那场战争属于所有人，但其他人在作战。这是一支军队，我身临其中，与在村子周围营地所见的士兵服从同一个纪律，同一个等级制度。那个想法鼓励我，不过也提醒自己该是闭嘴的时候了，我见上尉手臂交叉斜靠在椅子上，听阿农西亚西翁修女教我做炸面包圈的配方。

"对不起。"我发现自己脸红了，"我在跟你讲自己的生活，你对那些没兴趣。"

"我当然感兴趣，"他以笑嘻嘻的语气抗议道，"你所说的一切我都很有兴趣，可是……好了，我不知道领导是否跟我一样感兴趣。我要下楼通报上校，好吗？你别动，我马上回来。"他起身朝门口走去，开门时我们俩同时发现晚餐准备好了。"有烧土豆的味道。要我给你端上一盘吗？"

"不用，谢谢。我不饿。"

"伊内斯，别动。"

"美男子"耽搁了几乎半小时才回来。他不在的时候，我原本首先应该考虑自己。原本应该分析自己的处境、自身的期待和不久的未来，决定是否留在那里，待在军队附近，还是最好利用尽早去法国的可能性，静静地等待结局。我原本应该考虑寻找一处住地，甚至一份工作，以防那种局面延长，或要一份占领者的名单，兴许包括某位老友的名字。我了解战争，不是傻子。我意识到有很多事情要思考，很多决定要做，但在半小时里我只能来回掂量一句话："伊内斯，别动。"

我度过了漫长、紧张的一天，也许是我生命中的决定性时刻。我冲破了包围圈，逃离我的牢狱，在自身命运既微小又巨大的战斗中获胜，但把一只脚踏入未来的边沿时，我的所有盘算都乱套了，所有的数字都造反了，让人放心的算术链打碎了，临时组成一项危险的科目，其中的数据飘飘然、不理智。"伊内斯，别动。"我试图重组它们，把它们归还到之前不同的顺序，让它们服从其他精准的运算。"我想逃跑，成功了，我想与自己人会合，做到了，有4000人进攻了西班牙，真激动，"我自言自语，"真激动！"但感叹号对我于事无补。书写规则和数学同时造反了，它们的符号为其他数字效劳。

我是共产党员，但二十八岁了。我是反法西斯分子，但被关在监狱、修道院、加里多少校偏爱的老鼠夹里达五年半之久。我肯定、确信自己的事业，但那天是1944年10月20日。紧张的情绪不允许我清晰地思考，可是自1939年3月25日以来接连出现的所有夜晚，我一直单独睡眠，在地上、在一张不舒服的床上、在另一张更松软的床上。在我可以再次清醒思考的一刻，我会明白上尉的体味不重要，但他闻起来有木头和香烟、干丁香花苞和肥皂的香气，还隐约有种又甜又酸的气息，像不太熟的柠檬细丝，上面有某种刺鼻的东西，像一片刚磨碎的胡椒。那是我从他那儿得到的第一点印象。他的体味导致我的手可以奇迹般地辨认一个不相识的肉体，我的脑袋能适应他的颈脖，仿佛头型的塑造就是为了契合那处而非其他曲线，我的鼻子更好吸入的是他的体味而非空气。他的体味令我无法清醒地思考。

"你渴吗？""伊内斯，别动。""我端上来一些你带来的奶酪，味道很好，免得我们过早喝醉了……"

"美男子"看着我，好像发现了我正在与自己展开的斗争，他粲然一笑，但没有回到写字台，而是决定把食物放在位于长沙发前面的一张矮桌上，博索斯特村长大概把客人安顿在那个沙发上。从那一刻起我所有的话语都是天真的，但从嘴里冒出来时获得了一种奇怪、叛逆的意义，仿佛我的命运已经决定了。

"哦，瞧……我是有点渴。"

"这样更好。"我坐到他身边时，他看着我，好像在犹豫是否给我倒一杯葡萄酒，但最后还是倒了。

最终除了喝光那瓶酒，我们还吃光了所有的奶酪，的确好吃极了，我们甚至每人吸了支烟。

"我倒喜欢看你穿上修女服。"看到"美男子"差点儿把烟灰抖到奶酪盘子上面，我赶紧把烟灰缸放到他跟前，他一面把烟熄灭在烟灰缸里，一面嘟哝着。

"你别以为，"我侧坐着，重心在一条腿上，从腿上起身往前倾，够到烟灰缸，"我不穿修女服漂亮得多。"

我扭头朝右看他时，他的脸离我那么近，我不得不闭上眼睛。"伊内斯，别动。"他用胳膊环绕着我，右胳膊从我腋下穿过，左胳膊放在我的臀部，好像我是个大女孩。"伊内斯，别动。"于是他把我靠在他的身体上亲我。我所知道、思考、能说的一切，我所学过、记得、渴望、害怕的东西，同时融化在他的舌头上。五年多以来我想过无数次如果有朝一日一个男人再次亲我、抱我、拖我跟他上床，我会有何感觉，我把它想象成一种大灾难，一场宇宙大洪水，几乎是痛苦的，一种肉体的但也是情感、道德和意识形态的激情，如复仇般酸甜、刺眼、冷酷。那就是即将发生的事，但"美男子"把头与我的分开、注视我、再次吻我时，我把这一切都忘了。

"军事胜利让女人神魂颠倒。"数日之后"美男子"向我解释"帕斯谷人"的理论，我已经那么神魂颠倒，当他的手指在我衣服下面、皮肤上面急促地忙碌，那一刻一张新皮肤开始存在，好像以前的皮肤从来不曾有过，我向他讲述了那天晚上发生的事情。我什么也想不起来，但我的身体保留着悲伤的记忆，那种散发着冰冷、长满苔藓之香气的孤独，修道院腐臭的房间，另一张陌生、衰老、饥饿的皮肤之苦楚，加里多的抚摸使它不由自主地汗毛倒立。我的身体回忆起悲伤和恐惧，与此同时它重新复苏，光润可塑，顺从我的意志，对那个男人的意图如此敏感，允许他在不间断吻我的情况下把我扶起来。他的胳膊抓住我，防止我失去平衡，他的手把我的衬衣脱去，之后他的脑袋才离开我，这样他的眼睛可以上下打量我。

"我很喜欢你，同志。"他端详着我，笑呵呵的，我看着他，也在笑，与此同时他的手抚摸我的乳房和臀部，它们在他的指尖下复活，"我从未认识像你这样让我这么喜欢的修女……"他把大拇指插入我的裤腰，把它们往下推，让我能够优雅地抬脚从裤子中脱身，像从水坑出来似的。"尽管我在神学院上过学。"

可以再次清醒思考时，我没有浪费时间估算自己的预测大概会有什么结果，我冷酷的复仇渴望、那种对快乐——它在一种真实快感的重压下粉身碎骨，而后者成倍增加却不失效，同时又甜蜜、圆满、尖锐、剧烈、耀眼——的怀念，所有那些加上更多的乐趣，一种纯洁和狂热的快乐，这一切结果会如何。过后我还在莫名其妙地发笑，因此能够再次清醒思考时我还没想这么做。

"你去找下香烟，可以吗？"

我看了看他，明白他的意图，嫣然一笑，他也微笑时我从床上起来，裸身走到小接待室。离开他时我们没有关灯。回来时他把身边床头柜的灯也点亮了，但我不介意。我不慌不忙地穿过房间，还没来得及与他在被窝里会合，"美男子"就开始鼓掌。随后他拥抱我，多次吻我，仿佛连烟都不想抽，但不一会儿他点燃一支烟，给我机会询问回来时看到的那张靠在另一个床头柜上的照片，一个古铜色的女人，她的微笑吓了我一跳，直至注意到她的孩子，一个大约十岁的女孩和一个稍小的男孩，他们的眼睛又小又黑，像漆皮扣子，那么明亮，闪出火花。

"这是什么？"我拿起相片贴近端详，他紧挨着我，仿佛我脸上谨慎的表情让他开心，"他们是……"

"我的家庭？"他停顿了一下，我没敢插话，他微微一笑，"不是的。他们是'狼'的妻子和孩子……噢，就是上校的。他指挥这个战区，我们到达的时候他自然分到最好的卧室。"

"那你呢？"

"我在任何抽签中都没有好运气，所以正好轮到我睡在这间屋子下面的一个房间的行军床，"他笑了，吻我的面颊，仿佛一想起钢丝床垫弹簧的嘈杂声、床头与墙壁的撞击声就觉得可乐，"跟'明白吗''左撇子'和'羊倌'在一起。"

"可是……"我从床上起身注视他，"我不明白。你去跟他说了，'给我换个地方'，于是他想方设法……"

"哦，不完全是这样，实际上他是把卧室让给你了，虽然我们可以说……"他看着我，微微一笑，亲我的一个乳头，然后亲另一个，"'狼'是我的上校。他指挥，我服从，但在战争之外我俩是哥们儿。我们曾在阿热莱斯，后来在同一个锯木厂工作，抗击德国人，一直在一起，而且……总之，朋友相互帮忙，不是吗？我下楼的时候，提醒他是这个家唯一单独就寝的人，而我们得把你安顿在某个地方。吃了你的炸面包圈之后我们也不能派你和部队睡在一起，因此……"

10月底的阿兰谷夜晚已经很冷，但当他掀开床单和毛毯，再次欣赏我的身体，仿佛之前没看够时，我的身体没有抗议。

"不管怎样，'狼'太了解我，我问他是否要审讯你时，他扬起眉毛，对我说……""美男子"停顿了一下以制造期待的气氛，之后用借来的声音突然开始说话，"怎么了，你毛遂自荐当志愿者吗？"

218

"美男子"不光会模仿上校的口音，而且会模仿他的表情、他歪嘴向上看的样子，把我逗乐了，他也跟着我笑，与此同时他的左手徘徊在我的乳房上，抚摸我的胃部、腹部，之后插入我的两腿之间。

"你已经知道我对这些事情的看法。"上校继续借"美男子"之口说话，但随着他手指缓慢、贪婪的节奏亲我耳朵、脖子和肩膀的是"美男子"的嘴唇，"来之前我就对你们说过了，我不喜欢女人，1936年她们给我们带来的麻烦够多的了……"直到话语、亲吻和抚摸统统停止，我睁开眼，与他的眼睛相遇，很严肃，离我很近，之后听到他真正的声音："即便你不愿意，我也得下楼去睡觉。你是很勇敢的女人。多年前我就学会尊重勇敢的女人。"

但我不愿意，我还想要更多，我那么渴望，所以朝他转过身去，用胳膊搂住他，紧紧抓住他的身体，我觉得它更加硕大、柔和、坚硬和炽热，我们在床上先朝一边，之后朝另一边滚动，而他的话语令我所陷入的激动与另一个多姿多彩的更大激动相结合，但尚未融为一体，这些色彩和细节使我的感官变得十分敏锐，我一边体验，摇摆在他的呼吸之间，闻着他生殖器赋予其体味的激烈强度，一边听见床嘎吱作响的喧哗，仿佛所有的螺丝正从螺母里脱落出来。那一刻我在他身体上方，我停下来，注视他，看见他扬起眉毛，然后摇头否定，一边抓住我的腰部把我翻转过来。

"让他们见鬼去吧！"因为我正想着恰好睡在楼下的那些人，他意识到了，"你明白了吧……"

之后"美男子"建议我洗劫厨房。那是凌晨一点，他饿死了，他选对了词语，因为他说的正是此话，"我们要洗劫厨房"，我还没回过神来，他已经穿好衣服。我尽快穿好裤子，还在扣扣子，这时他把自己的上衣扔给我。

"拿着，穿上它。天凉。"

我们悄无声息地摸黑下楼梯，同样不声不响地穿过门厅，以免吵醒大概已经可以入睡的人，我们在厨房找到一个装满土豆烧排骨的盘子，上面扣着另一个盘子。我在一个带柄小锅里加热它，当它的香气低声告诉我饥饿远比我以为的要大得多时，我觉得这盘菜对两人来说太少了，于是把它只倒在一个盘里。

"你把它吃了吧，"我一边对他说，一边把菜放在桌上，"我吃个三明治就够了。"

"不行，"我朝食品储藏间走去时，他拦腰截住我，"咱俩一起吃这盘菜，之后如果需要的话，做两个三明治。"

"美男子"挪近一把椅子，坐在我身边，我们用同一把叉子吃掉同一盘中的土豆。他一丝不苟地分发土豆，一小块给你，一小块给我，把大块的对半切开，把最后一块让给我。

"土豆味道不错，是吧？"

"是的，虽然对我的口味来说差点儿辣椒粉。"辣椒粉给了我秘诀，"你还饿吗？"

为了"美男子"，我开始动用里卡多都不会与阿尤索分享的香肠，给他做了一个三明治，然后坐在桌子上。

"真好吃！"他咬了第一口后喊道。

"是吧？"我浅浅一笑，因为刚发现自己喜欢看他吃东西，"直接从萨拉曼卡给我哥哥寄来的。内战期间他在那里的外事处工作。"

"好，那他至少不会杀人。"

"我可不那么肯定，知道吗？"但我不想往下说。

我暂时还不想跟他谈比尔图德斯，不想在那天晚上，在如此容易激动、完美的一刻涉及此事，因为我朝下看，见自己的脚不知不觉地在那个乡下厨房独自移动，在空中起舞，一盏暗淡的灯泡照亮厨房，如一颗焦糖色的太阳，一颗秘密、独立的星辰，在只有两个居民的行星天空上闪烁，那是一个微小而崭新的世界，那里容不下痛苦，没有孤独和悲伤的位置。因此当我注视"美男子"，见他端详我、时时刻刻把我重新变成一个崭新的女人，这时我无法谈论她们，不能也不愿回忆任何没有发生在此时此地绚丽的现实版本之外的事情，它排除、取消其他一切版本。"美男子"察觉到这点。他应该是意识到了，因为没有从椅子上起身就挪动到我跟前，不介意椅子腿在小瓷砖上嘎吱作响，我也没在意，他还在微笑，正如我也微笑着，他解开我的一粒扣子，然后又一粒，再一粒，用双手把我的翻领分开，把头藏在我的乳房之间。那时厨房门突然打开了。

"这里出什么事了……？"

来者是一位年轻士兵。大概不超过二十岁，他不知道该如何解释正在目睹的场景，一个披头散发的女人坐在桌子上，披着一件不可能属于她的军上衣，她面前是一个无头男子，坐在椅子上，抓住她的翻领，直到他站起来，同样吃惊地看着那位士兵。

"十分抱歉，上尉，"士兵像一个刚刚被撞见考试作弊的孩子，"原谅我，我不知道，很对不起……"

"你不用道歉，罗梅斯科，""美男子"以温和、平复的语气对他说话，"你只是履行了自己的职责。"

"谢谢，上尉。"

我们等着士兵离去，但他没有这么做，而是一动不动，像是在门槛发呆。

"走吧！"握住我左边翻领的那只手松开它片刻，在空中挥舞，仿佛凭它自己就可以赶走他，可怜的哨兵隐约见到我裸露的乳房时睁大眼睛，"你可以继续值勤了。"

"是，上尉。"他立正，致敬，匆匆离去，再次听见他的声音时门已经关上："遵命，上尉。"

"我们上楼去。"那是另一个命令，是给我的。

"不行，我得收拾厨房。"

"不用，明天……"

第二天我睁眼时上半身裸露的是他。天还没完全亮，但从阳台照进来的光线，一道模糊的白光，受到不肯消失的残余夜色的污染，对"美男子"来说够亮了，他在角落的脸盆架面前刮胡子，对我而言也够亮了，我远远地被他背部完美的斜方肌、圆润松软的肩膀、肌肉十分明显的长胳膊所感动。我静静地享受那个形象，看他如何修理络腮胡子，如何洗脸、擦干脸，穿上衬衣，确信他以为我还睡着，但他转身时我已经在微笑，开始的一天在那个微笑中快乐得嘎吱作响。

"早上好。"

他走近床铺时我听见小接待室的脚步声和声音，但他坐在我旁边，把手伸到床单下面，把它们慢慢拉开，以一种意外的温柔亲我的嘴唇。

"我要跟'狼'商量一下，让他允许我们留在这里。""美男子"盯着我的眼睛，他的手在我身上徘徊，非常柔和地抚摸我，"但接待室将继续是他的办公室，因为没有别的，所以你最好习惯从另一个门进出。"他用头指着面朝走廊的那个门。"而且最好等我们都走了。"

"我会这么做的。"我用还没睡醒的声音答应。

"很好。"他把床单归还原处，把我像小女孩似的裹好，再次吻我，"今晚见。"

这三个字把我完全唤醒，我坐在床上，看着他出门，但没时间害怕，因为当他把手落在门把手上，转身对我说了一句话，把我退回到那个刚诞生的完美世界，那里没有不幸的位置。

"我原以为西班牙没剩下像你这样的女人。"

他的微笑还浮在空气中，这时我听到门闩的声音，它将无法把"美男子"出现在隔壁房间所引发的喧闹与我隔绝开来，那是口哨、鼓掌、欢乐的呼喊声或指责声所组成的嘈杂、模糊的声响，其中一个声音清晰地凸显出来。

"操！真爽的一夜，明白吗？"

然后我又睡着了。我想该起床了，一面又慢慢沉浸在一片不冷不热、起泡沫的云里，我由着自己坠落，被一个沉重、麻醉的安逸梦境，一场彻彻底底的休息所吸引，以至于睁开眼时惶恐不安。不过虽然已完全是白天了，墙上的钟离八点还差十分钟。我裹在一条床单里，打开门，没听见任何声响。然而当我从卫生间回来，阳台打开了，床铺好了，床头柜上的烟灰缸干净了。还没走到楼梯的一半我开始闻到咖啡的味道、洁净的味道。

一半芳香的负责人是一个比我还年轻的女孩，她的眼睛非常机灵，面颊红润，是那种生活在农村的人因当地的空气和水而在童年之后依旧保留的天鹅绒般的鲜红。她把头发绾成马尾辫，爆出又小又紧的栗色鬈发，光脚穿着一双黑凉鞋，鞋带很干净，胳膊露在外面，好像对寒冷有免疫力。她很知足，因为她一边用几近猛烈的有力动作擦地板，一边哼着歌曲。

"你好。"我祝愿她，虽然她并不需要。

"你好。"她回答我，对我满脸微笑。

在厨房我遇到一个穿丧服的女人，她看来情绪差多了，因为她回答我问候的是一个几乎没发音的嘟哝。

"有煮好的咖啡吗？"她没回答我。"真好！如果您不介意的话，我要吃早餐了，我饿死了。"

她对此也没有任何评论，但停止擦洗炉灶，耷拉着手臂看着我。她眉头紧锁，嘴唇紧闭，丝毫没有和气的意图。因此尽管我不得不打开很多门才找到需要的东西，但不想提任何别的问题让她称心，最后我收罗到一只大杯子、一个盘子、一把小勺、一个糖罐、把大块面包切成片所需的刀子、一个盐罐和一个油瓶，我把所有东西放在托盘上，一言不发地到大桌上吃早餐。

过了一会儿我已经吃掉了一片加盐和油的面包，喝掉一半只在颜色上与哥哥家早餐的咖啡相似的饮料，但我觉得味道好得多。穿丧服的女人那时从厨房里出来，出其不意地问了我一个问题，似乎想向我显示她不是哑巴。

"小姐，您留在这里吗？"她没等我来得及把嘴里的面包块嚼碎，"您跟他们待在一起？"

"是的。"我尽快回答她。

"那我就回自己家了，我有很多事要做。"

她匆匆离开，到门口时跑了起来，我停在那里，不知道该说什么，直到手里烤面包的橄榄油渗透面包心，开始在我手掌上滴油。于是那位女孩停止擦地，过来帮我。

"您别担心，让她走吧，没她我们会好得多……"女孩从食品柜的一个抽屉里取出一块餐巾，递给我，提高嗓门，"当然，我留下。我在家无事可做，这是一份工作，跟别的一样，而且报酬优厚。"

"所以她在这里？"女孩看着我，似乎不明白我的问题，我解释得更清楚些，"是为了钱？"

"不是，"女孩笑了起来，"钱她绰绰有余。她会烧饭，是自愿来的，因为……"女孩朝四周张望，仿佛害怕有人偷听我们。"因为她吓死了，那是真的。您没看到1939年她的儿子们告发了这里一大批人？天哪，现在要去找她的儿子，打听他们的下落，当然不会在她家。所以她才来的，不过由于没见杀任何人，于是她……"

"也就是说，她烧饭，你打扫卫生，是吗？"女孩点头称是，一丝猜疑的表情立马消失。"你介意继续打扫卫生吗？我更喜欢烧饭。"

"行，这样更好，因为我一点儿也不喜欢厨房。"

"你叫什么名字？"

"蒙塞。"

"我叫伊内斯，如果我们要一起工作，我更希望你对我以'你'相称。"

她点头同意，转身同时认为对话结束了，但还未迈出一步就再次带着腼腆同时又淘气的表情看着我："您……我想说，你……跟他们一样吗？"听到她的话我笑了起来。

"你想说我是共和派吗？"她投给我一个腼腆、不完整的微笑，仿佛不好意思回答我的问题，"是的，我是共和派。你不是吗？"

"我……不知道自己是什么。我父母什么也不是，战争开始时我十四岁，可是……"她开始摇头，越来越强烈地否定，"我知道的是不喜欢别人告诉我该干什么，明白吗？"她把两个手指举到头部，指肚之间揪住一缕头发。"我对一切都是罪孽、一切都被禁止、谁都有权力干涉我的生活厌倦透了。"

"小心点，蒙塞，因为祸从口出。"

吃完早餐时我从口袋里取出"美男子"为我留在他床头柜上的那包烟，点燃一支烟，我还没回过神来，蒙塞再次靠近我，眼睛睁得大大的，盯着我。

"哎！你也抽烟啊？"

"是的，想要一支吗？"我浅浅一笑，"肯定禁止抽烟。"

"是的，不过……"她忍不住紧张地笑起来，笑声外溢成一串短暂又狂乱的大笑，"是的，行……不，不，最好……好吧，我想还是再考虑一下吧。"

烟还没抽到一半，这时我看见一个战士进来，跟罗梅斯科一样年轻，比"明白吗"更高，跟其他任何人都不像，因为他满脸雀斑，头发的颜色不好形容，既不是偏橙色的栗色，也不是偏棕色的橙色。他走近时我注意到他的一个手腕打着绷带。

"伊内斯？"

"是的，"我起身，向他伸手，"是我。"

"你好。我是'美男子'上尉派来的，哦，不完全是他派来的，问题是今天早上他委托我照顾你，也就是说，为你效劳，如果你想散散步，或到村子里转一圈，或买点东西，我不知道，就像是任命我当你的警卫，是吧？因为上尉要求我保护你，负责你不出事，我想说的是不发生任何不好的事，别以为我会干涉你的生活……"他停顿了一下，我无法插话，因为从未见过这么能说、说得这么快的人。"由于我受伤了，瞧见了吗？好吧，也没多严重，只是手腕裂开了，因为来的时候把自己弄伤了，没什么，下山时我摔倒滚落下来，你看，多傻，我在法国山上住了三年，每时每刻都在上坡下坡，一直平安无事，恰好现在我兴致勃勃地回到这里时，"他假装失去平衡，好像差点儿真的要跌倒，"啪！摔倒了，手摔断了……"

蒙塞笑得那么带劲，她的大笑不可避免地裹挟了我，但他以为我们在取笑他事故的戏剧场面，于是向我们显示他能够同时又说又笑。

"总之，今天早上，当然了，上尉去看卫生队的人，他们对'美男子'说，为了不完全损伤我的手腕，最好今天不要多动，所以我在这儿，因为'美男子'嘱咐我来这里，'你跟着伊内斯，这样你干点事，尽管你是否能很快好起来还有待观察，因为按这个节奏我们得开始叫你废物了'。"

"你现在叫什么？"我等一秒钟过去，确信那的确是句号之后才问他。

"'多嘴'，"蒙塞又被逗乐了，"大家叫我'多嘴'，因为说我话多，可是……"他看看蒙塞，又看看我，微笑起来。"如果谁都不说话，我觉得闭嘴无聊。"

那的确是真的，在我把托盘送到厨房，清洗、擦干盘上所有器皿的十分钟里，"多嘴"又跟我讲了许多事情。

"因为上尉也是矿工，知道吗？但当然了，他在矿山的时间不长，因为 1934 年大革命时他不得不退到山里，然后用船把他从塔松内斯河口救出来，他曾在法国，直到人民阵线获胜，并且……"我意识到无法用其他方式阻止那股语流，于是举起右手，他反应过来，好像习惯了那个程序，"什么事？"

"在桌上我见过两个本子。你撕一页纸，找一支铅笔来，我们列个食品储藏室的清单。"

坏脾气的厨娘也是很没有预见的人，因为我带来的食品几乎填满了所有被占用的空间，虽然我找到了半袋土豆、一些鸡蛋、生菜、洋葱和一点儿腌猪肉。

"现在你别说话，会让我分心。你逐一记录我对你说的，来吧。面粉、糖、盐、大米、土豆、鳕鱼、鸡蛋、肉，看看还有什么……咖啡，好吧，不管是什么，兵豆、鹰嘴豆、菜豆……每样四公斤，是吧？至少……"

我们正在扫尾，这时听见门厅里靴子的嘎吱声。

"十分钟内这个家得腾空，"但闯进厨房的男人是一个光头军官，口音很有特点，导致他把所有复数的 as 发成开口音，而把 es 吞掉，他看见我时改变了语气，"你好，睡得好吗？"

"我睡得很好，"大家叫他萨法拉亚，来自格拉纳达的一个镇，他投给我一个善意、同谋的微笑，虽然不乏淘气，"非常感谢。"

"哎，你们得出去转一圈。我们抓了一个重要的俘虏，上校想在这里审问他。"

"我们这就走，但之前我想咨询你一件事……""美男子"告诉我萨法拉亚是上校的助手，我想不必打扰上校告诉他，我变成了他的厨娘。

"我很高兴，因为那个老太婆很不和善。虽然，"他再次微笑，"如果你做的所有东西都跟炸面包圈一样好吃，那我们要发胖了。"

"为此我需要获得给养，因为食品储物间是空的，可我不知道……"我从单数人称自然地过渡到复数，这点我自己都感到吃惊，"我们怎么办，购买还是没收？"

"不，不，我们买，我们买，我给你钱，等你需要更多钱的时候再问我要。"他从口袋里取出一把纸币，分出 200 比塞塔，把钱给我。"当然，"

他停下来看"多嘴",一边摇着头,脸上露出一副难以置信的表情,"这个女人知道得真多……"

我知道得太多,以至于看见从山坡最高处下来的一个男人远看像加里多少校时,理性把我冻结在门槛上,他引起我那么多的仇恨,同时又那么多的恐惧,我都无法判定他离我这么近被俘是让我高兴还是恶心。然而对赞成和反对该可能性的论据进行比较之前,我发现那个走在两个士兵之间、双手被戴上手铐的步兵军官不是加里多,不一会儿我甚至可以认出他来。我不知道他的教名,但姓氏戈迪略及其中校军衔位列"美男子"昨晚列出的名单,当时我们的谈话还是一场审讯。数月前的一个下午他现身厨房来要止痛药,我们当时正给孩子吃午后点心,阿德拉把他介绍给我,后来再也没有离他那么近,虽然德国战败前的会议阶段,像对所有人那样,我从自己房间的窗户监视他的到达和离去。那个时期他看上去总是忧心忡忡。现在他还苍白,脸上有一道挠痕,走路看着地面,直到某样东西,也许是我女骑手的靴子样式引起了他的注意。当他抬起头看我时,见我也在注视他。

我俩默默地相互注视了一段不会太长的时间,大概很短,半分钟,也许更短,尽管我感觉是很久的时间,想必他的感觉也差不到哪里去,因为他的眼睛发现我时经历了一条崎岖、迂回的路径,从惊讶到害怕,从害怕到怨恨,从怨恨到仇恨,从仇恨到愤怒,两人的眼神在那里交汇,我的双眼抄近路到达同一地方,省去了前两站的麻烦。

"哎,你居然有时间跑过来?"他甚至投给我一丝被痛苦扭曲的狞笑,"当然了,恩将仇报……"

他本不该对我说任何话。不应吭声,不应在我身边停住,不应敢用他的眼睛正视我,因为他的话打破了魔咒,那是被囚禁的习惯所抑制的愤怒洪流,是关在笼子里的老鼠被铁丝迷宫的限制所停滞的笨拙反应。现在被俘的是他,不是我。哪怕之后自己也觉得这不是真的,明白这点对我十分不易,可一旦意识到这点,惊讶便烟消云散,其余的一切发生了逆转。

我朝前迈了一步,他察觉到我的意图。我朝他脸上吐痰时,他移开脑袋,但无法制止我的口水喷到他的脖子和下巴。于是一位看守他的士兵一边用枪托驱赶他，一边用难以解释的表情看着我，其中混杂了认可、同谋、诧异，或许还有钦佩尤其是同情等情感。因为戈迪略不想一下子就服从，当看守更加用力地敲打他时，我觉得士兵是为我、替我这么做。

"快点！"士兵这么做是为了我所经历、遭遇的一切，为了在我眼里看到的东西所激发的情感。

我立马感觉到热，那是按住我左肩的一只手。"多嘴"没有从我身边挪开，他默默地、带着担心的表情看着我，与他那位战友的表情不同，他更加平静，不过与士兵的做派一致，与蒙塞目瞪口呆的惊愕相差甚远。戈迪略终于在枪托的捶击下背负着耻辱走进房子，这种情感在内心折磨着他，正如折磨了我这么多年的羞辱，我的目光跟随他的时候，发现"狼"离得很近，对他的俘虏无动于衷，他也在看着我。

"伊内斯，等一下，"那一刻我觉得他更高、更壮，他的声音传递出一种威严、霸道、几乎傲慢的不同声响，"你还不要离开。"

他举起两个手指，萨法拉亚也像是另一个人，严肃、专心，十分挺直，仿佛吞下了一根铁棍，他立即朝"狼"走去，这时戈迪略跌坐在一把椅子上。

"我不记得对你说过坐下。"

"狼"先等着他的俘虏站起来，然后小声给他的助手下达指令。之后萨法拉亚上楼时，"狼"再次对戈迪略发话。

"如果愿意的话，你可以坐下了。"

那一切对戈迪略中校来说太过分了，他不但没有接受那个允诺，反而试图扑向他的敌人。

"你们疯了！"他的看守抓住他，强迫他坐下，但那没有阻止他继续喊叫，"你们根本不知道自己陷入什么境地了！驻扎在休达和梅利亚的步兵应该已经在路上了。这事结果会很糟糕。"

"驻扎在休达和梅利亚的步兵来了，是不是？""狼"慢慢走近他的俘虏，坐在桌子一角，开始非常平静地卷烟，"操他妈的国民军！没有休达和梅利亚的步兵，你们狗屁都不是，对吧？我要跟你说件事，蠢货……"他点燃香烟，站起身，俯视中校。"你什么也不明白，知道吗？你狗屁都不懂。有没有休达和梅利亚的步兵这事都不会失败,因为这是最不重要的。如果不是我们,将会是其他人,如果他们失败了,之后还会有别人。但你们永远睡不踏实,懂吗?永远不会。"

"狼"还没抽完烟萨法拉亚就下楼了,他那么使劲地踩踏楼梯,仿佛靴子带着石头鞋底。他手里拿着一样东西,上校接过来,一直盯着他的俘虏。之后"狼"熄灭香烟,背对着戈迪略,朝我走来。

"拿着。"那是我的手枪。

"我不需要了。"我回答他,没有决定收回手枪。

"我知道。"他抓起我的右手,把武器放在上面,用他的双手握紧它。

"谢谢。"我把手枪插进裤腰,还给他一道被激动搞乱了的惶惑目光,但他只是微微一笑。

"出去时请把门关上。告诉哨兵通知莫雷诺军士,他方便的时候可以派人去找弗洛雷斯政委,虽然我根本不知道他会在哪里。明白吗?"

我毫不犹豫地传达了他的命令,不知自己对最后一道命令不解到何种程度,但那一刻我没觉得"狼"说出政委名字时嘴唇上浮现的紧张有什么要紧。家里发生这些事之后什么都不重要了,我的复仇远没他的表情重要。因为显然所有的人,萨法拉亚、"狼"本人、陪伴他的士兵、把戈迪略戴上手铐送来的战士,努力给他们的俘虏传递一支有经验、有效率、有纪律、令人生畏的军队参谋部特有的无可挑剔的形象。他们突然的军人气概与我头天下午到达那个家时所遇到的欢笑场景十分不同,但在任何军队都会发生类似的事情,因为战争也需要宣传,需要战友情。虽然我确信"狼"已经考虑到武装我的决定将有助于进一步强化对戈迪略的羞辱,但不足以解释那种信任的至高考验,把我变成了他的一名战士。口袋里装着手枪、行走在博索斯特的街道时,激动的情绪并没有妨碍我察觉自身地位的变化不仅仅是对我而言。穿丧服的女人大概赶紧向她的老乡通报我的到来,因为人们没有把我当作厨娘对待,不管是好事还是坏事。村里的邻居视我为又一名占领者。

"你好!"

我们刚离开指挥部,一名缺了左手和一大截左前臂的年轻人举起右拳问候我，那声问候打破了我与戈迪略的遭遇所引发的沉默。

"这位是？"我放下回复他问候的胳膊时，蒙塞皱起眉头，"这人从什么时候起是共和派了？"

"你认识他？"

"面熟。他不是本地人，住在村子外边的一个农庄，但据我所知……不知道，我觉得奇怪。"

"好了，不过也没那么奇怪，因为大家都很害怕，看得出镇压是很残酷的。"当我更有兴趣听"多嘴"意见时，他却令人诧异地决定长话短说，"昨天，在我们占领的村子……所有人都很害怕。"

"你什么意思？"

"就那意思。他们害怕。"

我等待"多嘴"解释得更清楚些，等待他开始评论自己所说的话，就跟之前在门厅、在厨房那样，但"多嘴"不愿多说，蒙塞没说一个字，我没举起手，谁都没有强迫他这么做，而他保持沉默，选择闭嘴。"多嘴"默默无语，我们在空荡荡大街的突然沉寂中走了一步，然后一步，又一步，我瞧他一眼，见他根本没有看我。他走路时眼睛落在地平线上，仿佛山坡的尽头有什么好玩的东西，但那儿什么也没有，两侧只有大门紧闭的房屋。我不想为他的谨慎担心，因为我比他更了解镇压的残酷，恐怖的严重后果，人们呼吸到的恐惧，吃下、喝下的恐惧，入睡时盖在身上的恐惧，博索斯特不可能是个例外。那天上午我在街上迈出的每一步中都能察觉到那种恐惧，虽然也观察到某个孤立的同情表情、谨慎的细节、似笑非笑，一个躲在自家大门后面的女人见我们路过时点头致意，但不被人瞧见，后来派她儿子给我们提供了几只干净的鸡，几乎算是礼物。"这些都微不足道，但也为时尚早。"我得出结论，村里食品供应最好的商店老板娘拉莫娜一直皱着眉头把我们所要的东西一点点地放到柜台上，一些姑娘投向"多嘴"的微笑补偿了她明显的敌意，甚至他推着我们借来的独轮小推车运输采购的货物时都很有吸引力。

"那是因为我们这儿人确实很少，一半是亲戚，算上战死的小伙子、在监狱里的人、那些乘机离开不回来的人……"蒙塞低声对我解释，"这里几乎没有年轻的单身汉，知道吗？突然来了上千人，你想怎么着？不止一个当老姑娘的人神魂颠倒了。"

谁也没像蒙塞的表姐那么昏了头，她是村里另一个重要百货店的售货员，因为除了食品什么都卖。

"你真*强壮*！是吧？"

蒙塞在巴塞罗那嫁给安达卢西亚人的姐姐家生活过几年，她的西语比玛丽强多了。但这位表姐说西语很滑稽，因为口音极重，不但不仔细寻找所需的词语，反而快乐地用阿兰谷方言的同义词加以替代。不过一看到"多嘴"是如何盯着她，我就发现他完全听得懂老板娘的语言，于是我由着他们打情骂俏，一边在店里溜达扫视一番。但蒙塞的表姐不仅跟男人很豁得出去，而且也是我见过的最精明、最敏锐的售货员。

"哎，裙子*很精致*。"我看着她，仿佛不懂她的话，不是因为她选择的这个形容词，而是因为我觉得自己看那件裙子没超过两秒钟。"漂亮，对吧？"把裙子卖给我的设想促使她找到恰当的词语。"里面我有一件相似的裙子……一模一样，但颜色是靛蓝的……我拿给你看看。"

指挥部的大门敞着，哨兵向我们确认里面一个人也没有。我想，"这样更好"，于是跑步上楼到卧室，目的是把自己的战利品藏起来。那条裙子太惹眼，太衬人，太过时，它的领子十分独特，两个小翻领用一个几乎在嗓子眼儿的扣子合拢，勾勒出一个并不太深的圆领口。在女人可以打扮得漂亮而不显得有伤风化的时代，在不禁止显示魅力的时代，在穿一个像那样别致的领子不是罪过的时代，它不会引起任何人的注意。然而在1944年的秋天，这条裙子像是一个奇葩，一件珍宝，一个精美、秘密的嗜好。

"我本不该买了这条裙子。"我一边自责一边套上它照镜子，继续责备自己不该屈从那个诱惑，一种轻浮、愚笨的行为，但也不能把它丢弃在衣架上，因为那种裙摆宽大成波浪状、窄袖紧身的华服，与我一样，是奇迹般活到那一天的西班牙第二共和国的幸存者，仿佛在一个仓库里待了五年多，等待我去救它出来，跟来救我的全国联盟军一样。因此我一边打开玛丽送我的胭脂，在一根指头上试了一下，用它擦在嘴唇上面，一边宽恕自己，想着自己会有多漂亮，想着毕竟那天早上萨法拉亚问过我想收多少钱。我回答他说分文不收，因为什么也不需要，但那只是在我开始需要那条裙子前才是真的。他回复我，不管怎样我需要什么就买什么，自从看到那条裙子，它就是我最需要的东西。

我把卧室的门开着，因为上楼时没想做任何自己正在镜前干的傻事，但也向蒙塞和"多嘴"保证一会儿就下楼。我正是这么做的，这时突然听到一阵嘈杂的脚步声和喊叫声，一阵剧烈、混乱的喧闹声，我把它视为通常紧急情况下的声响。

"这是怎么回事？"

弗洛雷斯政委转过身来，仿佛对整个世界发怒，但一看到我便用指头明确地指着我。

"什么怎么回事？"我也四下张望，但没找到任何为他发火辩解的东西。

"上校在哪里？"

"我怎么知道！"他的目光劝我不要让他失去耐心，于是我解释得稍微清楚些，"我最后一次看见他是在这里，但过去两个多小时了。之后我一直在做……"

"我不是指'狼'，"他走近我，更加和气些，"法西斯上校，那个俘虏在哪里？"

"我不知道，"于是我想起"狼"的话，他选择派人去找弗洛雷斯的那种奇怪、懒散的方式，"我对那个法西斯上校一无所知。我去采购了，回来时这里一个人都没留下。现在如果你原谅我的话，我要去厨房了。"他点头许可，没再说什么。"我有好多活儿要干。"

我知道得很多，太多，但不幸的是不光知道那些法西斯中校和少校。佩德罗·帕拉西奥斯用两个词把我出卖之前，已经给我指出在另一个阵营——我的阵营——事情会变成什么样子。在余下的这一天里我很忙，但无时无刻不在想弗洛雷斯、"狼"、"美男子"和其他人，想着那个把所有瘦削而强健的人与一个身着军装的平民松垮垮的囊肉隔离开来的几乎虚构的无形空间，而后者跟他们一样，不得不步行过来。

我在厨房待到夜幕降临，整理食品储藏室，准备菜单，烧饭。"多嘴"给我打下手，一刻不停地说话，但我只给予他必不可少的关注，用单音节词回答他，同时也想着他，想着我们步行前往拉莫娜百货店时他不愿对我解释的事情。"我母亲不在炸丸子里加熟鸡蛋。""但我加。""你既然做了土豆饼，干吗还做浓鸡汁？""是为了让每个人各取所需。""多余的呢？""我们把它留给明天，会更加可口。""你要做一个小圆面包吗？""不，我要做两个，一个加苹果，另一个不加，蒙塞现在就过来把它们送到面包师那里。"于是当储藏室逐渐装满大圆盘时，我把鸡切成块。"你留着下水干吗？""用来做肉汤。""但你来不及了。""今天不行，但明天可以。"我剁碎两头蒜，开始烹饪，一边不停地思考这件只能是权力冲突的事，思考成千上万名在外玩命的武装人员所取决的最高指挥级别，他们很可能知道得比我少。

蒙塞来了，把装满生面团的模子拿走，带来烤好的金黄小圆面包，它们的表皮纯粹是脆裂的，我一边继续烧饭，一边心想为什么总是得这样，总是不变，怎么可能这么多人的勇气和牺牲、努力和痛苦还继续取决于极少数人的个人野心。我再次想起内战，想起被重复百万次，却从未得到服从和理解的统一指挥口令，想起那个像绅士般对我献殷勤的炮兵上尉的苦恼，想起与其分担痛苦的政委，此人是政委而不是笨蛋，他知道唯一重要的是打赢战争，因此更信赖那个能干、忠诚、自信的职业军人，而不是从办公室对他发号施令的文职人员。"怎么可能，"我继续思考，"这么多年之后，我们学到那么少的东西，怎么可能输掉一场战争竟毫无收获，怎么可能在打赢另一场战争后我们还是一模一样……"

"啊！"那时"明白吗"到了，他指着"多嘴"，而我唯一可以想到的是我没来得及收拾自己，"你别跟我说一整天都跟这家伙在一起。一定让你头晕了，明白吗？"

"没有，"我看着"多嘴"，对他微笑，但无法避免他脸红起来，"你想到哪儿去了。他帮了我好多忙。不过他要走了，因为他在村里有个约会，不是吗？"

"多嘴"睁大眼睛看着我，我点头同意，他飞快摘掉我强迫他戴在军装上的围裙，直接走到水池去洗手。

"出什么事了？"中尉带着微笑盯着"多嘴"，丝毫没有放弃开他玩笑的意图，"交女朋友了？"

"恐怕是那样。"我承认。

"为了她好，我希望她又聋又哑，明白吗？"连"多嘴"都笑了，之后我再次插话为他说情。

"不是的。她很唠叨，很可爱。对了，你们事情办得怎么样了？"

"好，比昨天好。"

"'美男子'呢？""多嘴"已离开时我终于斗胆问"明白吗"，没完全控制住傻傻的微笑。

"他跟'狼'在一起，看来是在审讯一个你认识的俘虏。"

"弗洛雷斯知道这事吗？因为之前他来过了，情绪……"

"是的，""明白吗"急匆匆地回答我，似乎不想让我继续说下去，"现在跟他们在一起，因此得有段时间，明白吗？因为那意味着每个问题至少得重复两次。"

"你想要个炸丸子吗？"

"当然愿意。"

他与我待在厨房的那会儿工夫吃了三个炸丸子，聊天喝酒几乎一个小时，但我向他承诺保守秘密，就像对其他陆续到来的人一样，他们以飞快的速度让炸丸子消失，空出大圆盘的一半时我把一打炸丸子留在两个盘里。直到蒙塞回来，摆餐桌，"羊倌"几乎同时到家，轮到他最夸张了。

"哎哟！"他闭上眼睛品尝大圆盘里剩下的倒数第二个炸丸子，睁开眼时用两手抓住我的脑袋，在我的额头烙上一个吻，"我会推荐你获得一枚勋章，多的不说了。我把另一个丸子带在路上。"

"好家伙，行啊！""明白吗"抗议，但没阻止"羊倌"这么做，我趁机溜走。

我快速上楼，下楼时恰好看见"狼"和"美男子"从大门进来。在他们周围我发现了前一晚迷住我眼睛的同一视觉效果，那个焦糖色太阳没有从任何灯泡的可怜灯丝中冒出来，我现在发现，它给上尉的脑袋笼罩了光环，仿佛这世上所有的光线还不足以照亮他。我靠在墙上看着他行走、移动，而他没看见我，如果我的眼睛已经不知道拿他与别人相比，我不理解怎么能第一眼就把他划定为既不漂亮也不丑陋的男人。不一会儿他的眼睛遇到了我，把他朝我推过来，迫使他十分缓慢地挪步，一边徜徉于我画了口红的嘴巴、我的靛蓝裙子，与我的裸腿及从一个衣柜借来的高跟鞋搭配的裙摆的舞动。那双凉鞋是夏天的，我穿着显大，但无所谓。我从头到脚尖都光彩夺目，我清楚这点，感觉自己熠熠生辉，同时以同样缓慢的速度走下剩余的楼梯，没有倾听一段谈话，它或许能帮我回答整个下午折磨自己的某些问题。"狼"在门厅中央与他的军官说话，但我没注意他们，因为对我来说在那个家只有一个男人，我聚精会神地看着他，盯着他嘴唇的形状、他牙齿的锋刃、他嘴角一丝微笑的曲线，它适合我的余生。

"真漂亮！"

仿佛"美男子"也知道，他向我伸出右手，帮我走下最后一个台阶。这是我那晚的巨大成功，因为它比食物从圆盘中消失的速度、甜点之后强迫我起身致意的欢呼更让自己欣慰得多。

"你很累吗？"

我擦干最后一个盘子，把它归位，一转身看见"美男子"唇边的一丝坏笑，他挽着胳膊靠在桌上等我有一会儿了。

"不累。"他回答，一边把我拉到他身边，想吻我的领口。

"我一直在想……天还早，如果你不太累也不太急的话……"我笑了，看着他，他也笑了，"你知道什么会让我很期待吗？你带我去看看我们的战区。"

"我们的战区？"他的笑容痕迹收缩，让步给缓缓消失的微笑，"我们的战区……"他重复着，好像不确定是否正确理解了我的话。

"是的，好吧，我指的是……"

"不，不，我明白你的意思。""美男子"再次微笑，但这次我的感觉是他这么做是因为他明确命令自己的嘴唇微笑，"问题是……我不知道我们该怎么办。夜深了，所有的瞭望台离得太远，不能走着去，而且……总之，我不认为'狼'会觉得我们乘一辆卡车只为了在月光下散步是个好主意。"

"不是吗？"我看他摇头否定时，找到了解决办法，"没关系。我有一匹马。"

"你的马？你希望我们去？……"他笑了起来，摇头否定，仿佛无法相信刚刚听到的话，但不一会儿他接受了该建议，"好吧，如果你愿意的话。当然比走着去轻松多了。我几乎不会骑马，虽然我猜你……"

"我骑得可棒了。"他再次笑的时候，我开始行动，"我穿上靴子，立马下来，你在这里等我。"

十分钟后我们顺路穿过博索斯特的街道。

"你骑在后面，"给劳罗备好马鞍后我对"美男子"说，可他不动，"快点！"

"问题是我……应该在前面，不是吗？"

"假如你会骑马，是应该这样，但既然你不会……"我用一个指头指着马镫，把右臂朝他伸过去，"你把脚放在这里，把手给我……正是这样。现在你抓紧了。"他贴着我，左手伸进我的领口，然后右手从裙子底下穿进来，搂着我的腰部。"怎么样，舒服吗？"

"是的，但要是我的人看见我坐在这里，坐在女人的位置上，他们会笑话我的。"

"是吗？"我回答，用一条毯子盖好自己，不让任何人发现他的手在哪里，"我不相信。"

没人笑话他，虽然几乎所有遇到的战士见我们经过时都微笑了。那是纯净的微笑，满含纯洁和同谋的羡慕，它自然发自我们的形象，因为当我们慢慢地，之后更加急速地到达岗哨时，我们是值得羡慕的，或当他的手搂着我，他的下巴靠在我的肩膀上，他的鼻子摩擦我的耳朵，木头和香烟、干丁香花苞和肥皂向我确认他还在那里，没有像我旧日不幸的梦中幽灵那样消失，至少我觉得自己值得羡慕，独一无二，万里挑一。在博索斯特，随着形势的逐渐吃紧，出现了紧张、疯狂、决定性的日子，能够在数小时容纳某些完整的一生都不会发生的那么严重和矛盾的事件。我没有太多空闲时间来发现自己有多幸福，但那一刻，当我与"美男子"骑行在一个好似橘瓣的月亮照耀下的山谷时，我意识到自己的幸运。

我们从村子沿途走的土路与公路交会的地方离一个岬角只有几米远，

它被一块刷成白色的石头掩体挡住。我指引劳罗走到那里时，开始辨认出小的光斑，它们暴露出另外一些村子，也许只是光线暗淡的农庄。

"所有这些都是我们的？"我问"美男子"，没有下马，朝后转身以便能够看他。

"是的。""美男子"松开双手帮我改变姿势，直到我侧坐过来，两条腿放在他的右腿上，人斜靠在他的身体上，他亲吻我的嘴唇之后补充一句说明，听起来像是道歉，"虽然白天这些地方给人的印象更深。"

"没关系，我一直在想……"我跟他分开一点，这样可以注视他，"也许你觉得是蠢事，但既然思考是免费的，因此……等我们占领维耶拉，预备役军人来了，如果盟国帮忙，一切都顺利的话……你怎么想？我们直接去马德里还是首先占领巴塞罗那？"

"美男子"把眼睛睁得很大，没有马上回答，因为那一刻他只能思考一件事。"像比利牛斯电台这般无辜的东西竟然会造成这样的伤害，看起来像是在撒谎。"那是他的想法，但当时没告诉我，之后也没有。过了很多年他才向我坦白为什么耽搁那么久才回答那个问题。

"哎，"我反复问他，"你有什么看法？"

"不知道，真的。我认为那还没有决定。"

"没决定？总之，我更希望直接去马德里，因为我是马德里人，被禁止回去，但我认为最好之前占领巴塞罗那。"

"是吗？"他微笑着，再次吻我，"为什么？"

"因为离得近，这是第一点，然后因为这样我们将获得一个出海口。那很重要，不是吗？"

"十分重要。"

"因此，"我兴奋起来，"然后我们就可以在瓦伦西亚下船，经过拉曼查，那是忠于共和国的地区，顷刻间就到达马德里。"

他一听我的话就笑了起来，更加用力地抱住我，多次亲我，在我的嘴唇、脸颊、整张脸上留下飞快、轻柔的吻。

"怎么了？"我问他，对他的反应有点担心，那些吻好像是送给一个小女孩而不是像我这样的女人，"我在说傻话还是你不喜欢我的计划？"

"我喜欢你，伊内斯。"

"我的计划呢？"

"也喜欢。"

"你认为如果我去问'狼'……"但他没让我说下去。

"不行，不行，最好别打扰'狼'，他……好吧，到时候我会问他的。""美男子"腾出时间又以一种不同的方式吻我，预示着另一个难以忘怀的夜晚，他只说了一句话："走，这里冷得刺骨。"

确实很冷，可尽管如此，我们的回程比去程快多了，穿过村子时我已经没注意那些还在酒吧门口聊天的人，也没留意他们是否在看我们。我们绕过指挥部的大门到达马厩，把劳罗安顿好之后，步行走完这次出游。那时候我俩都同样着急，但"明白吗"坐在正门的凳子上，手里拿着一个吃了一半的炸丸子，一边是阿德拉的帽盒，另一边是一个男人，我看他一眼就确定认识他，虽然想不起来之前在哪里见过他。

"我以为炸丸子是定量的。""美男子"指着炸丸子说。

"是的，但我们有些人没有别的暖身办法，明白吗？"

他俩同时望着我，可我没注意他们，那一刻这名战士抬起头，我在照亮大门的灯泡光线下认出他来。

"何塞！"他转身看我时，我确信那个瘦削、表情阴沉的男人是八年战争在一个眉头紧锁的小民兵身上所造成的后果，就像一幅经典的西班牙农民版画，1936 年 9 月我在位于蒙特斯金萨大街的家中厨房认识了他，"你是何塞，四道口①人，对吗？"

"是的。"他向我投来一道茫然的目光，让我回忆起我们没见过许多次，对他来说，那次会议不过是平常的一次会议罢了，"我叫何塞，是四道口人，但不知道……"

"你不记得我了？我是伊内斯，比尔图德斯的朋友，佩德罗·帕拉西奥斯的女友。"听到那个名字他更加专注地盯着我，"1936 年夏天我们在

---

① 四道口（Cuatro Caminos）：马德里西北部的一个街区，因其连接四条大道的街心环岛而知名，是马德里重要的交通枢纽。

蒙特斯金萨大街一个公寓认识的……"

"啊，是的，伊内斯！"可他说我名字时没有微笑，"是的，当然记得你。"他也没起身问候我。"你好吗？"

"现在好了。"我紧紧拥着"美男子"，他揽紧胳膊回应我，虽然无法消除从我老战友的反应中散发出的一丝冷漠，一种当时我无法理解的生硬，"我受过很多苦，跟大伙儿一样，不是吗？但现在好了。很高兴见到你。"

"多亏了你的炸丸子，明白吗？它们甚至在营地都出名了……现在，我跟这家伙说了，"他肘击何塞，"假如继续流传这种提议，不光要定量，我还要把它们藏起来，明白吗？到手的东西没了。"

"明白吗"抓住帽盒，把它放在膝盖上，朝我微笑。那个笑容那么温暖，那种温暖让我感觉如此舒服，于是我走近他，给他一个承诺。

"'明白吗'，等我们进入马德里，我会单独给你做五公斤炸面包圈，"一个停顿给我的话增添了庄重，"我向你保证。"

之后我走进房屋，穿过门厅，一些人在那里聊天或玩牌，刚要开始上楼时发现"美男子"没有跟在我后面。我转过身来，直到看见他与"明白吗"在门口说话。他看见我，用指头指着我，满面笑容地朝我走来。

"你笑什么？"

"笑'明白吗'。"经过二楼的走廊，那里没人能听见我们时，他才把话说完，"'明白吗'责怪了我半天，不该告诉你我们要抵达马德里，好像那很容易似的。"

他说完话时已经用两只手撩起我的裙子，把它揉成一团放在胸部上面，朝卧室门口走去，没有松开我，也没有停止用手抚摸我的身体，强迫我倒着走，直到把我摁在门上。但那一切没有缓和"明白吗"的议论，也没有把"美男子"的话从我记忆中抹去。

之后发生的事不只是一个难忘之夜。他把床与墙分开。"免得让人听见声响。""美男子"微笑着对我说。我们不再说话，前一晚我们首演的每一个举动、表情、规矩承载了新的意义，更加复杂、艰苦和危险，因为抵达马德里并非易事，那张床依旧是世界的中心，又恢复了原来的身份，一直以来的身份，即博索斯特村长的床，这个被入侵部队占领、被敌区包围的村子，犹如一个新诞生的不稳定岛屿，处于被无休止的暴风雨翻腾的怒海之中。我在那儿，与我在一起的是以昨晚相同的强度和热情占有我的男人，但给予我一种迥异的快感，更加甜蜜，并以同样的比例更加伤人、怪异和极端，正如本质上一切昙花一现的事物，一切能够过早完结的事物，受微妙命运掌控的事物，其敏感程度可以表现在一秒钟、一毫米、使子弹轨道偏离的一声叹息里。

出于对那个男人的爱，我的生活变成了那样，并将在很长时间里继续如此，他认识我时就知道那个夜晚我跟他在一起所学到的一切，我从他的伤疤、他的停顿和他的沉默中学到东西，我为他而学。抵达马德里并非易事，除了全国联盟的口号、声明和宣言，这事永远不会是轻而易举的。他们知道这一点，但为了使我远离他本人的疑惑，为了不受他恐惧的影响，为了避开熟悉的痛苦以及还会让我们的嗓子多次哑掉的痛苦，让它们远离我和我们相爱的床，"美男子"允许我谈论，听我说话时微笑、吻我。我像个傻子似的议论起来，他拥抱我，对我微笑，吻我，让我心满意足，因为他喜欢看见我满意，在那儿，在飓风眼上，我们一次又一次地做爱，仿佛任何时候一切都不会降临在我们头上。然而突然的危险意识，倒计时不是从最终的胜利而是从并非最终的失败中扣除天数的可能性，根本没有打乱我们之间发生的事。相反它以惊人的席卷之势点燃我们，最大限度地利用一切事物，以便突出其本质，使物质更加厚重，精神更加虚幻，皮肤更加敏感，性欲更加强烈，心脏更加鲜红炽热。因为没有像地下工作这样的生活。没有这么糟糕尤其是没有这么美好的生活。

那晚我明白了这一切，还发现并不知道那个刚从自己体内出来的男人叫什么名字，他一边看着我的眼睛一边抚摸我，仿佛可以通过我的眼睛看到我的过去。

"跟我谈谈你的男朋友。"他向我提供了两个初恋情侣特有的聊天当中轻松的无关话题，仿佛试图把我从严肃的思考中拉出来。

"什么男朋友？"

"你曾经有过的那个男朋友，不管他是否叫佩德罗，认识'松子'的那个人。"我皱起眉头，因为不知道他在跟我说谁，"'松子'，刚才跟'明白吗'在外面的那个人……"

"啊，何塞！佩德罗……佩德罗·帕拉西奥斯，因为他姓帕拉西奥斯。"

"你呢，你姓什么？"我心想。"他很帅，是很好的演说家，对女人而言很有吸引力……"我停顿了一下，证实他一点儿也不喜欢正在听到的话，"他是一个卑鄙的叛徒、混蛋，1939年4月向警察告发了我。"

"真的？"

"绝对是真的。"

我向他讲述了那件事和其余的情况，怎么认识佩德罗，他怎么令我倾倒，怎么捉弄我以及后来发生的事。比尔图德斯与女佣们还在厨房干活时，他未经通报就现身、把我带到床上的那些早晨；我开着灯睡觉，等着他，哪怕别人已经告诉我他在埃切加拉伊大街、科雷德拉大街、大广场跟一个或另一些女人鬼混，而我从来没有完全相信这一切的那些夜晚。

"比尔图德斯告诉我有人看见佩德罗身着夹克、领带进入长枪党的一个岗哨时，我也不相信。我对她说：'不可能，别人在说闲话，大家都害怕死了……'"于是我不再盯着天花板，而是看着"美男子"，他也在注视着我，"那是我的错。我本应听从这些劝告，即便不愿意相信这些事，本应将藏匿在家的同志们带出去，请求比尔图德斯把他们藏到另一个地方，我自己也跟她一起躲起来……但问题是我无法相信，不能相信，向你发誓，我不相信佩德罗会干出这种事。'劈腿、放肆、烂醉，好吧，但那事……不至于到这个地步，'那天晚上我想，'不可能。因为相信它就等于承认我整个一生都完蛋了。'第二天上午发生的恰好是那事，一切都毁了。"我再次注视天花板，仿佛无法继续看着"美男子"。"他们把他带来，你知道吗？我猜是强迫佩德罗跟他们来的，但问题是他在那儿，在楼梯平台上，用指头指着我们。把比尔图德斯、我及七名在我家的同志一个接一个地当老鼠似的逮捕了。"

那一刻"美男子"伸出左手，将它放在我脸上，强迫我转过脸来看他，吻我的嘴唇。

"入狱时我把他的名字和对他的描述传播开来。大家都认识他了，因

241

为他出卖了更多的人，相当多，我不知道是多少，虽然谁也没再见过他。我不知道他躲到了哪个地洞里，但隐藏得很好，他当然是有原因的，因为看在老天爷的分上我向你发誓，假如可以的话我要亲自杀了他。"我见"美男子"以一种奇怪、几乎悲伤的方式微笑，"我向你发誓。假如逮捕他了，折磨了他，强迫他看如何折磨他母亲……我不知道，也不知自己会怎么做，很难说，但他根本没有面临危险的时候就以那种方式出卖我们以自保……我希望至少他夜里再也睡不着觉。"

"他肯定睡得着，睡得比我们还好。""美男子"再次吻我，再次以一种不同的方式微笑，仿佛想宽恕我所有的过错，"不管怎样，我高兴。"

"高兴什么？"我瞬间感到害怕。

"对一切都感到高兴。甚至为你没有杀了他而高兴。"

"是吗？"我也微笑，因为明白了他的意思，"为什么？"

"因为我高兴。"

那场谈话开始的作用好像只是允许我们休息片刻，结束时已经帮"美男子"以一种奇怪的方式向我求爱，两天之后它将背叛我，但那晚入睡前的片刻，我唯一能问自己的是，他那天步行了好多小时，第二天也许还要走更多的路，做爱这么频繁对他是否合适。我回答自己合适，因为如果不合适的话，他都不会这样尝试，我一边嘲笑自己的不安一边进入梦乡。

清晨我们又云雨了一次，之后"美男子"与其他人会合，我冲下楼梯以便及时做好早餐。我切面包、灌肠，用开水烫了几个西红柿，将它们去皮、擦丝，用一个大圆盘装煎鸡蛋加腌猪肉。虽然萨法拉亚下楼时抗议，"操，伊内斯，我们真的要发胖了"，过了一会儿他对我微笑。"真的味道都很好，是吧？"他们吃得那么匆忙，当我取出前一天下午与"多嘴"一起做的小圆面包时，只见到油乎乎的白瓷底了。"羊倌"嘴里塞满食物夸奖我，"教堂司事"从桌子尽头张开手臂对我喊叫，让我抛弃那个丑八怪"风笛手"，跟他结婚。"美男子"停止咀嚼片刻，转身看"教堂司事"，对他说眼下少拿风笛开玩笑，接着独自匆匆吃掉半个加苹果的小面包。我一面心里列出要再次购买的食品清单，一面看着大伙儿吃饭，尤其是看"美男子"，感觉好极了，仿佛他们吃的东西更多滋养的是我而不是他们。蒙塞那会儿来了，开始收拾桌子，我帮她把所有东西送到厨房，我们还没有开始洗碗，"多嘴"就出现了。

"你好，可以进来吗？"他说，虽然门开着。

"当然可以，"我很高兴看到他拆掉绷带了，"请进。"

"我来跟你们打声招呼，让你们知道我的手好了，今天不能留下来帮你们，但如果需要拿来另一辆独轮小车，你们可以跟店主说，把车放在门口，等我们回来的时候我马上把车给你们送过去，因为不知道我们几点能到，但我想不会……"

"'多嘴'！""明白吗"从门口探头进来，"我们走了。"

"好的，我这就完了，我只是说……"

"不行！我们该走了，明白吗？"

"好吧，我得走了。"

"等一下，"我都没停下来摘掉围裙，"我跟你一起去。蒙塞，我马上回来。"

我上街时"美男子"已经在爬坡了。

"'美男子'！"他回过头，停下来，为了追上他我不得不跑起来。

"我以为你不想跟我告别呢。"

"别犯傻了，"我搂住他的脖子，吻他，之后用手指继续抓住他翻领的边缘，还想挽留他一会儿，"请多加小心。"

"昨天你没跟我说这些。"

"昨天没有，"我再次亲他，"但今天对你说了。"

我们在大街中央默默地待着，静止不动，直到听见"明白吗"的声音："'美男子'，我们走吧，你比'多嘴'更差劲！"他把我的手指从翻领上松开，开始往后退，不停地看着我。我数着他的脚步，看到他在第六步时转身，跟上"明白吗"，离我远去。

等我看不见"美男子"时，我禁止自己思考之后会发生什么事，但做不到。不过任何东西都没能让我做好思想准备来迎接那天晚上回到我身边的"美男子"，他一副疲惫不堪的模样，内心受到重创，而外表完整，没有一丝挠痕。

"你不愿意至少让我给你端几碗大蒜汤吗？"给其他人上头道菜时，我出门看他，碰见"美男子"坐在大门旁边的石凳上，耷拉着胳膊，头靠在墙壁上，眼睛盯着对面的房子，保持着我离开他时的相同姿势，"我提醒你，我做的汤味道可鲜美了。'石鸡'已经说了，汤好喝得让人为它歌唱。即便你不相信，他尝过汤后确实突然替'小天使'①唱起歌来。"

"是的，我听到了。""美男子"做出微笑的样子，但没有完全办到，"他是很有弗拉门戈的范儿。此外今天他肯定比我更有运气。"

我也过了很好的一天，平静、有益，或我以为是那样的，我已经解决了给养问题，这是我最担心的。

"真的我都害怕了，"与蒙塞独自坐在空荡荡的家里吃早餐时，我向她坦白，"你瞧瞧他们怎么吃东西。我已经没有牛奶、土豆、水果、西红柿，只有四个鸡蛋。这个村子那么小，我不知道……你认为拉莫娜会有足够的货物能像昨天那样每天都卖给我们同样的东西吗？"

"会的，姐们儿，如果没货，她会去找的……她太精明了，不会损失两个比塞塔的。当然最好是我们头天向她预订第二天要买的食品，我们现在就去跟她谈，但告诉我一件事……"她低下头，转动眼睛，对我侧目而视，改变语气，好像接下来要说的事比第二天我们没有食物的可能性更重要、更严重、影响更大，"'左撇子'……为什么这么说话？"

"'左撇子'？"我看着蒙塞，还是不懂她想说什么，"不知道。他怎么说话了？"

"他这样……"蒙塞用食指在围裙上画起小图，"用那么柔和的声音说话……温柔极了。"

"温柔极了？"我重复，然后笑了起来，"蒙塞，那是因为他来自加纳利群岛。加纳利人有那种口音，所有人都这么说话。"

"是的，我知道他是加纳利人，即便他那么金发碧眼，很怪，不是吗？"她下决心之前看着我，"也就是说，他跟大伙儿都这么说话。"

---

① 安赫尔・圣佩德罗・蒙特罗（Ángel Sampedro Montero, 1908—1973）：艺名"小天使"（Angelillo），在他那个时代是西班牙著名的民歌手，还拍摄过电影《胡安・西蒙的女儿》。因公开支持西班牙第二共和国，战后流亡阿根廷。

"那我就不知道了。"我一看她脸那么红就笑了,"因为我不知道他怎么跟你说话。"

"跟我……"蒙塞看着我,尽管受欲火的煎熬,还是笑了起来,"瞧,他们到的那天,我自告奋勇愿来干活,是他出来接待的我,知道吗?问我想收取多少钱时他微微一笑,说真的,笑得不太恰当,但他笑了,好像在向我求爱,真的。昨晚……我们出去转了一圈,我再次有这种感觉……"蒙塞笑起来,我跟她一起笑,我俩笑得更厉害。"伊内斯,我向你发誓,有人用最粗鲁的声音向我求爱过。"

"你对他说不了。"

"是的,但不是因为那事。我根本不知道有说话不粗鲁的男人。说真的,说到那个乡巴佬……"她摇摇头,在椅子上挺直身体,改变话题,"我们也可以直接向某个人购买,这样更便宜。"

"是的,但那是营地的人干的事,我们不要介入,好吗?"

那天早晨罗梅斯科在值岗。十点过一会儿我们共同打扫完卫生出去时,我通知他也许我们需要独轮小车的帮助,他跟我说别担心,他会派人去取车。之后蒙塞判定我们最好首先去看她表姐,而后者无须两分钟就向我们展示她的机灵不只是在卖服装方面。

"你们眼下需要的是一头 pòrc,也就是……"她对我们说,口音中好像发出那么明摆的一个词的疲倦超出了找到一个我能理解的同义词的困难,"一头猪,是这么说吧?一整头猪。"面对我和蒙塞目瞪口呆的惊讶她重复道:"一头……"

"行了,行了,我听懂了。"我终于把嘴闭上对她说,"问题是我没想到过,我不知道。"

"可是还没到 11 月份呢,"她表妹更加明确,"玛丽,眼下我们怎么买猪呢?"

于是两位表姐妹开始用阿兰谷方言说话,时不时朝我转过身来,给我翻译她们各自的观点,在这场争论中我最终站在玛丽这边,因为如果我们不想宰猪,却又想把储物间装满肉,那就无所谓猪还没完全养肥呢。

"我们可以腌里脊和排骨,使它们保存得更长久。"我独自逐一盘算,以便说服蒙塞，"烤猪蹄，慢慢吃掉那些先变坏的东西，好吗？但我不知道哪里能找到猪。"

"我知道，"玛丽的确知道此事，"我去给你们找猪，就今天，我知道哪里有猪。我说是给我家的，我们今年一头猪都还没腌制呢，我买猪，把它送到屠夫那里……"她做了一个切东西的手势，用手背朝不同的方向敲打柜台。"事就成了。天冷了，如果你们把猪肉保存在一个凉爽的地方……"

"哎，你要收我们多少钱？"但蒙塞还不想表示满意，"玛丽，你干什么都很精明。"

"我只收成本费。"我又看到"多嘴"推着独轮小车，"屠夫向我收的钱。一分钱都不多要。"

两个表姊妹相互默默地对视了片刻，那个目光是决定性的，比我们后来的对话、粗略计算的价格及我预付的钱重要得多，从百货店里出来我们心情好多了。于是我怀着同样轻而易举、有理由欣喜的感觉走进拉莫娜的商店，一个散发着香料、卤汁、月桂气息的黑乎乎门厅，一种浓烈、宜人的香气弥补了其店主阴郁的外表，这个女人看上去比实际年龄显老，穿着一件紫袍，一条脏兮兮的腰带没能束住它，腰带原先应该是金色的，现在成了一种难以界定的褐色。前一天拉莫娜对我们很不友好，但再次见到她时，我从她乖戾的表情、傲慢的目光、因鄙视而扭曲的嘴巴判定，她对谁都不会很和气。她脑袋上方挂着两大块金属板，是用刺眼的颜色绘制的《圣灵感孕说》和《圣心图》，似乎在为这番敌意祈福。

"早上好，拉莫娜。"她不回答我，但我以更加和气的语调重复，"您还记得我，对吧？"虽然她不屑于点头称是，我还是接着往下说，仿佛什么也没察觉。"问题是尽管昨天我们在您这儿买了一堆东西，我几乎需要相同数量的一些东西，"我看了看出门之前列的两张单子之一，"面粉、土豆、西红柿、鸡蛋……好吧，给您。"

她挽着手臂继续盯着我，没有做出移动的姿势。

"劳驾，您想看看订单吗？"我用更加严肃的语气重复。

"我的东西很少，您已经看到了。"她终于回答。

"不少，"我一边环顾四周一边不厌其烦地微笑，"我见到的是您有很多东西。货架都装满了，不是吗？"

"装的是罐头，那倒是，不过……"她终于肯接过单子，粗略浏览了一下，"比如土豆、鸡蛋，我不知道是否还剩下。西红柿……这里没有，对吧？"

"拉莫娜，也许里面有，"蒙塞插话了，语气比我强硬得多，"或许您还没来得及摆上西红柿。"

"也许吧。"她懒洋洋地承认。

"劳驾，您介意去看一下吗？"我再次重复，露出她不配得到的微笑。

拉莫娜耽搁了一个世纪才动身，又耽搁了一个世纪才拖着脚步走进里屋，仿佛拖不动它们，但不到两分钟就出来了。蒙塞无须再提醒我事情办得很不利。"这样不行，"蒙塞补充道，"这样我们什么也弄不到，让我来……"

"没有，我已经跟你们说了，"店主把嘴唇绷成希望类似于微笑的一种表情，"我什么也没有。"

那个答复让蒙塞失去了耐心，她抓住我的左胳膊，摁了片刻，告知我她要采取主动行动了，她伏身在柜台上。

"瞧，拉莫娜，您和我多年来互相十分了解，对吧？不是我敬重您，但即便是因为这点，我希望给您解释一些事情。第一件是，几天来情况变化很大，不知道您是否察觉了……"我望着蒙塞，听她说话，心想她突然从哪里得到这般沉着，无法相信自己的所见所闻。"正如俗话说的，'鸡蛋饼翻面了'[①]，过去这里发号施令的人不管用了，因此……假如我们从这里出去说一个词，"她举起食指，"但只要一个词，您别以为，眨眼之间您的店里就挤满士兵，把您抓走，您这儿所有的一切就乖乖归我们了。"那一刻拉莫娜开始害怕，我不奇怪，因为抵达马德里并非易事，蒙塞也在吓唬我："您知道的，因为您大概已经想起内战结束时自己如何将村里唯

---

① "鸡蛋饼翻面了"（la tortilla se ha dado la vuelta）：西班牙俗语，意思是"时事发生变化了"。

一的商店据为己有，是吧？我不喜欢说那个词，因为我不想要您的任何东西，更不想让人以为咱俩是一路人，但如果您拒绝把东西卖给我们，那我们就关闭您的生意，那是理所当然的。我们也不在乎，别以为，因为我朋友，您看到她在这里，她会开车，只要向我舅舅要辆货车……因此如果您不希望自己的竞争对手开始赚取您正在丧失的利益，就别再犯傻了，赶紧干活，这是您该干的事。"拉莫娜走进里间，没浪费一秒钟看我们，但蒙塞还没说出最后一个字："操！"

蒙塞随后转身看我，我见她全身从上到下在颤抖。她愤怒但也惊讶得发抖，那是一种费解、复杂的激动，源于对自己能够走得那么远的恐惧，走到她不易回头的地步。我是那么想的，可她用力搓脸，几次深呼吸，微笑，之后只对我低声说了句话。

"你会看到这样她才明白了。"

拉莫娜太明白蒙塞的意思了，她把我们要买的所有东西放在柜台上之后，拿起次日的单子，看了看，点头同意。与此同时我和蒙塞装满独轮小车，付了账，无须说话便达成共识，在那之后我俩力气富富有余地把小车推到家。

下第一个坡时我们没吱声，但在第一个转弯处，当拉莫娜即便从她商店门口出来也看不见我们时，我把独轮小车支在地上，既害怕又佩服地注视着蒙塞，这种混杂的心情更好地表达了我的感受，我微微一笑。

"我提醒你我不会开车。"

"就是因为这个……我舅舅也不会把货车借给我们。"她笑起来，"可你想象不到我有多爽。"

"是的，我当然可以想象得到，问题是……你是本地人，蒙塞。这里大家都认识你，让我害怕的是……"我吸了口气，一股脑儿地对她说，"今天的事之后，如果这事办砸了……"

"不可能办砸，"她几次摇头否认，"伊内斯，别跟我说这话。"

"可问题是有可能办砸，"蒙塞向我投来一道十分无助的目光，我立马改口，"不是所有的，那倒不会，我相信会成功的，但或许在推翻佛朗哥之前必须离开这里，搬到另一个地区，有序撤退，那么……你该怎么办？"

"你呢？"

"我？"我从未思考过，不过也没有多少选择余地，"我跟他们走。当然了，如果他们愿意带我走，去法国或任何地方。可我是马德里人，现在我远离马德里，不让我回去，蒙塞，即便愿意我也不能住在那里。相反你是博索斯特人，如果军队撤离，你就不能继续在这里相安无事地生活了。"我不安地看着她，可没有感觉她害怕了。

"来，给我支烟。"

我递给蒙塞一支香烟，为她点上，见她吞了一口烟，皱起嘴巴，做出恶心的鬼脸，咳嗽了几次，挥手把烟雾从脸上驱散，立马把烟还给我。

"拿着，你抽吧。真恶心！我不知道你们怎么会这么喜欢这种垃圾，真的。"她看我吸烟的时候做出一个决定，"如果这一切不成功，我就跟你走，伊内斯。总之，这里没有什么有意思的事情……"

她抓起小车，推着它走了又一段路，直到罗梅斯科能从指挥部大门看见我们，他跑来帮我们的忙。他在责怪我们没有通知他时，我在大门前面看见前一天上午举起拳头问候我的那个独臂小伙子，蒙塞为此高声自问他何时变成共和派了。

"你好，同志。"罗梅斯科把车推进屋时我对那人微笑，"你好吗？"

"很好，很高兴你们在这里，真的，因为哎……离法国这么近，我遭了许多罪。假如不是为了母亲以及……"

他举起残肢，蒙塞把独轮小车去还给拉莫娜时，我问那个独臂青年是否在内战中受了伤。他回答我是的，是在埃布罗河，现在已经是废物了，但他一直在想，他乐意帮助我们，虽然不知道怎么帮。我给他出了一些主意。"你看是否可以找到两麻袋土豆，或几打鸡蛋或几公斤西红柿或几只价格合适的鸡。"我对他说，罗梅斯科笑了起来。我用指头指着罗梅斯科补充道："我不知道对这些人是否合适，但对我来说当然是最合适的。"这位名叫阿尔杜罗的独臂人答应我可以依靠他。"明天我给你带点东西来，"他补充说，"不知道是否能找到所有的东西，但肯定能给你带来一些……"

钻进厨房时我觉得自己言过其实了，但立马振作起来。如果我跟阿尔杜罗的安排有成效，拉莫娜也表现得好的话，我就可以油炸多余的西红柿,把汁放在密封罐里,可以保存更长的时间,土豆和洋葱从来不会富余,因为用的时间长,鳕鱼就不用说了,还有鸡蛋……

"拿着。"我正在考虑那事的时候蒙塞把两只篮子放在桌上,每只篮里有二十四个鸡蛋,"我表姐的。刚收来的鸡蛋,玛丽从卖给她猪的那些人那里便宜买的鸡蛋,钱还有富余,今天下午我们对账。"她把目光投向我们从拉莫娜那里抢来的鸡蛋,两手叉腰,盯着我:"这下你要告诉我……"

"鸡蛋糖浆布丁。"我思考了一分钟后告诉她。

"啊!不过你会做吗?"

"当然,你没见我在修道院学过烹饪?明天利用蛋清做蛋白酥。我们做一些蛋奶沙司撒在上面,这样看来牛奶也会富余……"

我还没说完话,蒙塞就撸起袖子,等着我告诉她要干的事。剩下的这一天我俩都在厨房,时间过得飞快。蒙塞与"多嘴"一样有效率,但话少得多,由于她不会要求我解释所做的每一件事,我们进展迅速得多。下午四点在各个角落左看右看找不到能用上的糕点模子时,我们已经做好了大蒜汤汁,两大块卤制金枪鱼馅饼,这是拉莫娜唯一承认有富余的东西;一大盘鳕鱼加洋葱和橄榄油的沙拉,蒙塞称其为*鳕鱼沙拉*①,从那天起我也这么称呼这道菜;另一盘炸丸子,又是用哥哥的火腿做的,因为前一晚的鸡连鸡翅都没剩下。于是我到玛丽那儿买模子,还没找到一个配方利用我剩下的数量可观的土豆,这时看见她把一口锅放在柜台上。

"猪已经死了,开了膛,放了血。"玛丽对我说,露出满意的笑容,"你要腌的里脊肉吗?"

"腌的里脊肉!"我重复道,掀开锅盖,确认猪的确在那儿。

当我告知蒙塞晚餐有肉,还有炸一大堆土豆的好借口时,她诧异得双手抱头。"食物会剩下的。"她预言,我回答她无所谓,有多余食物总是开心。然而一点儿也没剩,因为就餐的人员超出预计的数量。"狼"邀请与"美男子"一同到来的三个人吃晚饭。相反"美男子"根本不想坐到桌边。

---

① 鳕鱼沙拉(esqueixada):加泰罗尼亚地区的特色沙拉,将鳕鱼与多种蔬菜融合在一起,比如番茄、洋葱、橄榄、鸡蛋、青椒等。

"你晚饭得吃点东西。"我跟他说了许多次,"每天那么辛苦,你不能空着肚子睡觉。"

"我没胃口。"他回答我相同次数,抓着我的手,以免我像一开始时那样再次问他我跟他在一起是否打扰了他。

那天下午他们是头一批回来的,甚至比蒙塞取回她送到面包师烤炉的馅饼和鸡蛋糖浆布丁还早。听到门厅里"明白吗"的声音时,我很高兴,从厨房跑出来,可一看到他,我的双脚突然停在花砖上,仿佛那片四方的瓷砖是一道不可逾越的界线。我认识那张脸。我从未在长着那个相貌、鼻子、眼睛,戴着那么脏眼镜的脑袋上看到这张脸,但我认识那张脸,认识他目光呆滞的表情,皮肤苍白的颜色,突然下陷的脸颊,好像在短短数小时里衰老了整整好几岁,那个虚假的平静模样或许能欺骗别人,但骗不了我。因为那是失败的面孔,我见过太多次了。

"所以'美男子'不愿意进来,他在外面坐着。""狼"来厨房找我,告诉我发生的事情:"你得出去看他,知道吗?对他好点儿。"

"为什么对我说这些?"我抗议道,"我一直对他好。"

"是的,我想象得到。可现在他很糟糕,士气很低落,我不能没有他,伊内斯,我不能允许他消沉,我也不知道怎么避免它。"我看着他的眼睛,发现他在严肃说话,"你大概知道。"

那种信任让我害怕,但我遇到的那个坐在长凳上的男人模样更让我害怕,他背部挺直,靠在房屋的正面,眼睛盯在对面的墙上,一副完全迷惘的表情,什么也不知道,不知道自己是谁,叫什么名字,在哪里,干什么,因为什么、为了什么。"美男子"的脸不是失败者的脸,而是崩溃者的脸,但我试图善待他时,没有效果。

我不得不虐待"美男子",以便他开始反应过来,那么虐待他我甚至都后悔了,当虐待升级时,我求他原谅我对他说过的话。他一边回答说没有什么要原谅我的,一边用胳膊环抱我、亲我。他和我的沮丧、那天已经发生和第二天将要发生的事,都终结在那个吻里,因为日子不重要了,小时也不重要了,只有那个瞬间,时间的流逝压缩成极其短暂、孤立、绝对的瞬间系列。"没有像地下工作这样的生活,既没有这么糟糕的,也没有这么美好的。"我也从未经历过那样的生活,仅仅一个夜晚,分摊在梦境和不眠之间八到十个小时,对我来说从未有这样的重要性。

"现在我确实饿了,看到了吗?"

凌晨两点我下楼时通知哨兵,是我要发出声响,之后才钻进厨房。我煎了两个鸡蛋、三个土豆还有为他保留的腌里脊肉,看到他狼吞虎咽时我像个傻子似的微笑,几个小时之后我们起床,仿佛前一天什么也没发生。

正在开始的一天将更糟糕,尤其对我而言,不过醒来时我感觉强健,几乎亢奋,仿佛自己的情绪只取决于睡在我身边的那个男人。其他人起床也是情绪甚佳,胃口跟前一天一样好。看他们扫光我逐一摆上餐桌的所有食物时,我再次感受到前一天上午突然涌出的那股模糊的母亲般的心满意足,那种对小事的夸奖、小小的表扬和大大的微笑,甚至可以为一张土豆饼,一些涂上西红柿酱、橄榄油和盐、被火腿片好好覆盖的新烤面包片,或一盆刚去皮切块的新鲜水果沙拉而欢呼。由于面包有剩余,那天我也用香肠和炸肉块做了油煎碎面包,那是他们最喜欢的食物。他们那么快速地吃完,我答应他们第二天做更多的油煎碎面包,全然不知那个场景再也不会在同一所房屋、在更阴郁的清晨重现,他们和我都不会再次感受那种幸福,那么质朴但完整的幸福。我还不知道那一切,但关注他们的时候,就像母鸡看着它的小鸡,我发现少了一个人。

"'左撇子'呢?"

"他没睡在这里。"是"羊倌"告诉我的。

"怪不得呢,明白吗?谁都睡在这个家里。"

"我不认为他离开是为了多睡会儿。""羊倌"微微一笑,"他肯定睡得更少。"

"说得正是。我无所谓,明白吗?"

听他说话我微笑了,我看"美男子",他冲我微笑。"狼"也微笑,那个上午他不会抱怨女人惹的麻烦,因为"美男子"完好无缺,因为他再次恢复原样,一边吃饭、抽烟,一边与其他人谈笑。"狼"请求我把"美男子"还给他,我做到了。因此"左撇子"咧嘴大笑走进屋子,在预料的掌声和口哨声中落座于自己的位置时,"狼"什么也没说。

"你吃过早饭了？"

"嗯。"那个简单的单音节词引爆又一阵大笑，他和我都没在意，"但我要再喝杯咖啡，行吗？"

后来蒙塞和我会多次回忆起那个早晨，这是她余生的开端，是阿兰谷神圣、光荣、不可比拟的欢乐终点，是教会我们幸福的那几天的标志，因为我俩谁都从来没有像在那个极其短暂而脆弱的黄金欢乐间歇期如此幸福，经历它的时候没觉得那么重要，虽然它把我们与那个家的所有居民永远地一直联系在一起，那个家永不消失，只要我们还剩一人回忆它，它就将继续存在。等待我们的将会很艰苦、很痛苦，可我们永远不会这样回忆那个清晨，那个早上一切都毁了，是我将要失去更多东西的一天开端。去厨房准备更多的咖啡、给"左撇子"的杯子斟满时，我都无法想象降临在自己身上的事情，出来时看见桌上又空了一个位置，见何塞在门口与"明白吗"聊天。

"真奇怪。"我想，但马上判定不算太奇怪，因为营地人员不常来指挥部，在准备出发的时候应该来得更少，但开战以来何塞是"明白吗"和"美男子"的朋友。尽管如此，我不得不慢慢思考，仿佛需要让自己信服他们的同伙关系，因为他们的态度让我觉得奇怪，一看到他俩在那儿站着，那么严肃，我的老伙伴动着嘴皮子，好像在耳语，一边用眼梢监控大门，他耳语的对象徐徐点头称是，眼睛没有离开过地面，我的眉头就自个儿皱了起来。他们组成神秘的一对，他们的机密无法与人分享，他们的表情严肃，一副没有食欲、纯粹出于贪吃的习惯打发早餐剩余物的满意神态，虽然我也没时间老盯着他们，因为刚把咖啡壶放在桌上，蒙塞就像一头凶猛的斗牛冲破他们，打开一个缺口，流星般脚不离地穿过门厅。

"哎，好家伙，你出什么事了？"

她将一把椅子挪到储物室门口，尽可能远离连接厨房与房屋其余部分的那扇门，坐在那里，身体朝前倾斜，肘部撑在膝盖上，两腿并拢，脸藏在双手里，像一只躲在自己外壳里的乌龟。听到我问话蒙塞抬起头，手指裂开一条缝，仿佛想确定我们独自在厨房，之后让我看到她灿烂的表情染上红色的羞涩，我开始笑起来时，她笑得比我还厉害。

"蒙塞！"

"什么事？"

"不知道。你做点事，站起来，看着我……"她再次对我发笑，"告诉我出什么事了。"

"休想。"

"休想？我提醒你外面所有人都知道了。"

"我可以想象得到。"她终于站起来，"给我一支烟。"

"又一支烟？可是你并不喜欢香烟。"我还没来得及把话说完她就开始咳嗽，"蒙塞，把烟扔了！"

"不，我要抽完整支烟。到这种地步了，总之……"

她看着我，笑了起来，我们开始听见声音、叫喊、许多靴子在街上行进的同步回声。

"你知道那是什么，对吧？"我问蒙塞。

"是的，他们出发了。"

"你不想出去告别？"

"我？我决不会去！"她脸红起来，一边以绝对的坦然训斥了我一顿，"你想干吗，想让我羞死吗？虽然……"她停顿一下，重新抽烟，不再咳嗽。"你愿意跟他说过来一下吗？我想他不会介意的，因为，总之这是我最不愿意的事……"

"左撇子"站着收拾自己的东西，当我问他是否介意去厨房片刻，他微笑起来。正在等他的"羊倌"哼了一声，之后靠在墙壁上，好像意识到那事会拖很久，而"美男子"和"帕斯谷人"还坐在我离开他们时的同一个地方，仿佛那些忙碌与他们无关。

"你们呢？你们不离开吗？"

"美男子"回答之前摇头否定。

"我们要跟'狼'去视察维耶拉。"

"是吗？"我晚了一秒钟才找到补充的话，"真见鬼！"

听见我的话"美男子"笑了起来，抓住我的一只手，让我坐在他的膝盖上。那一刻透过大门以及等着"左撇子"与蒙塞告别的那些人的身影，我可以看见"狼"加入何塞与"明白吗"的交谈，现在是他对何塞的低语点头赞同，表情严肃，"明白吗"静静地注视着他们。"他们大概在谈论维耶拉，"我自言自语，"肯定在谈那事。"但也没花很多时间去做那个猜测，因为我转过头来时，看见了"美男子"的头，很近，自从来到博索斯特我第一次感到害怕。

我不确切了解军事计划，可我想象得到。自从睡在里卡多家的最后一晚偷听到餐厅谈话以来，我知道维耶拉是关键。我记住了信息、数据，无须更多的东西来确信自己的命运，所有在阿兰谷甚至之外的人，我们的命运将取决于那天早上的决定，是否进攻那座城市，是否占领维耶拉。直到那时我很清楚自己要做什么，但那一刻坐在"美男子"身上，我的嘴唇蹭着他的嘴唇，我觉得两个选择同样冒险、危险和不祥。因为如果指挥部选择放弃其主要目标，那么进攻就会失败，但相反的选择不可避免地意味着一场战役，超出每天的小规模作战，那些军事占领只要打败四个国民自卫队员就够了，这些人在第一次交火中确认进攻者的数量是他们的几倍时，几乎总是把手放在脖子背后投降出来。1900名人员不到4000人的一半，但依然是1900双胳膊，1900支步枪，每秒1900颗子弹连续射击许多小时。占领维耶拉并非易事，需要一场残酷也许血腥的战斗，付出的代价是一份长长的名单，阵亡的士兵，受伤的身体，残缺的肢体，破碎的生活，在游击战中军官总是走在队伍的前列，总是比他们的士兵冒更大的危险。

"你……""美男子"握住我的下巴，强迫我看他，"怎么了？"

"没什么。"我的声音听起来那么假，连自己都不信，"真的，没事。"

直到那一刻我还没考虑到那点。直到那一刻，我根本没想到自己如此渴望、祈求、感谢、赞扬的战役胜利，对我的剥夺可以超过给予我的，因为棺材里的"美男子"尸体将是一场悲剧，比我从未认识他更严重。为了不想这事，我注视"帕斯谷人"，他一边望着厨房门一边在微笑，"左撇子"和蒙塞还在厨房继续缠绵在一个无休止的亲吻中，我听"羊倌"在喊："他妈的，'左撇子'，够了！"我看到外面"狼"正与何塞告别。"美男子"还在关注我，但我不能告诉他自己想的事，在进攻与他之间，在西班牙与他之间，在大写的历史与他之间，我要他。我永远无法高声说出那个想法，他也不敢承认喜欢听到那个想法，可我无法把那些算计从大脑中连根拔出，与此同时，我意识到自己正在经历的不是冒险、狂欢，也不是夏日的露天舞会，哪怕我是这样来体验它的，仿佛抽签中了头奖。幸运的是我还没来得及想起自己从未在任何抽奖中获过头奖，最后几分钟内静止的一切同时启动起来。

"你好。"那一刻重新梳理过的、干净的罗梅斯科进来，他很紧张，望着桌上剩余的土豆饼。

"你好。"我回答他，起身拿起一片面包，把碎土豆饼抹在上面，"今天你不值勤？"

"不值。"他微笑着接受这份礼物，咬了一口才回答，"我要和上校去维耶拉。因为我是那里人，知道吗？"

"左撇子"终于出来，在门口与"狼"相遇。

"都在等我们，我们得走了。""明白吗"留在外面，这时弗洛雷斯从一辆停在他身边的卡车上下来，"伊内斯，我们大概会回来吃饭。"

"太好了！"我看着"美男子"，对他微笑，因为不管在维耶拉发生什么，那天都不会发生，"我利用这个机会做猪肉炖菜豆。"

"猪肉炖菜豆？""美男子"高高抬起眉头，"用这里的四季豆吗？"

"加上灌肠吧。"罗梅斯科建议。

"灌肠？""美男子"把高举的眉头转向罗梅斯科，"对了，那正是我们缺的东西！得了，你别出主意……"

"要加灌肠的。"这位阿兰谷人坚持道，"伊内斯，听我的，会很好吃的。"

"我们可以走了吗？"弗洛雷斯打断一场与重大历史时刻当然不相称的对话，语气更多的是不耐烦而非专横，"还是你俩要写一部食谱？"

"你是个蠢货。"我想，但什么也没说，只是在目睹他们离开之前再次亲吻"美男子"。随后不管我怎么找，在任何地方都找不到类似于阿斯图里亚的血肠，但及时想起我们买了一头猪。猪肉第二天吃才合适，但猪耳朵不需要这么谨慎，用它和两根灌肠我炖了白菜豆，味道好得正如罗梅斯科所预言的，比自己期待的还要好吃，虽然把大家都给噎住了，因为他们坐下来吃的时候，已经在味觉上刺穿维耶拉。但我教蒙塞用冷却法煮白菜豆时还无法预测到那点，她一直在问我问题，仿佛变成了"多嘴"的化身，或太心不在焉了，我对她说的话连一个字都记不住。

"蒙塞……"

"什么？"

"把菜豆捞出来，泡在冷水里。"

"好了。现在吗？"

"现在要把水再烧开一遍。"

"又一遍？"

"当然了，我刚跟你说过，姑娘，煮菜豆要冷却三遍。"

"哎，对不起，我啥也没搞懂！"她笑了起来，笑得那么起劲，把我也逗乐了，"告诉我一件事，伊内斯，你……到现在为止结过婚，或有过什么，是吗？"

"顶多是有过什么。"我从她手里夺过锅，盛满水，"我从未结过婚，但在内战期间与一个男人同居过，跟结婚差不多。"

"哦，那是因为……我以为自己神经错乱了，知道吗？瞧瞧我对你说的话。"于是我首先笑了起来。"因为真的……不是因为害怕你把我想得很坏，伊内斯，不是那回事，是因为……我不是这样的，真的，从来不是这样的，连去巴塞罗那住在姐姐家有人追求我时也不是这样的……"她手指朝上并拢，在空中挥舞着手，"追求我的人很多，我向你发誓，我根本不理睬，真的不理他们，而现在我出的事……问题是我不明白，连我自己都不信，真的。这一切大概把我弄得神魂颠倒，我怎么知道，到处有这么多男人，这么多军装，这么多步枪，被俘的国民自卫队员，拉莫娜导致的不愉快，总之……不是我要抱怨，但所有这一切让我失去理智。"

"还有'左撇子'，他那么温柔。"

"不过那倒是真的。"我们笑得更厉害，"他特别柔声柔气，特别温和，一开始用他那种教堂合唱队孩子的声音抱怨'羊倌'如何打呼噜，我想回过神来时他已经钻到我的床上，当然他根本不是什么小孩子，你都想象不到……"

"在你家？"

"在我家，怎么了？我家只有外公，不幸的是他耳背得像堵墙……"蒙塞沉默了，转过头，看着我，"哎，也并非不幸。"我俩笑得比之前更厉害。

那天清晨依旧明亮，呈玫瑰色，如最美好的朝晨，是那种神魂颠倒的金色果实，它颠覆了我们、村子以及阿尔杜罗的生活，因为他扑到我身上想在门厅吻我时，我根本没想到有人会把那个场面解读为别的意思，而不是一场纯粹的混乱。

"放开我！"我尖叫，不一会儿哨兵跑进来，那天上午之前我从未见过此人，"放开我！"

"这是怎么回事？"哨兵在问我，我不知该如何回答，但阿尔杜罗赶紧回话了。

"没什么，"他低下头，在辩解之前仿佛对自己的所作所为感到羞愧，"原谅我，我不该……我很抱歉。"随后他在哨兵面前道歉，好像哨兵是我的父亲、哥哥，我的某个家人。"是因为这里没有这样的女人。"

之后他跑掉了，我只是惊讶于最近自己很有桃花运，可是当哨兵留下我与蒙塞单独在一起时，我对她说的话不同。

"瞧，另一个精神错乱的人。"我们再次笑了起来，并发现地上有一些餐巾，我把它们捡起来，放入食品柜的抽屉里，之后回到厨房。

那就是发生的事，或至少是我以为发生的事。阿尔杜罗与一个推着小车的朋友中午到了，车上装载着满满几袋土豆、洋葱、卷心菜和各种蔬菜。他们还带来一满筐鸡蛋，急不可待。"他父亲不知道我们给你们送来这些东西，"阿尔杜罗对我说，"他必须在父亲发现之前带着麻袋回去，我在外面待着，守着小车……"我信了阿尔杜罗的话，没有理由不相信他，于是也没留意阿尔杜罗，一边和蒙塞把他朋友逐一递给我们的所有东西安置在储物间。"你是付账的，对吧？"最后那人问我。我对他说是的，那一刻他不再急，因为算账花了很长时间，但问我要的价钱便宜，我没吭声就把钱付给他了。之后我陪他到大门时，哨兵问我独臂人在哪儿，我对他实话实说，不知道，他跟我说要待在外面，看管小车。"他跟在你们后面进去了，没出来。"哨兵皱着眉头通报我。我再次进去，遇见他靠在尽头的墙上，在楼梯旁边，我还没明白正在发生的事，这时他就扑到我身上，想用他唯一的胳膊抓住我。

"真遗憾，不是吗？"我们再次独自安静地待在厨房时，蒙塞感到惋惜，"因为他给我们带来的东西都很好，我认为他不会回来了。"

"得找其他人。"

"是的，你最好跟他不客气。"我俩再次齐声笑起来，仿佛那个早晨我们干不了别的事，"不知道出了那么多乱子我们会落得什么下场……"

蒙塞一见阿尔杜罗高举拳头问候我时就不相信此人，连她都没有怀疑会以另一种方式解读那个插曲，即阿尔杜罗躲起来不是为了有机会与我独处。

因此听见"狼"说话时我根本没想到他的请求与阿尔杜罗的袭击有什么关联。"等一下，'美男子'。我想跟你谈话……"

我看见他们回来，见他们一个接一个地进来，愤怒胜过严肃，但每个人的方式不同。弗洛雷斯的脸气愤得通红；"狼"的嘴唇绷紧，颌骨咬紧，他乌黑、漆革似的眼睛露出猛兽的表情；"帕斯谷人"把目光盯在自己鞋上，紧握拳头，"教堂司事"如影子似的靠着他；"美男子"咬着卷在牙齿之间的舌头，他只要一生气就这个样子；"明白吗"一个接一个地望着大伙，表情阴郁、担忧。他们带来的四名军官我从未见过，这些军人更加和气，是唯一进来时打招呼、微笑、夸奖伙食的人。"瞧瞧，你们在这里运气多好啊，我们要天天来吃饭了……"虽然我问"美男子"是否想多吃点时，他一边抓住我的手，按住它，一边摇头否定。

紧张的状态让人喘不过气来，"狼"送别他的客人后拦住"美男子"时，我甚至以为"狼"只是在找一个让自己平静、让他的人员平静下来的机会。那一刻几乎是下午五点，蒙塞和我已经把厨房收拾完了。

"你上楼去，等着我。"他离开之前在我耳边低声说，"我马上回来。"

看见"狼"进门时如何把一只手放在"美男子"肩上，我忍不住冒出一阵突然的悲伤，一种潮湿、发霉的感觉，如此熟悉，就像前一天下午看到"明白吗"回来时的脸色。我缓缓上楼，失败如千斤重量压在每条腿上。之后坐在床上，我试图不思考，不回忆，不在自己面前承认已经知道那个故事的结局。我做不到，然而仅仅两个小时后，进攻阿兰谷的行动、西班牙、大写的历史，连同我最坏的预感，都将一钱不值，就像穷孩子收集的弹子球。因为我能够占卜一切，除了整个世界即将消失，如一把干土从我的指间消失。

已经七点多了，这时有人用手指关节敲门。去开门时我又看见那位穿丧服、坏脾气的厨娘，她利用我的到来溜之大吉。"美男子"在她身后，懒得跨过门槛告诉我最不想从他那儿听到的话。

"伊内斯，收拾你的东西。"或许因此我没认出他的眼睛，他疏远而礼貌的声音，类似在一个感觉已很遥远的下午缴我枪时使用的声音，"你搬到这位太太家。"

"可是……"我拼命寻找理由，但找不到，"为什么？出什么事了？"

"安全动机。"他也不想看我，"这个家任何平民都不能住了。是上面的命令，我没时间跟你讨论。"

他话没说完就转动鞋跟，沿着走廊离去。

"请等一下！"他没有等我，"'美男子'！"

我跑出去跟在他后面，但没追上他。

"可你会来看我，是吗？"我朝楼梯的空隙对他喊叫，"难道你不会来看我吗？"

楼梯的空隙不懂得回答那个问题。

二

直到那一刻我以为自己还剩下伊内斯。

直到那一刻我相信那次出行给予了自己所需的某些东西。"如果不是一个国家，至少是一个可以与之生活的女人。"那是我的想法，上车前一刻最后一次从那个公路瞭望哨观察维耶拉时，我抓住那个念头，那辆卡车将把我带回到一个地区、一个日程表和一场战役，对我而言它们已然不过是一个女性的身体。那也比考虑那辆卡车实际上去哪儿、车上所有人去哪儿要强。"那样更好，赫苏斯·蒙松，再次让你的那些令人讨厌的事见鬼去吧。"

我以为"狼"也知道这点。当他把我从屋里叫出来，把手放在我肩膀上，用手指摁着我的肩膀，引导我爬了一大段坡，直至走到一个无人能听见我们的地方，我以为他只想宽恕我的过错，向我保证他意识到我多么不好受。之前在瞭望所，我对"狼"表现不好，但那个圈套对我来说比对其他人更难以忍受。然而不管在那瞭望台上说过什么话，我永远不会与弗洛雷斯结盟来反对自己的上司。即便"帕斯谷人"和我在听取"狼"的论据之前已经认为弗洛雷斯有理，那天上午我也根本没那么做。"狼"应该觉察到了，但我没有仔细琢磨这番顾虑。或许是因为我们彼此了解的一切，在同样天真地视为最倒霉阶段的那些苦难岁月所学到的东西，都不足以教导我们去战胜1944年10月23日的遭遇。

"'美男子'，我……"那种失望和失利，那么无能为力，"很抱歉我要对你说的事。我真心遗憾，真的，但我别无选择。"

那时我才发现自己错了。"狼"朝我迈了一步，把手插在口袋里，看着地面，吸了口气，我无法推测什么能比自己的估计更加严重。

"今天早上一个家伙搜查了指挥部。"他皱起眉头，仿佛看着我让他不好受，"那人在楼上转了一圈，想撬办公室的锁。有人从营地透过走廊的窗户看见他。"

"他拿走什么了？"实际上我没兴趣知道它，而是想加快他那个缓慢、费劲的声明，好像每个音节都使他的舌头溃烂，"面对我们现在遇到的问题，"我想，"既然我们已经放弃占领维耶拉，将来还会有更大的麻烦。"

"没什么。他什么也没拿走，因为开不了门。只有一把钥匙，萨法拉亚总是带在身上，你知道的……""狼"转过头，朝外看，又注视我，"问题不是那个。重要的是谁让他进去了。"

"'狼'，我不明白你的话。"然而我已经开始明白他的意思了，"我不知道你为什么跟我说……"

"那个家伙是来看伊内斯的。"当他说出那个名字时，再次自然地呼吸，仿佛卸掉了一个负担，"她在等他。他跟另一个人来的，带来了满满一车食物。土豆，我想，蔬菜，一筐鸡蛋，那是站岗的'铁路员工'告诉我的。他看那俩人进去，不一会儿见伊内斯与其中一个出来，跟他告别，向他致谢。那个有两条胳膊的人推着车走了，当'铁路员工'问伊内斯另一个独臂人时，她回答说不知道独臂人在哪儿，以为他在外边待着。她去找他，由于这两人谁也没出来，'铁路员工'没通报就进去了，就在那一刻他看见独臂人扑到伊内斯身上，试图亲吻她。她抗拒了，或者……""狼"扭过头斜眼看我。"或至少她假装在挣扎。"

"不可能，"我自言自语，"不可能。"不可能，我无法接受，无法相信。"不可能，"我心里重复道，"不可能，不可能。"我背对着"狼"。"明白吗"正在上坡。我看见自己的面部表情显露在他脸上，同时我发现自己的脑袋从左边晃到右边有一阵子了，想否定一切，我意识到自己是最后一位知情人。跟笑话里戴绿帽子的丈夫一样。

"那说明不了什么，'狼'。"我转过身，再次注视他，试图赢得时间，一边积累对自己有利的证据，"根本说明不了什么。为了获取食物伊内斯十分操心，我知道这事，你也知道，她一直在说这件事，而且……你不知道她甚至买了一头活猪送去宰杀吗？"

"是的，别人已经跟我说了，""狼"朝我走来，抓住我的胳膊，点头称是，继续以温和、平静的语调对我说话，比刚开始的怀疑语气让我更恼火，"这一切我都知道了，或许你有理。可能是那家伙利用了伊内斯，欺骗了她。也可能是仅仅寻找一个机会对她下手，不过……问题在于不仅仅是那些，'美男子'。"

"不是吗？"我使劲松开胳膊，他同时也闪开了，仿佛猜到我没有扑向他的脖子有多不容易。

"哎，哎，哎！""明白吗"出其不意地抓住我的肘部，"一点……"

"放开我，操！"举着张开的双手与他俩分开之前，我确实一拳打在"明白吗"的胳膊上，"别碰我，懂吗？别碰我！"

那一刻我开始闻到伊内斯的味道，清晰地察觉到她的气味，仿佛她的肚子就在我鼻子上方。我坐在一扇关闭的门槛上，用双手捂着脸，这股气味变得更加强烈。我的手原本干燥、干净，但我发现它们潮湿、油腻。我的指头肚儿在脸上触摸的皮肤不是我的，而是一长排罐装润肤霜涂在一个光滑表面的产物，这个表面多亏某些小的凹凸不平而更加像丝绸。我凭记忆查找在肘部、脚掌存留的粗糙，还有一块很丑的疤痕，依稀近似圆形，像牧场的烙印标记在她的左大腿上。"别碰我那里！""为什么？""因为碰不得，因为很可怕，十四岁受的伤，知道吗？一天马把我摔了，拖了我好多米。地上的一块铁片扎了我，而且是生了锈的……"

"我对她没有任何意见，'美男子'。我什么也不确定，但我认为有太多的巧合。她向我们讲述的整个故事不过是一长串巧合……"

"你也别碰我的肚脐，哎！""不行吗？为什么？""不知道，我觉得冷，就好像身体的热量从那里冒出来……"我在听"狼"说话，但听见伊内斯的声音，之后连那也听不见，她呼吸的节奏逐渐起伏，变得越来越急促、响亮，直到张开嘴。我用手捂着脸，但正目睹她张嘴，听见她以另一种方式呼吸，一开始嘴唇半开半合，然后嘴张得越来越大，她的两排牙齿，折叠的舌头，一个看似幽暗、发红的无底洞穴，仿佛永远都填不满它，一个陌生的元音从洞穴尽头发声，既不是 a，也不是 e。后来她终于像个傻子似的笑起来。仿佛脱得那么精光让她难为情。那是我最喜欢她的地方，她最后笑得多欢啊。

"她的确曾是我们的人，内战之后入狱，但一个长枪党哥哥把她从狱中救出来，多巧，把她带到离这儿五十公里的地方生活，多巧，宣布进攻的那个晚上她在听比利牛斯电台，多巧，及时找到一匹马，一把手枪，认路的某个人，多巧，那还不算什么……"

于是我把一个手指伸进她的肚脐，嵌入她的肚脐眼里，慢慢转动手指，她让我这么动了一会儿。她半闭着眼睛看着我，一副温顺的微笑，懒洋洋的手臂，大腿张开，突然她打了我一巴掌。"我跟你说了不要碰我的肚脐。"之后她紧挨着我，用自己的胳膊抓住我的胳膊，阻止我再次试图碰她的肚脐，那一刻她的气息充满所有的毛孔，弥漫于所有的组织，湿润我所有的脑骨。我的内心没有别的东西，除了那个潮汐，那个脉动，一道暗光，一团温火，那个自身散发芳香的肉体肌肤，容不下其他东西，我感觉它好似一道缝在我全身的影子，一针一针地缝在我的肉上，与此同时我继续坐着，静止不动，捂着脸，我的手既干又湿，既干净又油腻，"狼"还在说呀，说呀，说呀。

"'松子'今天早上来看我们。他告诉'明白吗'，内战期间伊内斯是一个叛徒的女朋友，那个婊子养的出卖了很多人……"

"也出卖了伊内斯。"我插话，不太清楚自己在干什么，话语涌到我的嘴边，力量涌到我的腿部，我露出脸庞，起身，走近"狼"，"他出卖了伊内斯和她的一个女友，后来枪毙了这位女友和藏在她家的七个同志。我知道这事，因为她自己告诉我的。"

"我也知道此事。你跟'明白吗'说了，他又告诉了我。你们遇到'松子'的那天晚上你通过她本人得知此事的，对吗？当伊内斯发现这里有人了解她的历史，她就在一次又一次的做爱中间告诉你。"

"可是……"那一刻，疑虑如一滴缓慢、浓稠、恶性的酸液渗进我的内心——它只是一种纯粹的伊内斯气息——我根本无法高声回忆是我询问的她，是我鼓动了那次坦白，"作为叛徒的女朋友不意味着……"

"她也是叛徒。""狼"把话补充完，"是的，在这点上你有理。可能又一次是个巧合。但已经很多巧合了，不是吗？六七个连续的巧合。一个年轻、迷人的女孩骑马来到这里，犹如天空的降雨，带着3000比塞塔和五公斤炸面包圈，一段不清不白、没告诉我们的过去和一段非常可疑的家史，一见面就跟你混上床，深度利用自己，让你为她陶醉，变成我们的厨师，继续深度利用自己，从早餐到晚餐都激起所有人的食欲，突然办公室的门被撬了，一个混蛋搜查指挥部，他被发现时利用谁来掩护自己？这个混蛋试图制造假象时谁跟他在一起？"

直到那时我还没痛苦。直到那时我只感受到欲望，对性欲的模糊怀念，盘旋在我性欲上方的一阵危险，让我警觉起来，但还没伤害我，尚未伤害到我。然而当"狼"继续列举巧合时，我看见的是自己而非伊内斯。我看见的是外在而非内在的自我，我见到的是一个闭着眼睛、张着嘴、流口水的傻帽，这让我怒不可遏，根本没想回答上司的问题。

"我什么也不确定，'美男子'，真的不确定。""狼"放弃了预审所采用的嘲讽口气，但在他的声音中所察觉的坦诚并没有安慰我，"假如事情不是这样，那什么也不跟你说之前，我就会和她谈话来排除自己的疑问。可我根本没有时间这么做，你知道的。形势太糟糕了，不能把时间浪费在小事上。我们被孤立、被出卖、暴露在任何风险下。我们连怀疑内部的某个人都不行，你明白了吗？不管我怎么琢磨……伊内斯让你给她指出我们控制区的范围，那么着急地向认识她的那个莫斯卡多军官脸上吐痰……我不知道，太过分了，'美男子'。"

太过分了，但与我的耻辱相比不算什么。那是最强烈的感觉，取代了其他所有的感觉，是能够把那个女人的气息从我头脑中排出的唯一溶剂。因为我根本没怀疑过伊内斯，不需要。我无须怀疑，无须比较自己的疑虑与把握，周密制订计划之后再做出决定。我一辈子从未感到如此屈辱。我那么怜悯自己，甚至无力回忆那个女人利用我到了何种地步。我曾快乐地张开双手，像孩子面对雨点般从彩罐落下的糖果一样，意识到自己的轻信、天真、无防备的无限快乐，犹如一根能颠倒我思考过程的杠杆。

于是我对伊内斯有了与以往不同的看法，回忆起自己未曾关注过的表情，倾听从未听进去的话语。"一个居心不良的女人。"我想，对自己的内心发出苦涩的微笑。我倒是希望揍自己一顿，扇自己的耳光，抽打那具自己无条件奉献给最慷慨情人的无戒备身体，这个骑马女子那么勇敢，在我床上扭动时引发那么多快感，醒来时那么甜蜜，只有蠢货才会相信那是真的。我宁可好好棒打自己一顿，打破自己的嘴唇，打肿自己的眼睛，但我做得也不差。我把她的每个美德都变成缺点，甚至憎恨自己最喜欢她的东西，这样对自己的伤害不轻。那样更容易，比继续回想自己所知道的要少点痛苦。

"那我们逮捕她。"因为我这辈子从未觉得这么丢脸，"如果你们愿意的话，我来逮捕她。"我那么愚蠢、渺小和可鄙。"我立马去找她，把她禁闭到你们指定的地方。"

说那些话也不复杂，即便"明白吗"一听便吓了一跳。

"我们要把事情处理好，明白吗？"因为他走近我，把手放在我的肩膀上，皱着眉头看着我，"没理由逮捕她。我们首先要做的是与蒙塞谈话，她整个上午都一直跟伊内斯在家。"

我点头同意之前把舌头卷在嘴里，用牙齿钉住，回忆起遇见"明白吗"与"松子"并排坐在指挥部正面长凳时他私下对我说的话，他妈的我想立马把自己的舌头揪掉。

"行了，你也……选择了最好的时机跟女人有一腿，明白吗？"

进攻从看似一切正常的开头就受挫。第一天大家都太激动因而没有察觉，兵力展开的实际状况，占领博索斯特，设立指挥部，安营扎寨，保证后勤，研究给我们组指定的计划，这些事情让我们忙碌而激动，并处于紧张状态，这是一个战士的理想状态。此外夜里我们上床时与图卢兹的通信正常，不仅是为了祝贺我们。图卢兹那边也向我们保证，其他两个战区的一切活动已按预定命令完成。安赫利塔说得有理，我们回到了战争，但没有让我们不安。战争是我们最擅长的事。

"狼"指挥下的部队奉命占领维耶拉以北的村庄，从次日上午起我们便执行此项任务。晌午前"明白吗"和我率领大概两百多名人员进入指定给我们的村子，从那起一切开始变糟，虽然占领它就跟夺走孩子的糖果一样容易。

"我不喜欢眼下的局势。"我朝"明白吗"的方向嘟哝，虽然我们刚刚不费一颗子弹就让岗哨投降了。

"不喜欢？"他转身十分诧异地看着我，"为什么？"

"嗯……"我等着自己的人把那一刻双手抱头上街的四名国民自卫队员带走，"跟你说不清楚，但我不喜欢。"

空气没有原本该有的浓烈芳香。邻居们没有出来看我们。所有的大门和窗户紧闭，没有孩子或女人在大街上看热闹。可以通过锁眼感受到他们的恐惧。自从我们到达那里无人拥抱我，向我微笑，无人举起拳头或鼓掌。我记得很清楚之前的情况是什么样的，发觉现在不同了，虽然不知道为什么、怎么不同。这一切令我不快。

"我认为一切都很顺利，明白吗？"

"是的……"我看着他，对他微笑，把理由保留给自己，"你说得有理。我们去找村长。"

抵达那个村庄之前我们所有的信息是岗哨的警卫数量，对一个这么小的村子来说是够多的，对离法国那么近来说是够少的，足以让我们相信他们没料到我们，另外还有身兼村长和长枪党头目的那个人的双重权力，尽管双重责任的叠加不足以鼓励他迈出家门，挺身而出。

"早上好，太太。"从街上敲门、大声叫喊一刻钟之后，我只在一个朝内开的老派正方形窗式猫眼另一侧依稀看见一张变色的女人脸，"您丈夫在家吗？"

"不在……"她的声音沙哑，但同时又细得如一根马上要断的头发，"他不在。"

"您不知道他什么时候回来吗？"我很肯定她在对我撒谎，因此客气极了，万一他自己能够听见我的话，"我需要跟他谈话。仅此而已，谈话，向他通报形势。他不会发生任何不测，我向您保证。他是这个村子的最高长官，我想告诉他我们正在这里干什么，为什么来到此地……"

"哦，可我什么也不知道。"她急匆匆地关闭猫眼，虽然通过缝隙我还能隐约看见她。

"太太，您会看到的，西班牙的形势发生变化了。"我没有放弃礼貌，但我的声音变得更加坚定、自信，因为我说的是事实，我认为是事实的东西，"佛朗哥的日子屈指可数了。他的盟友输掉了战争，不能再继续支持他了。我们比任何人都更清楚，因为 1939 年我们不得不流亡法国，因为我们在那里打败了德国人，因为我们是盟军的一部分。"那时我远远听到一阵跑步的嘈杂声，一个熟悉的声音在高声喊我。"我们是盟军，请您相信我，我们回来不是为了伤害任何人……"

"上尉！"我正在慷慨陈词，这时"多嘴"打断我，我等他跑到自己身边。"上尉！"等他喘过气来。"我们出事了，上尉！"

"出什么事了？"可是出于一种奇怪的灵感，我没有离开大门。

"神父！神父刚才从阳台上跳楼了，这家伙听人喊'共和派来了！共和派来了'，他就紧张了，不从大门出来，那是他该干的事，而是从二层栏杆跳了下来，至少得有五六米高。当然了，他大概摔断了某个部位，胫骨、膝盖，我也不知道，他只是说大腿很疼，但不让任何人看，还在那儿，一个起码有六十岁的老先生，我们不能把他扔在那儿，掀起教士袍躺在街上呻吟，但也不知道……"

"你们不知道？"现在我需要的正是那个好动的傻帽神父，我想，一边感觉到齿间的厚舌头，"我会告诉你的。首先，尽量不要再来烦我，清楚吗？然后，你们要做什么？'多嘴'，你问我这个太离谱了，去通知卫生队的人，对吧？你自己就该想到这点。"

"给他打石膏，对吧？""多嘴"看着我，我只是点头同意，让他继续说下去，因为我用眼梢看见村长家的门开了，他老婆从那扇半开半合的门后探出头来，想听得更清楚，"给他打石膏，或给他的腿上夹板，给他好好瞧瞧，看有什么问题，因为他呻吟得很厉害，但或许不是……"

"不管是什么，'多嘴'，我都无所谓。把他治好，之后将他送到学校，像对其他人一样。如果神父无法走路，你们两人用椅子抬他去。"

"你们要给穆绅①治伤吗？"

我专注地用右眼监视村长老婆的影子，转过身才发现一些人走拢来了，他们之中有提问的那个人，是一位少妇，手里牵着一个孩子，怀里抱着另一个孩子。

"当然。还是这里有医生？"

"今天没有，"少妇回答我，"医生只在周一和周四来。"

那一刻村长老婆的头稍微伸出来一点，"明白吗"接替了我。

"请让您丈夫出来。我们有不少问题，明白吗？"

"我向您保证他不会有任何事。"我重复道。"我以母亲的名义向您发誓。您想一想，太太。假如我们想伤害他，"我抓住自己步枪的枪筒，给她看，好像没有一直把枪带在跟前，"那我们不会浪费一分钟跟您说话的，您不明白吗？"

她看着我，非常缓慢地点头称是，走进家里，没有把门完全关上，马上回来了。她的身后出现一个男人，头发又少、又白、又乱，衬衣纽扣没扣好，扣子从第二个起就扣错了，一副惊恐的表情，赋予他一种几乎粗野的外表。我向他伸手致意，抛开他如此害怕我们的可能动机不谈，我再次

_____

① 穆绅：古时西班牙阿拉贡地区给二等贵族的头衔，现在用作对某些教士的尊称。

认为不喜欢那一切。一刻钟之后进入那个村子学校的最大教室时我有相同的感觉，与此同时我回忆起另一个学校、教室和村庄的形象，我在那里说过类似的话。假如已经告诉我这些情况，我都不会相信。我面前的听众比那一小组德国军官的人数多得多。这些人是平民，完全听得懂我的语言，但他们冷漠地迎接我，与我料想的敌军态度一样。我没预料到这些平民这么冷漠。我从未料想到这一点。

开始发言之前我的目光在他们脸上逡巡，我几乎看不到几双眼睛，因为大部分邻居把眼睛盯在他们的腿上，好像没有好奇心打听他们正在遭遇的事，或者似乎对我可能告诉他们的任何事情准备好了答复。第一排就座的是国民自卫队员、村长和他太太、两个穿西装打领带的先生，这样的服饰在其余人穿的农村工作服中间很显眼。我喘气的时候还是不习惯这里的空气、它不冷不热的温度和磨损的浓度，我在试图躲避我眼睛的那些面孔上寻找某个迹象，以往活力的某些痕迹，依旧温暖我记忆的昔日勇气，但没有找到。

然而我的人马在等待我。他们笔直列队，像上次那样包围教室，每个人在其指定的位置注视着我。"但如今我是在西班牙，"我强迫自己思考，"是在自己的祖国，一个没有投降、没有屈服、失去一切之前流血过多的国家……"因禁在法国的那些年我多次一边思考这些问题，一边看到法国人如何垮台，整个马奇诺防线上的每个村庄、每个城市的每个家庭在最小的压力下如何崩溃。当欧洲人犹如一队迷失方向的任性羊群逐渐向德国人投降，我们西班牙人每天在回想、比较自己的回忆，保持手握步枪倒下、孤注一掷战斗到底的骄傲。我们唯一拥有的那种骄傲支撑了我们，滋养了我们，鼓舞了我们，武装了我们，把我们推向了一个根本不在乎的伟大胜利。因为我们在法国战斗过，但不是为了法国。在法国，但不是为了法国。不管是在法国还是别的地方，我们只是为了回国，为了回家。

战场、监狱、饥饿、严酷、劳改、游击队和战争，我们所做的一切和所受的苦难只有一个意义。我们原本会付出更多以换取一个像我那天早上所拥有的机会，一个西班牙村庄，一所西班牙学校，一个微小而脆弱的西班牙胜利，犹如4月清晨一个枝头的发芽，未来积土成山的第一颗沙粒。

开始发言之前我想到了所有那一切，想到自己原本应该是情绪高涨的，因为已经付出了很高的代价到达自己所在的位置。我们都付出了高昂的代价，压在我们肩上的是无法陪伴我们的那些人的名字和故事，他们为换取一个得不到的机会而付出了自己的生命。

在朗读西班牙全国联盟宣言之前我也想到了他们，"*任何正直的西班牙人都不会停止听从祖国的召唤*"，一开始我还看着村民，"*我们希望所有兄弟般团结起来的人能够以参加今天这场需要全国一致努力的事业而感到光荣*"，我还在等待一声呼喊、一个表情、一丝微笑，"*我们民族顽强战斗的进程和希特勒注定的失败使佛朗哥及其长枪党的垮台即将来临*"，但我只看见低下的脑袋，只听到沉默，"*跟他们一起垮台的是所有那些促使西班牙殉难延长的人*"，"明白吗""多嘴"和"雏鸡"都很紧张，"*决定性战斗的时刻临近了*"，村民们不活动，不说话，不互相对视，"*我们必须准备好，准备好的意思就是团结起来*"，但村民也不懂得看我时不要摇头，不要把衬衣领口从喉咙处扯开，在衣服里翻动，仿佛布料刺激他们的皮肤，"*不是团结在一种让我们萎缩的被动等待中*"，演讲接近尾声，我对他们比对自己感觉更糟糕，"*而是团结在鼓舞我们的战斗行动中*"，因为预感自己虽然能摆平一个德意志国防军少校，却被同胞的冷漠碰得头破血流。

"去战斗！"虽然到了喊口号的时候我喊了，"佛朗哥和长枪党下台！"终于寥寥几个声音回应了我的呼喊："全体西班牙人民的全国联盟万岁！"两个男人、三个小伙子，十二个妇女起身与我一起呼喊："共和国万岁！"

我的人员同时呼喊来壮胆，我感谢他们，但感觉并没有好到哪去。然而当大多数邻居在门口默默地鱼贯而出时，我看到教室后面围了一群人，估计他们在等教室清空了再接近我。当他们这样做而不仅仅是我的猜测时，我差点儿要开始用拉丁语祈祷，就像早年在神学院当学生那样，但幸好不必走到那个地步。

"你好！"跟我年纪相仿、穿着短工服装的一个男人向我伸手之前举起拳头，"我叫埃乌塞比奥。"

"我叫马丁，"跟他在一起的男人稍微年轻些，但外表一样，"我真的很高兴见到你们……"

回答他们的问候之前，我已从其口音发现他俩都不是本地人。埃乌塞比奥来自阿利坎特的一个村子，马丁来自塞戈维亚的一个村庄，直到在阿兰谷相遇之前互相毫不认识。他俩都进过监狱，前者在瓦伦西亚，后者在马德里，出狱时都还轮到服兵役。获释后他俩的想法一致，搬到一个与法国接壤的省份，在那里找份工作，存点钱，等待翻越比利牛斯山的第一个机会。

"你们要干什么？"他俩向我讲完这一切后问我，"你们要放弃这个村子还是留下一支预备队？"

"当然不会放弃它，但我还不知道……我们没有足够的部队保护所有的村子而不妨碍我们前进的可能性。最好是把左派人士武装起来。"

"没有左派，"埃乌塞比奥打断我的话，"有相当多的女人和孩子，但男人……我一个也不认识。"

"哎，有我们在这儿呢。"马丁微笑着。

"还有我们……"

刚刚毛遂自荐的这个人跟我几乎一样高，但大概不超过十五岁，看来是以另外两名跟他一样年幼、比他矮的人的名义说这番话的。

"上尉，您可以算上我们，"他带着很浓的阿兰谷口音重复道，"我们三人。他们认识我们，不是吗？"他以挑衅的语气补充。

"是的，"埃乌塞比奥微微一笑，"我们当然认识他们。他们是很好的小孩，可是……"他朝我弯下身，压低声音："好了，你看见他们了。"

那个发言人，在我村里大家会说是个小屁孩，他的腿跟我当年认识的"多嘴"一样长，脸上的皮肤像半熟的海鲜饭，有些零星的、尖头发黄的大疙瘩，另一些像微型痣的暗色成串小疙瘩。我不认可武装他的想法。我向来不赞成武装青少年，不管身高让他们看上去多像大人。不是因为我觉得这样做比贫穷带给他们的生活更不道德——孩子们第一次抽条之前，贫穷已把锄头而非步枪放到了他们手里——而是因为他们不可靠。孩子们，甚至那些习惯了像成年人一样劳作的孩子，会变得紧张，鲁莽行事，承受不了压力。他们可以像男人那么勇敢，但更残酷，更没有耐心，很不负责任。在极端需要的情况下我宁可武装妇女。可是在那些男孩的眼里有热

271

情，有痛苦和信仰，比我从他们邻居那儿得到的要多得多，在一个没剩下任何左派人士的村里，这些成年人看着他们出生、长大、受苦、从椅子上起身为我那天上午的发言鼓掌。

"你们是孤儿吗？"我问他们。其中两个，高个子和他左边的那位，点头称是。"是没有父亲吗？"

"我父母双亡，他俩同时被枪毙了。"那个还未说过话的男孩回答，"我和奶奶、弟弟们一起生活。"

"我不是孤儿，"第三人详细说明，"哦，我认为自己不是孤儿，但也不知道父亲在哪儿。母亲以为撤退的时候他出国了，可是……我们五年没有他的音讯了。"

"你几岁？"

"十七岁。"他回答我时抻直脖子，抬起下巴，试图显得更高，同时更像男子汉。

"没有，"我微笑着，"你没有十七岁。告诉我实情。"

他十四岁，他朋友十五岁，那个最高的孩子差两周满十六岁，但他们的决心是我从那个村子带走的唯一鼓舞人心的标志。

"好了，我们要做一件事。我要武装你们。五点钟，"孩子们看着我，嘴里都盛不下他们的笑容，"我会留十个人在这里。但你们……"我指着埃乌塞比奥和马丁："负责这些孩子，同意吗？别让他们干任何蠢事！站岗和警戒可以，但仅此而已。等我可以给你们派援兵时，你们就解除他们的武装，让他们回家。"

"你做得好，明白吗？"

对此我不那么确定，不过当我们出村准备步行回博索斯特时，还没来得及把最后那些房屋甩在后面，我的代理人就高声批准了那个决定。

"即便那些孩子年纪很小，假如你没有接受他们，他们也会泄气的，也会让他们的家庭、母亲、兄弟沮丧的，明白吗？他们不会冒任何风险的，但这样可能会让一些邻居感到羞愧，他们树立了榜样，明白吗？因为这个村子不可能没有一个左派。可能隐蔽起来了，不说话，不出头，但连一个都没有……""明白吗"停顿了一下，看着我，抬起眉毛来强调他的诧异，

"在西班牙？"他自己摇头否定，自问自答："至少我不相信，明白吗？"

"你从哪儿来的这么多乐观主义？"我想，但点头同意他有理，我把问题留给自己，到达博索斯特时我只向"狼"报告我们的目标达到了。

指挥部呈现很好的气氛。国民自卫队员出人意料地缺乏抵抗，还没开始射击就高举双手放弃了军营，这给了我们一个没指望在内的好处。然而这是一个难以解释的模糊信息。国民自卫队员自愿放弃他们的岗哨，但没有事先决定，没人给他们下达这样做的命令，之后也毫无加入我们阵营的意图。所有人的供认都一样，他们投降是因为没料到我们。因为谁也没通知他们在国境内有一支敌军。因为谁也没要求他们抵抗。

听到与我那天的描述几乎相同的其他案情报告，我发现那种局势不是我所喜欢的。从军事角度看，敌人的被动意味着一个礼物，极大弥补了村民的冷漠。那是无可争辩的，但更加无可争辩的是只有整体的假情报才可以同时解释学校的冷淡和军营茫然的屈从。不过我没有找到合适的时机与任何一位战友分享我的疑虑。我们正离民间舞会一步之遥，"石鸡"为快乐舞①伴唱，"狼"闭着眼睛吃黑灌肠，"教堂司事"高声列举他分散在阿拉贡地区的女友，"总之，就差一步"，他常说，"左撇子"在叹息，因为不管发生什么，他会是最后一个到家的人，这时出现两个士兵，他们同时说来了一位女客和一位女犯。由于他们达不成共识，我出去打探一下，在门口遇到了本人失去的祖国版本。

"西班牙"身高一米七。之前她从未那么高，但身材不是她身上唯一引人注目的东西。她几乎黑色的平直头发绾在一个半散开的发髻里，几缕散落的头发那么关键，仿佛她用自己的手指将它们拨散，把她的脸蛋框起来。从那一刻起一切都无法预料。"西班牙"既漂亮又不漂亮。她的脸蛋不完全符合美的古典定义，但远离丑的范畴，虽然对她最有利的是，安帕罗和安赫利塔都不能以"一个可爱的女孩"的说法把她打发了。"西班牙"有着黝黑的眼睛，古铜色的皮肤，这两种典型的颜色出现在一张非典型的

---

① 快乐舞（alegrías）：西班牙安达卢西亚地区的一种民间舞，其动作优美活泼而
   欢快。

脸庞上，轮廓突出，骨骼细腻，表情坚定，脸蛋柔和但不脆弱，修长但毫无宗教气息。"西班牙"可以炫耀她的鼻子，可以对自己的下巴满意，更可以为自己颌骨毫不掩饰的优雅而欢欣。相反她的嘴巴太大，无法按照当时的时尚在嘴唇中央画一个心形，作为补偿，她有一颗圆滚滚的脑袋，对这样大个头的女人来说太小，与她斯拉夫的颧骨不相称。更加无可争辩的是她的身体。

"西班牙"有一副强壮、迷人的骨骼，即便她打扮的方式那么奇特，骑手小姐与业余民兵的古怪混搭，马靴和马裤，一件胸口有荷叶边的白色衬衣，一件天鹅绒外套，一身很旧的雨衣，肩上一件披风，一把很显眼的手枪插在裤腰带上。即便她身上有那么多布料，我也隐约看见她的宽肩，虽然不像看上去的那么宽；一对足够圆润的乳房，使得一件不小的衬衣在第三和第四颗纽扣之间开了一个洞；一副有前途的臀部，尽管裤子滑稽地鼓起来，还有长长的大腿。那些是我首先看到她的东西，因为我出去时她用旗帜的一角捂住了脸，仿佛是一名被迫在军营院子里亲吻旗帜的新兵。我从未亲过那面为之玩命了十年的旗帜，我觉得那个举动过分，戏剧化，有点歇斯底里。但我对她说"下午好"时，"西班牙"像以前的战士那样把拳头握紧，举到太阳穴，向我致意。她的眼睛告诉我，她没在亲吻旗帜，而是用旗帜擦干自己的脸。因为我出去迎接她时，"西班牙"在哭泣。

对我来说那就是伊内斯，一个国境线与我梦想的国度恰好吻合的国家，我曾经拥有的西班牙，我曾经属于的西班牙，不知在自己记忆之外何处可以找到的西班牙。自从她开始每晚充分给予我白天在她身体之外徒劳寻找的那一切，那就是伊内斯。一个如此巨大的力量源泉，假如受益者不是我，那会是留在家里的任何一个男人，他们没有预感自己正在错过的东西。虽然假如伊内斯投入其他怀抱，其主人也许不会像我那么笨拙，不会让她迟钝得不但没有把我们的脑袋向外移动分开，反而朝里挪动，在松开我们之前，给我俩一个响亮、疼痛的撞头。

之后我陪她进屋时，听她说话、解释，讲述她骑马而来，给我们带来了3000比塞塔和五公斤炸面包圈，她愿意做任何事情，只要我们不把她送回家。我看着她，看着其他人，明白他们的想法跟我一致。那个女人与我们的希望非常契合，她的到来赋予进攻的意义和连贯性。因为我们越过边境是为了跟她那样的人站在一边，以他们的名义，为他们而战。我们抵达阿兰谷之后二十四小时，任何进展、任何幸福的预感尚有可能，伊内斯是我们的第一个志愿者，第一个自由、自发投奔我们的人，我们不用招募她或说服她，不用出去找她。她也将是最后一个志愿者，但在我们开始怀疑这些之前，我已经像个不太聪明的小孩被她吸引住了。

"怎么样？"因为第二天回到博索斯特、遇到"狼"在指挥部门口等我们时，我只想着那些事。

"很好，"我根本没发现他脸色不好，"比昨天好多了。"

这是事实，因为那天我们没有跳楼的神父，也没有躲在床下的村长。阿兰谷的人终于知晓我们在哪里，来自哪个阵营，想干什么。他们知道我们如何行事，虽然热情还是少见，但恐惧慢慢转变为单纯的紧张，一部分人掩盖敌对的观望态度，另一部分人则表面同情。在两种隔膜的交叉点，我们的人员开始出现，仿佛滴管的口子扩张到溶液两两一组流出的适中程度，而不是每次仅仅一个剂量。

在我的身外情况没有好转多少。相反我的内心已经很不一样，只要一想到那些事我就不时露出笑容。当我把枪口对准国民自卫队员，当我朗读西班牙全国联盟宣言，当我用眼角窥探邻居们和我的士兵们的反应，当我组织那些要留守在村的人员、武装那些要跟他们留下的平民时，每一秒钟我都意识到自己阳具的体积在增大、缩小，再次随意增大，没有征求我的意见也从来没有让我完全安静下来。

在很短的时间里我要做出很多决定，我并非有意识地思念伊内斯，但任何想法，任何可以用来表达它的词语，强制性地出自一个粉红色、肉乎乎、内壁有弹性的发亮洞穴，它套在我的头颅上，非法取代大脑的位置。我的脑子里没有别的东西。我尽量忽视它，以免连锁反应，以免任何清晰、蓄意的形象在我身体的另一个叛逆器官上引起突发性后果。但我的眼睛在伊内斯不在的地方见到她，我的耳朵没倾听却听见她的声音，我的指肚儿触摸空气的时候抚摸到她。"明白吗"不得不肘击我背部以便我说完开了头的话。我在一桩接一桩的事情当中自娱自乐。所以我对"狼"说比前一天顺利多了，我没有对他撒谎。

之后我发现从指挥部散发出来的气味笼罩着一种旧式的家庭气息，一种把我带回阿斯图里亚斯、我母亲厨房的气息。我闭上眼睛想更好地体味它，毫不犹豫地辨识出那种现象的原因，南瓜、西红柿、洋葱。我断定是浓鸡汁，母亲不常做这个菜。伊内斯，我想象，不用睁开眼睛就能看到她的双手切菜、去皮、剁碎，她脸部专注的表情，全神贯注于平底锅的眼睛，手里拿着一把木勺，嘴巴微微张开……仔细一想，更加肯定的是她闭着嘴烧饭，但那一刻我已疲于束缚自己，于是决定由着自己去。

"你去哪儿，'美男子'？""狼"的声音拦住我时，我产生了那种伤人的勃起。

"去里面打声招呼。"他的食指在空中拒绝，"真的，一切都很顺利，'狼'，你问'明白吗'吧，或一会儿我跟你说。"

"不行，不是那事。今天我们俘虏了莫斯卡多参谋部的一个军官。今天上午我已审讯他了，没得到什么重要的东西，但是弗洛雷斯得知后暴跳如雷。他强迫我重新审讯，要求你在跟前，因此……其余的事要等等了。"

其余的事，伊内斯，从背后攻击她，掀起她的裙子，把手伸进她衣服下面，紧贴着她，而她只能继续用木勺搅动浓鸡汁，享受她的惊慌失措和妨碍她同时照应我和煮菜的紧张不安，在"狼"说完话之前就不再是急迫的事。政委瞬间得到的东西是那天两次长途跋涉、国民自卫队、学校集会、我的人马及我招募的少数几个人的反应所无法获得的。我不喜欢弗洛雷斯，不信任他，更不相信他突然表现出对我的偏爱。因为我是赫苏斯的朋友而不是他的朋友。我欠赫苏斯的是一个朋友应得的忠诚，但我不欠弗洛雷斯任何东西。我不怀疑"狼"跟我一样清楚知晓这一切，但我的下体自动流亡到延期享乐的搁置状态时，我寻找一种让他放心的方式。

"拉蒙，我根本没兴趣出席那个审讯。"他点头称是，向我保证他相信我，"现在去反而让我很尴尬。因此你得决定那事。如果你希望我去，我就陪你去。如果是因为弗洛雷斯，让他见鬼去吧。对我来说，这里只有你一个领导，你是知道的。"

"我知道，费尔南多，我明白……"他朝我走来，在我背上拍了一下，用同一只手把我向前推，"可我也更希望你在跟前。首先，为了不再争吵。其次，因为这家伙叫戈迪略，在伊内斯的名单上。弗洛雷斯昨晚向我抱怨，今天上午再次抱怨我们热情好客地向一位来历不明者，一位马德里小姐，一个长枪党党员的妹妹张开怀抱。听他这么一说，胡安尼托开了个玩笑，你知道他是什么样的人。'是的，好家伙，'胡安尼托对弗洛雷斯说，'我们现在就差缺了厨师，看看其余的人是否要为你长着硕大屁股的后果买单……'"我微微一笑，因为完全可以想象萨法拉亚的表情，他总是一针见血但既不直截了当也不抬高声音，这种惊人的本事归功于他天生的尖刻。"你可以想象弗洛雷斯一点儿也不喜欢萨法拉亚攻击他的屁股。但也不喜欢萨法拉亚为伊内斯辩护。"

"当然了。因为他理解不了这些，甚至不用往坏了想，"上校点头认为我说得有理，"因为他不是军人，对战争一无所知。他来这里不是为了战斗，而是为了控制我们。为了感觉安全，他需要一切都计划好、规划好，需要介入每一件事、每个细节，谁也不许马上做出决定。但这事不是这样的，这不是党部……"

"正因为如此我希望你来。因为你跟蒙松是那么铁的朋友，我认为最好由你来跟弗洛雷斯解释，我们已经知道戈迪略还有伊内斯告诉你的有关此人的情况。可是，另外……"

"狼"停顿了一下，加快脚步，一边继续给我带路，他回过头来确认附近无人。

"今天我无法与图卢兹通话。"

"你说什么？"于是停下来的人是我，我抓住他的肩膀，迫使他看着我。

"你所听到的，""狼"平静，严肃，从不对我撒谎，"我与图卢兹没通上话。弗洛雷斯说他可以，正常向图卢兹汇报了，但我的线路一直有问题。通信站确定是法国方面的故障，但问题是没有办法接通。今天21号了，你知道的，是吧？"

"'皮诺乔'。"那个名字与维耶拉隧道的意义相同，是我们的后方，是我们向维耶拉推进的保障。

"这是你说的。我什么也不知道。我根本不清楚到这会儿情况如何，隧道是我们的还是敌人的。可我敢打任何赌，弗洛雷斯是知情的。我更希望你跟我来，因为他相信你，四只眼比两只眼看得更多。"

然而我和"狼"的眼睛看到的是相同的东西。政委以一副受到冒犯的表情接待我们，介于责备和愤慨之间，我觉得太假了，仿佛他在镜子前排练过。弗洛雷斯在自我辩护，看见我的脸色时，没敢把我牵连到他的辩护词里。这事他做得对，因为我觉得饱含在他那些问题（"难道我在这里什么用处都没有吗？难道我不是指挥系统的一部分？甚至我都不值得你们向我报告正在发生的事情？"）中的痛苦与他的句法一样咬文嚼字，是一个回避我们提问的花招，但不是那种最机智的。弗洛雷斯也没有给我们提任何问题的可能性。他自己选择了说话和沉默的时机，不一会儿他端着拿破仑元帅的派头转动鞋跟，先于我们走进大厅，那个莫斯卡多的军官在那里等着我们。当弗洛雷斯给我机会观察他时，"他确实屁股很肥。"我想。我也认为隧道的事完蛋了，但没敢跟"狼"说。

审讯从头到尾是一场愚蠢的行为。俘虏在生气，上校在生气，我在生气。相反弗洛雷斯继续扮演陆军元帅的角色。他一边一个接一个地提问题，一边迈着短步在房间溜达，双手挽在背后，一副忍住怒火的表情，把嘴唇皱成一种暧昧的怪相，引发的更多是厌恶而非恐惧，虽然比其他东西更滑稽。时间就这样一点点地过去了，十五分钟，三十分钟，四十五分钟。直到"狼"厌倦了。

"政委，请问我们可以谈一会儿吗？"对弗洛雷斯说话之前，"狼"轻轻抓住他的一只袖子以防万一，比我会采取的态度礼貌多了。

他俩一起走出房间，我无法听到他们说的话，虽然我可以想象得到。俘虏拒绝坦白，不管弗洛雷斯一次又一次地重复相同的问题，他都会继续拒绝，而越过边境之前我们已经决定放弃其他任何法律程序。

进攻之前的那个周日，"狼"在他家召开了一个会议，已无海鲜饭和女人了，反之却来了"剪刀""磨刀匠""石鸡"和"大香炉"，博索斯特参谋部的全体人员，大家都穿着军装。甚至新的命令，"狼"在电话里通知我们："我不想再看到你们穿便服。"我虽然服从了他，但"狼"不喜欢我的样子。

"应该让浪漫主义见鬼去！"

"可是真的没什么，'狼'，说真的我不理解……"

"上校！"我还没来得及说完自我辩解的话他就打断了我，"如果你不介意的话，从现在开始叫我上校。"

"很好，上校。"我立正，敬礼，"羊倌"笑了，"狼"狠狠瞪他一眼，"羊倌"不再笑了。"上校，我戴的臂章对我来说很重要。它们是我唯一觉得真正属于自己的东西。我可能是浪漫主义者，一个多愁善感的人，甚至是个傻帽，如果你愿意这么想的话，但我希望戴着它们回到西班牙，因为我是戴着它们离开西班牙的。"

"这不可能。"他一拳打在桌上，大发雷霆，让"羊倌"再次发笑，虽然及时捂住了嘴巴，"因为对你来说那么珍贵的臂章打乱了指挥部的等级体系。"

"那也不是这样，'狼'……""帕斯谷人"帮我说话，他确实戴着法国的少校军衔。

"上校！"

"好了，上校。不至于吧，上校，因为你指挥的不是一个团，'左撇子''美男子''剪刀''石鸡'和我也没有确切指挥五个营，萨法拉亚也不会指挥一个排，不管你设法任命他为中校……"

"那我无所谓。我不能容忍的是参谋部的这种混乱，有一大堆的上尉，另一大堆的中尉，只有一个少校，甚至一个准尉。"于是他看着"大香炉"，后者把胡子浸泡有一阵子了，"操，'香炉'，真是难以置信。"

"行了，行了……""大香炉"举手求和，"今天晚上我晋升自己为上尉，你别担心。"

"啊，你别自个儿晋升！""狼"再次敲打桌子，把自己弄疼了，"你已经是上尉了！"

"是的，'狼'……我是说，上校。"

"咱们定个协议吧，上校。"这时候我鼓起勇气建议，"'香炉'的事，好吧，因为一个准尉在一个参谋部里起不了什么作用。但我希望作为上尉进入西班牙。占领维耶拉后第一个空闲时刻我就把少校的肩章戴上。如果需要的话我自己缝上去。两天后等我们所有人都得到晋升，我把中校的肩章也缝上。看在老天爷的分上我向你发誓。"

"应该让浪漫主义见鬼去！""狼"把肘部戳在桌上，用手撑着脑袋，摇晃了几下，做出他典型的联想，既唐突又紧急，"顺带说说……"往下说之前，"狼"转身看着"教堂司事"。"我猜不用提醒你们1936年妇女给我们造成多大的苦头，对吧？就是那事。我厌恶她们，明白吗？我一个都不想见到。"

"你干吗对我说这事啊？""教堂司事"抗议道，"你说说看，为什么……"

"因为就该对你说，佩佩，因为我们互相认识很长时间了。"

坐在我右边的"明白吗"肘击了我一下，向我示意"左撇子"，尽管他跟"教堂司事"一样寻欢作乐，尽管他跟我一样是少校却戴着上尉的臂章，但这家伙对"狼"来说都跟往常一样是隐形人。

"那个混蛋……我不知道他是怎么做的，"安东尼奥意识到了，从桌子的另一端冲我们微笑，"可总是啥事没有，明白吗？"

那段嘟哝让"狼"警觉起来，他转身，伸着手指，准备要指点我。

"对你我要说同样的话。"

"对'左撇子'呢？你从来不说他，明白吗？"

"'左撇子'是更有责任心的人。""狼"，即我们的上校，这样裁决，而那位有责任心的人微笑着，他的那张金发蓝眼的孩子脸帮他骗过了所有的人，"现在我们要谈重要的事了。"

事情如此重要，我们再也没有打断"狼"。为我们在祖国领土内行动所确立的规矩与军事计划一样无可争辩。我们重返西班牙不是为了战胜，而是为了说服，那就意味着一种与平民百姓细致的、兄弟般的、同时礼貌的交往。我们是一支占领军，但同时又不是，因为我们不是入侵一个外国，而是自己的国家，那就意味着一种特殊的处事方法。

"所有人都要清楚，""狼"提醒我们，听他说话时谁也没微笑，谁也不敢开玩笑或说笑话，"我不愿意容忍最小的抢劫行为、最轻微的骚扰妇女的企图，更不能容忍一桩不加区别的镇压行为，听懂了吗？我希望你们的人也都记住这些规定。不管平民跟他们说了什么胡扯的事，不管他们会目睹什么仇恨或报复的场面，不管我们的人在前进的村庄会受什么罪，甚至不管我们俘虏的法西斯分子会是些婊子养的，我都无所谓。因为……"他举起右手食指："我们当然要抓俘虏。我唯一准备签署的枪决令是那些胆敢私自治罪的士兵，甚至那些允许别人当着他们的面私自治罪的人。我绝对不允许就地正法、折磨，也不容许虐待平民，不管是谁，不管做过什么，不管谁眼里颤抖着泪水求他……""狼"停顿了一下，一个挨一个地扫视我们，目光再次停在"教堂司事"身上："不管她多漂亮、多好，不管她最擅长的事干得有多好。听清楚了吗？"

"清楚极了。"连"教堂司事"都没抱怨"狼"再次对他发话。

"问题不是我不想还击，而是要尽一切手段展示我们是合法的。"不管怎样，"狼"反复强调，"好好记住这些，因为世界其他地方一下子全都得知此事的时刻就要到了。从来没人白给我们任何东西。从来没人把我们的事情变得简单，我们不能允许自己犯一个错误，因为指望不上任何人。同心同德、国际主义、对西班牙的热爱，这些都停留在集会、标语及国际联盟[1]的正门，但从未落实在正式文件里。你们谁都无须我提醒这一点。"

这是那次会议所发布的所有事实中最无可争辩的一条。从来没人赠予我们任何东西，我们都知道这点，弗洛雷斯也不例外。因此当我单独与那位低着头、眼睛盯着自己的脚以免回应我目光的法西斯中校待在一起时，我确信"皮诺乔"的事情落空了。政委执意延长一场徒劳的审讯以推诿责任，但我还没有泄气，我不想泄气。战争是无法预言的，不受制于日期、地图、兵力的相互关联和精确制定的进攻等逻辑。战争任性、混乱、难以对付。否则面对一支更强大、装备更好、指挥系统无懈可击的职业军队，我们不可能坚持了几乎三年，1936 年夏季以来"狼"就一直需要一支像它那样完备和等级化的指挥体系。在战争中总是会发生任何事情。那点大家也都知道，包括戈迪略中校，他不明白把他单独留给我的原因，过了很

---

① 1920 年 1 月 10 日，巴黎和会宣布《凡尔赛条约》正式生效，国际联盟宣告成立，其总部设在瑞士日内瓦。国际联盟（简称 LON 或国联）是第一次世界大战后成立的国际组织，宗旨是减少武器数目及平息国际纠纷。但国联却不能有效阻止法西斯的侵略行为。第二次世界大战后被联合国所取代。

难受的一段时间"狼"才开门叫我出去。

"上尉？"

我立正，之后回答：

"遵命，上校。"

他用头对我做了一个表情，出门时我已没看见弗洛雷斯。

"行了，我们去吃晚饭。"他对我微笑，"当然是你赢了。"

我赢了更多的东西，因为进入指挥部时我发现伊内斯正好下楼，我的下体勃起到心口处，没有退让一毫米占领的地盘。她穿着一条好像新的裙子，一双夏天的凉鞋；口红从嘴唇一端涂到另一端，在嘴角之间颤动，犹如一个慷慨、鲜红和肉感的承诺。她看上去更加女人化，同时更加年轻，因为蓝色布料比任何骑手服装都更紧贴她的胳膊、肩膀和胸部。但伊内斯扎起头发，前额两边别了一些发卡，这是小女孩经常的做法。然而任何这些孤立的细节都没有像她的整体那么让我激动。我跟自己打赌，她就在同一天买了这身裙子，想象她在那么小的村子，没有人行道、商店和橱窗，寻找无法找到的衣服，千方百计得到它，我的心就被打动了。第一次见到她时我无法估计自己对裸体伊内斯的喜欢胜过着装的她。意识到这点后我未曾动过念头去设想一下裹在她裸体上面的一条裙子会让我如此感动。

"真漂亮！"

我向伊内斯伸出一只手，扶她走下最后一个台阶，我的听力继续独自捕捉其他人的谈话。"狼"透露他与图卢兹通话的困难，这些话以熟悉的语调渗透到"帕斯谷人""左撇子"和"明白吗"的答复里。我了解那个口音，那种茫然和沮丧的疲惫，我可以听见他们，但听不清楚，因为无法留意他们。我们谁都不习惯在军营品尝那么丰盛的晚餐。夜晚刚刚开始，并将持续到饭后甜点之后很久。

"同志，你可以让她心满意足了。""帕斯谷人"向伊内斯鼓掌，她不得不起身致意，之后他宣称，为了公正起见他们也应该向我鼓掌，萨法拉亚利用这个机会向我低声说了一个忠告："假如我们得回宿营地，你会直接上军事法庭的。别怪我把话说在前头。"

我们笑得跟之前享受晚餐一样开心，但眼前还剩下很长的夜晚。从那一刻起对其他人而言伊内斯将是上苍赐予的一个厨娘。而我还在继续纳闷，越来越被那个出乎意料同时又十分难以预见的女人迷住，她询问完我是否疲倦之后没有带我上床，而是去巡视前线。

"可你是在犯傻还是怎么了？"

回来时伊内斯答应"明白吗"我们进入马德里的第二天，就单独给他做五公斤炸面包圈，这时"明白吗"瞅着我，仿佛之前从未见过我。

"可你怎么想到告诉她我们要到达马德里？""明白吗"站起来，跟我一起离开数米，不让"松子"听见他如何责怪我，"这是我一辈子听到的最不负责任的事，明白吗？"

"行了，可你……"

"你没到过那里，"我只对自己说，"你没跟她骑马到上面的瞭望台，双手藏在她衣服下面，你没看见她的热情如何点燃区区半打快熄灭的灯火。你没看见她微笑，你没亲吻她，你没听过画饼充饥：'占领巴塞罗那，出海，在瓦伦西亚登陆，穿过拉曼查，顷刻间到达马德里。'你不知道，'明白吗'，因为你没注视她，没有屈从于这种几乎矛盾的对立情感难以解释的陶醉，它让我像个驴子似的勃起，同时眼睛满含柔情。"所有那一切我本该告诉"明白吗"，最可能的是他根本不理解这些。因为我也不十分了解。

"另外，我什么也没跟她说。"所以，我选择概述，"那一切都是她自己说的，她很满足。我很喜欢她。喜欢看她满意。"

"得了吧，你也……选择了最佳时机被她迷住，明白吗？"

我原本可以抗议。可以提醒"明白吗"他也没有抓住机遇的本事。原本可以对他说："你知道的，今天为你，明天为我，昨天在法国，今天在西班牙。"但我没时间可以浪费。天亮之前我还要赢得更多的东西。第二天当我以为失去了一切时，伊内斯又在那里以同样的热诚和专注应对最坏的局面，就像直到那时她善于面对最好的局势一样。

1944年10月22日，我已经经历了很多倒霉的岁月。在边境指挥所和阿热莱斯的海滩上我多次陷入悲伤、失败和暴怒。我对失败的了解超过胜利，然而在我的记忆里找不到任何可与那种沮丧相提并论的东西。我根本想不起革命士气、大写历史势不可挡的推动力、民众解放的惯性。列宁说过，耐心应该代表一个共产党员的主要美德。但他也说了，共产党员的首要责任是观察他的周围，尽力理解现实。

"请多加小心。"跟我告别时伊内斯请求我。

"昨天你没对我说那话。"

"昨天没有，"她与我的目光接触，没有松开我军服的衣领，"但今天跟你说了。"

那些话让我心情大悦，之后很久太阳才闪耀登场，仿佛已经决定只为我一人天亮。

我们出村，公路开始陡峭起来，树冠遮住我们的光线。夜晚沉落于长在山边的潮湿蕨类植物上，造成一种露天隧道的效果，一种摇曳、变化的昏暗，散发着湿土的气息，如冬日的寒冷那样蚀人。行军时我只能听到自己的脚步声，我的人马靴子的回声成倍地增加，还有远处低声的零星对话，不时听见挂在背囊上的军用水壶里面水声的响动。"明白吗"走在我身边，时不时瞅我一眼，但我没回应他的目光，不想说话。我感觉良好。我喜欢在那里，漫步在那种潮湿、寒冷的阴暗中，尽享短暂而孤寂的和谐，它时辰有限，但坚持自己的本性，仿佛不知道太阳在空中游历，匆忙移动，垂涎中心位置以便瞬间终结它。我感觉良好，不需要任何身外之物来保持良好的状态。尚不需要。

"跟我说句话。"我们行军一个半小时后"明白吗"肘击了我一下，"我感觉无聊，明白吗？"

"是吗？那你跟'多嘴'去说吧，他肯定能让你开心。"

"不行，我更愿意跟你说话……"

"得了，今天我没兴趣说话。"我看他，见他哼哼，我微微一笑，"对不起，'明白吗'。"

半小时后太阳开始从树冠之间渗透，只是那时才开始天晴。天空湛蓝、晴朗，干净极了，能见度那么好，远处群山在地平线上以照片的精准显出轮廓。公路开始呈现越来越宽的弯道，与此同时逐渐脱离其单调的植被护卫。到达一个天然瞭望台时我决定叫暂停，休息二十分钟、喝水。我们前往的村子在山的另一边。我爬到山顶附近的一些大石头上以确认是否能看见它，当我把望远镜对准眼睛时，看到了某个迥异的东西。

对面山坡的底部被平整，修了一条林道。一条夯实的、宽度足以让一辆卡车通行的蜿蜒红土路通向一处加宽点，那里有一百多人在工作。其中三分之一的人清理和平整刚建完的那段路；另外三分之一的人凿平、清除下一段的瓦砾。"他们的前面大概是阿斯图里亚斯人。"我估摸着，暗自微笑。另一组在山上钻孔。分散在他们之间的是大约十五个步兵战士，每人手里端着一支小自动步枪，懒洋洋地来回走动监视他们。

看到那一切我同时垂下望远镜和眼帘，强迫自己数到十。"不可能，"我自言自语，"别抱幻想。"但我的心大概没听见这些，因为它还在十分缓慢地使劲跳动，好像试图要冲破我的肋骨。我再次调整望远镜，之后将它对准眼睛，空气刺激我的鼻子，寂静的山变得嘈杂、响亮，我身体的每块肌肉在同一毫秒里绷紧。我集中所有注意力再次观察那个场景。我寻找一个陷阱，一个错误，任何蛛丝马迹可以否认自己的眼睛印在大脑里的解释。我没找到。

我把眼睛停留在每个士兵身上，在望远镜的另一边他们像一套铅俑似的那么无伤害力，我确认指挥他们的不是军官而仅仅是一个军士。那个细节证实了我的感觉，即无人在阿兰谷等待我们，形势与一个简易的乡下营地场面十分不同。因为甚至在 1936 年夏，当我们还是矿工、农民、泥瓦匠或面包师而不是战士的时候，都不会允许自己做出这般马虎的事。我在国外生活了五年，但我是西班牙人，知道在自己的国家事情如何运作。我所见的只能用一种方式加以解释，即便在我最美的梦里也无法想象遇到如此的好运。

我朝下看，朝自己的人员看，虽然确信敌人从另一边无法听见，我还是拒绝把"明白吗"喊过来。我不愿冒最小的风险，因此与他们会合时我把手放在一块岩石上面。

"'多嘴'，过来。"存在一种极小、极不可能的可能性，即某个人从平地末端拿着一副比我功率更强大的望远镜，可以依稀看到那个弯道上的一个侧影，但我连那点风险都不想冒，"你待在这块岩石上，直到我让你下来，任何人不得从这里过去。一步都不行，清楚吗？"

"是，上尉，您放心吧。也就是说，我们得靠着弯道进行防御，等于是说从这儿朝我左边，对吧？"

"正是。"我用伸向他的右手认可他的话，"闭嘴吧，我没时间可浪费。'明白吗'跟我来。"

"可是出什么事了？"

"现在你就会看到的。"

我们到达坡上时我把望远镜递给"明白吗"，不想告知他任何事情，因为我自己还难以相信那一切。他往下一看首先说的就是那话。

"我难以相信，明白吗？"

然后他把望远镜还给我，摘下眼镜，我生平第一次看到他用衬衣的一角清洁镜片。

"不可能，"他一边重复道，一边摇晃着头，仿佛被上了弦，"不可能是真的，不可能。我们运气从来没有这样好，明白吗？我们没有，这将是第一次……不仅需要上帝存在，而且他还得决定了改变阵营，明白吗？把望远镜拿过来，快点儿。"

他再次调整望远镜，以便更加缓慢地观察，从左到右，我不费力地重构他视线的那组镜头，工人分布的地段、他们的看守数量和位置。"同志，那是一个陌生上帝不同寻常的奇迹。"

"是一个劳改队……""明白吗"终于嘟哝了一声，抬起头，微微一笑，"一个劳改队！"他高声重复："你发现了吗？"

"我当然发现了！"我笑了起来。

"可是……"他再次把望远镜举到脸上，"不可思议！"

那是不可思议，难以想象，像可以撞击无限台边的克郎球，命运最深奥微妙的双关语。我们在前往一个永远到达不了的村庄，路上碰巧遇到的恰好是一支劳改队，一群接受劳改的劳动者，一个甘于为佛朗哥的西班牙免费工作以赎罪的囚犯连。那些犯人只能是一种身份。人民军过去的战士，或换句话说，我们的战士，是我们的人。

"你说大概有多少？""明白吗"问我，没松开望远镜。

"大概一百，不是吗？之前我粗略数了一下。"

"一百或更多，明白吗？"他终于从眼睛上摘下望远镜，还给我，站起来，"操！你可以满意了。"

"是的。"我再次微笑，"虽然不知道我们该如何设法武装所有这些人。"

"哎，但愿我们的所有问题都像这个问题，明白吗？"

下坡的时候我反复考虑武器的问题，甚至沉溺于想象自己率领一支三百多人的纵队回到博索斯特，其他人与我都急需这种提升士气的行动。我可以做到这点，因为我们数量上的优势是压倒性的，在任何情况下都会保证成功。而且在那种情况下所有的优势都在我方。

"改变计划。"我一边通告自己的士官，一边用树枝在地上画了一个草图，"我们从上来的地方有序、安静地下山，从山底包围这座山。目标是把那些俘虏从正在山那边修建一条公路的劳改队解放出来。"

"什么？"

几个人同时提出相同的问题，但我只是粗略地向他们解释了一下形势，谁也没再打断我的话，仿佛同时明白了我们没有时间浪费在细节上。我决定把自己的兵力分成八组，同时从北部和南部进攻那三个区域，在每段尽头安排一组人员，以便封锁那块平地，虽然我不认为敌人会抵抗。工地被大量的泥土和瓦砾所环绕，为隐蔽和等待派往最远阵地的小组到达目的地提供了可用的掩体。开始上坡时我把进攻定在一小时后。

"我认为我们不会有更多像这样的机会，"在分组之前我提醒每组的领导，"因此我们要好好利用它。"

一个小时后我从一大堆沙子后面出来，看见"明白吗"从平地的另一边以同样的节奏朝我前进。

"站住！"我一边喊道，一边把手枪对准一个士兵的后颈，"把步枪扔了，举起手，别干蠢事，不然我打飞你的脑袋。"

我还没来得及说完话他就服从我了，我环顾周围，确认我的所有人员都完成了自己相应的任务。当马丘卡捆住那个军士时，我点头向"栗子"做了一个动作，让他负责收集敌人的武器，我把自己的俘虏交给"多嘴"看管，走到平地中心对俘虏们说话。开始说话之前，我打量他们，看见他们睁大眼睛、张大嘴盯着我，手里还握着劳动工具。我在内心微笑，对那些离我较近的人致以微笑，但他们并没有对我还以笑容。

"同志们！"一毫秒间我便发现自己预计要走近那些离得最近的人，跟他们握手，向他们致意，但还没这么做，"我们是西班牙全国联盟最高委员会的代表，这个纲领集中了所有参与反对佛朗哥独裁统治的民主力量。你们与我们联合起来吧！"

我停了一下，什么也没听到，我环顾四周，什么也没动，我心想出什么事了，我无法回答自己。

"决定性战役的时刻临近了。"但我继续说话，叫喊，每一声呼喊都很卖力，在发出的每个音节里都倾注了所有的感情，"墨索里尼倒台了，希特勒的失败迫在眉睫，佛朗哥的独裁到头了。全世界再次注视西班牙。我们在法国加入的盟军不会容忍这种局势更长时间。在他们和全体西班牙人民的帮助下，全国联盟将很快夺取政权，恢复共和国和自由……"

那时俘虏开始逃跑。

我还没来得及说完一半演讲，离得最远的那些人已经扔下镐和铲，开始朝山上逃跑。

我还在演讲，重复一个刚才还不假思索地相信的真理公式，现在它犹如一句口号的外壳，一种纯粹空洞的宣传，在我耳边回响。这时我见他们像兔子似的跳跃，藏身在灌木丛中，探出头片刻，再次消失，离我越来越远。我的手下望着他们，看着我，再次望着他们，不知如何是好，我也不知道，因为不知道怎么拦住那些逃跑的人，也不能命令我的人员朝那些逃犯开火，他们是自己人，是我们的人。直到有一刻我根本无法继续说下去，因为办不到。我话说到一半，默默目睹那场逃窜，那个惨痛至极的画面，一个如此痛苦、耻辱、难以接受的现实，我企图在一个以为自己没犯的错误里寻求庇护。

"我不明白……"我咕哝，看着"多嘴"，他也还给我一个无助的目光，同时面不改色地把手枪对着被我缴械的那个男人头部，"像是一个劳改队。"

"就是一个劳改队。"那位士兵回答我，他那么年轻，想必是新兵，带着非常明显的加利西亚口音和那一刻我都无法理解的镇定，"他们是政治犯，共和派。"

"但这不可能。"我多么希望一个人待着，当一名列兵，独自一人坐在石头上抱头痛哭，"这不可能……"

为了不在"多嘴"眼里继续看到自己的苦恼，我朝山上抬起眼睛，看见坡上满是迅速移动的灰色身影。他们在那么陡峭的山坡奔跑了那么多路，隔三岔五就磕绊、跌倒。但他们迅速站起来，继续往上爬，用树木、岩石遮蔽自己，他们爬呀爬呀，惊恐万状地四下逃窜，很少停下来偶尔往后张望，犹如笨拙、受惊的动物。

那些是自己人，是我们的人。那些人没有向我们欢呼，没有流露一声叹息，一声喜悦的叫喊，也没有一句宽慰的话，他们在全速逃离我们之前没有庆祝自己的自由。那些人是我们的人，他们逃离自己的人，我们是解放他们的人，跨过边境来推翻那个囚禁他们的独裁者，他们因为曾经站在我们这边战斗而被俘，被处以强制性劳动。他们宁可要那种监禁而不要我们提供的自由，重新拿着武器为自己、为孩子的前途战斗的自由。我无法接受这一点，做不到。对我而言，那一刻不仅是他们，不仅是一百人。对我而言，看劳改犯逃跑时，他们意味着所有人，意味着一切。我整个生命的失败，我最后的希望的结束，彻底的崩溃。这就是我的感觉，陷入几乎只能用鼻子呼吸的泥沼，满嘴是泥，充满弃世、遭雷劈倒下毙命、长眠、谢世、永眠、永不苏醒的愿望。

列宁说过一个共产党员的首要责任在于理解现实。面对那个现实，耐心不是美德，也不是缺点，只是一个毫不风趣的笑话。因此我没有动弹，没有反应，什么也没说。"多嘴"代我行事了。

"傻帽，你们过来，你们这群傻帽！"他松开那个士兵，走到空地的中央，张开胳膊，继续喊叫，"我们是共和派，跟你们一样，我们从法国来解救你们，蠢货，听见了吗？我们是为了你们才越过边境的，操他妈的。得了，不管你跟谁说这些……当然这都让人无法相信。可是你们去哪儿？去他妈的，你们马上回到这里！你们以为自己是谁？假如我们不是共和派，我们在这里能是什么，能管什么用？操！但你们想要什么，继续当囚犯？那是你们愿意的吗，烂在这里，用镐锤夷平这座山？我们给了你们重新自由的机会，难道你们不明白吗？我们解放你们了，去他妈的！你们为什么跑开？你们去哪儿，等着法西斯分子把你们像兔子似的猎获吗？你们回来，操！"说到那点时他的嗓子哑了，开始摇头否定，拳头在僵硬的胳膊尽头无助地紧握。"你们都他妈的痛痛快快回来！"

"多嘴"的伤心让我越发消沉，让我崩溃得起身朝他走去。"明白吗"先于我走到他身边，把一只手放在"多嘴"的肩膀上，而全国联盟军最不知疲倦的声音逐渐变得越来越粗哑、呜咽，是马上要哭泣的信号。

"对不起，中尉。""多嘴"转身看"明白吗"时眼睛闪闪发亮，"我知道自己说得太多了。"

"今天没有，'多嘴'。""明白吗"用胳膊搂着他的肩膀，拥抱了他一会儿，"今天你说了该说的话。不多不少，明白吗？"

那一刻，之前跟我说过话的那位加利西亚士兵走近我，用手做了一个动作，我处于发蒙状态，不知该如何理解。

"我投靠你们，现在就跟你们走。"只有听到他的话时我才发现他在扯军服上的肩章，"他们强迫我来服兵役，但我是你们的人，真的，我和我全家。我父亲是社会主义者，他一直是我们镇劳工总会的总书记，直到被枪毙，我的镇子在蓬特韦德拉省，叫科韦罗，我不知道是否……"

我看着他，仿佛不理解他在对我说的话，仿佛从未见过像他这样的男孩，大约二十岁，既不太高也不太矮，栗色头发，褐色眼睛，白牙齿，一切都那么普通同时又那么奇怪。他察觉到了，立马闭嘴。他瞅着我，我继续望着他，我命令自己跟他说话，欢迎他，审问他，至少盯着他那么普通、纯净、奇怪的眼睛，抓住那个目光，以便通过它继续看世界。但我无法动弹。我无法做任何事，说任何话，他吓到了，皱起眉，扭动脑袋。

"我可以跟你们留下，真的吗？"

"当然可以。"听到自己的声音时我意识到自己沉默了很长时间，数天，数周，整月，"请原谅，你当然可以留下来，欢迎你，问题是……"我再次看他："问题是我什么都不明白。"

"也难怪，"他承认，点头赞同我有理，"我也不明白。但我有两个战友，肯定与我一起投诚。如果您愿意，我去找他们。"

"很好。"我本希望微笑，但根本没敢尝试这么做，"之后你们去跟那个中尉谈。"

我转身指着"明白吗"，见他正朝"多嘴"用手指示意的方向张望那座山，之前逃跑的一些人好像从一个地方下来。

"你叫什么名字？"之后我问那个加利西亚人。

"多明戈·波里尼奥·费尔南德斯。"他以学生第一天上课向老师自我介绍的语气背诵。

"谢谢，多明戈，"我向他伸出手，把他的手紧握在自己的手指间，"谢谢。"

多明戈成了"卖油条的"，因为那天结束之前"石鸡"就用那个名字给他取了外号。"取自波里尼奥①，油炸饼，油炸饼的，油条，油条的，'卖油条的'，上尉。"他开始朝两个待在一起等他的士兵走去，他们衣领上的佛朗哥军队肩章已经去掉。我一边看着多明戈与他们说话，一边估计假如情况不同了该场面会引发我多大的热情，或假如发生在我的国家，而不是那个在所有地图上非法篡夺它的名字和空间的国家，但这已不是同一个国家，因为在这个国家没有发生相同的事情。只有那时我才估量出一种如此巨大的痛苦，它可以超越自己非物质的心理本性，在我的味觉上留下一种腐烂的余味。

我无法回避内心发生的事，但开始动身，却不想去任何地方。我开始几乎无意识地行走，往右三步，往左三步，再次往右、往左，像一只关在笼子里的野兽。与此同时，四个后悔的人一个接一个地下山，慢腾腾、十分谨慎地行走，仿佛我们没看到他们上山时的匆忙，"多嘴"最早认出他们。到达平地时他们停在一堆瓦砾前面，看着我。我也止步回视他们，但大概他们不喜欢从我眼中读到的东西，因为他们决定找"明白吗"说话。

"之前那个小伙子说的是真的吗？"

---

① 波里尼奥（Porriño）：蓬特韦德拉省的一个市，也可作为姓氏（如书中多明戈的姓氏）。西班牙语的油炸饼为 porra，油条为 churro，所以这里运用了文字游戏。

充当发言人的那个男子，口音拉长，大概是马德里人，很瘦，皮肤是深色皮革的颜色，脑袋上的头发稀少，不会比我大多少，三十二岁，最多三十三岁。两侧的两个男人年纪相仿，外貌相似。在他们后面一个更矮小、大概不满四十岁的男人探出头来，似乎想以他们的身体作掩护。

"你们问是真的吗？""明白吗"两手叉腰，俯视他们，像看一只昆虫似的，"你们以为自己是谁呀……我不理解你们，明白吗？"

"是这样的……"他低下头，似乎惊讶于自己的羞愧，"那是因为我们不知道你们是谁，我们害怕，可能是个陷阱……"

"陷阱？"那个词终于让"明白吗"爆发了，"佛朗哥的人会来放了你们，说自己是共和派吗？得了，别烦我了！明白吗？"

那一刻四人中最年长者大着胆子从其隐蔽处出来，前进了几步，抬头看"明白吗"，用一种腼腆的、如朱顶雀叽叽叫的胆怯小声对他说话。

"对不起，我想问一下……我们真的自由了吗？"我的代理人不愿意给他得到同意的满足感，"我这么说是因为，那样的话……我可以回家了，对吧？"

"是的，你回家吧！但你得跑着离开，明白吗？如果不希望我撵走你，现在就开始跑！"

"那不会是真的，"我自言自语，"不会是真的。"但我看他以之前同样的速度上山，被自己的脚绊倒，跌倒，起身，继续奔跑。

"但愿抓住你，枪毙你，混蛋。"我想。那也不可能，我不能考虑那些事，但也无法思考别的东西。我的双脚再次行走起来，往右三步，往左三步，再次往右、往左，我强迫自己的眼睛监视他们，虽然无法避免眼睛自个儿不时朝山上抬起来，再也没人从那儿下来。我原本可以派我的人去找他们，原本可以派那三位得体下山的人上去说服他们的同伴，但我感到太愤慨、太崩溃，甚至连那点都做不到。我的身体容不下多一克的痛苦，我只能像一头关在笼子里的野兽、一部出故障的机器、一个除了自身的失望别无他求的机器人那样继续行走。时间就这样在我身外流逝，好似与凝冻我内心的瞬间无关的量级。

"七个人，明白吗？四个战士和三个下山的人，还有给另外九个人的武器。就这些了。"

我看着"明白吗",似乎无法听懂他在跟我说的话,他的沉着让我吃惊,而我都分辨不出自己的劲头是从哪个洞眼溜走的。这不是第一次发生,也不会是最后一次。我俩轮流分享保持镇静的神秘本事,它不止一次救过我们的命,但那天无法把我从一个危险中解救出来,该危险的起点和终点皆在我本人。

"你会把舌头扯断的,明白吗?"我根本没意识到自己在咬舌头,可照样耸耸肩膀。"行了,'美男子',如果你想一下的话,事情没有那么糟糕。七个志愿者,明白吗?我们哪天也没招募到这么多人。"

"这里怎么回事?"但我不愿意接受那点可怜的估算安慰,"西班牙变成了什么狗屁国家?那些跑着离开的人曾经是我们的人,听见了吗?五年前他们会为你我的命令献出自己的生命……现在宁愿待在佛朗哥的监狱,也不肯站在我们这边战斗。我无法相信,'明白吗'。"因为直到那天我还为出生并奋战在西班牙而自豪,但我再也不能这么做了。"那就是问题所在,我难以置信。"

许多小时后伊内斯对我解释了这一切。

"'美男子',你错了……"

那一晚回到博索斯特时,我不想进指挥部。我不想直面同志们,目睹"明白吗"解释,表现得坚强又欢快、勇敢又耐心,像一个优秀的共产党员。"狼"试图提醒我的责任是什么,我让他见鬼去了。他看着我,我同时也明白他不会执意,但也不会放弃,永远不会。当他进家时我待在外面,坐在长凳上。他再次从门槛处观察我,我跟自己打赌,不出五分钟伊内斯就会出来。我打赢了那个赌,一切照旧。

我看着伊内斯,看她如何打量我。她皱起眉毛,我发现她很能理解我的感受。我也意识到她永远不会考虑认输的可能性。她大概也赢了那个打赌。她欢快又坚强、耐心又勇敢,像最优秀的女共产党员,一步一步按顺序执行一本她开始拼读之前我已烂熟于心的手册里的每个指令。首先拥抱我,亲吻我,给予我支持、热情、永远站在我这一边的保证。

"我打扰你了吗?你希望一人待着?"之后当她终于使我回答她没有打

搅我时，伊内斯坚持让我吃饭，"你想让我给你端几碗大蒜汤吗？我做的汤很香，真的……"

"我不怀疑。"我已经听见"石鸡"宣布汤鲜美得足以为它唱赞歌了，他自己唱了起来，"可我不饿。"

"那我给你做点别的东西，想吃什么都行……你想吃什么？你得吃点晚饭。"我在她的声音里听出担忧，知道她的担心是真的，但我还是无所谓，"你整天那么辛苦，不能空着肚子睡觉。"

"不，真的，不是那回事。大蒜汤我很喜欢，可现在我不饿。"

"好吧，那你跟我来，我一边……"

"不用。"我轻轻摇动她想把我往上拽的那只胳膊，"我更想待在这里。"

她进去上第二道菜，再次出来、进去，又出来，想耗尽我所剩无几的一个共产党员的主要美德。

我失败了，有权利感到失败。我的运气不好，他们能为我做的最起码的事是承认这一点，别打扰我。我很喜欢伊内斯。我喜欢她吻我，拥抱我，对我动手动脚，同时紧贴着我，那双可怜兮兮的眼睛告诉我，"你想要什么、想怎么样、想要多少次都行"。但那一刻，以那种方式不行，即便是"狼"要求伊内斯这样做的，也不行。

我失败了，需要觉得自己失败了，需要不把革命士气当回事，哪怕仅仅几个小时，仅仅那个夜晚。第二天清晨我愿意起床、微笑，再次变得耐心、坚强、勇敢，念多少遍那份可恶的宣言都可以，但直至那时我需要他们别打搅我。失败者独自安静地待着。要求不过分，即便看来无人愿意给予我这些。伊内斯手里端着一个盘子再次出来时，我以为连对付那事的力气都没有了，但我把舌头在嘴里打弯，有意识地咬着它。我正鼓起劲头想让她见鬼去，但我在她声调里察觉到她的态度变了，那晚我第一次好奇地看着她。

"行了，'美男子'。"

伊内斯给我的印象是她生我的气了。然后似乎想向我表明我猜对了，她坐到我身边，有足够的间隔碰不到我，她握着一把勺子，仿佛是把匕首。

"吃。"她从带来的甜点上挖下一块，把勺举在空中，"张嘴，因为这

294

你得吃了。是我做的鸡蛋糖浆布丁。"

她的口气、态度和绷紧嘴唇的决心，比那天下午回到博索斯特以来见到或听到的任何事情都更让我感兴趣，但即便这样也没打开我的胃口。

"我跟你说了不饿。"那些话从我嘴里出来就自动带上了一种粗暴的语气，比我希望的更严厉，但伊内斯面不改色。

"我不在乎。"她把勺靠近我嘴巴，仿佛在喂一个小孩子，用勺试探我的嘴唇直到通过一个本能的反射撬开它们，"你知道我外婆说的话吗？'天堂不缺饥饿'。"之后她用勺子金属般的旋律敲打我的牙齿，直到我张开它们，她把勺轻轻塞进去。

"很好吃。"我承认，因为那是事实，很可口，"给我留着，明天我早餐吃。"

"不行。你现在就吃了它。"她抓起我的左手，把盘子放在我手上，把勺插在我的另一只手里，"快点。"

那天晚上我最没有料想到的是那样的场面，充满溺爱和训令、母爱的亲吻和教科书般的承诺，那个大发雷霆、给我下命令的伊内斯。她的表现不是其他人所撰写的任何保留剧目的一部分，所以我喜欢。我一边心想她准备坚持到何种地步，一边舀满勺子，把它送到唇边，尽管不乐意，还是享受糖在我腭部慢慢爆炸的感觉，超甜的蛋黄浓缩甘美的质地用它的浓稠粘满了我的舌头、牙齿、牙床，带着一种消失在喉咙下面之后还能滞留在我整个口腔的味道。见我吃东西她鼓起勇气微笑，但那个充满伤感的表情，一种肯定同时又否定她嘴唇曲线的悲伤，也不符合我所期待的任何反应。

"'美男子'，是你错了……你所遭遇的事并不太奇怪，因为这里谁都没有生活在和平之中。我们不是在一个和平的国家，而是一个被占领的国家。你只有懂得那点才会理解……"

"伊内斯，你当时不在场。"我打断她的话，辨认出自己真正的声音，就像刚才听出她的声音，"你没看到他们奔跑，像受惊的兔子朝山上逃跑。"

"你没在这里待过。你没见过我们所有的骨头是如何一次又一次地被打碎。五年的镇压，一个接一个，连续五年，我们越来越畏缩、弱小、懦弱。"她停下来看我，于是为了显示我愿意尊重她所说的话，我把盘里剩下的都盛在勺里，一口吃掉，"那就是这里发生的情况，你有幸不必见识它。在法国是看不到这些情况的。"

"是的，是真的。"我承认她有理之后，把盘子放在长凳上，起身，注视着她，用自己的理由回击她，"但如果情况是这样的话……你可以告诉我干吗还要回来？我们干吗还要越过边界，嗯？你看来什么都知道，你来告诉我。"

她也站起来。走近我，抓住我的胳膊，与我的目光对视，没有皱眉。

"你来了是因为那是你应该做的。"

"不，"我想，"不，伊内斯，不是那回事。"我摇头否定，从内心对那句现成的话感到遗憾，那一刻熟悉的历史责任之类的谎言最让我恼火。"真可惜！你开局那么好，"我会乐意补充，"那么好。"但她发表最高指示的坚定语气提前让我失去了理智。

"那跟'狼'说的是一样的！"我比自己希望的更加粗俗、粗鲁，"我提醒你，他已经跟我说过那段演讲了，知道吗？因此你可以省掉它了。"

我挣脱她并试图离开，但她不许我这么做。她还有话要说，等待我的是听到这些话的惊讶。

"不是的！"还有发现她比我更生气的诧异，"你别搞错了，'美男子'！'狼'跟你一样。他也是从法国来，他也自怜自艾，不懂我说的话。'狼'没待过佛朗哥的监狱，没被逮捕过，没受过侮辱，他的兄弟、女友、最好的朋友都没告发过他，他不用了解这里以往的情况如何，你懂吗？还有正在持续的局势……"

伊内斯说得很慢，她的那种冲动就像不需要沟通的人吐出、呕出正在伤害自己的毒物，她看着我，仿佛想洞穿我，用眼睛强调每一个音节。我默默地听她说，惊讶得发蒙，不过意识到她在我身上凿了一个孔，从那儿一句接一句地塞进来装满炮弹、爆炸性的、能够在我胸口爆炸的话语，犹如一连串的炸药量。但那不是最奇怪的。她话还没说完我就开始怀疑她不仅是针对我在说，而且也是为她自己说话。那是她决定性的秘密武器。

"谁也从来没有把手枪对准'狼'的脑袋，知道吗？他和你都不必听见如何给顶在你们头上的手枪去掉保险，强迫你们干不愿意的事情，你们不必这么做，之后也没觉得自己是狗屎。因此你不要跟我犯浑。你们根本不知道自己在说什么，你们谁都不清楚！但我知道，因为我经历过所有那些事，听见了吗？所有那一切以及更糟糕的事。"

伊内斯退离了几步，把头发从脸上撩开，吸气。看似说完了，但她改变了主意。她再次走近我，用两只手抓住我的衣领，把我牵向她，仿佛要吻我。她没那么做，反而突然松开我，补充了一句话。

"我不得不经历你根本想象不到的事情。"

在那点上伊内斯错了，因为我是可以想象到的。我不知道这些事情，但看见它们呈现在伊内斯的脸上，在她断断续续的呼吸节奏中听到它们，那种被追捕的动物喘气声比话语更加有说服力。她的眼睛如肮脏、混沌、浅浅的水洼在闪亮，被一种令我羞愧的颤抖所晃动。为了逃避她的警告和自身突然的惭愧，我朝指挥部望去，意识到我们高声争论了一段时间。吵闹声把"狼"、弗洛雷斯、"明白吗"、"左撇子"吸引到门口，所有人都十分安静、专注地待在那里。上校闭眼时我发现伊内斯的目光跟随我眼睛的方向，但意外增加的听众并没有使她气馁。恰好相反。

"诸位听着，"她再次看着我，点头许可，"我不在意。我说的是事实。我为了到达这里曾经穿过地狱，但你没有权利这么说、这么想，你没有权利，明白吗？你们谁也没有权利认输，这是第一点。"

"我本可以……""告诉你一个十分相似的故事，伊内斯。"我本来要说那话，但什么也没说。

我迈出一步，两步，走到她跟前，把一缕散落在她前额的头发拨开，小心翼翼地把它搁到她耳朵后面。我用同一个手指抚摸她的脸蛋、脖子，试图猜测假如我告诉她自己所受的屈辱、监禁和伤疤，她会如何反应、作答。但卷入一场谁的遭遇更惨的比赛没有意义，我俩都知道她说得有理。所有发生在国外的坏事在国内会更糟糕。外国集中营的敌意、无情和残酷永远不会像我们同胞的报复那么严酷和残忍。伊内斯好像在我眼里读到这一切，因为她话要说完时抓住我抚摸她的那根手指、我的整只手，把它握在自己手里。

"'美男子'，西班牙到处都是像我这样的人。为了1939年离开这里他们愿意付出一切，付出半条命，却不得不留下，挤满监狱，聆听他们的死亡判决，三十年间睡在脏兮兮的地板上一块半瓷砖的位置，身上满是生了坏疽的伤口，被疥疮吞噬。你希望他们怎样？当然是害怕死了。如果他们挨了那么多揍，都想不起自己是谁，他们怎么会不害怕？但其他人没有趴下，仍然站立着等待你们。"她捏我的手，我察觉她不太确定我是否喜欢她要对我说的话，"我等了你们五年，因此不要问我你干吗来了。如果你不清楚，那你最好再次离开。"

　　我看着她，什么也没说，但她看得懂我眼睛里的东西。我们挨得那么近，她无须移动脚步倒在我身上，但直到感觉我的胳膊拢着她身体时才拥抱我。

　　"对不起，"于是她低语，"真的对不起。"感觉她差点儿要哭起来。"我不知道为什么对你说了所有那些事，我也不理解，不该这么对你说话，你不该承受这些，我只是想让你明白……抱歉，请原谅我。"

　　"没事。"我把头紧贴在她的脑袋上，像个婴儿似的摇头，"你没必要请求原谅。你没冒犯我，伊内斯。"

　　我们继续这样静静地互相拥抱，直到我们的最后一位观众进屋。之后我才亲吻伊内斯。那一刻我为她感到十分骄傲。她再次配得上我的自豪。

　　"我之前说的不是套话。"她把头与我的分开，看着我，"我比任何人都了解你做了该做的事。因为我曾经凋谢，现在复活了，'美男子'。"

　　凌晨两点半她已经说服我，最近几个小时投入革命士气的锻炼比继续失败、独自一人安静坐在长凳上对我更有利。我声明自己差点儿要饿死时，伊内斯也很满意。"我把一切都准备好了，你别动，"她对我说，"我马上就好。"那是真的。十分钟后她端着一个托盘上楼，一瓶葡萄酒、半块大面包和一盘鸡蛋加炸土豆片，配上一种又嫩又红、又可口又加了调料的肉，一开始我无法辨认。

　　嚼肉时那股味道渐渐让我回到童年，回到冬天和节日的某些清晨，即便日历上没有用红色标注出来，孩子们也不用去上学。品尝最后一口肉时我闭上眼睛，感觉母亲被河水弄得湿冷的手在抚摸我的脸。我再次睁开眼睛时，伊内斯正跪在床上，我的军上衣敞着，她因寒冷而乳头竖起，大腿也裸露着，相反脚裹在厚厚的羊毛袜里。她注视着我，仿佛在等待一个十分重要的回答，我无法抵御那一刻乱伦的美好。

"别跟我说你杀猪了……"我嘟哝，她笑了起来。

"好吧，不完全是。"她停顿了一下，摇头否认，仿佛自己都无法相信接下去要说的话，"但我确实买了一头猪。"

"一头猪！"我把托盘放在地上，自己缠在她身体周围，把头靠在她的腿上，"你真的买了一头猪？一整头猪？"

"真的。"她朝前弯身，把我的头从她腹部挪开，用手指给我梳头，扭曲身体直到她的嘴唇够到我的嘴唇，"'多嘴'的女友，即蒙塞的表姐，给我弄到的，你知道的，不是吗？"

"一头猪。"我再次说道，但即便这样也难以置信，"你买了一头猪。"

"是的，我不知道……我觉得是个好主意。"

"确实如此，"那时我终于笑了，起身，从被单底下把她拖到跟前，"是个绝妙的主意。"

我没有勇气告诉伊内斯最绝妙的是她的信念，她相信我们会在西班牙、在阿兰谷、在那个家待足够长的时间来吃一整头猪。但或许更奇特的是，尽管如此，尤其是尽管逃到山上的因犯形象印刻在我记忆的一角，任何人、任何东西都永远无法消除它们，但伊内斯终于让我情绪好了起来。第二天上午我再次感觉良好，跟其他人一样对"左撇子"不在家感到高兴。

"让那位有责任心的人见鬼去吧！""教堂司事"抗议道，"不，如果最后这里唯一不露面的人是我……"

"你多帅呀。""剪刀"补充道。

"尤其是那点，明白吗？""狼"选择那个时刻把对话偏离到一个意外的结尾。

"我会让他来负责这里，因为今天根本指不上他……""狼"点头称是，仿佛希望自己说得有理，然后他看了一眼"帕斯谷人"，最后看我，"你们跟我来。我们去维耶拉转转。"

我们上司有意选择的口语表达没有减轻那种突然的沉重感，让所有人保持安静和沉默，直到"左撇子"从大门进来。之后大家一块儿开玩笑、逗乐时，每个人都继续独自思考，谁也不敢与别人分享自己的想法。我再次看到一百个人从山坡上磕磕绊绊地逃跑，但我的脑袋仿佛是一杆秤，我用一头开膛去脏、慢慢放血的猪来抵消那个意象。真相的时刻到来了，那天早上所做的决定将决定全局。

占领维耶拉并非易事。需要一场真正的战斗，但那是次要的。失败将无法承受。无论我们多么全力渴望胜利，它都将开启一段不确定的插曲，一个漫长而危险的紧张局势，我们得学会承受。佛朗哥不会允许别人夺走西班牙，他的军队不会对我们的出现保持更长时间的无动于衷。等盟国举行会议时，我们得再次抵抗，我们是抵抗行家，但我们的经验不会使自己的事情变得容易。然而如果我们能够进入维耶拉，向一个临时政府打开它的城门，劳改队的失败就不会再折磨我，伊内斯的猪就不再是一件荒唐的事。

思考所有这一切时我看见"明白吗"起身上街，"松子"在大门的另一边，但我没注意他们。我更关注伊内斯，更在意她自己的推测和突然的担心，她坐在我膝盖上看我，好像之前从未想到我是战士，会在任何时刻牺牲，这种担忧使她的五官变得温和。我问她出什么事了，伊内斯不愿回答我，但继续在我身上摇晃，像个受惊的女孩搂着我的脖子。现在她的爱抚那么真诚，犹如前一晚的抚摸那么深思熟虑。那时"明白吗"叫"狼"，"狼"出门，我透过窗户看见他与"松子"说话，但我继续享受伊内斯，享受她集诸多不同女子于一身的手腕。

那同一个下午，吃完一些不像猪肉炖菜豆但几乎同样美味的白菜豆之后，我终于相信那个奇迹有一个很简单的解释。伊内斯是叛徒，我是乡巴佬，一个容易上当的傻子。她每时每刻都知道给予我所需的东西，因为她受过伪装的训练，我只要一张嘴口水就会从嘴角流下。"狼"跟她没有什么过不去的地方，也根本不需要。他与我、"明白吗"和"松子"同样是共产党员。怀疑与耐心的美德共同构成我们身份和本性的一部分，胜过理解现实的任务，这个现实常常逃离我们的眼睛，我们的双目聚焦不准，被那副公事公办的普世眼镜的反光给弄模糊了，它歪曲了所有的事物。

我很喜欢伊内斯，那么喜欢她，根本不知道该如何解释。恰好因此我为她辩护的论据很快消耗殆尽。要成为一个优秀的多疑者，尤其必须学会怀疑好事，总是要先怀疑好事，再怀疑坏事。我无法仔细思考、高声推理。我根本没想到询问那些把伊内斯塞给我们的人在哪里，如果她都无法给他们打开会客室的门，这样对他们有何用处。前一晚我无力也无心情扮演耐心、笑眯眯的角色，这是期待我承担的。那天下午吃完饭之后，反过来我过分镇定地谴责她，没有证据也不需要证据。之后不得不承担那个过错时，我试图为自己辩护，却收效甚微。但我在伊内斯身上报复了那天早上的失望，这或许是真的，至少部分是真的。或许大家都在她身上报复了我们所落入的陷阱。

维耶拉离我们近在咫尺。我们在公路的一个拐弯处从卡车上下来，走到瞭望台，上面的一块旧交通标志牌引起我们的注意，生锈的牌子上几乎很难辨认城市全貌的标识，城市离我们这么近，看它几乎让我们眼晕。我靠近扶栏，从远处注视房屋、车辆、穿过街道和广场的有生命的小人影，自从越过边境我第一次有意识地思考等待蒙松的光辉未来。"赫苏斯，维耶拉在那儿，"我自言自语，"我们在这儿。"我微笑了，因为那一刻一切都显得很容易。

"狼"与弗洛雷斯爬到岩石上凿出的一个平台，有几个十分狭窄、滑溜的台阶通往那儿。南部战区的军官到达时，"狼"要我们过去，把他的望远镜递给罗梅斯科，那天早上为了重新看到他的家乡，即便是从远处，罗梅斯科洗漱、梳头，用上了古龙香水，好像是去参加一场婚礼。把望远镜举到眼前时他的双手在颤抖，耽搁了好一会儿才开始说话。

"一切都很平静，上校。"罗梅斯科一边清清嗓子，让他的声音稳定在一贯的语气上，一边移动脑袋，在他十分熟悉的全景里了解情况，"我在看军营、国民自卫队司令部……街上没有部队。我也没看到新的防御工事、掩体……"

"高处有狙击手吗？"

"从这里我一个也没看到，上校。我看到的是……"他的声音哑了，瞬间又再次恢复，"什么也没有。"

罗梅斯科继续默默地观察维耶拉，"狼"靠近他，皱起眉头，触碰他的胳膊。

"你看见什么了，罗梅斯科？"

"问题是，给我的印象是……"罗梅斯科把望远镜从脸上移开，他的声音比手抖得更厉害，"我想我看到外婆在她家阳台上晒衣服，上校，当然那不重要，因此……"

"狼"点头称是，大伙儿都同时微笑起来，仿佛罗梅斯科的外婆不是女人，而是能够减轻我们不耐烦的阀门。

"还有什么？"

"噢，是的，今天是赶集日。在下面的广场上我看到摊位，女人拿着她们的篮子在采购……"

"真的？"罗梅斯科点头称是，上校把右手伸到空中，"喂，把望远镜拿过来。"

数秒间那块平台上的所有人好像同时染上了所踩的那块地坚硬、了无生气的特性。刚卷好一支烟的"帕斯谷人"，左手两个手指握着它，右手拿着打火机，仿佛冻住了，或为一个雕刻家摆姿势，或同时为两者。他的眼睛盯着"狼"，跟我和其他人的呼吸一样，屏息在"狼"的判断上。生命的外在体征、行动和运动同时在大伙儿身上停滞，因为罗梅斯科说了一个听起来类似于呼喊的词："进攻！"

"就今天下午，"我默默地恳求"狼"，"今天比明天合适，因为街上没有部队，因为他们没有防备，因为他们根本都没有采取预防措施，取消每周一次的集市。就今天下午。"但"狼"还在通过望远镜观察，比他应有的沉着更加镇定得多，仿佛不知道我们不是特洛伊人，法西斯分子没有藏在一匹马里等着我们。"有集市。"我对自己重复，默默地对他叫喊，嘴唇被紧张和惊讶冻住。"有集市，操，集市，你知道那意味着什么？敌人都没抢先控制大街，疏散平民，禁止货车进出。今天下午，'狼'，"我乐于估算时机、分布我们的兵力、做我分内的工作，"今天比明天合适……"

"是的，有集市。"上校把望远镜垂到胸口之前高声承认，"我确信他们把自己的人留在营房了，但除此之外好像不知道我们在这里。"

"狼"站起来，看着我们，掸掉裤子上的灰，我崩溃了。我对他太了解了，他说话之前，甚至移动之前，我就猜到当天下午我们不会进攻维耶拉。

"好了，嗯……我们走吧。"他转过身，下了第一个台阶，"我们看到了该看的东西。"

"什么？"弗洛雷斯的声音听起来像是爆炸声，而"帕斯谷人"依然僵滞，纹丝不动，连烟都没点着，"我们怎么能走呢？"

"狼"转动鞋跟，睨着弗洛雷斯，抬起下巴。他估计该轮到自己争吵了，但有备而来。

"我来收集情报，我已经收集到所需要的东西。如果你愿意留在这里，请便吧。我回指挥部。"

"不行。"弗洛雷斯走近"狼"，他的态度与语调一样充满威胁，"你不能就这样离开，我不会允许的。那下面就是维耶拉，你的目标，没有保护，有集市，你都看见了。你得进攻，'狼'，这太清楚了。"

"如果你不介意的话，我将决定进攻的时刻何时到来，""狼"的声音变得强硬，"我不知道你是否记得这里发号施令的人是我。"

"对不起，我不想冒犯你，但问题是我不理解……"政委让步了，后退几步，试图赢得时间，找到殊途同归之路，"我认为我们不会遇到更合适的时机。推迟进攻就等于给佛朗哥政府的拥护者随时增派援兵的机会。应该利用此次机会，我们不知道何时……"

"确实。""狼"前进几步，弗洛雷斯就后退几步，"我们什么都不知道。那就是问题所在。"

"不，'狼'，那不是事实。我们知道维耶拉在那儿，你看着它。我们知道有可能占领它，我们现在、今天大概就能做到，我不知道明天行不行，但今天可以，这就是我们看到的现状，或者难道你没看见？"弗洛雷斯转身看我们，见我们点头认为他有理，"那就是你该知道的全部情报，维耶拉在那儿，你可以占领它，你必须占领它……"他用手指示意我，他的狡猾让我毫无防备："'美男子'，你跟他说。"

"占领它，'狼'，"我朝他弯身，假如我的声音没有那么恳求的语气，我的冲动就会显得咄咄逼人，"今天，就今天下午，勇敢地占领维耶拉吧，既然他们没料到咱们，既然他们以为咱们不敢……"

"狼"向我投来一道强烈但不敢视的目光。他的表情凝重，同时含着奇怪的苦涩。他没下决心对我说什么，我说完话之后一片沉默，只听到"帕斯谷人"的打火机冒出火星，他嘴唇吸烟时发出的声响，之后立马是他的声音。

"'美男子'说得在理。""帕斯谷人"接着往下说之前把左手放在我的肩上，"现在就占领维耶拉吧，尽快占领。它是阿兰谷首府。如果你不占领它，那我们所做的一切都毫无用处。"

"听听你的部下吧，上校，"弗洛雷斯温柔地坚持要求，"大家的想法一致。"

"占领它吧，拉蒙，"我再次恳求，"既然咱们在这里了就干点大事。"

那一刻"狼"终于有了反应。他同时摇晃脑袋和肩膀，把那层想象的浅灰色忧郁薄纱从眼睛里剥落下来，直到刚才他都是透过这层薄纱看我们，他甚至微微一笑。

"等时机到来的时候，""狼"停顿了一下，再次走下之前下过的那个台阶，结束对话。"等时机到了我们会占领它的。"

"那个时机什么时候到来？""狼"还没走到台阶的一半，弗洛雷斯的问题就把他拦住了。"我不明白你的意思，'狼'。你怎么了，为什么犹豫？我们不会遇到比这更好的机会了。"

"帕斯谷人"把手从我肩膀上拿开，"明白吗"从另一边靠近我，我发现我们三人同时察觉到同一个警报。弗洛雷斯的问题，把动词"犹豫"掺进提问中的委婉做法，最后一次介入时表面温和、实际嘲讽的语气，已随口牵出一场口头战斗，它再次成为两种战斗，从战争领域到政治领域，更确切地说，西共的政治领域。党是我们的家、大伙儿的家，因此我们闭着眼睛都能辨认出它的每一个角落、地下室、阁楼、弯道和近路。所有的人。外号为"狼"的拉蒙·阿梅特耶尔·罗维拉，跟其他人一样对党十分了解，因为政委没称他无能或懦弱，因为弗洛雷斯宁愿暗示"狼"在犹豫，那就等于请我们公开怀疑"狼"。

"不会吗？"但"狼"会说同样的语言，他迅速与弗洛雷斯分庭抗礼，

"你怎么知道这么多？为什么你那么肯定自己说的话，确信我们不能等到明天？"

"我跟其他人知道的一样多，知道你自己的军官对你的请求。我们的愿望相同，除了你，"他一头扎进一潭浑水，"看来你有自己的计划？或者你拥有自己的情报来源？"

那一刻"教堂司事"从他所坐的岩石下来，靠近我们，我再次想起赫苏斯·蒙松，从一种以前从未考虑过的意义上回想起他。我头几个结论的尴尬让自己害怕，然而"狼"列出证据确认它们之前我就猜到结论是准确的。这些结论本不该让我这么吃惊，但我无法避免。虽然内心尚未察觉任何真正的效忠冲突迹象，失望比我听到的那些话伤害更大。我爱赫苏斯，敬佩他。我一直站在他这边，站在他野心的这边，它与我和大家的渴望是一致的。忠诚、钦佩、喜爱不能一下子丢到路边，仿佛是一个重负，一只无用的旧箱子，或至少我不会这么做。维耶拉就在附近而且不设防，在我们脚下令人动心而且完好无缺，但当"狼"对弗洛雷斯动起手时，我也无法完整保持那些品德。

"我的责任是关心部下的命运。"上校依旧保持镇静，"如果不确定是否能在占领一个阵地之后保住它，我不会让他们冒着生命的风险。如果要进攻，我得知道外边正在发生什么，而我不知道，因为我已经两天不能与图卢兹通话，白天和晚上都不行。他们任何时候都不接听电话。因此我没有消息，好的和坏的都没有。"

"那跟这没关系。你是军人，不是政治家，"弗洛雷斯利用他最后一个手段之前停顿了一下，"你的责任是执行命令。你的命令是占领维耶拉。"

弗洛雷斯说完话时扭头看我们，似乎等着我们向他鼓掌。因此他没看到"狼"过来，一下子就站到他跟前，抓住他的衣领，把他朝自己牵过来，离他那么近说话，仿佛每一句话都想以一记撞头告终。

"如果你想活到老的话，"我从未见过"狼"那么愤怒，"就不要在你这狗屁一生再次提醒什么是我的责任。听见了吗？"

"放开我！"弗洛雷斯的脸色显示他也没料到"狼"这样粗暴，但"狼"没有松开拳头。

"听见我的话了吗？""狼"又推搡了一下弗洛雷斯。

"是的，我听见了。"

"我很高兴。"那时"狼"才松开弗洛雷斯，推了他一把，让他踉踉跄跄，"因为我充分了解自己的责任是什么。明白吗？我比你、比任何人都更清楚。"

之后"狼"放下胳膊，深呼吸，转身看着我们，与此同时弗洛雷斯整理衬衣和军上衣，他的脸庞出了许多汗，目光凶狠、挑衅同时又胆怯。

"我知道自己的责任是什么，但也知道来之前在图卢兹他们给我的承诺。""狼"把那些承诺告诉我们，"他们永远不会让我孤立无援，而我现在就是孤立无援。我会得到数千名志愿者，而这些人还没来。我会有联络人，可我一个也没见着。我没听到欢迎我们的大罢工的片言只语，我妻子是我在图卢兹唯一通过话的人，她也没听到、读到对我们有利的任何抗议、游行的消息，任何地方任何类型的骚乱。他们向我保证，我会始终与国内组织保持联系，但没派任何人来跟我或任何战区的其他指挥部建立联系。我是军人，但不是傻瓜，不会在这种条件下进攻维耶拉。不清楚隧道发生了什么事，不知道'皮诺乔'在哪里，我的后方形势如何，我是不会进攻维耶拉的。如果在莱里达、萨拉戈萨、巴塞罗那和马德里真的什么也没动，谁也不配合我们，也不知道我们在这儿，我们干吗要进攻？以四千人占领一座城市，让敌人第二天以一万、两万、三万人来围城，那有什么意义？我们来这里是为了推翻佛朗哥，不是为了玩打仗。我跟你们一样希望进入维耶拉，但事情没有变化的时候，你们不要指望我下达一个可能以大屠杀告终的命令。"

那一刻我才敢相信自己还剩下伊内斯，那次出行给予了我所需要的某个东西。如果不是一个国家，至少是一个可以与之生活的女人。因为听完"狼"的话，我所剩不多的希望突然消失了。我打过太多年的仗，听过太多的演讲，输过太多的战役。我十分了解失败的机制，那个会无限扩大的小孔装置一毫秒内便吞噬任何梦想，不管它有多么宏大。

我什么都知道，但把一切都藏在心底，其他人恰好也是这么做的。

"好了，任何事情都还有可能发生，明白吗？""是的，还为时尚早，谁知道明天是否……""当然，是的，'皮诺乔'早晚得出现……""好家伙，大地没把他给吞了，假如隧道不是我们的，那我们该知道了，明白吗？""那是明摆着的……"最后这话是我说的，明摆着这是胡说八道，但同志们像我之前赞许蒙松的鬼话那样急切地点头称是。之后仿佛四处欺骗自己，从里到外，一些人欺骗另一些人，秘密地和公开地，真的会让我们平静下来，我们默默上车，默默回到博索斯特。

在路上我判定自己是西班牙全国联盟军的军官里最不幸同时又最幸运的一位。因为我是赫苏斯·蒙松的朋友，但遇到了伊内斯。假如她不在那里，蒙松对我们撒谎、欺骗，让我们落入一个可能是致命的陷阱，他这么做只是为了拥有很小的掌权可能性，或许确信这一切就能让我完蛋。我崇拜的所有人里最聪明、最和蔼、最勇敢、最有才的那个男人，居然能够筹划一场如此出色同时如此肮脏的交易，假如我不能拽住伊内斯，假如她不能帮我渡过难关，那我就垮了。

从那辆卡车上下来时我唯一希望的是与伊内斯一起钻进床里，拥抱她，闭上眼睛，忘掉被窝之外可能存在的一切。我庆贺的是那些白菜豆味道那么好，不像是猪肉炖菜豆，因为我已经知道要过很长时间才能再次在阿斯图里亚斯吃到干菜豆。除此之外，就餐的气氛那么难熬、紧张压抑得可怕，咖啡还没煮好我就起身了，但"狼"不让我离开。

"'美男子'，等一下，"我不得不再次坐下，"我想跟你谈话……"

半小时之后我自告奋勇去逮捕伊内斯，去抓她，把她关押在他们说了算的地方。之后我唯一可以想到的是上帝存在。

上帝存在，但从不改变阵营，这个婊子养的。

三

凌晨五点半，天还没有亮。天气寒冷。

最近几小时除了寒冷我什么也感觉不到，一块无情、贪婪的冰从身上冒出，渗透周围的一切，返回时增大，变得更加尖锐和凶猛，像突然的冰川作用那么强大。一块透明薄冰的沮丧凄凉，它冰冻且潮湿，寒冷但敏感，它的尖利牙齿渴望噬咬、撕裂、钻进我的皮肤，像一把生锈的刀子来回锯断肌肉、骨头和软骨，它的白舌夷平其余的一切，阻挡一切，停滞生命的节奏，我的心变成一小块冰，我的身体变成爱情的冰冷残余，我的爱情变成一洼凄惨的凝血，摊在我流放的一个冰冷家里的一张冰凉椅子上，那个又丑又黑的餐厅又暗又惨，冷汤凄凉至极。

"您不想再要点汤吗？"

说话的是一个小女孩。她跟女房东一样高，更加壮实，但还是个孩子，长着一张胖鼓鼓、软乎乎、红润光洁的圆脸，额头和鼻子上长满疙瘩。她的双手健壮，手指肿粗，肌肤粗糙、泛红、紧致，但她连少女都不是，只是一个大孩子，身着丧服的十二岁的孩子。她磨损的裙边从一件十分破旧的格子罩袍下面露出来，麻鞋也是黑色的，光着腿，带着既十分遥远又熟悉的奇怪口音，欧亨尼娅的口音，她是位于蒙特斯金萨大街的我家的门房。

"那我把盘子拿走了？"

点头同意之前我瞅了她片刻，发现在这么年轻的脸庞上面习惯性地呈现的伤心过于苍老，泛黄的脸上悲哀的神情与那个房间很搭调，暗淡的墙壁、熏黑的木头家具、不成对的椅子、天花板上一盏很多分枝的吊灯，只有两个小灯泡，如同微弱的玻璃光。"这里唯一所缺的是一个双手被洗涤剂灼伤的埃斯特雷马杜拉女孩。"我一边思忖着，一边打量挂在餐厅墙上的金属雕刻图版，一幅《圣餐》和一组《迦南的婚宴》①。这时两位房东已经不言不语地喝光温吞吞的面条稀汤，而他每喝一勺都咂吧一下。不一

---

① 《迦南的婚宴》是文艺复兴时期意大利画家保罗·委罗内塞的杰作，法国卢浮宫馆藏最大尺幅的油画。画面的内容取自圣经故事，讲的是耶稣、圣母以及使徒们在约旦河畔的迦南遇到一家人正在举办婚宴，主人邀请他们一起参加。婚宴上大家饮酒欢庆，后来酒喝光了，耶稣将坛中的水变成了葡萄酒，大家又继续喝酒欢乐。委罗内塞创作这个题材也远离了宗教内容，他尽情地、可以说是"放肆"地发挥自己的想象和兴趣，把圣经故事画成了现实生活中的盛大宴会场面。画中有威尼斯的当代建筑、贵族商人和乐师等。在这些欢乐的人群中还画进了英国女皇、法兰西斯一世、画家提香、丁托莱托和画家本人。

会儿女孩端着三个盘子回来，每个盘里装着用一个鸡蛋做的法式鸡蛋饼，男房东不得不道歉。

"我们吃得很少，因为到我们这个年纪，您可以想象一下……"

"没关系。"我回答他，而他的妻子用眼角斜视我，"我不饿。"

但我已经开始吃鸡蛋饼，跟所有的饼一样无味、少盐。这时门开了，进来另外两个孩子，大的是个小伙子，小的比女仆还小。只要一看就明白他们是兄弟。他们的裤子被泥巴弄脏，指甲是黑的，衬衣、头发和麻鞋上都是土，不用太注意他们就能猜出这两人是干什么的。

"先生，对不起，请慢用。"哥哥低着头，小的躲在他后面，"我们已经喂完骡子了。"

他既非博索斯特人，也不是阿兰谷人；既非加泰罗尼亚人，更不是阿拉贡人。但他的口音与女孩不同，他的每一个字都增加了我头上的气压，一种浑浊、含糊的氛围重压，与我剩下的一半鸡蛋饼同样神秘，我预感到再也没胃口吃它。

"很好。"房东满意地点头称许，"去吃晚饭吧，然后上床，嗯？五点钟就要起床了。"

"一碗面条汤和一个鸡蛋做的饼。"我推断，我的结论应该浮现在脸上，因为他再次道歉。

"他们是好孩子，知道吗？但得管着他们，因为他们不喜欢劳动……"当他看似准备为这个断言辩解时，他妻子已经叠好餐巾，站起身来。

"我们要睡觉了。这里我们跟母鸡一块起床。我们从不吃饭后甜点，但如果您想要个梨的话……"

他们跟我互道晚安，我一个人待着，身边是熏黑的家具、萎靡的电灯、粗糙的物件、粗暴的表情和言语撒在我的悲伤上，与彻底的寒意无法估计的温度汇合。

我不应遭受发生的这些事，什么也不理解，也无法想象哪个是我的错，我做了什么、说了什么，让"美男子"的眼睛变成铁打的、嗓子变成矿石的，那个如金属般强硬、如牢房铁条般不可逾越的声音，像将我赶出天堂的烈火之剑一般尖厉。我是无辜的，我只知道这些，我是无辜的，什么也没说，什么也没做，除了待他们好，待所有人好，待"美男子"比对任何人都好，那就是我的错，做些鲜美得要为它唱赞歌、之后爽得大叫的大蒜汤，仅此而已。不公正的不幸并非第一次落到我头上，不是第一次虐待我，而我不该遭受这一切，强行将我与自己所属的地方分离，但从来没有让我这么痛苦。佩德罗·帕拉西奥斯的背叛是丑陋和肮脏的，有一个意义，尽管也是丑陋、肮脏的，但它是意义。而"美男子"的背叛不是这样，因为他没有权利这样对待我，对我做出这样的事。他没有任何权利，比任何人都更没权利。

那是我所确切知道的，从来没人这么伤害过我，因为敌人施加的伤口可以毫不犹豫地昂头承受，不去质疑自己所知所感的事情，但情人打开的伤口永远无法合拢，而我爱着"美男子"。一个焦糖色的太阳给他脑袋戴上光环，与"美男子"柔软、甜蜜的肌肤催人入睡的温暖相比，无尽寒意冰冷的陪伴让我更加理解他。那时独自在一个漆黑的寒夜，我比在任何夜晚都更爱他，对他身体的思念比他肉体本身更强大，欲望在身体缺席时会如此强烈，以至于我只希望从未感受过它，这样便没有什么可作回忆。我试图思考，安慰自己，想着几乎不了解他，一周前他还不是我生命的一部分，在那个爱情背后跳动的不是他，不是木头和香烟、丁丁香花苞和肥皂、青柠檬和一颗新磨的胡椒。我试图认为那根本不是爱情，只是我受伤之心的幻想，他激起的失落与希望，当我们的道路仅仅出于偶然碰巧交会时，似乎他用一只手就可以托起整个宇宙，同时用另一只手抚摸我。我试图那么想，但无所谓，因为痛苦的根源不会影响痛苦本身，其本质也不会减轻痛苦。

觉得脑袋因一遍又一遍努力回顾自己倒霉的那天所有的行为、言语、表情而要炸裂时，我已经知道有一个显然不好的解释。我也十分清楚地知道在自己的阵营情况如何，一个红杏出墙的打击，一个准备讲述阿尔杜罗和我激情相吻的哨兵所难以理喻的阴谋，本会引发一场不同于此的危机，这场危机的香气，典型而致命，未经加工，看似源自一个独一无二的经典词语，"背叛"。假如是吃醋，那我俩单独就可以解决，在一扇关闭的大门后面喊叫、流泪、承诺、发誓。我将甘愿低声下气，但愿可以在"美男子"面前委曲求全。我甚至想到了那些，为了不继续想下去，我收拾起盘子，把它们送到厨房。

"哦，小姐，您别管了，我来做！"

女孩把盘子从我手中夺走时，我看见那两兄弟在玩一粒扣子，轮流用手指弹它，仿佛它是一颗弹子，试图让扣子从他们吃完晚饭的油布桌布上的两块面包之间通过。

"进球！"哥哥一边佯装叫喊，一边举起胳膊。

"不是，不是进球，是碰到门柱。"弟弟抱怨道，用手指示意油布，"球门一直到这里，看见了吗？一直到这朵小花。问题是球跟门柱相撞，把它挪动了。"

"行吧，球碰到门柱，然后进球。"

"不是的，球没进，球到门外了……马迪亚斯，你是个骗子！"

我回到餐厅收起杯子和桌布，在垃圾桶上小心抖动桌布。

"您别管了，小姐……"女孩重复道，"这是我的工作。"

"我不叫小姐，"我声明，一边只好由着她不让帮忙，"我叫伊内斯。你呢？"

"我叫梅塞德斯·加西亚·罗德里格斯。"她一面回答我，一面把桌布抖落好，但折叠它之前嘟哝了一下，闭上眼睛，咬住嘴唇，仿佛后悔某事，"得了，我又弄错了！"于是她瞅着我。"我现在不这么叫了。我叫梅塞德斯·罗德里格斯·卡尔沃，那才对。"

"加西亚这个姓氏怎么了？"过了一会儿我问她，一边抓起抹布，开始擦干她逐一清洗的盘子。

"问题是……小姐您可别动，真的，他们会责备我的！"

"谁？他俩在睡觉……"我用下巴指着沥干架，"我把盘子放在那儿？"

"好吧，是的，放那儿吧……"我头一次见她微笑，"谢谢。"

"不客气。加西亚这个姓氏呢？"

"嗨，加西亚这个姓氏……是因为我父母没有让神父主婚，现在看来结果是他们没结过婚……"她停止洗碗，以便把话说得更清楚，"也就是说，他们是结婚了，因为我见过照片，我母亲怀孕了，她常对我说：'瞧，你也在场。'她指着自己的肚子，看不出她怀孕了，但她知道，当然了，问题是……"女孩再次把手伸到水里，捞出一个盘子，把它漂洗干净。"现在那场婚礼不算数了，他们不算结过婚，作废了。或诸如此类的事，我不清楚……总之，现在我的姓氏只能跟妈妈一样。"

"可那是谎言，梅塞德斯，"她一听我的话，松开正在洗的盘子，陶器掉到水池底部时发出声响，"废除婚姻是一个政治决定，但只是从外表而不是从内部改变事物。可以在文件上取消你的加西亚姓氏，但你的父母结婚了，你应该知道这点。为了你，尤其是为了他们。"

"我父亲被枪毙了，小姐……我说，伊内斯。我母亲，可怜的人……她的困难够多的了，不能再为姓氏操心。"

梅塞德斯继续默默清洗、冲净一个、两个、三个盘子。我擦干它们，望着她，见她那么坚强我很诧异，一个十二岁的女孩收拾厨房，而两个加起来二十来岁的男孩默默注视着我们，眼睛睁得大大的。

"梅塞德斯，你母亲在哪儿？为什么你没跟她在一起？"

"她跟我的弟妹们留在萨伏拉。因为家里养不起这么多人，所以……把我派到这里为'社会救助'机构①服务。"她转过头示意那两个男孩，"他们也是，但来自托莱多的一个村子。"

"乌尔达，"我转身看他们，还没问马迪亚斯他就说出了自己村子的名字，"您知道乌尔达吗？"我摇头否认。"那儿有一个很著名的耶稣像，知道吗？安德烈斯和我就是那个村子的。"

安德烈斯刚满九岁，但马迪亚斯总是给他多算两岁，以免把他俩分开，因为他们举目无亲。"哎，几乎是孤零零的。"他补充道。他父亲死于战争，母亲的尸体在村子陷落的次日清晨被扔在一个打谷场。他有一个姐姐在某个地方，一个舅舅在法国，其余家人还在乌尔达。

"但他们现在过得很惨，所以让我们来这里时，安德烈斯不愿意，因

---

① "社会救助"机构（Auxilio Social）：1936 年 10 月西班牙内战爆发后梅塞德斯·桑斯－巴奇列尔（Mercedes Sanz-Bachiller，1911—2007）在白区建立的一个人道主义救助机构。佛朗哥统治初期，该机构在救助妇女和儿童方面曾发挥重要作用，1937 年 1 月正式并入长枪党，但独立于长枪党的另一机构"妇女支部"。

为他是个胆小鬼，什么都害怕，但我说行。所有的事几乎是我独自一人干的，因为他很小，但由于主人见不到我们，因此……不是说我们的情况很好，但也不算差。"

马迪亚斯不到十四岁，可说话像个大人。我觉得比他的遭遇更艰难和残酷的是其见解之严肃，那种被迫早熟的责任感使其肩膀佝偻、眼神黯淡。于是我想起那句口号，"家家有柴火，人人有面包"。记得第一次听到它时，其恰到好处给我留下了深刻的印象。"真好。"我想。在监狱里我对红色救援组织的女伴们评论道："我们也本该想到这点，怎么没想到类似的东西呢？""家家有柴火，人人有面包。"一句简单、基本的话，却能传递信仰、热情，对没有饥饿、寒冷的朴素未来一种简单因而真实的信心。那是"社会救助"机构的口号，"家家有柴火，人人有面包"。剩下的事，那天晚上我所学到的东西，任何地方都学不到。

"上床。"我打了一下响指，让他们明白我说的话是当真的，"你们三个都上床，我来收拾这里的一切。难道你们不累吗？"安德烈斯起身，伸懒腰，打哈欠，点头同意："我不困。"

他们离开后我把双手浸在像世界一样冰冷的水里，全神贯注于刷子、肥皂和油污的短暂抵抗。我比之前更悲伤，不过更好、更坚强，仿佛我能容纳的伤心数量达到了极限，它便自我抵消了。清理洗碗池时我已经明白，不管还会发生多少事，我的命运绝不会像那些孩子的命运那般黯淡，对此我深信不疑。我有许多事要干，但都做完了，只好钻进冰冷的床铺，开始打哆嗦。这很正常，因为那个房间没有暖气，也没个破炉子，于是我起床，穿上另一件毛衣、另一双袜子，回到床上，还是没法暖和起来。我也不想哭，因为哭是累人的却没什么大用，但我的眼睛为我做了决定，它们长时间纵情哭泣，迫使我为"美男子"、为那些刚认识的孩子、为那些永远也不会认识的人流泪。所以我哭了，因为眼睛愿意，但我无法停止颤抖，只能止住哭泣，啜泣让我有了睡意，我睡了一会儿，直到寒冷再次冻醒自己，我又哭起来，接着又睡着了，醒来时我的眼睛重新能用了，它们顺从、听话、干涸。我还是冻得要死，但根本感觉不到寒意。

凌晨五点半，天还没有亮，博索斯特好似一个被遗弃的村子，空荡的大街和上闩的大门。路上我没有碰到任何人，但从远处我先认出哨兵，然后是指挥部的正面，那么远的距离，只有一盏灯照明，他不容易认出我来，但我还是钻进平行的街道，监视指挥部。从那个角落看得见我们房间的阳台。在那扇百叶窗的另一边，"美男子"大概独自躺在床上，我能看见他，仿佛就在他身边，床单、毯子、床铺的金色围挡，我的床头柜上放着一幅用金色板条框起来的拉斐尔《西斯廷圣母》①，洗脸架在尽头，近景是他的身体，右胳膊上有一条很丑的伤疤，犹如两根树枝折断的树干，左脚露在外面，因为他睡着之前把脚伸到了床外。

我的冷静也顺着那个窗眼消失。我像个间谍似的躲在那个马厩的门口，问自己想干什么，却不知道如何作答，这时一楼亮起一盏灯。几乎同时我听到一个、又一个、再一个脚步声，越来越近。我放弃自己的隐蔽点，悄无声息地沿一条通向指挥部正面的大街前行。一开始我觉得自己太暴露了，仿佛把自己交给一把紧张的手枪，它渴望一具当靶子的身体，但及时辨识出那些脚步的来源和性质，它们不是来自村里，而是来自我和"美男子"某一晚骑马远去的那条路。看见他之前我就知道是他。我再次问自己该做什么，再次确认自己对那个问题没有任何答案，我走了一步又一步，到达街角，见他慢慢走过来。他看见我了，但几乎没瞅我。他贴着街道的右侧，以便与我分开，他继续行走，更加急速。那不容易，一点儿也不容易。

"'美男子'，"当他从我身边经过而没转身时，叫他的名字我都觉得奇怪，那个不回头的男人身体也奇怪，我叫他的声音同样奇怪，"'美男子'，等等我！"

---

① 拉斐尔·桑西（Raffaello Sanzio da Urbino，1483—1520）：意大利著名画家，也是"文艺复兴后三杰"中最年轻的一位，代表了文艺复兴时期艺术家从事理想美的事业所能达到的巅峰。他的性情平和、文雅，创作了大量的圣母像，他的作品充分体现了安宁、协调、和谐、对称以及完美和恬静的秩序。在《西斯廷圣母》中拉斐尔一反传统手法采取了一系列新的表现手法，让人们从运动的观点和运动的感觉来观赏圣母下凡，从构图来看显著的特点是稳定的安详感和旋律般的运动感。艺术史家高度评价这一杰作可与《蒙娜丽莎》媲美，都是人类文化艺术宝库中的稀世瑰宝。

他没等我。他直接往家走，家就在附近，如果他进去了，那就没什么可说的了。所以我朝他跑过去，钩住他的衬衣，用胳膊从后面抱住他。但我连一瞬间都没抱住他，因为他首先做的是用手把自己的身体挣脱，仅仅之后才终于转过身来。

"你想干什么？"好像我根本不认识他，好像从未见过那个男人，好像不知道为什么我没睡觉。

"瞧，我不知道别人跟你说了什么……"他散发着木头和香烟的气息、干丁香花苞和疲倦的气息，显而易见我解释得不好，但没有别的，"我根本不认识那个小伙子，我向你发誓，你问罗梅斯科，我认识那人时他在跟前，那个小伙子来跟我说愿意帮助我，我向他要食品，那就是我唯一干的事，请求他给我们带来食物，罗梅斯科知道这事，知道我不认识那个人，昨天他扑到我身上时，我尽快挣脱他，那是事实，你得相信我，请相信我，看在老天爷的分上，我……"

"你根本不认识我就跟我睡觉了，不是吗？"我看着他，他眼里所流露的表情向我挑明，头一晚我根本没从寒冷的特性中学到任何东西，"因此不必给我解释。你可以跟其他人，跟任何人上床……"

"别这样对我说话。"我低声说道，几乎听不见自己，仿佛那些话让我的肺部没了空气。

"为什么？这是事实，"他的嘴唇弯成一个扭曲的表情，或许想是微笑，但没到这一步，"当然了，你不需要认识一个男人才跟他上床……"

"别这样跟我说话！"我发现甚至喘不过气来我也能喊叫，我握紧拳头扑到他身上，一次、两次、三次捶打他的胸部，"别跟我说那些事！别跟我这么说话，因为你没那么想，你不相信，你不能说，你太知道……""我以为在西班牙像你这样的女人已经不存在了。"我回忆，却不知道该怎样继续说下去。

"我唯一知道的，"他用手抓住我的胳膊，甚至剥夺我揍他的慰藉，"我像个乡巴佬似的中计了。那就是我所知道的。"

"你说你上当了？"我甚至不能怀疑他指的是什么，"你上什么当了？我不明白你。"

"不明白？"他完全松开我，往后退了一步，"我不明白的是昨天那个家伙搜查指挥部时干了什么，而你借口把储藏室装满土豆，从厨房给他做掩护。"

"我……？"我的脚自个儿跟踉跄起来，一种巨大的惊恐将我拦腰折弯，我张着嘴，胳膊僵硬，即便用整个身体也容不下它，"你真的相信我干了那事？"我离开他，无法控制自己的脚步，我的眼睛不停地转动，找不到一个可以固定的点。"当他……我掩护他什么？不可能。"我看着他，他看着我，我发现他开始迟疑，"不可能，告诉我那不是真的。"但因为"美男子"已经犹豫了，我试图朝他走去时，他转过身去。"不可能，我不能相信……"他进入指挥部。"我不相信这事，你听见了吗？"我提高声音，"我不相信！"

我还蹒跚了几步，无目标、无方向地移动自己，我的脚划出一团无意义的混乱曲线，是喝醉的舞者超出最糟糕的醉态底线呈 S 形的走路。起初我都无法消化刚刚听到的那些话。明白那些话比我平生独自所能想象的一切更糟糕、更恶心。付出这么多，奉献这么多，受那么多苦，在那么短时间里那么幸福，这一切只是为了让他们最后认为我不是诽谤者、懦弱者、胆小鬼，而是卧底、内鬼，一个什么事都干得出来的臭婊子，就为了欺骗、伤害他们，在他们最没料到的时候给他们的刽子手开门。那就是他们对我的看法，没有给我说话、自我辩护的机会，那不行，那永远不行，因为我们不是这么办事的。"首先，最好是使人心软的焦虑、伤脑筋的疑惑和突发性开除，之后是从来不知道、不理解正在发生之事的恐惧。"

"伊内斯……"

蒙塞和"左撇子"从她家回来，听到她的声音我不再来回思考，像陀螺似的移动，我慢慢直起身体，把脸上的头发撩开，看着蒙塞，见她一步接一步地走近我，之后她的男友抓住她的腰部，亲吻她的头部，把她与我分开。蒙塞用手做了一个奇怪的手势，介于打招呼与半空中的抚摸，但"左撇子"没瞅我，街上只剩下我和哨兵时他也不再看我。我打量僵直、笔挺、仿佛脖子上打了石膏的哨兵，终于明白自己的处境，一个透明、无形和聋哑的女人，不能看她、跟她说话或听她说话，离得再近也视而不见。

那一刻，虽然明白这些丝毫没有减轻我的痛苦，但我的理智恢复了，蒙塞告诉我发生的事情时，我已知道一切，或几乎一切。我蜷伏在那个马厩的门口，看见他们出来，与自己人会合、告别，直到深夜，我一人就猜到的。"左撇子"是最后一个离开的，但他穿过大门时"美男子"还在那里，朝四下张望，显然他在找我，但更显然的是他找不到我。我贴在门上，直到听"明白吗"叫"美男子"过去，高声提醒他午饭时间之前必须到达的那个村子名字。

嘈杂声、脚步声、人声、某个远去的马达声，这一切逐渐减弱直至完全消失，可直到在大门口、距哨兵视线后一步的地方认出蒙塞的轮廓，我才挪动。我从藏身处出来，让她看见我，对她做了一个手势，让她等我。我出村，从一座远离民房的桥上跨过加龙河，从后面绕过军营，几乎花了一个小时才到达厨房的窗户。我没见着蒙塞，但用手指关节敲玻璃时她马上来了。

"伊内斯！"蒙塞紧张得没能一下子打开窗户，"伊内斯，出什么事了？你等一下，我马上出来……"

"不行，别出来。最好不要让人看见你和我说话。"我没让她问为什么，"听我说，蒙塞，你平静下来，这是第一点。我需要知道昨天他们把我从这儿赶走时出了什么事。"

"他们把你赶走了？"蒙塞把眼睛睁得很大，"我还以为……"

"是的，他们把我赶出来了，我相信自己知道为什么。之后我告诉你，但首先我希望你告诉我……"见她闭上眼睛，严肃起来，点头同意，我没把话说完。

"我在自己家。我们收拾好了，你记得的，对吧？'左撇子'还没回来，'狼''明白吗'和'美男子'到了……"我自己唯一没能猜到的是他们撬开了办公室的门，看到阿尔杜罗在楼上走动，"他们问我是否认为你跟他有约定，我对他们说没有，因为……你根本不认识他，对吧，伊内斯？"

"不认识，蒙塞，当然不认识。"我也无法理解自己怎么能这么愚蠢，以那种方式上当，我是一个乡巴佬，最没见识，被那些天，更被那些夜晚的光线所迷惑，仿佛整个世界只能在正确的方向、我的生活恢复的方向运动，"我向你发誓根本不认识他。"

"我知道，"蒙塞对我微笑，她的微笑是热情继续存在的第一个迹象，即便它尚不在我的范围之内，"我知道。"

"你听到他们之间说话了吗？"

她摇摇头，暗示我她宁愿不告诉我，但我是无辜的，她是我的朋友，于是就冒出来佩德罗·帕拉西奥斯和一系列我从未意识到的巧合。当我以为谈话结束时，发现她没把一切都告诉我。

"然后'美男子'，嗯……"但蒙塞皱起嘴唇，拒绝再次张嘴，"没什么。"

"不，不是没什么。蒙塞，之后怎么了？"

"之后……之后'美男子'朝独轮小推车踢了一脚，他的脚大概都踢碎了，他说：'我们逮捕她，我逮捕她，我现在就去抓她，把她关在你们说了算的地方……'你别哭，伊内斯。"

"我没在哭。"只是两滴眼泪从眼睛里流出来，"请接着说。"

"就那些，没别的了。他们谢过我就离开了。晚上我来的时候以为你还在这里，在楼上，跟'美男子'在一起，因为我没看见他，我想，他们可能大吵了一顿，而且……"她话说了一半，朝背后望去，"你在这儿等一下。来人了。"

她关上窗户，我坐在地上，把这些片段连接起来，组成一个完整的故事，"美男子"自告奋勇地逮捕我，把我关在他们指定的地方，那不是最坏的事。最糟糕的是我理解他们，能够理解他们的猜忌和怀疑，这虽然对我伤害很大，但我能理解，到了那个地步我又发现两个事实：第一，我永远无法按自己的方式解决那个问题；第二，只有按照他的方式才能解决问题。

"伊内斯，你还在那儿吗？"解决那个问题正是我要做的，正如他们其中一人将要这么办，"来人是肉贩子……我现在怎么处理这头猪？"

"猪，"我琢磨，感觉好像这件事刚落到自己头上，"猪……"

"里脊肉，"但作为蒙塞的朋友我不能抛下她一个人，"让他给你做肋条里脊，油炸会有太多的油脂，但比如加上橄榄来烧，会很好吃……"

在我有生之年我永远不会发现自己从哪儿来的足够镇定，向蒙塞一步一步地解释菜谱，而她逐条记录在一张纸上，甚至最后我还建议她沥干橄榄，小心面粉，因为如果汁弄得太浓这道菜就做坏了。

"叫他给你洗干净排骨肉，"我还补充，"把排骨剁碎，全部带来。你把它存在储物间最凉快的地方，放在一个大盘子里，用干净的罩布盖好，今晚或明天，等我回来时咱俩一起腌制它。"

"你要回来，对吧？"

"当然了。行了，如果你帮我的话……"她使劲点头同意，仿佛想向我保证，我可以求她办任何事情，"你上楼去，可以吗？在衣柜放手提箱的地方，在两块毯子之间应该有一把手枪。把它给我拿来。那是我的。"

"不行，免谈。"蒙塞向我投来惊吓的目光，之后开始摇头拒绝，"手枪不行。你要干什么？"

"请你把手枪给我拿来，蒙塞。我不想自杀，如果那是你在想的事。"

"你自杀？"我的最后声明只能让她更加害怕，"可我怎么会想……你疯了。"

"没疯。"突然我觉得自己很坚强，于是再次微笑起来，"我要去找阿尔杜罗。无论如何我要去找他，我决定了，那是我要做的事。如果你把手枪给我拿来，我要带上它；如果没有手枪，那会更糟糕，即便我还有两个胳膊，他只有一个。你就走着瞧吧。"

我盯着蒙塞，由着她看我，直到我脸上的表情比说话更好地说服了她。

"哎呀，我的妈呀！"她再次更加缓慢地摇头，"我的妈呀，我的妈呀……我的妈呀！"

但她一边不停地祈求母亲，一边离开窗户，走出厨房，回来时手里拿着我的手枪。

"操，伊内斯！我本不该这么做。"她怀着几乎母亲般的惴惴不安将手枪放在我手里，"如果你出点事的话……"

"我已经出事了，蒙塞。"我一边回答道，一边确认无人清空弹盒，"我能够遇到的最糟糕的事已经发生了。我没有什么可失去的了。只需你告诉我那个独臂人住在哪里。"

"等一下。现在我真的要出来了。"

"不用，真的……"但蒙塞已经关上窗户。

她跑着过来，我们互相无言地拥抱，一种持续了很长时间的紧紧拥抱，我们像两个受惊的女孩互相摇晃，因为我俩都很害怕，尽管她表现出来而我没有。她向我解释如何到达农庄，我们无语地分别，但我牵着劳罗的缰绳从马厩出来时，蒙塞还在那里用手跟我说再见。

　　我慢慢前行，从一条无人的小巷出了村子，继续穿过田野行走，绕过一个山岗之后我才敢上马。我猜，朝那个只通往莱斯①、卡内汗，最终到达法国的方向不会有检查站，但还是在公路上看见一个，他们大概也看见我了，虽然不能拦下我，因为我沿着山麓骑行，远离任何一条路。于是我迷路了，耽搁了一些时间才认出蒙塞跟我说的那个小山，但其余的一切都出人意料地容易，我辨认出密林包围的空地上那座农庄时，虽然接近上午十点，却没看见动静也没听见任何声响。树木几乎跟围墙一般高，我把劳罗系在一棵树上，小心翼翼地靠近，甚至每迈出一步之前就逐一选好落脚的地方，尽管很快就发现自己过分谨慎了。那个农庄所有的百叶窗都是固定好的，后门上闩，即便烟囱里冒出烟来。我躲在那扇连接农庄与松树林的小木门后面，可以看见一排长长的棚屋，是马厩或鸡窝，门户紧闭，仿佛还没天亮，再过去一点儿是个菜园，直到那个时候还无人在那儿干活，这也不合常理。

　　"狼"说得有理。佃户应该属于民防队，因为这样的荒弃没有意义，那座处于黑暗中的农庄上午十点还被遮挡着，以防他人窥视，那就更加没有意义了。里面应该有某种东西能够为这般谨慎开脱，武器、武装人员，一想到这些我便产生了放弃的念头，假如门没有打开让昨天上午去博索斯特找我的那两个男人出来，或许我就这么做了。那个拉车的男子径直走向一截树桩，一把斧头嵌在中央。与此同时，阿尔杜罗左臂残肢上挂着给我送鸡蛋的同一只柳筐，直接朝农庄最远的那个棚子走去。我紧贴围墙悄悄移动，直至走到一处位置，从那儿可以看见阿尔杜罗进入的那扇门敞着，农庄的大门关着，还有农庄佣人所在的树桩，因为那个男人应该是这个身

---

① 莱斯（Les）：莱里达省的一个镇，位于阿兰谷，与卡内汉、博索斯特及法国边境接壤，沿加龙河右岸延伸，是国道230进入法国之前的最后一个西班牙镇子。

份，他把一株树干砍成碎块，足以装满随身带来的驮筐。之后他再次把斧子嵌在豁口，走进农庄，把门从里面关上。

"打赌我会摔倒？"我心想。我握住手枪，做深呼吸，数到三。"打赌我的一只脚绊在石头上，把脑袋撞开？"我在围墙上寻找一块凸出物以便给自己助力，坐在上面以免冒风险，用脚试探，直至找到一个支撑点。"打赌现在他们发现我，朝我射击，把我打死？"我寻求棚屋的掩护，贴着它们前进，以免被人从闩上门、关着百叶窗的农庄看见，就这样一边跟自己打赌，心脏狂跳，一边走到结果是鸡窝的地方，我进去，躲在门后面。

"这样不会有好结果，"我自语，"不会有好结果。"我远远地观察阿尔杜罗。他穿着工作服，一件蓝色毛衣，领子上有一个大洞，其他更小的洞到处都是，犹如虫叮的疙瘩；一条十分破旧的裤子，被掏空的口袋反转过来飘着，犹如每条腿上鼓着一个空袋子。他在口袋里不会携带武器，裤腰那儿也不会。或是有人在热水里泡过那件毛衣，或是从某个比他更瘦小的亲戚那儿继承了它，因为刚刚遮住他的胃部。当我确定自己手里拿着一把装有五颗子弹的火器，而他只有一个柳筐时，我感觉精神振作起来，尽管对自己能力的怀疑与之前一样多。阿尔杜罗不知道我的盘算，他用右手捡起鸡蛋，将它们放进筐里。"现在怎么办？"他捡完鸡蛋转身开始朝我走来时，我问自己，"现在怎么办？"但他是独臂人而非瞎子，隐约看见门边有一个影子，因为他停了下来，皱眉，张开嘴唇。"他要喊了。"我意识到，不能允许他张嘴。

"举起手来。"我从躲藏处出来，端着手枪，低声要求他。他举起唯一的那只手，另一只胳膊落下，筐子与地面相撞，所有的鸡蛋同时碎了。"别动，别说话，只做我要求你的事。这样对你更有利，因为正如你可以想象到的，给你一枪我毫不费力。"

我十分缓慢地朝他走去，看见他脸部表情的变化，吃惊全速让位于恐惧。他害怕我。发现这点时我自己的恐惧开始松懈下来，虽然任何时刻我的内心都没有停止颤抖，至少表面能够装出足够的镇定下达命令。

"张嘴。"

他立马张嘴，我用一块不十分干净却是在那儿唯一找到的抹布堵住他的嘴。我把抹布在他牙齿间扭动塞紧时，还是很紧张，然而我的紧张情绪发生了逆转。已经不像我之前尝试过的任何感觉，因为我一辈子都没做过任何类似的事情，那种近似亢奋的激动对我而言是崭新的，这种不理智的乐观主义连我自己都觉得危险，与此同时我无法控制它、降低它，无法避免它像毒品似的从我的血管溢出来。"我得想想，"我提醒自己，"我得考虑一下，不能出错，因为只有井然有序地办好事情，我才能从这里脱身。"

"把鸡窝的钥匙给我。"他没吭气就服从了，我把钥匙保存在口袋里，"很好。现在你把左臂的袖子放下来。"

他这么做时，我抓住他的右手，把它贴在后背，用空袖子绑住他的手腕，我被这块布、我的手指和手枪弄得手忙脚乱，之后才终于打了一个普通的结。鸡笼用固定在铁条之间的一截粗麻绳关着。我打开两个鸡笼，把绳子互相连接起来，当鸡咯咯叫，尚未决定跳到地面时，我站到俘虏身后，把枪筒穿过他右前臂的内侧，用大拇指固定它，一边用其他手指干活。

"你只有一只手，记得吗？是吧？"他晃动脑袋表示同意，"别干傻事，别让这只手也保不住。"

捆绑他是我干得最差的事，因为我不会，从来没捆过任何人，除了阿德拉和她的女仆，她们都是坐着的。那就容易些，因为只需围着椅背绕几圈，但我及时想到把阿尔杜罗的手绑到他空袖子上与制作一只鸡、把它塞进烤炉没太多区别，我就是那么干的，留下绳子的一头耷拉着，仿佛需要松开那个结而不使鸡爪受损，真是粗制滥造的活儿，看见它就不舒服，真的。

"现在，坏蛋，跟我来。"我感觉把阿尔杜罗捆绑得难看但安全时，走近他，把手枪架在他脖子上，"我俩慢慢从这里出去，别出声，我带你去博索斯特，让你解释昨天发生的事，明白吗？"他微微转头看我，我把武器在他脖子上戳得更深些。"我问你明白了吗？"阿尔杜罗小心翼翼地点头称是。"就这事。你要告诉上校我根本不认识你，你给我设了一个陷阱，什么原因和目的。假如你做任何奇怪的表情、任何我不喜欢的动作，我就当场毙了你……"我挪到正面看他，手枪靠在他胸口，"我以母亲的名义向你发誓。你相信我，对吧？"他再次晃动脑袋，他相信我。"我们走吧。"

离开鸡窝之前我探出头去，证实没有任何变化。农庄还是关着，场地空旷，连一只狗都见不到。我出来，在空中挥动手枪，示意阿尔杜罗出来，用钥匙关上鸡窝门，他在前面，我躲在他身后，我们慢慢前进，拿一个接一个的棚屋墙壁作掩护。还没走到离小门最近的那个棚屋就听见一阵马达声，我俩同时抬起头。

我强迫阿尔杜罗跨过我们离最后一个掩体几米远的距离，还没迈出两步就听见开门的回声、嘎吱声、脚步声、一帮人喊叫另一些人的声音，比正在接近的轿车杂声听得更清楚。我估计从墙的另一端可以看见点东西，自从一辆黑色货车在沙子中打滑，停在我对面，面对着正在等它的六个男子，我所见到的场面超过了自己的预期。其中两个人掀起一扇位于楼房侧面的活动门，大概是通往一个地下室或酒窖，这时一位约六十岁的先生，跟阿尔杜罗非常像，仿佛是他父亲，样子约莫是拥有那一切的主人，他出现在门廊的角落，满脸微笑。货车司机出来打开后车门，农庄的人把一些草包扔在地上，之后是一块帆布，终于露出他们等待的真正货物，木箱和敞开的麻袋。"弹药和步枪。"我想。之后看到他们架在地上的机关枪，跟其他货物一起保存起来。那时我看到司机的同伴下车，一个非常高大的男子，穿着黑大衣，戴着贝雷帽，他摘下衣帽，之后闪到一边与佃户说话。

那一刻我忘了阿尔杜罗、手枪、身处的地方和时刻，我用左手捂住嘴巴，但仅仅一瞬间。我没在拿自己的爱情、荣誉冒险，没有拿准备取得成功的大胆行动开玩笑，没有赌回归天堂的机会（之前我被不公平地逐出天堂），我连命都没在玩，因为可能遇到比死亡更惨的事，与此同时，身着军装的阿方索·加里多向他的东道主递烟，点燃一支烟，朝四周望了一眼。我不得不停止对他的继续观望，像一个隐花植物似的贴在墙壁上。随后没有多加思考自己的行为，我去掉手枪保险，把它靠在阿尔杜罗的后脖子上，十分缓慢地用枪筒抚摸他的整个脑袋，直至到达他的头顶，然后以同样的缓慢把手枪放下来。

"老实点，别干傻事。我刚把手枪的保险去掉，听见了，对吧？所以别动，也别出气……"

"他们已经在这儿了，"这是我能够再次思考时首先想到的，"他们来了。"除了那个男人远远地让我产生恐惧和突然让我嘴巴发苦的恶心，引发了一个无法控制的警报，它终结了害怕、兴奋和紧张等一切情绪，让我重新回到过去的颤抖。我不允许自己的俘虏察觉到这点，因此继续用手枪抚摸他的头，一次又一次，直到我敢重新探出头去。加里多消失了。他大概跟随农庄主人进屋了，因为我只看到那些装卸武器的男子，他们从那扇活动门下去，之后从里面把门关上。一秒钟之后一切都如开始时那么空荡、寂静，除了那辆黑色货车和丢在地上的草包。阿尔杜罗依然一动不动地待在我身边，仿佛死了，像小孩似的那么听话。

"你有小门的钥匙吗？"我问他，他摇头否认，"我为你感到遗憾，但如果你不希望我杀了你，你就得跳过围墙……"

他再次更加冲动地否定，我发觉他右臂晃动很厉害，仿佛想用伸出的食指示意什么。我向他一点点地提问，他用头回答，直到我明白在两块石头之间藏着一把钥匙。我不费力地找到了它，打开小门，把它关上，把钥匙收在鸡窝钥匙所在的那个口袋，把阿尔杜罗带到劳罗那里，这匹马再次望着我，好像在等我。

上马之前我一边偷偷把手枪的保险重新上好，一边继续用右手从马上将枪筒对准阿尔杜罗，我往后移，让他把一只脚放在马镫上，我抓住他的腋部拉他，俩人差点从马上摔下来，但阿尔杜罗会骑马，我能承受他的重量，直到他在马鞍上坐直，一直坐在我前面。我们在松树间飞速离去，很快找到来的路上自己极力避开的那条公路。

"拿过来。"我把堵他嘴的布拿掉，恶心地看着它，将它扔到地上，"很抱歉不得不使用这么脏的抹布，但没别的。"

他懒得回答我，我感谢他，我们继续骑马小步快跑，但没有快到让哨兵惊慌，那样他们早就会叫我们站住了。

"伊内斯？"岗哨的负责人是罗梅斯科，"可是你在这里干什么？"

"我……"我看着他，对他微笑，终于觉得自己得救了，"说来话长。留神，抓住这人，把他带给'狼'，告诉'狼'是我把这人带来的。他会明白的。你也告诉'狼'，我们在这人家里时，来了一辆伪装好的货车，运来了一大堆武器。让'狼'问蒙塞，她知道那个庄园在什么地方。车里有一个穿便衣的军队少校，农庄的人在等他。他们把所有的东西都存在酒窖里，步枪、机关枪和弹药，但我没见到部队。这些你都记住了？"

罗梅斯科请人帮忙让阿尔杜罗下马，看到那个让阿尔杜罗唯一的手不能动弹的绳结时，罗梅斯科惊讶得说不出话来。

"操，像是马上要进烤炉的圣诞火鸡！"

"是的，行了，我打不了更好的结，你们现在给他戴上手铐吧，或其他类似的东西。另一件事……去维拉莫斯①从哪儿走？"

我绕过村子，避开第一个检查站，快到第二个检查站时在旷野中他们远远地用手向我致意，好像"狼"来得及命令他们不要拦我。我几乎独自骑到阿罗斯村附近，碰到任何邻居之前我找到了岔道。维拉莫斯公路是我这辈子走过的最美公路之一，同时从折磨它的无数急转弯道来判断，又是设计该公路的工程师的诅咒。虽然这条路从来不是笔直的，但最后一段路程稍微好些，与此同时，在越来越长的间隔之中依稀可见地平线上的村子轮廓，黑瓦屋顶环绕着一个又一个的山坡。

到达第一片房屋之前，我看到带有村名的招牌还展示着轭与箭②，战士们逮捕国民自卫队员之后总是立马消除它们，遮盖或折弯这块金属牌，但或许他们没来得及，还不到下午两点。我最后一次下马让劳罗休息、饮水的地方离这里大概不到三公里，我决定把马留在那里，用它的缰绳挡住那个象征物，回来时可以轻而易举地找到它。于是一周内我第二次聆听寂静，村子无声无息，吓了我一跳。

我的耳朵无法捕捉到任何声响，人声、脚步声、任何生物——人或动物——的回声，无论离我近或远，那个村子的所有百叶窗都关闭，大门上闩，狗躲在一些房子厚厚的石墙后面，假如不是因为从烟囱冒出烟来，一些房屋看起来似乎无人居住。我开始缓缓地爬坡，冷不防袭击我的是一头公驴的叫声，一种重复了三次的尖利声响，犹如警报声立马引起我的不安。罗马式老教堂的钟楼，和谐、高雅、挺拔、优美，作为唯一可能的参照物，在石板屋顶不规则的侧影上显出轮廓。在博索斯特，教堂所在的广场

---

① 维拉莫斯（Vilamos）：阿兰谷的一个镇，位于加龙河右岸。

② 轭与箭原本是西班牙天主教双王的徽章标志，后被佛朗哥政权借用，成为西班牙法西斯的标志。

是房屋攀升的街区唯一平坦的地方，在一个陡峭得像过山车似的地面上是一种平衡的奇迹，维拉莫斯的外观也相似，但到达教堂对我来说并非易事。

"您去哪儿？"埋伏在街角的一位班长把他的武器对准我，"得了，您回家吧。今天在这里走动很危险。"

"我不是这个村的。"我回答他，同时发现整条街上分布了其他人、其他步枪，"我来自博索斯特指挥部。我得见'美男子'上尉。"

"现在不行。我不能让您过去。"

我走近他，发现他尽管长得壮实，但太年轻，参战时间不长。他的脑袋硕大，眉毛、颧骨、下巴都很突出，在北方口音上有一种极其细微的法语语调，与我在"多嘴"或罗梅斯科等其他二十岁战士身上发现的语调相似。他们没有意识到自己 u 音①的混杂特征，那唱歌般的精致使其发出的每一个词的词尾变轻。我尚不知道他被叫作"木头人"，但不算上他口音的暧昧，有那样的脑袋和身体很快就会令人害怕。不过他大概还是习惯服从自己的母亲。

"真的，我必须见到他。"我严肃起来，以庄重、轻微母亲般的语气坚持道，"是急事。佛朗哥的军队到了。正在武装附近村子的民防队员。上校已经知道了。上尉也得知道此事。"

询问来维拉莫斯的路时我期待遇到一个完全不同的景象，被占领和控制的村子，邻居们聚集在学校，"美男子"朗读宣言，或与他的人员吃饭，或在酒吧喝酒。看到我出现他会目瞪口呆，迷惑得不知该从何开始提问，但我会省掉他所有的问题，把那天上午我一人干的事、发现的情况、多亏我他们现在才知道的事一股脑儿地告诉他，向他转过背去之前并住脚跟立正，接上劳罗，及时漫步回到博索斯特，接受上校的道歉，之后与蒙塞一起关在厨房里，直到他跪着来求我原谅。那是我期待在维拉莫斯遇到的场面，为此我才去那里的，我的估计与现实之间的距离本该足以促使自己改变主意，但我都没有仔细考虑那种可能性。

"上尉在上面，在广场上。"那个小伙子对我解释，"我们到的时候营房是空的，镇政府也是空的。我们认为他们在钟楼上，要进行抵抗。枪击

_____

① "u"是西班牙语里的元音，常与其他元音合并发音。

随时可能开始。"

"我无所谓。"我尽量让自己的话听起来像一道命令,"我得见上尉。我在完成上校的任务。"

"为了您的安危。"我点头同意,"如果您出什么事……"

但他走在我前面,我们以房屋墙壁为掩护,他亲自陪我到达广场。我再次持枪行走,但一点儿也不害怕,因为只要回想恐惧源自哪里,我就会屈从于一个有缺陷的反常推理,完全是一种理智的幻觉。我想,既然在坎法内斯什么事也没出,既然加里多根本不知道我在那儿,现在就更不会发生什么事了。这是无稽之谈,真不像话,但我还将冒更大的风险。

广场是一块又窄又长的不规则平地,周围环绕着一些自发建起来的楼房,没有融入任何事先预定的规划,被眼睛都不眨一下的士兵包围。望着这些战士时,他们的脚好似钉在地上,手臂绷紧,端着犹如自身双手自然延长的步枪,双腿弯曲,准备好跳跃,脑袋僵硬得都没动一下看我,我感觉他们像一个幽灵出没的村庄的居民,被一个强势女巫的魔力所瓦解的军队。但空气突然变脏、变厚、变浑,每一秒都开始在我腿上产生重负。直到那天战争对我而言一直是半夜警报的鸣叫、街上沥青裂开的窟窿、乡村之家①的射击、橱窗上打碎的玻璃和所有报刊头版,但从未呼吸到那种慢慢凝结在开战之前沉重如铅的时间中的金属般氛围。不过我不害怕,甚至开始感觉空气在鼻子里面刺激自己时也没有害怕。

"上尉在喷泉后面。""木头人"朝一个角落指去,那里只见一堵白色的矮墙,有几根喷水管,水从管子里涌出,汇入一个像饮水槽的石头蓄水池里。"您可以绕着那些房屋从后面过去。如果愿意的话我陪您。"

我谢谢"木头人",拒绝了他的建议,钻进一条与广场平行的小街,现在我只从背后看见更多的士兵,他们埋伏在我逐渐抛在后面的那些楼对面的角落里,直至碰到一面截断我去路的墙。我向左边转弯,沿另一条与前条街平行的窄街前进了几步,到第一个街口时往右看,首先看见"多

---

① 乡村之家(Casa de Campo):马德里最大的市政公园,占地 1722 公顷,位于马德里市西部。原本是西班牙王室的行宫和狩猎之处,西班牙第二共和国成立后于 1931 年 5 月起转让给民众,开始对大众开放。里面有游乐场、动物园及一些大的机构。

嘴",靠在一座很漂亮的房子墙壁上,淡色上漆的百叶窗与暗色石墙形成反差。在一个侧面阳台上,在饰有红色天竺葵的木头栏杆后面,"美男子"用望远镜朝钟楼望去。喷泉在前面,几乎与教堂的右侧成直线,教堂后面"明白吗"也在朝钟楼瞭望。我想都没想便跑着穿过街道。

"佛朗哥的军队已经在这里了。"我出其不意地向"明白吗"脱口而出,不让他有提问的可能,"我看见敌军了。"

"明白吗"张着嘴看我,又朝"美男子"望去,他还没发现我,"明白吗"再次看我,把脏眼镜往鼻子上推,直至碰到他的眉心,仿佛那一刻他怀疑一切,他的眼睛、眼镜,甚至他的近视。

"可你是从哪里冒出来的?"不管怎样"明白吗"还是提问了。

"我……"我喘着粗气,"我没时间跟你解释,但我看到敌军了。我在一辆装满武器的货车上看到佛朗哥军队的一个少校,离博索斯特北部大约两公里。我不知道他是怎么到了那里,但就在那儿。没有部队,但也许随后就到。所以我来通知你们。我没期望在这儿遇到这样的形势,而且……"

我话没说完,因为那一刻,在生命好像绝迹的广场,在一个像是舞台背景的村子,或是村子自身的一张照片,或最后一个居民永远离开它时的回忆,一个难以混淆的粗俗噪音在寂静中爆发,犹如夏季午后平静蓝天的一声雷响。

"那是一记摔门,明白吗?"

"是的。"是一记摔门,我俩小心探出头去,观察到大门上闩、窗户关闭的相同景象,使村里的所有房屋一体化。

但在广场的另一边,在一个标有红十字和医生的黑色大字招牌下,一扇门立马再次打开,一个三十岁左右穿西服、戴领带的男子抓着门把手,一边与一位怀孕好几个月的同龄女子推搡,多亏了他的果断,门一直开着。当他搂着那个女人退到里面时,门还是敞着的。数分钟之后再次看见他们时,女人用手遮住了脸,他为了不当教堂狙击手的靶子,没与门槛站成一线,望着我们,用一个指头示意钟楼。

"在钟楼上……"我低语,"他想告诉我们里面有什么……"于是他朝空中举起四个指头,接下来在他脑袋上比画了一个类似三角帽轮廓的东西。

"四个国民自卫队员……"

"还有三个士兵，明白吗？"那个男子示意数字"三"，把手举到太阳穴致军礼之后，"明白吗"加以补充，"那这个呢？"那名医生摸摸西装衣领，假装举着一把猎枪，抬起四个手指，之后五个，右手五指张开，从一边摇到另一边，"明白吗"问我。

"武装的平民，"我回答道，"四五个，他不确定。"

当我们见他耸耸肩，耷拉下胳膊，张开双手，仿佛因不知道更多的东西而想请我们原谅时，"明白吗"朝左转身，对"美男子"打了一个手势，让他与我们会合。一见到他，我便意识到"美男子"不仅看到我了，而且有充足的时间对我的出现形成一个判断，因为他望着我，把舌头卷在嘴里，少见地忍住不说话。他静止了片刻，向我显示他的牙齿，仿佛想确定我看得很清楚，之后才以惊人的敏捷从阳台上滑下来。

"你别离开这儿。"跑到喷泉之前他对"多嘴"说，到达我们这里时肘击了我一下，就像所有的问候，"你走开！"

"你看见他了？""明白吗"问"美男子"。

"没看清楚。感觉有人在打手势……"

他还没来得及评估医生告诉我们的信息，一个不满二十岁的男孩从教堂另一侧的一处房子后面出来，从"美男子"的人员唯一没占据的广场一角看着我们，因为钟楼狙击手能够以所有的优势击毁它。那个孩子拿着一把木制猎枪，旧得像把大口径的铳，挂在肩膀上，身穿一件白衬衣，脚蹬一双麻鞋。眼睛上也挂着一副透明眼镜，嘴唇和身体都绷得紧紧的。他望着我们，又看了一下钟楼，再次看我们，我察觉他知道自己要干什么，而他并不清楚；我意识到他想得很周全，而他并没有考虑好；我发现他是一个拿着猎枪的孩子，而他不是。因为在那一瞬间这只是他的目的，是似睡非睡中夜以继日酝酿的一个想法，一个传递其本人怨恨和狂怒之情的可怕媒介，一种激发他强烈渴望的仇恨，其渴望之决然不容许他掂量距离和分钟，权衡一个觑觎他的时空无情、客观的敌意。我从未呼吸过那种炎热、刺人的空气，让鼻子干燥，让牙床过敏，在嗓子里如辣椒汁似的灼热。我从未沐浴在那么漫长的数秒形成的死水中，犹如懒惰的弹性时间所构成的整个一生，可以延伸至无限的现时和过去，之后缩至仅仅一个指头扣动扳机的瞬间。那个炎热、混浊的焦虑水坑对我而言是新的，然而一看到那个孩子我只能想一件事："你别这么干，请别这么干，别这么干。"此刻"美男子"和"明白吗"同时用头禁止他，仿佛是同一口钟的两个钟摆，只会在每一秒说，不行、不行、不行。

接着一个女人的声音喊了两遍同一个名字，"若阿奈特"，然后又说了几句原本我该觉得费解的话，相反我完美地翻译过来，因为那大概是他母亲的声音，而折磨她的痛苦在其他任何语言里听起来都一样。我不懂阿兰谷方言，但理解她，仿佛她大声求自己儿子别动、回来、别干傻事时，是在用我自己的语言说话。恐惧和痛苦无须翻译，但在所有语言里子女们违抗母亲，那个男孩也不例外。他朝后看了一次、两次，当一个穿丧服的女人矮胖的小人影出现在街的尽头时，他再次看她并跑了出来。

"不行""美男子"完全站直身体，从喷泉上露出脑袋，挥舞右臂，"不行！后退！后退！"

那个男孩跑得那么快，有一瞬间我以为他会成功穿过广场。有人从钟楼射击，没击倒他，有人从那儿用狂怒得发抖的声音喊道："是谁？"这次是我们中的某个人叫他们婊子养的，与此同时"美男子"和"明白吗"开火，试图掩护那孩子的最后一段路程，世界突然爆炸了，但它的爆炸没能阻止一颗子弹嵌入奔跑者的后背，他脸朝下倒地，离喷泉只有几步。

"我要上帝见鬼去！""美男子"不知道那次射击没有击毙男孩，也不知道他活不到第二天，"'明白吗'，掩护我！我带一些人去包围教堂，从里面进攻……'多嘴'！"但他走之前，我抓住他的胳膊，强迫他看着我。

"给我一支步枪。"

"一支步枪？"如果那一刻他没有松开舌头，那就永远不会松开它了，"我要给你的是两巴掌，我不知道你在这里干什么，别再碍事了！"

他对我说完那话便离开，我看见他与"多嘴"会合，包围那栋漂亮的房子，叫上另外一些人，走在他们前面。与此同时"明白吗"与一组人会合，那些人把一辆货运马车横放在广场中央，钻到马车下面，不停地往钟楼上射击。那座塔十分精美优雅，它的七扇窗户，三对尺寸递减的壁洞，门上的一个小窗，犹如城堡的射击孔，不停地吐出火焰。我独自待在喷泉后面，没有武器，尝试弄清楚发生的事，只做到一知半解。奔跑以便改换阵地或匍匐在石板地上的男人，一个接一个的爆炸，不断的射击，更多的射击，陌生声音的喊叫，"掩护！""往这儿！""不行！""看着点！"直到教堂的门从前廊打开，某个人从那儿尖声叫喊："进来！"另一个从外面回答："我们进去了！"

看到钟楼的一扇窗户伸出一面白旗之前我还将听到更多的射击，不久之后听见"美男子"在正下方的窗户里命令停火。不一会儿开始从教堂里出来士兵，比我以为看见进去的人要多得多，其中有"多嘴"，他手臂上有一处很显眼的伤口。

"操！'废物'！""美男子"路过他身边时打量他，与此同时最后一批人领出来四个未受伤的俘虏、一个士兵和三个高举手臂的平民，另外四个负伤了。

"这不算什么，上尉，真的不算什么，只是挠伤，出了许多血，但一点儿也不严重，我仔细看过它了，我有数，因为另外您回忆一下那次我在香波尔受伤，独自设法救治自己，因为跟我现在的伤一样，出了很多血，然后伤口很快愈合，我认为这大概是因为爷爷……"

"闭嘴，傻帽，总有一天会把你的脑袋开瓢，死了以后你还会像鹦鹉那样继续说话。"

"美男子"不满意，他无法满意。他赢得了一场微型战斗，一个代价极高的胜利，三个阵亡，还不算那位在地上奄奄一息的男孩、几个伤员。这对占领这么小的深山村子来说代价太大。一开始他们朝维耶拉正面前进的时候，根本没考虑改变主意去占领维拉莫斯的可能性。越过边境五天后，甚至维拉莫斯的局势也发生了很大变化，"美男子"意识到这点。他穿过广场与蹲在那个男孩身边的"明白吗"会合时都懒得看我。医生在给男孩检查，男孩的表情只能加剧他母亲的哭泣，两个女邻居搀扶着那位母亲的胳膊，仿佛害怕她会晕倒。

"他情况如何？""美男子"走过来便问。

"很糟糕。"医生叫卡洛斯·帕尔多，不是本地人，而是来自昆卡的一个村子，他被禁止回到故乡。"应该把他抬到床上，虽然移动他很危险。"

听医生这么说，"美男子"同意了，孩子的母亲在啜泣，"明白吗"从不保持沉默，从不卷舌也不高声咒骂，从未不吃晚饭就睡觉，也不对任何人、任何事生气，因为他对任何事都不会惊讶，他几乎嘲笑一切，却选择在这一刻失去自控。

"咱们走。""明白吗"抓住"美男子"的胳膊，把他拉向教堂。

"去哪儿？""美男子"没动，很早之前我就该料到他那个反应，他为两人保持冷静，这时"明白吗"走开了几步，转回身来，回到"美男子"身边，正视他。

"你看清楚他了吗？""明白吗"用指头指向在重伤的男孩旁临时做担架的那些人。

"是的，我看清楚了。"我从"美男子"说话的方式察觉这不是两人第一次进行那样的对话。

"然后呢？""明白吗"两手抱头，闭上眼睛，再次睁眼，提高嗓门，"他是个孩子，'美男子'，孩子！他还没长胡子，就被人从背后枪击。首先杀了他父亲，明白吗？首先杀了他父亲或哥哥，现在杀他。难道你不采取报复行动吗？"

"报复行动？""美男子"也尖叫起来，虽然不清楚为什么，但我发现他跟"明白吗"一样狂怒，即便他继续控制所有的情绪，"报复什么？你希望报复谁？我们在世界的尽头孤立无援，听见了吗？我们玩命却不知道因为什么、为了什么、我们在这里干什么，捧着鲜花的妇女、空荡荡的工厂、村口的标语、袭击哨所的民众跑来与我们会合、那个谁都狗屁不知的大罢工……我们原本要遇到的这一切在哪里，你希望我采取报复行动？有什么用？你愿意告诉我吗？"

"我不理解你。""明白吗"开始往后退，离开"美男子"。

"不理解？我也不理解你，"但"美男子"同样前进了几步，直到重新站在"明白吗"面前，"你希望什么？实施大屠杀，让半个世界的报刊再次说我们不过是一帮暗杀者？那就是你希望的？你觉得我们杀人还不够多吗？"

"明白吗"继续往后退，这次"美男子"让他离开，走到广场中央，张开胳膊，抬起头，朝钟楼尖叫，仿佛它的石头长着眼睛看他，长着耳朵听他。

"法西斯分子，婊子养的！"他的声音在回响，如鞭子抽打在无声广场的沉默地面，"这是佛朗哥的惩罚，从背后暗杀孩子！"

"那又怎样？""美男子"用一个充满嘲讽的苦涩问题质问"明白吗"，"你解决了西班牙，这下满意了？"

显然到了那个地步西班牙没救了，不过"明白吗"辱骂的功劳是唤醒一个死者，这个后果他俩谁也没估计到。我替他们估计到了，纯粹是种巧合，一种简单又单纯的联想。

"'美男子'……"我试图提醒他。

假如"美男子"没有提到半个世界的报纸，我也从不会想到要考虑它们。假如他没问"明白吗"是否杀人还不够多，我也不会想起比尔图德斯、马德里、1936 年 7 月 19 日和皮奥王子山军营。假如我没想到皮奥王子山军营，我就不会朝那面在钟楼顶部飘扬的白旗望去。假如没看那面旗，那我就永远不会看见它停止了飘扬。

"'美男子'……"但他不愿把头朝我转过来。

现在那整面旗都在窗户里面，仿佛有东西扯着它。我盯得更紧，但什么也没看见，之后立马看见一只流血的手在使劲，几个手指抓牢那块白布。我盯着手指，注意到有人把一支步枪靠在一堵墙上。我七年多没有手握步枪了，也从来没有对移动靶射击，只有罐头、瓶子、瓦砾，这是教我使用武器的那位炮兵上尉在我家附近一座被轰炸的别墅地基上所能找到的东西。"伊内斯，很好！"我回忆，"很好！"我们笑了起来。"等你跟我来科尔多瓦，我会教你开炮……"

我从未跟他去科尔多瓦，也从未开过炮，也再没拿起一支步枪，但看到钟楼的白旗旁边露出一支相同的武器时，我猫腰捡起之前见过的那支枪，并且突然想到射击应该与骑自行车一样，是一种从不会失去的技能。

"'美男子'，瞧！"我没有办法只好这么想，"'美男子'，看呀！"因为即便尖叫我都没能让他看我。

把武器靠在肩上时我对枪托的压力感到奇怪，但没有犹豫，一刻也没迟疑，一边卸掉保险，一边寻找射击角度，对准一个受重伤的男人，他的脑袋、双手、沾满血迹的军服、一个几乎不能站立的人突然的、不协调的动作。他以垂死的努力从窗户的窗洞里伸出一只胳膊，靠在胳膊肘上支起上身，抓住他的步枪，朝"美男子"和"明白吗"瞄准，他俩还在广场中央继续大声争吵，除了各自的愤怒没别的武器。我从未朝一个移动靶射击，但看见那人把头往左倾斜以便将眼睛贴近瞄准镜时，我对准他的右肩，按下扳机。

我记得一切射击步骤，除了叉开两腿以便承受枪筒的反冲，可我摇晃时，一口钟的金属轰鸣在广场的空气中发出震耳的声响，向我显示命中了一个灾难性的靶子。枪击朝上偏离了一米多，可还没来得及再次瞄准，我就听到另一个爆炸声。一名比我更准的射手击中了那个垂死者，以至于他往后倾倒，他的步枪落地时自个儿走火，在石墙上留下一个远远可见的圆弹痕。

"啊！"

靠在钟塔上的"多嘴"和给他胳膊缠绷带的"木头人"带着茫然的表情望着我，之后才发现我不是广场上唯一持枪的人。马丘卡朝我走来时还没放下他的步枪。我无可奈何地接受向半米远的罐头射击与向伏在钟楼窗户上的狙击手开枪不是一回事，意识到他的枪法准解决了我的笨拙所造成的捣乱行为。

"幸好你射中了钟。"他走到我身边时微微一笑，"因为不然的话……我都没看见他，真的。"

"美男子"和"明白吗"需要更多的时间才对发生的事情反应过来，但与我们会合时他俩都同样睁大眼睛看着我。面对他们的惊讶，我发现自己累坏了，但我的疲劳不仅是体力上的。我已无须跟他们谈话，向他们解释所发生的事，也不用解释自己在那里干什么。我唯一想的是离开，尽早离开维拉莫斯、阿兰谷和西班牙，余生再也不要看到一件军装。

"今天上午我去找了独臂人。"所以我尽可能概括，"想把他给你带来，让他告诉你事实，但在他家时我看见一个佛朗哥军队的少校乘坐一辆满载武器的伪装货车来了，我猜你会有兴趣知道这些。所以就跑来了……"我把步枪的皮带从肩上摘掉，把枪交给他。"不是为了碍事。"

"美男子"瞅着我，闭上眼睛，再次睁眼，也开口了。

"伊内斯……"

"我把马留在了村口，"当我确认他除了我的名字，别的什么也说不出来时，补充道，"你们可以用它来运送伤员。我步行回去。我估计即便枪法不准，我也不再是嫌疑犯了，对吧？"

"美男子"用双手捂着脸，我向他转过背去，走在两排混乱的目瞪口呆的男人队伍中间，他们同时看着我，一言不语。他们的沉默护卫我直到离开村子，但首先再次听到的是他们上司的声音。

"如果走得那么快，你唯一得到的是先让自己疲劳。"

"美男子"跟我同一节奏走了几乎一小时才赶上我。他从维拉莫斯的医生离开村子时乘坐的一辆轿车的踏脚板上下来，车后座上运送着三名伤员。医生的旁边是他妻子，膝盖上抱着一个小女孩，朝我挥手微笑。我对她还以微笑和问候，只有当她褐色、微笑的脑袋消失在前往博索斯特的路上时，我才回过身来看"美男子"。

我无法完全弄清楚"美男子"看我的表情，他的眼睛停泊在不同的甚至对立的情感几近完美的交会处，羞愧、钦佩、焦虑、骄傲、苦恼，十分类似于害怕的阴影，十分类似于爱情的光亮。"美男子"停在公路边，在他肩扛两支步枪下车的同一个地方，身体在两条腿上左右微微摆动。"美男子"等着我走近他，但我没有满足他的愿望。

"拿着，""美男子"只好采取主动，把随身带来的两支步枪中的一支递给我，"原谅我吧。"

那是他说的全文，"原谅我吧"，态度出奇地自然，仿佛一切都做了、说了，仿佛对"原谅我吧"这个轻巧、天真、苍白的词没什么可补充的。对另一个孩子肘击、错失一个进球、打碎一个盘子的孩子，说的话也不过如此，"原谅我吧"。当我出去接他，尚不知自己做了什么、说了什么、有什么该他原谅我的时候，我想对他说的是同一句话；当我还不知道他怎么看待我，还没听到我根本不了解他的时候就跟他上床，也没有听到数小时之前他便准备逮捕我，把我关在别人指定的地方，这时我想跟他说"原谅我吧"。

"好了，怎么样？你原谅我了？"

他甚至敢微笑，敢暗示一个几乎没排练过的腼腆微笑，但我懒得搭理那个微笑。我不想接过步枪，也找不到任何话可说，于是我转身继续行走，低声清点不愿让他看到的流血伤口。"美男子"不得不跑步跟上我，与我的步伐协调好，建议我不要走得那么急，但我不理睬他。于是他补充了一些话。

"如果你不吃饭，你也走不远的……"我朝左边转头，再次看见他伸向我的手，手里有一个牛皮纸的包裹，我没下决心接受。"你多次给我吃的，"他坚持道，"这次让我给你吃的吧。"

"你真是个混蛋。"我想，但我看着他，连那也不能想了。我把目光与他眼睛分开，仿佛被灼烤到了。我接过纸包，打开它，里面是一块鸡蛋饼加火腿、几片西红柿塞在半块面包里，闻到这些食物味道时我发觉自己饿坏了。直到那一刻我还没操心吃饭的事，但已是下午五点多钟，我站立了十二个小时，抓获一名男子，向另一名男子开枪，骑马跑了二十多公里，连早饭都没吃过。我抓起纸包，谢谢他，之后立马转过背，坐到公路边上，望着群山，我的脚埋在沥青路周围的蒿草里。我吃得太快，把自己都噎住了，不得不停下来，他趁机接近我，给我水喝。随后仿佛做完了最难的事，他坐在草里，面对着我。

"对不起，伊内斯。"当我把军用水壶还给他时，"美男子"对我说，"我十分抱歉，我……根本不知道怎么跟你解释我多难受。我真心对不起，真的，我理解你生我的气，我怎么会不理解呢？是你救了我的命。"

"我？我根本没击中那个人……"

"那是次要的。请原谅我，告诉我你原谅我，即便你再也不跟我说话了，"他比我早发现我脸上发生的事，"别哭，伊内斯，请别哭……"

他走近我，抱着我的腿，把头靠在我的膝盖上，继续说话，而我边吃边接着哭，也无法平息好像每吃一口都在增长的饥饿。这时他的人马接近，超过我们，沿着公路远去，劳罗拉着一辆车，走在他们中间。

"我们本不该怀疑你的，我更不应该，是我的错，我不该怀疑你，但我们那么孤立无援、紧张，不知道自己在干什么，不知道外面在发生什么……我之前对'明白吗'说的是实话。一切都落空了，与原本的结果相反。答应给我们的东西一样都没得到。向我们发誓会发生的事情一件都没发生，我们感到越来越弱小、孤立，被自己所不了解的危险包围，我们都不知该如何防备……这让人抓狂，我们正变得疯狂，那就是出的事……"

下午的昏暗落在我们身上，我坐在公路边，他抱着我的腿，我们就这样待了很长时间，直至一切都结束了，哭泣、饥饿、话语、他的质疑和我的抵抗结束了。当我抚摸他的脑袋，把手指插入他的头发，对他说我们得在天完全黑下来之前继续行程的时候，我大概原谅了他。或许我已原谅他，但不知怎么对他说，怎么向他解释我可以理解一切，接受他孤独和害怕的理由。那种几近愚蠢的不信任，那种密不透风、容不下理智的愚蠢，如发霉和疯狂猖獗的肮脏牢房，但我不想再碰他，也不希望他再碰我。因为我的皮肤开裂，伤口让我火辣辣地疼，他的手指不但不会减轻痛苦，反而会加重我的伤情。在维拉莫斯，我根本没意识到自己受到了多大的伤害。在维拉莫斯，当空气刺激我的鼻子，敌人从钟塔上开火，当"美男子"表现得像一名参战的阿斯图里亚斯矿工，用分量正好的炸药在教堂墙上炸开一个适当的窟窿，那时我就不重要了，但在回程的路上一切都不同了。他不需要我跟他解释，因为他一声不吭地站起来，在我身边默默走了一个多小时，直到"明白吗"来找我们。

我们走在一起，又被公路分开，很近同时又很远，拿眼角互相监视对方，他挥拳空击，时刻忍住不说，这时我们看见一些汽车前灯接近。"明白吗"收留了落在最后的那队人，比我们快了几公里，在卡车可以掉头的最近地方等着我们。"美男子"打开驾驶室的车门，邀请我上车，但我拒绝了他的建议，用手示意他先上。"明白吗"摆出遗憾的表情低声问候我，我没回答他，一边准备凭窗眺望，直至到达博索斯特，因为卡车的后部满载着人员，走得很慢，但路程太短，"美男子"再次试图解释时，我们已远远辨认出村子的灯火。

"喂，伊内斯，"他用右手的指头蹭了我左手的小指以确保我看着他，虽然那眼里看不见什么大不了的，"好了，今天上午我对你说的话……我对自己的胡言乱语也很抱歉，因为……总之，我说的那些……你知道的，是吧？"

"不知道。"我对他撒谎，而我的眼睛已经习惯了那种暮色，认出他颤抖、犹豫的嘴唇。

"我说的那些……说你……"我甚至看见他用一只手擦脸，仿佛突然开始出汗，"对了，不仅是你，或者说我也一样，因为……我指的是我俩之前不太认识就上床了……对吧？还有……你说过我不能对你说那话，因为我不能那么想，你不相信这话，好了，你说得有理，知道吗？因为事实上我从未……"

"'美男子'。"我冷静地说出他的名字。

"什么？"

"你见鬼去吧。"说那话时我还是没有动怒。

"美男子"几次点头同意，闭着眼睛，抿着嘴唇，一副严肃、内疚的神情，像是一个小孩接受处置得当的惩罚。"行吧，好的，我滚蛋。"随后"明白吗"试图为他说情。

"喂，我想不至于吧……"

"你闭嘴！"

那时我的确提高声音，再次从车窗望出去，但他的小拇指还是落在我的上面，而我的鼻子突然张开，闻到木头、香烟、干丁香花苞和肥皂的气息，一种隐约之中又酸同时又甜的气息，像不太熟的柠檬细丝，一种酸味刺激着鼻子，犹如刚磨碎的胡椒。卡车内的空气变得厚重、炎热，"美男子"的在场使车厢充满一股幻想的燃香芬芳、浓厚的香气，我闻出身边这个男人的体味，认出他的大手，他粗糙同时又柔和的手感，他那只蹭我胳膊的手臂体积。所以我不再看他，但闭上眼睛时我证实那样更糟。我打开车窗，把头伸出去，进村时我比别人更早看见两个孩子在街道中央挥舞胳膊，想拦住卡车。

"梅塞德斯，"我认出他们时低声说道，"和马迪亚斯……你们在这里干什么？"

"等您。我给您把晚饭做好了。"梅塞德斯给我打开一扇逃跑的门，"饭大概都冰凉了，但是……"

那一晚梅塞德斯烧了蔬菜泥，比前一晚的汤好吃多了，或至少我拥抱、亲吻孩子们并送他们上床之后吃蔬菜泥的胃口远远大于昨晚。第二道菜有土豆加猪排，食物热量显著增大，让我怀疑房东已经在我眼里读到了对他们的看法，对我的结论感到害怕。我飞快地吃掉土豆，起身去洗盘子时"美男子"已经透过窗户望着我。

"你想干什么？"我重复了上午他对我说过的同一个问题，一边吃二十四小时前拒绝的梨，但即便这样也无法完全掩饰微笑。

"瞧，伊内斯，我不知道还能做什么。"他也微笑起来，也试图加以掩饰，低下脑袋用力挠头，"我用自己知道的所有方式请你原谅，这个村子什么也没有，你看见了的。我不能给你买棒棒糖，也不能带你去跳舞，问题是我也不会跳舞，可是……总之，你知道我会干什么。"我再次微笑，已不介意他看见我的笑容了。"所以我来问你，你还想怎样，如果需要我跪下来的话……"

"不必，"我把梨核扔在地上，朝他走去，"不必下跪。"

从那时起一切都很容易，拥抱他，亲吻他，猜测那双手从上到下抚摸我、抓住我的大腿、把我举起来的意图，仿佛我变得轻飘飘的，把双腿交叉于他的腰部，由着他带着我朝下翻滚，直至撞到他因过度专注于我而无法看见的一堵墙上。他把我一直抱在怀里。我们从那儿慢慢走回去，我不知道是怎么走的，因为我不看、不听，看不到身外的任何东西，除了自己的嘴什么也感觉不到，因为突然我整个身体仅是嘴巴、嘴唇，全身从头到脚的皮肤仅仅是我的嘴角，舌尖就是我，就是一切，我什么也看不见，但以嘴巴和嘴唇特有的极端、激进的方式感知一切。我不知道我们是怎么回到家的，因为我仅仅是嘴巴，他仅仅是牙齿，但上楼回到教导我复活总比诞生更幸福的法兰绒床单时，我听任自己惊呆于那个微小而充足的世界之完美，新冒出的汗珠在我和他的每寸皮肤上闪耀，只有嘴唇和牙齿。

"你不知道昨晚我多想你。""美男子"恢复了言语，虽然说话时一直紧紧抱着我，好像不愿意我看见他说出这番话的窘态，"我暴怒得都能杀了你，我很恼火这么想念你……"

"幸好你没杀了我，不是吗？"我与他分开，撑着一只胳膊肘支起上身看他，我发现自己那双愚蠢、浮浅、让人受不了的眼睛在阿兰谷变大了，制造出两颗新眼泪，但没有妨碍我微笑。

"幸好，""美男子"闭上眼睛，任由我吻他，又把吻还给我，出神地看着我，也微笑起来，"因为否则的话……看看现在谁还会给我煎两个鸡蛋呢！"

夜袭厨房的传统最终使一切回到正轨，因为一进厨房我就看见炉灶旁边的桌上放着一口铝锅，上面盖着一块布，猪出量这么少让我惊讶，但看锅内东西时我意识到蒙塞以她的方式欢迎我，她把第二天的油煎碎面包准备好了。

"别吃得太饱，"把盘子放到"美男子"跟前时我建议他，"因为明天早餐有油煎碎面包。"

"别担心，"他搂住我的腰，把我贴在他身上，把头靠在我的胃部，"明天我会有十足的饥饿感。"

他很饿。连续两个晚上我的睡眠远远少于本该有的时间，但我的身体不需要多一秒钟的休息，因为我起床时那么强健、轻松，仿佛每个小时的睡眠自动增加了好几倍，再次独自待在厨房准备早餐时，我那么满意，连"狼"都撞见我在偷偷乐。

"伊内斯……"他看着我，表情严肃得喘不过气来，与他重新梳理的刘海很协调，梳子的痕印与它沾染的香水气味一样明显，"对不起。我很抱歉，都是我的错，我从不该……"

"请别说了。昨天我听了太多次的道歉。"我对他微笑，"你什么也不要对我说，不需要。"

"当然需要，我……我们欠你很多人情，知道吗？我们袭击农庄时看到已经集合在那儿的大量人员和酒窖里的军火库……总之，我希望你原谅我，虽然……"他突然停下来，出神地望着我，"有一件事我不明白。你是怎么做的？"我皱起眉头，他解释得更清楚："就是罗梅斯科给我带来的那个被捆得像只鸡似的家伙。"

"啊，哦！捆绑他是因为我不会用别的方法，其余的……对了，我有手枪。"

"你的手枪？""狼"把眼睛睁大许多，"'美男子'没缴了你的枪？"我摇头否认。"操！该关他禁闭！"

"是的，好家伙，是该关他的禁闭，既然……"

接着"羊倌"带着紧急、匆忙的神情走进厨房，像是有什么必不可少的事情要做，他朝我径直走来，用手抓住我的头，吻我的前额，他第一次吃我的炸丸子时就是那种举动。

"你要知道我对'狼'说过，我说他在犯浑，一个叛徒不可能做出这么好吃的食物。"他转身用一根指头指着"狼"，"我跟你说过没有？"

"说过。"他的上司用懒洋洋的语气承认这点，"他跟我说过这话。"

"狼"什么也没再说就离开了，仿佛不情愿深究自己犯错的原因。我看着"羊倌"，他比我早出生一周，但看上去显大，因为他的皮肤是棕褐色的，暗色多于棕色，眼角有一些密集的皱纹，那么粗线条，像孩子们画的太阳光线，合成他外号特有的外表，与厨师完全不相符。

"真的？"他点头称是。"你为什么知道这点？你烧饭吗？"

"我？"他看着我，眼睛睁得大大的，"我当然不烧饭……"可他给我讲了一个永远无法忘怀的故事。

"羊倌"的父亲是八兄弟中的老小，他是父亲倒数第二个孩子，每天早上去年迈的奶奶家接山羊，傍晚再把羊还回去。她犒劳"羊倌"的是一个特别的礼物，同时也是两人之间的一个秘密。在孙子与羊群快要出现之前，她去菜园挑选几片又嫩、又小、大小一致的柠檬树叶，把自己关在厨房里炸柠檬叶①，一种费事、很难做好的便宜甜食，因为给柠檬树叶挂糊、油炸而不弄碎其金色的脆叶面很难，饼变凉之前要把糖撒在上面。但"羊倌"的奶奶是个行家，每天下午给孙子做几片美味的炸柠檬叶，因为她知道孙子喜欢，虽然一见她那么驼着背、老迈地爬上梯子，够到柠檬树的最高枝头，之后在厨房里劳作，他便总是会有同样的想法："可怜的老太太，这么大年纪，费那么大工夫，实际上就是为了不让我吃到柠檬树

---

① 炸柠檬叶（paparajote）：西班牙穆尔西亚和哈恩地区的典型甜点。柠檬叶的两面都沾满面粉和鸡蛋糊，然后油炸，再加上糖和桂皮，配咖啡或甜酒吃。

叶……"这点她从未设想过一下。直到一天下午，炸柠檬叶让他的味觉发苦，"羊倌"才斗胆问她："奶奶你不累吗？"她既没有说累，也没有保持沉默，而是看着孙子，笑了起来，向他提另一个问题："你来接山羊累吗？我也不累，知道为什么吗？因为我爱你。假如不爱你，我做的炸柠檬叶就会很难吃，你就会问我要面包和黄油作为下午的茶点。"

往后只要某人或某事把我带回到那些苦涩又甜蜜至极的岁月，我总会想起那个瞬间，我拥抱"羊倌"也让他拥抱我的瞬间，在我那间借来的厨房里，发生了那么多难忘的事情。我们无言地拥抱了一会儿，仿佛谁也没有要补充的话语，我们又无言地分开。他出去与其他人会合，我搅拌了最后一圈油炸碎面包，知道不管自己能活多少年，都永远不会忘记他奶奶的教导。

之前我已给梨和苹果去皮，把它们切好，擦碎三个西红柿，把一大块面包切成片，用油和盐涂抹面包片，把从里卡多家里带来的所有剩余火腿放在上面。最后一刻我同时在两个平底锅里煎了十八个鸡蛋和两根灌肠，开始把大盘子搁到桌上时，我见大伙都默默坐着，像一班受罚不许课间休息的幼儿，除了"羊倌"和"美男子"。前者十分平静地吞噬食物，后者在我经过他身边时碰了一下我的臀部。那时蒙塞到了，她看见我，对我微笑，停在门厅中央，她的身影在黎明的乳色晨曦中显出轮廓，从大门射进来的新生阳光制造出另一个难以忘记的回忆。

"怎么样？"我问蒙塞，"你的里脊肉味道怎么样？"

"很好，很嫩。你说得有理，虽然调味汁结果太稠了。"

"我提醒过你。"

她的答复是三步跨过我俩之间的距离来拥抱我，她的果断与之前的"羊倌"相同，甚至比他使的劲更大。我俩在门厅中央相互摇晃，犹如前一天受惊的两个女孩需要痛痛快快地庆祝她们同时失去了恐惧，却不知恐惧正躲在接下来的时间皱褶里等着我们，在太阳升到天空顶点之前让我们感受到它的打击。我们正经历着那天唯一幸福的时刻，那么快乐的时光第二天不会再现，是我们仍将在阿兰谷度过的时光里最后一个美满时刻，但分开时我的感觉恰好相反，美好重新开始，我和蒙塞回到日常工作、回到厨房。看到"教堂司事"用他的双脚和完好无损的双腿走出去之前从门口挥手与我们告别时，我并不明白自己所目睹的那一切的含义。他跟每天清晨出门一样。但今后再也不会这样了。

那一天的拂晓满载着亲吻、拥抱、微笑和快乐，但还会发生更糟糕的事情，快乐犹如烟花城堡里的最后一支爆竹消耗殆尽。我给梅塞德斯送去为她和男孩们保留的三块面包片加西红柿时，她的幸福、刹那间无条件的喜悦，啃咬火腿时在她眼里闪耀，最后一次映照我的幸福。与她告别时我们还什么都未听到。那个声响，如模糊的嗡嗡声，还很遥远但能够十分快速地增大，与我们回家时的脚步回声纠缠在一起。

"那是什么？"蒙塞问我。

"不知道。"我回答她，但我是知道的。

"不可能，"我自言自语，"不可能，我都被弄糊涂了……"为了戳穿我的话，三架战斗机，一架处于进攻地位，另外两架在左右两侧护卫它，在我们头上画出一个完美的正三角形。一看见它们，蒙塞用围裙捂住脸。我的目光继续跟随它们，直到飞机消失在地平线上。

"那些是……战斗机，对吧？是扔炸弹的那种飞机。"

蒙塞的脸色发白，我也想象自己的脸色，我俩对视，既没说话也没移动，苍白、僵硬如两座雕塑，两堆冰冷坚硬的石块，无法理解和解释正在思考的事情。

"好了。"我一边说谎，一边确信自己说的是实话，"那些飞机比其他的更快。大概是派它们来辨识区域，因为仅仅三架飞机也干不了大事……"

于是我们终于上路，再次以同一节奏行走，甚至假装已经忘记刚刚看到的场景。

"喂，蒙塞，家里有柠檬吗？"但我只能想着那些飞机。

"柠檬？"她也无法考虑别的事情，"我想没有。你为什么问我？"

"因为我在考虑……我想暂时把猪排就这么放着，不腌它，知道吗？至少一块排骨肉。另一块我们把它切成小块里脊肉，加上调料。"

"是要马上吃，对吗？"她那么自然地问我，好像没猜到我担心来不及以另一种方式吃掉这些猪肉，"今天晚上？"

"是的。"我以同样自然的态度问她，"你觉得行吗？"

"当然行。"蒙塞使劲点头赞同，"我们干吗要等啊？真蠢！现在大概更美味，不是吗？更加新鲜。"

"等会儿我们把它们放在一个深碗里，加盐、油、柠檬汁和一些切成薄片的蒜……"我比画着双手列举配料，仿佛它们需要解释，同时心里逐渐感觉好些了，"我们把猪肉泡软，不时翻动它们，仅仅烤一下，你不知道烤肉有多香。"

"肯定的。一点儿也不像昨晚的肉。"

"是的，因为我们可以把它当作头道菜。他们能吃两到三块，然后吃晚饭，你懂吧。但我们需要柠檬。"

"我可以问下塞利娜，她偷偷从维耶拉运来水果。"蒙塞话说得很急，又急忙加以澄清，"免得去拉莫娜那里，对吧？这样更好……"

"是的。"于是使劲赞同的是我，"好得多。"

"如果愿意的话，你回家吧，我……"

"不，我跟你去。"我继续说话，仿佛给自己上了发条，"我说，我们也可以烤排骨肉，但由于我想烤猪蹄，或许明天再烤排骨吧，因为……我不希望面包师认为我是精打细算的人，因为今天下午我们要做纸杯蛋糕。"

"纸杯蛋糕！太好了，多好吃啊。"

事实是我不愿与蒙塞分开，不愿一个人待着，不想知道，不想思考，不想察觉任何事情，只想烹饪，把自己关在厨房，把所有的刀、平底锅和烧菜锅弄脏，然后清洗、擦干它们，再次弄脏它们。那是我唯一能做的，把全部注意力、技能和工作能力服务于我的爱情，满怀爱情、为了爱情而烹饪，把自己完全倾注在炉灶上，以此对抗那些战斗机的侧影。我考虑："烹饪。"我决定："烹饪。""重要的是烹饪，我必须烧制许多咸、甜的菜，厚重和清淡的菜，用勺和用叉的菜，把储物室清空，再次装满它，以便消除危险、保护那些得回家吃光所有食物的男人，以便拯救我的爱情，我为了爱情整日烹饪。"

"橙子呢？"塞利娜把柠檬给我们带来时我问她，"你有吗？给我……至少三公斤吧。"

"你要橙子做什么？"蒙塞问我，非常小心地保持微笑。

"我要把橙子细末放在纸杯蛋糕里。之后我要把橙子切成薄片，加上糖、油和桂皮，每一样都很多，知道吗？"尽管蒙塞决定在沉着中变得坚强，听到我的话时还是把眼睛睁得过大。"我知道听起来很怪，但味道棒极了，因为会渗出很多汁，产出一种糖汁……我在修道院做过许多次。"

以后我会再做无数次，为的是那天永远跟我活在一起，手中永远握有那些疯狂时刻的成果，它们在钟表里过得那么缓慢，仿佛每一秒都挂着一个铁球，一个与我行动和思想的速度无法匹配的累赘，我凭着这股干劲，拽着蒙塞来回到处走，让她按同样的速度跟着我，嘴里只有一个答复。

"我们去肉店，你愿意吗？我要看看是否买些鸡内脏，做些跟那天一样的大蒜汤。"

"啊！很好。"

"我们的蔬菜和土豆有富余，但由于我要做土豆饼……"

"啊！很好。"

"如果今天晚上不吃土豆饼，那就明天早上吃。我想我们也要利用鳕鱼做一盘鳕鱼沙拉……"

"啊！很好。"

"或许我来劲了，第二道菜做一些加馅的灯笼椒……你记得我们曾在拉莫娜那里买了三个大罐头吗？"

"啊！很好。"

蒙塞觉得一切都很好，她一刻都不愿离开我，我们没再看到飞机，但的确在那些与我们相遇的男人脸上，在没有微笑和玩笑的密实沉默中见到它们的效果、它所伴随的集合号效果。沉默蔓延到厨房，没有一句话陪伴在盘子里打鸡蛋的叉子回声、热油的噼啪声、水流声和丝瓜瓤在陶器上的唑唑声。我也不说话，只是烧饭、剥洋葱、削土豆、切胡萝卜、撇去汤上的泡沫、和面、焖菜、加馅、油炸，默默烧菜，不知道如何解释那种沉默，是好还是坏。它让蒙塞的手发抖，擦橙子时把它都榨成果泥了还没察觉；它也让我的手发抖，不管我怎样在围裙上使劲把手指擦干，刀都一次又一次地从手里滑落。她独自低语，我连那点都做不到，但我烧的菜比任何时候更多、更好。那天蒙塞彻底厌恶了厨房，而我发现如果碰上我在烧饭，任何不幸都会让我减少痛苦。

我正在烧饭，这时"让路！让路！"的喊叫吓了我一跳，蒙塞急忙出去，我给手里的灯笼椒塞完馅，甚至看到"教堂司事"躺在我们的饭桌之前还洗好了手，原先是他脚的部位有一堆不成形的肉和血，更多的血从他头部流出；我还见到血迹斑斑的"帕斯谷人"，下巴脱臼，张着嘴，衬衣浸湿了看似他本人的鲜血，但却是从躺在桌板上的那个人身上冒出。我还没来得及回过神来，维拉莫斯的医生便跑进来，他借宿在博索斯特的同事——一位除了自己的惊恐什么也没带上便逃跑的邻居——家里，他听那位扛着战友上坡的男子费力说出断断续续的不连贯叙述，与此同时，卡车要去接其他伤员。"突然，倒霉，一颗手榴弹与一块落下的石头击中他的脑袋……"

"我需要一个人去找我老婆。"

"我去。"蒙塞自告奋勇。

"很好。告诉她发生的事情，叫她把手锯给我带来，还有……"但发现他的对话者脸色苍白时，他决定概述，"好了，她知道的，内战中她是我的护士。也把麻醉剂或吗啡带来，或最好两个都拿来，只要她能找到的……"

"我不想吃饭，不饿。""帕斯谷人"对我说，之前他洗漱好，穿上一件干净衬衣，跟我一起坐在厨房，"教堂司事"的运气还在让他眼里充满颤抖。"你当然要吃饭了，"我反驳他，避开他的目光，"下午三点了。"这时"狼"现身。"出什么事了？"他和萨法拉亚都不想吃饭，但也还是吃了，因为我把一片里脊肉切成小块，削了几块土豆，切好它们，正要煮土豆。"帕斯谷人"更加详细、平静地重复他的叙述时，我把食物量扩大到三倍。"他们让我们措手不及。"我用铁板烤肉，加很少的油，尽量让肉外焦里嫩。"这是一片地狱，敌人比我们多得多，从上面用机关枪开火。"我剥了一个洋葱，把它用一点面粉在猪油里焖一下，榨出两个橙子，一边想，幸亏买了橙子，我把橙汁加到酱汁里。"我不明白他们怎么会到达那里，这是一个特大的失误，'狼'，不得不开始溃散了。"我把肉翻动了几遍，加上一大口白兰地，让它在火上烧烤。"我们的损失还不算惨重，你不觉得吗，我们撤退到一个山岗没有太多伤亡，很好地阻击了他们。"我让酱汁在慢火中变浓，一边磨碎土豆，用少量的油和牛奶来加工土豆，用一把木勺不停地搅动直到土豆泥做好。"我来的时候已经停火，我的人员是安全的，得到掩护，局势稳定，但现在我们有一条战线，你明白了，对吧？"我把土豆泥分在三个盘子里，每个盘子加两块里脊肉，上面浇了汁。"因此你得决定我们做什么，是保持阵地还是撤退，你决定吧，因为'教堂司事'的事……"我切面包，打开一瓶葡萄酒，把盘子放在每人面前。"'教堂司事'的事没辙了……"

"吃饭。"

"不，真的，我吃不下……"

"你能吃下的，"因为我在他眼里见到的是同样闪烁在我眼皮边上的泪水，"你得吃饭，'帕斯谷人'。"

我们互相对视时医生的妻子跑进厨房，白大褂已经变红。

"有酒精吗？"

"这个行吗？"我转身抓起那瓶用来火烧酱汁的白兰地，她点头称是，我把酒瓶给她，当她跟进来那样急匆匆地出去时，我再次看着他们，"请你们吃饭。肉是我买的猪，味道很好……"

"你呢？""狼"问我。

"我得准备晚餐。"

半小时后那位女护士再次进来，疲倦、流汗，但平静多了。

"你们朋友的伤势很严重，没有辅助的话再也无法行走，但也不会死。他失血过多，虽然止血带绑得很好。我丈夫想说……"

但萨法拉亚已经解开左袖的扣子，把袖子撸上去，正朝门口走去。

"我是万能供血者。"

"您确定吗？"医生问他。

"十分确定。"萨法拉亚笑了起来，指着"狼"，"这位身体里所有的血都是我的。"

"是真的。""狼"微微一笑，"他在所有的事情上都抠门，除了献血。"

"你看到了吧，加泰罗尼亚人要说……"

医生没有时间开玩笑，我也没有，因为我只听他们说话但没看他们，我在关注睡在桌上的"教堂司事"，两条洁白无瑕的绷带缠在他的大腿上，第一条在右膝盖下方一点，第二条在左腿踝部的高度，还有一条绷带几乎完全包住了他的头部。在一个沾满粉红色血迹的地方，那些绷带因洁净而醒目，血液有各种色调，从最苍白的到最浓烈的，鲜血在伤员身下的毯子上，在医生和护士的大褂上，在桌椅上，在那间房子的地上。房间里所有的窗户都敞开了，试图驱散烧灼的伤口在空气中留下的烧焦肉体的恶臭。

"我们直接输血吧。"萨法拉亚坐在一把椅子上，手臂伸直，十分平静，但当医生要给他扎针时，萨法拉亚定神看着他，"你怎么样？吃过饭了？"

"当然吃过了！"医生一边微笑，一边注视着我，让我也同时对他微笑，"在这个家不会吃不上饭的。"

"很好。我这就……"但之前他看了看"狼"，"再来一个献血者对我们会有好处的。"

"马上来。""狼"立马行动起来，那么着急，仿佛责备自己之前没有想到这点。

"狼"除了把"牛倌"带来，后者撸起双臂袖子，十分平静地进来，还把自己的卧室让给了伤员，一个小房间，但有一扇窗户，在"美男子"和我把他从楼上卧室赶出来之前原是堆放杂物的房间。当战友们把伤员转移到那个房间时，医生的妻子回了家，留下来照看她女儿的蒙塞回到我们家，下午四点左右我们已经有时间把所有的东西都清洗干净，虽然我浸泡在陶器里的、上午加了作料的里脊肉剩下不到一半了。我给所有人都做了小三明治，蒙塞、医生、萨法拉亚、"牛倌"、"狼"和哨兵，最后当"教堂司事"脱离危险，门厅也清理干净，空无人影时，"帕斯谷人"坐在椅子上，等着他的战友苏醒，我也给他做了三明治。

"你不会相信的，但我现在突然很饿了。"

我给"帕斯谷人"准备了一个托盘，给他送过去时正好撞见他趴在"教堂司事"身上，用一块纱布擦拭伤员的额头。一看到我，"帕斯谷人"立马直起身来，把纱布丢在地上，似乎不知道拿手中的纱布干什么。他把托盘放在自己坐的椅子上面，给我又一个难忘的拥抱，而那一天是我宁愿不必记住的日子。但重要的是烹饪，我继续烧饭，不停地做，不停地弄脏所有陶器再清洗它们，又一次用脏它们。我一开始与蒙塞一起干活，之后见"羊倌"拿着满满一箱刚烤好的纸杯蛋糕进来时，我独自干活。蒙塞已经跑下坡与"左撇子"团聚，他是用自己的脚、自己完好无损的腿走回来的，跟他的胳膊、手指和脑袋一样完好，其余的人也陆续忧心忡忡、沉默无语但完好无缺地回来了，除了弗洛雷斯，他派一个士兵来通知他要留在洛佩斯·托瓦尔的指挥所睡觉，除了"明白吗"和"美男子"，他们没到，蒙塞与"左撇子"接近晚上九点出现在门口时他们还没到家，那时我洗好兵豆，只是为了解闷，为了有点事做。

"我要给孩子们送些纸杯蛋糕。你把餐具摆好，可以吗？"

我原本可以不用五分钟就走到，但去的路程我走得很慢，跟他们聊会天，耽搁了一些时间，请他们第二天来吃早饭，回程我花的时间更长，但九点二十分他们还没回来。

"假如他们出了什么事，到这个时候我们就该知道了。""狼"看似对自己的话很有把握，但我不相信他，无法相信他。

大伙儿都坐在桌边，很饿，但那一刻我不在意那些事。不过我还是回到厨房，油炸剩下的里脊肉，给蒙塞做好土豆饼、一盘炸丸子、鳕鱼沙拉，做好汤，把鸡蛋凝结，尝一下汤，小心地端上汤，还用文火加热灯笼椒，每一毫秒我想的都是一样的，"他们马上就回来了，我数到三，一、二、三，可是他们应该回来了，装满这个或那个盘子之前，汤汁烧开之前。我要数到十，一、二、三、四、五，他们该回来了，六、七、八、九，现在他们马上要进门了，十。我再数一遍，一、二、三……"我做了所有那一切，数了那么多次，上了那么多盘菜，他们还是没到家。

十点一刻，我把橙子放在桌子中间，拿起一块毯子和一包烟上街，谁也没问我去哪儿。"这是一个特大的失误，'狼'，只好开始溃散了。""帕斯谷人"的话在我的记忆里与飞机的轰鸣混为一体，与此同时我穿过博索斯特的街道，街上满是还在喝酒谈笑的男人，为了免得听见他们，我加快步伐，继续行走，直到出了村子，超过最后一块招牌数米远，我点上一支烟，然后又一支，再一支，同时数着自己的脚步。当我听见几双靴子以无精打采的慢节奏走近的声响时，我已经在公路上来回走动了八十三趟。

"'美男子'！"我用全力呼喊。

"他落在后面了！"回答我的不是"美男子"的声音。

"'美男子'！"我一边继续喊叫，一边奔跑，"'美男子'！"我与他的人马相撞。"'美男子'！"空气刺激我的鼻子。"'美男子'！"直到他回答我。

"伊内斯？"他的声调如快要烧完的蜡烛那么低沉，大概已经提醒我出了不好的事，但我继续奔跑、喊叫，不愿知道它，什么也不愿想。

"'美男子'！"遇到"美男子"时我拥抱他，闭上眼睛，"'美男子'，终于……"但他几乎没有停下来吻我，他用胳膊搂住我，却没有止步，而是继续行走，左臂环绕我的腰间，朝前看。"出什么事了？"

他不愿告诉我，但月亮足以向我解释一切。"明白吗"的一只胳膊打着绷带，挂在吊腕带上，他身后"多嘴"好像在一张临时拼凑的担架上睡着了。"多嘴"牺牲了。下午四点左右在回博索斯特的路上他们遭遇了一场埋伏，他倒下了。他不是进攻阿兰谷的唯一牺牲者，不是那天也不是那个纵队唯一的伤亡。1944年10月25日，"美男子"失去了其他一些人，战争是凶恶、残酷、任性和无情的，也是那么不公平，但谁也没有像"多嘴"让我们如此伤心。

到达指挥部时我还在为"多嘴"哭泣，"美男子"没有。那一晚当他向"狼"讲述所发生的事情，当他跟我去医生家，当他接受捐献几乎半升血的手术——那天晚上需要很多的血，卡洛斯·帕尔都不知道从哪儿弄血——我都没见"美男子"哭。睡觉之前拥抱我时没见他哭，之后快天亮时我发现他跟我一样清醒，但也没见他哭。于是我也不哭了，然而我的感受融入到一场奇怪而冗长、坦率又十分含糊的哀悼，其中混杂着对"多嘴"的回忆、我自身的前途、那天之后等待我的生活。因为当我再次看到自己在哥哥家，在阿德拉有限的关爱保护下，任由加里多反复无常地摆布，或在一个不同的修道院，跟我认识的修道院一样冰冷，或许在那样一所看见战友的孩子死在她们怀里的监狱，这时我唯一竭力渴望的是要一个

"美男子"的孩子。自从来到博索斯特，我根本没考虑过那种可能性，一桩异乎寻常的难题，但它是一条途径，一个理由，一粒未来的种子，我一生最奇怪、最强大和最有益的爱情痕迹，一种短暂、浓缩和强烈到永远不会凋谢的激情。我想要一个"美男子"的孩子，一个跟他相像、让我能回想起他的孩子，当他离去时这个孩子会留在我身上，留在我身边，这就是我的想法。

痛苦的时刻始于"多嘴"米盖尔·席尔瓦·马西亚斯的葬礼，他1923年出生于莱昂省比艾尔索地区法贝洛村，二十一年后牺牲于阿兰谷一个无名之地。它是更倒霉的一天不祥的开端。我们回家时马迪亚斯和安德烈斯在门口的长凳上等我，不知道如何向我解释他们为什么不进去，但一看到那些比我们从墓地早回来的军官时而阴郁、时而可怕的混乱表情，还有那些后来进去的军官为愤怒与悲痛、怒火与伤心混合的单一表情增加的新版本，我立马就明白了。又一次失败的表情，同样的无能为力、同样的难以置信、同样拒绝接受我们已见识过太多次的事实。

"你们坐在这里。"我把孩子们安顿在"美男子"与"明白吗"之间的两把空椅子上，强迫自己微笑，"你们想喝什么？牛奶？"

"好的。"安德烈斯立刻回答，"纸杯蛋糕，跟昨天的一样。还有面包加香肠……"他从盘里抓起一块面包，焦急地看着我，把那几个悲伤的男人逗乐了。"我可以吃，是吧？"

与此同时，马迪亚斯目不转睛地望着我，他的黑眼睛里有我们相识的那晚令我震惊的严肃和早熟的聪慧，一个已经理解事实的十四岁成年人，给什么就吃完什么，早餐、晚餐和希望。我无法面对那个目光，不想与他对视，无言地回答在其目光中读到的提问，我跑到厨房，但那里也找不到出路。

"伊内斯，出什么事了？"蒙塞抓住我的胳膊，让我也无法回避她的焦虑，"会出什么事？"

我摇头否认，轻轻松开自己，拿起一个带柄小锅，装满牛奶，把它加热。一转身我见她那么失魂落魄和孤独，跟我一模一样，于是伸出手拥抱她，我们又一次像两个受惊的女孩似的融为一个女人。

"我不知道，蒙塞。我唯一能告诉你的是今天他们要留在这里。他们不会离开博索斯特，我听'美男子'跟'明白吗'在墓地谈论这事，但对我什么也没说，没敢问他，那便是事实——唯一的事实——情况进展得不顺利，你知道的。看来他们在等某个人的决定……要做什么。"

"他们要离开？"

"不知道，蒙塞。"她的眼睛满含泪水，她的悲伤如同一面镜子照见我自己。"我跟你一样。我向你发誓我不知道。"

"他们要离开。"蒙塞断言并重复，似乎需要习惯这个想法，"他们要离开……牛奶！"然后她补充道："牛奶要溢出来了！"

我没明白她的话，没能理解她的叫喊，也不明白她为什么推开我，仿佛妨碍她朝炉灶扑去。我什么也不明白，直到看见她把一口小锅从火上移开，一圈已冒到锅边的白沫突然下沉，没溢出锅的边缘。是我把它加热的，是我应该注意这口锅，我依然是博索斯特的厨娘，只要我的战友继续生活在那个家我就应该是厨师。所以我把牛奶倒在两个杯子里，给孩子们端去，回来取更多的牛奶时梅塞德斯到了，于是我去问"教堂司事"是否想吃早餐。

"你怎么样？""教堂司事"起身坐在床上，穿着白衬衣，脑袋缠着绷带，我觉得他比任何时候都漂亮。

"惨了。"但他微笑着，仿佛三十岁残废也不过如此。

"除此之外呢？"

"除此之外，更加倒霉，但……我现在不发烧了。"

"你想喝点牛奶吗？""教堂司事"摇头拒绝。"一块土豆饼？"他再次拒绝。"我做了油炸碎面包，但我认为对你不合适。"

"不用，我不饿。之后等医生来了，我问他……"我正要站起来时他抓住我的手腕，"喂，伊内斯，幸好你没抛弃'美男子'跟我结婚，是吧？否则你的生意就亏本了。"我朝他弯下身去，亲他的面颊。抬头看他时"教堂司事"用左手抓住我的脑袋，把他的嘴贴在我的嘴上，还我一个吻。

那是泪水婆娑的一天，也是许多亲吻的一天，仿佛拥抱不够了，仿佛大家需要更多的东西，给予更多，收获更多，互相亲吻以保护自我、接受自我、有安全感。"拿着，""磨刀匠"很爱开玩笑，当孩子们告别时，他给安德烈斯两个纸杯蛋糕，"带在路上吧。"小孩问他："如果上校生气呢？"

"没事。""啊，没事呀！为什么？""因为我是将军，难道你没看见我吗？"
他俩笑了起来，但大人提出了一个条件："你得亲我两下，那倒是……"我
也亲了安德烈斯、梅塞德斯、马迪亚斯和"磨刀匠"，孩子们出门时"磨
刀匠"搂着我的腰部吻我。蒙塞也亲我："我要跟'左撇子'出去溜达一
圈。"我们互相吻别，我们的吻最强烈、最响亮，是弄出声响的那种吻。
我也不加思考地亲了"左撇子"的面颊，他笑着吻我，此时"美男子"从
桌子那端望着我们，表情忧郁、悲伤，但同时也平静。我朝他走去，坐在
他身边，多次亲他。"我得去煮兵豆了，"最后我对他说，我所有的话语都
穿插着亲吻，"我马上回来。"他吻我的嘴，放走我之前一个长长的吻。"好
吧，但别耽搁……"我从厨房出来时桌上只剩下三个男人，一个立马站起
来，把我带向楼梯。从那儿我看到"狼"，缩着肩膀，眼睛盯着实木地板，
萨法拉亚在他身边，关注着他，仿佛预感那天他朋友将会感到多么孤独。

　　车是下午一点左右到的，那时我们已经来得及做完所有的事，亲吻、
裸身、睡觉、苏醒、穿衣、更多的亲吻，甚至不时下楼来瞧一眼兵豆，虽
然那件事是我一人干的，然后再跑回"美男子"的身边。正要再次这么做
的时候，我听见马达声和三个便衣男子、一个我没认出的女人穿过门槛的
脚步声，因为根本没看她。认出那个领队之后我什么也不能看，什么也看
不见，什么也不明白，那个小伙子没比我大多少，不太高也不太瘦，戴着
圆眼镜，头发弯曲，他的名字陪伴了我三年，他的签名在我的社会主义青
年联盟证件下方。我在那些缓缓走进指挥部的军官眼里看到自己的惊恐，
他们迷失在自己的脚步里，那么晕头转向，犹如没有地图和指南针的旅行
者在异国探险。直到"狼"转过头，用眼睛寻找我，找到我，往上抬头，
给我打了一个暗号。

　　"他们来了。"我跑着上楼，但在走近床铺之前确定把门关好，"圣地亚
哥·卡里略在楼下。"

　　"美男子"闭上眼睛，紧闭眼皮，重新睁眼之前松开眼皮。然后看着我。

　　"卡里略？"他问我，仿佛之前没听清我的话。

　　我点头称是，见"美男子"慢慢起身。之后他把衬衣拉直，塞进裤子
里，走近我，吻我的嘴唇，之后像我急匆匆上楼那样匆忙下楼。我跟在他

后面，躲进厨房之前远远目睹了他简单的欢迎仪式，因为如果他们来是为了带走"美男子"，把他从我的生活中夺走，那我不愿意跟他们打招呼，不愿意知道他们是谁，叫什么名字，把他们这么晚带到我们这里的理由是什么，时机很不合适，眼下我的爱情已经无可挽救。不过我得给他们弄吃的，听见一辆车远去的声响时，我出来在门厅遇到两个陌生人和陪同他们的那个女人。他俩坐在桌子的一端，相互平静地聊天，而她弯下身体，手臂交叉在胸口下方，低着头，脸庞藏在帽檐下面，她都懒得摘下帽子。卡里略与"狼"去见洛佩斯·托瓦尔了，会议将在托瓦尔的指挥所而不是在我们的指挥部召开，但其余的人跟我留下来，萨法拉亚也是，因为我在指挥部最小的那间屋子进出的杂乱人群中认出他的光头，他们借口来看望"教堂司事"，真正目的是相互交谈。他们没有躲避，来访者察觉这一切，此时气氛充满了一种泛红、炽热的浓度，纯粹的暴力，犹如一股临时刮起的尘暴，预示着风暴，一种看来无法维持原状的正常形势萎缩成为一根两端绷紧的脆弱、透明的绳子。无人手握武器，但气氛刺激我的鼻子，跟在维拉莫斯广场一样甚至更厉害。

"想必因此把他们留在这里，"我估计，"为了预防哗变，或至少为了之后能叙述它。"那一刻，之前不愿陪同"左撇子"的蒙塞从大门进来，以一种我没见识过，也许她也没见识过的暴怒噔噔地穿过门厅。我抓住她的胳膊，把她带到厨房，我们独自待着时，我打开一瓶葡萄酒，倒满两个杯子，递给她一杯。

"蒙塞，为我们干杯。"这是她最没料到的，但毫不迟疑地举起自己的酒杯。"因为从现在起不管发生什么，我都永远会为认识你而高兴，而且……"那一瞬间我的嗓子哑了，只好用自己的杯子与她碰杯，"为我们干杯。"

我一口喝光酒，感觉好点了。蒙塞以同样的速度干杯，把酒杯放在桌上，端详着我。

"我整个上午都在想走出拉莫娜商店时你对我说的话，你还记得吗？"我点头称是。"好了，嗯……我对自己的行为不后悔，知道吗？我不后悔与'左撇子'在一起，带他去我家睡觉，所有的人都知道此事……我不后悔。"

"不后悔。"我微笑着,"我也不后悔。"

"我去摆餐具。"

"行。你去吧。"

他们要走了。无人告诉我们,无人确定会发生什么事,大概无人承担了撤退的责任,但蒙塞知道他们要走,我也知道。我俩知道他们要离开了,仅此而已,同样不清楚自己会出什么事,但我不想考虑这些,她也不想,仿佛我们眼前的时光是永恒的。我逃避在那个想法里。"还剩很多时间,"我为自己数时间,就像守财奴整个下午,至少整整一晚清点自己的财富,"还可能发生任何事情⋯⋯"这样我能专注于食物,把前一晚剩余的食品安排好,在兵豆之前或之后拿出来,我焖了兵豆,几乎没对它们费心,尝了尝,味道却好得让我惊讶,与此同时厨房开始挤满战士,破天荒地他们没兴趣把指头伸进任何盘中。"一会儿不行。""一会儿可以。""为什么之前谁也没来?""是为了让我们孤零零地任人杀害,明白吗?""要么除非这次行动成功,他们最终成为国父⋯⋯"他们喝酒聊天,抽烟交谈,再次说话、喝酒、抽烟,即便我不想听还是听见他们,即便不想理解他们还是听见他们,我什么也不想知道,但还是继续听见他们,我感觉脑袋要裂了,因为在这么多烟雾、这么多碰撞的杯子、这么多省略号、这么多爱的压力下差点儿炸开。判定自己再也受不了时,我把他们都赶到桌边,他们像一家有教养的孩子服从我。于是我抻直围裙,把汤盆装满兵豆,走出厨房时见他们靠得很拢,挤在西共特派员占据的桌角对面的一角。每一边的中间都留出一个相当于两把椅子的空间,我利用此空当放下汤盆,转身看他们。

"我做了焖兵豆。"看见大伙儿坐着等我的那一刻,我用从嗓子里冒出来的世界母亲的口吻宣布,"但昨晚剩下很多食物。有夹馅灯笼椒,*鳕鱼沙拉*,一整块土豆饼,外加半块,还有一些炸丸子,因此眼下⋯⋯谁要兵豆?"

所有人都举手,我开始给他们盛兵豆,蒙塞从厨房里一点点地拿出我准备好的菜盘,然后手里端着一个盘子站在我身边。

"给'教堂司事'的,"当我盛完时她把盘子放到我面前,"我去问过

'教堂司事'，他也要兵豆。""帕斯谷人"起身，但蒙塞向下摆手。"我给他送去，罗曼，你接着吃。"

听到蒙塞的话我暗自微笑，"帕斯谷人"听到自己的洗礼名时应该也在内心微笑，那是他的真名，内战前的名字，他教拉丁课时前面要加上尊称"堂"，只有他的密友知道这个名字。他和"教堂司事"的洗礼名是我们唯一知道的两个真名，因为佩佩临死时几次叫他战友的名字。"你走吧，罗曼，你们都走吧，把我留在这里，我已经完了。"罗曼拒绝理睬他："不行，佩佩，不行，我跟你在一起，因为你不会死的……"蒙塞不是出于任性或疏忽才使用那个名字。她选择这个名字是为了强调将一张桌子分成两个阵营的鸿沟，是为了宣布她在哪一方，她会永远留在哪一方，不管那天、第二天发生什么事。我们都很不好受，他们那么气愤，我们女人那么害怕，任何手势、任何亲热的表示立马获得一种无法解释的价值，从"帕斯谷人"身边经过时蒙塞的手碰到他的面颊，"帕斯谷人"的脑袋在那只手上休息片刻。因此并且因为正好那时换岗，离开岗位的哨兵进来告别，我做出一个之前从未有过的举动，假如没有无意间听到厨房的对话，我也永远不会觉得有必要这么做。

"'小蚂蚁'，你想留下来吃饭吗？"

那是一个普通士兵，直到"左撇子"点头允许他才敢接受我的建议。我先给他而不是给客人上菜时，用眼梢监视他们，只有当我确定他们把这一切看得清清楚楚时，我才改变了汤盆的方向。

"你们呢？想吃兵豆吗？"

事后马诺洛·阿斯卡拉特告诉我："那一屋所有的人里，伊内斯，谁也没像你这样让我害怕。"他继续讲述时我俩笑得很厉害。"瞧，我有理由害怕，而且是害怕所有的人，因为尽管一半军官吃饭时把手枪放在子弹盒里，尽管我不知道跟圣地亚哥回到法国时会出什么事，尽管也不知道卡门会怎样反应，你转身看我、问我是否愿意吃饭时，我真的吓得屁滚尿流，我向你发誓……"他们是同志，我的同志，本不该待他们这么差，但我比他们还要害怕。因此当我注视他们时，"美杜莎的目光"，马诺洛常说，谁也没有马上动起来。之后男人渐渐腼腆地朝我举起他们的盘子，而那个女人还是静止不动。

"你呢？"我朝那个帽檐提问，"你不想吃饭吗？"

她摇头拒绝，但一秒钟之后改变了想法，一下子朝我抬起眼睛和盘子。那一刻长柄勺在我手指间滑落，撞到空汤盆的底部。我刚给卡门·德佩德罗脸色看，好烦人，我无法相信这一切。所以我一边继续看着她，一边从汤盆里取出空勺，没有察觉自己差点儿要给她端上空气。

"兵豆吃完了。"但我及时改口，"现在我再去拿些兵豆。"

进入厨房之前我听出"美男子"的脚步跟在后面。他问我出什么事时，我反问他，因为我觉得难以接受那个马德里的老相识，当我和红色救援组织的同伴去中央委员会总部，那个给我们开门递水的女孩竟然是蒙松的女人、政治局代表、从图卢兹下达命令的人。这太难以置信了，我都怀疑自己的眼睛和记性，跟她打招呼时依稀希望她否定我的想法。

"对不起，之前没认你来。你戴着那个帽子……"

"我倒是认出你了。"她点头称是，仿佛试图驱散我的所有疑惑，"你是伊内斯，姓什么我不知道，蒙特斯金萨大街红色救援组织的那个人，对吗？"我也承认："你一点儿也没变。"

"我当然变了。我们都变了。"

我的话浮在桌面上，之后谁也没再说什么。我拿走脏盘子，取出其他干净的盘子和饭后甜点，只听见叉子的声音、杯子放在桌布上的声音、到处点燃的打火机声音。桌子清空时蒙塞没跟我商量就拿出一瓶白兰地、一瓶茴香酒、一瓶她外公制作的烧酒。"我们要一醉方休，"我想，"瞧，多好。"收拾完厨房再次出来时我证实酒瓶几乎都空了，"石鸡"在唱方丹戈歌曲①。我以前听过他唱歌，一直惊叹于如此瘦小的身体能发出那么洪亮的声音。自从大蒜汤的味道让他嗓子里冒出歌谣来，平时我听过他唱歌，但那晚的抗议——"操！你真讨厌，傻瓜，我是加利西亚人，听见了吗？我没必要忍受这一切。""行了，我是毕尔巴鄂人！"——与现在同志们听他唱歌时的沉默毫无关系，仿佛需要"石鸡"继续歌唱，不停地歌唱，以

_____

① 一种西班牙古典舞曲和歌曲，用吉他和响板等伴奏。

便把压垮我们的悲伤融化在他声音的动人苦涩中。

"'石鸡',现在为索雷阿舞伴唱吧。""羊倌"请求他。

"石鸡"为索雷阿舞唱起歌来,无人说话,无人抱怨,光在听他唱歌、抽烟、摇头拒绝、一杯接一杯地喝光酒。我也给自己倒了一杯烧酒,一口喝掉一半,带着被烧灼的味觉环顾四周,那种感觉让"石鸡"美妙的声音在我的嗓子眼里振动。"美男子"坐在一把扶手椅上,用手招呼我。我坐在他身上,喝光酒杯,把头靠在他肩膀上,低声提醒他我正在昏昏入睡。"你睡吧。"他回答我,用胳膊搂着我。我累垮了,但疲倦的根源不是体力上的。我不是因为干活疲劳,而是因为在这么短的时间里同时感受到那么多的东西。我听见"美男子"向蒙塞要一块毯子给他盖上,之后沉睡了一个小时,像是睡了一整夜。醒来时我发现"石鸡"已经没在唱歌了,睡着的人是"美男子"。我端详他一阵,然后小心起身给他盖好毯子,去煮咖啡。"狼"乘坐同一辆带他走的车回来时已是傍晚,我们都已睡醒。

告别仪式简略而沉默,因为卡里略都没下车,他的同伴从门口集体说了几句无精打采的话,上校在那儿等着他们从视线里消失,然后走到房子的中央,连开场白的安慰都没给我们就下达了命令。

"我们开拔,"他又小又圆的眼睛依然黑黝黝,但失去了我第一次见他时在其脸上闪烁的漆皮扣子的光亮,"明天天亮时我们重返边境。行动的秩序与我们来时一样。"

我永远不会知道那一刻自己的感受。我几乎想不起自己的血管突然清空了,我的腿撑不住自己,我想死,我开始死了。我颤颤巍巍地寻找一面可以倚靠的墙,我视而不见,无视那一刻绝对的静止,见到十二个人静止的身影,将其对半分开的是他们所知道的与所希望的、对他们有利的与他们所要求的、等待他们的与他们所期待的,直到"美男子"卷着舌头,牙齿在嘴里咬着舌头,朝前迈了一步,又一步,再一步。"他要揍'狼'了",我吓坏了,"他们要打起来了……"蒙塞跑过来靠在墙上,在我身边用围裙捂住头,以免看到"美男子"离"狼"那么近,似乎差点儿要吃了他或亲他的嘴巴。

"不行!""美男子"只是喊叫,"我们不走。你们在那次会议上决定的事让我很不爽，听见了吗？我们不走！"

"'美男子'……请你仔细考虑自己说的话。"

"狼"以一种镇静的语气说话，类似于他本人在维拉莫斯广场所选择的那种平静语调，他知道自己有理，也不否认坚持相反观点的人愤怒、绝望有理，但只等着感情的风暴平息下来。他声音的相似度比其话语更令我沮丧，但"美男子"还是不愿意接受命令。

"我们不走，""美男子"坚持道，表面上更加平和，"我们不能走。我们不能放弃，不能再次把西班牙拱手送给他们。"

"你以为我喜欢这样？你以为我正渴望回到法国？得了，别烦我了！"

"可问题是……不行……""美男子"与"狼"分开，开始转圈，接下去说话之前在"狼"的周围画了一整圈，"我们没把这次行动计划好。我们没做好此事。得找到一个方法，应该有……这个地区对我们不合适。"

"那不是问题，'美男子'，你知道的。假如民众支持我们，在这里、在图卢兹、在所有地方一切都会不同的。假如百姓不支持我们，那就只能依靠自己了。"

"可是这里没有工厂，没有短工，民众没有被政治化。假如我们进入的是阿斯图里亚斯！瞧瞧我曾经对你们说过的话……"

"'美男子'，你就听我一次吧！""狼"朝他走去，抓住他的胳膊，强迫他看着自己，"西班牙已经不是我们的国家，不管你喜不喜欢，那是事实。我们认识的西班牙人已经不存在了。他们都死了，或在监狱里，或害怕得连自己叫什么名字都不知道了。"

"那不是事实！""美男子"使劲挣脱，他的对手差点儿失去平衡，"在山上有一支军队，数千名的确知道自己是谁的战士，他们在等着我们……"

那是让我彻底崩溃的东西。当"美男子"重复他自己的演说版本，而我曾经有一晚尝试拿它来安慰他，那时"美男子"什么也不想知道，除了他刚刚解放的那些犯人像兔子似的上山逃跑。这时我意识到自己厄运的大小，我的爱情和我的爱人的不幸，西班牙的灾难，我那可怜、被屈辱、被恐吓越来越渺小、萎缩、懦弱的祖国，它的小民受够了苦，那种活力与绝望、信仰与忧伤的恶性循环，是我们自身的不幸，我们在其中随着力量的衰退或恢复，相互交换角色和谎言，所有人都抓住同一根柱子，一条进水的船摇晃的桅杆，那就是我们，直到有人没看见陆地便喊"陆地！"。他没看到陆地，但其余的人看到了，我们其余的人在它不存在的地方看见了它，甚至我们用手指示意它："陆地！"没有陆地，只有空气，空无一物，我们踩在上面，但不是陆地，空气退却，我们坠落，伤害自己，虽然总有人起身搀扶我们，一个人认输时另一人重新开始。

"你说得有理，'狼'。"因此"帕斯谷人"开辟自己的阵线，而"美男子"跌倒在那把他刚才还坐着将我抱在怀里的扶手椅上，它在同一个房间，如今却属于不同的世界了。"我们不能就这样离开。不能容忍他们以这种方式操纵我们，总是他们发号施令，而我们沉默、服从，那不行……"

"我知道，'帕斯谷人'，我知道。你应该是听过我的……"

"不行！"那位向来说话不高一声低一声的拉丁语老师开始像中邪者似的尖叫，"你别再唠叨了，因为那次会议也让我十分不爽，听见了吗？我不想再听任何说辞，我烦透它们了。"

"是吗？那你得再听一些话！""狼"朝他走去，但萨法拉亚提前拦住了"狼"。"我没做任何计划，没决定任何事项，不对这里发生的一切负责，来之前我就把话都说清楚了。我对你们说，我一点儿都信不过，难道没对你们说吗？"他逐个儿扫视他们，他们也一个接一个地低下头，"但你们愿意来。所有的人都愿意来，其余的事你们根本不在乎，'计划太棒了，计划太棒了……'你们希望我现在怎么办，嗯？你们想怎样？"

蒙塞在哭。她低声哭泣，把啜泣埋在围裙里，他们没在听她哭，因为正沉浸在自己的失败中。我听见她哭了，因为我的失败就是她的失败，但无力安慰她。

"这一切结束了。"上校高声确定，"我们无法选择。明天晚上，休达和梅利亚的步兵将到达这里。但在欧洲战争尚未结束。等希特勒投降了，盟国……"

"'狼'，盟国狗屁事都不会为我们做的。""美男子"从他的扶手椅处插话，"从来没人为我们做过任何事，你知道的。"

"'从来'是一个太大的词。一年内或许不到一年，在盟国的支持及所有保障下我们回到这里是有可能的。"

"不可能，'狼'，不可能，""美男子"坚持道，"那是天方夜谭，你知道的。"

"不管你们回不回来，我留下。"一直保持沉默的"明白吗"，不停地吃炸面包圈，他抓起最后一个，把阿德拉的帽盒翻过来，把糖撒了一地，"我是战士，我是来作战的。运气差，明白吗？那更好。"

"我们也留下。""剪刀"靠近"明白吗"，在他背上拍了一巴掌，"我们谈过这事了。"

"是的。""磨刀匠"把话说完，"在法国我们什么也没错过。"

"我要考虑一下。"但连我都知道，"羊倌"跟萨法拉亚一样，爱上了一个法国女人，"虽然，也许……"

于是我对自己重复"狼"的话："这一切结束了。"当紧张状态缓和下来，当打火机、杯底的酒水、瓷砖上的靴子再次响起时，我明白了它的实际意义。他们要走了。他们真的要走了，跟来时一样，带走他们带来的东西，任凭我们受命运的摆布。那一刻我不再惋惜自己要死了，开始渴望自己的死亡。

"但如果你们走了……"我说话时仿佛醉了，都听不出自己的声音，"如果你们走了……"我走动的时候仿佛醉了，不知道自己的脚往哪里迈。"如果你们走了，梅塞德斯·加西亚·罗德里格斯怎么办？"

大伙儿同时望着我。他们不理解我，而我也不明白他们怎么不理解我，因为我没救了，完蛋了。我发怒，什么也不明白，我与家具相撞，看着"狼"和"美男子"，不知道自己看到了什么，因为我只能听见蒙塞的啜泣，现在我的话再次强加了一种坚固得让自己刺耳的沉默，她的哭声更加剧烈。

"如果你们走了，马迪亚斯、安德烈斯怎么办？他们远离自己的家，在世上没有一个亲人。"谁也不愿回答那个问题。"他们来自托莱多的一个村子，那里有一座非常著名的耶稣像……"但"美男子"用手捂住脸，而我的声音在嗓子眼儿里中断，落到地上，在每个音节里摔成碎片。"现在我想不起那个村名。"

我跑上楼，进入依旧还属于我的房间，把依旧还属于我的房门关上，打开依旧还属于我的衣柜，拿起我的手枪时手、腿和眼皮都发抖，但无所谓了，一切都无所谓了。我坐在床边，想起还有五颗子弹，我想知道还有什么，在我空空的两手、空洞的身体和破碎的记忆里什么也没找到。

我没有继续活下去的任何理由。

明白这点时我回想起自己和那个凌晨，无法相信自己的感受和想法是真的，无法相信自己是那个尽其所能想要一个"美男子"孩子的女人，一个不幸的男孩或女孩，注定要无辜也无望地生活在我如此热爱又仇恨的国家，它是我唯一拥有的祖国，在这里我没有勇气，也没有愿望继续活下去。

"伊内斯……""美男子"开门，关门，朝我走来。

"别说。"我打断他，把手枪丢在腿上，用手抓住他的手，打量他的手，把它们打开、合拢，数他的指头。我一边说一边抚摸他的手指："你什么也别对我说，我什么也不想听。我来说，想请你帮个忙，但之前……我需要知道你叫什么名字。"

我望着他的脸，我太喜欢自己所看到的，我觉得它太美了、太值得向往、值得一辈子被爱，差点儿让我瘫软下来。

"我叫费尔南多。""等待他不曾是个好主意，"我想，"现在也不是个好主意。""费尔南多·冈萨雷斯·穆尼茨。"

"费尔南多……我喜欢这个名字，因此……请帮我一个忙，费尔南多，最后一个忙，"我再次透过泪水看他，泪水已经不让我内疚，不妨碍我，也不让我难为情，"杀了我。"

"不行。"他微笑着，尽管闪光的液体使他的眼睛模糊。

"是的，杀了我。"我受不了他的目光，再次将眼睛移到他的双手，那么大，手感既粗糙又柔和。"运气真差"，我想，"真倒霉。""你别让我活着，我不想待在这里，不想看到即将发生的事，我不想看到敌人到来……那不行，不能再次这样，我不想再次看到这一切出现在我面前，我宁可去死。"我用手举起他的手，用它们捂住自己的脸。我闻到木头、香烟、干丁香花苞和肥皂的香味。"最后一次，"我提醒自己，"最后一次。""我二十八岁，但之前经历了很多，知道吗？你是……"我把他的手紧贴在自己的眼部，不太熟的柠檬又酸又甜的细丝紧贴在自己的嘴部，一层刚磨碎的黑胡椒刺激我的鼻子。"外婆说天堂不需要饥饿。所以你最好杀了我。"

"不行。"但我拿起手枪，放到他双手之间，把他的手紧贴在手枪周围。

"行的，请为我这么做吧。"我不再触摸他，我感到寒冷，一股寒风凝固了我的鲜血，把我的骨头一根根地霜冻，"我会自杀，我试过一次，你别以为我是懦夫。我会这么做的，但问题是……"我太冷、太冷了。"如果你在跟前，自杀会让我很难过。"

"美男子"飞快地处置一切。他证实手枪的保险上好了，伸出一只手，把手枪放在床头柜上，然后用两只手扶我起身，用力拥抱我。

"我不会杀你的，伊内斯。"他吻我的嘴唇、面颊、太阳穴、前额和头发，再次吻我的嘴巴，"我要带你离开这里。"

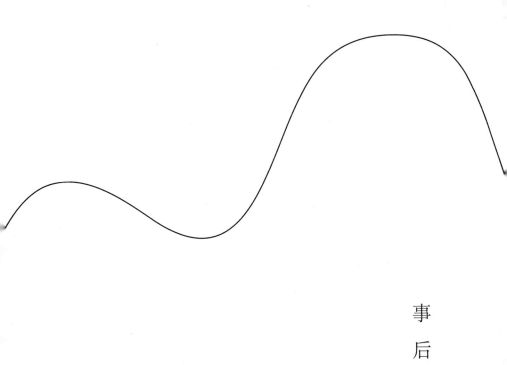

事后

图卢兹，春季的一天，大概是 1945 年 5 月，柏林投降之后不久。

战争结束了。多洛雷斯·伊巴鲁利回来了。

她在图卢兹，为了迎接她，这个城市已变得喜气洋洋。那些在此出生并将在此离世的本地居民，那些不愿放弃住房、工作、福利等一切而两手空空地回到他们曾经逃离的尘土飞扬的贫穷国家的人，不明白人行道上摩肩接踵、穿着节日盛装的西班牙人匆匆的忙碌。

男人们身板笔直地行走，身穿他们唯一的一件好西装很不自在。这件用于婚礼和葬礼的服装永远是暗色的，磨损得很厉害，但很干净。不管妻子怎样用一块白色的湿毛巾保护它们免受熨斗的热度，上衣的翻领因为穿得太旧而锃亮得可悲。相反，裤线是完美的，在这个领带罢工日，衬衣雪白得发亮。即便他们当中的不少人，银行职员、服务生、店员、公司职员在工作日不得不使用领带，但它是给花花公子用的，今天他们敞着衬衣，昂着脑袋，手揣在裤兜里，嘴里叼着一支点燃的香烟行走时，以不戴领带为荣。

那些顺从自己的不幸、每天早上身穿黑衣的少妇也换上了她们的好套装，虽然这些衣服是淡色的，上身是不太合体的衬衣，下身是不过于贴身的紧身裙。在迟早会被丧服套牢之前，她们都穿着正经女人的服装和不引人注目的半高跟鞋子，肩上披着一件大体配色的开襟小羊毛衫，手里拿着钱包或胳膊肘上挂着一个比她丈夫的西装还要陈旧的女包。最讲究的地方是头发，虽然自从生活在法国就没进过理发店的门。干吗要去理发店？她们是西班牙人。这就意味着所有女人都有一个小篮子，里面装着她们的发夹、卷发筒和一应用品，每个人或多或少都有一个理发师女友，一个擅长使用吹风机的女邻居，一个1936年之前在她村里当过学徒的嫂子。今天图卢兹也是女人们忙碌的地方，她们上下台阶，肩上披着绒布，头裹在毛巾里或插满了卷发筒，用发卡密布的发网固定住。然后上发蜡，很多发蜡，那可不能缺少，发蜡、更多的发蜡，直到头发像是假发，假发的波纹僵硬得如硬纸板做成的大海波浪，某个大胆的安达卢西亚女郎甚至敢用手指在自己的额头上描出一缕鬈发。谁也不再留30年代的那些发型，除了她们，这些西班牙女人选择活在括号内，活在一个停滞、没有刘海的时代，仿佛那些用原棉卷成、在西班牙使用的卷发筒不过是敌人的另一个版本。

她们有学习的榜样。多洛雷斯·伊巴鲁利不顾莫斯科的时尚，回来时与离开时一样，头发更白了，那倒是，但同样的波浪压在同一个额角，又小又低的发髻，一对低调、镶着小珍珠的金耳环挂在耳朵上，宽松的衬衣，不像样的裙子，黑上加黑的丧服。尽管这一切依然是对大写的她永恒而伟大的塑造，现在反过来也是一种深沉、私密痛苦的标志。1945年春多洛雷斯·伊巴鲁利的仪表也是对鲁文的纪念，她把两个儿子从一位比斯开矿工家庭的贫困中拉扯成人，老大便是鲁文，那个家庭是她与胡利安用自己的双手建立的。他们有过更多的孩子，但一个出生前就胎死复中了，另外三个都是女孩，降生仅仅是为了之后不久夭折。

在那场顽固的黑色不幸中，"热情之花"陪伴了几十万西班牙妇女，她们组成了一个饱受白色棺材和夭亡孩子的瘦小尸体摧残的国家凄惨的合唱，这些孩子是饥饿、疾病、贫穷的牺牲品。那也是"热情之花"直至1942年9月3日的经历，她升任西共总书记一职仅六个月。那天傍晚她唯一幸存的儿子，苏维埃共和国红军第六十二军第十三警卫团中尉，在指挥一个机关枪分队沿斯大林格勒中央车站站台前进时被一颗德国子弹击中倒地，年仅二十一岁。他是改变世界大战进程、决定世界命运的那场战役的英雄，而他母亲只能甘于与以她听不懂的语言发表的演说、在满地皆为相同白色墓碑的墓地默哀、下半旗飘扬的旗帜、追认的勋章和挂在某些官方大楼正面的铜牌为伴。

今天，1945年春季，在这一和煦的日子，反过来陪伴她的将是自己的同胞，图卢兹大街上那些行色匆匆的西班牙共产党员。在去跟她会面时回忆起战败之前、集体及她个人悲惨结局之前多洛雷斯是什么模样。他们一边走在人行道上，一边盯着自家活泼年幼也穿着周日盛装的儿女。男孩们发型整得超好，仿佛他们的母亲用细齿梳将他们的脑袋梳过，然后用香水把头发压平，虽然即便这样也无法与他们的姐妹媲美，女孩的脑袋被头路分成两个绷得紧紧的相同半球，头发扎成完美、硬挺、紧邦邦的辫子，这个不该受的惩罚在某些情况下将会得到补偿。

"哎哟，真可爱！你叫什么名字？让我看看……"因为多洛雷斯在跟孩子的父母说话之前会注意这个或那个女孩，对她微笑，抚摸她的脸蛋，"这个宝贝是你们的？那你们该满足了吧？几岁了？"

孩子的家长证实那颗终结了鲁文·鲁伊斯·伊巴鲁利生命的子弹没有打垮他的母亲时，放心地喘了口气。这位大写的母亲，也即小写的世界母亲，在今天及别的许多日子把自己的关爱和抚慰分给她那些象征性的孙儿，她儿女的儿女，圣母多洛雷斯，她是众生众事之母，她终于得以从寒冷、哭泣、失去年轻健康的儿子所造成的孤苦伶仃这种凄凉但更加残酷的悲怆中归来，柔情未损，含在嘴里。

从此刻起多洛雷斯的微笑和快乐启发了许多拙劣的诗歌。很多平庸诗人和优秀诗人，其中一些甚至是出色的诗人，将顽强地歌唱她的微笑，这是孕育自由、公正、更加美好的西班牙梦想的不可枯竭的力量源泉。那是"热情之花"的另一个伟大创造，也是她最令人钦佩、最永恒的功绩之一。任何时代、国家的任何其他共产党领导人，都不会在如此长期恶劣的条件下把对快乐的持续赞美做到这种程度。那是多洛雷斯在佛朗哥统治下幸存的秘方，靠快乐为生，当没有别的东西可以糊口时慢慢咀嚼它，拿它来御寒，以此在最阴森的监狱最后一间牢房里感觉自由，用快乐武装自己，以此抵御无法抗拒的东西，承受无法忍受的东西，肯定不可能的东西，正如她那样的抵抗和忍受，正如她懂得肯定自己不朽的微笑。

"你别写这么悲伤的诗歌。"多洛雷斯用一种仅仅表面上是母性的坚强责备欧亨尼奥·德诺拉[①]，一位优秀的西班牙诗人，在轮到他经历的最丑陋、最艰难、最凄惨的岁月里，"我们不悲哀，我们不能悲哀。"20世纪40年代的西班牙是最悲惨的监狱，笼罩在可怜的欧亨尼奥·德诺拉身上的是生活在西班牙的无尽悲伤，他咬紧身体和觉悟的牙关，致力于创作快乐的诗歌，怀着他不曾感觉也不可能感觉到的快乐来歌唱"热情之花"的万能微笑。

快乐是口号。快乐是为了不责备命运、死亡、饥饿、法庭上令人无法忍受的闹剧、黎明时分行刑墙的寒冷、在每日晨曦中复活的失败粗暴的残酷。快乐是为了不崩溃、不心软、不向沮丧让步，是为了承受消沉，为了坚毅地倒下，为了在警察局的地下室里咬紧牙关忍受折磨。

"我叫……"西蒙、胡安娜、卢西奥、索莱达，众多、许多、好多、如此之多的名字，"我属于西班牙共产党，我不会对你们说别的什么。"

快乐。击打。快乐。棒喝。快乐。被打断的骨头。快乐。烧伤。快乐。对下身、乳头、嘴唇和脚掌电击。快乐，快乐，快乐。

"我叫……"名字只能听懂一半，因为牙床上有那么多洞，嘴唇肿大、张开，像大草莓那么红，被捕的男人或女人发不清楚音节，"我是西班牙共产党员，你们知道我不会对你们说什么的。"

他们所有的人，包括多洛雷斯，本该得到更好的命运。她能说服西共党员，快乐可以吃、可以喝、可以拿来御寒，睡在它里面，因为他们不需要别的东西来忍受、抵抗、拒绝每天呼吸到的悲伤。但生存不容易，生活在地下状态是非常复杂的。地下状态是灰色的地盘，那里甚至不是一种颜色，而是中间色调的详尽色谱，是人类的大善与大恶能够从同一个根部发芽的暧昧花园。在合法地位下相对容易与人为善、令人钦佩、慷慨大方、值得被人这样回忆，即便很少有人都做到。在地下状态中，阴影拉长，危

---

① 欧亨尼奥·德诺拉（Eugenio de Nora，1923—2018）：西班牙战后一代诗人，从一开始他就创作具有社会和政治意义的诗歌，评论家达马索·阿隆索（Dámaso Alonso）称之为"无根的诗歌"（poesía desarraigada），代表作为《西班牙，生命的激情》（*España, pasión de vida*，1953）。但另一方面，他的创作也以爱情、死亡、时间的流逝、人类的超越等为主题，体现出他的存在主义世界观。

险尖锐，声音失真，敌人像暴雨之后秋天树林里的松乳蕈似的冒出来。于是甚至快乐也变成了一把双刃武器，一把悬在十分纤细绳索上的尖刀。

不可废止的快乐指令有助于维持这个从 1939 年 4 月起唯一积极对抗佛朗哥独裁统治的政党的强大和团结、活力和联合，从那时起它在全国范围内被宣布为非法，直到 1977 年 4 月才重新在西班牙被合法化。在连续三十八年的地下状态中，西共党员一天都没有停止战斗，不但不搞象征性的斗争、热带地区国家的会议或外国大学的讲座，反而在国内，在山区和广场、大街和工厂、西班牙的机构和大学玩命战斗。那场斗争的代价是巨大的，同时也是渺小的，因为每倒下一个共产党员，就会有超过两人自告奋勇填补他的位置。于是每周的每一天，每月的每一周，每年的每一月，连续三十八年里一个接一个前仆后继。

然而快乐的责任大到能够否定列宁的地步：共产党员的首要责任是理解现实。"二战"结束时西班牙的现实比以往任何时候都悲惨，但多洛雷斯从莫斯科返回法国时岿然不动地保持着作为共产党员的快乐，一种所谓逆境中的降福，为她的权威准备了毋庸置疑的优势。因为战斗的快乐，这种没有嫌隙的虔诚，也可以用来遏制分析、粉饰矛盾、将基层人员束缚在铁的纪律里，在分歧产生之前就进行拦截。当然这是为了抵御无法抵抗的东西，但也是为了说谎和自欺欺人，为了在越来越缺乏革命条件的地方看到它，为了以一种越来越非理智的乐观主义面对未来。相应地，为了在悲观主义——它不过就是厌倦、狂妄和失败主义——面前重新呼唤快乐，以此来解决任何双重内部分歧的企图——"因为一直是领导层的同志挑起不和的念头，一直是那些同志而非流亡的西共在领导西班牙国内的共产党。"

"在西班牙工作的同志与祖国的现实挨得太近，缺乏洞察革命前局势的距离，而我们从这里可以十分清楚地加以识别。"

那一步骤除了制造非凡的视角游戏，还要对非常严重的判断错误负责。这些失误决定性地——另一方面，肯定也是不可挽回地——加速了西共在民主转型初期的衰败。

但那是另一回事。

本书所讲的故事表面上在 1945 年春季那个明媚的日子进入尾声，当时多洛雷斯·伊巴鲁利选择返回图卢兹，像宗教游行中抬出的圣像那样漫步街头。她在法国已经有段时间了，她的飞机4月底降落在巴黎，但只有今天，当她再次踏上这座城市——流亡的西班牙象征性首都，流亡的共产主义西班牙的象征性首都——多洛雷斯才算真正归来。从今往后，三年多时间里多洛雷斯将住在巴黎，但会前往图卢兹待上几个时期，与其盛大的公开露面重合。今天跑去与她相会的那些穿着暗色服装、嘴上叼着香烟的男人，那些守寡的老妇，那些梳妆整齐的少妇、牵在手里的孩子，就可以再次这样注视她、崇拜她。对于那些付党费、执行命令的基层党员来说，她远不只是党的总书记，她还是偶像、符号、为祖国和人类前途奋斗的世界象征。"热情之花"如此伟大以至于他们无法察觉她的归来与赫苏斯·蒙松的运作之间存在的任何矛盾。不管怎样，即便那些最多疑的人也只会以为，多洛雷斯选择了卡门，卡门选择了赫苏斯。"瞧，她在那儿，多满意啊……"

他们说得有理。即便难以置信，卡门·德佩德罗，那个如此平庸的女孩，那个五年前从多洛雷斯·伊巴鲁利手中接过党组织的中央委员会无足轻重的打字员，1939年夏天他——毋宁说是大写的他——决定把目光落到她身上的那一刻，就把党交给了赫苏斯·蒙松，今天卡门或默认或明确地成为"热情之花"的随从人员之一，笑容满面地在图卢兹大街上陪伴着她。这是一段真实历史中似乎最不合情理、最令人惊讶、最古怪牵强的细节之一，远远超过了任何当代政治悬疑小说作者的想象能力。因为有意思的不是卡门再次得到西共政治局的宽恕，六个月前她从图卢兹总部像一头野兽似的支持攻占阿兰谷的行动以及与之相伴的蒙松的政治利益。真正难以置信的是她为什么得到宽恕。或者更确切地说，多亏了谁。

在传统的儿童故事里，如17世纪末法国查尔斯·佩罗[①]或19世纪初德国格林兄弟收集的那些故事，几乎皆为中世纪的公主们在其人生的某一

---

① 查尔斯·佩罗（Charles Perrault，1628—1703）：诗人、学者，也曾做过律师，在17世纪法国文坛很有名望，他有不少称颂一时的作品，但有趣的是，为他留下永久声名的却是童话集《鹅妈妈的故事或寓有道德教训的往日故事》，收录了《小红帽》《穿靴子的猫》《灰姑娘》《蓝胡子》和《睡美人》等童话名篇。

时刻（常常是在摇篮里）接待了一位仙女教母的来访，赐予她们一项天赋，一个非物质的礼物，这一天资珍贵得会救她们的命。卡门·德佩德罗不是公主。她没有出生在宫殿，主教或许甚至连一名普通的神父都没为她洗礼过，也没有举行盛大的宴会庆祝她的诞生。但为了理解她今天在这里赔着笑脸迎候笑吟吟的"热情之花"，所扮演的角色，需要设想一位非常特殊的仙女教母，一个行善又异端、平民又大胆、万能且尤其是共产党的神灵已经在摇篮里赐予了卡门一项本事，即钟响之前一秒钟找到愿意帮她渡过难关的领导。

"喂，卡门，你好吗？"

1944 年 10 月 25 日，卡门去开门、与圣地亚哥·卡里略在门槛相遇时，连她自己大概都不会为自身的政治前途下注一分钱。从 1939 年春起就没再见面的卡里略，从巴黎抵达图卢兹，他在法国首都的咨询得出了一个相当有启发性的结果。在法共总部，军人们十分公开地支持他们西班牙同志的行动，已经开始招募志愿者。然而斯大林主义最流行的辩证游戏是为战略起见牺牲战术，从中锻炼出来的文职领导人所组成的政治局受狡诈成性的安德烈·马提①启发，保持中立态度，等待莫斯科的其他指示。那个态度只是在赫苏斯·蒙松的大错已经导致阿兰谷战役失利后才加速了该行动的终结。

假如 1944 年 10 月 25 日维耶拉落入共和派的手里，临时政府的代表跨过边境，那么卡里略就只能越过法共审慎的原则公开对此加以庆祝。但西班牙全国联盟军的首领很快发现自己被骗了，感觉他们自愿进入的不是西班牙，而是一个深不可测的圈套。21 日，绰号为"皮诺乔"的埃米利奥·阿尔瓦雷斯·卡诺萨，游击队最有经验、受勋最多、加入法国抵抗运动的西班牙武装力量最有威望的领导人之一，呼吸了一下维耶拉隧道的空

---

① 安德烈·马提（André Marty, 1886—1956）：法国共产党第三号领导人，在西班牙内战期间曾负责国际志愿者的招募和组织工作，其领导方式受到西班牙和法国共产党的质疑，后定居莫斯科。虽然没有直接参加第二次世界大战，但在诺曼底登陆后受斯大林的委托，负责在法国组织社会革命。1953 年因反对去斯大林化而被开除党籍。

气，判断自己不喜欢这一切，转身而去。

假如在难以预测的条件下并充分意识到它所意味的危险，"皮诺乔"受命越过边境实施冒险袭击，那最有可能的是他承担进攻隧道的风险。最近几年在法国，他和许多战友遇到过类似的危险。但"皮诺乔"和其他人都没有接到过那种性质的行动提案。无人提醒他们这是一个无法复制但毫无保障的机会，这次冒险既可能成就一项英雄伟业，但同样也可能像优秀的台球选手所做的高难度连击。他们台球打得好，但期待的是十分不同的东西，那就是即便不能把他们抬到马德里，至少是朝马德里方向推动的鼓舞和感激的人潮。这是向他们承诺的东西，而他们唯一遇到的是恐惧。惊讶、猜疑和恐慌。他们希望的终结。他们生命的失败。一个不能容忍、不可原谅的圈套。或在不那么富有戏剧性的情况下，这种受侮辱的感觉，像把自己的最后一分钱都用来定做燕尾服的一个人，不合时宜地发现谁也没在他以为受邀的派对上等待自己。

刚到法国的圣地亚哥·卡里略不可能了解所有这些情况，但他所知道的信息在按响位于图卢兹的西共总部门铃的那一刻便足以唤起他所有的冷静，以便与卡门面对面交锋。

"喂，卡门，你好吗？"

可怜的卡门大概看上去很痛苦，别的姑且不论，她颤抖得像一张纸。怪不得呢，因为她被当场抓住。然而几个小时之后她的处境更加恶化。那位政坛新秀已经具备使其位居西共顶层三十年之久的政治天分，在这个场合他仅仅充当"热情之花"的长长触角，以不动声色的表情化解了变化多端的各种危机。卡里略放弃自己的事务，开启一次意外、紧急并且未曾预料的旅行，其首要目的是确立政治局对蒙松派领导层的权威。让进攻行动流产意味的是次要目标。重要的是，总体上法国共产党员，尤其是西班牙全国联盟军，必须毫不迟疑地注意到，那些本不该放弃掌权的人重新在党内掌权。因此卡里略判断不宜独自越过比利牛斯山。

1944 年 10 月 26 日，圣地亚哥·卡里略率领一支由法国蒙松派精英（马诺洛·阿斯卡拉特、曼努埃尔·希梅诺当然还有卡门·德佩德罗）组成的随行人员进入西班牙。假如那天之前无人断言"百闻不如一见"，一看到尚为赫苏斯·蒙松的官方伴侣及其两个最亲近的合作者带着顺从、受辱的表情从两侧护卫卡里略走进指挥部大门的那一刻，西班牙全国联盟的任何军官都该这样感叹了，甚至没有意识到自己在造一个幸福的句子。

这场舞台表演无可挑剔，其噱头的效果是压倒性的。但通过最严厉的训斥确保那些造反的同志服从自己的卡里略，对积极执行前者命令的军事指挥官却表现得像一个好警察。如果他在图卢兹谈论不负责与责任、糊涂、野心及不忠诚，谈到不成熟、骗人的胡来行动之严重后果，在阿兰谷他仅仅描绘一幅局势的现实场景。"盟国不支持，西班牙人不知道这儿正在发生的事，相反，佛朗哥的军队对此了如指掌，已经开始行动。你们是一个野心家、渴望权力并愿意为此付出任何代价（包括你们灭亡的代价）的冒险家妄自尊大阴谋的牺牲品，你们知道我觉得你们令人钦佩，你们得到我和多洛雷斯的全力支持……最后一位离开的人，请把灯关掉。"

结果如此。一盏灯在阿兰谷熄灭，此后三十多年它将一直处于断电状态，以便西班牙流亡共和派的那个霸权党在图卢兹恢复正常。恢复正常比中断阿兰谷行动要复杂、冒险、困难得多，以至于连开除党籍都没有。一方面，蒙松在法国建立的党比从莫斯科凭直觉知道的要重要得多，比以往任何时候都更牢固；另一方面，阿兰谷的失败即便在军人中间也不足以毁掉他的名誉，这些人很清楚自己愤怒了，但不确定事实上谁要对他们的愤怒负责。

马诺洛·阿斯卡拉特的回忆录《失败与希望》不仅是那些事件主要的而且是唯一直接的见证，它熬过了斯大林主义的寒冬，在该书的第一部分，作者回忆起阿兰谷失利后他回到图卢兹时笼罩在自己与领导关系上的不爽暧昧，没过几年他与赫苏斯的友谊就达到了不可宽恕罪孽的公开程度，最终导致他称之为半开除的结局。无论是在 1944 年秋天还是之后几年尚未对蒙松集团采取严肃的纪律措施。然而这一时期，理论上他的合作者还是西共体制内的成员，但没有受邀参加任何会议，没有得到任何任命，没有扮演任何角色。谁都从来不会像共产党的领导那样娴熟地利用沉默、经营沉默、扩大沉默，一边勉强装出笑脸，像父亲似的拍打他们的肩膀，一边渗透沉默。

阿斯卡拉特直到最后都觉得自己是蒙松的朋友。只要可能，他都站在蒙松的一边，在20世纪最后十年撰写回忆录的时候，阿斯卡拉特依然热爱蒙松，敬佩蒙松，赞同并捍卫他的观点。不幸的是，或出于其大半生发酵的恐惧习惯，即便那时他还是不敢和盘托出大概只有自己可以讲述的一段历史，但他倒是坚信自己对赫苏斯的忠诚超过任何保留意见。阿斯卡拉特是蒙松的朋友，不得不为这段友情付出代价，不过那位纳瓦拉人从未把自己的责任赋予阿斯卡拉特，更没有与他同居四年。然而，如果卡门·德佩德罗今天在图卢兹，她会参加多洛雷斯归来的胜利大游行，那里谁也不会想到要打听阿斯卡拉特或希梅诺，尽管只有她当过赫苏斯的情妇、女友、工具和台阶，赫苏斯顺着它三步并两步地跳跃台阶，爬到顶峰。出什么事了？无论马诺洛·阿斯卡拉特还是曼努埃尔·希梅诺，从未有过一个疯疯癫癫、私生活混乱的马克思主义仙女教母，愿意把遇到的那个离她最近的南瓜变成马车。

1944年11月，图卢兹的局势得到相对控制，共产党因未受到报复而处于平和状态，这时圣地亚哥·卡里略判定该是调查西班牙事态进展如何的时刻了。他出于政治局的利益不能离开法国，但阿古斯丁·索罗阿还在马德里，赫苏斯·蒙松也依旧住在其线型城区的别墅，指挥着国内的共产党，仿佛什么也没发生过。卡里略本人五个月前曾推荐索罗阿执行西共在马德里和流亡地的两个领导机构之间的联络人任务，它远没有声称的那么单纯。索罗阿越过边境的隐秘企图是破坏那位纳瓦拉领导人的权威，但事实上他在这方面没有多大作为。

赫苏斯·蒙松，曾经对卡门·德佩德罗来说太强势的男人，现在对阿古斯丁·索罗阿而言也是太厉害的领导，他无法完成来马德里所肩负的主要任务。他甚至不能让蒙松感到紧张。蒙松清楚自己的实力以及支撑它的基础，他明白，等大写的历史向他迎面扑来的时刻到来时，他可以做出的指责要多于自己该承受的。攻占阿兰谷的确是一场失败，有相应的遇难者名单（死者、伤员、俘虏），但政治家不以那种方式来评价他们行动的成功，他永远可以辩解说自己的命令没有被执行，把他的责任稀释在众人之间，理由是进攻的宗旨可以绰绰有余地证明其手段之合理。政治局在西班牙和法国——在法国作为西班牙共产党员就意味着是西班牙蒙松派——这两个国家指责不了他别的东西，而这点只有当其成员以蒙松缺席的罕见现象令自己人迷惑不解之后才变为可能。1944 年 11 月圣地亚哥·卡里略知道这一切，但他宁愿从自己的亲信嘴里听到这些。他召集索罗阿，让他汇报国内形势，而蒙松本人十分镇定地忙于准备他的出行。于是一个与其假定对手外貌惊人相似的男人到达图卢兹。那一刻一根魔杖开始在空中飞舞。

阿古斯丁·索罗阿比赫苏斯·蒙松年轻，但与蒙松 1939 年到达图卢兹时一样，显得比自己的年龄大。他的脸蛋也更加漂亮，虽然又大又美的眼睛里没有任何东西会让看其照片的观众产生丝毫不安。索罗阿很帅，长着一张乖孩子的脸蛋。蒙松不漂亮，但暗示的是完全相反的情状，可以预见的他大部分的魅力便在于此。除此之外两人都一样高大、宽壮，脖子处是一根粗壮的树干，大头，宽额，额角脱发区占据了头颅的一半，剩下少许栗色的头发。另外他俩讲话的口音也应该相近，因为一个是潘普洛纳人，另一个是毕尔巴鄂人。1944 年 12 月初两人的重合之处将达到更大的程度。

"卡门，我……想跟你谈谈。"

抵达图卢兹时阿古斯丁还从未见过那位曾经的马德里中央委员会打字员。他不仅比蒙松年轻，而且他的政治生涯起步于流亡时期，不清楚他是否有为人熟知的伴侣，任何留在西班牙或墨西哥的女人。这一切都不足以解释将要发生的事情，因为通常在法国南部，尤其在"红色城市"图罗萨，居住着成千上万名西班牙单身姑娘，在她们中间阿古斯丁·索罗阿原本可以选择一位合适的伴侣，大体漂亮、有吸引力、活泼热情、历史清白，对他在党内的前途有益，与他的社会地位匹配，一个像他那样年轻天真的女孩。

"卡门，你看，我想问你一件事……"

但阿古斯丁·索罗阿爱上了卡门·德佩德罗。在图卢兹所有的西班牙女共产党员中，他恰好爱上那个最令人讨厌、最声名狼藉、最危险的女人。一个被其历史打上烙印的女人，不仅错误地把所拥有的一切赌在一匹失败的马上，而赛马奖恰恰是党内外的权力，其后果可想而知，而且数年间她委身于另一个男人时曾公开大方地陶醉其中。当然蒙松是本赛季的大叛徒，不过在以那个身份出现之前，他曾是另一个男人，另一双手，另一张嘴，另一个性生活，而卡门是个二手货。在 40 年代西共这种现实而非理论上的大男子主义环境里，很难设想一个更加棘手的选择。

"可是，你带来的这个小伙子……"卡里略的几个老战友大概会问他，其脸色与假如看到自己的儿子从地上捡起一颗被舔过的糖果，于是会在他手上打一巴掌的表情相同，"他是犯傻还是一无所知？因为，哼，二者必居其一……"

估计连圣地亚哥也不知道如何作答。阿古斯丁不仅是他的亲信，而且成为多洛雷斯在西共国内领导层取代蒙松的候选人。在这种形势下，只要有一点儿想象力和多一点儿恶意，结果很容易怀疑政治局是索罗阿爱情的幕后推手，是领导层亲自怂恿他假装爱上那个女人，而他只限于执行一项不能拒绝的命令。但对局势的客观分析表明，他的上级从这场婚礼里没有赢得任何东西。相反，更符合逻辑的想法是，假如时机成熟，当然情况并非如此，索罗阿的上司应该会试图劝阻这场他们在当时不明朗的状况下迫不得已同意的婚礼。否则 1994 年阿斯卡拉特没有任何理由讲述此事，正如之前或之后他的任何同志都没提及此事。

卡门本身依然缺乏价值。她从未起过任何作用，就是因为这点才在1939 年春天被选中的。她一生能够发出的所有光亮都是周围焦点的反射，但那是别人的，首先是"热情之花"，之后是蒙松，1944 年 12 月连那也谈不上。自从 1943 年 3 月赫苏斯前往马德里之前把卡门派往日内瓦，她便与赫苏斯在肉体上分离。即便基层党员不知道此事，几个月后赫苏斯已用一位名叫比拉尔·索莱尔①的瓦伦西亚女共产党员替代她，甚至给卡门写了一封信，明确告知她此事，而不希望这个信息通过小道消息这个最慢的渠道传到她的耳朵。如果两人的分手没有公开化，是因为卡门不愿意。之后那位一会儿无足轻重、一会儿万能、一会儿又不足挂齿的女人证实，

---

① 比拉尔·索莱尔（Pilar Soler，1914—2006）：西班牙政治活动家，女权主义者，曾加入不同的左派组织。内战期间为共和国而战，1939—1944 年被关入瓦伦西亚监狱，在狱中生子。获释后曾参加了两年的地下工作，再次被捕，遭受酷刑。1946—1971 年流亡法国。1971 年回到西班牙，1977 年当选西共中央委员。

她觉得自己终生爱慕赫苏斯·蒙松，以至于因为他、为了他、以他的名义撒谎、欺骗、谋反、支持这项八千人将付出生命代价的任性冒险，就是为了一个男人保留掌权的机会，为了一个女人有机会重获那个男人的爱情。

西共新、旧永恒的领导层决定不对蒙松团队采取报复措施，但如五年后所见，这只是一个迫于形势的临时决定。甚至阿兰谷行动失利之后、赫苏斯缺席的情况下，他还是太强大、太得人心、太有声望，无法正面攻击他。局势极力主张慎重，慎重就是等待，但两位曼努埃尔（阿斯卡拉特和希梅诺）被关押，并且合乎情理地认为卡门也会被送入那个象征性的麻风病院，表明政治局对法国蒙松派的仁慈——因为他们对西班牙蒙松派的态度，正如后来所见，将非常不同——从一开始就是一个相对的美德。那些肇事者早晚将付出代价，虽然还没有决定对他们惩罚的方式、日期和严厉程度。

在这个迷宫里卡门与索罗阿的关系没有带来任何好处，赫苏斯不会因夺走他的一个女人而感到痛苦，到了这种地步她反而是个包袱，现在让他摆脱了这个麻烦。对卡里略来说，也不适合对这个蒙松的主要同谋、在法国蒙松的所有支持者里最有过失的一位表现出软弱的形象。他们设想一下，拯救卡门意味的风险是她停留在接近领导的位置上，当赫苏斯前往图卢兹汇报工作时，卡门对他的爱可能复苏。对领导层来说最好的是卡门·德佩德罗消失，无声无息地消失，被低调地禁闭在一个远离聚光灯和好奇者提问的地方，但索罗阿的归来阻止蒙松的女人此刻便到达只有在1950年之后才成为她最终目的地的那个地方。

因为阿古斯丁做出了一个使卡门重返流亡在法国南部的西共第一线的决定。他没犯傻，也不是一无所知，但的确是爱上了卡门，他是一个勇敢的男人，足以采取相应行动。因此12月初，或许还在11月份，大致在攻占阿兰谷一个月之后，他与她闪到一个不引人注意的地方，那儿谁也听不见他俩，他向卡门提了一个问题：

"你愿意嫁给我吗？"

那时这位二十八岁时已阅历很深的普通女孩再次注视一个高大、强壮、像家一般温暖的男人，再次以为这是上天的礼物、她所有忧虑的终结、她所有问题的解决办法。她的仙女教母已经把事情搞复杂了，她也不会例外。

"我愿意。"

不朽的大写历史与凡胎之爱相遇时会做出怪事。当它在一个弃妇的人生道路上与一个男人的肉体之爱相遇时，它不是做了怪事而是怪极了的事。1944年年底之前，阿古斯丁·索罗阿与卡门·德佩德罗在图卢兹结为连理。阿斯卡拉特没有说明自己是否出席了这场婚礼，但把它描写成一出低调、几乎秘密的仪式，没有宴请也几乎没有来宾。一点也不差。但也不需要别的什么。于是两个外貌相似的西班牙男人，像北方的棒小伙那样高大强壮、肩宽秃头、大脑袋，相继出现在同一个西班牙女孩的瘦小肉体里，之后根据同一优先次序，重复了相同的仪式，担任西共国内地下组织总书记的职务，以便穿过被一场世界大战撕裂的大陆，使一个西班牙非法政党的正统权力恢复原状。

不朽的大写历史与凡胎本性相遇时会做出怪事，但欲望不是唯一能够扭曲肉体的力量。命运再次把肉体与大写历史的关系复杂化之前，1945年头三个月阿古斯丁·索罗阿在图卢兹享受着一直被遵守且只要反佛朗哥的流亡存在就将继续被严格遵守的一条不成文法令的好处。地下工作中的蜜月是神圣的。阿古斯丁依然是接替赫苏斯的人选，因为在一个充满狂热的、或多或少遭到伏击的蒙松派分子的国家，一位多多少少幸运的妻子不足以改变政治局的打算。那就意味着或早或晚阿古斯丁得前往马德里，从那一刻起谁也不知道他会怎样，等待他的是什么命运，是否能够重返图卢兹一次、数次或再也回不来。形势变化如此之大，无法预见这次卡门是否坚持要陪同阿古斯丁。最有可能的是，一想到在线型城区的一座别墅两对夫妻相遇的假设，她的腿就哆嗦，因此卡门也忙于及时行乐，享尽脆弱的幸福、有失效日期的和平的每一瞬间。

这就是多洛雷斯·伊巴鲁利1945年春回到法国时所遇到的概况。她的那位老合作者，那个让她失望的两面派，以老实人阿古斯丁妻子的身份迎接她，仿佛赫苏斯·蒙松从未在这个女人的生活中出现过，仿佛首先从字面意义上讲，他没有让卡门神魂颠倒，之后从另一个不过于引申的意义上讲，没有让其他所有人都乱了套。索罗阿已经不在她身边。冬季的最后几周他回马德里了，带去一封信，在此信中卡里略最后一次在这场危机中充当"热情之花"的长长触角，责成赫苏斯前往图卢兹讨论党的政策。赫苏斯不在的时候卡门依然还是嫁给了新的西共国内地下组织总书记，并因此得到后者的保护。

"卡门！好久不见……"多洛雷斯根本不会从两人的重逢中得到快乐，但她的操心事比跟这个心地狭窄的荡妇瞎聊更加紧迫，"对了，恭喜你，我得知你结婚了。"

维森特·洛佩斯·托瓦尔，根据赫苏斯·蒙松设计的军事计划和政治方针 10 月份越过比利牛斯山、攻占阿兰谷的西班牙全国联盟军总司令，今天也来向"热情之花"致意。他没有要求任何人陪自己，然而他不孤独。那场战役中在他麾下行动的军事将领都自愿来了，围在他身边，保持观望的沉默。军事学院课堂上所鼓励的强烈的团队情感，在战友情这个更加常用的标签下在游击队发挥类似的作用。推卸给维森特的责任，如果他能与战友一起分担的话，那就更容易承受。

那便是这些健壮、寡言、聚集在一个坚实团队的男子汉所期待的，眼下他们根本不看重卡里略离开西班牙之前对他们所说的理解之类的话，这些话更多的是应景。这些人是共产党员，凭经验知道在其党的领导层内水沸腾的温度，内部运作达到沸点所需的时间。所以他们如此不安。当这些人默默关注"热情之花"微笑的时候，或许羡慕让卡门·德佩德罗——1944年 10 月 19 日至 27 日在图卢兹担任他们的政治负责人——摆脱多洛雷斯暴怒的机缘特技。他们尚未发现一件性质十分不同的新闻也将解救他们。

多洛雷斯·伊巴鲁利在莫斯科能够近距离观赏一位大师的精湛技艺，从那里一回来她就完善了自己的另一个伟大创造，这个幸福的发明与她梳着发髻、穿着丧服、戴着金耳环配小珍珠的乡下女人模样存活得一样久，甚至更久。此刻她已决定凌驾于自己主持的那个组织的日常具体政策之上。

1945 年春在图卢兹的那些同志中间，"热情之花"已经不是西共的一员，不领导它，不代表它，不严格属于它。"热情之花"即西班牙共产党，党即"热情之花"，因此她的形象是所有人的形象，她的声誉是事业的声誉，其他人的成功就是她的成就，她没有任何错误。作为各个时期西共的世界之母，她不能犯错误，不能承担错误，也不能疏通地下管道把手弄脏。为此她先派遣管子工，但 1944 年 11 月，她胜利返回法国的六个月之前，该团体的头目从马德里回来，通知她故障很严重，顺便救了愚蠢的卡门·德佩德罗。当一个与她同样重要的男人还在以她不习惯的决心和敏捷坚持与她进行腕力较量时，这个没有上过学、靠晚上给丈夫做好晚餐、让孩子入睡之后读书自立的女人，明白什么也没有比装傻对她更合适。

"维森特！"

走近洛佩斯·托瓦尔时，多洛雷斯的笑容扩展了，她的双臂在空中张开，喜悦使她的双眼熠熠发光，使得接收如此巨大快乐的那个人不禁自问出了什么事。

"维森特！"

问题在于蒙松的事业是一个值得称赞的组织，一次太有效益的投资，一个太明显的好处，一项太有价值的遗产，为了报复而放弃它的好处是荒唐的，实际上也不急于报复。在共产党领导层，水在开始沸腾之前慢慢加热。因此这个一直聪明、在逆境中更加精明的女人，选择了一个间接甚至迂回然而潇洒的方式承认其对手的功劳。这样赫苏斯的工作、其才华的丰硕成果将变成她假想的丈夫，无须任何仙女教母的介入，帮助他部队的军官渡过难关。

"哎，维森特！"因为多洛雷斯终于去找他，盯着他的眼睛，抓住他的前臂，紧紧拥抱他，像她懂得如何驾驭男人那样掌控他，"你们在法国建立了多么崇高的党啊！"

多洛雷斯并非傻瓜。那绝对不会的。她从来不是傻瓜。

多洛雷斯到达图卢兹，飘浮在空中，作为世界无产阶级之圣母玛利亚，她的无瑕纯真免遭这个世界任何脏沟溅出的污秽。只有向所有那些穿暗色西服的男人、梳着精致发型的女人清楚地表明这一切后，她才选择了一名军人而非政治家来当众赦免在法国的西共罪行——这笔可观的资本此时她刚刚据为己有。多洛雷斯知道军人已经感觉到被蒙松利用了，万一需要的话他们会很容易以必须服从蒙松作为挡箭牌。但同时无论赫苏斯今天比以往任何时候更是伟大的缺席者，她都将无法避免那些倾听自己的人得出一个结论，即她敬佩的真正对象，她有力的双手和甜蜜的微笑所热情赞美的真正对象，是她下飞机时遇到的党的唯一创建者，她的敌人和对手赫苏斯·蒙松·雷帕拉斯，此人依然比她更接近太阳门。事实上虽然多洛雷斯及其合作者永远都不会承认这一点，流亡的及国内的西共自那时起以蒙松的出色组织为起点进行发展，除了她任命亲信担任所有职务之外，该组织的结构没有被拆除。

当总书记离开洛佩斯去问候其他同志时，这位西班牙全国联盟军总司令转过身与自己的军官分享一个更加急迫的结论。

"幸好。"洛佩斯低声坦白，后来在很多场合他将以同样的微笑重复这句话，"因为事实上心都悬到这里了……"

洛佩斯右手大拇指和食指之间掐着嗓子眼儿的一小块皮，伴随这句话的手势与"热情之花"为免除自己的责任而施展的花言巧语一样富有感染力。

图卢兹1945年春的这一天就这样结束了，看似为一段历史画上句号，其后果从集体记忆中彻底消失之前尚要延续数年。不过那些散去、平静回家的西共党员并不知道这点，此时多洛雷斯正独自或与弗朗西斯科·安东（不清楚这个工作日他是否陪同她）回家休息。在其强势丈夫暗中保护下的卡门·德佩德罗也回家了，而她的仙女教母，那位可怜的女人，耍了那么多花招之后累得筋疲力尽，准备睡上她受之无愧的一觉。洛佩斯·托瓦尔也踏上了同样的路，虽然或许会在某个酒吧停下来，邀请他的军官们喝一杯，为自己得到令人惊讶的宽恕干杯。所有人在入睡前都会想，"明天又是新的一天"。的确如此，因为次日是多洛雷斯·伊巴鲁利自1939年春天以来重新在法国公开对西共事务做出决定的第一天。

不过她在莫斯科已经做出了最重要的决定，甚至早于1945年5月7日约德尔将军[①]在兰斯城以海军上将邓尼茨（希特勒在其遗嘱中指定此人

[①] 阿尔弗雷德·约德尔（Alfred Jodl，1890—1946）：纳粹德国陆军大将，德军最高统帅部作战局局长。作为威廉·凯特尔的副手，负责制定二战德国许多军事行动。在纽伦堡审判中他被判为战犯，处以绞刑，却在行刑六年后，被撤销了于纽伦堡被指控的主要罪行，宣判无罪。

为他过世后的第三帝国政府首脑）的名义签署德国军事投降书①。3月中旬她决定召见赫苏斯·蒙松来说明情况，后者得返回图卢兹，如果到得比她早，就在那里等着她。西共总书记想当面与西班牙全国联盟最高委员会主席谈话，一次性宣布比利牛斯山一边或另一边的西共内部临时领导班子寿终正寝了。但那次会面从未能够举行。

当阿古斯丁·索罗阿把信交给赫苏斯·蒙松，信中党的新领导，或更确切地说，重新恢复的党领导要求他现身图卢兹。赫苏斯以另一封回信作为答复，此信概括成一句话，反过来足以说明其作者的个性和本性："对于在法国所做的一切，无论好事还是坏事，我是唯一负责人。"来自图卢兹的会议通知包括了蒙松的女友比拉尔·索莱尔及其在西班牙的得力助手加夫列尔·莱昂·特里利亚②，那个声明或许是由此事引发的，蒙松大概试图以此来保护阿斯卡拉特、希梅诺以及留在图卢兹的其政治和军事班子的其他成员，但也想以他所做的工作重要性为由进行自我辩护，这个功劳蒙松无疑是非常清楚的。因为他知道第一点比第二点重要得多，所以揽下所有责任之后，在两个加强语气的逗号合作下，明确提到好事与坏事。这是我们唯一能够确切知道的。从这开始，推测、假设、指控和怀疑四处扩散。

---

① 纳粹德国于1945年5月7日在兰斯（Reims）签署了第二次世界大战投降书，欧洲乃至世界的历史翻开了崭新的一页。兰斯，又译汉斯，是法国东北部历史名城，香槟－阿登大区马恩省的中心城市，属法国东北部交通枢纽。兰斯是法国著名的宗教文化中心，被称为"王者之城"。自11世纪起法国国王都必须到这个"加冕之都"受冕登基。在法国历史上共有二十五位国王在兰斯圣母大教堂加冕。兰斯也是世界名酒香槟的产地，附近有大约两万处葡萄农家和上百家香槟厂，香槟酒制造业是香槟－阿登大区最大的经济支柱产业。

② 加夫列尔·莱昂·特里利亚（Gabriel León Trilla, 1899—1945）：西班牙共产党领导人、反佛朗哥统治的战士。西班牙内战爆发时主编《我们的旗帜》并作为第五军政委参加了埃布罗战役。内战后流亡法国，与赫苏斯·蒙松共同重建国内的西共组织。1943年12月返回西班牙，负责宣传和暴动。1944年10月阿兰谷行动失败后受到西共领导人多洛雷斯·伊巴鲁利的指控。1945年9月6日在马德里遭到西共的暗杀。

假如赫苏斯是一个虚构而非真实的人物，只有笨拙的小说家会这样描述，写完那句话之后，赫苏斯·蒙松感觉自己被恐惧吓瘫了。他害怕是合乎情理的，但恐慌是不合情理的。比拉尔·索莱尔后来解释，如果赫苏斯晚了几天启程，是因为他想把比拉尔安置在西班牙国内一个安全地方之后再独自踏上旅程。她倒是替他害怕，这更加可信，拒绝了这个安排，最后两人于1945年4月初一起出行。总之，众所周知，这就是爱情与大写的历史。

赫苏斯·蒙松有理由害怕，但要说他流露出恐惧，这点不可信，其性格和本性使然。他试图赢得时间来思考、收集信息，为将要落到他头上的指控确定辩护，那是另一回事。赫苏斯·蒙松有理由害怕，因为他是一名共产党领导人，因为他知道共产党内部如何行事，因为他自己就凭借其晦涩但有效的传统扫清其竞争者之路，因为在1945年也别无选择，蒙松与他的领导层对手同样是彻头彻尾的斯大林主义者。尝试相反之举是一种对他不利的幼稚，因为这就将蒙松与其时代的现实隔离，把他变成一个苍白、变化无常、尤其是无法理喻的幽灵。但他不是唯一害怕的人。在图卢兹也有同志有理由害怕赫苏斯·蒙松。

名单上的第一个人再次是索罗阿的妻子，她总是选择最容易的解决办法，意志软弱者通常做出那种抉择，她从不试图为自己的作品——在蒙松身边打造的那个出色的党——辩护。卡门飞快地重新站到正统激进派一边，赶紧说服自己仅仅是一个邪恶、魔鬼式骗子的无辜牺牲品，一个毫无防备的小姑娘，甚至当他以娴熟的手腕把她引入恶习的肮脏地下室时，她都没有开心过。可怜的卡门背叛了自己的爱情，仿佛那是一桩丑事，比任何人都更早忘记了攻占阿兰谷的代价，甚至以为安然无恙地逃离了自己布下的雷区，那些在她最意想不到的时候将在其脚下爆炸的连串炸弹。她可能是第一个有理由害怕赫苏斯的人，但不是唯一的。

圣地亚哥·卡里略大概也不太乐意与赫苏斯·蒙松亲自较量。因为"热情之花"基于自己崭新的圣母无染原罪身份，并没有打算沦落到争吵的地步，她在这场争论中已经为自己保留了最有声望、最轻松的法官角色。因此她最亲密的合作者不仅将负责指控，而且要负责承受一些指责，不让它们影响到这位党的传奇化身主持开庭时所占据的奥林匹克宝座。甚至更不用说流亡法国的基层人员依旧对党的领导层，自己出去度假、完全远离一场眼看就要来临的战争，却将他们抛弃的理由十分敏感，蒙松在法国南部留下了那么热情的回忆，其魅力起码把他变成了一个难缠的对手。

"卡里略出卖了蒙松。"那是至今仍在列举的主要推测之一，"有人告密，是卡里略安排了这一切，想方设法让蒙松被捕。"

因为赫苏斯·蒙松·雷帕拉斯确实于 1945 年 6 月在巴塞罗那的一次行动中被警察逮捕，在该行动中陆续有二十多名年轻的加泰罗尼亚共产党员在他之前或之后落网，其中包括那些在巴塞罗那接待过他的人，这原本不过是蒙松旅行的一个短暂时期，结果却是他作为地下领导人存在的最后阶段。蒙松在巴塞罗那的逗留延长至两个多月，因为他磨磨蹭蹭要把这些年轻人培训好，完善他们的组织，传授给他们计划和目标，甚至与他们创办了一家地下报纸，仿佛他不忍心仅仅静观少数缺乏协调的党员，或者似乎在他的基因里都铭刻着组织才能。

落网的是他最后这批弟子，这些人导致蒙松被捕，其女友躲藏在另一处房子，得以脱险。在对警察的供词中赫苏斯·蒙松没有称呼她的真名，而是叫她在地下工作时所使用的化名，埃莱娜·奥尔梅迪亚。真正的比拉尔·索莱尔，犹如一段风俗小说故事情节的女主人公，以一种独特的文学方式逃出围捕。听到所住的那家门铃响起时，她躲在自己房间的门后，证实来客是两名警察时，她从房间出来，手里拿着尿壶，从两个警察中间穿过，眼睛害羞地盯在地板上，脸上一副紧张的表情，是那样当着陌生人的面被迫去倒尿、有违其端庄的特有尴尬。比拉尔就这样下楼到院子，丢掉尿壶，跑出去。警察开始怀疑她迟迟不归时，比拉尔已经与加泰罗尼亚联合社会主义党①党员会合，他们将帮助她越过边境。

比拉尔·索莱尔到达法国，被党的领导安置在一处住宅，直到她书

---

① 加泰罗尼亚联合社会主义党（Partido Socialista Unificado de Cataluña）：曾经是一个有着共产主义意识形态的加泰罗尼亚政党，最初与西班牙共产党结盟。1939 年 2 月加泰罗尼亚陷落后，该党大部分领导人流亡法国，虽然还有许多干部留在西班牙，但受到佛朗哥独裁统治的镇压。20 世纪 90 年代该党解散。

面汇报了作为蒙松在马德里的伴侣和合作者这一阶段的情况后才走出家门。那恰恰是比拉尔基于对赫苏斯最严格的忠诚所做的一切。之后她隐姓埋名,没过多少年她的前任卡门·德佩德罗也将陷入类似的状态。圣地亚哥·卡里略在其回忆录中讲述,多年来比拉尔·索莱尔在法国依旧是共产党员,参与众多计划,但不清楚她在任何计划中扮演过什么突出的角色。假如不是因为让她情人落网的警察搜捕恰好是于1944年6月启动的,并且一个接一个的落网进展都完整记录在那个时代的警察档案里,这一细节或许可以支撑党的领导适时告密的论点。那一情形同样否定了有关1945年6月6日在巴塞罗那出事的另外两大假设。

"蒙松让人逮捕了自己,因为他是胆小者,叛徒",这是第一个假设,"因为他没有胆量去法国,直视多洛雷斯的眼睛对她进行解释"。

逮捕蒙松的警察声称一开始很难相信自己的运气,在一场看似简单的围捕鲁莽、糊涂的小鱼行动中钓到了一条这么大的鱼。忽视这一点,那些支持我们可以称之为"自我告发"这个假设的人强调,当确定蒙松的身份并发现这位西共国内总书记的真实姓名包含了潘普洛纳最显赫的姓氏之一时,警察没有对他刑讯,甚至没有打他或侮辱他,给他的待遇始终符合其绅士身份。

出身良好世家的共产党员一直都受到同样的礼遇,甚至在1939年初春也是如此——例如,玛蒂尔德·兰达那时落网了,她将承担难以忍受的压力,导致其在1941年自尽于帕尔马·德马略卡岛监狱,但当时谁也没动过她一根汗毛——这样的优待在50年代和60年代得以复制,那时被捕人员中间佛朗哥政府的豪门逆子或独裁政权的军人子弟开始激增。如果不是因为这个因素,这种出人意料的待遇可能会强化蒙松的立场。另外赫苏斯·蒙松没有揭发任何人。除了巴塞罗那那个接待他的组织的软弱并导致他被捕之外,此事的后果始于他又止于他本人。蒙松的姓氏并未阻止他被判处死刑,多亏了一个世交主教的说情,他家人得以将其死刑减为三十年徒刑。

"因为他自己不得不告密以求自保,"这是把赫苏斯·蒙松被捕的责任归咎于他本人的第二个假设,"他不得不这么干,因为他知道,如果到了法国，自己会被干掉，就像后来清洗特里利亚一样。"

赫苏斯·蒙松有理由害怕，但他不是胆小者，从来不是。他被捕的时候有很多支持者和理由为自己辩护，有太多的理由和支持者，因此假如他的死刑、后来的三十年徒刑没有让许多人彻底腾出手来对付特里利亚，特里利亚的命运大概会不同，至少他的生命会更长。但是，另外倘若他选择了出卖自己，一个像赫苏斯·蒙松这样的绅士也永远不会让人在 1945 年 6 月 6 日逮捕自己，那天他的被捕被一个严重的个人问题复杂化。

不朽的大写历史与凡胎肉身交汇时会做出奇怪的事，当蒙松躲藏在巴塞罗那、等待帮自己越过比利牛斯山的联络员时，其肉身凡胎决定以暴怒的方式示威，其狂怒程度既不合时宜又令人难堪。事实上警察找到蒙松时他正卧床，因一种说不出口的感染发着 40 度高烧，这种倒霉事对像他那样优雅的男人来说非常不搭调。相当长时间以来蒙松的肛门有一个疖子，一个让人非常痛苦、摆脱不掉的巨大疖子，选择了最糟糕的时刻，即蒙松要徒步穿越高山地区逃亡的时刻，达到极致。正是出于那个原因他无法起床，所以不能与他的联络员会合，而接下来的几年党的领导对此事一再纠缠不休。

即便不算上那个化脓事件，在天平的指针上，与相同数量的中间版本等距离的是运气，是人类先天的不完美，是一次次冒险却从不为其大胆举动付出代价的人遭遇其福星的背信弃义，是那些杀死了数百只体重六百公斤、两只牛角像匕首般锋利的五岁斗牛，结果在周日斗小牛的节日活动中被白衣少女般的无角小母牛在集市广场抵翻在地、割断脖子的斗牛士嘲弄的命运。

在极少数十分专业的圈子里，其成员仍知赫苏斯·蒙松·雷帕拉斯为何人，他们掌握的唯一看来可信的假设是，坏运气与警察长期、有效的搜捕合力造成了蒙松的落网，曼努埃尔·马托雷利[①]，迄今为止唯一的蒙松

---

① 曼努埃尔·马托雷利（Manuel Martorell Pérez, 1953—　）：西班牙记者，历史学家，与赫苏斯·蒙松为同乡，是研究中东、库尔德问题及佛朗哥政权历史的专家，出版了《赫苏斯·蒙松，被历史遗忘的共产党领导人》（*Jesús Monzón, el líder comunista olvidado por la historia*, 2000），该书在法国受到读者的追捧。2011 年该书由恩里克·卡纳尔斯（Enric Canals）指导拍摄成纪录片。

传记作家，仔细研究了那些事件的进展后确定了此说法。命运尽管理论上有其不可预知的性质，但几乎总是发展出一种有利于那些事先更强大者的气人倾向，不管这些人是否配得上，除此之外，佛朗哥警察的非自愿合作平息了西共政治局，终结了一章不可思议的关联，它们如互相交织的地道所组成的迷宫，打穿了阿兰谷战役的地下组织。

逮捕蒙松，除了让圣地亚哥·卡里略如释重负，还会给多洛雷斯·伊巴鲁利的精神带来一份平静，它与七个月前弗朗西斯科·佛朗哥在帕尔多王宫办公室刚签署完一大堆解职文件后把钢笔帽套上时所体验的平静没有什么差别。1944 年 11 月初，塞缪尔·霍尔先生仅仅期待一次轮岗，此举在 12 月中旬给予他的报酬是一个贵族头衔，英国国王以此来奖励他在马德里为祖国利益的效劳。同一时期的斯大林精神上摆脱了令人不快的西班牙骚乱，重新平静地注视着自己的军队向柏林前进。

之后，一片沉寂。

六十多年里除了沉默，什么都没有。把一场对任何人来说都根本不存在的军事战役心照不宣地宣判为不存在的东西。在那一点上，所有卷入一场原本可以永远改变西班牙命运之行动的权力中枢采取了一致的策略。

佛朗哥余生都不愿再次听人说起那场把他吓得要死、暴露其政权最顽固的缺陷之一的事件。因为无论那时还是从那以后，他都无法避免比利牛斯山成为一个过滤器，一个仅仅具有象征意义的边境，如同一座花园的栅栏，共产党员随时可以任意双向地来回跨越。

西共领导层出于同样显然的原因，尽量不谈论阿兰谷事件及蒙松向上爬的背景，不谈论使这一切成为可能的原因，也不提及他在法国和西班牙指挥西共的行动，政治局委员在阿兰谷战役之前、之中和之后的表现，这是他们几乎能做的一切。从来无人懂得如此娴熟地保持沉默。

盟国，不论在希特勒的势力祝福他们团结的那一时期，还是随后他们共同的胜利允许各方承认彼此在何种程度上是敌人时，都尽量避免把阿兰谷战役列入他们对二战最后阶段的陈述，对理论上与马德里政府微妙关系的报道更加抱有戒心，1944 年 10 月那位如此让人生厌的法西斯独裁者某种程度上被盟国共同维持在台上，他们或多或少清楚自己正在做出的决定。

数千人为了祖国的自由和民主而冒生命危险，对他们的回忆却消失在沉默中。他们贡献了这一事件唯一完全积极的因素。高高在上的权贵们凌驾于这些人之上决定其命运时，西班牙全国联盟的人员只做了他们认为该做的事。二战还在把自己零碎的荣耀给予像克劳斯·冯·施道芬堡伯爵[①]或假将军德拉·罗维莱[②]那样可疑、偶然的英雄，而在这场世界冲突的背景下，如今无人记得西班牙全国联盟的战士，因为无人知道他们曾经存在，也不知道他们为了使自己的行动对得起良心而付出的代价。

大写的历史永远是由胜利者书写的，但他们的版本没有理由是永恒的。一些欧洲国家，如波兰或匈牙利，已经懂得把他们自由斗士的失败列入其民族自豪的遗产，承认某些失利根本不意味着耻辱，或许比许多胜利更加光荣。但西班牙是一个不正常的国家，随心所欲、跌跌撞撞地朝着与欧陆其他国家相反的方向移动。因此，即便看似谎言，从来无人不厌其烦地统计一下攻占阿兰谷的人员，一份进入阿兰谷人员的名单，另一份撤离阿兰谷人员的名单，也没有把两份名单加以比对。

那场进攻葬送了西班牙全国联盟军数目不详，或许永远不能确定的士

---

① 克劳斯·冯·施道芬堡伯爵（Klaus von Stauffenberg）：德国陆军上校，1943年参加了一支著名的反纳粹团体"克莱骚"（The Kreisau Circle），成员包括数十名神职人员、经济学专家和外交官等。他们一同策划了著名的刺杀希特勒的"七二〇行动"，后计划失败。

② 意大利骑兵上校普莱托尼因走私毒品以及敲诈勒索别人的钱财被军队开除。此后他在热那亚利用原有的军官身份同德国军官勾结，以代打听遭监禁的意大利政治犯下落的消息为名，对监禁者家属进行敲诈，骗取钱财。一次失手，他被德军投入米兰监狱。这时德军秘密杀害了意大利进行反法西斯活动的原意大利正规军司令德拉·罗维莱将军。于是德国人阴谋让普莱托尼冒充德拉·罗维莱将军，以便利用他在犯人中收集情报，向德国人告密。在此过程中普莱托尼却渐渐为许多普通而善良的意大利人为国献身的精神所触动，难友们经常向这位"罗维莱将军"询问外面的局势，吸取力量。普莱托尼被他们的热忱感动，先是胆怯地，后来便渐渐当真扮演起将军的角色。最后他不但没有向敌人告密，反而以"将军"的身份英勇就义，用罗维莱将军的不屈精神鼓舞他人。

兵。任何数字都无法作为确切数据加以接受，因为根据不同的来源清点伤亡出现巨大比例的差异。129 名死者是重复最多的数据，虽然从幸存者的见证来看，几乎可以肯定地大胆打赌没有这么多阵亡。另一阵营估量损失时所提供的数字远远低于 129，但也更加不可信。佛朗哥军队尽量不宣布伤亡，因为他们把宣传看得比葬礼更重要。在对抗游击队的行动中，他们的指挥官命令将阵亡者的数量缩小到可信度的极限，那也只是当他们无法完全掩盖伤亡时的举措。

129 名（再多几个或远远少于这些）未能活着离开阿兰谷的西班牙全国联盟军士兵，他们牺牲了却无人知情。文献和教材的大写历史用笨拙的尸体编成的笤帚扫除他们，甚至把他们掩藏在引导自己的祖国通往未来之路的地毯下面，他们在那里依旧满身灰土，沾满尘絮。

上面，用优质羊毛织成的结实、暖色、光鲜的地毯上面，宣读的是那些人所共知的、有教益又令人鼓舞的英雄名字，那些为巩固西班牙自由、民主及个人前途而献出生命的男人和女人的名字。

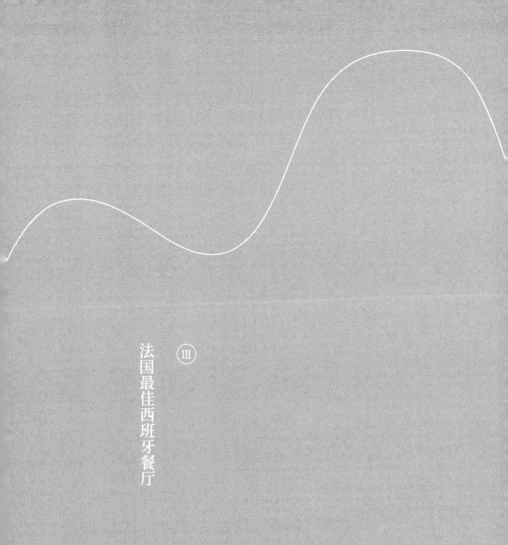

Ⅲ

法国最佳西班牙餐厅

一

"伊内斯！"安帕罗从酒吧柜台喊我，"出来一下，这里有人找你！"

1945年2月，我在一个比博索斯特村长的厨房更小、更丑的厨房工作，但它是我的。

圣伯纳德大街的西班牙酒馆坐落于一个非常复杂的地理位置，两个大致正方形的房间相互之间几乎呈斜对角，中间由一个非常狭窄的过道连接，顾客们只能单行进入里面的那间屋子。左边是吧台，吧台正后方是一个又长又窄的走廊，通往一个难以利用的不规则四边形空间。那就是我的厨房，那里每口平底锅和带柄烧菜锅、每把漏勺和刀都一直放在我决定它们所待的位置，主要是因为其他任何地方都放不下，这是一个奇迹般的安排。厨房也没有放下一张桌子的位置，但在唯一空闲的角落有一把椅子，不是用来坐而是为了够到钉在天花板边缘的吊钩，椅子上方是一面小镜子，挂在门边的墙上，第一眼看去，在对空间的利用到了如此程度的房间，镜子是其中唯一无用的东西。然而尽管有这些表象，镜子是不可或缺的，因为在那个厨房我不能散着头发干活，也不能把它们盘在任何适合我的发髻里。卫生部门强迫我洗完手之后扣上一顶压到眉毛的白帽子，戴它太难看了，所以安帕罗从连接吧台和厨房的小窗喊我，通知有客人来访时，没到镜子跟前我就把帽子摘了，把头发从脑瓜上撩起来，在额头和耳朵处将它弄得蓬松、认出自己的脸后才出来。

"伊内斯!"因此安帕罗几乎总是得重复喊叫。

"行了,我来了……"直到1945年2月的那一天,通常是"美男子"在门的另一边等我。

那个十分奇怪、狭小的厨房是我新生活的压轴之作,不像从里卡多家里逃走时以为自己投奔的生活那么辉煌,但假如我没有及时偷到一匹马,那么等待我的任何生活都会比它差很多。或许因此从第一次见到这个厨房我就喜欢上了它,尽管很丑陋。

"这个厨房……"我转身看那天下午也是第一次见到的两个女人,"你们为什么不用呢?"

1944年10月30日,"美男子"决定回归生活,自从我们一起到达他在图卢兹的阿卡德酒店房间,他的生存就处于中断状态,犹如推迟一个故事结尾的省略号,或一颗卡在计时沙漏颈部的沙粒。于是27日傍晚时分,我以为最糟糕的形势已经过去。

我永远不可能独自越过边境。当我们乘坐离开博索斯特的卡车进入一条公路,在那里等候我们的是一些法国老朋友,他们也是无条件给予西班牙共和国国际援助的老行家。想到在蓬特·德苏埃尔特的旧时光,不管强迫自己进行多少锻炼,我都永远不可能准备好翻越山脉,我试图以此来安慰自己。我站在卡车车厢里,环顾四周,只能远远分辨出陡峭的石头堆砌成的单调城墙,一望无际的石头和山坡,总是雷同的石头和山坡,我无法在其中辨识方向。

"我们到法国了。"总是相同的景色,之后"美男子"搂紧我、亲我的嘴唇,我还给他吻,"你怎么样?"

"很好。"我对他微笑,让他相信这点,但没做到。

"美男子"发现我情绪不好,虽然他专注于自己的感觉,大概没有时间或愿望来探究我不舒服的根源。我已经达到自己的目的了,但想到自己在逃跑,从一个新的失败后门离开西班牙,这让我更加痛苦。五年间我对那次启程的渴望超过其他任何东西,但它变成了一个破损的玩具,一颗有毒的棒棒糖,一个诞生之前窒息而死的愿望。那便是我进入法国时的感觉，不是喜悦，虽然事实是那天晚上我的状态好起来了，即便后来自己也无法相信这点。

"你好，伙计！"一个穿军装、胸前挂着国际纵队三角星徽章的男子在公路边拥抱"美男子"，"再次欢迎你，真不幸……"

他有很多白发，几乎花白，鼻子很长，有一种说不清的强烈魅力，是越过边境后第一个引起我注意的东西。我从未向"美男子"坦白，在秋季的那天柔和、泛黄的光线下，我觉得伯努瓦·拉封很漂亮。我以后再也没有遇见他那么有魅力的时候，但那一刻那个细节很重要，因为它向我揭示，无论忧伤、疲乏还是我们永远无法把它当作习惯来适应的失败惯性，最重要的是我还活着，还将继续在一个不是我的祖国而是那个男人的国家的地方生活很多年，等到以缓慢混乱的战败节奏组织起运输顺序之后，伯努瓦用他那辆前排有三个座位的老式美国车把我们送到图卢兹。"左撇子"、蒙塞和"狼"坐在后面，"美男子"坐在驾驶员旁边，我靠窗。虽然跟博索斯特的其他军官在一个尚挨着边境的村子刚吃完*扁豆什锦砂锅*①，我靠着"美男子"缩成一团，因为在发抖，即便外面天气不太冷。伯努瓦开启空调，直到车里的空气变得暖和，我们进入公路时开始下细雨，车窗两边是同样单调的细雨，外面只有雨滴，里面是一连串没有升高嘟哝音量的严厉诅咒。"巴黎的那些胆小鬼，那帮狗屎懦夫，"我听左边的人用一种有表现力的边境语言咒骂，一些词用法语，另一些词用西班牙语，此时我感觉眼皮像被厚厚的金丝绒窗帘压着自己，"那帮家伙才是有罪责的人……"

"伊内斯，"我打盹的片刻持续了近两小时，之后"美男子"的声音叫醒了我，"醒醒，伊内斯，我们到图卢兹了。"

睁开眼时第一个看到的是"美男子"的脸庞，回想起不存在任何让我这么喜欢注视的东西，对此我不感到意外，但之后从车窗看到的景象比预期的更令我激动。我们抵达图卢兹了，那就意味着，首先，我们身处拥堵之中，这是一座城市特有的不幸，聚集着建筑与大街、噪声与烟雾、剧场与商铺、餐馆与路灯、高楼与人行道上匆忙的行人，一座比马德里小的城

---

① 这是法国西南部图卢兹地区的特色名菜，白扁豆与肉类同炖。

市，但它是座城市，与我出世和生长的那座城市相似。在马德里的二十一年我既幸福又不幸，直到厄运一口将它吞噬，随之也把我吞灭。

从 1939 年 4 月 28 日至 1944 年 10 月 27 日，刨除 1941 年 6 月的那个中午从本塔斯监狱大门走到一辆轿车的那段距离所花的时间，我的生活已远离城市。我被幽闭在与外界隔离联系的环境里达五年半之久，蓬特·德苏埃尔特，那个美丽的山村，只与博索斯特、维拉莫斯相比算大，它的主要大街我走了那么多次，从针线店到香烟店、从洗染店到面包店，这是所有那段时间里我最接近的一座城市了。到达图卢兹我才发现自己多么想念城市，多么需要它铺好路面的街道、照亮城市的灯火、噪音、扰攘、汽车尾气和橱窗。直到看见橱窗我才想到它们有能力让我那么激动，但看到聚光灯和人体模特、摆在糕点店玻璃搁板的花边台布上面的精致羊角面包金字塔、堆满新书的展台、从珠宝店玻璃窗溜出来的转瞬即逝的闪光时，我陶醉在一股自己都无法解释的激动中。那一刻我意识到自己在那儿会幸福的，生活在图卢兹会幸福的，这座城市收留了我，而我在短暂的汽车之行期间还没来得及考虑收留它。我从来没有停止对马德里和西班牙的思念，但伯努瓦把车停在阿卡德酒店前面时，假如有人提醒我总有一天会开始思念那座自己没有选择生活的城市，我会相信他的话。

"你看到了吗？"只在巴塞罗那郊区待过一段时间的蒙塞对图卢兹的印象比我更加深刻，"我们要在这里生活？但这应该是一家贵极了的饭店……"

在一座雄伟建筑的正面，一块红布大标语的上端被法国国旗颜色、下端被西班牙共和国三色旗颜色框住，用两种语言提示那栋楼及其便利设施已被西班牙全国联盟征用。战前阿卡德酒店是一个处于图卢兹市中心优越位置的豪华旅馆。尽管门口有站岗的战士，它依然是一家豪华酒店，法军参谋部承担属于法国内地军的西班牙全国联盟军官的住宿费用，直到柏林投降。打败德国时酒店四分之三的房间都空置了，它们的占有者不得不定居图卢兹，应对长期的流亡。尽管找到工作之后，我做的第一件事就是找房子，那天下午我很欣赏厚地毯和水晶吊灯对我们的欢迎。随后为了圆我那种不可告人的资产阶级幸福感，我遇到的情况是"美男子"上尉越过边境时已经恢复了他在法军军衔中的级别，所以在第二层的尽头拥有一个套房，类似于两个互通的房间。孩子们的午后茶点、晚餐以连吃两次巧克力蛋糕而告终，之后我们把他们安置在套房。孩子们十分疲倦，我和蒙塞决定立即让他们上床，我们跟他们一起上楼，给他们铺床，给浴缸装满水，安排洗澡的顺序，之后下楼到酒吧。那里为数不多的几个人在默默地喝酒，其中有我们的人，这种沉默能够吸纳自我，顺便消解厚厚的地毯、闪亮的电灯、壁炉的大理石和扶手椅发旧的皮革。

于是我再次感到寒冷，白兰地没有把热量还给我。在一片非直射的黄色灯光暗处，我发现"美男子"突然显得更加衰老、倦怠和孤独，在我们相识的那个村子陋室，我对他从来没有这样的感觉。见他喝酒、抽烟、喝酒，点燃另一支香烟，继续喝酒，目光无处消遣，我开始指责那个具有腐蚀作用、几乎怀有敌意的异国豪华的实质，一块掩饰我们贫困的金色薄壳，如一层涂抹不均匀的金属粉、提前开裂的缝隙，显示出一堆白蚁在无用的老旧空心木头上凿出的洞眼，能够在最小压力下变得粉碎。"美男子"继续喝酒、抽烟，不看我，他很安静、沉着。任何人第一次见他都察觉不到他内心正在翻腾的心事，或许因此从他表情中领会的东西同时引发了我的很多柔情和尊重，一种矛盾情感的结合，它们的强度互相抵消。只要他的身体与我分离，他每一秒的沉默都会让我痛苦，但我不敢触摸他，我低声对"美男子"说要去看看孩子们怎么样了，他只是点头同意。现实，一种固执得不允许用金钱购买的物质，不会因松软的床垫而软化，也不会因泡沫浴而放松，它无动于衷地在二层一间房子等着我。

二十四个多小时之前，仅仅救了我的命十分钟之后，"美男子"温柔地挣脱我的怀抱，亲我的嘴唇，从我们的但一直还是博索斯特村长的床铺起身。

"我得回到楼下，还有很多事情要决定……"

他把衬衣塞在裤子里面，两手拉着军装上衣的边把它抻直，开始朝门口走去，但到达门口之前转身看我。

"我要给你一个建议，伊内斯。"他的嘴唇弯成某种不完全是微笑的表情，"你不要坐着不动，要让自己疲倦。尽你所能使自己劳累。这样最好，此外……我们得吃晚饭，对吧？晚饭要吃好，因为明天会是十分漫长的一天。你要考虑到这点，因为你越疲倦，睡得就越多，所有的睡眠对你会有好处。听我的，我知道自己在说什么。"

　　自从我跑上楼梯，钟表的时针摆动不会超过四分之一的圆周，我没料到会再次亲自下楼，但在一楼遇到的情形与之前所见的场面十分不同，仿佛大家都突然生活在另一天。"狼"坐在桌首，萨法拉亚站在他旁边，其余的人挤在他周围，关注他们的上司在一张地图上用手指画的图。我一边注视他们，一边在内心审视自己，无法认出自己就是在那同一个夜晚想寻死的女人。我很高兴自己活着，因为我还要打赢一些战斗。

　　那天晚上我们晚餐必须吃得好，我们吃得很晚，但吃得很好，沙拉、面包加西红柿、储物室还剩的一半灌肠、熟鸡蛋做的炸丸子，还有用肉、土豆、蔬菜焖制的一锅十分丰盛的炖菜，我盛上这盘菜时一边放了炸面包片，上面卧着两个鸡蛋，这是我永远无法复制的成功。"这菜很好吃，但像那次……"尝过那次菜的人一次又一次地对我说，我一直认为他们有理。数年间我多次回忆，试图重构那间储藏室的一块块搁板上的最后给养，在许多张纸上记录下把手头所有东西都放进去的那道菜的配料、比例和作料，不过大概我也把自己内心的情感加了进去。想必那就是秘密，因为我又用猪肉、西红柿、辣椒、洋葱、胡萝卜、洋蓟、豌豆、土豆、油、酒、盐、胡椒、月桂、欧芹和迷迭香做了很多次炖菜，一边是炸面包，上面卧着鸡蛋，但没有一次做出的味道像那次，因为我从未用那么多爱情同时那么多绝望来做这道菜。我再也没有那么愤怒地做菜。

　　烧菜锅开始沸腾的时候蒙塞进来，什么话也没说。她的脸色十分苍白，眼睛红肿，眼皮和面颊有玫瑰色的阴影，但看见我时她微笑了。

　　"'左撇子'请求我跟他去法国。"她的声音神秘地染上了令她着迷的那种温柔，"我要去法国。你呢？"

　　"我也去法国。"

　　她的胳膊搂住我片刻，之后，我还没来得及还给她拥抱，蒙塞便匆匆与我分开，去找她的围裙，把它扎上，问我是否要把熟鸡蛋捣碎。我对她说可以。她的陪伴、在菜板上剁刀时哼唱的歌曲、文火加热的汁冒泡、木勺在平底锅里转圈蹭到锅底但不停顿的有节奏回声，一会儿工夫便重新形成了一种正常状态的幻觉，仿佛那一天什么也没发生过。但的确发生了。焖肉的沸腾稳定下来时，贝夏美调味汁正在凉却，西红柿刚擦碎。我开始用手指数鸡蛋和土豆，在桌尾把它们分开。之后我把一整条里脊肉和腌猪肉的一半与它们放在一起。

"你在干什么？"蒙塞不理解我的举动。

"我把明天早餐需要的东西分开，"我指着储物室，"还有富余的纸杯蛋糕吗？"

"有，有几个，但……其余的呢？"

"我们把其余的送给营地的厨师，"看她同意时我回想起那天上午她问我是否为共和派，之后向我坦白不知道自己是什么，"我连一块猪皮都不想留在这里，连一头洋葱、一个土豆都不想留下，连壳都不愿留下。"

我俩须臾之间便组织起一队士兵，他们背着麻袋、箱子和一些鳕鱼柳，打断了在一张地图周围抽烟、讨论的那些男人注意力的集中。

"另一件事……"我跟"狼"解释了他所看到的场景之后斗胆问他，这时蒙塞以一种不再让我吃惊的突发权威命令他们腾出桌面，以便摆餐具，"除了我俩，你们准备带走更多的平民吗？我这么说是为了今天上午来吃早餐的孩子。""狼"把胳膊肘钉在桌上，用手托着额头，开始非常缓慢地拒绝："他们太小了，像牲口似的干活，我认为……"

"咱们别挑起这个话题了，哎？""狼"打断我之后才直起身来，"我们别提这事。不要为难我了，我求你了。"

但我俩都知道他无法拒绝，我去看孩子时马迪亚斯代表三个人接受了我们的安排。第二天上午蒙塞和"左撇子"把孩子们带来，相反马迪亚斯的弟弟忙于给我们出难题。

前一晚吃完晚饭我们很快就睡下了。我几乎立马睡着，但起得更早。天气很冷，不过我也没兴趣节省炭火，立即把炉灶烧起来，把门打开，让房间更快地暖和起来。我开始削洋葱和土豆，把它们切好，焖起来，继续干活，把要加到油炸碎面包里的香肠和腌猪肉炸好，我既留意屋里起床的动静，也留神搅拌过的蛋汁慢慢卷起的边缘巴在平底锅壁上。我什么也不想考虑，这点不难，直到安德烈斯开始哭起来。

"可是，好了……"蒙塞坐在一把椅子上，把安德烈斯抱在怀里，让他坐在自己的膝盖上，看着他的脸，孩子的哭声在每个阶段逐渐变得越来越喧闹，"可是你和我不是说好的吗？难道你不愿意上学？你不愿意学写字、说法语、做算术和实验？"

"不愿意！"

"不愿意？你也不愿意有一些非常漂亮的本子、一个新书包、一个文具盒、很多彩色铅笔？你想干什么，留在这里什么也不学，一辈子照看那些母骡，直到你开始像驴那样愚蠢，你自己也变成一头母骡吗？"

我从门口望着他们，时不时监视着"狼"，他靠在一面墙上，面部表情阴郁、可怕，目光斜视。

"安德烈斯为什么不愿意走呢？"为了不强化"狼"的表情，我低声对马迪亚斯说话，"我不理解安德烈斯。你跟他解释了……"

"一切！"马迪亚斯脸色苍白，眼睛湿润，表情变形，比他弟弟的哭泣感人得多，更值得同情，"我把一切都告诉他了。我对他说爸爸会愿意我们跟你们一起走，那也是妈妈希望我们做的，这里我们没有留下任何自己的东西，但由于他胆小，凡事都让他害怕……"马迪亚斯那么早熟，像个大人，为了不哭丧着脸，他停顿了一下。"来之前就这样，他不愿意，不行，不行，他不离开村子。他倒是愿意去法国，去找安德烈斯叔叔，我父亲的弟弟，那他是愿意的，我们做不到，现在……"

听到此话萨法拉亚站起来，在马迪亚斯背上拍了一巴掌，直接朝厨房走去。

"可是……"他看着那个睁大眼睛哭泣的孩子，"喂，之前你怎么没告诉我你是安德烈斯的小侄子呢？真的，如果我知道这事的话……"

小孩子非常缓慢地露出脸时，那些坐着的人一个接一个地微笑了起来，他们在等一顿取决于安德烈斯九岁意愿的早餐。

"你认识我叔叔？"

"你问我是否认识你叔叔？"萨法拉亚十分自然地笑了起来，安德烈斯只能松开眉头，"我们可是一起打过内战的！好了，现在有段时间没见到他了，因为他来不了，所以……不过，瞧，我要告诉你……你叔叔是西班牙人，是吧？说话的口音跟你一样，因为你们是同一个村的，是吧？他大概有……三十多岁，跟我差不多，不是吗？"他的对话者表示赞同，但依旧很严肃。"当然是这样的，好家伙，你是因为他才叫安德烈斯，如果我没记错的话，他这么叫是因为你爷爷，对吗？"孩子一边微笑，一边不停地点头。"我们谈完了！我不明白的是，之前怎么没发现呢，因为你们很像，嗯？你别不相信，只不过他比你更高，但也长着栗色头发，不太金黄也不太棕色，眼睛是这样的……栗色的小眼睛，身体偏瘦，皮肤因在田里干活而晒成褐色。我说得对吧？你可以醒醒了，痛痛快快地坐下来吃早餐，因为假如你叔叔得知你跟我们在一起，而你不愿意来法国，他会对我发大火的，知道吗？"

但安德烈斯只有九岁，其余的事困难得多。"教堂司事"坐在两位穿便衣的士兵用双手搭成的座位出门之前跟所有人一一告别。"帕斯谷人"穿着一件灯芯绒衣服，站着拥抱我们，把最后一个拥抱留给从车上下来的一位肤色暗淡、身着政委军装的人，该车是来接"教堂司事"和"帕斯谷人"的，把他们送到特伦普附近的一个农庄，他们将躲藏在那里，直至党找到把他们从西班牙救出来的办法。我从未见过那位新来者，但发现他的出现让家里其余的居民，尤其是让上校感动，"狼"直接朝他走去，表情那么强烈，有一刻我以为"狼"会揍他。

"'吉卜赛人'！"但"狼"是去拥抱他。

"'狼'！""吉卜赛人"也还给"狼"一个紧紧的拥抱，"该死！"

"你来这儿干吗？"萨法拉亚拥抱他俩，他们分开时三人都同样激动。

"既然不让我与你们一起来。""吉卜赛人"开始挨个儿拥抱其余的人，"我想至少我们可以一起离开，不是吗？"

"吉卜赛人"并非吉卜赛人，只是十分黝黑，他从维耶拉南部的埃斯博尔德斯①过来，这个村子比博索斯特大。"美男子"开始告诉我"吉卜赛人"原本应该是指派给他们的政委，因为"狼"、萨法拉亚和他从1936

---

① 埃斯博尔德斯（Es Bordes）：阿兰谷地区的一个镇子，位于加龙河左岸。

年起就一直在一起，但我不明白弗洛雷斯在那段故事里扮演什么角色，因为穿着牧羊人服装下楼现身的"明白吗"让"美男子"话说到一半就沉默了。

"我们已经到达这里了，明白吗？"他和"吉卜赛人"默默拥抱了好一阵子，彼此提出最后建议的时候都没有完全松开，"请你告诉安赫利塔，'狼'不让我在这里滞留很长时间，让她听话，明白吗？告诉她我很爱她，想念她，不要把我往坏处想，她很能干，只是…… 一想到再次打败仗我就难受，明白吗？"他停顿了一下，再次拥抱"吉卜赛人"。"如果我赶不上她分娩，是男孩，就给他取名米盖尔，明白吗？"

"好的，你也多保重……"

之后我们与"磨刀匠""剪刀"告别，他们跟"明白吗"一样，穿着破烂的旧衣服，我出门目送他们离去。"狼"直到确定留下来的所有人都顺利离开村子后才下达撤离命令。与此同时我与劳罗告别，它是我最好的伴侣，一位忠诚的同志，不仅是一名保镖，几乎更是一件武器。

"我会想你的。"我一边低声对马说，一边抚摸着它的毛发、脊背，指尖感受到它的血在血管里胀起来，"但别担心。里卡多会找到你，把你带回蓬特·德苏埃尔特，我永远不会忘记没有你我什么也办不到，*劳罗*……"

我离开马厩时转身，它抬头静静地待着，望着我，仿佛想与我告别。那道目光开启了一场逐渐加大、每一步都稳扎稳打的暴风雨，一场把我内心淹没的寒雨，直到阿卡德酒店的温度才确立了我余生的气氛。

那点也是孩子们教给我的，因为不想看到"美男子"那么孤独，那么迷失于点燃的每一支烟、喝光的每一杯酒里，于是我上楼去看马迪亚斯两兄弟，只见他们一边在自己的床上蹦蹦跳跳，笑得要死，一边互相把枕头扔到对方的头上。但在相邻的卧室，梅塞德斯坐在床边，穿着一件很旧的法兰绒睡衣，胳膊僵硬，目光迷失空荡，跟瞎子似的。那天上午她带着一个小包裹出现在指挥部，里面装着她所有的财物，一个旧的洋娃娃，一张她父母的镶框相片，一套洗换内衣，一条围裙，一块外婆送的钩针编织的饰巾，一个曾经是饼干盒的白铁皮盒子，现在装满了扣子、石印彩画、旧徽章、在她村里节日的一个个小摊上逐年购买的一些便宜玩意儿。晚上进她房间时我注意到她的包裹还在地上敞着，但没有弄乱。

"行了，你也睡吧……"仔细瞧她时我不知道该从何谈起，"梅塞德斯，你怎么了？"

"没什么，"当我眼里落下的眼泪与我看到她流下的泪滴一样大时，我也常常说同样的话，"没什么，真的。只是因为……我伤心了。"

我坐在她身边，把一只胳膊放在她的肩膀上，她对我的拥抱没反应。

"你为什么伤心？"

"我不知道，因为……我的麻鞋坏了，我冷，而且……我穿得那么差，在这里感觉怪怪的……就好像这个地方不是给我的。我很难过。"

"姑娘，可你别担心这些事了！"我犯傻地微笑，用两只胳膊搂着她，"明天我们出去买衣服，我已经想过这事了，刚才也跟蒙塞说了。"

"哎……"但那个消息没有使她振作，"谢谢。"因为那时她开始真的哭起来了。

"梅塞德斯……"我无法猜测她哭泣的原因，"你怎么了？"

她耽搁了一段时间才回答。之前她听凭自己啜泣，设法止住哭泣，不再喘气，再次用鼻子呼吸，用手把脸擦干净。之后她眼睛盯在脚上说话，不停地用右手扭动左手手指。

"是因为想起在萨伏拉的母亲和兄弟，而我独自在这里，离得那么远。我吃过所有的巧克力，睡在这么好的床上，我想到自己村子会多么寒冷，还有……这让我很伤心。"

解决那些事情我无能为力。我的所思、所言、所为都无法补救那一切，不过我还是说了很长时间，足足好几分钟，对她说，为她而说，向她承诺我将无法履行的诺言，用谎言来蒙骗她，但也不完全是撒谎，因为我手头没别的事实。"我们会给你妈妈写信的，梅塞德斯，我们会让她找一部电话，我们可以从这里给她打过去，让你跟她通话。我们会尝试要她来，我们会跟政府里的某个法国同志谈谈，请他给你妈妈一本护照，你瞧，运气好点儿的话，不久她也许来到这里，与你在一起……"那既是也不是谎言，因为让梅塞德斯平静下来，让她可以睡觉、早上精神抖擞地起床，那才是唯一重要的，而不是事实。这就是我给她讲一个仙女故事时所思考的事，与数年来讲给自己的故事差不多，"*这里是西班牙独立电台，比利牛斯站*"，那是我们的生活，那位被枪决者的女儿和我的生活，他让女儿失去父亲甚至他的加西亚姓氏。那就是我们的生活，无能为力，什么也做不了。除了给自己和其他人讲故事，使得那片连底土都被毁坏的荒漠变得可以居住，轮到我们经历这场黑色的苦难，只要我们还拥有一个能感知饥渴、挨冻受热、要求睡眠的身体，就不能允许自己认为死了更好。

当我终于把梅塞德斯塞进被窝里，给她弄松软枕头，帮她盖好被子时，我完全变成了一名西共流亡者，幻想的创造者、插图者和消费者之传奇世家的又一个代表，凭借栖息在与地面残酷现实隔离的粉红云端之上，三十年里得以养活自己、睡觉、工作和享受幸福，在那里事实并非事实，谎言也不完全是谎言。只有这样，当我们看似在没有指南针的情况下航行于一片虚构的、海浪由硬纸板制成的大海，我们也将成为顽强的幸存者家族，我们自己的生活成为决定性胜利。

那同一个晚上我有机会首次亮相自己多种多样的崭新身份，然而"美男子"来找我时，我只觉得自己错把那个埃斯特雷马杜拉女孩拖到了法国南部，她没求任何人把自己带出西班牙。我心想谁派我介入梅塞德斯、马迪亚斯和安德烈斯的生活，我有什么权利鼓动他们跟随我们，我怎么能在这么短时间内对他们说了那么多谎话。进攻的逻辑、军营、步枪、军装和及时有序撤退的需要已经离那家图卢兹酒店很远了，在异国他乡没有血流成河，那场缠绵的凄雨在玻璃窗上唱起一首陌生的歌曲，流亡的节奏类似于被抛弃。在一个法国酒店走廊温和的灯光下，我觉得驱使自己做出前一天的估算及行动的那个绝望冲动是一种不理智的显示，一种应受指责、不可理喻的过分之举。

"不是的，"但"美男子"把那事给摆平了，"我理解你的情况，但你不该这样想，伊内斯。你做了该做的事。现在梅塞德斯的生活没有离她母亲更远，你知道的。她住的距离是更远了，但没有更加远离母亲，等她想回去的时候可以回家。与此同时，她会有前途，一个比博索斯特的女仆好得多的生活，从那个方面来看你可以安心了。那点我们的确做得好。"那一刻他不再看我。"我相信这是我们唯一擅长的事情。"

"美男子"的毅力达到那个地步，那种镇静能够使人准确回忆起一碗面条汤和一个鸡蛋做的鸡蛋饼的真正味道。直到我们一起跨过另一间借来的临时卧室的大门那一刻，他还比我坚强，精神崩溃之前还照顾了我好一阵子，但我没察觉，因为太专注于总结自己的命运。我赤身躺在沙沙作响的干净床单铺好的大床上，缩在一个裸体男子的怀里。他什么也没做，只是平躺在我身边，但继续给予我快乐，用指尖抚摸我，懒得说话、挪动。我犯的错误是想着自己而不是西班牙。我回忆起两周前，仅仅两周前，我被关在蓬特·德苏埃尔特，一边在走廊角落窥视阿方索·加里多的影子，一边怀着不太可能逃跑的妄想。这就是我十数日前的生活，而那晚，仅仅十数天之后，我已身处法国，下榻在一家高档酒店的套房，与"美男子"躺在床上。因此不管怎样我觉得十分幸运，我紧贴着他的脖子，几乎不由自主地向他一一讲述。

"为了看到此刻哥哥的表情，我可以付出一切代价，"想象他的时候我的嘴唇自个儿就微笑了起来，"跟你说真的，一切代价。当他开始寻找却找不到我的时候……且不说会落到他们所有人身上的事情。"我再次微笑。"因为他们大概害怕到骨子里去了，那是肯定的。德国人还没投降。"但我移动脑袋想更好地把它靠在"美男子"胸口上时，发现可以看到斗柜的镜子里反射出自己和他的脸，还有某个无法马上辨认的东西。"等战争结束，等着瞧吧，你不觉得吗？那时……"

我永远未能预测战争结束时会发生什么事。"美男子"无声地哭泣。眼泪从他眼里流出，从他太阳穴滚落，浸湿了床单，他未加任何阻拦。他不愿意向我解释，我也没敢问他，1944 年 10 月 28 日的拂晓就这样降临。太阳落山时他还没找到任何理由走出房门，就这样从 29 日天亮，直到下午四点来钟，"美男子"吃完我从食堂给他端上去的夹心面包，穿上军装，以一种与其说不偏不倚不如说干巴巴的语气通知我，他五点有个会议。

"你有什么计划？"之后他问我。

"嗯……不知道。我跟蒙塞和孩子们去逛一圈，或许我们带他们去电影院，但我们回来吃晚饭。你呢？"

"我不知道，"他朝门口走去，握住把手，朝下推了一把，"但我想我们不会见面……"——仿佛刚刚意识到自己话语的错误含义，他松开把手，朝我走来，吻我的嘴唇，但没微笑。"我想说的是别等我吃晚饭，因为我肯定回来得很晚。"

蒙塞和我在餐厅消磨时间，直到通知我们餐厅要打烊了。之后我试图醒着等他，但没做到。我也没感觉他回来了，但第二天上午从他拥抱我的方式意识到，那一切，不管是什么，都过去了。那是我们互相讲述的美丽故事的对应物，我们不屈不挠的生存方式的又一个必要条件。沦陷是突发的，却也是临时的，因为既然我们被逐离一切事物，那就不能允许自己在任何其他地方，更不能在忧伤中长驻。

"怎么了？"他微微一笑。

直到那时我只见过"美男子"裸体或穿军装，两种变体对他都十分有利，互相公平对待，但从浴室出来时见他身着便装，衣服又难看又廉价，灰色裤子，浅色衬衣，窄幅混纺西装上衣，中间处于支配地位的是一件吓人的棕色羊毛衫，红色和蓝色的大菱形印在前襟。

"没什么，我是第一次见你穿成这样。"

"这样？"他皱起眉头，然后微笑，"啊，穿便服！你不喜欢我这样？"

"我喜欢你，"我走近他，用胳膊搂住他的脖子，让他无法对我即将要说的话生气，"你不管怎样我都喜欢，费尔南多。但那些菱形……难看死了，你知道吗？"

"是吗？""美男子"看上去很吃惊，"等等，我有另一件。"他走向斗橱，拉开一个抽屉，取出一件与身上穿的那件很相似的毛衣，台球绿的底子，更小的黄色、橘色和深红色的菱形。"你更喜欢这件？"

"不喜欢，放下吧。"因为即便身上那件看起来很难看，它比穿在身上的那件毛衣更难看，"你干吗换衣服？"

"你还是不喜欢，对吧？"

"不是那回事。是它们都过时了。"

"是吗？我8月份到这里才买的……哎呀！"当我以为我们要走时，他关上门，又补充了一点，"我倒希望你不叫我费尔南多，知道吗？我宁愿你叫我'美男子'，尤其是如果有人在跟前的话。咱俩单独在一起的时候，你想怎么叫我都行。"

"咱俩单独在一起时，"我抓住他的胳膊，微笑，那一刻觉得他说的仅仅是句甜言蜜语的话，没往心里去，"我才喜欢叫你'美男子'……"

早餐后我们做的第一件事是购物。我挑选，他付钱，两件单色毛衣，一件红色薄羊毛衫，另一件焦黄色更厚，有点类似军装的样式，连肩袖，领口的一边有几个领扣，可以把领子竖起来或敞开。我也想给他买一件外套，但他拒绝了。"为什么？""因为这件还很新。"但他同意穿上一件新毛衣从商店出来，那件菱形花纹的毛衣埋在购物袋的底部。他以自己的方式向我介绍图卢兹，向我解释为什么带我去特定的地方，在那些街道、广场和咖啡馆经历过某些他乐意对我讲述的事情。之后我们乘坐出租车去一个奇怪的小旅馆餐厅吃饭，它原来是一座乡下别墅，被郁郁葱葱的树林所环绕，犹如郊区的一个高雅之岛。我还没有完全摆脱不舒服的余味，即我这位富家小姐的品味与一件毛衣——它单纯的存在即代表了审美的粗鄙堕落——所发生的激烈冲突的后果，那个精致餐馆的选择让我惊讶。

"不久前我在这里跟一个比你丑的女人一起吃过饭。"打开菜单之前他微笑着对我解释，"今天早上，当你强迫我换毛衣时……我不知道，我猜你会喜欢这个地方的。""我可能品味不好，但不是傻子。"我解读他的话，立马无地自容。"你别脸红，伊内斯，"然而他很开心，"我对衣服无所谓，总是穿在衣柜里首先找到的衣服……我带你来这里是为了说更重要的事情。"

"美男子"严肃起来，抓着我的手，紧握片刻，之后问我想做什么。我不明白他的话。"美男子"说得更明确，我向他坦白，跟他来法国是为了跟他在一起，如果他愿意跟我在一起的话。"美男子"首先对我说他愿意。第二件事是委托我找一处房子。

"我很久没有家了，你知道吗？到处晃荡了八年多，连自己去哪里睡觉都不知道。酒店很好，很舒服，我有一间大房子，仅此而已，但既然我们无法待在西班牙……我希望住在一个漂亮的公寓，有阳光，阳台上有花盆，一个我可以光脚走路、穿着睡衣吃早餐的家。"

"我也希望。"我被一个如此简单的虚构生活场景所感动，因为我们的生活会远比那一刻我所能想象的复杂。

"你去找房子吧，可以吗？这些天我会很忙，一个接一个的会议……"

那时服务员来了，我们点了餐，我很奇怪从来没问过自己"美男子"在法国将从事什么职业，是否会有某个工作，这么多年只投身战争之后会干点儿什么。

"好了，眼下……"他回答我，"我在后备役里。"

"当然，"我一边想，一边为他点头称是，"当然了，他确实是军人……"那个形容词"后备役的"与我见过"美男子"所从事的唯一职业十分相关，足以满足我的好奇心，但他还有重要的事情要说。

"我也在考虑你……"他停顿了一下，小心翼翼地选择话语，"你得找份工作，伊内斯。不是说很着急，不是那样的，因为我还在法军里领一份工资。我不知道还能继续领几个月工资，但把拖欠的工资付给我了，现在我还有不少钱。可是如果我们要成家的话……"

"当然了，当然了，"这次我高声重复，"我当然要去找一份工作。我已经考虑过了，你别以为。最近这两天我有很多时间思考，知道吗？"

"是的。""美男子"对我微笑，"很抱歉。"

"没关系。"

饭后甜点之后，"美男子"看了下表，一口喝掉咖啡，拿定主意，如果我们想午睡那就得走了。"我想睡午觉。"他补充道。

"从七点半起'狼'的妻子在她的酒馆组织了一场聚会……或许说是一场欢迎的葬礼更合适。"

我对认识那个酒馆，尤其是它的老板娘有很大的好奇心，我听过太多对她们的议论，但与她们相遇之前，在卡皮托利广场附近的一家小巧的糕点店我发现，在那座城市还有别的女人。

"你好，妮可。"

"唉，上尉！但是，见到您太让人高兴啦！"妮可对"美男子"微笑，表情比她的话语更有感染力，"您可真是，太坏了。您上次来，我想，有两个星期了吧……"

因为那天"美男子"跟我说了那么多事情，却根本没对我提过这位特别年轻的售货员，看见他进门的那一刻她便开始跟他调情。

"那么……"她带着调皮的表情把夹子举在空中，"我猜猜看，您要半公斤这样的俄式小点心，对吧？"

"一点儿也不对，妮可。"听"美男子"说法语，直呼那个女孩的名字，我没有吃她的醋，但对"美男子"不让我叫他费尔南多倒是有点醋意，"今天，我想要一公斤什锦点心。"

"那当然，上尉！"

"行了，可这是怎么回事？""美男子"转身时我问他。

"小心，她懂西班牙语。""美男子"嘴里含笑回答我，"我把她教得很好。"

自从认识"美男子"，我活得如此匆忙，直到那一刻根本没想到我与他在博索斯特相遇之前，出于无奈他在西班牙和法国已经有过其他生活、其他女人。那同一下午我会很快弄清楚另一件事，虽然当我进入的地方注定要变成自己生活的最伟大舞台之一，他之前的生活迹象失去了重要性。

"嘿，他妈的！"到达西班牙酒馆时我们与一个穿着海军蓝裤子、影纹衬衣的男子几乎迎面相撞，他是"狼"，虽然只像我在博索斯特认识的那位上校的一半，"这身女里女气的打扮？"他用手指示意"美男子"刚打开的毛衣领扣。

"你看见了。""美男子"回答，俩人同步笑了起来。

我无法自卫，因为一瞬间一大堆女人聚拢在我周围，借口跟我打招呼来看热闹。唯一的例外是两个扎着围裙、宁愿等到最后的女人，那时男人们也说完了闲话。我从未见过这两个女人，但知道她们是谁，虽然把"狼"从博索斯特村长的卧室赶出去之前，假如没有及时注意到他立在床头柜上的照片，他的身材会导致我乱点鸳鸯谱的。

较矮的那个女人怀孕好几个月了，情绪十分糟糕，是"明白吗"的妻子。大约跟我年纪相当，比安帕罗小五六岁，后者几乎跟我一样高，比她丈夫还要高几厘米。瘦小的安赫利塔脸很漂亮，是个精致的美人，有点复古，如穆里略①画的纯洁圣母，除了她的头发，又黑又粗，在后背落下，如闪亮的鬈发瀑布。安帕罗不丑，但脸盘太圆，骨头埋在肌肉发达、有过早下垂迹象的脸颊下面，虽然那种浑圆在她身体上变成了一种优点。安帕罗的腰部和臀部十分明显，尽管她的肉很丰满，硬邦邦、瓷实得让"狼"说不可能掐她一下。"狼"经过她身边时会不时拍她屁股一下，我觉得很难把在博索斯特认识的那位上校形象与那只常常引用瓦伦西亚方言滔滔不绝抱怨的手调和在一起，或许因此很久我才习惯他的那个爱好。那天晚上不习惯。那晚安帕罗也没有任何抗议，因为她对"狼"回到图卢兹感到十分满意，也不甘于给我一个普通的问候。在我的每个面颊上留下一长串又小又响的吻之后，她搂住我的肩膀，再次打量我，点头称赞，高声列举我的优点。

"西班牙姑娘，单身，年轻，褐色皮肤，厨师，共产党员。"我在猜测那些条件都不满足的女人会是什么样，这时安帕罗朝"美男子"转过身去，以便澄清她在跟谁说话，"你明白我说的话吗？帅哥，是该给她洗礼的时候了。"

那句话把一切都搞定了。我这辈子再也没有参加过这么迅速而有效的洗礼。安赫利塔抓住我的胳膊加以确认，当她用另一只手指着"美男子"时，我俩谁也没有意识到她在向我解释某个很快将成为我生活最重要部分的东西。

"这个厚脸皮的人，不管你在哪儿见到他……行了，跟他朋友一样，因为，哎……"安赫利塔喘着粗气，像一头发怒的斗牛，显示出一种乍一看我无法推断的性格，"我现在是这种状况，他虽然会想到毫无必要地留在西班牙！"

"行了，安赫利塔。""美男子"试图安抚她，但没有太多说服力，"塞巴斯蒂安不是为了寻欢作乐而留在西班牙的，知道吗？我已经跟你解释过了。"

---

① 穆里略（Bartolome Esteban Murillo, 1617—1682）：17 世纪下半叶西班牙巴洛克时期最著名的画家。他出生于塞维利亚，一生中大部分时间在这里度过。他擅长画圣母像，他的圣母像最动人、最美丽、最令人信服。

"是的，你跟我解释过了，跟我解释过了……等我有了孩子，怎么办，嗯？我怎么办？我把孩子带来上班？"

"我们会想办法的。"相反，安帕罗天生具有泰然自若的本事，一种平息一切的神奇能力，原本看来更符合逻辑的是料想她会有一场相似的爆发，"你别担心。"

"我可以来。"听到我说话，她俩同时望着我，仿佛我说了什么不可理喻的话，我解释得更清楚，"如果你们愿意的话，等安赫利塔有了孩子或甚至之前，我可以来。我得找一份工作，我是厨师，因此……"由于她俩谁也没说什么，我把话说得更透些："这里应该有厨房吧，对吗？"

"哎哟！说不上吧……"安帕罗摇头强调她的疑惑，"我不知道。"

于是她们带我去看吧台后面那条平行的又长又窄的过道，直到那天晚上她们一直把它仅仅当作仓库使用，因为比地下室舒服。我问她们为什么不把它当作厨房使用时，安赫利塔张嘴看着我。

"哎呀！可是……你认为可以在这里烧饭？"

"当然了！"我微笑着，"我在更差的地方都烧过饭。"

"我不相信。"安帕罗摇头否认。

"好吧，事实是……"我不得不接受一些微调，"这么小、这么不舒服的空间没有用过。"她们跟我一起微笑起来。"但更糟糕的空间自然是用过的。此外如果这是一家西班牙酒馆……你们应该提供下酒菜，不是吗？"

"我们提供下酒菜！"安帕罗笑了起来，"塞维利亚的橄榄、卤制品加辣椒的串烧、阿尔玛格罗的茄子、油浸沙丁鱼……我们整天在开罐头。"

"你别这样，姐儿们。"她的合伙人放声大笑，之后看着我，把菜单补全，"我们还提供从家里带来的熟鸡蛋，放一片腌鳀鱼在上面。"

"好吧，如果你们不愿意……"

"不，不，不！"那一刻安赫利塔向我表明她是所有人当中最具生意头脑的人，"我们当然愿意。如果你能用这个厨房凑合，你看，那更好。直到现在几乎总是男人单独来这儿喝酒，但如果我们提供好的下酒菜，他们会跟自己的妻子来，把孩子带来，里头的餐厅我们现在几乎没在使用……"一个润滑完美的天生计算器齿轮开始在她脑子里运转。

我们回来时"美男子"站起来，仿佛对我商谈的结果感到不安。

"怎么样，她们雇你了吗？"我点头称是，他亲我，带着担心的表情拥抱我，"太好了，这对咱俩尤其对我是最好的。"

之后"美男子"再次亲我，一个长长的深吻，在我们的观众中引发了一阵口哨的浪潮。我没时间研究他最后一句话的意思，因为这时"左撇子"和蒙塞来了，她不得不忍受别人对自己的密切关注。几分钟后"石鸡"与他爱人埃莱娜从门口进来，她是祖籍安的列斯群岛的法国人，看上去比安赫利塔更像安达卢西亚人。随后我独自回到厨房两次，让我高兴的是我发现了被一堆啤酒箱挡住的烤炉，我对这个空间逐步有了概念。在一件接一件的事情之中，我忘了问"美男子"为什么我马上找到工作他比我更高兴。

第二天上午十点左右我回到酒馆商定我的工作条件，结果跟三四天里所有颠覆我生活的协议一样简单。我已预先准备要花两周时间，平均用于利用"美男子"的后备役时期跟他上床，寻找一个明净漂亮、有阳台可放花盆的房子，打扫布置我的新厨房，在城里市场上选择供应商，她们对此表示赞同。我也赞成把酒馆运作得像一个合作社，所有合伙人工作相同小时，减去开支后平分所剩的收入。安帕罗提醒我，等安赫利塔分娩时得顶替她，因为她独自一人，"明白吗"在西班牙。作为交换我请求安帕罗，如果她没有别的承诺，等安赫利塔无法来上班时可以雇用蒙塞来代替她。总之会议占用我们的时间不超过十分钟。之后安赫利塔跟我说，她在恰好位于圣塞尔宁广场的一栋外表很不错的楼房看见一块出租招牌。那个公寓黑乎乎的，房间小，走廊窄，我不喜欢，但从阳台上我看到街角有块相同的招牌。那天上午我来不及去看它，但数日之后我和"美男子"一起来看房，虽然比我们需要的大，比我估算比适合我们的价位要贵，但我俩都很喜欢那套房子，因为几乎所有的房间都临街，客厅有三个窄阳台，相互挨得十分近，制造出一个玻璃橱的效果，广场的所有阳光都能照进来。

"我要租这套房，"但不管怎样，他能够那么匆忙地做出这样的决定，让我吃惊，"现在就租。"

"是吗？嗯……"他的坚定让我不知所措，"最好再等等，看看其他公寓吧？"

"不用了，为什么？我多年没个家，我跟你说过，这套房子我很喜欢。我不需要再看别的了。"之后，虽然带我们看房的那位先生听不见我们，"美男子"继续低声说，"我们要租这个房子，但你别说话。让我来，然后我给你解释。"

房屋中介所就在街角拐弯处，离得太近来不及提问。之后当那位先生带着灿烂的微笑把表格在桌上铺开后，"美男子"带着同样高兴的表情从口袋里逐一取出一大堆仿真证件，上面有真照片和假名字。一本避难者的护照，一个居留证，一个支票本，一份巴涅尔 - 德吕雄木材厂的证明，其厂主埃米里·皮埃尔证明，卡洛斯·德拉托雷·桑切斯先生，1913 年出生于卡塔赫纳（穆尔西亚），是他在图卢兹商务处的经理。

从房屋中介所出来，我挨着"美男子"，抓住他的胳膊，把头靠在他肩膀上，之后才开始迈步。我不敢高声说出自己的想法，他耽搁了一会儿才判定我想知道这一切。

"你什么也不想问我吗？"

"想问，"我停下来，看着他，我在想的是那一切太棒了，不可能没有代价，"你什么时候走？"

"不知道。""美男子"对我微笑，"我是预备役，跟你说过了，但我推测可以跟你待三个月左右，大概到 1 月底。"

"啊！"我以剩余的所有镇静点头同意，"很多时间，还有……然后会派你去西班牙，对吧？"

"当然了。这里已经无事可做。"他再次微笑，"但我会回来的。我将再次离开，再次回来，你知道这些事情是怎么回事。"

"是啊，所以你不愿意我叫你费尔南多。所以你那么匆忙地做这一切，是吧？为我找一份工作，一套房子，租下它……"

"不是的，不是为了我离开。我租房子是为了与你生活在那里……别哭，伊内斯。"

"我没哭。"用手把眼睛擦干之前我也微笑了，"瞧，你看见了吗？我没在哭。"

他问我是否愿意去酒馆问候一声，我对他说不愿意，我希望去酒店，三个月内不再出门。"美男子"笑了起来，我再次哭泣，再次对他说自己没哭，直到我们的情绪互相抵消，如一杆训练有素的秤杆。第二天我俩心情愉悦地起床，饥肠辘辘。我本该提醒自己，在枕头另一端向我微笑的那个男人即将变成一名地下工作者，但我不乐意察觉到这点。

"地下工作是最坏也是所有生活方式中最好的一种生活，在地下工作中只能以一种方式生活。"第一次独自留下来之前，我学会占用逝去的每分钟、每小时、每一天，学会思考明天不存在，明天永远不存在。对我而言明天是一个词语，一个期限，一个不再存在的概念。只存在今天、现在、此时此刻。那是唯一真正的时间，并将是很多年里唯一真正的时间，现在，一个狂怒的现时，几乎无法投射到总是遥远的未来，一个明天之后许久许久才开始的期限，那个空洞和无用、可怕和可恨的词语，我不能想它，因此也根本不能说它，因为对我而言，未来只是今天，他回来的那天开启的另一个今天。

那次，第一次，明天意味着 1945 年 2 月，所以 1945 年 2 月停止存在。1944 年 11 月 15 日开始工作时，我明白了为什么那对我俩而言都是最好的。关在那么狭小、不舒服的厨房，不停地从椅子那儿爬上爬下，一边享受着嘈杂，安帕罗从吧台向我高声报出订餐单的频率越发密集，2 月份不但没有日益向我更靠近一点，反而远离了一些。我在博索斯特学会的东西在图卢兹继续管用。厨房以外的一切比厨房以内的更糟，如果遇上我正在烹饪，那更倒霉的事总会变得不那么糟。"美男子"和我从来不谈论 2 月份。即便两人都明白 2 月份埋伏在我们说出的话语背后。

"喂，伊内斯，安帕罗给你办的证明、工作许可，还有那个……你都有了吗？"我点头称是。"把它们给我。"

"好的。"我走到自己的床头柜找这些证明，"拿着，但不知道……她把所有的事情都处理好了。"

"行，但我需要它们办别的事。"

12 月初阳台上的天竺葵花还没有开花，但我们已经在一个早上充满阳光的家里生活，那不是唯一的新闻。我自我感觉很好，很健壮，不过有些奇怪，因为自从 10 月中旬离开蓬特·德苏埃尔特，我就没再来过例假。

在确定之前我不想告诉"美男子",他首先出击了。

"拿着。"他把证件还给我,看着我,再次等我做些评论,"你难道不问我要这些证件干什么?"

1945 年 1 月 24 日,我为自己的婚礼宴席掌勺。这不是我第一次在酒馆里为很多人准备午餐。一个半月前为庆祝"帕斯谷人"和"教堂司事"的归来我曾做过此事,数日之后党向我们订兄弟会晚餐,以我们的方式庆祝圣诞节而向来无须提及那个词语,也是我主勺。我们大家也在圣诞夜共进晚餐。1945 年的头几分钟,两周前分娩的安赫利塔为了不独自留在家里,打起精神带孩子过来,坐在厨房的椅子上给孩子喂奶,从椅子那儿向我们提出一个将变成经典建议的忠告。

"姑娘们,我跟你们说件事,而且是很严肃地说。我们要取消私有财产吗?很好,但愿如此,但只要我们没有取消它……我们在这里赔钱。"安赫利塔给小米盖尔换了一边乳房喂奶,他是为纪念"多嘴"而取名米盖尔的那些男孩中的老大,她微微一笑,"一旦能上街和孩子遛弯,我会开始看那些在转让的餐馆,看是否找到一个有漂亮餐厅、厨房条件齐备的地方。因为凭我们正在取得的成功,如果好好筹划……我们会发财的。"

我已经开始做经典的下酒菜,土豆饼、里脊肉馅饼、炸丸子、醋鳀鱼、炸鳕鱼加红辣椒、俄式沙拉。这些下酒菜很受欢迎,不仅因为顾客几乎全部是西班牙人,对腌制食品和罐头鱼消化不良,而且因为我的那些博索斯特食客忙于在没去过那家酒馆的同志们中间给我做宣传,这种广告费我们永远支付不起。于是在安赫利塔休假前数日,蒙塞开始中午来为里头的餐厅桌位服务,那里我们已经有来吃中饭的固定顾客,即便每天都只是以下酒菜为主。当我显示自己会做的菜不只是炸丸子时,他们中间的一位,"玩偶"帕斯夸尔,未通知就进入厨房。我们在一起若干次了,因为他是"美男子"的朋友,我对他印象很好。我知道他单身,孤注一掷地拒绝了安帕罗所有的结婚提议,后者热衷于给他找对象,即便仅仅因为他是阿尔伯拉亚人[①],而安帕罗是卡塔罗哈人。我也知道他与"皮诺乔"在法

---

① 阿尔伯拉亚:瓦伦西亚省的一个镇子,位于北果园(Huerta Norte)地区,离位于"南果园"的卡塔罗哈不远。

国并肩作战过，他俩所在的那个纵队没有占领维耶拉隧道，但10月份跟他在一起进入过西班牙。我知道他在一家汽车配件厂工作，住在一家小旅馆，但直到那晚我才得知他吃得有多差。

"伊内斯，你看，我……想请你帮个忙。"他用手摩擦额头，仿佛不知道从何说起，"我很乐意来这里吃饭，因为我根本不喜欢女房东烧的饭，但油炸的东西，即便很可口，最终让人吃腻了，而且我特别怕冷……我猜你有很多活计，也不是要你每天都烤一只小羊，但如果你为自己做汤，或假如某天时间有富余……你能给我做些大蒜汤或兵豆汤吗？'石鸡'说你做得很好吃，总之……"

于是西班牙酒馆开始在中午提供一些比下酒菜更受欢迎的套餐，它的优点是解决了所有合伙人的一个共同家庭问题，因为我们的丈夫也开始每天都来吃中饭。从那时起我学会在那间厨房如鱼得水似的运作，因此当"美男子"对我说希望走之前跟我结婚时，我都没有考虑在其他地方举办婚礼的可能性。

"免谈。"听我这么一说，安帕罗惊讶地把手举到头上，"不可以，你怎么能干这种事呢？那天你得……"

"那天我越忙越好。"

因为所有那些有女人的地下工作者走之前都结婚。因为我们知道他们这样做是为了免去租房合同、孩子的姓氏、生意执业资格的问题。如果出了最糟糕的事他们的女人能够领取抚恤金。如果出了不那么糟糕的事情，不论最糟糕的事是否清晰呈现在天际，他们的女人能够回到西班牙，定居在某个特定的城市，在监狱附近找一个住所，获得探视他们的许可。因为我租了一套房，怀孕三个月，确定了跟一个要秘密越过边境的男人结婚的日期，所以我这么说。

"我都想好了，真的。"我继续说，以便让安帕罗平静下来，仿佛她是未婚妻，我是她的厨娘，"我已说服'美男子'下午结婚，这样我可以上午早早过来，把一切都准备好。我想好菜单了。我要做一道肉汤，我们出凉菜的时候把它加热；一条做成龙虾式的安康鱼，配两种可以提前很多时间准备的汁；一个用橄榄、辣椒、火腿和熟鸡蛋做馅的牛肉卷，当作冷盘上席，味道美极了。这样你们吃安康鱼时，只需要一会儿工夫就把汁加热，把土豆泥搅拌好了。"

"好吧，但那事你别做了。"安帕罗终于让步。

"行，但你也别做，你肯定会被缠住的……"她只能一笑了之。

1945年1月24日不是我一生最幸福的日子。我太害怕失去"美男子"，我费了很大劲才忍住这种恐惧，但一切都很成功，不仅是菜肴，虽然我这辈子干活很少比那次分心。当安赫利塔的一个邻居很有本事地把我的脑袋插满卷发筒，我的厨房变成了理发馆；当身为裁缝的埃莱娜立即给我改了一件在大减价时买的黑缎长裙，把裙子给我调整合身后就像是量身定做的，我的厨房就变成了裁缝店；当我在围裙上面试穿一个个女友给我带来的半打外套，直到大家一致判定哪件都不如"吉卜赛人"妻子玛利亚·路易莎的丝绒紧身上衣最合适我，接着我的厨房变成了服装店；当索蕾的表妹给我展示几种带有栀子花、玫瑰、兰花的花束和头饰，让我挑选最喜欢的，那时我的厨房变成了花店；当我切完肉、穿好衣服、由蒙塞给我化完妆之后，我的厨房再次变成理发店。安赫利塔的那个邻居给我盘了一个优雅、得体的高髻，在上面十分别致地放了一个小圆帽，蒙上一张网状织品，给我的眼睛投射了一道精致、十分讨巧的阴影。

"真漂亮！"

一刻钟后在一群为那个场合梳妆打扮得光鲜靓丽的女人护卫下，我与"美男子"在市政府门口会合，假如那些注视我们的男人目睹了一场由烹调、卷发筒、服装和鞋子所形成的混乱，而我们就是从那乱局中走出来的，估计他们平和的表情会被惊讶僵住，一想到这点我便现出笑容。二十分钟后，当我挽着"美男子"上尉的胳膊走出市政府大楼时——他的别名叫卡洛斯·德拉托雷·桑切斯，但也叫拉米罗·格萨达·冈萨雷斯，这是出现在护照上的名字，数日前他带着这本护照到达卡洛斯·德拉托雷·桑切斯的家——我再次有更多的理由微笑。我刚与费尔南多·冈萨雷斯·穆尼茨结婚，他1914年出生在奥维多省迪内奥市赫拉镇，但事实上直到听见那个名字我才掌握所有的真相。

1945年1月24日不是我一生最幸福的日子，但的确是最激动的日子之一，那种激动一小时接一小时地加剧，仿佛从一口取之不尽的井里冒出来。直到2月2日凌晨，当我厌倦了装睡，在床上翻身，发现"美男子"和我一样清醒，看着我。

"我不知道是否到底能够向你解释我多么爱你。"我对"美男子"说，他先闭上眼睛，然后微笑，最后再次睁开眼睛，"但我希望你知道，这个世上没有一个女人对一个男人的爱能超过我对你的爱。任何女人都永远做不到。就是这么简单，我需要你知道这点，好好记住它，如果发生任何……"

他没让我说下去，我感谢他。我俩谁也没再说话，直到闹钟在每天早上的同一钟点响起来。之后我们按他所希望的那样告别。

"我要去上班了。"他跟我到门厅，拥抱我，像每天早上那样吻我，"多加小心。"

"好的。"他仅仅微笑了一下，"再见。"

仅此而已。这是最糟糕的，如果碰上我在烧饭总不会那么地糟糕。所以一到酒馆我就脱掉大衣，戴上围裙，沥干鹰嘴豆，把什锦炖菜放到火上。我不知道他几点出发，也不知道他乘坐什么交通工具，是否独自走，还是谁陪同他。他没对我说这些事，我也没问。我永远不会知道这些事，也不知道他何时——哪天、几点钟——回来，怎么回来。

那天除了什锦炖菜，我们还提供另外一个两菜套餐，加利西亚肉汤和狐鲣加西红柿，饭后甜点是水果、蛋奶糊和鸡蛋糖浆布丁，最后这种甜食总是让我情绪伤感，虽然那天没有什么比蒙塞的表情更让我难受，她在我周围转来转去地打量我，但没张嘴。我试图估摸三天后她会是什么感觉，但她没意识到自己的每一个目光、每一声叹息让我更加确信"美男子"已经出发了。

"蒙塞，"安帕罗立马明白这一情形，于是为我俩做出了更好的安排，"你明后天干吗不待在家里，利用……我跟洛拉说过，她不介意过来帮忙。这样的话……好了，你知道的。"

"左撇子"没来得及办理与蒙塞结婚的各种材料，也要前往西班牙。我们在所有方面都是一个合作社，在那点上也是，洛拉是周末酒馆挤得满

420

满时给我们帮忙的女孩，她根本没想过要拒绝我们。那天蒙塞和我一起出来，在往常的街角默默、紧紧地拥抱告别。四天后她才回来上班，而我下午七点就回来了，断定自己在那个如此漂亮和明亮、所有阳台都有天竺葵花盆的家里无法独自再待一分钟。

"可是你在这里做什么？"安帕罗一见我到酒馆便担心起来。

"没什么，我……"但我不好意思隔着吧台向她解释，"我想过了……我来是为了看看你们是否愿意让我做晚餐。"

西班牙酒馆就这样也开始提供晚餐，精致的下酒菜和清淡的菜肴构成的菜单立马召集了我们最忠实的顾客晚上也光临。其中从一开始就有马迪亚斯和安德烈斯，"教堂司事"回到图卢兹时他们找到了一个意想不到的家。

"鉴于我目前这种状况，我想自己是不会结婚的……"

"教堂司事"回来一周后来吃饭，坐在我们所谓的"家庭之桌"，实际上是每天我们把三四张桌子拼在一起并预留出来，不知道会有几个博索斯特的战友来占用。那天几乎都坐满了，但当"狼"离开去送孩子回学校，等到"美男子""左撇子""帕斯谷人""大香炉"及其他人都走了，佩佩才派蒙塞来找我。他告知我们要跟我们谈一件重要的事情，但我俩谁也猜不出那个开场白之后他到底要说什么事。

"所以我想过了，如果你们觉得合适的话，我想接孩子跟我一起生活。他们需要有人照顾，对吧？我也需要他们照顾我。此外这样的话我们互相做伴。我认识一个女人，她可以每周来打扫两次。孩子们在学校吃中饭，晚饭我们可以来这里，其余的我们自己想办法……""不行，佩佩，"蒙塞比我反应快，"我们帮你把一切都处理好，你别担心。"

马迪亚斯和安德烈斯离开旅馆时，梅塞德斯已经住在"静男"赫尔曼的家里，他来自阿尔门德拉莱霍①，在该地区的联络委员会上认识了梅塞德斯的父亲，一位无政府主义者。在我找到工作的同一个聚会上梅塞德斯

---

① 阿尔门德拉莱霍（Almendralejo）：埃斯特雷马杜拉自治区巴达霍斯省的一座城市，被誉为"国际葡萄酒城"。同时它也是西班牙"浪漫主义之城"，因为它是西班牙两位浪漫主义诗人何塞·德埃斯普龙塞达（José de Espronceda）与卡罗琳娜·科罗纳多（Carolina Coronado）的故乡。

的口音引起"静女"玛利亚的注意，第二天便请她吃饭，俩人十分投缘，梅塞德斯回旅馆只是来取自己的衣服。我为她高兴，但"教堂司事"每天晚上拄着拐棍从大门进来，一边一个孩子，那时我同样高兴。

1945年2月，那个该死的月份，我待在酒馆的时间开始超过家里，我的合伙人和我的顾客帮我承受"美男子"不在家的压力，就像新近建立的一个慈善的收养家庭。那种团结互助从四面八方涌来，犹如一条有无数分支的河流，时不时地带给我意想不到的礼物。

"伊内斯，出来一下！有人找你。"

3月开始之前，安帕罗两次从吧台喊我，从3月份起"美男子"回来的时间进入倒计时，自从他出发以来过去的日子已经不那么漫长了。

"我前天跟'美男子'在一起，明白吗？"那是第一个礼物，甚至假如"明白吗"没有给我带来任何消息，再次看到他、能够再次拥抱他，我都会激动得哭起来，"我看'美男子'稍微胖些了，虽然他会瘦下来的，那是肯定的，明白吗？但其余的……他的状况很好。"

与"明白吗"分开时，我同样使劲地拥抱安赫利塔，她把我搂在怀里，向我表示她很理解我为什么这么做。后来酒馆打烊时我待在厨房里做几公斤炸面包圈，以此庆祝"明白吗"归来，跟所有那些有幸回来的人一样，他回来非常满意，但更加疲倦，而且瘦极了。

还没过去一周，安帕罗刚以同样的急切、同样的话语、一贯的语调问我要一份鱿鱼之后，这时再次喊我："伊内斯，出来一下，这里有人找你！"她还没来得及从窗口接菜，另一个女人已经出现，那么紧张，仿佛在欣赏一个奇特的场面。对我而言，婚礼之后一个月只有一个场景配得上"奇特"这个形容词。不可能，我知道的，但免不了脑洞大开，我准备出来，仿佛听见"美男子"在吧台另一端说话。我洗手，摘帽，在镜前整理头发，掐自己的脸颊，微笑，但"美男子"从未欣赏到那个微笑。代替他的是卡门·德佩德罗，打扮得很好，带着一副光彩夺目的表情，仿佛自从仅仅四个月前我们在博索斯特相遇以来又一次重生，她还给我一个相似的笑容，那么舒畅爽脆，任何人都会以为我们彼此不认识。

"对不起，"我道歉，好像自己嘴唇的曲线对她而言意味着一种冒犯，或许因为那一刻无意间我再次看到"多嘴",仿佛他就在眼前,"我以为是我丈夫。"

"没事,我……是这样,我想问候你,并且……"她的沉着瞬间消失了,"向你介绍我丈夫。"卡门往后退了一步,让我看见陪同她的那个男人。"阿古斯丁……"他向我伸出右手,我出于纯粹机械的冲动握住他的手,还在仔细审查他的身份,没能完全明白这一切。"这位是伊内斯,'美男子'上尉的妻子。"

"博索斯特的厨娘。"阿古斯丁猜想,他是一位英俊的小伙子,年轻,正如那个时期我们都是年轻人,尽管头顶秃了,亮出额头,他的神情毫不含糊、专横、疏远,显示出苏联背景,这点把政治领导人与军人区别开来,至少是生活在法国的军人,说来荒谬,这些军人倒不那么僵化。

"是的。"我勉强微笑,"那就是我的工作。"

"伊内斯和我是马德里时期的老相识了。"卡门也做出同样的努力,也在微笑,一边指着我的身体,我因怀孕四个月而微微隆起的腹部,"对了,我得知你在待产。"我点头称是。"恭喜你,因为想必这孩子该是西班牙人吧。"

"是啊,都会是西班牙人的,但按医生所说,看来我们是从阿兰谷把这孩子带来的……"

"卡门!"

那一刻洛拉张开双臂从厨房出来,她的出现允许我闪开一点,思忖正在看到的情形。因为假如别人告诉我这些事,我将难以置信。

1945年2月,一位全国联盟军军官的妻子在图卢兹的西班牙酒馆烹饪,她就是我。有两个固定的女服务员与我处境相同,那支军队一位将领的妻子在吧台后面接受预订、分配桌位、摆放酒杯、准备咖啡。在那座城市所有提供食物的场所当中,任何一家馆子都更适合卡门·德佩德罗与她的新丈夫用餐。当蒙塞来到餐馆,看见洛拉拥抱卡门,看见卡门笑容满面,那么幸福,新婚宴尔,显然任何餐馆都不会比这里更危险。

"不太害臊才行。"

虽然尚未有人称呼我俩为"低音大鼓二重奏",蒙塞也度过了怀孕的早期,跟我的日子差不多。不过就在"左撇子"离开之后,她开始为我俩遭罪。孤独没有影响我的怀孕，却使她的妊娠恶化，那天她来上班时脸色那么难看，于是我们命令她回家吃饭休息一会儿。所以蒙塞只来上第二班，没看见卡门坐在一张桌子旁直视她丈夫，但遇见卡门穿好大衣马上要离开，对蒙塞来说都一样。

"说得更确切点，真得没脸没皮才行。"蒙塞胳膊叉腰，站在餐厅中央，高声责骂卡门之后也不会再犯恶心了，"出了事之后还来这里吃饭，好像这些事与己无关……"

听蒙塞说话时我意识到，不管自己会活多少年，不管那天之后会遇到多少严重、重要、重大的事情，我永远不会忘记那一刻。如果记忆真的在临死前一刻清空，如果真的在永远熄灭之前全速放映一生的主要影像，将来有一天我会再次看到那一切，正如那时从厨房门口目睹的场面，蒙塞站在餐厅中央，穿着大衣，她的眼睛像大头针、针头、牢固的生锈钉子，把卡门钉在她罪孽的木头十字架上，安赫利塔停在两张桌子之间，手里端着一个托盘，之后放下托盘，走近蒙塞，从背后抱住蒙塞，把一只手放在她肩上，让蒙塞用自己的手无言地握紧它。她俩的头靠在一起，她们的两双眼睛同时穿透空气，她俩静止得犹如一尊单体塑像，一座可怕的古典雕塑，双头水蛇塑像，其本事是目光落在任何表面都能够穿透它。那就是我所见到的，那些场面以及博索斯特的墓地，最后一天匆匆地安葬，米盖尔·席尔瓦·马西亚斯（1923—1944），"左撇子"和"明白吗"的眼泪，一个已经无脚也无双踝、头上缠着绷带、声音不像自己的"教堂司事"的眼泪。"罗曼，你走吧，你们统统走吧，把我留在这里。"那一瞬间我再次凝视所有那些泪水，还有"美男子"悄无声息的眼泪，我几乎看不到它们反射在斗橱的镜子里。

我永远不会忘记那一刻，永不，认识我之前在被占领的法国多次冒生命危险的安赫利塔，在我认识她时根本不知道自己到底是什么人的蒙塞，她俩像一棵巨大的独木树种在酒馆中央。与此同时三个相貌普通的男子，穿着深色裤子、窄幅混纺外套、三件针织毛衣套在三件白衬衣上，两人打领带，一人没有，每人从一张不同的桌子点头称是，身体绷紧，腿部准备好跃起。卡门根本不会知道他们是谁，而我知道。我认识他们，跟"皮诺乔"进入阿兰谷的"玩偶"，越过阿内托峰[①]、把他的人马部署在阿尔古比雷山区[②]的"静男"，在紧里面"家庭之桌"的"吉卜赛人"，以卡门的名义禁止他跟自己的同志前往阿兰谷之后，愿意与他们从西班牙撤回，我知道那个如此缓慢、静止、沉默的场景对他们而言所意味的暴力，犹如瞬间接替暴风雨席卷而来的雷鸣闪电之风。

卡门几乎不认识他们，即便看了或许也根本认不出他们，但她没有瞅这几个男人，也不看我，不看洛拉，甚至不看她丈夫。阿古斯丁带着一种茫然的表情注视着大家，瞳孔因惊讶而放大，那副表情高傲又自大，西班牙语为它创造了一个十分有效的句子，比任何形容词都更出色，"您不知道我是谁"。那正是阿古斯丁·索罗阿的想法，蒙塞和安赫利塔不知道他是谁，正在怠慢谁。他无法相信那两个普通的服务员是如何对待他的妻子，那个跟他结了婚的女人，他是被派来占据蒙松位置的领导，是要成为西共在国内的总书记，但那次卡门·德佩德罗需要的不只是一个愿意救她的男人的保护。

"蒙塞……"我也不能、不愿救卡门，但在她脸上所看到的表情促使我介入。

"蒙塞，怎么了？怎么回事，难道怀孕影响你的大脑吗？"

"蒙塞！"但安帕罗以其独特的权威口吻更加高声叫她，声音柔和同时又坚定，"别再说了……"一切如开始那样很快化解。

之后蒙塞求我原谅，我求她原谅，她求安帕罗原谅，安帕罗又求蒙塞原谅，直到安赫利塔说行了，大家都互相原谅吧，该开始工作了，因为伴随着这么多道歉订餐单正堆积起来，我还没太明白发生的事情。卡门低头跑出去了，眼睛盯着地上的瓷砖，阿古斯丁跟在她后面出去，走得更慢，

---

① 阿内托峰（Aneto）：位于西班牙东北部法国边界附近的一座山峰，海拔 3406 米，是比利牛斯山最高的山峰。

② 阿尔古比雷（Alcubierre）：西班牙阿拉贡自治区韦斯卡省的一个村庄，英国作家、记者乔治·奥威尔（1903—1950）曾于 1937 年 1 月至 2 月在阿尔古比雷山区作战，他在《向加泰罗尼亚致敬》（Homenaje a Cataluña）一书中谈到自己在西班牙内战中的生活及这段参战经历。

用目光威胁所有人，但我无所谓。我不害怕他。我向来不害怕他，要说有同情的话，那天的同情最多，但比他妻子所引起的同情少得多。

我跟其他人的想法一致，卡门是有责任的，与蒙松的责任一样大，即便她再傻，即便她因为他、为了他而孤注一掷，蒙松从未以相同的方式回报卡门，因为他从未以自己获得的那种疯狂、终结式、自杀式的爱情强度来爱卡门。我跟其他人的想法一致，得知卡门与索罗阿的婚礼时，我跟别人一样惊讶，这个消息令我多次听到的那句粗话随便一个版本浮现在嘴边："操！他妈的！该死！"仿佛谁也找不到一种更合适的方法来超越诧异的壁垒。我跟其他人的想法一致，但及时明白那天卡门没想挑衅我们，而是希望指给我们以另一种方式看待她的途径。每次跟自己的丈夫上街去巩固一个无人相信的事实时，卡门希望给我们提供一座桥，以便跨越从一扇扇窗户、一个个露台、一道道大门泛滥出来的刺耳感叹词所汇成的河流。

卡门为此而来，为此选择了一张最显眼的桌子，为此她在一道道菜之间对索罗阿甜言蜜语，敢于跟我打招呼。我那时还是尤其是博索斯特的厨娘，长枪党党徒的妹妹，带着3000比塞塔和一个装满炸面包圈的帽盒、纵马跑到"狼"的指挥部，是我早餐做油炸碎面包、晚上做鲜美得能让人为它唱歌的大蒜汤，是我俘获了"美男子"。尽管在西班牙的女人已经不做爱了，我还是与他交欢；之后打偏子弹，击中大钟，结果救了他的命。那就是我，很出名，无须办理获救的公开证明。那就是卡门的想法，为此她来了，来对我说："看着我，看见了吗？我已经不是三个月前的那个人，我已经再次受到恩宠，我是你们中的一员，跟你们一样，一位优秀共产党员的贤妻。"

回到厨房时我已经知道自己永远无法忘记在卡门眼中看到的屈辱，埋伏在那种崭新的、不可能的沉着背后的哀求，在一毫秒里毁掉冷静的内疚凄凉，她的羞耻，一种只对应于她的耻辱，永远无人能免除她的耻辱，却感动了我。我永远无法充分理解那个女人。我永远无法理解她的懦弱、那个允许她逃出被自己的爱情带入死胡同的有失身份的解决办法，那场匆忙的、以另一个欺骗来解决一场失意的婚礼，在此之前没有争吵或当面痛斥，便抛弃了蒙松。我一直怀疑卡门与索罗阿结婚时还爱着蒙松，假如他召唤她回到自己身边，卡门会再次牺牲任何东西，她的地位、救赎和前途。那是我们一些人的想法，另一些人认为怨恨根本不是她的动力，她的行为纯粹出于机会主义。但那天当蒙塞和安赫利塔、"玩偶"、"静男"和"吉卜赛人"远远侧目卡门时，我猜到了另一部分事实。我离她那么近，看得见她的恐惧，仿佛是一个肿块、一个瘤子、一个恶性固体肿瘤，从她脸上冒出来，一种巨大的恐惧阴影，犹如一个受惊、残疾、孤独的小动物，从她眼底喘吁，可怜的卡门。

"赫苏斯·蒙松呢？"下午只剩下我们几个女人时，大家都在干活，仿佛什么也没有改变每天的日常工作，这时安帕罗高声说出大家都问过自己的问题，"他会知道发生的事吗？知道卡门跟另一个男人结婚了，而那个男人就是索罗阿？我很想知道他对这一切是怎么想的。"

"你问赫苏斯是怎么想的？"洛拉毫不犹豫地回答，她刚向我们表明自己是唯一熟悉卡门·德佩德罗的人，"我来告诉你。赫苏斯对一切都了如指掌，眼下他在马德里笑得前俯后仰。真的非常开心，总之，我好像都看见了他……"

那个插曲无关紧要。数日之后我们得知索罗阿抗议了，要求蒙塞道歉，在她选择冒犯卡门的同一个地方、同样的环境下向卡门赔礼道歉，但有人跟他说别闹了，对他最有利的是保持沉默、维持原状，因为时机不成熟①。那段时间对于在炉子里面策划的西共领导层来说，阿古斯丁的生气代表的是一块廉价面包，与可能引发"左撇子"的战友发怒的馅饼相比是无足轻重的风险。"左撇子"不在家的时候这些人会保护他的妻子，这样就会随之引起洛佩斯·托瓦尔以下整个全国联盟军的愤怒，恢复对阿兰谷牺牲者记忆的关联、对比和颜色，那些尸体飘浮在谁都不宜承担的责任边缘。

他们会对阿古斯丁说："那是女人之间的事情，一场无足轻重的吵嘴，一点儿也不严重。"但当男人之间出事时，还是以同样的方法解决。如果

---

① 原句为西班牙谚语"烤面包的炉子不在"（No estar el horno para bollos），意思是"不是时机，时机不成熟"。

说"教堂司事"能够平安回到图卢兹，那是因为撤退之后不到一周"狼"就陪他上司参加一个会议，那里谁也没料到他会来，并为他留在西班牙的两个军官提出一个疏散计划要求。那些政客十分客气地听完"狼"的话，看着他，对他微笑，跟他说："同志，眼下这不是首要问题。""狼"对他们还以微笑，把手枪从子弹盒里掏出来放在桌上，表情温和甚至友好，明智的平和，但把它放在了桌上，拉近一把椅子坐下。"同志们，很抱歉我有异议，""狼"终于发表意见了，"但对我来说眼下没有什么问题是更优先的了。"一个半月之后，在伽达格斯①北部一个荒凉的小海湾，"帕斯谷人"再次把"教堂司事"抱在怀里，登上一只凌晨来接他们的小船，把他们送到一条法国渔船上，数小时之后这条渔船将他俩送到佩皮尼昂附近的一个小村子。

第二天我亲自烤了一只小羊来庆祝此事，烤羊费了我太多工夫，以至于以为自己是最后一位拥抱新到者的。但回厨房时看见洛拉待在门口，手里拧着一块抹布，带着一副甜蜜、焦急的误导性表情看着我，那么肉欲的表情不可能是针对我的。于是我转过头，发现"帕斯谷人"紧跟在我后面。

"洛拉……"他走到她跟前，亲吻她的面颊，那种自然的神态与他嘴唇所引发的激情不相称，"你好吗？"

"很好。"她微笑之前用抹布遮住脸，"很高兴看见你。"

"帕斯谷人"调整了一下眼镜在鼻梁上的位置，也微笑起来，转身坐到他合法妻子的旁边，没再接近洛拉，但也不停地看她。从那晚起我也更加仔细观察那个女孩，我一直觉得洛拉很特别，首先是因为她的外表，因为她不是美人，但的确是一个有意思的女人。身材瘦削，不丰满，几乎男性化，除了她又大又圆的乳房，与她的瘦削相比更加引人注目。一张尖脸，但有魅力，清晰显示了她金发吉卜赛人的混血出身，第一个身份继承自她的父亲，一个地道的吉卜赛人，第二个身份来自她母亲，出生于红河

---

① 伽达格斯（Cadaqués）：伊比利亚半岛最东端的一个渔村，位于加泰罗尼亚自治区赫罗纳省上安普尔丹（Alto Ampurdán）地区，面朝大海，景色十分美丽，吸引了众多的艺术家、作家、贵族在此定居或度夏。

地区①，是一个英国工头与一个父亲为苏格兰人的当地女人结合的产物。每次"石鸡"要求她击掌为他伴唱时，那种混血的特质在空气中爆发；她干活又快又好，但几乎不张嘴，仿佛有很多事情要考虑时，那种混血保持着持续燃烧的状态。那种充满噪音的喧嚷沉默是她与"帕斯谷人"唯一相同的特征，他常常像洛拉那样寡言，但也从来没有给人因无话可说而被迫保持沉默的印象。或许正因如此，发现他俩之间有事我不感到奇怪，虽然我错误地估计不会有什么后果。1945年夏季再次撞上他俩时，我发现事情远远超出了一个爱情故事，它最终夺走了"帕斯谷人"妻子面前的婚姻。

"左撇子"和蒙塞未能及时办妥证明以便于1944年秋天结婚，于是决定把自己的婚礼与8月圣母节重合，我们在新餐馆对公众开放前一周举办他们的婚事。7月17日我生下一个女孩，恰好是听到比利牛斯电台新闻节目里的"光复西班牙行动"消息九个月之后，但比医生预计的提早了十天，圣母节那天我回来上班为宴席掌勺。"美男子"还在西班牙，根据一些人和另一些人一点点告诉我的消息，他情况很好，因此我临盆时安赫利塔坐在我左边，安帕罗在我右边，抓住我的另一只手，鼓励我胡说八道："亲爱的，你想到什么就说什么，我是瓦伦西亚人，什么都不怕……"分娩很顺利，7月22日我已起床，给自己做饭，这时我听到临街的大门响了，为了不让门铃吵醒刚睡着的女儿，我只把大门合上。

"我在厨房！"我通知来访者，之后一阵脚步在门厅镶木地板上的回声让我喘不过气来。

"可是，行了……""美男子"从门口探出头来，他很高兴，很疲倦，也很消瘦，"下周你怀孕才足月，不是吗？"

那个夏天是我一生最美好的岁月，不仅是因为安赫利塔在街角转弯处找到了一个特棒的场所，价格相当便宜，有一个那么大的厨房，一开始我都有迷失其中的感觉。即便安赫利塔没有决定新店得叫"伊内斯之家"——"姑娘们，我都想好了，非常清楚，要利用免费的广告。"下面

① 红河（Rio Tinto）：西班牙南部一条靠海的河流，流经安达卢西亚自治区韦尔瓦省，因其河水泛红的颜色而得名。

还带了一句话，像一句召唤或不可缺少的姓氏，"博索斯特的厨娘"。——甚至当我穿过大门、没有停下来念遮阳篷上的这句话，它都会继续感动我，这是我一生最美好的岁月。因为"美男子"回来了，认识了他的女儿比尔图德斯[①]，因为我早上睁开眼时，看见他睡在我身边，那个夏天是我一生最美好的时光。我不可能经历更幸福的夏天了。假如"美男子"没有像 8 月 16 日那样离我这么近，我也永远不会那么高兴，那天狂欢结束了。

跟我们的婚礼一样，那天晚上所有的人都来了。餐厅里连一根别针都容不下了，我的新厨房也水泄不通，看上去都吓人，但我无所谓。端上凉菜后我摘掉围裙，坐在"美男子"旁边，跟其他人一起吃晚餐，庆祝节日，虽然时不时起身去看看厨房里面的情况如何，但我总是发现厨房几乎完美无瑕，洛拉一直在擦、洗、收拾。

"可你在干什么？"我说了她几次，"把那事留到后头吧，跟我来，姐们儿。"

"没事，真的，你别管了。"她一次又一次地拒绝，"我在这里更好。"

"你怎么会在这里更好呢？这是蒙塞的婚礼，洛拉，请你现在就出来！"

"今天我没心思过节，真的……"

"怎么没心思？"

最后我把她推出来，让她坐在我身边，不允许她再次起身。洛拉认输了，但几乎不吃东西，喝了不少酒，不停地吸烟，从不朝"帕斯谷人"的那个角落张望。他坐在妻子旁边，什么也不吃，喝很多酒，不停地抽烟，也不停地看洛拉。因此当"帕斯谷人"的妻子起身去卫生间、洛拉通知我要去厨房一会儿时，我什么也没说。"帕斯谷人"跟在后面，没回来，他妻子从卫生间出来时他还没回来，她坐在自己的椅子上，朝四周张望，这时我倒是站起来，甚至来得及听到一段对话的结尾。

"就今天下午吧，虽然她已经跟我说了不会……""帕斯谷人"用平静、平和的语气对洛拉说。

---

① 西班牙人的一个习惯是为孩子取名时往往会借用父辈或好友的名字，作为纪念。这里伊内斯为女儿取名比尔图德斯，正是为了纪念她牺牲的好友。

"去你妈的，混蛋！"她的语气不平静。

假如"帕斯谷人"与我相遇时脸上没有挂着一副透明的微笑，显示这辈子任何辱骂都没让他感觉那么好，大概也就仅此而已。相反洛拉十分心烦意乱，都没察觉我在听他们说话，看到我时没吭声就跟我出来了，坐在我旁边，不再挪动，直到我们把桌子撤了，让蒙塞和"左撇子"跳舞，之后其他人，"美男子"和我、"帕斯谷人"和他妻子也跳舞了。在他俩随着音乐节奏迈出一步之前，洛拉钻进厨房，我没拦她。

最后"美男子"来跟我说要送新郎和新娘回家时，洛拉已经怒气冲冲地清洗了很多东西，只剩下一些脏杯子，但我留下来陪她，打烊之后我和洛拉上街转一圈。"我需要透透气。"她对我说，我理解她。我跟着她，什么也没说，朝与丈夫约定一刻钟后碰头的街角相反方向行走，跟在她后面走进餐馆后门正对的小巷，那是一条狭窄的走道，有很多垃圾桶和几个孤立的廊柱，我意识到可怜的洛拉的确是满足于仅仅围着街区转上一圈。

这是一条很不起眼的路线，虽然我们从未走完。小巷光线暗淡，但没走到一半我们就隐约看见一个模糊的半身影子靠在我们餐馆的后门。假如他们选择了其他任何楼房，或许我们会扬长而过，什么也没看见，但我们被吓住了，不是因为我们以为他们是小偷；假如是小偷的话，他们应该比我们更害怕，应该跑掉，但也不仅仅如此。那个上身几乎不移动，很奇怪，它的静止、轮廓、沉默和体积都很怪异。所以我们继续前行，他们想必太聚精会神于自己的行为，听见我们时已经晚了。"玩偶"是最后几位结束宴席的人之一，他朝我们转过身来，认出我们，闭上眼睛，低下脑袋，尽可能长时间地靠在铁门上。我们看见他的右手抓住一根阴茎，或许是出于惊讶，但大概也是真的，我觉得那根阴茎巨大，毫无疑问它在勃起，坚硬得像块石头，它与主人混浊的眼睛、张开的湿嘴唇半接吻一样，要求更多的东西。它的主人是一个摩洛哥小伙子，大概不到二十岁，在我们每天去采购的那家水果店工作。

那一刻我抓起洛拉的胳膊，我俩转身匆忙离开那里，但没有奔跑。

"刚才我们看到的事情我什么也不会说的。"我没看洛拉也几乎未加思考便宣布自己的决定，虽然我的记忆自发联想起"狼"的脸，暴怒得发烫，一边从我耳朵里冒出一连串词语，他绷紧的嘴唇会一千零一次发出的唯一词语："开除，开除，开除！""永远不会对我丈夫、对任何人提起。如果你说了什么，有人来问我，我会说那是谎言，我什么也没见到，"我终于注视她，"你明白的，对吧？"

洛拉还给我一道看似怀疑的目光，后来我才发现它更多的是嘲讽。

"我是加地斯人。"洛拉说出警句，仅仅过了一会儿，仿佛那句话还不够，她解释得更清楚，"我唯一期望的是帕斯夸尔比我更有手腕消磨我们两腿之间的玩意儿。"洛拉又瞅了我一眼，微微一笑。"看来是这样的，因为说到拥有的感觉，他拥有自己的和他邻居的，那个小家伙……"

我们同时笑了起来，之后谁都不费劲地恢复了正常对话的语气。

"我不知道你是加地斯人，洛拉，我以为你是韦尔瓦人……"

"不是的，我母亲是韦尔瓦人。我是加地斯人，来自一个名叫托雷布雷瓦的地方，你大概连名字都没听说过，因为它连村子都不是，只有一个客栈周围的四户人家……离罗塔很近，介于奇比欧纳与圣卢卡·德巴拉梅达之间。"

"明白了。"我首肯，更加平静，"顺便问一下，你大概不会做安康鱼馅丸子，对吧？"

"我？"她十分诧异地盯着我，"我当然会做了。"

她当然会做。她会做安康鱼馅丸子和更多其他事情。例如，选择一个祝酒词。

"玩偶"延迟了两个多月才在"伊内斯之家"初次露面，他十分小心地等待"美男子"再次前往西班牙之后才露面。10月中旬"玩偶"回来的时候，进门却没打招呼，虽然他是我们生意红火的主要责任人之一。所以我让安帕罗在他结账的时候通知我，把账单拿给他之前，我脱掉帽子，走到餐厅，坐到他的桌边，叫来洛拉。

"伊内斯，我想跟你解释一下。""玩偶"开始结结巴巴地说话，难堪的目光盯着桌布的方格子，恐惧让他声音发抖，"因为那晚的事并非你以为的那种，真的不是。我，之前从来没……真的……"

"闭嘴，帕斯夸尔，瞧，你喜欢说话。"我朝洛拉转过身去，"请你拿三个杯子和那瓶白兰地来，好的那瓶，可以吗？我们要干杯。"

"干杯？"帕斯夸尔终于看我了，脸上露出恐惧，"为什么？"但洛拉明白我的意思了。

"我们为男人干杯。"她低声对帕斯夸尔说，一边斟满酒杯，"那些大婊子养的，为他们坏透了又迷人极了干杯……'玩偶'，为你、为我干杯，我需要男人。"她用举在空中的杯子指着我。"不用为这个女人干杯，她有富余的男人，一看她就知道了。"

"是的，肯定是的！"我抗议道，"尤其是现在，我刚刚又只剩下两支蜡烛了①。"

"等你愿意的时候，我不用看就给你换蜡烛，"她反驳我，"我说的是蜡烛。"

"我也给你换蜡烛。"帕斯夸尔终于微笑了，一边跟我碰杯。

于是仿佛那一线危机中止了安康鱼馅丸子的制作，我想起洛拉与我有一个未完成的约定，她自告奋勇在下周一餐馆关门时教我做安康鱼馅丸子。我们约在下午六点，我把比尔图德斯带去了，她很乖，一直在自己的小车里睡觉，洛拉需要这段时间向我解释所要做的事项，甚至告诉了我所不知情的自身一部分生活。

"不是卡门的过错，我严肃地告诉你。"

我俩独自在厨房，所有的门都关上，她大胆问我怎么认识的"帕斯谷人"，但实际上想知道的是我是否听他说过自己的情况，是否在我面前高声谈过他未来的计划。我对她的所有问题都予以否定的回答，因为那是事实。直到他本人把妻子介绍给我之前，我根本不知道他已婚。洛拉听到这话时十分满意，于是谈话很自然地流向我自己与"美男子"的故事，最后引到卡门·德佩德罗与赫苏斯·蒙松的故事，那个改变了我的生活、差点改变所有人生活的爱情。

"你看，我明白你们不待见她。"是洛拉急忙扯出这个话题，仿佛从

---

① 这是一句西班牙谚语（quedarse a dos velas），原意是"穷得只剩下两支蜡烛"，引申义是"很久没有性生活了"。

来没有忘记 2 月份的那个场景，也没有忘记轮到她在其中扮演的有些尴尬的角色，"我十分理解，因为阿兰谷事件之后你们的丈夫、蒙塞和你曾经在那里，所有那一切……但下命令的是赫苏斯，伊内斯，你别搞错了。他是知情、考虑、决定的人。卡门是执行命令的人，很清楚，好了……也不是那么清楚，因为她为他疯狂，那是事实，但像一个十五岁的女孩那样迷恋、陷入情网，你都无法想象……我知道这些是因为从一开始我就对卡门相当了解，知道吗？我的一个姨妈内战前移民到法国，嫁给了一个法国人，她帮我找到一处公寓，由于我富余一间房子，卡门就要了那间房。我们各付一半房租，直到她和赫苏斯同居，我俩过得挺好的，真的。"

"赫苏斯呢？"

"赫苏斯……"洛拉再次保持安静，眼睛盯在天花板上，我心想是否她也爱上了赫苏斯。"那个时期赫苏斯无足轻重，证据就是没有把他派到任何地方，其余所有的人都走了，一个接一个，所有的人，你知道的。唯一留在这里的是卡门，于是……该发生的事发生了。现在我要跟你说件事，不知道你会怎么想……"她声音的语气逐渐变细，直到在最后几个音节淡出，她看着我，好像后悔了，摇头否定，开始做另一个丸子，"嗨！没事。"

"不行，不可能没事。"我抓住洛拉的手腕，强迫她停下来，"是关于什么事的看法？"

"确实没什么，总之是一件傻事……"

"不行。"

因为我也是共产党员，在不知道她要说什么的情况下，我完全知道发生过什么事，说出某件突然焊住她嘴唇的为难之事所立马产生的害怕，在一个大门紧闭、空荡荡的餐馆厨房里，在一场朋友之间的谈话中，那句让她停顿、绷紧她所有肌肉的谚语，"与其事后懊悔，不如闭嘴"。那就是发生的事，让我愤怒，一直让我气愤，即便我跟其他人一样履行那个原则，即便我也学会了与组织相处，它远不只是一个政党，即便我学会了在这个组织里生活，从这个组织出发，因为它、为了它而活，根据它的原则而活。由于我们贫瘠、战败、流亡，党是我们唯一的所有，失去一切之后我们唯一保留的东西。它是我们唯一的家，我们唯一的祖国，我们的家庭，一个完整的世界，我们得为它微笑，鼓励其他人微笑，向逆境展示最好的表情，永不失控。我也学会了保留自己的观点，学会了从不失去对观点的恐惧。我记住了那个教训，但让我愤怒，因为让我成为共产党员的不是别的东西，而是我的自由。因此即便把我开除的念头使我产生与其他人相同的恐惧，在特定的私密、安全或真正紧急的情况下，例如"玩偶"的秘密，我不会执行所有的规则，恐惧消失时我感觉更好。

"瞧，洛拉，这里就我们两人，你想说什么都行，知道吗？因为在这间厨房我说了算。我二十九岁，但经历了很多。这辈子我遇到了很多怪事，所以我永远不会对一些人和另一些人传闲话。你应该比任何人都更清楚。"

她还是思忖了一会儿。之后抬起头，看着墙壁、大理石和那一刻她在加工的面团。

"不是一回事，你知道的。"

"什么不是一回事？"

"帕斯夸尔在小巷里攥着那个阿拉伯人的阳具，很高兴看见他……"洛拉看我一眼，之后让一个丸子掉到面粉里，"赫苏斯·蒙松跟这完全不一样，你要承认这点。"

"我承认，"我同意，"但你和我是同类人，对吧？"

"我猜是。"

"不行，你别猜测，"我回答，懒得掩饰那个动词冒犯了我，"如果你只是猜测，那我宁肯你什么也别告诉我。"我抓起一小团鱼馅，按照看她做的方式揉捏，把鱼丸拿给她看。"这样行了吧？"

"行了，很好。现在你要把丸子裹上面粉，我想说的是……"洛拉看着我，吸了口气，终于说了，"好吧，我一直觉得党对赫苏斯十分不公平，因为对其他出身名门的人不是这样的。另外，我认为这是个错误，而且是极其严重的错误。"我点头赞同，她兴奋起来。"因为，总之，即便我是共产党员，出生在托雷布雷瓦一个泥地茅房，那……这有什么功劳？但他要失去的东西很多，他失去了一切，而他们不愿考虑这些。对赫苏斯而言，留在潘普洛纳过舒适悠闲的生活，或1936年带着他家的钱来到这里会更容易，但他留下来与共和国并肩战斗到最后，跟其他人一样越过边境，还有……我不知道你是否理解我。"

"我当然理解你。我来自一个十分富裕的家庭，马德里长枪党党员的家族。"

"你明白了吧？"洛拉对我微笑，"你抓住了关键，那……"

"是的。"我打断洛拉的话，没有还以她微笑，因为我到过阿兰谷，知道事情不太容易，"但我没有策划任何阴谋来获取党内的权力，没有为了向上爬而钻进任何被窝，没欺骗任何人，没去马德里向这里的人撒谎，没有组织一场与自己虚构的革命大罢工吻合的进攻，没有因自己的过失让任何同志被杀害，没有让'教堂司事'坐上轮椅，也不用为一大帮游击队员被关在佛朗哥监狱而负责，还没算上那些根本没赶上被俘的人，因为一路上就把他们给杀害了，因此……"

"是的，是的……是的，"洛拉把手举到空中，手指上涂抹着面粉和鸡蛋，仿佛我正用手枪对着她，"你说得有理，我知道你有理。我没把你与他相比，我只想说……瞧，伊内斯，谈论赫苏斯不容易。也不容易理解他，因为同时掺杂了许多事情。事实上我从来没有认识一个像他那样的人，不论从好的还是坏的方面。无人像他。"

"很抱歉。"我不合时宜地说，因为是我套出了洛拉的话，本不该对她这么说话。

"没关系。"她摇头否定，仿佛想向我肯定她意识到那场谈话的风险，我们继续干活，闲聊一些比沉默危险性更小的话题，只谈论我们在干的活计，分享窍门和食谱，比较安康鱼与狗鳕、脂肪少的鱼与脂肪多的鱼，直到菜准备好了。

"你希望我说实话吗？"洛拉问我，"这间厨房的实话，在你掌管的这间厨房，我可以畅所欲言吗？"

她晃动菜锅，里面煮着我们一起做的丸子，她尝了尝汤，关火，看着我。

"可以。"我考虑的时间比自己所希望的要长，之后回答她，"我想知道实情。"

"赫苏斯·蒙松是杰出的人，那是事实。他是最优秀的，你希望我说什么呢。卡门爱上他，是的，我也爱上他，马诺洛、希梅诺、多明戈、拉米罗、'明白吗'、'教堂司事'和你丈夫都爱上了他。说真的，你丈夫比任何人都更爱赫苏斯，你知道这事吧？"洛拉停顿了一下看我，我点头称是，她继续说下去，更加平静，"大家都爱上了赫苏斯。当然，不像卡门，但我们信任他，钦佩他，热爱他，需要他，我干吗要对你撒谎。当他开始全面负责时，我们正前所未有地孤立、倒霉、被弃、迷失方向……我们是炮灰，明白吗？这就是我们的感觉，一群可怜、该死的西班牙人，没有任何依靠，没有任何人庇护我们，等着纳粹一个一个地逮捕我们、枪毙我们或把我们送给佛朗哥，看他是否亲自杀了我们来取乐一阵子。那就是我们，炮灰，直到赫苏斯来了并且说不。"

洛拉开始说话时是低声，尽管我俩一直独自待在那个厨房，在情绪使她嗓子喑哑之前一瞬间抬高了嗓门，她继续说话，以一种清晰、挑衅的不同语调回忆，眼睛湿润，表情颤抖。

"当我们都恐惧、恶心、绝望得半死时，赫苏斯来了，对我们说不行，想都别想，说我们还活着，非常有生命力，有很多事要做，做事情不要考虑过去，也不考虑未来，只考虑第二天。那对我们而言是……"洛拉一边闭上眼睛，一边摇头，但找到了确切的话语来对我解释，"在我们生命最倒霉的时刻，我们好像复苏了，就是这样，好像再次活过来，好像恢复了信仰、信任和一切。赫苏斯·蒙松为自己工作？是的，我没对你说不是，但大家一直不都是那样吗？即便是为了他的私利，赫苏斯也为党工作，他鼓舞了党，在我们最消沉的时候，他把我们从地上扶起来，那一切是他一人所为。而且他很有胆量，因为除了知道他所知道的事情，还需要有很大的勇气把这里的西共党员组织起来，而在法国到处都是纳粹分子。他每天都向我们展示，其他人逃跑的时候所缺乏的东西他富富有余。我可以跟你说另一件事……"

洛拉沉默了片刻，擦干眼睛，耸耸肩膀，继续说下去。

"是的，你看，我要告诉你……如今共产党在法国和西班牙所具有的一切都是赫苏斯·蒙松的功劳，共产党所能成就的一切也是他的功劳。我们与社会党人、无政府主义者、共和派的区别在于，当我们同样迷失方向，同样被打败，在被外国人占领的异国他乡听天由命时，我们有一个蒙松，而他们没有。事情就是这样，现在他们爱说什么就说什么吧。因为他篡权了，是的，当然了，谁也无法否认这点。他让卡门爱上自己以便夺权，在某种程度上甚至吃卡门的软饭，但卡门喜欢赫苏斯这样做，你也别忘了这点。她会为一辈子这样跟他生活而付出任何代价，因为从一开始，从他俩在这里同居起，赫苏斯随心所欲地对卡门不忠，卡门觉得一切都很好，假装什么事都不知情，好像什么也没看见、没听见，她只知道他想让自己看见、听见、知晓的事情。我明白那不是掌权的方式，但之后赫苏斯用那个权力所做的事恰好是他该做的，是我们所能遇到的最好结局。各司其职，不是吗？那就是事实。"

洛拉说完话，交叉手臂，看着我，她的眼睛盯着我的眼睛，仿佛是大头针，片刻之后她泄气了。

"伊内斯，我刚跟你说的话别告诉任何人。"她对我说，像是再次差点要哭起来，"跟你丈夫也别说，因为假如我认识的人得知了这些……我们干吗希望有更多的麻烦。我的麻烦够多的了，真的……"

"不会的，姐们儿，"我朝洛拉走去，拥抱她，或许因此不到一年我就当了她婚礼的伴娘，"别担心。"

洛拉和我又单独待在一起，独自谈了很多事、很多次，但谁也没再提及赫苏斯·蒙松。那一晚我们在餐厅放了一张桌子，晚餐吃我们一起做的丸子，好像什么事也没发生。丸子味道很好，我为"伊内斯之家"顾客做的丸子一直很好吃，在家里从来都做不好，因为"美男子"不喜欢。

"真是的……"尝完丸子后"美男子"皱着眉头把盘子推开，一副我不理解的不悦表情，"真是糟蹋琵琶鱼的法子。"

"可什么琵琶鱼不琵琶鱼的？这不是琵琶鱼，是一条法国安康鱼，看看你弄明白了没有。"

"对我来说都一样，"但我从未说服他，"我知道自己说的话，我喜欢整条的琵琶鱼，不是磨碎的，那是野蛮的行为，可怜的动物，假如我妈妈看见你……"

因为那个下午在我厨房发生的所有事情，"美男子"回家时，我唯一敢告诉他的是学会了做安康鱼馅丸子。

二

那天上午早餐的时候伊内斯告诉我"玩偶"前一天没来餐馆露面。他既没来吃中饭，也没吃晚饭。

"他从来没有不通知就不来吃饭的。"伊内斯担心起来，"你认为他会出什么事吗？"

我摇头否定，不想深究。1965年10月我五十一岁了，帕斯夸尔几乎比我大十岁。他已经是个老人，不会不向任何人解释就出去找乐子的。而且即便我妻子二十年来一直给他做饭，伊内斯毕竟不是他妈妈。

"他大概就在附近吧……"我拒绝给帕斯夸尔的旅店打电话询问他，因为我知道他会不高兴的，之后我做出这番推断，"他都六十岁了，伊内斯。会自个儿照顾自己的，你别担心。"

我到办公室时已经忘记这件事。之后秘书给我转接了一个来自比戈的电话。代理商把我们放置在巴黎的冷冻蜘蛛蟹货物安放在一条船上时遇到了问题。我们已答应五天后交货，一辆冷藏车运这么点东西价格会上涨很多。"因此，假如你的马德里朋友不帮我们一下的话……"代理商给我这个建议时我已经在桌上的记事本里寻找吉耶尔莫·加西亚·梅迪纳的电话。

"早上好。"他的老秘书胡安娜回答我，跟往常一样，没有流露听出我声音的迹象，"我想跟拉斐尔·奎斯塔先生通话。我是格雷戈里奥·拉米雷斯。"

1948年12月初，我作为一名绅士进入西班牙，拿着一本假护照，在格雷戈里奥·拉米雷斯·德拉伊格莱西亚的名下，该证件像往常一样伪造得十分出色。因安全原因我的旅行推迟了两次，虽然享受了与伊内斯和孩子们在一起连续七个月的时间，但不活动让我十分难受，以至于庆祝自己的出发，仿佛马上要开启一次享乐之旅。或许因此，命运对我的惩罚前所未有。

自从阿兰谷行动失败以来，我为西共担任流亡领导层与国内组织之间的联络人。那是我留在国内的方式，正如我与"明白吗"在博索斯特告别时他说的那样，我选择这条路是为了避免只要想到自己再次失败就难受。我喜欢地下工作，它让我忙碌、兴奋、处于紧张状态，对一名战士来说这是理想状态。这是一种危险的生活，但对我来说很好。对需要独自操持工作、家庭和孩子等一切事物的伊内斯来说，这种生活无害但更糟糕，尽管她从来没要求我放弃。倘若她要求我这样做，就会背叛她自己，我也会理解的，或许根本不会因此而不那么爱她。然而我的工作激动和兴奋的一个重要组成部分在于思念她，伊内斯如花岗岩般正直、坚定、经得起时间考验，热烈、轻柔如她在边境另一端的羽毛床垫上等待我的身体。我离开了，但把她随身带上。我把妻子留在图卢兹、把自己变成另一个男人时，我对伊内斯的热爱超过任何时候，那个男人每次都有新的姓氏、另一处地址、不同的年龄，但他一直比我更爱伊内斯。我从未如此爱她。甚至当我回到自己家，发现所拥有的生活无与伦比地胜过在其他人家冰冷的床上所能够回忆的生活时，也没有那么爱她。

我的生活天平一直是平衡的，直到那次旅行受挫。1945 年 2 月至1948 年 5 月，我五次越过边境，更换了三个不同的证件，有几次好些，另外几次差些。我在西班牙的逗留持续大约六个月，在图卢兹的假期大致是三个月。这种规律是由我任务的特性所决定的，即视察那些还在活动的游击队，把他们互相联系起来，再次了解局势。这不是一份简单的工作，因为它迫使我不停地运动，步行深入山区，那里自己同志的不信任比国民自卫队的对应人员更危险，他们越来越孤立无援、走投无路，因家人每日在平原所付出的代价而越来越郁郁寡欢。虽然我不止一次得开枪突围，但从来没有被抓获，因为谁也不像我这样多疑。我当地下工作者时向来都是听从自己的第七感觉。我也从未忘记马丘卡的那个教诲，"出洋相总比闯祸强"，这话我在吕雄莱听过太多次了。

进入马德里卡纳莱哈斯广场的糖果店时，我也牢记那个教诲，另外两次我把该店当作邮局使用。1949 年 5 月的那天上午，我也在拖延时间观察橱窗，想窥探店内任何奇怪或临时的迹象，但什么也没看见。或许那一刻没有。或许我累了，尤其是希望离开。我在西班牙待了六个月，两个多月在首都，我妻子的城市，理论上比其他任何地方都更加安全的舞台，但每一步我都怀疑它。那不过是一种幻觉，我知道的。我知道任何树木葱翠、满是岩石和树木的陡峭山坡都不会为我提供类似于拥挤的地下通道的那种掩护。但我是山里人，上山逃跑的可能性使我镇定自若，一种在任何地铁站的楼梯上似乎消失了的安全感。

推开糖果店大门之前我想着伊内斯，她不知道我在哪里，等她知道了会连珠炮式地追问我。或许因此我没看见本该看见的东西。那次旅行从一开始便受挫，自从我得知不能在 8 月份出发，之后告诉我 10 月份也不行。于是逐渐积累数周、半个月、整个月空虚迟钝的日子，一种空闲时间的浪费，这期间无事可做，我比以往任何时候都意识到自己的整个生活在与爱情无关的那些方面都依靠妻子。虽然我从党组织那儿领取月薪，但连房租都付不起，伊内斯是真正挣钱的人，是她在维持一切。在图卢兹无所事事度过的每一天，那一切逐渐把我也包括在内。

最近三年我往来于西班牙，没有给家庭经济贡献一分钱，而餐馆开始爆满，甚至周二晚上都是如此。那与其说是问题，不如说总归是该庆祝的消息。它是好事，直到我最近的假期拉得太长，不再像是假期，接连推迟的出发在对我不利的光线下展示我的生活。因此去年 12 月首次扮演格雷戈里奥·拉米雷斯·德拉伊格莱西亚时，我太高兴了，他的护照刚制作出来，到我手里时还是热乎的。然而我的任何旅行都没有如此艰难。

我已计划好回程并决定，如果党决定放弃武装斗争策略之后我还有机会继续出行的话，在此之前我要在法国待一段时期办个什么公司，与没离开图卢兹的同志合伙做点生意。那就是最终把一切彻底搞砸的细节。我比任何人都更清楚，局势对于上级来说已变得难以忍受到何种地步，但在对我来说十分陌生的环境里从事政治工作的前景，我不太感兴趣，虽然也不能排除过了一段时间，地下工作的诱惑再次令我无法抗拒。我猜，那些事加上倒数第二个约会的疲倦，就是我进入那家糖果店时脑子里的东西。如果命运在向我眨眼，自然是撞见我朝另一边张望。

"早上好。"

我不知道那个戴眼镜的店员是否为我们在那家商店的唯一联络人，但一进去发现他不是独自一人。在店的尽头，把商店与作坊分开的天鹅绒帘子前面有两个男人在看玻璃柜里的蛋糕。其中一人距离另一个姿色漂亮的三十岁金发女店员太近，不像是一般的顾客。由于她不说话，也不对那个男人微笑，尽管他的左腿厚颜无耻地摩擦她的臀部，但我估摸最有可能的是，那种有失身份的贴近是由于他在用手枪对准她，枪藏在他胳膊上拎着的大衣后面。

"早上好，先生。"男店员回答我，补充了一句我不记得其他几次听到过的口头禅。

把目光放低到柜台之前我发现他很紧张。这时那位没在骚扰女店员的男子离开帘子，慢慢前行，仿佛在对面那个柜台东张西望，直至站立到我背后。我不必想两次，连一次都不用，我要放弃暗号。

"有紫罗兰糖吗？"我本该这么问。"当然有，您想要什么样的，糖果的还是裹着糖霜的？"他本该这样回答我。"裹着糖霜的更好。"我本该说完暗号，小伙子就该用礼品纸给我做一个包裹，收完我的糖钱之后，把糖交给我，纸包裹的底部嵌有一个信封。信封里应该有一些文本，根据几天前以一种我不知晓的方式从图卢兹发给我的指示，对这些文本的内容进行检查、核准或修改，之后交给一位地下印刷厂厂主。然后回到自己的客栈，除了与我的接替者告别，此人的身份要等他出现在我面前时才得知，准备行李，回家，没有别的待定任务。

"能为您效劳吗？"

男店员的脸色与放置在他左边一个托盘里的蛋白酥一样惨白，他再次关注我时，我已经明白只有一个选择，如果能够成功实施，伊内斯就再次救了我的命。

"你给我打扮成绅士吧。"

"什么？"

第一次旅行的三天之前，我在考虑行李的时候，想起那件带红蓝菱形的棕色毛衣，它从所有抽屉里消失了。我也再没见到它的同伴、那件深绿色毛衣的踪迹。伊内斯拿我的西装外套出气之前把它们都扔掉了，用其他更素净的衣服取代了这些毛衣。为了讨她欢心，她买什么我就穿什么，但直到那一刻我才想起可以从伊内斯的品位中获益。

"是的。"我解释得更加清楚，"你设想一下，等我在国内时，某一天我最好像你哥哥的一位朋友……我该怎么打扮？"

一听到我的话，伊内斯微微一笑。那是她数日里第一次真正的微笑，之后她起身把我衣柜的东西清空到床上，把每件衣服分开，仔细打量，之后丢到枕头上或小心翼翼地放到床的另一头。但随着不满的鬼脸加重她的沉默在逐步拉长。

"衣服不够。"她解释之前摇头否定，"你至少需要三件没有的东西：一件好大衣、一顶好礼帽和两条真丝领带。我们手头宽裕吗？"

1945年冬季钱还是我的事情。因此我试图拒绝，对她说不行，免谈，我不会在那些荒唐滑稽的东西上花一分钱，但她固执己见。

"很好，那我们就把这事忘了吧。"她细心地把之前铺开的所有东西叠好，"因为如果你穿得很好，却没有大衣和礼帽，你只会引起别人的注意。"

又长又厚的大衣，质地很奇怪，像是有毛，但不是皮大衣，跟它的体积相比分量轻得出奇。大衣颜色是糖棕色，伊内斯在与店员的交谈中称之为"驼色"，贵极了，但我喜欢。然而我宁愿省掉礼帽，不仅是因为价格棘手，而且因为无用。我从来没戴过帽子，不喜欢。也许因此我费了老劲才学会戴礼帽。

"不是的，不是这样的，好家伙……"面对我笨拙的场面伊内斯笑得要死，"这不是便帽，知道吗？你得从这里套进去，把帽檐压下去一点，这样，从这边抬起帽檐……很好。现在你只要……"

我浪费了整整一晚时间学习戴礼帽，任何时刻都没让自己看上去漂亮、帅气与众不同，不管伊内斯与我的观点有多大差异。但那事发生在1945年1月。1949年5月我不再弃用礼帽，除了对我身份掩护不利的场合。我有了几顶帽子，冬季、春秋季和夏季的帽子。那天我戴着一顶最合适的帽子进入糖果店。肩上扛着一件独自在格兰大街一家商店买的英国华达呢风衣。我知道仅仅因为这身打扮，我的外表就在等待自己的那两个警察的估算中渗入了相当剂量的不确定。但此外，毡帽在我前额的摩擦、肩膀上呢料沙沙作响的笔挺，有助于我扮演最适合自己的角色。

"如果您在找某个具体的东西……"那恰好是男店员主动要帮我忙之后我开始做的事。

"不用，您先招呼这位先生吧，"我转身证实那个没对金发女店员感兴趣的男子恰好在我背后，"他到得比我早。"

"不必麻烦。"我感觉到他声音里的失措，"我只是看看。"

"啊！那好……我得给岳母送个礼物，我注意到那儿的那些糖果盒。"男店员转身，抓起一个雕花玻璃盒子，但我立马纠正了他，"不，不是那个。我指的是更上面的那些盒子，金属的，对，是那些。您介意给我看一下吗？"

那是两个搪瓷金属球，也许是铜的，采用一种法文名字的工艺，我听伊内斯说过一次，但那一刻无法想起那个法文名字。我排除较大的那个，带有隐约中国风情装饰的盒子，因为盖子可以完全掀开来。较小的那个盒子反过来又是一个地球仪，前面有一个金属搭扣，允许北半球分开，撑在一个看似结实的合页上。我双手捧着它，掂量它的重量，靠近橱窗，仿佛想在日光下欣赏它。

"我想我会买下这个盒子，"我高声通报，一边用眼梢观察橱窗玻璃，它把街上的空气与摆在不到半米高的木质平台上面高低错落的玻璃隔板上的蛋糕、夹心糕点隔离开来，"另一个更女性化，是吧？但颜色更暗淡……"糖果店的对面，人流经过的人行道另一边，有一个当时处于绿灯状态的交通信号灯。"这是珐琅，对吧？"

"是的。"我转身看男店员，证实他正恢复脸色，我察觉他不是叛徒。"*珐琅彩釉*。"

"当然了，*珐琅彩釉*。"我用无可挑剔的口音说出这个词，与此同时交通信号灯闪着黄色，之后使用了一句典型的伊内斯用语，我总觉得这是傻话，"谢谢，我忘了这个词。行了，我要买下这个盒子，但不喜欢空着送给岳母……您觉得我们可以拿什么装满它？"

瞬间之后交通指示灯变红了，我觉得透过人行道云集的身体看见一辆空出租车的绿指示灯。"现在。"我做出决定。

"嗯，我们有……""现在"，这时售货员正走近装满各种颜色的甜食玻璃柜，"现在"，"糖果、夹心糖、蜜饯……"

他还没来得及说栗子，我抬起右胳膊，用尽全力把糖果盒朝橱窗玻璃扔过去，扑到橱窗上面，踩着蛋糕、夹心糕点、夹心糖盒和奶油馅饼托盘，用身体把那个窟窿弄大。穿过玻璃时我把手臂交叉放在脸上保护脑袋。我以为自己未受伤，不像那个被糖果盒打倒在人行道上的可怜先生，引发了慈善行人的混乱，我匆忙从右边绕过去，一边举手引起出租司机的注意，他的确在等交通指示灯放行。进入车里我看见左脚鞋底沾满了玫瑰色的面团，里面可以区分出一缕海绵状的奶油，两颗被踩扁的大草莓。落座时我感到身体右侧剧痛，都听不出是自己的声音说出一个直到那时才求助的地址。

"早上好。"我缓慢、小心地调整自己的姿势，但疼痛没有停止，"劳驾，去圣伊莎贝尔大街的市场。"

"那里出什么事了？"出租车司机启动车的时候问我，"看来糕点铺的玻璃碎了，是吧？"

"噢……"我把身体靠在座位上，尽量伸直身体，疼痛稍微减轻，"我什么也没看见。"

总之，我的出逃不超过两分钟，但到达安东·马丁广场时我已经知道自己没有完全成功。注意到右手接触了一种又热又浓的液体时，我便挣脱肩膀上的华达呢风衣，把它放在身前。我试图堵住伤口，但没弄成就被琉璃碴划破，我决定等待。幸好出租车司机不爱说话，拉瓦比埃斯广场不远，普拉多大道与阿托查大街一样空旷。我十分笨拙地用左手付了车费，咬牙从车里出来。等司机消失在下坡处时我才穿过街道，十分缓慢地行走，监视自己的步伐，血渗出风衣的掩护滴在我的鞋上，刚开始滴得慢，等我终于沿布埃那比斯塔大街移动时，血滴得急促起来。进入16号门厅时我已无法直立行走。疼痛迫使我沿着昏暗中的三层楼梯看着自己的脚印、乳脂、奶油、果酱和鲜血。到达顶层、按下字母 D 标示的大门门铃时我差点儿昏迷。

"冬天的橙子……"

给我开门的男人在我没能说完暗号之前便攥住我的胳肢窝。我没有完全失去意识，但对接下来几分钟的事也不完全清楚。后来他们告诉我正碰上他们吃中饭，他们飞快地收留我，让我平躺在桌布上，我还依稀记得那个场景。但不记得是否提醒他们把楼梯擦干净，看来我是这么做的。我永远不能忘记的是扎在肚子上的玻璃碴儿的三角形状，也不会忘记当我看到女房东做出要拔掉玻璃碴儿的手势时我所说的话。

"不行……"那是我说的话，"不行，最好……"

"啊，我的妈呀！"那是当她让一股血喷出来，甚至溅到灯上时说的话，"我的妈呀！我的妈呀！"

从那以后我就什么也不记得了，直到在黑暗中苏醒在一张陌生的床上。我感觉右臂有奇怪的东西，我摸索着证实它连着一根管子。我也感觉到周身缓解的疼痛，眼下它依然存在，既是同一疼痛的回忆又是它的预感。它的陪伴足以让我明白自己无法提高声音，也不能敲墙来引起注意。除了睡觉什么也干不了，那就是我最终一次又一次所做的事，直到在一次苏醒中证实自己感到热了。我揭开被子，发现自己很饿，但什么也没发生，只有一段迟缓的时间，如未经通报便进入我血管的生理盐水的水滴那么徐缓，直到我觉得有必要再次盖上被子。那一刻门开了。我的眼睛被黑暗所麻木，感受到淡黄色的灯光便疼起来，照亮走廊的是一个小灯笼的微弱光线。

"哎呀！你醒了……"一个女人的声音重新把我带回到这个世界，"幸好，吓死人了。你感觉怎么样？饿吗？"

"饿极了。"

"我不奇怪。你很多天没吃东西了。"她起身之前对我微笑，"等一下，我马上回来……"

她回来时带来一个托盘，一个贴在她裙边、大约十二岁的男孩留在门口，望着我。

"他是我儿子鲁文。"他母亲四十来岁，胖墩墩的，很和蔼，散发着清洁用品的气息，"你别担心，他很习惯了……"

从她扶我起来、给我把餐巾挂在一件陌生睡衣的领口，之后把托盘放在我腿上的方式来看，我发现她跟儿子一样习惯了照顾像我这样的客人。

"你可以自己吃吗？"我点头称是，开始喝什锦菜汤。"今天我不敢给你吃别的东西。看看大夫怎么说……"

1936 年 7 月 18 日，吉耶尔莫·加西亚·梅迪纳已经读完医学专业，但还差一年完成临床专业。战争使那个期限延长至三年，为其提供了一长串十二个专业作为选择，但就吉耶尔莫来说，胜利者不想承认他的文凭和专长。在要求获得这个文凭之前他及时了解到，该文凭会把他以加入谋反的罪行直接送进监狱，于是只好放弃从事自己的职业。这与事实不符。我认识吉耶尔莫时他已秘密从事医生职业八年多。

"我还没改变过任何人的面貌。"第一次见到吉耶尔莫时他微笑着向我解释，"但一切都会过去的……"

吉耶尔莫午夜时分出现，一身职员打扮，拿着一个手提箱，与里面所携带的器具相比，与其外表更相符。他比我大一岁，也稍高些，一直很瘦，内战前那些年就是如此。他戴着一副过时的圆眼镜，皮肤呈柠檬色，长脸形，依稀一副格列柯①所画的古代骑士表情。一开头吉耶尔莫的外表使他显得严肃，甚至严厉，如果不是他在我产生这种想法的更短时间里予以否认。他喜欢说话，有一种牢不可破的幽默感和第一时间使人产生信任感的本事。

"你知道出什么事了吗？"我向吉耶尔莫打听没敢问女房东的事情，"结果如何？"

"结果如何……"吉耶尔莫停止检查我的伤口，眼睛睁得很大，看着我，"什么事？"

"落网。"

---

① 埃尔·格列柯（El Greco，1541—1614）：西班牙文艺复兴时期画家、雕塑家、建筑师。原名多米尼克斯·希奥托科普罗斯，出生在希腊，因此外号为"希腊人"。他学习时代的大部分时间在意大利度过，但三十六岁时移居西班牙。他的作品具有梦幻般前卫的表现主义风格，20 世纪后成为表现主义、立体主义的先驱。

"落网？"吉耶尔莫摇头，又回到我的腹部，"对那些事我一无所知。你问卡门或希布里阿诺吧。我不是共产党。"

"你不是？"他对我的惊讶微笑。

"我不是。你会发现……"吉耶尔莫停顿一下，调整他眼镜的位置，望着我，"即便像是撒谎，这个世上几百万人不是共产党员，知道吗？"我笑了，伤口让我疼起来。"别笑。我跟你说了别笑。你不适合做剧烈运动。"

"可是如果你不是共产党员……你在这里干吗？"

"好吧……"他耸耸肩，然后回答我，"你的肝脏撕裂了，腹部满是玻璃，内出血十分严重。我说你需要一名大夫，不是吗？我不是共产党员，但确实是医生。"

"操！"听到那番诊断时他的意识形态不再令我不安，"你要给我动手术？"

"不。我已经给你动完手术了。"他再次微笑，"两次。恢复会十分缓慢，但你会从这次手术中走出来的。"

吉耶尔莫·加西亚·梅迪纳，无党派反法西斯分子，不是共产党员，但确实是我这辈子所拥有的最好战友之一。他比任何人都更加慷慨、坚毅、勇敢和忠诚，是我耽搁六个月回到图卢兹期间与这个世界的主要接触。没有他，我永远无法与外界取得联系，因为希布里阿诺和卡门，那个为真正危急情况储备的公寓房东，不仅与党组织没有直接接触，而且他们被禁止与党组织联系。

"我们什么也不知道。"我向希布里阿诺求助时他对我解释，"那是我们的工作，待在这里，一无所知。"

希布里阿诺的职责局限于隐藏处于困境中的地下工作者，等待像我这样的人出现，给他提供住宿、食物，为他治疗，帮助他恢复，尽早把自己的家腾出来。只有那种绝对的隔离可以保护那个家的安全，它还有一个额外的保护，因为卡门的妹妹嫁给了一个国民自卫队队员，西班牙内战英雄。医生的电话写在一张没有寄信人的明信片上，多年前就寄给了他们，这是他们所能告诉我的一切。我明白从那时起自己得在无人帮助的情况下谋生。那并非易事。

除了惋惜失去留在奥尔达莱萨大街客栈里的大衣与其余行李，我无法与任何在最近六个月工作过的人取得联系。我不知道除了糖果店玻璃之外，是否还有落网，也不知道到了何种地步。我根本不确定自己有没有再次出洋相，但如果我逃脱的那几个男人是警察，他们有足够的时间记住我的脸，到那个份儿上对我的相貌描述在所有警察局都传开了。存在一种可能性，就是即便如此，他们还没到我以格雷戈里奥·拉米雷斯·德拉伊格莱西亚名义登记的那个客栈，这个身份对那位戴眼镜的男店员来说是陌生的，但即便我可敬的客栈老板娘宁愿占据我的东西而不是告发我的失踪，我也无法改变护照上的照片，拿着它出国。因此思考了许久之后，我相信最长的路最终会是那些可能途径中最短的一条，再次见到大夫时我向他求情。

"我用暗号给妻子写一封信，不会牵连到你，在寄信人的位置署上你的姓名和地址，你介意吗？"吉耶尔莫皱了皱眉头，仿佛不明白那个问题的含义，"此刻我不敢使用任何身份。邮局有可能知道我的图卢兹地址并核实寄信人的地址。"

"不，我不介意，不过……"于是他点头同意，"行了，是为了让人知道你在这里，不是吗？我可以亲自给她写信，如果你愿意的话。"

他打开自己的公文包，取出一张信纸，其抬头吸引了我的注意力，画的是一辆在公路上往来的卡车。我感觉认识它，于是朝床头柜转过头去，证实卡门为我问诊治疗所用的那张原稿纸与它一模一样。

"那张信纸？"吉耶尔莫再次看我，似乎不明白我的意思。"看上去……"

"是一家运输公司的。"他向我确定，"我在那里工作。我跟你说过我没有正式的医生执照，对吧？"

"是的，但那让我们的所有事情变得容易多了。"我兴奋得突然直起上身，我的伤口抗议了，"我妻子在一家餐馆工作。你可以给那里写信，好像她在等待一个邮寄的东西……得是某个阿斯图里亚斯的东西，例如几瓶'风笛手'牌苹果酒，这是我在山上的用名。"

"很好。我可以告诉她别担心，我已经找到它们了，但由于很脆弱，我正把它们保管起来，只有当我确信它们会完好无缺到达时才寄给她。"

"棒极了。"有这么多年地下工作的经验，我都不会做得更好。

"你妻子叫什么名字？"

"伊内斯·鲁伊斯·马尔多纳多，但你最好写成伊内斯·德拉托雷·桑切斯。"

"我不知道你们有这么多假名，"吉耶尔莫微微一笑，"怎么不会弄乱……餐馆呢？"

"伊内斯之家，"出于我无法想象的动机，他的笑容荡漾开来，超出了笑的边界。"阿克莱大道……"

"52 号，对吧？"

"不对。"我用一丝声音回答，"54 号，可是……你怎么知道的？"

"因为她是我的顾客。不到一个月前我给她寄了 90 升橄榄油。"

吉耶尔莫告诉我此事时我本该生气。的确我再次在嘴里卷起舌头，在很长时间里头一回用力咬舌。这不足为奇。自从伊内斯开始在酒馆掌勺，直到我们最后一次分别，她每周都拿那个话题来烦我。"可是，让我们来看看，"她一次又一次地对我说，总是以同样的节奏来敲打我，仿佛我的听力是研臼里的两个蒜头，"难道我们没有接连不断地派人去西班牙吗？我们在西班牙就没有任何人可以给我寄几个无关紧要的小桶？我不知道，80 升，100 升……那对一辆卡车来说算什么？"

一开始面对那些放纵的话语我都不知道是该生气还是微笑，虽然脑子里从未有过取悦她的可能性。我不能利用党组织来满足自己的妻子，但她应该像我一样很明白此原则，却从不认输。独裁永远不足以成为强迫她放弃的理由。因此当我得知她利用我不在家建立了一个关系网，通过哈恩的一个陌生人到达我床边微笑的吉耶尔莫，我想自己得救了。没过多久吉耶尔莫亲自向我确认了这点。

"不行，最终我会加入你的那个党的，即便只是因为它是西班牙唯一运作良好的东西……"

我们估算这封信要耽搁五至七天抵达目的地。第八天，吉耶尔莫下班时一个陌生女人问他时间，当他看表时，她补充说对一些苹果酒感兴趣。之后挽起他的胳膊行走在大街上。"这样挺好的，"她补充说，"你别以为。"直到俩人进入一家咖啡馆。女孩挑选了一张僻静的桌子，在那儿她一边保持微笑，继续假装试图征服他，一边告诉他我所需要知道的一切。

落网几乎在开始之前便结束了。那位可怜的售货员不知道他的情妇，嫁给店主的即金发美女，轮流与他及一个自己更喜欢的商品推销商往来，或许因为后者是个无赖，总是需要钱。是此人告的密。金发女人告诉他售货员是共产党员，没有预见会发生什么事。她不喜欢警察，但警察敲门的那一刻她害怕了，于是自愿合作。我们的那位同志被她套出约会的时间和日期，之后承受落在自己身上的一切，没有开口。没有任何别的逮捕，虽然他所属的组织出于安全原因停止了运作。尽管如此，我必须在一个不确定的期限内保持彻底不存在的状态，这便是最近一个月我的生活。

"我跟她约在后天。"加西亚大夫微微一笑，向我暗示他的工作时不时给自己带来那些乐趣，"她会给我带来一座有四个大门的办公楼堆煤场的钥匙，两个大门朝格兰大街，两个面向德森加尼奥大街。整个夏天都会在施工，工头是你们的人。之后我们再看吧……"

1949年11月底我离家差十天就满一年，我在一扇丝印玻璃门前停步，上面有一块自己害怕再也见不到的招牌，"伊内斯之家，博索斯特的厨娘"。那一刻我的恐惧就像5月份在那辆出租车上证实自己的血又浓又热的稠度。也许更害怕。我回来了，但无法相信这点，也不知道那扇门后面的人是否愿意相信。我感觉自己是另一个人，一个冷漠、更年迈的男人，与那个总是像进自个儿家似的进入那餐馆的男人不同。花边纱帘使餐馆避开了行人的好奇心，当我踮起脚从它上面窥视餐馆内部时，看到一个女人在餐桌上摆花。我认识她很多年了，不可能没认出她来，可是我怀疑自己的眼睛。她在那儿，同时又很遥远，仿佛我在一部电影，一段颜色暗淡昏黑、失去光泽的旧场景中看到她。

只过去了一年，但那次旅行从一开始就不顺利，返程时一直感到的不安，在其他情况下被紧张的情绪冲淡了的不适，回程之旅的紧张局势，增加了远不止两倍。只过去了一年，但在大半年时间里我像死人似的严格保持与世隔绝的消亡状态。对于一具尸体来说，一年是很长时间。当我用在那扇门口迎接我的月桂树来衡量时，对我而言一年太漫长了。

伊内斯坚持要把栽在两个硕大的泛红陶器花盆里的月桂树放在大门两侧，因为很漂亮，她常说，甚至高雅，"此外等它们长大了，对我会很合适的……"。我离开的时候它们是两株发育不良的脆弱灌木，枝条几乎裸露，很少的几片发黄、羸弱的嫩叶，比花瓣结实不到哪儿去。当我回来时，遇见它们变成了两株不太高的灌木丛，但的确茂密，叶子粗大，散发着芬芳，颜色是明确的深绿色。它们没有想念我，我也不知道不在家的时候还有多少事物改变了或成长了，多少事物诞生了或死亡了。对发现这一切的恐惧让我停滞，甚至僵住了握着把手的手，但在下雨，我终于得以回家，我的家不是图卢兹的人行道。因此并且因为一阵已无法摧毁月桂树的寒风摇晃着它们的枝条，仿佛有某个理由仇恨它们，那个曾经的我和已不十分确信依旧是我的那个男人，同时进入"伊内斯之家"。

"请待会再来吧。"安赫利塔刚把最后一个花瓶摆好，只用她们驱赶叫花子所采取的话语打发我，"*我们现在什么东西也没有了。厨房还没有开门呢……*"

我建议自己叫她的名字，但我的声音无法制造任何声响，我朝她的方向慢慢走去，想听听用我们自己的语言说出的相同借口。

"请待会再来吧，等我们打烊的时候，现在我们什么也没有。"她终于抬起目光，开始打量我，"您没看见厨房……啊，我的上帝！"从她脸上的表情我明白自己的外表比想象的差多了。"伊内斯！伊内斯！你出来，你跑出来！"

我乘坐拉斐尔·奎斯塔上班的那家公司的一辆卡车抵达图卢兹，这是加西亚大夫出于他允许我想象的原因隐瞒自己身份的假名。那个夏天我在一个干净凉爽、通风良好的堆煤场度日，但只有他本人借给我的书籍和报纸做伴，我甚至想念起鲁文，他很烦人但象棋下得好。在堆煤场白天和夜晚我都没有访客。有阳光的钟头我也从来不敢使用紧急出口，它将我的躲藏处与一条小巷子连接起来。反过来，当夜幕降临，大楼空空如也时，我出来伸伸腿，尽量多行走。我总是选择宽阔、热闹的大街，有时是阿尔卡拉大街，直到雷蒂罗公园；有时是普拉多大道，直到阿托查；有时是卡斯特亚娜大街，直到跑马场高地；或沿格兰大街往下，直到摩尔人营地①。

那些散步对我的健康有益，虽然它迫使我与自己的饥饿做交易。工头每周一和周四给我带来一包食品，数量恰好让我不太挨饿。傍晚时分他通常用指关节敲门，问我情况如何，是否需要什么东西，把我的食物从他的工具包里取出来之后立马离开。我的食谱不仅量少而且单调，罐头沙丁鱼、熏鲱鱼、一点水果、奶酪、饼干，总是有一包榅桲肉。我从没问过他为什么给我带来这么多榅桲，它是便宜，但没有比他从未想到放进包里的其他东西更便宜。大概他喜欢榅桲。我一直以为自己讨厌它，但那个夏天我怀着真正的喜悦吞噬它。后来当我尝试重新吃它的时候，我证实自己还是厌恶榅桲。

榅桲肉不足以带来许多快乐，但命令我行走的加西亚大夫也给我带来快乐。我们每两到三晚碰次头，每回都在上一次约会商定好的不同地方，我们一起散步。之后借口不能消耗热量而不加以补充，他请我在市中心某个昏暗、低调和平民的小酒馆吃点东西，我在那儿通常点店里最便宜的东西。由于饥饿我无法抵抗这个诱惑，但胃部撑满时我对延续一周又一周的过分行为感到恼火，而他和我都无法依稀看见这种局面的结束。

"什么？"当我向加西亚坦白自己感觉有罪时他笑了起来，"一块土豆饼？一块炸香肠？你瞧，好像我会因此破产似的。"

其间我们聊啊聊啊。我向他讲述自己的生活，他告诉我他的生活，某些时刻我甚至觉得他的生活比我的更加富有冒险精神、更难以置信，哪怕他从未上过前线，也没有离开过马德里。在此期间事情逐渐发生变化，而对我来说什么也没改变，9月份职员们回来上班时，他给我找了一个地方凑合待下去。我必须把煤场腾出来，加西亚公司的一个女秘书胡安娜出租房间，这位沉默、谨慎的女人是一个共和派的遗孀。她跟父母住在曼萨纳雷斯河附近一处偏僻居民点的一栋小矮房里，那里一个新房客不会引起任

---

① 摩尔人营地（Campo del Moro）：位于马德里王宫及曼萨纳雷斯（Manzanares）河谷周围的一处园林，1931年被宣布为具有历史艺术价值的景点。其名称由来是穆斯林酋长阿里·本·优素福（Alí Ben Yusufe）在阿方索六世于1109年去世后试图重新占领基督徒控制的马德里广场，他把军队驻扎在如今的王室园林处。

何邻居的注意。

"你在那儿不会有事的，但我不能支付你的房费，工资不够我应付这么多开销。我跟丽塔谈了……"

"丽塔？"

"是的。"加西亚微笑，"就是那个对苹果酒感兴趣的女孩。她叫丽塔。"

"嗨……"但他不愿告诉我那事。

"现在的情况是我已经知道如何把你从这里救出去。我上班的那家公司不仅从事半岛内的运输。老板与政府关系很好，跟他的一些顾客关系更好。因此贿赂这里和那里的一些人，我们的卡车能时不时载着免关税的货物进入西班牙。为了不引起注意，去程卡车是装满的，但在边境附近卸载，通常不经过海关。丽塔做过调查，结论是我们有一个值得信赖的货车司机。我会负责安排他在下次的非正常出行中当司机，但我根本不知道那事何时发生。与此同时，我可以把你安置在仓库里，跟胡安娜谈谈，让她按周租给你一间房。你会挣到刚好够吃饭和付房租的工钱，可是……"

"没有像地下工作这样的生活。既没有这么好的，尤其是也没有这么糟糕的生活。"1949年与地下工作永别时，我有机会看到了它所有的面目。吉耶尔莫·加西亚·梅迪纳的脸庞将陪伴我的余生。将近二十年后，当我有机会还他人情时，我依然感激他。

"你从未想过藏在一辆卡车里离开吗？"最后一夜我邀请吉耶尔莫在他最喜欢的餐馆吃晚饭，"你会很容易做到的。"

"我考虑过许多次，你别以为，可是总有某个患者在地下室或阁楼等着我。"他微微一笑，"总有人肠子露在外面某个地方，某个即将分娩的女人，一个受枪伤的人，一个被释放的被捕者脑袋开了花……我喜欢当医生。那是我会干的活儿。"

"我不知道如何报答你所有这一切。"

"你已经报答我了，而且是提前的。假如你没有穿过一扇橱窗，内脏都露到外面，这个夏天我会无聊死的。"他鼓起勇气补充了几句略加改变、我都听过甚至几百次的话，"这适合我，知道吗？这是唯一让我感觉良好的事。"

"是的……我有一个朋友说没有像地下工作这样的生活。既没有这么糟糕的，尤其也没有这么好的生活。"

"他说得有理。"吉耶尔莫举起他的酒杯与我干杯。

"是吗？"我也不太确信地向他举杯，"我不那么肯定……"

之后吉耶尔莫陪我到仓库，把我介绍给卡车司机埃米尼奥，他在土豆箱构成的两面墙中开了一条走道，以便我进入车体深处，背贴着驾驶室坐下。吉耶尔莫祝我好运时，我已经看不见他的脸了。启动发动机之前他俩再次把所缺的箱子放回原处，我藏在土豆墙中间，以防国民自卫队拦住我们，我就这样到达了拉宏格腊①。路程持续了整晚和第二天的一大部分时间，但不像我开始担心的那么可怕，因为埃米尼奥掀起连接驾驶室与后车厢的窗，在整个旅途中把车窗都开着，让我呼吸，提前通知我停车点。卸土豆之前他钻进一条森林小道，在树丛中间停车，再次打开我进入车内的同一条通道。

"你待在这里。我马上回来找你。"

我帮助埃米尼奥再次凑满卡车的货物，等了他不到一小时。那时更糟糕的事情开始了。他回来时后车厢只有几个空麻袋。他把麻袋移开，掀起车厢地面上的一个盖子，向我出示一个令人窒息的黑乎乎金属厢体，是被设计用来运输工具和第二个备用轮胎的。

"你千万别想睁开眼睛，"我已经钻入厢体时埃米尼奥建议我，我预感那一切将比步行越过边境还糟糕，"闭上眼睛，想些愉快的事情，看我们是否在海关不遇到长队……"

埃米尼奥偏离自己的路线以便把我送到图卢兹，可是他把我放在远离市中心的地方，我忘了向他借一枚硬币打电话。我口袋里只带了比塞塔，找不到换钱的地方，于是冒雨步行到达餐馆。到达时我所有的骨头都疼。我好几个月没剪头发了，还留了胡子以便难以确认我的身份，穿着外国的轻薄服装——工装裤和一件没有翻领的深蓝色棉布短上衣，这是我在仓库开始工作时交给我的马德里工人制服。然而伊内斯从厨房出来时看见我，

----

① 拉宏格腊（La Junquera）：加泰罗尼亚自治区赫罗纳省上安普尔丹地区的一个镇。

那次她跑出来之前居然没摘掉帽子。

"'美男子'!"她胖了,尤其是胸部,浑圆饱满,比我最后一次见她大多了,"'美男子'!"

我吸入奶水独特的甜腻气息,只有这一次我的眼睛先于她充满泪水。

"可是你出什么事了?"因为她在抓住我之前刹住脚步,仿佛近看时发现我不再是她等待的那个男人,"你剩下一半了,瘦得皮包骨头……"

伊内斯带着几乎痛苦的惊讶表情看着我,一边朝我伸出双手。之后,她开始小心翼翼地抚摸我的头发、脸庞、胳膊,好像怕伤害我、用指尖推倒我。我静止不动,看她这么做,都不敢触摸她,一边看着她那么干净的手,洁白无瑕的围裙,那张哺乳期会神秘地变得红润、孩子气的圆脸,她的手越来越脏,我旅途中沾上的污垢、褐色的泥土污渍、黑色的油渍印迹以及雨水溶解尘土时所形成的其他不同的潮湿、土色的污渍,将她的手弄脏。

"别碰我。"那是我一年不在家之后对她说的第一句话,同时把她紧紧搂在怀里,"我把你弄糊涂了。"

"我怎么能不碰你呢?"伊内斯的眼睛和嘴唇在离我几毫米的地方颤抖,直到我绝望的嘴巴与她的相遇,认出它,也让它认出我的嘴。"如果你在这里我怎么能不碰你呢?"她再次吻我,又说了这话。"你在这里,"伊内斯继续吻我,不停地说,"你在这里,你在这里……安帕罗!"

"什么?""狼"的妻子离得很近,但伊内斯再次喊起来。

"我要回家!"

"好的,姐们儿……"

胡安娜四十岁,身体干枯。她很瘦弱,可以说是憔悴,但不只是这些。她长着一张鸟脸①,烫过头发,分成不同的黄色层次,发梢烤得那么焦黄,仿佛刚从高压电线杆下来,发缝乌黑。但也不是那么回事,也不是说她总是把指甲和嘴唇涂成相同的玫瑰红色,闪着珠光,显得孩子气。我在她家睡第三晚时,胡安娜从上到下喷了廉价香水,是在所有商品都卖

---

① 鸟面综合征:又称颌面骨发育不全及耳聋综合征,是由于胚胎7~8周以前第一、二腮弓发育异常所导致的以颧骨和下颌骨发育不全、眼裂倾斜、下眼睑缺损和耳畸形为主要特征的综合征。呈鸟脸,小眼、钩鼻。

0.9 个比塞塔的杂货店散装出售的香水，之后什么也没说就钻进了我的被窝。我醒着，她发现了，因为看见我把头朝门口转过去，甚至问她出了什么事，之后我才明白正在发生的一切。胡安娜穿着一件皱巴巴、滑稽的睡衣，长到脚部，所有的扣子都扣紧，在其他女人有乳房的地方是一些非常卷曲、紧致的小花边。她的乳房除了乳头都没鼓起来，让她看上去像一个老女孩。之后胡安娜利用我从未给予她的信任，把那件睡衣换成其他更短的吊带睡衣，花边因使用而磨损，同样失去光泽，但更加残酷，因为这显示出她实际上是一个皮肤暗淡无光的女人，裸露得越多越暗淡。她的香水是忧郁的，她的发带是阴暗的，她的欲望既强大同时又卑微，令人沮丧，更加阴暗。她达到性高潮时会漏出一些窒息、尖利的呻吟，一种断断续续的"i"声，介于汽笛声和猴子的尖叫声，这是最大的悲哀。

"我们有了另一个孩子，你知道吗？"伊内斯在门口打开雨伞之前告诉我这个消息，之后才正视我，"一个男孩。"

"我发现了。"

"是因为我的乳房，对吧？"我点头称是，她笑了起来，一边紧贴着我，"我给他取名费尔南多，万一你回不来……"

我们刚开始行走，伊内斯突然停下脚步，再次打量我，她已经看不清我了。

"你在这里我太高兴了。"她也没擦去眼泪，但用胳膊搂着我的脖子，吻我，"我怕得要命，你知道吗？我太害怕、太担心你回不来……"

到家时我认识了在梅塞德斯怀中的费尔南多，1950 年那个博索斯特的女孩快满二十岁了，她在上师范，下午当保姆挣点法郎。费尔南多的哥哥、姐姐我还无法看到。安帕罗派她女儿去找他们，让她把孩子们带到她家睡觉，免得打搅我们。伊内斯把孩子从梅塞德斯怀里接过来交给我："瞧，费尔南多，这是你爸爸，看见了吗？"她对梅塞德斯说可以走了。随后我试图记住那个只有三个月大但跟我一样永远名叫费尔南多·冈萨雷斯的小家伙细小的五官，他母亲把我们单独留下。

十分钟后伊内斯重新出现，裹在一件一直很适合她的淡玫瑰色缎袍里。她把皮鞋脱掉，换上与袍子配套的拖鞋。她把头发扎成那种高髻，懂得拉出几缕看似偶然的巧妙头发，比其他任何发髻都更适合她。伊内斯把嘴唇涂成红色，还有时间做了一大堆别的事情：打开浴缸的水龙头，把苹果味的绿盐撒在浴缸底部，把孩子的小车放在走廊上，浴室门口旁边。

"你把孩子给我抱过来。"伊内斯吻儿子的头部，亲我的嘴唇，再次吻他，"他很好，你会看到的……"

胡安娜需要一个男人，而我需要保命。她需要我，或说得更恰当些，她需要某种可以从我这里获取的东西，这样对她最合适，无须到大街上去寻找，不必引起任何人对她焦虑的注意，不连累她作为一名共和派寡妇的不牢固名声。我的问题更简单，只有害怕。她知道这点，但不介意。胡安娜不吭气地钻进我的被窝，一声不响地寻求与我性交，找不到，但也不着急。我在她手里，我俩都知道这点。她尽一切努力提醒我这点，我有过不那么专心、忠诚的情妇，但我的肉体从未对任何女人如此薄情。胡安娜的身体冰冷得像条鱼，比榅桲肉更凄凉，但它不让我消停，最后我设法做了该做的事，总是在黑暗中闭着眼睛，用嘴呼吸，以免闻到那股可怜的香水，几乎掩饰不了她惨淡至极的体味。胡安娜不索求更多的东西。第一次结束时她试图拥抱我，我晃动肩膀，什么也没对她说。我背对着她，她什么也没说就离开了。早上当我坐在她父母中间准备在厨房吃早餐时，她投给我一丝悲伤的微笑，她的脸颊因悲伤而泛红，我的骨头之间溜过一道突然的寒意，这让从我嗓子眼儿咽下去的菊苣根汤的味道更加苦涩。

把孩子哄睡后伊内斯给我脱光衣服。我钻进浴缸，于是伊内斯以我所见过的照顾我们孩子的相同干劲和专心给我全身打肥皂，用海绵给我好好搓身，给我洗头，重复数次这个动作。与此同时她不停地说话。伊内斯的睡袍领口打开、合上，让我看到被她绷紧的胳膊所挤压的乳沟。她说啊说啊，舌头的翻动与揉我脑袋的双手节奏相同，常常把白泡沫溅到她自己的头上。伊内斯用湿手指把它们擦干净，接着聊，不停地说，总是把最严重的消息与家庭琐事穿插交替。薇薇[1]学认字了。"狼"的胃溃疡正使他的

---

[1] 薇薇（Vivi）是伊内斯与费尔南多的女儿比尔图德斯的小名。

生活痛苦不堪。我好不容易脱险的那家糖果店售货员被判处死刑，他的律师对减刑到三十年不抱太多希望。别人送给小米盖尔一辆三轮车，他拼命地在走廊上骑行。谣传西共要起诉蒙松派人士，唯一确切知道的是不想跟军人过不去。费尔南多的分娩又好又快，都没给她缝针。在收到吉耶尔莫的信之后谁也没再告诉他任何有关我的消息。她不知道我的死活，或是否在西班牙认识了其他女人。我无法想象她多么思念我。

伊内斯说最后这句话时，她一直不停地排掉又重新灌满浴缸的水已经干净。为了以示庆祝，她脱掉袍子，钻进浴缸，跟我待在一起。

"你留胡子很漂亮，知道吗？"

伊内斯选择了时机。她把自己的腹部与我的分开，几乎没有摇摆臀部，一直看着我的眼睛，手也一直放在我的肩膀上，让臀部呈直角下垂，骑在我身上，好像试图向我显示我俩谁也不擅长别的事。

"不过我想过后给你刮胡子，因为这样不像你，而是像那些奇葩的国际纵队的一名英国队员……"

我的房间没有插销。有几次我想把五斗柜挡在门口，但从来没敢这么做。胡安娜话不多，从外表看显得温顺和气，因为她服从父母的所有嘱咐，仿佛是一道道命令，以她这个年纪的女人一种不可思议的顺从不加争论地尊重他们的怪癖。然而在她那双像是被老鼠啃噬的小眼睛深处隐藏着一处幽暗的矿层，一种矿物质般坚硬的阴影。她的不动声色，那种可悲地接受我所给予的一点点东西的逆来顺受态度，使我相信她会是无情的人。胡安娜也狡猾，不过度利用我。她从来不连续两晚上来看我，虽然刚开始她对我交替进行惩罚与豁免时，我有时装睡。不一会儿她就撤了，但我的懒惰很快就产生后果。不搭理她的第三晚次日早晨，我不得不没吃早饭就去上班。面包、牛奶和烧炉子的煤都用完了。下午我回来时她一边端上晚餐，一边高声议论想必出了什么事，因为在街上看到了许多警察。我甚至幻想杀了她，可我不能允许自己这么做。我也不能寻找另一个住处而不冒被她揭发的风险。如果我不辞而别，甚至会有她揭发吉耶尔莫的风险，于是我致力于刻苦培养另一种幻想。"如果要做爱，那就做爱吧，"我给自己立规矩，"从什么时候起那成了问题？"我在山上度过了许多季节，在集中营度过了整整几年，我是行家，但脑子里从未储存过这么多嘴巴、舌头、竖起的乳头和两腿分开的裸体女人，好处那么少，持续时间这么长。那个秋天，我与自己阴茎磋商比前一个夏天不得不与饥饿交涉艰难多了。

我们从浴缸出来时，伊内斯很仔细地帮我擦干身体，把我安顿在镜子前面，给我剃胡子。

"你愿意我给你理发吗？"

"不愿意。"我笑了起来，惊讶于再次在自己的脸上看到笑容，"你会把我变成一个头发参差不齐的基督。"

"怎么会呢！我确实学得很好了，你等着瞧吧……"她转过身，走向衣柜，左手拿着一把梳子、右手拿着一把剪刀回来，嘴唇上挂着胜利的微笑，"安赫利塔的那位邻居教我理发，她很有本事，现在我总是给孩子们剪头发，问题是……喂，你坐在这里。"

伊内斯把一个凳子挪到我跟前，之后取下墙上的镜子，嵌入洗脸池，这样可以看见我的整个脑袋。

"我只剪掉你这后面那么可怕的蓬头散发，行吧？然后你去找'假发'，他会好好给你修理的。"

"我会好好修理你的……"

"是的，瞧，多好的主意。"她笑了起来，"因为你想象不到我有多么需要。"

但她同意我们上床之前还给我剪了脚指甲。

"你在干吗？"我躺在床的另一端时伊内斯问我。

"看你。"我伸出一只手抚摸她转向我的身体轮廓，"之前没能好好瞧瞧你。"

伊内斯闭上眼睛，任由我欣赏她。我始终睁着眼睛，直到那光滑至极的皮肤每个皱褶，胳膊肘细小的粗糙不平之处和左腿一小块几乎呈圆形的极丑伤疤，像是牲口的烙印，与其皮肤的光滑不相称，这一切与我的记忆有效重叠。于是伊内斯的体味、双手、嘴巴逐渐抹去了她的旧形象，剥夺了我那点可怜、卑微的资本。在那个漫长、激烈而甜蜜的夜晚，我赖以生存的那个伊内斯裂成碎片，犹如陈旧、无用的套子，无法更长时间地监禁一位比我的记忆更强大、更属于我的女人。

"你看？你把他吵醒了。"半夜孩子开始哭起来。"那么大声说话，那么尖叫……"

"傻瓜，不是因为那些。"我在开玩笑，但她照样给我解释一番，"他该吃奶了。"

伊内斯没有起身就把孩子从摇篮里抱出来，背对着我给他喂奶。几分钟里我只听到她的声音，一种几乎听不见、被孩子用劲的回声定好节奏的低语，一种吮吸的声响，只是不时中断，让步于一种意外的叹息，仿佛需要停下来休息喘气。之后他母亲抱着他在床单上转过身来，她的手轻微拍打他的身体，小心翼翼地把他安放在我们中间，以便把他抱在怀里。我见他吃另一个乳房的奶，他的头那么小，他的右手又细小又完美，靠在伊内斯的乳房上，以确保乳房不会脱口，我很激动。伊内斯察觉到了。她右眼落下一滴眼泪，但懒得提醒我她没在哭。

我一度根本就不紧张了，觉得学会无精打采地勃起阴茎比喜欢上胡安娜更容易。这样至少结束得快，总是在体外射精。一天晚上在晚餐时她用老女孩的小嘴叹息自己怀不上孩子，但我根本不相信她的小伎俩，当然不可能是我的孩子。我的精液是唯一能掩饰我害怕的东西，是主权的最后一个堡垒，我在那儿还有机会变得强大、进行抵抗。至于其他的，该做爱就做爱。那不是问题。那些夜晚我没看见也没感觉到胡安娜，我抓住床头免得碰到她，把我插入的那个身体与我从未亲吻的脸庞、从未说过的名字分离，一边作为被缴械、走投无路、只为保命而奋斗的男人在她体内活动。我所度过的那些夜晚是最肮脏、最丑陋的，我的夜晚再也不会像那样了。

1949 年我习惯了吃梿梓，但不习惯胡安娜。虽然没有使她幸福，我却终于令人满意地运作起来，在我体内找到一个按键，可以把我变成一台强大、不敏感、润滑很好的机器。我学会跟她没有快感、没有痛苦地做爱，甚至不用付出仇恨她的代价。我从不认为自己会同情胡安娜，但费尔南多吃完奶，他母亲裸身从床上起来，抱着他在房间踱步时我同情起胡安娜来。

"你怎么样？"孩子打嗝时伊内斯把他放进摇篮，对我微笑，那个微笑终结了一切，"不饿吗？"

但并非一切都像凌晨一点再次在厨房吃煎鸡蛋那样容易。

我的地下工作者生涯结束了。1949年5月，我最后一次冲破一道包围，随之打碎的还有我的生活可能仍然是最好或最坏的任何机会。当我像一块针插似的逃离卡纳莱哈斯广场糖果店，在那里既没有犯错也没有出洋相，我同时成为英雄和一大堆灰烬。第一个身份使我忙碌了不到一个月。第二个身份把我变成了被解职的人。三十五岁时筋疲力尽，有三个要抚养的孩子，一个抚养我们四人的妻子，没有任何职业，更没有任何收益。我至少十五年没下矿了，除此之外唯一会做的是打仗。

制作格雷戈里奥·拉米雷斯·德拉伊格莱西亚证件的那个同志请求我把该证件还给他。在他放下百叶窗的工作室，在与嵌入右眼的放大镜一样强大的聚光灯下检查那本护照。他一张接一张地抚摸它们，又对着光从两边审视它们，之后几乎温柔地扯掉护照页。随后他手中握了片刻这本证件，仿佛在考虑赦免它的可能性，又摇头加以否定，之后把护照对半剪掉，又把每一半再对半截断，把碎片扔到废纸篓的底部。它们完全无用了。我也同样。西共庆祝我的归来，为我组织了几场纪念活动，在《我们的旗帜》[①]上发表了有关我逃亡的报道，用父亲般的微笑和轻轻地拍背把我打发了。我没有期待别的东西。"等你休息好了，恢复了，到这里来，看看我们能为你做些什么……"我休息了，恢复身体了，我厌倦了休息、恢复身体，我没去那里。

家里的事情以可以理解的自然速度发生了变化。又有了一个婴儿，他的哥哥姐姐发出越来越多的声响。他们更脏更乱了，但也更好玩了。他们是孩子，烦人，我是他们的父亲，我得忍受他们，跟他们玩耍，嘲笑他们的想法，周日带他们去骑自行车，时不时惩罚他们。与我认识的其他父亲

---

① 《我们的旗帜》（*Nuestra Bandera*）是西班牙共产党的理论杂志，1937年7月15日在瓦伦西亚创刊，从马克思主义的视角来分析西班牙的社会、文化和政治。1938年1月至10月在巴塞罗那发行。1940年6月至1944年12月在墨西哥出版，后来又转到图卢兹和巴黎，直至1950年。1993年至2000年改名为《乌托邦，我们的旗帜》，后再次恢复原名。

一样，我也厌倦这些事。我不厌倦他们的母亲。我从来没有厌倦伊内斯，不过回来之后数月，伊内斯不在家时我在家便感到无聊。

在其他情况下我原本会继续为西共工作。不会很长时间，因为当了五年地下工作者之后，我对官僚工作比以前更不感兴趣了，但最终大概还是会栖身于党内，直至遇到更好的工作。那一刻我根本没打算这么做。他们也没来找我。党内的事情没有像我家那样发生变化。那一演变的某些方面，比如放弃武装斗争，它是"二战"胜利者再次抛弃我们以来一种必不可少的战略性转变，跟孩子们的成长一样可以理解。但另一些变化接受起来就难多了。

"瞧，我想给你提个建议……但你得让我把话说完，同意吗？"那一刻我俩都意识到那事不会有好结果的，"我们开了一个会，安帕罗又抱怨她应付不过来。她不堪重负。很久之前我们就需要一个经理，我想到了……"

"伊内斯，够了！"她低下头，不想看我如何咬舌头。"是的，那就是我所缺少的，忍受了她丈夫那么多年后，现在小安帕罗也来对我发号施令。"

1950年1月，赫苏斯·蒙松入狱四年半，这时党的领导层终于敢跟他秋后算账了。那就是我休息、恢复身体的时候他们将所有精力用来对付的目标，领导们组织了一场装神弄鬼的诉讼，他们变得十分热衷于此。一名主要被告，卡门·德佩德罗，没有任何辩护律师，其余的人都是检察官。我不喜欢这种做法。

"这不是一份坏差事，明白吗？我在那里几乎三年了，很知足。不是因为工资很优厚，但回扣……"

"可你比我更和气，塞巴斯，更耐心。你喜欢说话，被人簇拥着。真的，销售车辆我不行。"

那场诉讼恶化了"狼"从1945年秋起所忍受的胃溃疡，那时在图卢兹开始谣传克里斯蒂诺·加西亚·格兰达①暗杀了蒙松在国内的得力助手

---

① 克里斯蒂诺·加西亚·格兰达（Cristino García Granda, 1913—1946）：西班牙共产主义战士，反佛朗哥游击队员，在第二次世界大战期间为法国抵抗运动成员。1946年2月21日在马德里被佛朗哥枪决。从其牺牲的日期判断，他不应像本书所言，与阿古斯丁·索罗阿同时遇害。

加夫列尔·莱昂·特里利亚。那个名字在"狼"的胃部弄了一个那么大的洞，以至于五个月后我从西班牙回来得知此事时，见他依旧病得脱形。这不仅仅涉及克里斯蒂诺是"吉卜赛人"的密友，也不仅仅是"狼"从西班牙内战起就认识克里斯蒂诺。还有更多的问题，更糟糕。"假如他们指派我干这事呢？"我没有回答那个问题，"狼"向我提了另一个问题，"假如他们指派你干这事呢？""我永远不会杀害加夫列尔的。"我回答。我说的是事实，但在"伊内斯之家"，被耳朵张得大大的同志们团团包围，我没有勇气提高嗓门。我感觉很不好、很懦弱，于是做了些补充："我跟他一样是蒙松派，对此我从未加以掩饰。"但"狼"没有被我的低语说服。"说这些话很容易，知道吗？"因为他说的也是事实，"此时此地在这张桌子上，手里举着酒杯，说这话很容易。"于是我们唯一办到的是让"吉卜赛人"落泪。"操你妈的！"但连他也没有抬高声音对自己提出那个没有从我们像牡蛎一样紧闭的嘴唇里冒出来的问题，"为什么他们要委托克里斯蒂诺干这件事呢，恰好是他呢？"在这同一声低语中"吉卜赛人"得出了一个我们也从来不敢与任何人分享的结论。"真是婊子养的！"后来我们得知克里斯蒂诺拒绝亲手杀害特里利亚。"我是革命者，"他辩解，"不是刺客。"但最终多次抗争之后，他向自己手下的两个人下达了执行死刑的命令。那个结局没能安慰我们。随后1946年年初克里斯蒂诺被捕，几乎立马被枪决。法国关闭了边境，作为对处死一个抵抗运动英雄的报复，以此化解我们的悲哀。

"我跟埃米里·皮埃尔谈过了……""左撇子"把手举到空中，免得我提前抗议，"我知道你不愿意，但前几天我们一起吃饭时聊天，他跟我说让你给他打电话，他会设法给你找个空位置的……"

"可是我刚回家，安东尼奥，一整年都在外面，像你那样一辈子到处出差的想法……我当不了代理。我也不懂木材。"

把我们当中最好的一员变成刺客的那场风暴警告终结时，阿兰谷战役即将满一周年，但德国投降只过去了四个月。所有的部队依然准备好参战。我们还有希望让盟国推翻佛朗哥，或至少允许我们再次尝试此事，因此每个人都尽量忍受自己的痛苦。其余的事我们从来没相信过，如特里利

464

亚是叛徒，这就是他为什么拒绝来法国通报情况，而不是由于害怕，让他活着、只开除其党籍对国内组织来说太危险了。假设的背后。我们不信。我们有充分的条件理解那个血腥的逻辑，假设的背后还有撤离阿兰谷之前亲手埋葬的那些同志的尸体。我们死难的同志是特里亚的牺牲品，蒙松的牺牲品。然而那些把死者从尴尬的英雄净界挖出来、把他们像旗帜一样在我们眼皮子底下挥舞的人，假如此举有助于他们赢得赫苏斯输掉的那盘棋，他们也会以同样的喜悦牺牲这些死者。因此我不太喜欢他们利用死者来宽慰我们。但我们是军人，战争是我们的职业。"在战争中杀人、死人。战争是残酷的，它播种残酷；战争是可怕的，它播种可怕；战争是任性的，它播种任性。有时战争也是自由、正义、前途的代价。因此在战争中不得不忍受在和平时期让人恶心的事情。"1945 年 9 月我们处于战争中。1950 年 1 月没有。

"两个月内我要去西班牙。""羊倌"是唯一继续待在岗位上的人，"我烦死岳父了，因为没有比他更吝啬的人了，但如果你愿意用我的货车谋生……"

"不用，马诺洛，算了吧。"

"当然了。"他笑了起来，"你怎么会喜欢我刚跟你说的事呢？可你知道我很夸张。你考虑一下吧，万一……"

"不用，真的。谢谢，但我不想当鱼贩子。"

1950 年 1 月，没必要作践卡门·德佩德罗了。祝福她与索罗阿的婚礼、再次把她作为一位领导人的妻子纳入领导层、证实她在最轻微的暗示下赶紧起劲地把赫苏斯拖入不光彩境地之后不必折腾她了。或许恰恰因为她的不忠诚，卡门活该受此罪，但没必要了。蒙松玩了一把，输了。他输了并且承担了后果。逮捕蒙松时他原本是可以招供的，他没这么做；被判处死刑时蒙松原本可以做一份交易以换取赦免，他没这么做；其家人动用老关系设法把蒙松从死刑减为三十年徒刑，他原本可以用告发来抵偿减刑，他没这么做。蒙松从未这么做，即便得知自己落网三个月后克里斯蒂诺手下的两个人像该死的持刀歹徒在马德里的一块空地从背后杀死了加夫列尔，他也没这么做。赫苏斯都没有开口祈求原谅，尽管如此，尽管阿兰谷有阵亡者，我不光是赫苏斯的赞美者之一。我还跟一些同志持有一种观点，即其他人有更多的罪孽需要原谅，虽然我还是缺乏勇气高声说出来。可是尽管蒙松没有后悔，在敌人面前没有任何程度的屈服或受辱，对组织来说他的形象在西班牙和法国已经不代表任何风险了。不存在任何客观理由来作践卡门·德佩德罗，公开侮辱她，从里到外恐吓她，直到进入她的内衣，进入一个已没有丈夫保护自己的女人内心，以此来寻一阵开心。那次诉讼不过是演一场戏，一出在点燃的篝火周围上演的宗教寓言短剧，一个无人提出异议的权力公开登场。没必要了。当他们没有勇气对付我们时就更没必要了。

"格雷戈里奥？"

"谁？"因为1950年7月很久没人那么称呼我了。

"格雷戈里奥，我是埃米尼奥。"那时我听懂他的话了，"你记得我吗？"

他在图卢兹，想来看看我，他很难碰到比这更糟糕的时刻。我的士气低落到谷底。数天前起床时我向自己庄严发誓，我将接受给我提供的下一份就业机会，鱼贩子、代理商、销售员，不管什么职业，既不谈工资也不谈工作条件。下午一点，埃米尼奥遇见我赋闲在家，这甚至让我羞愧，费尔南多在走廊上爬行，这样伊内斯省去了幼儿园的费用。但他进门时拥抱了我一下，没做任何评论。之后他接受了一杯啤酒，求我帮忙，这事解决了我的生活。

埃米尼奥刚买了一辆卡车，他想问我是否认识法国南部的某家报酬优厚的正经进口公司。法国人不太可能再次关闭边境，但他凭一己之力立足也并非易事。假如我能给他谋个关系，他就可以从事西班牙产品的运输，收费少于大公司，比他目前的工资挣得更多。我问埃米尼奥去哪里，他说去荷兰。我请埃米尼奥回程时再路过我这里，他离时我给费尔南多穿上衣服，让他安坐在自己的椅子上，我就上街了。四天里我与图卢兹内外所有信任的西班牙人和法国人谈话。当埃米里对我说可以时，我拿起电话，拨了马德里的一个号码。

"喂。"我再次听到胡安娜的声音，但那次我们说的话也没超出必不可少的范围。

"拉法，我想问你一件事，"相反吉耶尔莫很高兴再次听见我，"但我需要你对我开诚布公……"

我还没来得及把话说完，他便主动向我起誓，我想干的事不但不会损害他，反而帮了他的忙。"太好了。"他补充道。伊内斯的订货从来不足以重要到可以装满一辆货车，对他来说越来越难安排它们。

"最意想不到的一天，有人会问我为什么为这点小事费那么大工夫。不仅如此。除了弗朗西斯科，我还可以给你介绍更多的顾客。"

"弗朗西斯科？"我问吉耶尔莫，因为我蒙了。

"是的，好家伙，哈恩的那个人。购买橄榄油的那个人……"

"可那人不是佩佩吗？"

"原来是，"他笑了起来，"原来是佩佩。现在是弗朗西斯科。"

"啊！"我在一张纸上记下他的名字和电话，"其他人呢？"

"嗯……丽塔。你可以想象的。"

"是吗？"我没想到的是事情会进展得那么快，"她怎么样？"

"很好，但我们经常争吵。"吉耶尔莫又笑了起来，"她坚持要改变我的信仰，变得很烦人。我跟她解释多年前我就失去了信仰，但没办法……最近每次看见她，吃午后点心之前都轮到我祈祷《玫瑰经》。"

"我为你感到遗憾。"当我能够忍住笑时对吉耶尔莫说，"虽然或许她比我运气更好。"

"哥们儿，我不相信，但你希望我对你说什么呢……作为说教者，她的优点远远超过你，格雷戈里奥。她更有说服力。"

我开始在自家客厅以埃米尼奥的卡车起步，他也不叫埃米尼奥而是巴勃罗，还有 700 升橄榄油，货物过境之前妻子帮我把它们安置在西班牙、意大利和亚美尼亚的同行之间。正规地说，那些进口不是我做的，而是埃米里·皮埃尔。然而卡车到达之前，我顺利地从西班牙驻图卢兹领事馆的窗口取出一份签发给我真名的许可证。我已经不期待这点时，地下工作再次向我展示了它最好的一面，甚至还给了我被剥夺的一部分东西。对于佛朗哥当局来说，费尔南多·冈萨雷斯·穆尼茨是人民军军队的一个普通军官，是 1939 年 2 月撤退的那些人中的一员，直到现在才显示了生命的迹象。他们没有任何与他过不去的地方，更不会与他的业务将要支付的外汇过不去。

"你的差事的确很好，明白吗？你不想当售货员、代理人，也不想分发鱼……你现在干什么？买、卖、代理和分发。鱼是其中的一项货物，明白吗？"

"行了，你有理，"我从来没有否定"明白吗"有理，"但这事让我开心。"

或许因此我的生意发展得那么好。50年代中期我已经是法国头号西班牙橄榄油进口商，但还进口其他许多物美价廉的货物，从棉花、家具、煤炭和鞋，到所有种类的罐头、果汁、芦笋、果酱、酱辣椒、泡菜、橄榄、西红柿、金枪鱼、沙丁鱼、贻贝、乌蛤……处于神圣无知状态的西班牙海关官员从未赶走过我任何一车货物。那个生意最像我能从事的地下工作，但不用踏入边境的另一边，正如安赫利塔常说，只要我们没有消除私人财产，我们挣钱越多，就对所有人越好。我从来都是那所有人中的一员，但依旧与决策者无关，直到"狼"一天上午给我打来电话。

"我知道你很忙，但需要你抽个空，咱们喝一杯，"他的语气与当我上校时所使用的一样，不过1954年他即将期满，"我得跟你谈谈。"

1951年春我又和费尔南多每天早上一起出门，这个场景直到他毕业、开始跟我工作才重现。我已经不能独自承担所有的工作，也不能在家里。我需要一间办公室，一个女秘书，一条电话线，我不再是代理人，开始变成一家代理处。拉蒙再次给我下达命令时，我在许多省会城市都有了合作代理商，还有了两个女秘书，三个职员，入股埃米尼奥的运输公司，收入终于比我妻子的高了。

"有一天米兰达给我打电话，""狼"想告诉我的是，我的党想起我了，"他问我你怎么样了，抱怨你从来不去那儿，几乎见不到你，你很奇怪，销声匿迹了……"

"那不是事实。上周日中饭时间我们在餐馆遇到过，""狼"点头同意，仿佛不需要我提醒他，但我还是这么做了，"你知道的，因为你跟我在同一张桌子上吃饭。"

"行了，好吧……""狼"微笑着耸耸肩，"你能对我说什么呢。我告诉米兰达你有很多工作，他回答说恰好因此令他担忧的是不知道你的情况。他对我解释，自从我们在法国成为非法居留者以来，一切都变得更加困难。党已不能拥有财产、租房、印刷厂、活期户头……西共无法用其缩略词官方地从事任何活动。因此他们需要代理人，值得信赖的人，公司或基金会的持有者，能够给予他们可利用的渠道，以便继续在法国，尤其是在西班牙运作事情。简而言之，他们有兴趣投资你的生意。"

"够了。"我很明白"狼"的话，"但我没兴趣让他们投资。"

我吸了口气，尽我所能向"狼"更好地解释。我是共产党员，一直是共产党员，到死我都会是共产党员。多年来我为党玩儿命，在极端需要的情况下，最简单的事情是我再次玩儿命。但现在出现的不是那种情况，我也不喜欢正在发生的事。我几乎还是个孩子时加入的战斗组织不像一个政府部门，其办事员身穿灰色制服，在角落里嘀咕时只知道保全自己。"你连一半情况都不知道，据我所知，不是那样的，总有一天你会知道真相，你只了解一部分情况。那不是领导层的原则，小心你在那儿说的话，'美男子'，我作为朋友给你建议，到了那里就不能说了。张三不值得信赖，在那里也不能说，让别人老是看见你跟李四在一起，对你不利，我要是你的话，不会为王五打保票……"我对搬弄是非厌烦透了，甚至到了无法想象的地步。"下一届党代会将十分重要，会确定一条重大路线，你得阅读政治报告，这是一份关键文件，令人毛骨悚然，我们终于要涉及粮食市场的问题了，同志们准备了一份第一手的报告……"晚上我给自己的孩子朗读写得更好、更加精致的故事。如果我无法继续在党内工作，那就等于选择自杀，我宁愿继续按自己收入的比例交纳党费，保持在基层的低调无名状态。

"明天等到了办公室，我亲自给米兰达打电话。我愿意以任何方式进行合作，让整个代理处为党服务。"我加以总结，"但不想欠他们的人情。宁愿他们欠我的。"

"狼"点头同意，于是我敢向他说一些连对自己妻子都不告诉的话。

"不知道你是否理解，但有时我想，假如生活在西班牙，明天我就退党。"

"我当然理解。"他一边摇晃着半杯水里的胃药，微微一笑，"假如我生活在西班牙，昨天就退党了。"

我俩谁都从未退党，局势也没有再像50年代前期那么糟糕。不仅仅是斯大林的逝世，更是有轨电车的罢工、学生的罢课，这些抗议逐渐具备连贯性，足以在法国见诸报端，尤其是二十岁的西共党员越来越频繁地看望我们、注视我们、触摸我们、向我们致敬，仿佛我们是圣像。党的领导层能够从斯大林主义转向全国和解，仿佛什么事都没发生过，这一政治路线的改变没有把我们在荒诞不经和流言蜚语间失去的幻想还给我们，做到这点的是那些年轻的西共党员。可是任何一位同志都没有像我一样从自己的毅力中获得那么多的好处。

不管我的意图如何，最终我欠党的人情和给予党的帮助几乎一样多。在一种令人称赞、超出我所有估计的共赢体制中，共同的收益允许我扩大供应，并成比例地扩大我在西班牙的代理人数量，他们与我的供应商、顾客、司机及卡车车主一样，都是共产党员，穿越边境的卡车像广告宣传似的装载着满满当当的货物，甚至海关官员检查货物时都知道哪里是不该看的。只有一个例外，那就是吉耶尔莫·加西亚·梅迪纳。

"香蕉有什么问题吗？"

1965年春"左撇子"在离开西班牙超过十五年后回到祖国。他的任务与最后一次徒步越境去接应一些韦斯卡省的游击队员一样秘密，相反，条件十分不同。在加纳利群岛党有很强大的组织和很薄弱的领导，没有经验的年轻人接连不断地落网，像斜坡上的一排多米诺骨牌。这个后果是党组织的发展超出了干部集中在大城市的可能性所造成的。这也是迫不得已，因为无法从岛上跑出来，但是向"左撇子"提出去拉斯帕尔玛斯岛生活、从那里领导群岛的党组织时，他没有思忖再三，我理解他。

"小安东尼奥，真想不到，这么多埋怨之后，"送"左撇子"去机场时我高声回忆起我们睡在博索斯特的第一晚他固执坚持的抱怨，"你比我先回家。"

"是的。"他微笑着，"看来是那么回事……"

随后"左撇子"告诉我他之前要在马德里待一段时期，我把吉耶尔莫的电话给了他，但直到吉耶尔莫问我香蕉是否已顺利到达，我才得知他俩见过面了。

"没有问题。香蕉及时到货了，但刚从比戈给我打来电话……"我的女秘书打开门，用手势向我解释有另一个重要电话，我以同样方式回答她无法接听那个电话，"我们有麻烦了，120公斤冷冻蜘蛛蟹必须在五天内交货到巴黎，我突然想到……你在冷藏车里会有点空当，对吗？"

"操！好家伙，你越来越为难我了！让我看一下，看看能想出什么主意……"

我没有放下电话，但用手捂住话筒，朝秘书转过身去，她还在等待。

"是塞巴斯蒂安先生，他说是急事。"

"现在我不行。跟他说等我结束后给他去电。"

"问题是他不在自己的办公室。"

"好吧，让他十分钟后再给我来电。"

吉耶尔莫找到办法时我还记得要他代我给丽塔一个吻，但没想起那天上午伊内斯念叨过"玩偶"。我给比戈去电通知，如果蜘蛛蟹在桑坦德，第二天上午六点接收它们的同一辆货车会把货物送到巴黎，比最终期限提前四十八小时，我刚挂上电话就又响了。是"明白吗"来电。

"不好的消息，"我很不喜欢他声音的语气，都不敢问他。"'玩偶'，明白吗？"

"他出什么事了？"

"心梗。"

"我操。"但"明白吗"无法安慰我。

"猝死，明白吗？'玩偶'不知不觉就去世了。"

前一天"玩偶"未请假就旷工了，之前从来没有这样过。因此那天上午他的一个工友做了我没想做的事。他打电话到"玩偶"的客栈，女房东吓坏了。超过二十四小时没有见到他，也没念叨他。"因为他起得那么早，有时候早上都看不见他，"后来女房东对我们解释，"由于他从来不在家吃晚饭，因此……"点亮他屋子里的灯的时候，发现帕斯夸尔像是睡着了，但是死了。生命一瞬间便脱离了他，没有意识，没有痛苦，脸上也没有浮现任何不安，那张脸已经不是粉红色的，但还是像一个六十岁玩偶的脸那么滚圆匀称。

大伙儿都为他的去世哭泣。我们哭得那么厉害、那么真诚，只有共同承受的巨大痛苦让我们有资格在其葬礼之后取笑他的性倾向。

"可怜的'玩偶'！""明白吗"开场，还戴着模糊不清的眼镜，"他真是个同性恋，过得多惨，明白吗？"

"行了，他过得好的时候没那么惨。"我暗示。

"那倒是。"萨法拉亚笑眯眯地得出结论，"因为他过得好的时候太爽了，这家伙……"

图卢兹以一个阳光明媚的地中海温和清晨送别"玩偶"，这在10月中旬是罕见的，从墓地出来时我们谁也不想与别人分开。因此一个跟着一个陆续到达卡皮托利广场附近，排成单行进入一家咖啡馆。大厅很大，几乎是空的，但我们挤在一个角落，好像没有足够空间，从那里每人怀念起那些已经不在的战友。在那样的日子我们总是缺少同志，朋友缺席。一些人出于不幸，如被关在杜埃索监狱的"羊倌"，被囚禁在卡拉班切的"静男"。其他人出于好运，如继续躲在阿斯图里亚斯但奇迹般自由的罗梅斯科，如"左撇子"，他已经与蒙塞和孩子在拉斯帕尔马斯岛。其余的人，"多嘴""剪刀""磨刀匠""木头人""小蚂蚁"，加上现在的"玩偶"，永远不在了。相反，萨法拉亚从里昂过来，给我们带来快乐，虽然"狼"不喜欢他有机会就与我们一起笑话"玩偶"。

"你们别让我想起那事。"但妻子的反应比萨法拉亚更让我惊讶，"我求你们别提醒我那事。"

萨法拉亚还没说完，伊内斯已经朝我转过身来，把头藏在我的颈脖处，把双手的所有指头摁在我的右胳膊上，她使那么大劲，透过衬衣和西装上衣的双重屏障我都能感觉到她的指甲尖。我不理解伊内斯为什么这么做。我把她的头从自己身上移开，抬起她的下巴，注视她，见她闭着眼、抿着嘴唇，面颊有一丝不可思议的潮红，对此我更不明白了。

"可是，好了……"我心想什么事能让伊内斯处于那种状态，这时在"帕斯谷人"的声音里一字一句地听到我差点儿要说的话，"你怎么了？"

他的妻子用惊恐的眼睛看着我妻子，双手在嘴巴上叠交，用一只手压着另一只，两手压着嘴唇，使那么大劲，仿佛魔鬼会从她的齿间逃出来。

"行了，你跟谁说这事……"但这么多戒备的结果是一声难以解释的单纯牢骚。

"当然。"伊内斯上下摇晃脑袋，我开始明白她在说什么，"你得看看，我们多聪明呀，是吧？"

"啊，可是……你们知道这事了？"

"那是自然的。"伊内斯以一种特有的抱歉语调承认此事，"我们知道，但以为你们根本不知情。"

"不会吧？"那确实让我感到吃惊，"从什么时候起你们认为我们是傻帽？"

"等一会儿。"安帕罗举起手，与此同时她丈夫用自己的手捂住脸，"我们指的是谁？"

"伊内斯和我。"洛拉加以明确，听她这么说，安赫利塔朝塞巴斯蒂安转过身去。

"啊！难道'玩偶'真的是同性恋吗？"

"不是的，是谎言，明白吗？仅仅是因为闰年罢了①。"

"哎呀，孩子，我知道啥！我以为就是说说而已，以为你们在开玩笑。既然你们从来没提过这事一个字……"

"狼"紧张起来，每次服务员靠近他就轻轻敲打桌子警告大家，假如此事取决于他，那同一上午我们将两次埋葬帕斯夸尔②。

"好了，看看你们是否一下子都闭嘴。"那大概是他喜欢的事，"我们要说别的事了。"

"不行。"但听了伊内斯的话之后我不能沉默，"我们要谈'玩偶'。会出什么事？"我在空中晃了一下手指，用仅仅一个动作就把我和"帕斯谷人"的妻子都包括在内，她们已经从惊吓中缓过神来。"什么事也不会发生。你都看到了。"

---

① 西班牙有个民间说法"闰年是灾年"（año bisiesto，año siniestro），所以把"玩偶"的不幸经历看成是闰年造成的。

② 此话的意思是："狼"不希望大伙在帕斯夸尔的葬礼之后再谈论他的同性恋问题，好像要再次将他遗忘，西语里的"enterrar"既有埋葬的意思，也可指"遗忘、湮没"，作者在这里一语双关。

"你说什么事都不会发生？""狼"用眼光挑战我，他这么做不公平，"不是的，怎么可能，那个该死的集中营里所有的囚犯无家可归，无水，无食物，而'玩偶'像个妓女似的与那些塞内加人做爱……"

"你别这么说，'狼'，"我停下来咬住舌头，之后继续说话，"你别这样讲，因为不是这样的。"

"啊！不是这样的？那你告诉我……"

"是的，我会告诉你，因为看来你不记得了……首先，不是所有的塞内加人，是一个塞内加人，只有一个。"我停下来举起一个手指，看到"明白吗"点头称是，认为我有理，"第二，'玩偶'也不是扑向他所遇到的第一个人，因为我们在阿热莱斯待了将近一年，或许更长时间。我们都很年轻，我们厌倦了每时每刻手淫，不止一个人，不止两个人，你太清楚这些事了，如果你愿意的话，我大声提醒你那些名字……"

"不必了，谢谢。"

"好吧，那你会记得他们之间出于纯粹的无聊而相互手淫。第三……不管'玩偶'干了什么，他没有像妓女似的做爱，因为他没有让别人注意自己的存在，谁都从来没见过他。"

"那是事实，他们没有公开做爱，但其余所有的事，窃笑、偷窥、闲逛……""狼"进行总结之前用目光寻找同盟者，"他们就差手牵手了。"

"吉卜赛人""石鸡""大香炉"和"教堂司事"以或多或少的强调点头称是，但"帕斯谷人"和萨法拉亚没有效仿他们。这让"狼"吃惊，不过比不上"明白吗"选择用来瓦解他大惊小怪的语气。

"瞧，我一直知道'玩偶'何时与那个黑人约会回来，明白吗？从他脸上可以看出来，但他很爽。""明白吗"继续用简单易懂的寥寥数语创作一篇真诚又悲伤的墓志铭，"他躺在地上，用胳膊捂住脸，整整几小时静止不动，我认为……对于一个本可以享受却是所有人中过得最差的那个人来说，那太差劲了。为此我们就不再信仰上帝了？别逗了，别恶心我了，真肮脏的生活！明白吗？"他说得有理，太有理了，需要帕斯夸尔死亡来让他高声说出那些话。"'玩偶'害怕死了，万一有人知情，万一跟你说这事，当他撞见我在看他时，他向我发誓这是最后一次，最后一次，再也不会了……操！"

"狼"默默瞅了"明白吗"片刻。然后当他不再代表自己的角色、回归自我时，大家都发现"狼"被刚刚听到的那些话所打动，即便他宁可被杀也不愿高声承认这点。

"你以为怎么着，我没有害怕得要死？"所以"狼"用事实来自卫，"我跟'玩偶'一样害怕，甚至更害怕，你瞧瞧，因为我知道一切，从头开始，一切，我的责任本该是开除他。那是我本该做的，开除他，然后把你俩，把你和'美男子'开除，因为你们为他辩护。"

"我们又老调重弹了，拉蒙，操……"萨法拉亚随着他沮丧的节奏摇头，"看，过几天我会送你一身裁判服和一把哨子，让你开心。"

"华尼托，总是这么机灵。"但"狼"也笑了起来。

"对，那是我的本事……可的确是事实，'狼'，别夸大其词了。这两位的事也不至于被开除。"萨法拉亚再次指着我和"明白吗"，但只是为了重复那个我们已经忘记的又好又老的笑话，"他们一直在开玩笑，居然说自从来到阿热莱斯，'玩偶'看什么都是黑的……好家伙，不是你的事，你只开口说要开除我们所有人。幸亏没有血流成河，因为……多亏了'玩偶'与那个黑人放的炮，多少同志逃出了阿热莱斯！"

"还有我们吃了多少巧克力，明白吗？"

"那事我们应该承认，'狼'，"甚至刚刚嚼完一小块巧克力的"吉卜赛人"，那一瞬间睁开眼睛，大声发誓再也不会想起那个巧克力的味道，因为他是政委，负有责任，"'玩偶'总是给别人分发黑人送给他的那一块块瑞士巧克力，特好吃。甚至巧克力里有杏仁时他都没尝过。太好吃了！"

"是吗？真是英雄！他付出的代价是与一个塞内加人鸡奸……"

"行了，也并非恰好如此。"几乎所有人都知道这点，但萨法拉亚再次是唯一敢说真话的人，"说到次序，或者我指的是肛交中谁是主动方、谁是被动方。我知道这事是因为我……见过他们一次。他们躲在一个栅栏后面，哎？不是说……另外我立马转身，不过当然了，肤色的话……是很容易辨认的。"

"你让我更难受了！"

"说不上更舒服还是更难受，'狼'，别烦我了。到了这个地步还有什么关系……"

"操，萨法拉亚，你过分了。""狼"瞪了他一眼，"我以为你站在我这边。"

"我站在你这边。"可是他朋友面不改色，"我宁愿'玩偶'不是鸡奸者，你以为呢？刚开始一想到此事就让我不舒服，你别以为，我一点儿也不喜欢，那是事实，我根本没太接近他，仿佛他会传染给我。那天看见他俩在一起时，晚上我睡不着觉，但之后……我们都是大人了，'狼'。为什么今天我们在这里？那是因为'玩偶'是个大好人，是不是？他勇敢、忠诚、慷慨，是个好人、好朋友、好同志。他是有那个小缺点，不过……"

"小缺点，小缺点！我要给你小缺点……"

"好了，'狼'。"

那是我说的话，我是认真说的，没有生气，但是严肃，所有人一下子都望着我。

"如果塞巴斯不介意的话，我要告诉你们我们是怎么认识'玩偶'的。"

1937 年年末，特鲁埃尔战役①之前不久，德尔巴里奥原本应该陪莫德斯托②去古斯塔沃·杜兰③的司令部。最后一刻他决定取消行程，派我们

---

① 特鲁埃尔战役（batalla de Teruel）：指 1937 年 12 月 15 日至 1938 年 2 月 22 日发生在特鲁埃尔及周边的一系列军事行动。共和国的人民军集结了大量人员包围该城，将它与其余叛变地区隔离。1938 年 1 月初佛朗哥守军投降，但共和国军队面对敌人日益强大的反攻开始转入防御。2 月 22 日佛朗哥军队突破共和国军防线，再次收复特鲁埃尔城。这次战役双方损失惨重，尤其对共和国军队而言。

② 胡安·莫德斯托（Juan Modesto, 1906—1969）：原名为胡安·吉略特·莱昂（Juan Guilloto León），西班牙共产党员，内战期间的著名军事家，参加并指挥了布鲁内特（Brunete）、贝尔奇德（Belchite）和埃布罗（el Ebro）等重大战役。内战结束后与其他共和国军人及西共领导人一起流亡苏联，在伏龙芝军事学院深造。后来隐退到布拉格，在那里度完余生。

③ 古斯塔沃·杜兰（Gustavo Durán, 1906—1969）：西班牙作曲家、音乐家、军人、作家（属于"二七年一代"）。年轻时结识很多艺术家及知识分子，虽然他后来放弃了自己有前途的音乐生涯。积极参加西班牙内战并指挥数个共和国军的部队。内战后流亡美国，作为外交家先后为美国国务院和联合国工作。他是女诗人简·杜兰（Jane Durán）的父亲。

代替他。莫德斯托去过那里几次，非常熟悉情况，进门就像在自个儿家里似的。但我们刚满二十三岁，根本不了解自己陷入什么是非之地，受到平生最大的惊吓。"那个参谋部是索多玛，外加蛾摩拉。"[①] 我概括道。"明白吗"在微笑。我逐一大声回忆所有那些男人，一些人金发，另一些人的头发是褐色的；有些人更加阴柔，另一些人更加粗壮；有些人毛发很重，但都很高大漂亮，运动员的体型，古铜色的肤色。"玩偶"是他们当中最漂亮的一位，我说这些话时"明白吗"保持微笑。

"这么说你去过杜兰的参谋部……""狼"很惊讶。

"当然了。所以我们从未跟你说起此事，明白吗？好了，为了不让人说我俩夹紧屁股，我们开始祈祷自己所知道的一切，尽可能离大门最近。""明白吗"看着我，这次是我赞同，"像两个傻帽似的，明白吗？"

我们确实表现得像两个傻帽，但假如那次会议没有持续那么多小时，我们根本就不会察觉。我们会十分轻松地离开那里，永远都不清楚实际上自己到过什么地方。杜兰的军官察觉到所有这一切，他们忙于吓唬我们，逗我们玩，让我们害怕，然后嘲笑，就像成年人笑话小孩子那样，直到上司瞪他们一眼。那足以让他们重新表现得像参谋部的军官，可没过一会儿，某人经过我们身边时再次踹我们，假装无意中与我们相撞，所有人，有时杜兰也会同时微笑起来。于是莫德斯托不得不瞪着那人，让他恢复稳重，与此同时那次会议一次次延长，继续延长。夜幕降临时会议还没结束。莫德斯托看表时已是深夜，他决定我们留在那里睡觉。"好吧，如果我们挤得下的话。"他补充。"你们当然挤得下，"杜兰回答，"我们这里都睡在一起，把桌子撤了，把垫子放在地上……""今天晚上我不睡了。"

---

① 索多玛：这个地名首次出现在《圣经·旧约》的记载当中，与"蛾摩拉"（Gomorrah）同为古代的两座"罪恶之城"。上帝认为这两座城市充斥着罪人，要用天火将它们摧毁。神派天使到索多玛查访，发现全城只有一个好人罗得。神让罗得带着家人离开后就毁了整座城。但罗得的妻子在逃走时回望了一眼，顿时变成一根盐柱。索多玛是一个耽溺男色而淫乱、不忌讳同性性行为的性开放城市，后来变成了基督教里代表罪恶及同性恋（Sodomy）的象征。这座城市后由于地震和地陷自然灾害沉落地下，如今已沉没在水底。

"明白吗"对着我耳朵低声说。"我也不睡。"我同样低声回答他。不过吃晚饭的时候我们不得不坐在指定的位置。厨师是另一个小伙子，那家根本没有女人，但伙食很好，聊天与任何其他夜晚相似。像往常一样我们谈论战争，谈论做得好与不好的事情、应该纠正的错误以及妨碍纠正它们的阻力……

"等我意识到的时候，"我大声对"狼"和其他人回忆，"我得承认任何上级包括莫德斯托也没有像杜兰那样给我留下深刻印象。我觉得任何人都没有他那么聪明、大胆、有能力赢得战争。他是同性恋，那又怎样？有更多像杜兰那样的同性恋、更少像'农民'①那样的男子汉，我们的形势会好得多。不是吗？"

"可能吧。""狼"闭上眼睛，抿紧嘴唇，把自己的回答在牙齿间咬得粉碎，"我不知道。"

"你当然知道，明白吗？你跟其他人一样清楚。如果不是……为什么杜兰什么事都没有？为什么没有开除他，为什么不剥夺他的指挥权，为什么不强加给他另一个参谋部？杜兰是共产党员，你知道的，他的大部分军官跟他一样也是共产党员，明白吗？可是另外他们太好了，不能弃用他们。这点你知道的，我也知道，甚至俄国人都知道，'狼'。"

那晚我是所有人中最悲观的。当我不再惊讶于那场吓破胆所沉淀的疑惧时，我变成了让晚餐扫兴的人。多年后在图卢兹一家咖啡馆明媚的平静中，我也大声分析让自己难堪的那件事的最后结果。"真让人生气，"因为那个结论让我的饭后甜点变得苦涩，"所有同性恋都在这里，他们充满战

---

① 巴伦廷·冈萨雷斯·冈萨雷斯（Valentín González González，1904—1983）：西班牙共产党军人，外号"农民"（*El Campesino*）。内战期间参加了瓜达拉哈拉（Guadalajara）、布鲁内特（Brunete）、贝尔奇德（Belchite）等战役，声名显赫，但许多人指控他对下级和俘虏残忍，他的上司（利斯特、莫德斯托）也认为他懦弱、爱吹牛。在特鲁埃尔战役的最后关头，他没有任何抵抗地连夜弃城，甚至在逃跑途中丢弃伤员，导致400名战士被俘。内战结束后逃往苏联，进入高等军事学院。与苏联当局发生各种问题后试图逃往伊朗，未遂，被关进劳改队。1949年终于逃离苏联，流亡法国。1977年回到西班牙，1983年死于马德里。

斗热情,希望一口一口地咬死法西斯分子,准备给他们一顿栗暴,把他们赶到海里,而我却来跟这些人作对。"他们在萨拉戈萨已经彼此有来往了,他们的信仰压倒一切,最终使我摆脱困境,把我吸引到埃布罗河。看到他们如此忠诚、坚定我很高兴。我喜欢倾听他们,听他们那么精力充沛地聊天,他们的坚定驱散了我的怀疑态度,甚至当我喝酒、跟他们一起大笑时,我的情绪好了起来。多亏了"玩偶"等人,那个夜晚改变了我看待许多事物的方式。在阿热莱斯遇到他时我明白他比我有更多的理由要打赢那场战争。

"你想干吗?""玩偶"葬礼的那天上午我问上校,"你想对他指指点点吗?你想让我把他拱手献给你,让你折磨他吗?不行。我不会那么做的,拉蒙。如果我之前没说过这些事,那是因为'玩偶'不喜欢跟任何人说这些,不是因为我不好意思。跟杜兰在同一支军队作战我不羞愧,正好相反。其他事让我羞愧。那事没有。"

"操,'美男子'!""狼"带着痛苦的表情抗议,其中起作用的是我刚刚抱怨的所有耻辱,"你讲述此事的方式是一种……"

"我在原原本本地讲述。不多也不少。"

"不对,因为你跳过了故事的一半。看来你不记得'玩偶'在阿热莱斯引起的问题,士气低落……""狼"在任何地方都找不到那个开场白的体面结尾,但环顾四周时碰到了唯一还未发言的人,"他妈的,'帕斯谷人',你也可以说点什么,你是给我施加最大压力让我处理那事的人。"

"我话少,'狼',你是知道的。"

之后或许为了缓和气氛,或是为了借助一种允许他推迟表达自己观点的方式,"帕斯谷人"朝洛拉转过身去,请她披露伊内斯和她保守了这么多年的秘密。

"行了。"当她们向我们讲完"左撇子"婚宴的结尾时,"帕斯谷人"微微一笑,"你说那个摩尔人的鸡巴是什么样的?"

"是这样的。"洛拉站起来,把左手放在肚子上,让它当作端头,尽可能伸长右手。

"大概没这么长吧。"

"不，你想不到……""帕斯谷人"的老婆勃然大怒地向他转过身去，我们都猜到她的话会从何说起，"我记得很清楚，因为那晚有可以比较的东西，知道吗？就那天中饭的时候，一个无赖上我家对我说他休半天班，去参加婚礼之前可以跟我在一起。整个下午跟我待在床上之后，七点差十分离市政府区区五十米时松开我，仿佛触了电，没告别就把我甩在后面，挽起在门口等着他的妻子的胳膊，'如果我见过你，我不记得了'。"洛拉说到那时接近我们多次听过、"帕斯谷人"听过更多遍的故事尾声，这时拉蒙笑得最厉害。"你当然记不起来了……啊，不是的，去你的！你当然记得了。你应该跟我记得一样清楚，因为那个无赖就是你。"

"操，玛丽洛利！够了，不是吗？二十年来你一直为同一件事指责我。你打算什么时候就此打住？"

"等我忘记的时候。也就是说……"洛拉停顿了一下看着"帕斯谷人"，"我他妈的一辈子都不会就此打住！"

那段结束语之后洛拉交叉起手臂，坐在她的椅子上非常生气、滑稽和严肃。"帕斯谷人"看着她，微笑着走近她，用一只胳膊搂着她的肩膀。洛拉挣脱开，他便用两只胳膊环绕她，紧紧抱住她，终于让洛拉露出笑容，这之后他才回答了那个尚未答复的问题。

"问题是我很慢，'狼'，你看见了。我只说对了第二个问题。在阿热莱斯我的确同意你的观点，我不否认，但我认为我们错了。至少我错了。"他停了一下，用头示意我，"他们说得有理。"

1937 年年末，在特鲁埃尔省冷死了。不过吃完晚饭我还是出去透透气，抽支烟。我不害怕了。一方面，睡在里面那些男人中间的想法依然让我不安；但另一方面，我确信谁也不会向我提出性要求。我错了。他们中的一位跟在我后面出来，拿着一块毯子，在大门旁边的石凳上坐在我身边。

"你让那张脸高兴起来吧，哥们儿。"他把毯子披在我肩膀上，微笑着，"你太帅了，不能这么伤心。"

我不知道该说什么，但他没有因我的沉默而泄气。他卷了一支烟，点燃它，吸了口烟后，看着我。

"你想不想我们上床睡觉？"他很平静。

"我不想。"相反，我变得太紧张，莫名其妙地结巴起来，"不，不，我……不想。"

"真遗憾。"他继续微笑，仿佛没有太把我的话当真，"因为原本会把你脑袋里所有那些荒谬的念头抹掉。"

"也许吧。"我终于能够回答，"但我的荒谬念头是我的，我对它们抱有好感，因此，如果你不介意的话……"

"伙计，我介意，我当然介意了。"他笑了起来，"但我们有什么法子呢。"

没再发生什么事。等我们再次进屋时整个房间变成一张床，只有一个空地，于是我们互相挨着躺下，互道晚安，然后背对背，我立马睡着了。早上吃完早饭后我们拥抱告别。直到内战结束我才再次见到他。

"那个人是'玩偶'。"伊内斯看着我，仿佛已经猜到。"但第二天上午我什么也没跟'明白吗'说，后来也没有。我从未把此事告诉他和任何人。帕斯夸尔再也没有提及那个夜晚。当然我也没有。"

"为什么你现在告诉我？"

从那个咖啡馆出来我们去餐馆吃饭。伊内斯在厨房待了片刻监督所有的事，然后坐到我身边吃饭。60年代初"伊内斯之家"已经合并了隔壁的店面，一家地毯老店，将餐馆的面积扩大了两倍多，把过去的"家庭之桌"变成一个私人餐厅，它不是唯一的餐厅。厨房按同样的比例扩大了，我的妻子已经不像过去那样工作，虽然她十分喜欢烹饪，许多日子把自己关在厨房里独自操持所有的活计。我们说她这点让她很不爽，但她那种永远不完全撒手的怪癖在"伊内斯之家"的员工中间不断制造摩擦，在这个矛盾中她自己的女儿比谁都更觉得受到冒犯。薇薇不愿意上大学，而是在法国一些最好的烹饪学校学习。在一年又一年的课程中她试图与母亲共事，整天都在争论，但伊内斯对她也不让步。

"我很遗憾，真的，可这个厨房是我的，这里我说了算。如果有人不舒心……这世界到处都是餐馆。"

她话还没说完薇薇就摔门而去，伊内斯又后悔了，去找薇薇，俩人谈话，互相请求原谅、和解。之后回到家，母亲关在浴室里时，女儿过来看我，非常生气，把我拖到家里的另一头。

"爸爸，不可能有更傲慢的女人了。"虽然薇薇不敢抬高声音，"真的，如果妈妈不让我和任何人干任何事，我都不知道学这么多有什么用。一切都得按她说的做，她的菜谱连一个逗号都不能改变……别笑，你为什么笑？当然了，如果你纵容她的话，那就没辙了……"

"我纵容你妈妈？"

"一直是这样的，"薇薇翻起白眼，仿佛无法相信那个问题从我嘴里冒出来，"你最宠她了，你别摆出一副傻瓜的表情，因为你太清楚了，爸爸。"

"玩偶"下葬的那天薇薇找到了一个宠她的男人，她母亲也学会了时不时授权给她。因此与其他人一起离开饭桌时伊内斯只进入厨房片刻，恭喜女儿菜做得好。

"你怎么了？"走回家时伊内斯问我。

于是十六年之后，在离1949年11月份她雨中止步的花砖很近的地方，我也在秋日阳光下停住脚步，注视她，用手捧着她的头，小心翼翼地亲她的嘴。她没再向我提任何问题，直到问我为什么告诉她那天夜里在特鲁埃尔发生在我和"玩偶"之间的事情。

"因为我为你感到十分骄傲。"

那就是我的生活。知道又装作不知道；知道却不说；知道却保持沉默；知道并且不忘记；知道，最多加以选择。生活把我变成了一个储藏秘密的仓库。只能与"明白吗"分享的秘密；不能告诉"明白吗"但可以告诉"狼"的秘密；"狼"永远不能知晓的秘密；只能单独与"帕斯谷人"分享的秘密；只敢倾泄在"左撇子"肩膀上的秘密；"羊倌"只向我一人坦白的另外一些秘密；萨法拉亚提醒我"教堂司事"不能知道他即将告诉我的秘密，因为"教堂司事"的事情已经够多的了，可怜的人……那就是我的生活，我们的生活，大家的生活。但我从来没想到可以与伊内斯分享那个秘密，二十多年来我把她与自己所有的秘密隔离开来，这些年我也一直宠着她。因此意识到这点我很感动。

"还有更多的秘密，知道吗？洛拉教我做安康鱼丸子的那天，是在1945年，对吧？是的，是在1945年……"

我们独自待在家里的床上，仿佛时光没有流逝，仿佛我们还没有孩子，仿佛还惊讶于俩人一起裸身躺在被窝里面。那也是我的生活，我们的生活，那天下午我很幸福。伊内斯向我讲完在她厨房实际发生的事情时，我笑了起来。她带着心烦意乱的暧昧微笑望着我，但什么也没敢问我，我拥抱她，把她拉过来，直到我们互相蹭到对方的鼻子。

"你知道谁是我们所有人当中最后一位看到赫苏斯·蒙松在他马德里家中行动自由的？"

拉米罗·格萨达·冈萨雷斯走进一家名为"车站"的酒吧吃早饭时，天气很冷，因为他不是绅士，所以不能使用在费尔南多·冈萨雷斯·穆尼茨行李箱里休息的那件豪华大衣。那是1945年3月14日上午八点，但"欧洲之巅"的冬天嘲笑那些承诺一周后春天来临的日历。

"瞧瞧，拉米罗……"我竖起衣领进入酒吧时，老板比尔希略也笑话我，"你们马德里人真是弱不禁风啊！"

1945年3月，我叫拉米罗·格萨达·冈萨雷斯，出生于马德里省的纳瓦尔卡内罗，几乎在费尔南多·冈萨雷斯·穆尼茨出生于奥维多省迪内奥市赫拉镇之后两年。拉米罗·格萨达为一家乳制品企业工作，大约三周前把他的基地设在里埃巴纳平原，以便与该地区的牧场主做生意。他已经完成了工作，因为我完成了自己的工作。在拉米罗一直带在身上的公文包里有一个本子，上面满是既单纯又书写整齐的笔记，名字、地址、母牛数量、牛奶升数、日期、期限和支付款项。那是只有我能破译的密码，一项附加的安全措施，我从未启用过。我的记忆是与拉米罗·格萨达的笔记本一样整齐有序的档案。

那次是阿兰谷战役之后的首次外出，有两个阶段。第一阶段的目的是视察北部游击队，与其人员交换对时局的看法。在坎塔布里亚我已经结束了任务。我被禁止踏入阿斯图里亚斯一步，那里还有太多的人认识我，但我考虑两天后启程，经过加利西亚南部和莱昂北部，总是以同样的身份做掩护，即为马德里一家工厂购买牛奶。再晚些到5月份时将朝西部转移，翻过昆卡和特鲁埃尔山区之后，从韦斯卡的比利牛斯山区越过边境，时间充裕地到达图卢兹，准备看大儿子的降生。但我没做到。

那天吃完早饭前，比尔希略的一个常客在我身边停下，我跟他只是面熟，他把左手靠在我吃早餐的桌子上，用右手穿好一只让他不舒服的鞋。等他离开时，在我的烤面包下面有一张折叠的小纸条。我把它保存在口袋里，直到独自在我客栈房间时才打开。"赫苏斯想见你。"这就是那张纸条的全部内容，赫苏斯想见我，下面有一个马德里的地址。我把它背下来，在烟灰缸里把纸条烧掉，出门转了一圈。回来时我对房东说大概需要再多待些日子，因为还没有找到解决办法。1945年3月我的同志比佛朗哥的警察更让我害怕。

拉米罗·格萨达·冈萨雷斯可以坐火车去马德里旅行，住在任何一家不引人注意、远离市中心的小旅馆。那对他来说不会危险，因为他的证件很好。但费尔南多·冈萨雷斯·穆尼茨不能冒险违反自己的命令，擅自前往马德里看望赫苏斯·蒙松，这缺乏一个合适的借口做掩护。他不知道那里的局势如何，也不确定那个约会是不是一个圈套。

阿兰谷战役之前阿古斯丁·索罗阿曾与赫苏斯合作过，但他的蜜月与我的在时空上重合。他不仅认识我，而且假如远远看见我走在一个自己没有理由出现的城市大街上，他会毫不犹豫地认出我。我离开的时候他还生活在法国，但他的工作是取代蒙松，根本不能排除将是他本人打开那个陌生人召集我去的那家大门。在那种情况下我可以祈求好运，说赴约是因为党派我视察国内的工作，而我缺乏足够的信息来判断赫苏斯的召集是否与自己的任务有关。那或许能蒙混过关，或者不行。事实上我本来都不用撒谎，虽然我的信息少，但足以确信对本人最为有利的是佯装没有与一位鞋穿得不舒服的男人见过面。我不接受这种可能性，即使作为一个建议。赫苏斯召集我，我不能让他失望，但也不能事先不设计好一个计划就离开里埃巴纳山谷。

傍晚时分我上了山。在山上待了两天，下到平原，又再次上山。我走访了最大的营地，在那两处营地我都讲述相同的故事，即另一组的某个人听一名联络员说中部游击队领导抱怨我们让他们处于边缘状态。阿兰谷战役失败后无人去看望过他们。我在考虑去那里转一圈，但无法与马德里组织取得联系。在第一个营地他们只对我说觉得这是个好主意。在第二个营地，一位在首都最拥挤的监狱服完刑后上山的桑坦德人给了我一个地址。

"我不知道是否管用，但一年前还是好的……"

收获不多，但有一点儿是一点儿。第二天我研究了开往马德里的火车时刻表，告别里埃巴纳平原，前往桑坦德。我夜间出行，到达火车北站时是拜访任何人都不像话的时间，但拉米罗·格萨达·冈萨雷斯步行起来，选择了一个不引人注意也不太市中心的小旅馆，在莱加斯比市场附近。我俩睡了几个小时，大约十一点钟到达一座位于圣弗朗西斯科大街街口的老楼，它的正面被加固。

自从1937年春鏖战以来我没有回过马德里。仿佛命运有意让我别忘了它，进入那栋楼之前我注意到它的正面还是遍体中弹，二楼是空的。左边的阳台玻璃都碎了，右边的阳台上有一个陈年广告，被太阳暴晒，告知许久许久以前那个公寓曾经出租过。在一个人们为了一处空闲住房而拼命的城市，那栋房屋的外表让我猜测它已经被宣布废弃了。大门是敞开的，但在某些阳台看得见天竺葵花，种在腌制食品或橄榄的大罐头里。

在大门口也交战过。弹痕一直延续到楼梯。我打量了弹痕片刻，想象何人、何时在那里进攻或防御过，大门再次嘎吱作响时我感觉到一股寒意。我开始慢慢爬楼梯，不往后看，无法辨认跟在我后面的脚步来源，像是一种不合节拍的笨重回声，与其说缓慢不如说笨重。走到楼梯平台时我朝自己的左边斜视，看见一个孕妇，肚子又大又低，好像马上要掉下来，迫使她两腿张得很开，像鸭子似的走路。她刚采购回来，因为每只手里拎着一个篮子。从其中一只篮子里冒出一把又绿又硬的糖萝卜，像一把羽冠。

"让我帮您吧。"她有一种熟悉的神情，外表与我之前认识的某个人相像，或许因此我赶紧急匆匆地走下自己已抛在后面的楼梯，"请……"

"多谢。"她把东西交到我手里，露出宽慰的微笑，"我马上要生了，知道吗？"她用手抚摸肚子。"我真的吃不消了。"

我们一起爬楼梯，她很慢，抓着栏杆，我总是在一个台阶下面。我们就这样上了第二层、第三层、第四层，到第五层时她停在我预先要敲的同一个门口。

"多谢。"她重复道，再次微笑，"您去哪儿？"

"我……"谨慎提问之前我吸了口气，"您是叫马洛丽塔，对吗？"

"是的。"她笑了起来，笑声像妮可点心店的小铃，"您怎么知道的？"

我微微一笑，打量了她片刻，终于发现她像谁。她让我想起蒙塞，正如我们到达阿兰谷时蒙塞的模样。她俩岁数大致相当，但让她们更相像的不是年纪而是她们眼睛中闪烁的容易上当的好奇心。

"我……"所以我决定相信她，因为她像蒙塞，不害怕我，"我是你的一个老朋友推荐来的，他名叫阿纳斯塔西奥，内战结束时他认识的你……"

马洛丽塔原本应该告诉我不认识任何叫这个名字的人，不知道谁给了我她家的地址，如果不马上离开，她要叫警察了。那是我所期待的，她本应该这么做，以便我请求她只听我一会儿。我没有暗号，但有机会用一个离谱的情感故事代替它。"帕斯夸尔鸡蛋的事只有我知道。"阿纳斯塔西奥告诉我。但我根本不用提到它。

"当然了，塔西奥！"因为她听到那个名字非常高兴，"他怎么样？"

之后马洛丽塔打开门，让我进入一个洒满阳光、挤满人的房子，把我介绍给她母亲和三个兄弟，给我一杯水，因为她没有别的东西。她承认这点时再次笑了起来，仿佛她的贫穷让自己很好笑，当我对她说需要单独跟她谈话时，马洛丽塔带我沿着走廊到了一个朝内的阳台，在一个陈旧阁楼的另一端，她一直微笑着。

"你在这里找到我很幸运，知道吗？"屋顶脱落的石膏块使一把把发白的干枯茅草四处显露，"因为自从阿纳斯塔西奥从监狱出来，我母亲不想知道任何事情……"

马洛丽塔很年轻。她很年轻、很和蔼。很亲热、很大方，笑的时候嗓子像一盏小铃。

"你要当心。"随后她建议我，"在我母亲面前什么也别说。"

"应该十分小心的人是你，马洛丽塔。你看，我……"为了不得罪她我小心翼翼地选择词语，"我十分感谢你接待了我，但你本不该这么做的，知道吗？你不能就这样向人们打开你的家门。这十分危险。你不该相信任何人。连我也不要相信。"

"傻话。"但我没有得罪她，也没能让她不安，"这里确实谁都没来过。"

"行，我来了。"

"当然了，好家伙！"她再次笑了起来，"但你是塔西奥的朋友……"

"就是这样落网的，"我想，"像苍蝇一样。"然而马洛丽塔自身莽撞的盾牌保护了她。因为谁也不敢怀疑她的联络人，就连最有想象力的情报人员在其一生最厉害的酒醉时候也不敢。

"明天晚上八点你到胜利大街的一家酒吧，在斗牛场售票处旁边，酒吧名叫'逗牛'……"她专注地看了我一会儿，"你去那儿就跟今天穿的一样，等着某个人接近你，那人会高声抱怨生活太贵了。你完全按那人说的做。别害怕。"

"害怕什么？"但马洛丽塔耸耸肩，不想回答我。

第二天晚上八点整，"逗牛"酒吧吧台挤满了斗牛爱好者，大部分是普通爱好者，有个胖子，拿着雪茄，无名指上戴着金戒指，但谁也没有对票价不满。过去了十分钟，再也无人进来。当我差点儿离开时，大门敞开了，为一帮立马吸引所有在场者注意的人让路。不管我们的性别、职业、年纪、地位或出现在我们证件上的名字是什么，大家同时朝同一个地方望去。

她们三人很引人注目，很漂亮，很响亮，因为一进来就用自己的舞鞋、鞋跟上的金属片和鞋面上交叉的松紧带掀起了一种有节奏的、几乎音乐般的喧闹。她们的服饰是街面上的，但那是来自遥远的、不道德的异国大街的服装，因为她们穿的毛衣很紧身，宽皮带卡在腰部，带折缝的裙子每走一步都会敞开。她们的脑袋上顶着巨大的装饰梳，在额头上画出整个一组鬓发之后剩下的所有发蜡都擦在头发上，戴着彩色大耳环，与在领口摇晃的项链珠子配套。假如她们的穿戴没有大大超出必不可少的部分，让任何观众都猜测她们是在舞台上工作，这些女孩的妆容会合力分配一项她们没有从事的职业。

他像是米盖尔·德莫利纳①的廉价翻版，从短筒呢帽到靴子包头，他

---

① 米盖尔·弗里亚斯·德莫利纳（Miguel Frías de Molina, 1908—1993）：艺名为米盖尔·德莫利纳，西班牙民谣歌手。曾为共和国军队演出，佛朗哥上台后受到迫害，被迫于1942年流亡阿根廷。之后又因同性恋身份被西班牙驻阿根廷使馆下令离开该国，前往墨西哥，直到爱娃·贝隆将他重新召回阿根廷。1992年西班牙政府授予他伊莎贝尔天主教女王骑士勋章，表彰他对西班牙艺术的贡献。

的鞋底与其女伴的鞋跟一样结实。其余的黑衣、短衫、高腰紧身裤和白点红衬衣也没有更显男性化。此外他还带来一个洗染店的套子，从里面露出一大堆五颜六色的羽毛球。进来时姑娘们坐在一张桌子上，他扫视了一下吧台，用胳膊肘开路，挤到我身边，小心翼翼地不看我。

"真不像话，所有的东西都那么贵！""不可能。"我自言自语。"总有一天这些女孩洗衣服要比衣服本身还贵。"

"不可能，"我对自己重复，"不可能。"与此同时他点了四杯咖啡加奶，突然露出安达卢西亚口音。不应该，不可能，不该是他，但确实如此。他把背的羽毛球倾倒在吧台上之后，把脸朝我转过来，那张脸化得与陪同他的那些女孩一样，他装出一副巨大的夸张表情。

"哎，瞧谁在这里！走失的孩子……"我盯着他的目光，不知道该怎么办，他为我俩包办了一切，"是的，你，你！……不然的话还会是谁呢？你已经深思熟虑了，对吧？瞧瞧，你们都一个德性。不过你去看看她吧，哥们儿，她在那儿，就在那儿，在那张桌上……"

我跟随他的游戏，一切都很容易。我把一枚硬币放在吧台上，转身时一位弗拉门戈舞女举起两只胳膊招呼我。她起身把座位让给我，笑得要死，她右边的那位看着我，把头从一边摇到另一边，两手叉腰，示意我做一件很容易的事。

"向我道歉，行吗？"最让我意外的是那个场面让她很开心。

"请原谅我。"听了我的话，她微笑起来，抓住我的一只胳膊，往下拉扯，强迫我坐到她身边。

"啊，我的天哪！为什么我得这么好心啊？"

之后她立马趴在我身上，拥抱我，把她的头贴在我头上，对着我耳朵说话。

"明天下午一点，在圣芭芭拉广场的报刊亭。你手里得拿着一盘点心。他叫比森特。他会找到你。"随后她抬高声音，"好了，你走吧，走吧，瞧瞧，真着急……"她的女友看来与她一样开心。"不过你要到门口来找我，行吗？"

"下次见到马洛丽塔，我要杀了她。"那是我从"逗牛"酒吧出来时所能想到的一切，不过当我的舌头开始抱怨牙齿的压力时，我不得不承认从未与一个更难被发现的支部联络过。结果我的下一个联络人是一位既不年长也不年轻、不高不矮、不漂亮也不难看、不胖不瘦的男人，一个十分平常的人，不会引起任何人的注意。我与他相遇时突然想到，或许仅仅因为这些因素他已经更加脆弱了，但至少不需要假装吻我来约我第二天在圣贝尔纳多大街街心花园的一个咖啡馆与外号为"加泰罗尼亚人"的帕科①见面。

如果"加泰罗尼亚人"对我的来访感到奇怪的话，他把这种感觉留给了自己。我不奇怪，因为他的处境比我棘手得多。他还听从蒙松的指挥，不知道索罗阿的归来到底意味着什么，帕科察觉到自己以双重甚至三重的地下身份工作。他踩在一个凝胶状地面上，像流动的沙丘那么不稳定，可是谁都懒得费神向他解释这些事。他的不安对我有利，因为他已做好准备在任何时刻等待任何人的任何事，他只问我何时愿意去格雷多斯②与中部游击队军事首领费尔明③会晤。我跟他说需要几天，因为在马德里有事要处理，他也没问我什么事。

1945年4月2日傍晚时分，我从莱加斯比散步到德利西亚斯大街，仿佛唯一该做的是掌握时机。我从那里钻进地铁，在太阳门下车，在那儿坐上一辆有轨电车，在斗牛广场附近下车。我绕了该建筑一整圈，确认没人跟踪我，便在阿尔卡拉大街拦下一辆出租车。听到地址时司机向我解释正好碰到他的车是反方向，我对他说别担心。他提醒我需要绕一大圈，我允许他需要绕几圈就绕几圈。他把我放在我示意的那个角落，我步行曲里拐弯地走过接连两个路口的两个街区，直到终于看见一个被非常浓密的树篱掩饰的栅栏。门是关着的，但有门铃。我按门铃，听到犬吠声、另一扇门

---

① 西共党员，真名为佩德罗·桑斯·布拉德斯（Pedro Sanz Prades），1947年3月17日被佛朗哥政权枪毙于马德里。

② 格雷多斯（Gredos）山区：伊比利亚半岛中部山系的一部分，位于萨拉曼卡省、阿维拉省、马德里省、托莱多省和卡塞雷斯省之间，最高高度为2592米，是中部山系最辽阔的部分之一。

③ 西共党员，真名为何塞·伊萨撒（José Isasa Olaizola），外号为"费尔明"，在西共设计的反佛朗哥武装斗争中担任中部游击队领导。

打开的声音以及朝我走来的脚步声。

"我是'美男子'。"出来接我的女人点头称是。

我沿着一条夯实的土路跟随她的脚步，按照这个顺序首先注意到她比卡门强多了，其次见到那个花园很开心。我没来得及估量那栋房子，因为抬起头时门打开了，赫苏斯出现在门口。与仅仅两年前我在上加龙告别的那位领导相比，他的模样很可怕。谁都不会相信那个十分瘦弱、完全秃顶的男人刚满三十五岁，看上去他刚从某场严重的疾病中康复过来。不过向我微笑时他的面庞恢复了真正的年纪。

"我以为你不会来了……"

"我来了。"

他在下完最后一个台阶之前向我张开手臂，我们长时间地紧紧拥抱，俩人都很激动，他比我更激动。

"你怎么样？"之后赫苏斯问我，一边带我进入一个舒适怡人、装饰着昂贵家具和漂亮物件的房间，"很高兴见到你。"

"很好。"我回答道，"也很高兴见到你，赫苏斯。"

"比拉尔，能给我们拿点吃的东西吗？"

出来迎接我、跟在我们后面进家的那位女人，快速向我们靠拢，仿佛接到了一个命令，我确认她从前面看也一样很不错。随后她以来时的速度消失了，脚步悄无声息，好像是踮着脚在行走。

"我负责葡萄酒。"赫苏斯再次微笑，之后穿过房间，打开一个餐具柜的门，每只手拿着一瓶酒回来，"当然是里奥哈葡萄酒。我为你保存着，但差点儿自个儿把它们喝掉了，我得跟你声明这一点……"

"我来这里很不容易。"俩人谁都不自在，但直到详细说明那个如此尴尬的解释我才意识到这一点，"接到通知的时候我在'欧洲之巅'，跟这里的人没有任何联系。事实上我本不该在马德里。我来仅仅是为了看望你。"

"是的，我可以想象。"赫苏斯把酒瓶软木塞拔去，把瓶颈贴到鼻子上，给我的酒杯倒上酒。"但我这么说不光是因为此事。我和比拉尔后天要出行，"他给自己也倒了酒，看着我，"去法国。"

比拉尔端着一个托盘回来，上面放着一盘香肠、一盘奶酪、一张土豆饼和一个面包筐，这让我可以思考刚刚听到的那些话，一边假装研究我们正在喝的里斯卡侯爵陈年老酒的商标。

"酒当然是棒极了。"我承认，"比我们在吕雄莱喝的还要好……"当我们又被单独留下时，我把酒瓶放在桌上，补充道："那我们法国见。"

"好的。"赫苏斯点头同意，再次打量我，又微笑起来，"但我叫你来不是为了那事，'美男子'，别担心。"

"我不担心。"我回答他，那是事实，虽然已经感谢他的提醒。

"好吧，但我想说的是……"他沉默了片刻，仿佛需要想好从哪儿接着说下去，"我叫你来不是要牵连你。我只想和你说说话，想知道你们这些来……的人怎么样了。你们是我唯一在乎的人。我想知道阿兰谷战役之后你们感觉如何，想搞清楚……弄明白发生的事。"

"是吗？那很容易解释。"

我要感谢赫苏斯·蒙松·雷帕拉斯很多事情。与其他事情相比，我最感谢的是他那次见面的态度。确信他并非企图利用我来密谋反对党的领导，从我这里套出信息或把我变成他威胁的工具，我觉得这比那些让我感觉很爽的法国小姑娘更加珍贵。我也永远无法感谢赫苏斯在1945年4月的那个夜晚，在我告知他实情所需的很长时间里，他让我说话而不打断我，我们很气愤失望，因为他对我们撒了谎、欺骗了我们，因为我们不该受到这样的对待。

"你的游戏让许多人付出了生命。"我提醒他，那瓶里奥哈美酒从嗓子眼儿下去时在味觉里变得涩口、酸楚，"我失去了一名战士，我爱他就像爱一个小弟弟。"

"躲起来，'多嘴'！马上趴到地上，这是命令……"我也告诉赫苏斯此事，那天下午"多嘴"没有服从我。一切都完蛋了，回到博索斯特时几名躲在养路工小屋后面的狙击手朝我们开火，我们在山上一个光秃秃的地方，一个没有树木的陡坡，只有一些石头散落在草丛中，他们占据所有的优势。我们不知道有几个人，但知道他们深入我们的防线，不能把他们留在那里。于是"多嘴"突然想到最好表现得像一名英雄。我见他前进，脸朝下往一块石头爬去，我不停地向他喊不行，别再往前一步，立马趴在地上。他没服从我。我对他说这是命令，多次提醒他，而他没有服从我。"不，我没事！""我跟你说了趴到地上，'多嘴'！"但不管用。"你现在就趴到地上！"

那个下午我把一切都告诉了赫苏斯·蒙松。一切，除了"多嘴"也许不管怎样都会死，因为自从我们越过边境，他除了摔跤、把自己弄伤、被别人弄伤，没干别的事。我连续参加了两次战争，所以看他前进我太害怕了。我参战的时间太长，不能不相信命运，相信那颗决定谁活、谁死、谁倒下、谁起来的吉星或凶星，暗星或明星。死神想要他，贪念他，几天来一直跟他调情，玩勾引他的游戏。他任由死神爱上自己，没有服从我。

"躲起来，'多嘴'！马上趴到地上，这是命令……""不，我就要到了！"他到了，占据了一个有利位置，在岩石后面弯身，朝一个窗户开枪，打破了玻璃，之后朝另一扇窗户射击，打伤了小屋的防卫者之一，他继续射击。"快点儿，我掩护你们！"于是"明白吗"能够接近另一块岩石，我在他步枪的掩护下弯腰跑下来。那些人是加泰罗尼亚民防队员，因此撑不住了。他们不懂得如何抵抗压力，开始干蠢事，毫无必要地暴露自己，从屋子里出来。他们中的两位试图逃跑时摔倒。"多嘴"贴着小屋的墙壁前进，追上另一个。最后这名民防队员杀死了"多嘴"。

"'多嘴'二十一岁，他执意要死得像个英雄，知道吗？他不是唯一的一个，在阿兰谷牺牲了更多的人，但我爱他就像爱一个小弟弟。他二十一岁，死得无缘无故，毫无意义。"我看着赫苏斯的眼睛，开始感觉好些了，"他是因为你。因你的过错，赫苏斯。"

"你说完了吗？"我不是因为对赫苏斯那么不好而是因为他懂得插话而感觉稍好些。

"我不知道。"

"好吧，不管怎样，我要冒这个险了……我的命令没有被执行，'美男子'。"某些时刻我把声音抬高了许多，但他一直用克制温和、十分平静的语气对我说话，"'皮诺乔'没有占领隧道。他擅自离去，于21日回到法国。'狼'没有进攻维耶拉。洛佩斯·托瓦尔自吹在卡里略给他下达命令之前就下令撤退了……"赫苏斯停顿了一下，摆出类似微笑的表情。

"请原谅我跟你说这些，但你们表现得像一群业余者，一大帮歇斯底里的小姐。"

"因为我们没有信息，"我俩同时在我的答复里发现我之前的话在多大程度上没有说完，"因为我们对二十公里以外发生的事情毫不知情。因为我们感觉被抛弃、被出卖，在可恨的世界尽头孤立无援。因为你的过错，赫苏斯，现在别来告诉我，卡门的谎言，那个即将爆发革命总罢工的谣言，是行动成功的关键。"赫苏斯张开了嘴，但再次及时闭上。"假如你告诉了我们真相，情况很不好，只有百分之一的机会，应该尝试一下，尽管最有可能的是徒劳无益，主意是你的，仅仅是你的，我也照样会来的，知道吗？我确信大部分人照样会来的。或许'皮诺乔'占领了隧道。或许'狼'占领了维耶拉。但他们这么做的时候知道冒了什么风险，可能赢和输的东西，而不是感觉自己像一群直接走向屠宰场的羊，甚至不知道为什么。"

我给赫苏斯一个机会，一个停顿，他没敢填补它。

"那是你本该做的，告诉我们事实，"我再次等待他，但他继续沉默。"你没有勇气吗？"我自问自答，"那现在你就倒霉吧。"

得出那个结论之后我才把话说完。我已无话可说，轮到他开口了，但他不急于使用自己的首次发言机会。赫苏斯起身，去找烟斗，装好烟斗，点燃它，吸了一会儿烟。

"或许你说得有理，"他盯着我的眼睛，就像刚才我看他那样，"虽然自上一次花二十天时间从桑坦德来马德里，已经过去了好几个世纪。"

"当然了。但六个月前那次阿兰谷之行短暂得多，你知道的。"

"可能你说得有理吧。"赫苏斯重复道，朝桌子伸出手去，抓起第二瓶酒给我看，"你认为值得我们把它打开吗？"

"当然值了。能喝多少瓶就喝多少瓶。"

那一刻我一面惊讶于蒙松的那种高雅方式，他选择这种步骤使得我俩有机会保证彼此的忠诚，一面比任何时候都对阿兰谷战役的失利感到遗憾。打发第二瓶酒时赫苏斯说得比我多，我又数次惋惜那场败仗，而他很有耐心地依次为我仔细分析促使其犯下我刚刚责备他的那个错误的所有原因。我专心听他说话，但意识到我不需要这么多话语来承认自己相信那个男人。我热爱他，敬佩他，信任他。我喜欢蒙松，对他的喜爱超过我这一辈子为之工作过的任何其他领导，即便我俩都明白骰子已经掷下了。但赫苏斯很勇敢，他是一位十分大胆的赌徒，不认为所有的牌都输了。

"不管怎样，"所以他把那件事留在最后，"你不该抱怨太多，'美男子'，因为从别人告诉我的情况来看……你是阿兰谷过得最好的人。"

"你是个混蛋。"我一边笑一边对他说。

"多新奇啊！"他笑得跟我一样厉害，"你得把她介绍给我。我正想认识她……"

二十年之后伊内斯四十九岁了，但那天下午我决定告诉她一切时她像个女生似的脸红了。

"后来怎么样了？"

"没什么。我们再次拥抱，我答应他一回到图卢兹就给他打电话，他去巴塞罗那，我去格雷多斯，还有……你知道的。当我能够回来时，他已经被捕，薇薇才刚满五天。"

"你什么也没告诉我。"

"没有。"我仰卧着，伊内斯趴在我身上，像一个训练有素的吉祥动物与我的身体交配，"伊内斯，你希望我做什么？我把你带到了法国，你跟我来到图卢兹。你在这里没有家庭，没有朋友，没有工作，也没有任何人的支持，在党外你什么都没有。你的整个生活依靠党，我想……"她从我肩膀上抬起来头看我。"'她知道得越少越好。'那就是我的想法。假如我落网了，假如我被关在西班牙，假如枪毙我了，有人开始说些奇怪的事……面对正在发生的情况，我怎么会告诉你类似的事情呢？"伊内斯再次蜷缩靠着我，什么也没说。"我是蒙松的朋友，你知道的，大家都知道这点。仅此而已，他的朋友，但你独自在这里，带着孩子，在那个时期……好了，那就是我的想法，你知道得越少对你越好。"

于是她起身躺在我身上，把胳膊交叉在我胸口上，把下巴靠在手上，看着我。

"我爱你，'美男子'。"

"我也爱你。"

伊内斯话还没说完，我们听见临街大门和一个十三岁游手好闲者的声音，她用西班牙语问是否有人在家。

"一切都结束了。"伊内斯吻我的嘴唇，起床，阿德拉打开房门之前她来得及穿上袍子。

"没人在？……"阿德拉看见我们，微笑着躲在半开的门后面玩捉迷藏，"哎呀，对不起！"

伊内斯跟在她后面出去，我还听到一些话："喂，妈妈，你不认为你们干这事年纪有点大了吗？"

整个下午我都没起床。我睡了一会儿，醒来，再次昏昏欲睡，睁开眼睛时遇到伊内斯打扮好准备出门，她坐在床边。她微笑着，我喜欢看她微笑。她对我说快点，"狼"刚来电，跟大伙儿约了一起吃晚饭，那事我也喜欢。"玩偶"死于心梗，行刑队的射击没有击倒他，这些都无所谓了。枪决仪式启动了，因为我们中的一员死了。那就是"玩偶"，不论是好事还是坏事，这样最好，他永远是我们的人。但他没有白死。

我们一直未能推翻佛朗哥，虽然在连续三十六年的每一小时每一秒钟从未停止这一尝试。作为回应，从那天起，杀死了一部分的我们之后我们设法活了下来。

那不是一场大胜。也不是一场小胜。

三

"法国最佳西班牙餐厅……"我们几乎不知不觉地老了。

1966 年夏，还有不到一周满五十岁时，《南方电讯报》提前送给我一个礼物。它高调公布欧洲最具权威的烹饪指南之一推出"伊内斯之家"，把它视为法国最好的西班牙特色菜餐厅。

"妈妈，给你授奖了。"

第一个祝贺我的人是女儿比尔图德斯，她在所有方面都是第一，唯一的例外是身高。自从赫苏斯认识她的那天起就给女儿起名薇薇，因为他不喜欢我给女儿挑选的比尔图德斯这个名字。二十一岁的薇薇是我的子女里最早熟的一个，或许是为了抵消这一点，她也是唯一比我矮的孩子。薇薇跟我们闹了两次不愉快，第一次是决定不上大学的时候，第二次是决定与一个比她几乎大十岁的离异男子结婚，虽然年龄的差异和他之前的经历是次要的。

1965年7月17日，她父亲和我都不理解为什么薇薇邀请了安德烈斯来过她的生日，他就是我们在阿兰谷因"社会救助"组织的行动和关照而认识的那个托莱多孩子。从那时起在流逝的岁月里，那个滑稽、总是饥饿、害怕一切的小孩比他哥哥出息多了。他是电信工程师，为西门子公司工作，已婚，或我们以为他与一个法国姑娘结婚了，没有孩子。"真可惜。"我想，直到那天晚上我的想法才开始完全反过来。"幸亏没有。"

"瞧，爸爸……"薇薇切蛋糕之前扔下炸弹，"美男子"仿佛被自动弹簧弹起，从椅子上起身，她也站起来，想赶上他的高度，"不管你喜不喜欢，我们要结婚了。我们来是告诉你这事，不是来请求你的许可。"

"这样不行，薇薇，劳驾。"安德烈斯闭上眼睛，用手捂住它们，几次摇头否定，"这样不行……你把事办砸了。"

"不行，让我来。"但他没能让未婚妻改变语气。"因此你走着瞧吧，爸爸……你来婚礼？太好了。我们大张旗鼓地举办婚礼，妈妈给我们做一个七层蛋糕，切完蛋糕后我们唱《国际歌》。你不来呢？我们就自个儿结婚，从不管什么地方给你寄一张纪念明信片……"

"比尔图德斯，你别说傻话了！"她父亲开始在桌子周围走动，牙齿咬在舌头上，拳头紧握不透气，"你怎么结婚？安德烈斯已经结婚了。"

"那他离婚。"

"可他比你大好多岁……"

"十岁。"薇薇把双手在空中张开，开始从相反的方向绕桌子转圈，"到冬天他就比我大十岁，今天只大九岁。"

"可他是自家人！难道你不明白吗？"

"自家人？不，爸爸，我姓冈萨雷斯·鲁伊斯，他姓里奥斯·马尔皮卡。我们根本没有任何共同血缘关系。"

"我可以说句话吗？"安德烈斯试图重新介入时，他俩同时望着他。

"不行！"

"瞧瞧，这个女孩的脾气是从哪儿来的？"那天晚上"美男子"对我说，"她哪来的这种个性，你觉得呢？"我想，但什么也没对"美男子"说，因为自己跟他一样担心。不过我获奖的那天上午，看见薇薇晃动着报纸走近厨房，仿佛那是一面旗帜，我已经不太确定她做了错误的选择。一方面，薇薇很爱自己的丈夫，另一方面，她在这个年纪已经成为远远比我厉害的厨师，等她学会控制一种促使她表现得仿佛什么都懂的狂傲情绪时，尽管还有很多东西要学，薇薇会很出色的。我俩都有那个缺点，严重程度类似，它如一根比我们共有的任何优点都更紧密的纽带将我们连接在一起，即便有损我厨房的太平。或许因此那天早上听她说话我十分激动。

"恭喜你。我为你感到十分自豪，知道吗？"因为那是她在拥抱我之前说的话，两个狂吻把我都弄痛了，"很自豪是你的女儿。"

"瞧瞧……"我不得不去找眼镜，读了几遍那个消息，免得我俩在人越来越多的厨房出洋相，"是的，这张小彩画我们原来的确没有。"

安帕罗把我们一点点地粘贴在餐馆大门玻璃上的奖励、荣誉和徽章都称之为彩画，直到 1966 年 7 月我们准备再次把它们都换个地方，为《米其林指南》①的粘贴纸腾出一个享有特权的空位时，已经无法辨认 1945 年我们派人用亚光字体印在上面的旧题跋"伊内斯之家，博索斯特厨娘"。刚刚赠给我们的这个小彩画是我们能够向往的所有荣誉里最珍贵的一个，虽然不像来自西班牙的荣誉让我那么高兴，特别是其中一个，"《ABC》报推荐的饭店"，几年前差点儿引起分歧，因为蒙塞、洛拉和安帕罗试图把它放在我们展示菜单的橱窗上，以便尽可能不让人注意。

"瞧瞧，你们多笨头笨脑，什么也不懂。"幸好安赫利塔比我更加直

---

① 《米其林指南》（*Le Guide Michelin*）是法国知名轮胎制造商米其林公司从 1900 年起出版的美食及旅游指南书籍的总称，其中以评鉴餐厅及旅馆、书皮为红色的"红色指南"最具代表性，所以有时《米其林指南》一词特指"红色指南"。除了红皮的食宿指南之外，还有绿色书皮的"绿色指南"，内容为旅游的行程规划、景点推荐、道路导引等等。

率，"我跟你们解释过多少次了，永远不该鄙视免费的广告？你们还不明白，来自敌人的赞誉越多，广告就越多、越免费？"

于是她设法推行了一个原则，等到重新设计"伊内斯之家"大门外表时，这个原则将与我作对。但《米其林指南》就是《米其林指南》，它的星星是餐馆的天空最耀眼的星星，值得照耀一个特殊的夜晚。因此在做任何其他决定之前，我们决定奢侈一回，允许自己有挥霍的特权，一个周五的晚上打烊，举办一场多年来我们没有举办过的派对，那种我们年轻时陷入情网、怀着身孕与马上要秘密越过边境的出征者结婚的聚会。

"带孩子还是不带孩子？"

我们坐下来研究用来策划宴会的草图时，安帕罗冷不防提出那个问题，无须讨论我们就达成共识，应该带上孩子，儿子女儿、孙子孙女，带上所有的人，免得牵挂任何人。在列出必请人员名单时，安赫利塔根本没有仔细估算大致的价钱，但我们意识到不管租多少桌子和椅子，永远不会有足够的场地让这么多人都坐下。

"好了，没关系……"我接替安帕罗，开始用手指在纸上画画，"最年轻的人站着吃晚餐。我们安排四个自助餐，两个在这里，两个在那里，大桌子放在角落。"洛拉抬起头，但我继续专注于解决那个问题。"我们把椅子分散……"

"你变得真黑呀，该死的家伙！"这时我听见洛拉的声音。

蒙塞身着一条白裙子站在门前，手臂举在空中，仿佛是一个马上要下楼梯的女明星。朝她跑过去之前我来得及欣赏她金色的皮肤，那么耀眼，好像马上要嘎吱作响，出于纯粹的满足而裂开，一种均匀、令人羡慕的古铜色，从额头到脚趾把她变美，涂成红色的脚指甲像是具有异国情调的古怪珍宝。除了黑，我们发现蒙塞更苗条、更年轻了，那么漂亮，即便太阳大度也不能包揽所有的功劳。拥抱和亲吻她之后，见她面带微笑地打量四周，态度温吞、伤感，但心情并不低落，就像一个人回到不再留恋的一段过往的舞台，不论回忆它时怀着多大的亲切感，我们立马意识到她的内心也晒黑了。明白这点时我们开始羡慕的不只是她的肤色。

"姑娘们，我很想念你们。非常想你们，"蒙塞慢慢打量我们，仿佛想把那句声明缝进我们的眼里，"我的确天天想念你们，但在别的方面……我们过得很棒，真的。"但她交叉双手的所有手指，想驱逐政治-社会组①的幽灵。"我们眼下过得很滋润……"

蒙塞是第一个回西班牙的人，但又并非如此。之前为了离关在杜埃索监狱②的马诺洛近些，1961年索蕾已经回国；不久之后"静女"玛利亚紧随索蕾的脚步，那时赫尔曼被关在卡拉班切监狱。其他女人比她们更早离开，但是蒙塞的旅行条件很不同。她告知我们自己来法国只是做客的那股高兴劲儿，她的外表、说笑的方式、有点异国化的作派，与我们不太一样，我们更加西班牙化。她的话语，我们从来没听说的表达方式，就像我们从未见过她抽的烟，她在大商场买的服装品牌，对我们来说不只是一种象征，还是一个具体的承诺，也就是说，在口号之外、在我们多年来依托的仁慈幻想之外，存在着一种生活，它在监狱、监狱的队列之外等着我们，它是真正的生活，一种好生活。

"你真让我羡慕！"

大伙轮流重复那句话时我回想起蒙塞走之前多么难过。虽然年近五十，并且那一走就意味着过早放弃在图卢兹所征服的一切，他的家、他的工作、他与家人的福利，没来得及向蒙塞解释为何选择他去领导加纳利群岛的共产党，"左撇子"就答应下来了。蒙塞告诉我们这事时，我们微笑着祝贺她。她也微笑了，谢谢我们，然后我们五人陷入沉默，因为都在想同一件事。索蕾、玛利亚、"剪刀"的寡妇贝戈尼亚、"磨刀匠"的寡妇费利萨；还有"金发者"帕科的寡妇梅尔切，结婚才十七天帕科就回到西班

---

① 政治-社会组（Brigada Político-Social）：其官方名称为"社会调查组"（Brigada de Investigación Social），是佛朗哥统治时期存在于西班牙的秘密警察，负责追捕、镇压所有反对独裁政权的运动。佛朗哥去世后，该机构在政治过渡时期重组，被情报总队（Brigada Central de Información）代替。

② 杜埃索监狱（cárcel de El Dueso）：该监狱的建造始于1907年，最初准备收容的是非洲监狱及来自内港老监狱（la Dársena）的囚犯。它落成后在西班牙内战及战后佛朗哥统治时期发挥了重要作用，关押著名的政治犯、军人和公众人物。目前为普通犯人监狱。

牙，结果死在一条排水沟里；还有"木头人"的未婚妻玛丽索尔，根本没来得及结婚他就被枪毙了；还有其他许多女人，这么多女人，我们甚至都想不起每个人的名字。

虽然在国内女人与男人落网的节奏相同，那些得以享受流亡和平的伴侣，在战后最初、最险恶的年代通常不一起出行。男人们走了，女人留下来照顾孩子，但那点也发生了变化。无法请求丈夫改变观点的蒙塞，这个话题出来的一瞬间就哭了起来，其余的女人每天早上起床时也意识到自己的运气。直到安东尼奥对蒙塞说别担心，让她与孩子待在法国，他准备一个人走，就像在40年代。组织给他提供了一个特殊、安全、十分具体的身份掩护，也可以与另一个女人、一个经过挑选的女共产党员假扮夫妻，共同生活。找到这样的女人不会太难，因为其他许多时候也采取过那个办法……"左撇子"开始提出这个备选方案的那一刻，蒙塞便决定跟他一起走。因为她跟其他女人同样清楚，在那些情况下最终理论会与实践混淆到何种程度。

"我对他说：'行了，好家伙！'"蒙塞哭得比以往任何时候都厉害，"'就差给我戴绿帽子而毙了你……'"

从"伊内斯之家"餐厅的角度来看，那晚诸事都很艰难。"左撇子"是回家，而蒙塞不是。她住在西班牙时，除了巴塞罗那，哪儿也没去过，她常说："除了安东尼奥和香蕉，我对加纳利群岛一无所知。"准备那次旅行的时候，她感觉坠入一个原始深渊，一个未勘探过的、充满未知数和危险的峡谷，之前一辈子都禁止孩子们在图卢兹的家说法语现在从训练孩子们假如有陌生人在跟前不能冒出一个西班牙语单词，到无奈地把家具、物品塞在仓库里，一辈子的行李变成了一个麻烦、一项艰巨困难的任务、一个巨大问题的又一个棘手片段。然而十五个月之后她好像只会动词"喜欢"的陈述式现在时变位了。

她喜欢那里的一切，首先是拉斯帕尔玛斯这地方比她期待的更大、更像城市，比我们能够想象得漂亮多了。她不住在市中心，而是在一个老渔村，有闲的外国人逐渐在那里定居，有些是退休者，另一些是富裕到足以无须谋生的年轻人，即便看上去像乞丐，他们用极少的钱买了渔民的房子，然后按照自己的品味加以装修，直到把该区变成了一种岛中岛，一个孤立的国际化住宅区。在那里，一对带着四个孩子的法国夫妇不会引起任何人的注意。那点蒙塞也十分喜欢，她家离海滩几步之遥，不论冬夏她每天下午都去海滩晒太阳、洗浴。

"那是事实，目前我很满意。我很高兴跟安东尼奥一起去了，孩子们也是如此。好了，最高兴的是坎德拉，因为她与自己父亲的一个禁军士兵调上情了。"

"禁军士兵是什么？"安赫利塔鼓起勇气问，其他人还在继续微笑，因为我们不习惯动词"ligar"的那个词义，对我们来说它还是30年代政治语言中"联系"的同义词。

"好吧，问题是要以某种方式称呼他们，禁军士兵好听，对吧？是小米盖尔想到的，他已变成罗马帝国的爱好者，但他们也没什么特别的，你们别以为，既不是保镖，也不是闲散人员，完全不是。他们是从事其他工作的党员，业余时间轮流陪同安东尼奥，帮他一把。"蒙塞停了一下，对我们不懂此事感到诧异，寻找向我们解释的方式，"同时领导七个岛屿的地下党是很困难的，知道吗？安东尼奥几乎不离开拉斯帕尔玛斯。来来去去的是禁军士兵，因为很多人在其他岛上工作，或他们的家庭在特内里费岛、戈麦拉岛、拉帕尔玛岛等地……有时候我们的确乘坐一艘渡轮去某个地方度周末，或按浪漫的安排单独去，或带上孩子们，他们厌倦了爬泰德峰[①]，可怜的孩子，因为归根到底我们是法国人，对吧？一半算旅游者，因此那样谁也不会觉得奇怪。但我们不冒风险。"

"因为你们可以不冒风险。"我缓缓地表示赞同，一边试图调和惊讶与羡慕，"我没想到有这么多组织……"

"是的，孩子，是的。"蒙塞又微笑了，"地下工作已经不像过去那样了，"直到她意识到自己正在说什么事，于是变得严肃起来，再次十指交叉祈求顺利，"好了，至少目前是这样。"

---

① 泰德峰（Teide）：位于特内里费岛的一座火山，海拔3718米，是西班牙的最高峰，也是世界第三大火山。该火山所在的自然公园被联合国教科文组织列为世界遗产。

对"左撇子"而言，小旅店、三等座旅行、破旧的客栈、在车站长凳上露天过夜已经结束了。如果落网，他的命运很可能与二十年前不得不面对的下场一样悲惨，但在60年代下半叶，该地区党的最高领导人率领的是一支蓬勃壮大的非法组织，这个有利时机为党的领导层提供了他们本来就希望在所有省份都拥有的机会。安东尼奥到达拉斯帕尔玛斯时在一家连锁酒店总部有一份固定、舒服、报酬优厚的工作。它的老板是创建加纳利群岛旅游业的其中一个家族的继承人，自从省长请他帮忙安顿数年前政府流放到阿雷西费①的一位马德里大学教授，他便是党员了，没有设想从那时起将他们联系在一起的友谊会带来什么后果。

"总之……"蒙塞还在微笑，"于是该发生的事发生了。一天晚上我们比预期提早回家，撞见坎德拉在沙发上与他的禁军士兵亲吻，安东尼奥……哎哟！你们可以想象，你们是知道他怎么对待自己的姑娘的。像你丈夫，安帕罗，'我要开除这个人，我要开除他，真的如果要开除他，明天就开除他……'。当然了，轮到我扮演萨法拉亚。'好家伙，你怎么开除他？'我对安东尼奥说，'这事当然会来的，你还期待什么？你的女儿即将满二十岁，他二十三岁，整天在家里，吃中饭、吃晚饭、穿着泳衣睡午觉……'谢天谢地阿伊达有时间找了一个法国男朋友，而且蒙塞才十一岁，因为……另外你们本该见一下贝尔纳多同志。而且他迷人得像块奶酪。②"

"呸！"安帕罗微笑着把眼睛睁得大大的，因为这是第一次有人在我们面前借用奶酪来如此有效地形容一个二十三岁的同志，"真不要脸！"

等我们笑完，蒙塞告诉我们她只带了大女儿和小女儿来。米盖尔和坎德拉分别与他们的父亲及那个禁军士兵留在了拉斯帕尔玛斯，蒙塞不打算离开他们太久。但之前需要跟我们谈谈。

"我想把自己的那部分餐馆份额卖给你们，"蒙塞一年没上班了，当家庭主妇就累得要死，"当然，如果你们有兴趣买下我的份额的话……"

"这个餐馆的运作像合作社，大家工作相同的小时，从收入中刨去开

---

① 阿雷西费（Arrecife）：加纳利群岛拉斯帕尔玛斯省的一个城市，位于兰萨罗特（Lanzarote）岛东部，是该岛的首府。

② 原文"está como un queso"的本义是"像奶酪一样"，引申义是"外表很有吸引力"。

销之后均分利润。"听到那些话，蒙塞点头称是，她的赞同态度与我的一致。安帕罗只在"伊内斯之家"开业前不久分过一次利润，洛拉也很快加入。从那天起我们五个是合伙人，鉴于无法消除私有制，二十多年里我们申请贷款、买场地、付清抵押、支付装修、给丈夫担保、雇佣很多人，厨师、帮手、经理、税务顾问、服务员、洗碗工、运输工人和清洁女工，可是没有接受任何其他合伙人。尽管我们像夫妻那样有过很多争吵，但五个人相处得太好了，不会拿如此和谐的争执去冒险，我们处处保持合作社的模式，甚至蒙塞回西班牙时，我们的看法是她的处境与怀孕没有太多不同。任何时候我们中的任何人都会遇到相同的问题，因此大致根据生意运转的情况，每个月都给她往银行存入她的那部分收益。

"我想开一家美食店，像这里的一样。我看了一家店面，安东尼奥觉得不错，他现在是我的总书记了。"我们再次大笑。"因为这样的生意不会引起注意。所有的邻居都以为我们是法国人，周围有那么多外国人，这样的生意会成功的。此外，如果有一天……"她再次十指交叉祈求好运，"我们得有谋生的饭碗。"

"当然了，"安帕罗先于其他人发言，"没问题。不过……"她注视蒙塞，忧伤的表情像空气中的急性病毒那样具有传染性。"真遗憾，蒙塞！"

我们几乎不知不觉就老了。时间，那种狂乱的匆忙，迫使我们每个早晨都像过了整整一辈子，它拖长夜晚，许多次黎明在黑夜破晓，时间瞬间便锻造出永恒的结盟，现在它与我们一起变老，变得笨拙、缓慢、健忘和懒惰，像一头没有脚力小跑、从来不会疾驰的老母骡那样固执。蒙塞是最年轻的一位，即将满四十五岁；安帕罗，最大的一位，比蒙塞大十岁。但我难以相信这点，难以照镜子认出一个与携带 3000 比塞塔和五公斤炸面包圈骑马到一家农舍的女人不同的女子，因为我无法注视她们，无法看见她们的皱纹和疲倦，安帕罗因静脉曲张而购买的厚长筒袜，那头取代了安赫利塔豪华鬈发的短发，只有当"石鸡"迭戈请求洛拉用击掌给他伴唱时她才脱掉的那些平底鞋。我对她们视而不见，看见她们但不相信，我的眼睛无法也不愿把她们与我所认识的那些女人区分开来，那时我跟她们一样年轻、到处奔走，相同的岁月打造了那些女人和我。从那间又长又窄的厨房直到贴满彩画的大门，我们做了一次长途旅行，做了非常重要的事情，但那一刻我觉得很渺小，仿佛我们从未停止过年轻，仿佛正在开始，似乎有权利永远是新手，永远不屈服时钟和日历强加的法则。

"伊内斯，别哭。"或许只是我们还在同一个地方，只是给了我们时间去成熟、长出白发和皱纹，而丝毫没有接近我们的目标。

"我没在哭，蒙塞。"未来尽管不曾移动，却好似日益远离我们，只有将我们与它继续隔开的距离或许可以解释我在怀念那些年的艰难，"瞧，看见了吗？我没在哭。"

时光继续仁慈又无情地流逝，犹如每日吸食的麻醉品，直到再次加速，用已经溜走而我们还在等待的青春粉红色的海市蜃楼迷惑我们。于是时间再次变得匆忙，用一个明确的承诺盖印给每一天打上标记时，我们明白任何事物都有极限。1974 年 2 月当我们已不担心时间时，警察在连接大加纳利岛与兰萨罗特岛的渡轮上逮捕了化名为路易斯 - 阿方斯·迪特龙的安东尼奥·索萨·罗德里格斯，外号"左撇子"。那个时期"伊内斯之家"只剩下三个合伙人。安帕罗跟拉蒙后面去了西班牙，与她告别之前我们也买下了她的份额，但幸运的是安帕罗从未需要这笔救命钱，而蒙塞是靠它才摆脱困境、维持家庭、供她的小孩上大学、继续帮助坎德拉。坎德拉让蒙塞两次当了外婆，第二次她被关在奥卡尼亚[①]，蒙塞为自己和贝尔纳多支付到半岛的航班的费用，直到她女儿和她丈夫从各自不同的监狱出来，安东尼奥因 1976 年的局部特赦令从"港口"监狱[②]的大门出来，此事比买下她的餐馆份额更让我们高兴。

"好了，我们拿这个……"显然庆祝我们被列入《米其林指南》比资助蒙塞的点心店更复杂，这时安帕罗把草图举在空中，"怎么办？"

---

① 奥卡尼亚（Ocaña）：位于西班牙卡斯蒂利亚 - 拉曼查自治区托莱多省的一个城市，西班牙内战期间成为该省首府。除了托莱多城，该省大部分地区处于共和国控制区域。

② "港口"监狱（Penal de El Puerto de Santa María）：位于安达卢西亚的圣玛利亚港口，1886—1981 年为西班牙著名监狱。第二共和国至佛朗哥统治时期，该监狱关押了许多重要的政治犯和刑事罪犯。

我们一直是合作社，永远不会放弃这个模式，不管好坏。因此我们这位新退社分子跟大家一样参与到派对的准备工作中，其余的人轮流陪她去参观葡萄酒店、奶酪店、肥鹅肝店，虽然谁对她的帮助都比不上我丈夫。

"怎么样？"我们把《米其林指南》的贴纸粘在"伊内斯之家"大门的那天晚上，"美男子"挽着蒙塞的胳膊带她回来，"你们有进展吗？"

"哎呀！别的我就不说了，我差点要割腕自杀，"蒙塞笑的时候他装出一种恼火的哗然表情，"好像她跟你折腾得还不够，现在你的小朋友居然还要来烦我……"

同一个晚上，安赫利塔在厨房召集我们，带着好主意画在她脸上的渴望表情望着我们，把那根示意真相时刻的手指笔直地举在空中。

"姑娘们，我要跟你们说件事，我是十分认真说这件事的……"她瞅着我，我开始发抖，"我们要消除私有制吗？但愿吧，但眼下我们正在赔钱。"

安赫利塔一直是我们所有人里唯一擅长做生意的人。我们开始在酒馆提供套餐时，她决定我们得上开胃的炸丸子和咖啡加炸面包圈。之后在1945年的最初几分钟里她说服我们酒馆的场地小了，不仅挑选了我们可以承受的最佳转让餐馆，而且给它取了名字，因为她觉得最不理智的是浪费免费的广告，那时攻占阿兰谷对我们有好处，是不费我们一分钱的荣誉。二十一年后出于同样的理由她决定废除那个已无人理解的题词，"博索斯特的厨娘"。

"我们不能失去这个机会。我们有法国最好的西班牙餐厅，很好。要让其他人知道这点。"

1945年年初，"羊倌"给我弄来他奶奶的配方，自从我首次使用"伊内斯之家"的烤炉，那便是该餐馆只要季节允许就推荐的甜点，四块炸柠檬叶和三片橙子，加上原榨橄榄油、糖和桂皮。后来我增加了一个冰淇淋球，看似是香草冰淇淋，实际上是伊迪阿萨巴尔奶酪加佩德罗·希梅内斯酒，假如没有一个当厨师的女儿，我会把该甜点带到坟墓里去。当安赫利塔高声说话，估算我们得定购遮阳篷、餐具、名片、菜单和一个新招牌，"伊内斯之家，法国最佳西班牙餐厅"，我再次感觉到1944年10月一个清晨的寒意、温暖和激动，听那个穆尔西亚口音的男人宣称一个女叛徒永远做不出这么美味的食物。我觉得自己是叛徒，但没有大声承认，因为她们谁也不会理解我的。

连出生在博索斯特的蒙塞也没有像我那样不情愿失去她村子的名字，那个称号对我来说从来不是一种招揽顾客的诱饵，而是一个姓氏，是激动和力量的同义词，清晰、完整地描绘了我记忆中最好的自己。安赫利塔说得有理，在生意事情上她总是有理，可我更偏爱继续当博索斯特的厨娘，哪怕时不时来采访我们的所有西班牙记者都以相同的方式做出反应，皱眉、转动眼珠、像个呆子似的张嘴："进攻什么？……对不起，可我对此一无所知，您说的是什么时候的事？"不管怎样，我继续用自己在周围果园挑选的柠檬叶做炸柠檬叶，这是我的厨房唯一一向来不是来自西班牙的作料。

我一生最糟糕的两年结束于同一个数字"9"，因为发生的时间正好相差十年，但第二个年头比第一个年头更倒霉，或许是我唯一不想再次经历的一年。然而数月间我曾确信自己会记得它是橄榄油之年。那年刚开始我就孑然一身了。"美男子"于1948年12月的第一周去了西班牙，我再次怀孕，但无法告诉他，因为还不知道此事。我也没有预感到有任何特别的地方，因为已经习惯按那种方式生活。

他离开，返回，再次出发，与他告别时我从不知道那是否将是最后一次见到他，我的最后一次拥抱、亲吻是否真的是曲终之举。之后我孤零零一人，周围是其他孤单的女人。当我们带孩子去公园，轮流给他们吃午后甜点时，大伙儿都假装没有意识到自己的遭遇和所冒的风险。有时候，如果我们有犯傻的一天，即比往常更害怕或更伤心的那种日子，我们互相向对方展示自己最珍贵、最禁忌的宝贝。出门之前我们从一个信封里取出照片，信封塞在一个包的拉链里，包埋在一个盒子的底部，盒子躲在衣橱行李箱处的最后角落。"看这张，你记得吗？我们在这里很漂亮，是吧？……"时不时某一个女人的丈夫回来了，电话随时会响起，"喂，他很好，大伙儿都很好"，或不好，"这人或那人落网了……"。于是不管什么时候，我们抽签看谁留下来照顾所有人的孩子，其余的人上街，去那个丈夫永远回不来的女人家里，贝戈尼亚、费利萨、梅尔切、玛丽索尔，亲吻她、拥抱她，跟她待在一起，准备咖啡或仅仅拉着她的手。"美男子"时不常回来，可我向来是等到他夜里按门铃或白天出现在餐馆时才知道。

"伊内斯！出来，这里有人找你！"有时是安帕罗从吧台，有时是负责餐桌的安赫利塔或蒙塞喊我。

我摘掉那个白帽子，它套在我额头上的时候十分合理、卫生、可怕，我在镜前摇晃一下脑袋，然后穿着便鞋，手湿漉漉的，围裙满是油渍，从头到脚散发着食物的味道，而"美男子"在那里，瘦弱，微笑，带着疲倦的脸色。刹那间我从不知道该怎么办，是摘掉围裙，摸他之前擦干手，还是直接朝他走去，但那也不重要，因为他每次归来时一切都开始再次存在，整个世界重新诞生，没有规则、条件、更多的限制和其他附属物，除了他健康的活人身体。

于是在艰难的岁月里我从爱情中学到很多东西。我对恐惧、让嗓子眼儿发干的不祥预感、想象力的背叛和那种突然的心动过速有了更深的了解，它们把凌晨变成地狱，在所有东西上划过黑影，并在上面留下遥远的和临近的死亡假想的气味，那个多次要了我的命的小死神。我懂得了艰难岁月里爱情的一切，五分钟所包含的永恒，雨夜破晓的太阳，一种摆脱任何条件的快乐，一种强烈得让人心痛的快乐，幸福在最平淡无奇的表情中闪烁，因为他坐的那把椅子幸福，他吃早饭的桌子幸福，糖罐幸福，仅仅因为他的手指触摸了它。我就这样认识了光明和黑暗，一种吞噬了自我却永远不够的激情，一边数着我们共同生活了多少个月，但总是少于我们分离的时间。

那个时代时间总是很匆忙。1946年圣诞节"美男子"没回来，但他出现在1947年1月中旬，不知道我再次怀孕了。比尔图德斯一岁半，米盖尔差四个月便要出生，谁也没告诉"美男子"这事。他一看见我就对我说："这么说我们有那两个孩子了？""是的，"我回答他，"我们有这几个孩子了。"我俩都笑了起来。"看看我是否可以待到这孩子出生……"他不敢向我保证，他做得对，因为那不可能。我满预产期之前两天他又走了，等我生的时候，是安帕罗再次坐在我的床头，把她的手掌献给我的指甲。我们也变成了分娩专家，因为我不是唯一的孕妇。他们来了，让我们怀孕；他们走了，或赶上看他们子女出生，或认识孩子时他们都大了，有些孩子永远没见到。分娩时没有感觉自己完全孤单，陪伴我们的是那些我们曾经陪伴过的其他独自分娩的女人，床头柜上放着某个我们本不该有的东西。

任何人都会有不好的一天，伯努瓦·拉封的妻子安娜·玛利亚是摄影师。根据规定，地下工作者是不让人拍照的，于是我们也不得不学着独自拍照，在大街上或某个公园经营自己的小小秘密，不能在家里，也不能在餐馆，几乎总是成群或成对，几乎从来不带孩子，但仅仅是几乎。那是清单上的第二条规定，但我们都没遵守，我好几次违规。每当"美男子"出差，估算我们正接近他不在家的极限时，我就跟自己的孩子拍张照。这是愚蠢之举，纯粹的迷信，但我感觉这样是在召唤"美男子"，为他驱邪，迫使他回来看照片。洗照片的时候我想念着"美男子"，想着假如他在我身边我会对他说的话："瞧，你看到了吗？"但之后等"美男子"回来时，我不敢向他出示照片。他不惦记照片，无法随身携带，我都没跟他争论此事，提醒他治疗法可能比疾病更糟糕，因为假如佛朗哥的警察偶尔成功派人到我们这里卧底，他会很容易查出自己想确认的那些人的地址。他只要扫一眼家具的表面。我们大概是全法国唯一在任何地方都没有一张照片、哪怕是身份照的家庭。

如果有人尝试此事，他从未得手，是因为我们在所有方面都极其谨慎，除了那唯一的例外。"伊内斯之家"的顾客数年间把1947年的一个夜晚当笑话来谈，当时安赫利塔向我们一个一个地打听是否知道那个时常来喝一杯酒、外号为"明白吗"的男人叫什么名字。一个来自比卡尔瓦罗的小伙子到处在找他，此人称自己名叫欧洛希奥，是"明白吗"的表弟，但我们帮不了他，因为大家跟他不过就是面熟。"很抱歉，"安赫利塔用微笑打发他，"但你看见了……"那一刻她丈夫进门。"操！欧洛希奥！你在这里干什么？"拥抱他之后"明白吗"走近安赫利塔，对欧洛希奥说："你已经认识我老婆了，是吧？"

"出洋相总比闯祸强。"我们毫不含糊地服从那个座右铭，不过几乎大家都有自己丈夫的某张照片。我的照片最终是婚礼那天"美男子"拒绝让人给我们拍的那张，因为他不同意我们通知任何人，但也无法避免在市政府大门碰上一个职业摄影师，此人在那里怀着等过其他许多对新婚夫妇的那种天真无邪的心情等着我们。由于"美男子"没有料到此事，并且不认识那个摄影师，只要不微笑就会引起太多的注意，他只好像任何一位丈夫那样摆好姿势，但摄影师还没离开三步，他就向我凑过来，在我耳朵上亲了一口。

"你马上去取照片，让他来不及把照片放在橱窗里，"他再次吻我，"把它撕了。好吗？"

"当然。"我回答"美男子"，在摄影师有时间把照片放在橱窗之前我立马去取了，但没撕掉它。

那就是我在犯傻的日子会从其隐藏处拿出来的照片，夜里恐惧得无法入睡时我端详着它。我从不后悔保存了这张照片，因为"美男子"来来去去，又再次离开，但我从不知道那是否只是又一次还是最后一次，不知道连接我们的那条线是否会持续，也不知道它何时会断掉。如果断掉了，我希望他的子女能够知道那个他们几乎不认识的男人是什么样的，不要忘记他的存在，要记得他是自己的父亲。1949 年我以为那个时刻来临了。

"美男子"于 1948 年 12 月第一周离开。那年结束了，开始了下一年，冬天过去了，春天来临，我的第三个孩子降生，夏天过去了，秋天落雨，而他没有回来。我打听"美男子"，谁也不知道任何情况，看来在逃出 5 月份的一个埋伏、一个圈套之后他被大地吞噬了。理论上"美男子"还活着，但仅仅理论上，因为他没再与任何人联系，一周、十五天、二十天、一个月、一个月又一周、一个月又一半、一个月零二十天、几乎两个月……那时我收到了拉斐尔·奎斯塔的一封信，不知该怎么想。

1949 年我们无奈地失去用武装斗争推翻佛朗哥的又一个希望。那年的前六个月来自加利西亚、莱昂、阿斯图里亚斯、阿拉贡、埃斯特雷马杜拉、拉曼查、马德里、瓦伦西亚、安达卢西亚等四面八方的游击队员到达图卢兹。有些人在法国生活过，认识路，另一些人从未越过边境，跟他们一起回来的还有南下去找他们的人，最后一位是"明白吗"，6 月份陪同哈恩省的大队人马归来，没有"美男子"的任何消息。与此同时，我不停地干活、劳动、工作，免得知情、思考，因为厨房之外的一切都会比厨房之内糟糕，如果我在烧饭，那最倒霉的事情就不会那么倒霉。

"费尔南达，请你看一下左边大桶里还有多少油……"直到 5 月中旬一切都很顺利。

4 月份洛拉生了她的第一个孩子，一个女孩，为了补她的缺我们雇用了一个新来的女人，费尔南达，她很棒，严肃、负责、勤快，原来是卖肉的，她更喜欢在厨房帮忙而不是负责上菜。她与我的助手交换岗位时，我们仨都更满意了，那天上午这个可怜人无意中让我闷闷不乐，之后不久我更加开心了。

"左边的大桶什么都没了，伊内斯，右边的还剩一半。"

"真的吗……"我朝大桶跑去，摇晃它们，举起它们，想对着光线观察它们里面装的东西，我再次跑回来，使劲转动平底锅，煸炒的大米溅了我一身，"我们又没油了。他妈的！"

费尔南达走近我，望着我，仿佛不相信自己所看到的一切，我为她仔细分析我绝望的原因时，她笑了起来。

"你说的是什么话呀……是因为橄榄油吧！"

对我而言橄榄油完全是一档不幸的事件，一个平行的流亡，一种与佛朗哥的统治同样艰难、持久的受罪。我在法国的五年尝试了一切办法，首先，用其他植物油来烹饪，葵花籽油、大豆油、玉米油，我用每种油做了不同的家乡芦笋饼、葫芦饼，品尝它们时都让自己有同样想哭的欲望。因此我开始几乎偷偷摸摸地购买橄榄油，不让安赫利塔得知橄榄油的价钱，因为贵极了。由于安赫利塔不掌勺，所以永远不会明白我交叉手臂静止不动地研究平底锅里的东西时所遇到的情况以及我的感觉，我那么聚精会神，就像面对蒸馏器的炼丹术士、探究其玻璃球壁那一刻的女巫。当我与平底锅独处，窥测火的热量再次融化那个独特的、带黏性的淡绿色液体的准确时刻，让自己重新目睹其真实属性的揭示，那种变形加工出神奇的轻盈，将看似随便一块油脂的浓厚质地变成一种细腻、高贵、能够点石成金的香脂，这时或许我根本不懂得向安赫利塔解释令自己振作的自信和把握。

安赫利塔永远不会明白。安帕罗把钱一点点地给我，于是我不得不开始策划、谋划对橄榄油有利的事，但我的操作从未取得很大的效果。"美男子"拒绝合作，他提醒我党不是为我服务的，问我是否以为党除了从西班牙给我运橄榄油没别的更重要的事情要干了。不过他第二次离家还没过去三个月，一天上午我遇到穆萨夫人在"伊内斯之家"门口等我，她是对面人行道上那家埃及餐馆的老板娘，手里拿着一张纸，一副深深的茫然表情显露在灰色眉笔描画的眉毛上。她告诉我收到了六桶像是汽油之类的东西，从一个名叫萨拉戈萨的西班牙城市寄来，运输公司的单据上我的名字出现在她的名字下面……"这是油，给我的，"我告诉她，"是给我的。"我劈头盖脸地亲她，突然冒出对埃及、对她、对"美男子"、对西班牙及平底锅的爱，结果把她完全惊呆了。"但你不要习以为常，同志。""美男子"回来时对我说，"有时候行，有时候不行……"另外几次也办到了，但那依然是我最严重的问题，直到1949年春的一天，费尔南达终于嘲笑我了。

"你想要什么，油？我的闺女，你会厌倦它的，因为你瞧……在富恩桑塔·德马托斯我们没有别的东西，知道吗？但说到橄榄树……看见它们就烦，别的不用说了。"

就在那天晚上费尔南达写了一封信，一周后收到另一封信，第二天上午她来告诉我一切都办妥了。她毫不费力地说服同村一个非常能干的朋友，让他去一家油坊按当地价格买橄榄油，之后想办法运到马德里，那里另一位同样能干的朋友是一家运输公司的职员，一旦在卡车里找到一个空位就把油运给我们。我微笑着向她致谢，一个字都不相信，但十二天后90升哈恩南部山区生产的极品橄榄油到了"伊内斯之家"的储藏室，再合适不过了。

多年后我才知道自己第一个恩人的真名。第二个恩人的名字出现在所运物品的证件上，与7月第一周我收到的一封奇怪信件的署名相同。拉斐尔·奎斯塔通知我找到了一箱"风笛手"苹果酒，正帮我保存，等有机会时会把它们平安运抵我处，因为是易碎品。"真巧，"我想，"太巧了。"我还没来得及再三思忖，一阵无以名状的寒噤让我后背发紧。

"喂，费尔南达，"我太害怕了，以至于过去整整一夜后才敢抖动肩膀，"你的这位朋友，就是给我们采购橄榄油的那位……你信任他吗？"

"就像信任自己的母亲。"

"也就是说，你不认为他会为警察效力……"我对她脸上呈现的恐惧痉挛置之不理，"或者他的朋友……"

"伊内斯！"直到我察觉在冒犯她，没敢往下说，"劳驾，可是你怎么可以对我说这样的话？"

我请求费尔南达原谅，继续干活，做了我这辈子最糟糕的炖肉。与博索斯特最后那顿传奇的炖肉恰好相反。它粘锅底太厉害了，我都没敢上这道菜，那个细节使我下了决心。随后我摘掉帽子，在围裙上面披上大衣，去找"明白吗"。

"我请你喝咖啡，塞巴斯。"我在他耳边低语，"到外边去。"

他奇怪地看着我，什么也没说，跟着我来到第一家我估计那里的顾客不可能说西班牙语的酒吧。进去时我向他示意一张桌子，没有怜悯在他眼中看到的那丝温和的光泽，为他要了一杯咖啡，为自己要了一杯白兰地，把信给他时我已经喝了一半。

"'美男子'跟你联系了，明白吗？"他起身去吧台要自己的那杯酒之后得出这个结论，"至于这个男人，嗯……的确是个巧合，可大家都在同一条船上。如果费尔南达信任他，他相信这个奎斯塔……把'美男子'藏起来的是奎斯塔，明白吗？给你运橄榄油也就不算太奇怪了。"

"不奇怪？"

"我也不清楚……"他几次摇晃脑袋，瞅着我。

如果拉斐尔·奎斯塔并不像看上去那么诚实，如果他正给我下套，如果我落入其中并启动一个有助于他与国内组织联系的机制，以便引发不可预见的大规模落网，那他唯一会为我丈夫所做的事就是限制他的机会，造成更多同志的覆灭。"明白吗"比我更清楚这点，然而当我俩几杯酒下肚时，他做出一个决定。

"我要把信拿走，明白吗？""明白吗"把信塞在上衣口袋里，"我们唯一不能做的是舍弃'美男子'。我马上跟'狼'谈，看看他有什么想法。

可能某个内部的人认识拉斐尔，明白吗？如果不认识，他们会知道该怎么办的。"

那晚我也睡不着，第二天没有消息。我们谈话四十八小时后"明白吗"来厨房看我，但他的话没有让我平静下来。

"在马德里的人对拉斐尔很了解，明白吗？"因为我在微笑，还不知道马上要听到的话会使自己嘴唇的曲线僵住，"费尔南多跟他在一起，受了重伤，但活着，明白吗？拉斐尔正在给他治疗。拉斐尔是医生。"

"不，他不是医生。"我摇头否定，仿佛那个意想不到的模糊信息自身就代表了一种威胁，"他在一家运输公司工作，是……"

"不对。""明白吗"抓住我的胳膊，握紧它，以一种坚定、权威的语气对我说话，同时把脑袋贴在我的头上，仿佛试图平复一个受惊的女孩，"伊内斯，听我说，别紧张。他是医生，明白吗？在一家运输公司工作，因为不许他在任何一家医院当医生，但他是大夫。费尔南多跟他在一起，还很虚弱，但还好。费尔南多隐蔽着，情况不错。这是别人告诉我的，你别害怕，但也别等他，因为不会马上回来，明白吗？你别担心，但不要打听他。"

"你别担心，但不要打听他。"7月份结束，8月份开始，假期，天气很热，我生了一个男孩，给他取名费尔南多，怕万一他父亲回不来。天气继续炎热，9月开始，温度下滑，秋天来临。10月雨水很多，11月天气很冷，"美男子"还没回来。

"你别担心，但不要打听他。"费尔南达夏天之后告辞，"很抱歉，伊内斯，我知道给你添堵了，可尼古拉斯1946年上山，我们三年多没有在一起生活，晚上来上班我很吃力了，对不起……"她丈夫是6月份来的那批游击队员之一，于是我对费尔南达说别担心，我理解，我真的理解，我羡慕死了，那也是事实，虽然没对她说。

"你别担心，但不要打听他。"10月份已经有两个男孩的安赫利塔终于生了一个女儿，我在她父亲的怀里认识了这个孩子，因为"明白吗"跟安赫利塔在医院。那天夜里我给费尔南多喂奶，他满两个月了，自己的父亲还没抱过他，我想"美男子"从来没跟我在医院，我哭了起来。我知道不该这样，孩子觉察到了，这样奶水对孩子不好，但我继续哭，直到哭泣让我困得和衣入睡。那天夜里我梦见"美男子"回来。我没听见他开门，他进入房间，脱光衣服，但他钻进被子时我醒了，他在那儿，皮肤很冷，身体没有伤痕，他脱我的衣服，我拥抱他，亲吻他，一切都那么真实，应该是真的，一切都那么真实。我激动得醒来，我独自在床上，他没回来。"你别担心，但不要打听他。"假如他死了，我会知道的。假如他死了，不会向我隐瞒此事的。但没有像地下工作这么差的生活，也没有像它那么好的生活。

1949年上半年醋意还没有像害怕那么折磨我，但下半年比孤独更加折磨我。那是地下工作的另一个要素，醋意与被禁止的照片或独自分娩占据同样重要但不同的位置，因为我们从来不敢自然地谈及那个话题，其他任何话题都没有像它本身那么私密。它不高雅，不体面，尤其是不公平，但我的肚子决定跟自个儿较劲时没有考虑到这些，它让我疼起来时我欲言又止地向随便哪个姑娘加以暗示："我不知道，有时候'美男子'在西班牙时，会让我胡思乱想，你瞧，真是傻话……"她们不让我把话说完："你别想那事，姐们儿，他怎么会干这样的事呢？他？他不会的，如果是说别人，我大概不会对你说'不'，但他会回来的，我确信……"因为她们深谙此事，就像对子宫收缩那样了解。

大家都对自己预感和担心的事感到羞愧，一辈子都在趁丈夫为事业玩命时计算他们和多少女人同过床，这也让她们难为情。恰好因此，因为我知道"美男子"起床时永远不能肯定是否会看到另一天破晓。我心想，浪费掉给他提供的机会是不合逻辑的，我试图说服自己，他在西班牙可能与其他女人干的事将不会发生在现实中，而是在一个平行的世界，一个与他的真实生活无关的时空括号里，我和自己的生活才是他的真实生活。于是片刻间一切都很好，很自然，人之常情，可以理解，直到回忆起"帕斯谷人"爱说的那句话："没有像地下工作这样的生活。"一想到他可能被捕的时候衣服上沾着另一个女人的味道，我的肠子便屈服于一种突如其来、难以忍受的柔体模式。后来"美男子"回来时，我把拳头摁在肚脐眼上，试图向"美男子"解释他不在家给我造成的那种痛苦，他笑得很厉害，但从未透露过一个字。"像我这样了解你……"如果我斗胆开始试探，他总是在我把话说完之前就打断我。"像你这样了解我，干吗还要问我这些？"之后他再次笑起来，我从来不知道该怎么想，直至"明白吗"对我说别担心但也别打听"美男子"时才知道，一个如此含糊的信息似乎打开了通往一个相当明显结论的大门，不仅是为我。因为假如害怕和孤独、吃醋和不安还不够的话，我另外还要承受流言蜚语、同情的目光和某些客气议论的惩罚。"你丈夫呢？小可怜的，他这次的确耽搁了！"在这些议论中每个词的毒药都挂上了一种假装声援的面浆。

1949 年我比以往任何时候都试图说服自己，正在西班牙发生的任何事情都不重要，但我做不到，也无法再次按复数来思考，一个不确定、众多和安慰性的数字，一群无名女人，一堆昙花一现、占有和遗忘同样容易的匿名身体。11 月 28 日安赫利塔把"美男子"与乞丐混淆时，我已经确信只有一个女人，他已经决定要留下来与她一起生活。当我看到"美男子"裸露身体，他的皮肤四处缝合，一大堆不规则、混乱、脏兮兮的伤疤，勾画出我所记得的平原上一位斗牛士腹部的崎岖伤痕，我因怀疑那个身体以及将它从死亡中拯救出来的那个男人而感到双重、极度的羞愧。

"如果是男孩，我们给他取名吉耶尔莫。"

1952 年"美男子"坚持再要一个孩子时，我已经知道拉斐尔·奎斯塔不叫这个名字，我们欠他的人情与我丈夫的生意同速增长。但那是一回事，另一件十分不同的事是三十六岁的我有一家餐馆和三个孩子还嫌不够。大的七岁，小的三岁，老二是一家校队的足球运动员，他的教练的最好想法是每个周日上午八点半集合所有的主力队员。

"不行。"第一次我嘲笑这个想法，"我不想再要孩子了，三个孩子我都应付不了，你想想如果有四个孩子……"

"行了，老婆。"他笑了，但没有松口，"关你什么事？"

"关我什么事？"我也笑了，仿佛是个笑话，"关我太多的事了。因为是我生这个孩子，知道吗？"

"是的，可三个孩子出生时我都没在这里。"直到他开始连续几周每天都说上几遍，我才意识到他是当真的，仿佛相信我会因疲惫而投降，"我都没见你怀上费尔南多，难道你不记得了吗？我见到这可怜孩子时他都三个月了，见到薇薇……"

"你见到了刚出生的薇薇，别软磨硬泡了。"

"是的，她刚出生，之后突然爬行起来，不是吗？就像我认识米盖尔，我提醒你……"

"哎呀，'美男子'，别烦了！你干吗需要另一个孩子？生完之后你根本不管他们。"

"不管他们？"说到那点，即便对他不利，他还是又笑了起来，"他们小时候是让我有点无聊，因为什么也不能跟他们一起做，但之后……谁教他们骑自行车的？"

"你看，他们五岁时每周只有一个下午跟你在一起……"

"行了，聊胜于无，对吧？另外，虽然不管他们，但我喜欢有孩子，看见一个孩子出生会让我很开心，"那是我唯一敏感的理由，他知道这点，"仅仅因此而已，我对他和其他孩子将一视同仁，你别担心。与两个大孩子相比我更偏爱费尔南多吗？他可是跟我单独相处了许多月，不是吗？他叫爸爸先于叫妈妈，因此……"

"所有的孩子都是先叫爸爸，后叫妈妈，因为发 p 比发 m 更容易。"

"啊！这可是你说的，但我不知道。薇薇开始说话时我不在这里，米盖尔叫我爸爸时已经会说妈妈了，所以我们不得不再生个孩子来证实这点。如果是男孩，我们给他取名吉耶尔莫。"

"但如果是女孩，"在投降之前的那瞬间我决定至少保留这点权利，"我来选择名字。"

我们最后一个孩子出生于 1953 年 5 月，是个女孩。她父亲头一次跟我来医院，最先把她抱在怀里。作为交换，我决定让她叫阿德拉。

"阿德拉。""美男子"一边看着婴儿一边重复这个名字，十分缓慢地点头同意，"行，我喜欢。很好，阿德拉。"于是他望着我。"因为你当然是显摆过可怜的比尔图德斯。"

"行了，把电话给我拿过来……"

1944 年秋到达图卢兹时，一个多月的时间内，每天起床时我都抱着给嫂子写信的隐秘打算，每天晚上入睡时都怀着没有完成此事的悔意。我需要给她去信，告诉她我很好、想念她，尤其是她对我那么好之后我永远不能原谅自己那么虐待她。那是我首先写的事："最亲爱的阿德拉：原谅我，原谅我，原谅我……"然后在一封绵长的信中告诉她一切，比我之前写过的所有信件都更坦诚，因为阿德拉值得我这样做，因为我想她如果能从信头往下看，就会理解信中包含的每一个词。反复阅读和修改数次后我把信装在一个致她名下的封口信封，套在寄给阿德拉在蓬特·德苏埃尔特的女佣克里斯蒂娜的另一个信封里，把信交给"美男子"，让他交给一个能在西班牙国内给它贴上邮票、丢进邮筒的人。"你别抱幻想，"他对我说，"因为可能耽搁数月才送到。"但没过三十天阿德拉就打电话到酒馆。

"伊内斯，我怎么会生你的气呢？你是我唯一的朋友。"

那是我们其中一人能够说出的最后一句完整的话。其余的话都说了一半，"我想念你""我更想念你""对不起""好了，我都难以想象""我知道的，加里多，我知道这事，是我的过错""不，不，真的不是""我为你感到高兴""我也希望见到你，真的""别抛弃我""不会的，我很爱你""我也爱你……"后来阿德拉写了一封比我更短的信，但同样真诚，使我感到新的内疚。里卡多让她对我的出逃负责，她没向我隐瞒这点，虽然尝试缓和这一局面，甚至原谅里卡多。"他失去了理智，因为由于进攻阿兰谷一事他被解职，给他在一个部里安排了一个小职位。我一方面感到高兴，因为圣诞节我们回马德里住；但另一方面，如果你想让我说实话，我不知道是否愿意重新跟他整天生活在一起，因为我还爱着他，但看来连这点也妨碍他了……"

"喂，伊内斯，"1945 年 3 月阿德拉再次给我来电，我俩谁也不哭了，"你住的那个城市……离卢尔德①近吗？我认识的一些太太与'蓝色师团'

---

① 卢尔德（Lourdes）：位于法国南部接近西班牙边界的波河（Gave de Pau）岸边。据说，1858 年 2 月 11 日，十四岁的牧羊女贝尔纳黛特（Bernadette）来到波河岸的洞穴附近拾柴，圣母玛利亚突然出现在她的前面，此后圣母曾十八次出现在同一个地方。有一天，圣母命令小女孩："请到河边喝点水，洗洗脸！"当她挖开洞穴附近的地面时，泉水喷涌而出，并多次出现用泉水治愈疾病的奇迹。正因如此，这个小城成了天主教最大的朝圣地，每年来自 150 多个国家的朝圣者达 500 万人，尤其是对于有疾病的人来说，此地成了最重要的圣地。

的伤员组织了一次朝圣，你知道吗？我想过了，如果里卡多允许我去的话，或许我们可以见一面。"

"但愿吧。"我尽可能鼓励她，"你说个日期，我去卢尔德找你，阿德拉。我很想再次见到你。"

圣贝尔纳黛特节之后的周一，中午十二点，我怀着六个月的身孕，穿着一件花裙子，站在卢尔德圣祠门口，在一群我感觉奇怪得像是属于另一物种的女人中间立马认出了阿德拉，那些身着丧服的太太们缓缓移动，她们戏剧化的服装给自己的行走平添了困难，黑高跟鞋，黑裙子，黑长筒袜，头上戴着同样的黑头巾，每走一步一根银质十字架便敲打她们的胸口。

"伊内斯！"见阿德拉朝我跑来时我也朝她跑去，因为在那一刻的混乱中脑子里只考虑会崩坏满是淤青的领口，"伊内斯！"

我知道自己会激动，但无法预见激动的程度，它犹如一道高浪把我淹没，强大得甚至让我无力说出她的名字，我默默拥抱阿德拉，不在意她的朝圣同伴好奇地打量我们。我们分开时，其他人都走了，我感觉到温暖，一种内心深层的舒适，几乎散发着芳香，好像让我身体的所有组织同时放松下来，用一种浓烈、怡人的香脂浸润它们，它不过就是安宁，一种我几乎忘记的感觉。在卢尔德当我看着阿德拉的眼睛，见她微笑，或许我多年来第一次感觉彻底与自己和平相处。对我而言，那意味着重新得到阿德拉，在所有我爱的人身边，感觉内心安宁的喜悦。

"你原谅我了吗？"不管怎样我还是问了她。

"你别犯傻了……"阿德拉笑起来之前把头从一边摇到另一边，"说实话，突然在法国看见你怀孕我觉得好奇怪呀。仅仅六个月前我俩还在一起，在我家，而现在……但我为你高兴。"她抓住我的胳膊，我们开始行走，仿佛还在蓬特·德苏埃尔特，在去烟草店或肉店的路上。"我为自己感到遗憾，因为我很想念你，但我高兴看到你这么好。只是……你像是另一个人。你的脸和一切都变了，瞧瞧。"

我们默默行走，直到在一个露天咖啡馆找到空桌子，我俩在那儿的阳光下同时按照过去的节奏开口，就像她来修道院找我的那些天彼此说话匆忙得语无伦次。

"你为什么不来图卢兹，即便是两天？"意识到靠那次会面我们聊天的时间有限时，我向阿德拉提出建议，"我不能把费尔南多介绍给你，因为他在西班牙，可是……"

"在西班牙？"听到此话阿德拉吓了一大跳，就像任何一位不认识阿德拉的同志听到我这么平静地说此事时的反应，"可是他……可以去西班牙吗？"

"嗨……"我微微一笑，"他的确在西班牙。"

"那警察呢？"

"警察当然不知道这事，"我笑了起来，"我不知道他是否已经翻过了山区或携带了一份假证明，他不告诉我那些事情……"

"因此他是间谍吗？"

"不完全是。更确切地说他是地下工作者。"

"啊呀，伊内斯！"阿德拉双手抱头，摇晃了几次，仿佛受不了它，"伊内斯，伊内斯，你真勇敢，我的孩子！"

阿德拉跟我来图卢兹了，数日里我们一直在一起，跟在蓬特·德苏埃尔特一样，虽然现在是我有很多活计，她陪我到各处。阿德拉法语说得不好，也不懂得以别的方式消遣，但她不在意，因为从第一刻起阿德拉就喜欢上了酒馆。

"看见你们大家在一起工作，组织得这么好，这么协调，让人开心，对吧？没有一个男人……"我注视阿德拉，在她眼里见到一种温暖、明亮的光，那是羡慕，但也很纯净、和气，"那些顾客就像是一家人，我不知道……这样工作应该让人开心。我从未想到过，但我认为我会喜欢的，真的。"

我们重新相遇时，我再次认为阿德拉比我认识的任何人都更值得幸福，即便她在开启卢尔德之行时也许最不幸福。她的孤独，一座大门敞开但不通往任何地方的监狱，为我的快乐付出了代价，我不得不面对那个责任，确信自己的安宁导致阿德拉独自遗留在一个狭小、致命、凭她自身难以走出的迷宫，我要学会与这种想法共处。阿德拉陷入对自己不利的爱情死胡同，把自己关在家里的时间越来越长。里卡多在外面混，借口旅行、约会、参加为了重获帕尔多王宫的恩惠而无法推托的会议，但更让阿德拉伤心的不是哥哥不在家，而是她逐渐意识到没他更好，如果不是更满意，至少丈夫远离她的生活时会更平静。作为交换，里卡多的冷漠使阿德拉得以前往图卢兹旅行，她分享我生活的频率远远超出任何一位关心妻子的佛朗哥党徒丈夫所能容忍的。1945 年 9 月她决定告诉里卡多自己被选为一个朝圣教友会理事会常委，接二连三的会议和静修活动将把她滞留在卢尔德整整一周，对妻子参加此项行程他丝毫没有反对。

"他一切都无所谓，好像正希望我离开。"阿德拉的声音充满一种能够凝成寒云、在电话线上落雨的悲哀，"但塞翁失马，焉知非福，对吧？"

阿德拉执意对我说很想看看新餐馆，更想认识她的侄女，但我俩都非常清楚她好奇的真正动机。"美男子"也想认识她，因为听我多次说起她，幸运的是他们彼此印象不错。

"他很爱你，看得出来，而且作为一个共产党员来说，他很正常，是吧？"我不知道该对她说什么，她继续自己的独白，"好了，事实上你们都是十分正常的共产党员。"

"你指的是什么？我不明白你，阿德拉。"

"就是说，是正常的。"直到她进行解释我才发现，她把我们重逢之前和之后所学到的东西、她习惯相信的东西与每次来时在我家和餐馆所看到的东西混为一谈，"也就是说，你们结了婚，有了孩子，不听话的时候你们责备他们，你们工作，正常的是……"

"当然了。你预期的是什么？"我微笑，"公社和自由性爱吗？"

"嗯……差不多吧。"阿德拉瞅着我，比我先笑起来，"那就是共产党员干的事，不是吗？它自身的名字就说明了这点，共产党员不是来自公社吗？"

"哎呀，阿德拉，阿德拉！"我责怪她就像她常责怪我那样。

"美男子"喜欢阿德拉的原因恰恰相反，因为发现她不是一名普通女子。认识阿德拉的那天晚上，"美男子"对我说，阿德拉很逗，虽然一开始觉得她有点傻乎乎的，对我而言他判断正确太重要了，我赶紧给他一个线索，他立马自个儿就证实了。不管怎样，"美男子"最看重阿德拉的是她与长枪党头目妻子的标准模式所拉开的距离，这个小缝隙马上要开始变大了。

那次旅行阿德拉了解的不只是"伊内斯之家"，认识的不只是我女儿和丈夫。我无法提醒她，因为我在厨房，因为那个时候我们最尊贵的女顾客的出现已经不再引人注目。多洛雷斯回来的那年春天和夏天，酒馆还存在的时候她已经成为那里的常客，之后在新餐馆也是如此，虽然仅仅三个月之前她一出现就会引起如此突然、喧哗的骚动，以至于呼喊声、鼓掌声和所有椅子腿一起在地面瓷砖上的嘎吱作响声会穿过墙壁清晰地传到我的耳朵，盖过了热油的瞬啪作响、煮沸菜肴的冒泡和打开的水龙头的声音，那个 9 月的下午我无法预知即将目睹的场面。

"伊内斯，"来客是多洛雷斯时，安帕罗不在吧台大喊，而是从厨房门口探头进来，"出来一下，多洛雷斯想问候你。"

"伊内斯！""热情之花"伸展双臂，张开双手，手掌朝上，向我微笑，"你好吗？"

"很好。"我走近她，吻她两下，"很高兴见到你。怎么样？"那时我听到大门打开的声响。"你喜欢菜品吗？"之后我立刻听到阿德拉的声音。

"你好！"她继续往前走，什么也没察觉。

"很喜欢，都好吃极了，跟往常一样，鱿鱼……哎！"西共总书记转身望着新来的这个女人，"很久没吃到这么好的鱿鱼了。"

"伊内……"

当阿德拉认出与我说话的那个女人，她呆住了，她所有的肌肉同时僵住，她的身体那么静止，甚至仿佛失去了呼吸功能。唯一保留某种活动功能的迹象集中在她的面颊，瞬间跨越了红色的整个色谱，从杏子的色调到石榴的色彩，但多洛雷斯·伊巴鲁利习惯了在第一次见到她的人们身上造成强烈的反应，她只是微笑。

"对不起。"那是阿德拉所能说的全部，但管不住自己的腿，依旧站着，像钉在地板上，离西共总书记一步之遥，后者听她说话时面带母爱的表情点头。

"你不用道歉，姑娘……"

"多洛雷斯，"我决定介入，让她们的相遇表面上尽可能正常，"这是我嫂子，阿德拉。你瞧……"我微笑地补充："她认识你了。"

"很高兴认识你。"阿德拉向她伸出一只手，多洛雷斯握住她的手片刻，然后施展起她的魅力，这个套路我在其他场合见识过。

"告诉我，阿德拉，你是哪里人？"

"我……是维多利亚人。"

"维多利亚人！"多洛雷斯笑得和以往不一样，更自然，不那么机械，"我住在比斯开的时候偶尔会去维多利亚。一座美丽的城市，对吧？到处都是法西斯分子，那倒是。"让我惊愕的是阿德拉开始点头赞成她的话。"西班牙最法西斯化的城市之一，但很美，有一些糖果店……瞧，我想我从未吃过那么美味的夹心糖。有些夹心糖是在达多大街的一家店里生产的，同志们有时候会给我带来一小盒，里面装有四五颗夹心糖，因为一点儿也不便宜……叫什么名字？哎呀！什么脑子！"她闭上眼睛，用右手敲打额头三次，"如果它们是这世上我最喜欢的东西，怎么能忘记呢？不，等等……巴斯基达？"

"不是的，"嫂子微笑起来，在那个表情中她恢复了灵活性和对自己身体的控制，与此同时面颊的深红色开始淡去，"巴斯基多思，巴斯基多思和内斯基达思。"

"就是那个名字！巴斯基多思和内斯基达思，太好吃了，我的妈呀！""热情之花"拍了一下手掌，之后歪着脑袋眯着眼睛，一种几乎孩童般的留恋表情突然使她的脸部变圆，"还在生产这些夹心糖吗？"阿德拉再次肯定。"我很喜欢。"

"那我给你定购一盒，定大盒子。"如果那天在那个地方有某个女人真正吃惊，那一刻她就是我，"我把它寄给伊内斯，您别担心。"

"可你别以'您'称呼我，姑娘，你让我变老了！"

多洛雷斯走近阿德拉，吻她两下，嘴唇弯曲，还沉浸在对那个难以忘怀的味道回忆之中，也没察觉什么异样便离开了。等大门在她身后关上，蒙塞、安赫利塔和我同时笑了起来，阿德拉用一种更小、很尖、几乎歇斯底里的独特笑声配合我们，之后对着我耳朵说了一句悄悄话。

"我出事了，我回家一会儿，这就回来……"

"出事？"那个词吓了我一跳。

"是的，是因为……"但她又对我耳语，"我尿裤子了，我想是因为紧张才尿的裤子。"

数月前安赫利塔带着胜利的表情走进西班牙酒馆，通报我们她刚看到一个开餐馆的最佳场所，当时我简单地扫了一眼就明白要进行改造。为了说服合伙人，我不得不求助自己作为大家闺秀所受到的旧式教育，所有那些原则、标准和偏好几乎都是通过潜移默化获得的，我没有意识到自己自然而然地学会了它们，就像自然呼吸一样，也没有怀疑它们正在塑造一种能经受任何人生风暴的品味，就像一个箱子浪涛不允许我抛弃它，而是把它连同我的身体一起冲到我所有沉船的荒凉海滩。最终还是我赢了，因为将成为"伊内斯之家"的那个场地尚为一个美食协会的所在地，一个透明的长方形大厅，它的老业主还没有搬走三张连在一起的桌子，长极了，两边是折叠椅，赋予它一种修道院食堂的凄凉外表。那个空间令姑娘们兴奋，几乎是我们直到那时所拥有的餐厅空间的三倍。但我提醒她们，如果希望有一个好餐馆，而不是一家便宜的食坊，我们只能以某种方式将它分隔。

那是我们第一次大的争吵，一开始她们孤立我，但我不让步。一周内我带着她们中的一位进入图卢兹所有的好餐馆，当我走近侍者领班，询问某个并不存在的预订时，我让她们随意浏览，确认我的观点有道理。安帕罗是最抵触的人，但最后她也终于承认，如果把桌子分布在三个更小的厅里，我们的服务会更加便利，避免那些空闲的桌子造成的不良效果，创造一个更温馨的氛围。我让她们都达成共识时，我们又争论了起来，因为隔离必须是可移动的，以便我们根据需要扩大或收缩饭厅，每个人都有自己的观点。蒙塞想要屏风；安赫利塔喜欢医生诊所的那种布质隔板，这样会更便宜；安帕罗赞成真正的隔墙，省去我们的麻烦。不过洛拉支持我的建议，她找了一个又好又快、高效的西班牙木匠，是共产党员，给我们做一些上了清漆的木隔板，高度不到两米，用枢轴固定在地上，十分牢固，甚至能够在它的中央表面挂一些轻的画。木隔板由十分精致的合页连接在一起，敞开时看不见它们，但适当的时候可以让隔板完全折叠起来，把它们保存在仓库里。

1945 年 12 月，我们第一次撤掉所有的木隔板来庆祝多洛雷斯·伊巴鲁利的五十岁生日，这是"伊内斯之家"的第一次大型公众活动。从西共建议我们关闭餐厅的那一刻起安赫利塔就生气。"为什么？"她说，"再说了，如果只来三十人，为什么我们不能开放里面的那个餐厅？"她的怒气随着每一项准备工作而增大。"花？我们也得布置花吗？还有纪念小卡片？让他们为小卡片买单吧！"但与宴会之后我们单独留下时她对我们发的火相比，那都不算什么。

"这可不行，我跟你们说实话。"

一看见安赫利塔那么严肃、负责，一只手里拿着一张发票，另一只手搁在头上，在那里转圈，犹如被关在笼子里不甘心但没找到出口的动物，我们都笑起来了。

"别笑！"她伸出一个指头威胁我们，"如果继续这样下去，我们得关门了，你可以慢慢接受这个观点。"

"真夸张！"安帕罗比任何人都更了解安赫利塔，继续在吧台那儿微笑，结果让安赫利塔发飙了。

"夸张？你看……"她用冒火花的眼睛望着我们，"他们预定的是三十人，付了四十人的钱，来了五十二人，把我给他们上的葡萄酒退回来，因为他们觉得不好……"

"因为对于这样一个场合，今天的酒，"蒙塞斗胆插话，"是相当差。"

"当然差了！你想怎样？让我给他们上好酒，让他们把它当作未发酵的葡萄汁来付钱？"她再次与安帕罗当面争吵，"我没跟你说要提高价钱吗？"

"是的，我努力过了，你别以为，""狼"的妻子耸了耸肩，"可没有办法。他们对我说不能付更多的钱，我们已经商定了成交价，而且……姐们儿，他们是同志！她是多洛雷斯。"

"她，她！那我们是什么，哎？我们是红色救援组织吗？不是的，夫人！你们当然这么满意了，因为你们不必支付供应商……可是，长此以往，索蕾的父亲会把她赶出鱼店，因为甭管他是怎样的同志，他是法国人，不明白这些事，那谁会让我赊账呢，嗯？看看谁会赊给我……行了，小伊内斯，美女，因为你也是这样……居然上鳕鱼加杏仁碎片！你怎么不给他们上对虾啊？行了，总之……"

"多洛雷斯喜欢那个鳕鱼。"我为自己辩护。

"那我还喜欢蝉虾呢，去你的！但我更喜欢撑到月底，这样的话我们是熬不到月底的，我跟你们严肃地说。你们看见这样东西了吗？"她把发票举在空中摇晃，仿佛是一面旗帜，"他们按沙丁鱼的价格支付了鳕鱼的钱。当然了，如果我们是傻帽，而其他人不是，他们怎么会不喜欢来这里？我们要消除私有财产，很好，但是只要还没消除它，我们不能干的事是邀请比我们钱多得多的人来吃饭，斗牛士、演员、毕加索……'毕加索！你们，快点！来给你们拍照，太好了，真高兴！'但他是没付钱的人之一，看看你们是否以为我没发现这点。"

"毕加索是付了钱的。"安帕罗反驳道，不再提醒安赫利塔，她跟其他人拍了相同的照片，一边从吧台底下取出一本文件夹，"毕加索给我们画了一个水手。"

"啊！是吗？我看看……"安赫利塔走近吧台欣赏一顶蓝帽子、一把红胡子和彩色蜡笔画的寥寥数笔绝妙的线条，"这画值多少钱？"

"不值钱。"安帕罗把毕加索的画按在胸口，仿佛是信徒挂在胸前的小圣像图，"因为我们永远不会卖掉它。"

"不卖？等鳕鱼的账单到了我们再说吧。伊内斯，暂时这样，下次做土豆炖咸肉片和红辣椒，这菜你烧得可口极了。如果不做它，就准备米饭加鸡肉，这是经典菜。要么那样，要么我走，我不跟你们废话了。"

安赫利塔十分生气地穿过半个餐厅时，用鞋后跟跺了一脚，转身望着我们，重新伸出指头。

"到头来最后唯一真正让多洛雷斯开心的是阿德拉的巧克力夹心糖，"她翻起白眼摇头，好像难以置信这点，"去他妈的！"

那是事实。毕加索的水手像一直挂在"伊内斯之家"吧台旁边最显眼的地方，我们给它裱了一个又大又耀眼的镜框，留出与其重要性成正比的空白。下面摆了一张放大的照片，多洛雷斯笑得跟一个女孩似的，眼睛十分明亮，脑袋微微往后仰，仿佛无法撑住那么多快乐，双手交叉捧着一个白铁皮盒子，盖子上画着巴斯克舞者，放在胸口，让任何人都不敢抢走她的糖盒，毕加索在多洛雷斯的左边，俩人脸上都露出微笑，与西共总书记的喜悦在那张照片的观众中所唤起的微笑一模一样。

"同志们，如果大家允许的话，"那天敬酒的时候我从厨房出来，把阿德拉的夹心糖盒放在多洛雷斯跟前的桌子上，她居然说，"我想我要做一件很难堪的事，一位共产党领导人所能做的最差劲的事情，可是……我不想跟任何人分享它。"那时安娜·玛利亚正好拍那张照片。

一回家我就给阿德拉打电话，告知她礼物取得的巨大成功，她的反应与我接到这个包裹和一封信时一样惊讶。阿德拉在信里用煞费苦心的理由为寄给我包裹而自我辩解，好像试图为自己的罪行开脱似的："是因为我得去维多利亚看望姨妈埃万赫利娜，路过戈雅糖果店橱窗时想起来了，我对自己说：'瞧，实际上这能费我什么事呢？'但如果你不想把它给多洛雷斯，我无所谓，权当你们吃掉它，更好，你自己看着办吧，你想怎么处理糖盒都行……"从那天起嫂子每次去维多利亚都会买一盒巴斯基多思和内斯基达思，这个糖盒旅行到图卢兹，经我手到达多洛雷斯的手里，即便法国人关闭边境时这条路线也从未中断。1948年边境重新开放，她俩再次在"伊内斯之家"重逢，阿德拉明白了为什么那个普通女人，一位比斯开矿工的无名妻子，跟许许多多其他西班牙家庭妇女一样的人，能够变成现在这种身份的人。

"你们请稍候。"

那天多洛雷斯为法共总书记、苏维埃驻法大使、驻图卢兹领事、她的罗马尼亚同事、保加利亚共产党代表团、她自己的几位政治局委员以及其他一些法共领导人做东，但当嫂子进入餐馆时，她把所有人都同时撇下。

"阿德拉！"多洛雷斯前进了几步，停住不动，微笑着张开双臂，这副样子像块吸铁石把哥哥里卡多的妻子吸引过去，"谢谢，谢谢，非常感谢……"

数秒间所有能够认出她们的眼睛，不眨眼地望着那两位互相拥抱的女人，一个染着金发的脑袋，另一个白发苍苍的脑袋，彼此挨得很近，与搂紧她们的胳膊同步晃动，无人说话，因为关注她们的时候谁也不敢张嘴。

"你不知道我多么感谢你。"打破沉默的是那位年长的女人。

"夫人，不足挂齿的事。"嫂子像往常一样辩解，"也不是什么贵重的东西，我很乐意做这件事，不值得……"

"当然值得感谢，"多洛雷斯没有完全松开阿德拉，往后仰头打量她，"当然重要了，对我来说十分重要，你都无法想象……阿德拉，你住在西班牙。对你来说去那里很简单，走在大街上，去市场，买夹心糖，吃夹心糖，但对我来说，离得那么远……对我而言就像是重返家乡，重新看到我的家、我母亲、我孩子小的时候、那段美好时光里我的第一批同志，回忆起这么多东西……"那一刻多洛雷斯闭上眼睛，摇晃着头，仿佛想责备自己，当她再次睁开眼睛时，甚至我从厨房门口都能看见她泪眼婆娑。"请原谅我。我太犯傻了，随着年纪的增大我变得多愁善感……"

"不是的，"拥抱她，搂紧她，安慰她，给她恢复镇静机会的是阿德拉，"不是的，我很理解这点，我开心，很高兴你这么喜欢那些夹心糖……"

"热情之花"稍微平静一些，她抚摸阿德拉的脸庞，后者的眼睛与多洛雷斯的一样明亮，她亲吻阿德拉的额头，朝四周张望了片刻，仿佛在寻找什么，右手手指掠过自己上衣的衣领，多洛雷斯微笑起来。

"瞧这枚胸针，喜欢吗？"她把胸针慢慢取下来，"是一个蜻蜓，看见了吗？这是一些流亡在墨西哥瓦哈卡①的西班牙共和派女士送给我的。是她们自己做的，她们是艺术家，因为很漂亮，对吧？"

"是的。"阿德拉点头称是，"很精致。"

"拿着。"胸针的女主人把它别在阿德拉的连衣裙子上，仿佛是一枚勋章，"我送给你。"

"可是不行，谢谢，不必……"

"当然需要。"当蜻蜓在嫂子的胸前闪烁时，多洛雷斯抓住她的肩膀，"是的，是给你的，让你记住我。再次感谢你，万分感谢，阿德拉……"

之后"热情之花"回到她的餐桌，让法共总书记、苏维埃驻法国大

---

① 瓦哈卡（Oaxaca）：墨西哥南部城市，瓦哈卡州首府，位于阿托亚克河畔。该城始建于 1486 年，是南部农牧区和矿区的贸易中心。手工业较发达，尤以毛毡斗篷、珠宝首饰著称。著名印第安人总统华雷斯的故乡。多殖民时期建筑，附近有米斯特克人和萨波特克人的古文化遗址，为旅游胜地。有华雷斯自治大学。

使、驻图卢兹领事、罗马尼亚领事、保加利亚代表团、她自己的西班牙同志和法国同志还在被刚看到的场景所震撼，能够在余生讲述自己当场目睹了多洛雷斯·伊巴鲁利势不可挡的魅力展现，以及西班牙妇女对那个无法复制的女人更加无条件的最强烈的挚爱。但最让人困惑的是他们谁都无法发现那件事的真实程度。

"她真和蔼！"阿德拉来厨房看我时比那些人颤抖得更加厉害，"她真亲切，对吧？你瞧她送我的胸针，对她来说应该很有价值，因为是那些妇女为她制作的，是吧？"

我点头称是，放弃了向阿德拉解释，即便全世界所有的西班牙共和派女士每天工作十二小时，也无法制造出多洛雷斯不断送出去的不计其数的胸针、项链、戒指、披巾和钱袋。

"很明显，"但反过来我对她说了实话，"阿德拉，你让多洛雷斯幸福了。"

"是的。"她的嘴唇和眼睛同时对我微笑，"我好开心，知道吗？我高兴，因为……事实是我很激动，当多洛雷斯对我说她想起自己的母亲和孩子，我眼泪都迸出来了，虽然……可怜的女人！"

我打量了嫂子片刻，仿佛需要确信她在严肃地说话。

"阿德拉。"

"什么？"

"不是那回事，哎？"阿德拉注视着我，好像不明白我的意思，我把话说得更加透彻，"我是说可怜的女人那话……"

"不是吗？"

"不是的。"

"好吧，但我对她印象很好。"阿德拉点头加以确认，之后笑了起来，"得了……假如有人对我说了这些事，我都不会相信的，但……那是真的。"

1948年12月，多洛雷斯·伊巴鲁利在送给我嫂子那枚胸针之后不久回到莫斯科。她需要治疗一种让人为她健康担忧的肝病，顺便避开法国正式将她驱逐出境，因为该国急于重新启动与西班牙的贸易关系。一年半以后，当西共在我们生活的这个国家变成非法政党时，她的缺席成为地下状态最重要的标志，但那更多是象征性的，因为我们的生活没有改变，除了党的领导机构彻底迁到巴黎。那里易于隐蔽，让其成员安下心来，尤其是让安赫利塔安心，从那时起她的账目收支更加平衡了。

除此之外，我们从未感觉身处危险，也不必放弃任何东西。我们继续做着相同的事，餐馆每天开业，绣有第五团①标志的三色旗帜挂在最显眼的地方，每年 4 月 14 日、7 月 19 日和 11 月 7 日都大办宴席②，接待老顾客，其中有帕科·安东，他有时候跟一个比自己年轻许多的漂亮姑娘来这里，眼神沉溺于她的秀色，色欲大于食欲。直到有一天我们与他的见面中断，再也没见过他，但由于党的领导人很少离开首都，而他一直是来来去去的那些人之一，我们也没挂念他。直到一个夜晚我在炉灶那里听到一阵低语，引起我的注意，我走近门口，认出在厨房走廊十分秘密谈话的两个男人是"吉卜赛人"和"帕斯谷人"，他们以为那里是谁也听不见自己的唯一地方。我对自己所听到的话感到十分惊讶，一到家我就跟"美男子"关在卧室，不让孩子们知道任何情况，冷不防地向"美男子"提问。

"你现在知道了？"他听我提问时把眼睛睁得很大。

"啊！"他的反应让我十分吃惊，或者说比那个消息更让我吃惊，"难道你知道这事？"

"多洛雷斯与安东的事？"我称是，他扬起眉毛，"我当然知道了。所有人都知道，不是吗？"

"不是的，不是所有人。"我回答，"倒不如说谁都不知道。我根本不知情。"

"好吧，那是因为小道消息的时代你还在西班牙，之后……也不是一件可以到处评论的事情，对吧？"

50 年代初当我回顾某些见过的场景、某些听到的话语、某些自己无

---

① 第五团（Quinto Regimiento）：西班牙内战初期一支著名的军事团体，由西共政治局和社会主义青年联盟提议成立，其成员均为第二共和国志愿者，是宣传西共军事政策的主要平台。

② 7 月 19 日和 11 月 7 日分别是西班牙内战中的巴塞罗那战役爆发和马德里保卫战的纪念日。

法解释的历史，直到偶然在走廊上窃听一次谈话才终于使它完整起来的迹象，我开始认为或许阿德拉说得有理。在流言蜚语的黄金时代，当"与其事后懊悔，不如闭嘴"那句老格言变成我们生活的首要原则，我从餐馆回来时，偶尔遇见丈夫与他的老同志在客厅喝酒，一听到我回家所有人都同时压低声音，我把"热情之花"的爱情整理成一组富有表现力的连贯镜头，明白了尽管她从不愿意这样，但可能曾值得一个尚未品尝任何不明智爱情甜头的女人同情。

坐在床上脱鞋时我把门打开，想听到他们谈话的片段，听他们在压低声音说话。"他告诉我情况就是这些"，"是吗？可我了解的是，告诉他的不是那回事"，"我要是你的话，暂时什么也别做"，"但不可能，我得跟他谈谈"，"不，当然了，他没告诉我那事，他对我说的是，他不清楚正在发生的事"，"你已经知道我的想法了"，"是的，但你要十分小心"……有时候我从餐馆回来精疲力尽，十分希望休息放松一会儿，于是就跟他们待在一起，"美男子"在他身边给我留出位置，问我想喝点什么，起身给我端酒，把我搂紧。之后他们继续聊天，但说些其他事情，无关紧要的轶事，几乎总是很滑稽，笑话，玩笑，我开心或无趣地发笑，让他们安下心来。他们告辞时我跟丈夫上床，睡着之前拥抱他，我睡着的时候好像没听见他说，假如生活在西班牙，他明天就退党。

我们谁也没有在法国再次见到西共总书记。因此我一直无法告诉嫂子，也许她的话有理，多洛雷斯一直是在做自己，比任何女人都伟大，少有女人像她那样流芳百世，同时可能又是一位可怜女人，或许那段历史惨淡地结束时她比任何时候都更加可怜。"热情之花"去东欧生活，首先去莫斯科，之后去布达佩斯，阿德拉继续往来于马德里和图卢兹，戴着一枚白银和紫色珐琅制成的蜻蜓，六根体积逐渐减小的长鞘翅，眼睛处有两粒小小的紫蓝色宝石，挂在她所有外套的衣领上。1967年4月14日那天她也戴着它。

阿德拉已经庆祝了第二共和国许多周年纪念日，不完全是跟我们一起，但的确是在我们身边，因为4月上旬为纪念法国女孩贝尔纳黛特·苏毕胡在卢尔德的一个洞穴见到圣母，天主教会庆祝他们自己的节日，没想到许久之后这样的圣母显灵为两个被独裁统治分离的西班牙女友提供了好处。二十二年里圣贝尔纳黛特允许我们几乎所有春天都可以团聚在图卢兹，但1967年阿德拉的来访本身已不再代表奇迹。嫂子的生活变化如此之大，甚至已经从圣母玛利亚那里解放出来。

里卡多和她继续维持着婚姻关系，形式上他们还生活在一起，但1957年里卡多被任命为科尔多瓦省长，两人赶紧达成协议，孩子的学业不建议阿德拉离开马德里。哥哥的重新复职允许他们数周都见不到面，直到1961年里卡多被调到其青年岁月的辉煌城市萨拉曼卡，数周变成了数月。阿德拉也不完全是独自生活，因为她女儿马蒂，最像父亲的一个孩子，嫁给一个外交官之后不久，她的宝贝儿子里卡多与妻子分居，重新回到父母家陪伴阿德拉，代价是让她陷入持续混乱的状态。

"我不理解里卡多，因为他一直那么正经，即便杀了他也不会剪短头发，但按期完成了学业，获得一大堆优异成绩，马上找到了工作，与马尔塔关系那么好现在居然分居了……"从若干年前起那就是阿德拉最喜欢的聊天话题之一，"然后俩人继续睡在一起，我两次遇见儿媳妇在走廊上穿着内裤，你明白这些吗？"

我对阿德拉不置可否，不过意识到西班牙的形势发生了巨大的变化，不仅地下工作不再是原来那样了。即便阿德拉不敢承认，她的演变比儿子的性生活，甚至比蒙塞的古铜色皮肤都更好地反映了这个变化。阿德拉宁愿把自己当作一个例外，但起身照镜子时不得不看到一张1944年莱里达省长枪党党魁妻子无法认出的女人脸。有时候哪怕她本人坚持相反的东西，阿德拉也可以在一座法国城市的大街上反思自我，就跟照另一面镜子一样。

1967年4月14日是周六，正如只要我们的某个节日与周末重合就会出现的场面，明显的节日氛围洋溢在大街上，蔓延在广场上，把图卢兹淹没在西班牙年轻人高涨的浪潮里，他们大喊大叫，仿佛一辈子都精心保护自己的嗓子，只为了在那个场合撕裂它。那天游行的人比以往任何时候都多，太多的旗帜和标语牌，太多的长发男孩和女孩，太多的牛仔裤和露在毛衣外面的衬衫，以至于任何相遇都是可以避免的，但运气选择了那场混乱让阿德拉与自己的命运对峙，我们还没走半小时，她就把指甲掐在我的左胳膊上。

"不可能……"阿德拉嘟哝，眼睛睁得像盘子似的，下巴脱臼，介于愤怒和惊讶之间的含糊表情，"不可能……我杀了他，我杀了他，真的我杀了他……"

"你怎么了？"看见阿德拉那么心烦意乱我吓了一跳，但她没有回答我，即便朝四周张望也无法找到一个理由为她脸上显出的惊慌辩解。

"里卡多！"阿德拉没看我一眼便与我分开，她向前挪动几步，开始大声喊她丈夫的名字，"里卡多！"虽然知道她不可能是在叫自己的丈夫，我的心脏仍突然紧缩。"里——卡——多！"

于是那些衣冠不整的长发小伙子当中的一个突然转身，眼睛睁得大大的，嘴上挂着一丝难以置信的微笑，他搂着一个长发及腰、皮肤黝黑的女孩，她穿着超短裙和平底鞋，同样很独特。

"妈妈？"自言自语地说那一切不可能发生的人是我。

"里卡多，马上把那个拳头放下来！"

"可是，妈妈……"当我刚开始在一个二十七岁的男人身上认出一个四岁孩子的模样时，阿德拉终于赶上他了，"你在这里干什么？"

"你别动，天哪！"阿德拉走近里卡多，把他的右胳膊往下拽，直到可以将它贴近自己的身体，"瞧，如果有人看见你，我根本都不愿意这么想……"

"行了，如果有人看见你，妈妈！"他笑得要死时，我认出了许多夜晚拥抱过、亲吻过的那个男孩，当他尿了床，会来到我的床上，因为他知道我会在上午给他换床单而不告诉任何人。

"我的事不同。我的事……"阿德拉摇头否定，用手抱住自己的脑袋，找不到一个开场的方式，"说来话长，因此……"直到她的眼睛与一扇意外的大门相遇，才从那场纠纷中走出来。"这个女孩是谁？"

"这个女孩，谁呀？"她儿子一头雾水，不得不跟随母亲手指的方向，证实他右边还有一个女孩，"啊！她是玛丽娜，一个朋友……玛丽娜，这是我母亲。"

"不，我已经看出来了。"这位可怜的女孩带着赴刑场的表情走近阿德拉，吻了她一下，然后又一下，"很高兴认识您。"

"我也是，"但嫂子几乎没有注意她，紧张地朝我转过身来，自从把她介绍给多洛雷斯·伊巴鲁利以来，我从未见过阿德拉这么紧张，"你明白了，是吧？"听到她的问题，她儿子发现了我，并且发现我俩是互相认识的。"瞧瞧我对你说的事，你认为可以这样吗？……"

我没在意阿德拉，慢慢朝那个皱着眉头看我的男孩走去，他猜到我的名字，但嘴里没有下决心说出它来。

"我呢？"我试图帮助他，"我是谁？"

"姑妈伊内斯？"他终于提问，我点头称是。"伊内斯！"

很久以后，当里卡多有时间亲吻我的丈夫和孩子，用差点儿折断我们肋骨的热情拥抱大家时，他才朝自己母亲转过身去，用一种几乎逗乐的委婉语气问她。

"妈妈……你怎么能对我做出这事？"

"我怎么能对你做什么事？"阿德拉看着他，好像不十分确定儿子指的是什么事，"瞧你……昨天你告诉我这个周末要去露营。"

"哎呀，妈妈，妈妈！"她儿子抱着她，由着她把头靠在自己的肩膀上，把她像一个女孩似的来回摇晃，"你太天真了！十多年来我一直用露营的事来欺骗你，你都没察觉，不可思议。可是让我们看看……"里卡多从胸部推开阿德拉，用手指给她梳头，望着她。"妈妈，我有登山靴吗？你在我的衣柜里哪次看到过睡袋或野营帐篷？夏天我去比利牛斯山或阿尔卑斯山吗？"

"哎呀，儿子，我怎么知道！"她再次从一扇意外的大门溜出去，"但这么多年你一直忍受有关卢尔德朝圣的事……"

不过里卡多决定与我们会合时，还不时回过身来打量我，眼睛睁得大大的。

"这个孩子……"侄子什么都知道，所有的标语、口号和歌曲，"他一直很叛逆，跟他父亲关系很僵，但我不知道他从哪里学来的……"

"姐们儿，我认为……"但阿德拉不让我给她解释。

"不，别说了，我宁愿不知道这些事。"

我们继续默默地一起行走，阿德拉有时候跟自己嘟哝："我不理解他，真的不理解他。"又时不时翻白眼，几乎总是摇头否定，与此同时，起初那场相遇对她儿子的影响似乎小于对她本人，里卡多走在前面，用一种几乎敬仰的态度跟"美男子"说话，缩着肩膀以免显得比"美男子"高，对其余的人心不在焉，好像不认识任何一个皮肤黝黑、穿超短裙的女孩。或许因此走到终点之前他母亲突然停下来，抓住我的胳膊。

"听着，要十分小心你对他说的话，嗯？"我皱起眉头，指着多洛雷斯送给她的那个蜻蜓，她再次否认，"不是的，姐们儿，我指的不是这事！……"阿德拉压低声音，虽然谁也听不见她："我说的是罐头。"

"哎呀，阿德拉，你可真是的！亏你怎么想到这事？"

"美男子"坚持要我们再生一个孩子时，我决定如果是女孩就取名阿德拉，告诉她这个消息时我强忍住没跟她说这点。

"再生一个？我的闺女呀，你们像是天主教行动会①的人！"

"你瞧，"我笑了起来，"我那位执意拥抱革命的丈夫……"

"真的？"

"不是的，姐们儿，开个玩笑。"

"啊！"

因此 1953 年 5 月当我生下的是女孩时，最先告诉阿德拉了，她以为自己要当教母时十分高兴，我都不好意思提醒她我们不会给孩子洗礼的。之后"美男子"对我说想怎么做都行，但觉得为这么小的一件事让阿德拉不高兴是愚蠢的，建议我在阿德拉下次来的时候举办一个派对，一种没有洗礼仪式的洗礼。阿德拉很喜欢这个主意，9 月初她回到图卢兹，目的是永远成为那个刚出生女孩的教母，但随身带来某种变化，我不是唯一察觉到的人。阿德拉依旧三十八岁，没有改变风格，相同的发型、服装和化妆方式，一贯的颜色和饰品，但年轻了十岁，一半是她一直显得比自己年纪

---

① 天主教行动会（Acción Católica）：是由信徒根据教皇庇护十一世（Pío XI）的宗旨组成的一种公共协会，在这种布道平台上根据每个时代和地区天主教会的需要向大众宣讲福音书。

大的五岁，另外一半是从她最后一次到图卢兹以来额外减少的。

"阿德拉，你可真漂亮！"第一个对她说这话的是我丈夫，然后是我的孩子，之后是那些女孩子，最后是派对上一贯崇拜她的人，但她回答所有人都是同一个方式。

"是吗？"她微笑着，"非常感谢，可我不知道……"

她当然知道，但我什么也不想问她，因为我猜无须很长时间就会知晓的。

"你希望明天几点叫你？"就在那天晚上回家时我就得知她的事了。

"不用，你别叫我。我自己会醒的。"

"你不去弥撒？""美男子"留在派对上喝最后一轮酒，但直到孩子们都睡下了，我俩独自待在客厅时阿德拉才愿意回答我。

"不，我不去弥撒，因为……"阿德拉坐在沙发的另一头，我在给她的教女喂奶，"伊内斯，告诉我一件事……你有情人吗？"

"我？"我笑了起来，一边用下巴指着婴儿的头，"我不知道怎么能有情人。"

"行了，可我说……不知道，在此之前的某个时候，"我微笑着摇头否认，"为什么？"

"不知道，我从未想过，"我的确从未考虑过，"我猜是因为自己不需要，没有找情人的需求。"

"好吧，那……看看现在是否我比你更时髦了。"

因为她确实有一个情人，是她儿子里卡多的美术老师，一个三十岁的单身制图员，名字叫圣地亚哥。

"但那是出于偶然，我向你发誓，纯粹的偶然，我不愿意……"

我对阿德拉说别道歉了，不需要，但她不懂得用另一种方式说事，没有改变语气。她告诉我7月中旬她独自在马德里，她儿子在野营地，女儿跟外婆在海滩，丈夫理论上在葡萄牙官方出访，那个男孩在大街上把她拦住："真意外！不是吗？"他们不是第一次碰到，其他几次在学校的圣诞节演出和期末的派对上说过话了。"总是他先开始的，"阿德拉冲动地向我发誓，好像有意传递给我那个信息，"总是他先开始的。"

"由于我不喝酒，于是……我就喝了三杯苦艾酒，而且……稀里糊涂地，稀里糊涂地……"阿德拉停顿了一下，紧闭双眼，吸了口气，下了决心，"'我们可以去你家，把你丈夫买的那些画给我看看，行吗？'他对我说，我喝得半醉，我想：'好吧，总之是看看画。'我们上了楼……就那些。"

因此第二天她没去做弥撒，那事是致命的罪孽。

"哎呀！仅仅一次罢了，只要你忏悔……"

"是的，可……"她终于笑了起来，"问题是……我数不清多少次了。"

"阿德拉，你看，上帝是不存在的。"那一刻阿德拉与我正在换乳房喂奶的女婴一样，激起我满腹柔情，"可我确信在这一刻仅仅为了原谅你上帝是能够存在的，别的我就不说了。"

"是的，不过……不仅是那事……我也考虑过顺便……"虽然在客厅的昏暗中无法看清她，但我察觉阿德拉又脸红了，"在法国这里……在药店出售避孕套是不需要处方或别的东西，对吧？"

1967年再次看到侄子时，我脑子里根本没闪过要告诉他这件事的念头。多年来我定期给他母亲寄一个装满罐头盒的包裹，把盒子里面的罐头去掉，重新装满避孕套，再用孩子们做家庭作业所使用的胶水好好封上，这个货物阿德拉拒绝随身携带，怕万一某个海关人员强迫她在边境打开包裹。

"阿德拉真是够可以的！"当我把包裹交给"美男子"，以便由某个值得信任的卡车司机送到马德里时，他嘲笑了起来，"我什么也不说了，但瞧瞧她正在匆忙干的好事，嗯？"

我也什么都没说，里卡多已经认识"伊内斯之家"，他跨过这家餐厅门槛时必须学习的一些事或许比阿德拉的那件事更让他感到惊讶。里卡多在那里吃过几次饭，还不知道是谁给餐馆起的名字，但十分欣赏其余的细节，最看重的是吧台旁边那张照片里"热情之花"紧贴在胸口的夹心糖盒。

"看，妈妈，你注意过这张照片吗？"因此他进来做的第一件事是把照片指给阿德拉看，"像是巴斯基多思和内斯基达思。"

"不是像巴斯基多思和内斯基达思，我的孩子，"阿德拉予以确认，"就是巴斯基多思和内斯基达思。"

"你怎么……""知道这事"，他要说这话，但突然沉默了。

"你母亲知道这事，"不管怎样我回答了，"因为是你妈妈在'热情之花'五十岁生日那天送给她的。这张照片就是那次生日拍的。"

"你……？"假如圣母选择那个时刻再次显形，我侄子都不会那么受惊，"你送给她的……？"

"是的，是我，我……"阿德拉点头称是加以强调，"但那只是为了不让多洛雷斯讨厌你姑妈。"

"阿德拉！"这话也让我感到吃惊，"你为什么说那话？"

"因为那是事实，伊内斯，你以为呢？"甚至连我都发现她在说实话，"之后当我了解多洛雷斯时，我对她产生好感，但最初我想：'这个女人这么有权势，如果我不给她买夹心糖，她会迁怒于我小姑子的……'"

"阿德拉！"我还没来得及消化那个消息，这时"狼"进来了。"阿德拉！"之后是"吉卜赛人"和玛利亚·路易莎，带来一面比他还高的三色旗。"阿德拉！"随后"大香炉""石鸡"和他们的妻子。"阿德拉！"萨法拉亚终于来了，他从里昂过来，"看见你真高兴！你好吗？"

"很好，"她尽量地忍受这个家伙，"很开心见到你们……"她试图让那些相聚、那么多亲吻和拥抱不要产生后果，但侄子没有默许她这一点。

"可是，妈妈，"里卡多一有机会就朝前迈了一步，"你不把我介绍给你的朋友吗？"

最后到的是"磨刀匠"的表弟，名叫胡安·阿尔贝托·多明戈斯，成为法航机长之前在苏维埃的一所飞行学校驾驶过战斗机，西班牙共和国的空军领导派他去那里受训。后来他在西班牙驾驶战斗机将近两年，又再次回到苏维埃共和国，直到"二战"结束。那天他跟所有人一样穿着便服，但在上衣纽眼里戴着一颗被两条月桂枝环绕的五角红星，底部有西里尔字母的铭文。

"喂，胡安·阿尔贝托，我给你介绍我儿子里卡多……你看，我都不知道他在这里，不过……"阿德拉脸红了那么多次之后，再次脸红，"没什么，你瞧，我们已经见过面了……"

他俩很有礼貌地握手，年纪大的那位笑容满面，年纪轻的这个没笑，他的眼睛盯着那个自己完全能够理解的勋章，虽然不明白刻在上面的任何符号的含义。沉默持续了十分漫长的一秒钟。之后多明戈斯机长走到自己的桌边，阿德拉开始说话，像喝醉酒的饶舌妇，其余的人温顺地听她指挥。

"行了，我要去看望洛拉一会儿，看她是否愿意让我帮她一把，另外……我会对安赫利塔说，把我跟你们安排在一起，里卡多跟你的孩子坐在一起，伊内斯，行吗？"只有说完这些话之后，她才敢看里卡多，"这样你就慢慢认识你的表兄弟了，你会看到他们一大堆人呢，而且……"阿德拉停住，望着天花板，耸耸肩。"好了，咱们待会儿见。"

"妈妈，你等一下。"阿德拉差点儿逃走时，里卡多拦住她，向她提了任何一位理智的人在那个场合都会想到的唯一问题，"告诉我一件事，你是共产党员吗？"

"可我怎么会是共产党员呢，我的孩子，我怎么会是共产党呢？"她双手抱头，再次闭上眼睛，做出纯粹紧张的哭相，"你能别再说傻话吗？"

阿德拉几乎怒气冲冲地跺着脚离开，这时安帕罗高声叫我："伊内斯，今天就说到这里！"但我去厨房之前想拥抱里卡多、亲吻他的脸，仿佛他还是一个四岁的孩子。

"我什么也不明白。"他反过来承认。

"不是很难理解，"向他解释的是"美男子"，"你母亲是一位战友。"他微微一笑。"问题是她还不知道这点。"

阿德拉的无知于1973年9月的一天戛然而止。那天她的长子头一次发现自己冒出了第七感觉，他把这个感觉与从姑父费尔南多那里多次得到的忠告联系起来。"作为地下工作的普遍原则，永远不要忘记出洋相总比闯祸强。"

里卡多不习惯冒风险，因为他是律师，但十年来几乎专门从事为政治犯辩护的工作，当看到迎面过来两辆闪着灯的警车，他便扬长离开自己前往的那栋楼，装作没事似的继续沿着利斯塔大街行走。转过街角时他还来得及看见六个穿灰色衣服的人进入他那栋楼的门厅，里卡多意识到在那个街区，那栋富人房子的外观，直到那时足以掩护它，他们只会去他共事的一个事务所，等待红绿灯变绿以便跨到对面人行道时，里卡多听到了"美男子"的声音，同时还有一个不同的声音，第七感觉的声音，它只会重复一句话："别去家里睡觉，别去家里睡觉，别去家里睡觉……"那天晚上警察破门而入时，他的前妻已经来得及开车将他送到萨拉戈萨，第二天上午去他母亲家抓他时，里卡多已经离开巴塞罗那。"你得步行越过边境，就像过去那样，"在那里别人告诉里卡多，"如果你正在被搜捕，并且你想马上去法国，那就没有别的法子。"他接受了这个建议，却不知道谁也无法借给自己一双他那个号码的山地靴。中午时分阿德拉情绪低落地哭着给我打电话时，是我告诉她那便是里卡多遇到的最严重问题。

"你别担心，两个费尔南多，父亲和儿子都去找他了，但里卡多没事，虽然他脚很疼。"

"他的脚？"

"是的。"我笑了起来，"看来他不得不穿着一双显大的靴子越过边境，脚上冒出一些可怕的大泡，因此他很后悔从来没有去野营过，但别的没什么了……"

1974年1月，阿德拉接到一个陌生女人的电话，是一个年轻姑娘，她说完自己的名字胡利娅之后在电话里哭了起来。"太太，请原谅我，但这一切对我来说很不容易，我很惭愧……"阿德拉首先想到的是她儿子让这个女孩怀孕了，甚至用指头计算有四个月了，但没敢打断她。阿德拉就这样得知那天上午自己成了寡妇。她丈夫跟我们的父亲一样因心脏病突发死在大街上，里卡多的保镖将他送到五年多以来他一直低调与那个女人同居的家。胡利娅伤心欲绝，但我哥哥的去世对他合法妻子的影响极小，连阿德拉自己都不能理解。

"像是撒谎，对吧？我曾经这么爱那个男人……"

阿德拉向我承认，她试图推卸葬礼一事，虽然没有得逞，因为那个姑娘什么也不愿意承担，更不愿意把里卡多安葬在萨拉曼卡，将他们的事公之于众，这是他们一直回避的。最后胡利娅补充道："我唯一能做的是出席葬礼，如果您不介意的话。"阿德拉几乎不忍心听她这么说，胡利娅选择了动词"出席"并用很不自然的声音说出来。"我向她保证我无所谓，'您想怎么做都行……'。""那您的子女呢，他们不会不舒服吧？""我认为不会。我都不知道女儿是否来得及从华盛顿赶回来，儿子我当然不想让他来。"

"幸好里卡多没回来，因为有两个便衣警察在阿尔穆德娜大教堂等着他，你知道吗？"后来阿德拉告诉我，向我证实，这么多次到访图卢兹所教给她的东西远比我以为的多。

阿德拉对那两个警察说无法与儿子取得联系，通知他父亲去世的消息。其中一名是警察局局长，他向阿德拉做自我介绍时说，他在国民运动时期认识了里卡多，向阿德拉致以双重哀悼，更多的是因为阿德拉生育了一个像我侄子那样的魔鬼而同情她，而不是因为她失去了一个像我哥哥那样的丈夫，这个逆子让他父亲的最后时日过得痛苦，谁知道他父亲是不是被他给气死的。对一位三十年前就能够把对我的关爱置于其宗教信仰、其大体的政治思想甚至对她所爱之人的忠诚之上的女人而言，那一切都尘埃落定了。

"那个混蛋能说我儿了什么呢？"因为阿德拉对儿子的爱要强烈得多，"哼，好家伙，太过分了！'您是什么东西？一个刑讯者，就那么简单，一名刑讯者，一个大婊子养的，还是您认为我是傻瓜？'"

"阿德拉！"她的话语在我耳边那么冲动、坦诚地回响，吓了我一跳，"你对他说那话了？"

"没有，你以为呢，我是傻瓜吗？"通过电话我几乎能看到她在微笑，"但向你发誓我是这么想的，那倒是。"

我也从未告诉阿德拉，她丈夫的去世对我比对她影响更大，但事实是 1974 年冬天我很想念里卡多，那个十分风趣同时又那么护着我的哥哥，他想剪掉西班牙的裙子，一边替我享受这个世界，第二天再向我讲述这一切。我思念他，仿佛他还是二十岁，后来发生的事让我惊讶，那么快就失去了他，没能与母亲告别，这么多年没有跟姐姐玛蒂尔德生活，不知道她的孩子长大时她对他们会是什么态度。我多次想起多洛雷斯，同时意识到随着岁月的流逝自己也变得很傻。

我不知不觉老去，但不止于此，我知道的。时间再次变得匆忙起来，日历的懒惰让步于计时器的速度，最终的结尾临近，让我害怕。哥哥去世那年我重新多次穿越比利牛斯山，阿兰谷在我背后，越来越向下，当我们到达平原时那些永远没有尽头的山坡还没有完结，三十年里日复一日每天清晨都继续向我挑战。轮到我的是爬坡的生活，但无法允许自己静止不动，不能用仔细、耐心培育出的沮丧聊以自慰，因为这样收获的是一种高雅的懒惰，而承受的悲伤被视为温和多雨的异国气候不可避免的不测。轮到我的是爬坡的生活，上坡时我用手挖斜坡，在无情的坚硬岩石中给自己创造了一个隐蔽之处，以为在那里勉强能免遭风吹雨打，这时我已经感觉十分幸福了，害怕看着地面行走，害怕瞬间受到下坡眩晕的支配，而那坡我是花了这么多年才爬上的，害怕自己沉溺于空虚，使自己陷入一个我一生所向往的国度。然而下坡是不可避免的。我知道这点是因为有一只脚、一个儿子在西班牙。

侄子里卡多如痴如醉地倾听"美男子"的地下工作轶事，而儿子米盖尔更加痴迷于听他表哥的地下工作趣事。大学集会、工会卧底、格兰大街上的障碍物、安全的约会、地铁隧道里的奔跑，这些对我们来说无足挂齿，但对只了解法国温和民主的米盖尔而言，则装点出一个难以抗拒的弱肉强食丛林，于是他甚至嫌1968年5月学潮还不够。假如他生活在巴黎，或许那个事件足以满足其冒险的本能，但由于米盖尔住在图卢兹，那次学潮爆发满一周年时，一切都恢复正常了，那个夏天他决定去马德里旅行，庆祝自己当上了律师。之后发生的事可以预见。他住在阿德拉家里，喜欢上危险的生活，他说服表哥在橄榄园大街合租了一套房子，几乎同时获得了西班牙律师资格和一个西班牙女朋友、在里卡多律师事务所的一个职位和两次被捕的经历。第一次在1971年，没有太严重的后果；第二次在1974年，那时孙女玛利亚还未满月，他受到驱逐出境的处分，我对此事的恐惧远远超过他父亲，他表哥也不太害怕，他自己则根本无所谓。

"米盖尔，你回来，"很长一段时期我与他的谈话没有别的话题，"请你回来，回来几个月，哪怕之后你再去西班牙。你没看到现在连里卡多都没在那里保护你。"

"瞧，妈妈，别对我哭，我一个人可以很好地保护自己。"

"是吗？我明白了。"

"当然是的，"他常常笑起来，"你没看见逮捕我了两次，两次都不得不释放我吗？你觉得还不够吗？我二十七岁了，妈妈，我很大了。别担心。"

"可我怎么能不担心呢，我的孩子，你从事这样的职业，我怎么能不担心呢？"

"他们拿我不能怎么样，我是法国人，不知道你是否记得，因此如果他们驱逐我，那是运气差。但我与一个女人生活，有一个女儿，我不能把她们扔在这里，知道吗？我有责任。"

"但你可以把她们带到这里来，你可以……"

"不行！"在那点上他的责任和我们的谈话完全泡汤了，"我在这里过得那么好，不想回图卢兹，太无聊了。"

我的害怕还没消失，薇薇就决定随她丈夫而去，他放弃了西门子驻法国办事处，在西班牙办事处获得了一个同等职位，这时那个加利西亚人①开始进出医院。所有的魔鬼想真的一次性把佛朗哥送到地狱的那天，薇薇正在雀卡广场的一个场所进行装修，它将成为"伊内斯之家"马德里分店。1976年2月我们把一张不同的彩画贴在餐厅大门旁边的一扇窗户上。那是一张相当大的招贴画，有两张彩色照片和一句大写的感叹句，感叹号之间是"法国最佳西班牙餐厅征服马德里"。②

"你都想象不到有多少图卢兹的人来这里吃饭，妈妈……"薇薇很开心，"除此之外，加上米盖尔带来的工会分子，上周末我的餐厅人满为患。"

"我很高兴，闺女。"她曾让我那么那么地担心，"我为你感到十分骄傲，很自豪当你的母亲。"

"谢谢，妈妈。行了，叫阿德拉接电话吧……"

因为时间已经不是匆匆流逝，而是快速奔跑。薇薇找她妹妹却不向我解释缘由，在此之前几周，带着身份证和随身物品越过边境的侄子里卡多，在西班牙领事馆申请了护照。不到一个月就发给他了，于是里卡多决定回国。

"如果他们有胆量的话就逮捕我。"里卡多向我们简单宣布，阿德拉选

---

① 这个加利西亚人暗示的是佛朗哥，这里指佛朗哥的身体开始恶化。
② 西语感叹号是一对：¡!。这句话是指她们原来在法国开了一家西班牙餐厅，又来马德里开分店，且成功了。

择那个时刻补充说她跟里卡多一起回国。

她父亲吓坏了，女儿及时澄清跟她表哥出走不过是一种说辞，不是在谈恋爱，"美男子"这才只好让她离开。后来阿德拉屈尊告知我们，薇薇请求她帮忙管理餐厅。

1976 年 4 月我们与费尔南多独自留在图卢兹，他比姊妹们先去的西班牙，虽然完成任务后总是回来，原来"美男子"得委派给其他同志的任务，自从费尔南多与父亲开始共事起便由他来完成。

"你们……"那样的一次出差之后，给我们看完一大堆他姊妹餐馆的照片，费尔南多问我们，"不准备去看看这个餐馆？"

"我很乐意，"我承认，"我们可以利用假期，这个夏天……"

"不行。"但听了我的话"美男子"把舌头卷在嘴里使劲咬它，仿佛接下去要试图咀嚼它，"我回国就是为了留下来。到了这个份上我不想以游客的身份去西班牙。"

"那好，看吧……"费尔南多点头同意，看着我，"我也认为这样更好，妈妈。"

1976 年 12 月我们在薇薇餐馆的照片旁边放了另一块招牌。那是年夜饭的广告，同时也是一场告别。不过我在位于阿克莱大道的"伊内斯之家"又烧了一次饭。那是我的餐厅。我们的餐厅，因为那天晚上，最后一晚，我们在图卢兹又是五个人。

"后来真的容易多了……"但蒙塞在哭，"安帕罗，你跟她说，可不是吗？""狼"的妻子那天上午像复活节一样高兴地下飞机时眼里充满泪水。"之后一切都更容易了吧？"

决定卖掉毕加索的那幅画时，向来不哭的安赫利塔哭了。几乎一样心硬的洛拉，建议我们把多洛雷斯的生日照片送给薇薇时也哭了。我一直是所有人里最会哭的一个，根本懒得用两个手掌把脸擦干净，就提醒她们别搞错了，因为我没有哭。

"我们应该心满意足，因为这是我们希望的，对吧？"听到安帕罗的话，只是一想到再也不会在那个吧台后面看见她，我的心就碎了，"瞧瞧……我们变得多么心软啊！"

我们过了几十年的爬坡生活，那个斜坡那么艰难，我们谁都不能给予自己心软一毫米的安慰，直到爬坡的最后一年结束。

那时可以了。

于是当我们勉强接受自己的愿望终于实现时，大家一起为三十年没有为之哭泣的东西而落泪。

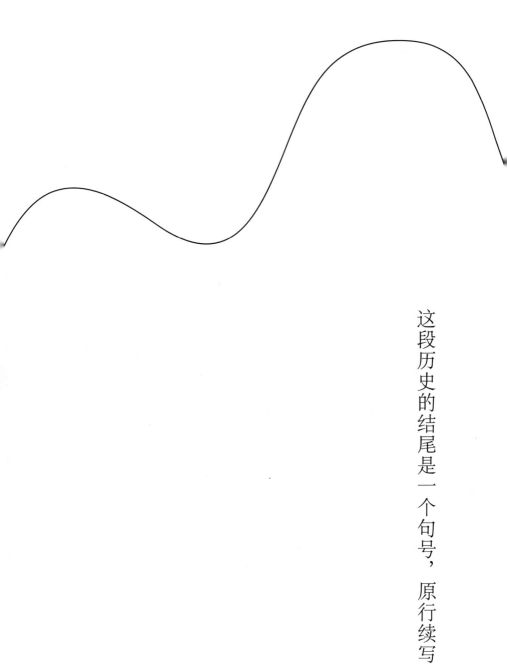

这段历史的结尾是一个句号，原行续写

1959年3月13日，西班牙纳瓦拉自治区首府潘普洛纳。同一个仪式，但不在同一时间，甚至可能不在同一日期，墨西哥合众国首都墨西哥城。

在两个不同的大陆、国家和城市，中间夹着一个大洋，一个男人和一个女人通过代理结婚。他们二十年未曾谋面，但彼此很了解。至今他俩从未结过婚，但与其他人结合之前共同生活过，仿佛是已婚夫妻。之后大写的历史对他们置之不理，压垮他们，就如坦克的履带碾碎一片雏菊田，一场接一场的战争，一次又一次的流亡，对他而言是荣耀、之后是监狱，对她则是贫困、遗忘、一场巨大的不幸，最后，少许和平、略多些安逸和好运终于在世界的另一端得以实现。如今在时间、战争、和平、流亡、监狱、地下工作的另一边，举行了一场通过代理的婚礼。不朽的大写历史与凡胎肉体之爱相交时会做出怪事。

1935年，奥罗拉·戈麦斯·乌鲁蒂亚二十岁，她不仅仅因为自身的美貌而引人注目。作为一位共和派教师、阿萨尼亚追随者的女儿，她是在一个很独特的环境中接受的教育，即有文化、进步的精英阶层，根植于纳瓦拉传统主义①的主导核心。她家金钱不富余，但拥有很多书籍。于是像

① 传统主义：盛行于19世纪的神哲学的学说，声称为了认识超自然的真理，甚至为了形上、道德和宗教上的基本真理，如天主的存在、灵魂的不死不灭、基本道德律的存在等，人类必须有神的原始启示。传统主义源自对启蒙运动、个人主义和理性主义的一种反动，在天主教内该思潮的影响力到梵蒂冈第一届大公会议（1869—1870）后才落幕。

她同代的其他许多西班牙外省女孩一样，奥罗拉在阅读的基础上完成了自学教育，替代了离开父亲家、搬到最近的大学城去上课对其家庭荣誉而言所意味的考验，在那里最有可能的是人们以扔石头的方式迎接她。

奥罗拉长着一颗美丽的脑袋——大眼睛，乌黑但温柔，小鼻子，肉乎乎的嘴巴，一切都和谐地分布在一张轮廓均衡的鹅蛋脸上，前额或许太宽，但反过来被一头浓密、光亮的黑发笼罩——此外她的头脑里知识广博。聪慧超群的这个小姑娘具有非常扎实的政治素养，在西班牙左翼共和党的青年组织里占据领导地位，并且坚定地相信必须不惜一切代价来限制纳瓦拉卡洛斯派势不可挡的重新反弹，这个动向已被视为无条件支持无论来自何方的一切反对共和国的暴乱。于是当赫苏斯·蒙松·雷帕拉斯让奥罗拉·戈麦斯·乌鲁蒂亚落入情网并且自己也爱上她时，这个年轻漂亮、光彩照人的女孩热情地投入反法西斯主义事业，很让人信得过。

这一时期他仍是希托——赫苏斯小名的词尾省略[①]—— 一个有点淘气的小伙子，具有危险的观点和不三不四的朋友，荒唐地偏爱拉罗查贝阿区[②]的无产阶级环境，但尤为重要的一点是，他属于潘普洛纳最显赫的家族之一蒙松·雷帕拉斯的后代，一个知名资产阶级医生的小儿子，从母亲家族来看，他是纳瓦拉乡村贵族一个古老而高贵门第的后代。有这样的先辈便可以指望他懂得及时放弃一位阿萨尼亚派教师女儿所代表的年轻人的心血来潮。但希托不但不听从血统的呼声，反而巩固他与奥罗拉的关系，以此表明自己不适合任何为其设计的模式，希托的固执最终使父母及跟他们一样相信自己会在门第的金色圈子里安下心来的那些人希望落空了。

在潘普洛纳没有别的话题，因为撇开恋爱那些不足挂齿的鸡毛蒜皮，这对恋人与时代有很大关系，以至于很难区分什么是因、什么是果。这不仅是因为她出身于一个较低的社会阶层，更重要的是，也许是因为她的态度。让他扮演革命家吧。一开头希托做主，在如此动荡的年代有一个摩登

---

① 希托（Sito）来自赫苏斯（Jesús）小名（Jesusito）的词尾，省略了词根，而并非文中所说的省略词尾。

② 拉罗查贝阿区（barrio de la Rochapea）：它曾是潘普洛纳市第一个重要的工业区，拥有面粉厂、屠宰场、皮革厂和煤气公司。

儿子的不幸甚至会降临在一位西班牙大公身上。但这个老于世故、大声叫喊的女孩一点儿也不女性化，她可以登上讲台让大伙都看见她在集会上喊叫、在大街上招摇，在游行队伍的前面、站在赫苏斯身边挥舞着拳头……

"天哪！哪里见过这种事啊？"萨洛梅·雷帕拉斯夫人，可怜的蒙松太太，她的好友们互相嘀咕，不敢在该祸端之母面前把话说得更加清楚，她正被这个祸害气得要死。

然而在纳瓦拉建立西班牙共产党的不是奥罗拉而是希托。她总是紧跟在他后面，把自己的政治生涯服从于她男友的政治前途，毫不犹豫地尽其所能力为他服务。奥罗拉崇拜希托。在一长串崇拜赫苏斯·蒙松·雷帕拉斯的妇女里，她是第一个。

如果可以选择的话，从来不以专情出名的赫苏斯，再也不会像爱奥罗拉那样去爱其他任何女人。因此当她母亲的朋友多年来一直在祈祷的政变在潘普洛纳成功而他得以出逃时，赫苏斯首先想到的是奥罗拉。一到毕尔巴鄂他就几乎同时与巴斯克地区的共产党领导及潜伏在本城的法西斯集团取得联系。他寻找一个可以与奥罗拉交换的女人，并立即在伊瓦拉家族中找到一个，该家族不仅以财富而且以他家船只的旗帜而闻名。于是他既没有求上帝，也没有求魔鬼保佑，以最纯粹的蒙松风格，设法让人交给在潘普洛纳的奥罗拉一份通行证，与他在毕尔巴鄂准备为一位年龄和外貌相似的女人签署的通行证一模一样，将此人的身份与那位共和派交换，后者将同时但反向越过边界线。

这是蒙松的计划，不久一位陌生人按响了戈麦斯·乌鲁蒂亚家的门铃。它的主人在监狱里。叛乱后几小时他就被捕，未加任何审判便被判处死刑，只是一位卡洛斯派老友的介入才在最后一刻拦住了对他的枪决。但新到的人不是来打听戈麦斯老师的。他是来找奥罗拉的。姐姐埃尔维拉是家里唯一可以出来开门的人，她把奥罗拉藏在家里，但极力否认这一点："奥罗拉不在这里，她失踪了，我们对她一无所知，我根本不知道她的下落……"新来的人微笑了一下，只把一张折成四层的纸交给赫苏斯的大姨子，纸上只写有一个词。

"小李子……"

文学、戏剧、电影、历史书和回忆录、法西斯和反法西斯的宣传，经常复制在西班牙和几乎当时欧洲所有国家相似的场景。敌占区的一处房屋，被隐藏起来的一个人，一个门铃，一些脚步，一次来访，许多汗水，脱掉礼帽或便帽的新来者威胁或紧张起来，掏出一把手枪或吞吞吐吐，讲述一个大体含糊的故事，递交一封信，一件小东西，有时是一个珠宝，有时是一份文件，常常是一个表面无价值的东西。收件人掩饰自己的身份，装扮成另一个人，怀疑，迟疑，试图争取时间，请送信人改日再来，瘫倒在一把大椅子上，不知如何是好，该思考什么，该相信谁，他做对了或做错了。

"小李子……"

这位陌生人只把一张折成四层的纸交到埃尔维拉·戈麦斯·乌鲁蒂亚手里，补充说是给她妹妹的，过一会儿再回来，他便离开了。她把纸条打开，但不明白什么意思，任何警察、士兵、检查持信者的官员都不会明白是怎么回事。"小李子，"埃尔维拉读它，摇头，皱眉，"小李子。这是什么意思？"但奥罗拉知道它的意思。她很清楚谁在何地、何时，如何这样称呼自己。读到它时奥罗拉的眼睛大概会充满泪水，下巴满是口水，心中洋溢着一种十分狂野的爱情，差点儿让她的所有动脉都炸飞了，任何警察、官员对此都无法理解，但就这一个词便让她内心洋溢着被赫苏斯那样的男人爱慕的殊荣，尤其是能够爱他的喜悦。

"小李子……"

仅仅一个词便足以解释抗拒赫苏斯·蒙松的困难程度。但也很容易想象，这个依然不失为十分美好、文学化、令人感动的插曲很能代表西共内部对他的不信任。领导层的同志不太欣赏浪漫主义，更别说实干家的个人主义。他们无法否认这位纳瓦拉领导干事漂亮，但更让人气愤的是他总是那么坚持我行我素。他的任何上司都无法对其行动的结果提出异议，但大家都偏爱一种更常规的程序，少用指小词，开更多、更多、更多的会议，直到他们自己决定何时、如何实施一次那样的赎回。到了那种地步他们甚至无法想象蒙松指小词会在其组织内造成何种麻烦，会在那些路遇的女人身上引发多么巨大的爱情。

但眼下唯一重要的是战争，战事不利。1937年6月北方战线的沦陷迫使他们离开毕尔巴鄂前往瓦伦西亚，蒙松已是三口之家。儿子塞尔西奥出生了，将与他父母穿越一个处于战争的国家，他经受住两年的日夜轰炸，在被切断的公路疲惫行进途中躲避寒冷和脱水的危险，甚至安然无恙地逃出了阿利坎特港口悲惨的混乱，在似乎已经摆脱所有灾难时却不合时宜地夭折。1939 年 3 月 29 日，赫苏斯为他的妻儿在阿利坎特港开往奥兰的最后一批船只中的一艘船上弄到一张船票，但幸福的结局没有持续太久。数月之后他们三人团聚在法国时世界大战已近在天边，又是他独自承担了一切风险，做出一个大胆、极端、紧急的决定，正如从此以后那些具有赫苏斯风格的决定。在亲生家庭的压力下，他们坚持要把孩子养在赫苏斯最深恶痛绝的佛朗哥派及卡洛斯派治下的潘普洛纳，于是赫苏斯选择把儿子托付给自己的意识形态家庭。

"你们不想吃土豆泥吗？"行了，西班牙共和派！"吃三勺吧。"

奥罗拉从未放弃天主教，也没有成为共产党员，从未引起过与敌人勾结的丝毫怀疑，起初她表示愿意把孩子送到潘普洛纳的公婆家，为了孩子的福祉而牺牲自己的原则。如果之后她竭力反对把塞尔西奥送到莫斯科，也不是出于意识形态的偏见。塞尔西奥仅有两岁，她觉得孩子太小，无法承受这么漫长的旅行，但赫苏斯根本就懒得考虑她的想法。这是对过去那些甜蜜暗号的抵消。脾气暴躁的男人最终爆发了，因为那是他们的本性、特征，无论往好里说还是往坏了说，无论向好的方面还是向坏的方面发展，蒙松都永远忠于自己。于是他以奥罗拉至少两次从中获益的相同果断，设法把儿子安置在一艘开往苏联的船上。

说句公道话，应该说蒙松只不过是效仿自己的大部分同志，因为其他许多西共党员，无论是否与中央委员会相关，之前都已经把自己的孩子送到了苏联，那些孩子没有一个出了任何差池。相反他们被安置在舒适的住宅，接受精致的教育，正如一些西班牙儿童后来所发现的，他们的物质条件所保证的生活水平远高于苏联孩子所享受到的，这点让他们很吃惊。然而赫苏斯的决定是糟糕的，是不幸的赌注，因为西班牙共和派子女的最后那支旅行队将给塞尔西奥·赫苏斯·戈麦斯带来悲惨的结局，而他父母若干年之后才得知此事。

在把最后一批西班牙幼儿转移到莫斯科的火车上宣布出现了传染病，大部分乘客都痊愈了，没有太多意外，只有四五个小孩病重，塞尔西奥是其中之一。最后猩红热给了奥罗拉一个残酷的理由。她的儿子生长在一个战乱中的国家，卫生和营养匮乏，只有两岁，虽然苏联医生了解他父亲的政治地位，尽一切所知所能抢救他，却无法把塞尔西奥从死亡线上夺回来。早在得知这个消息之前，甚至早于她儿子登陆苏联，奥罗拉就离开了赫苏斯。她无法原谅赫苏斯强行背地里把孩子夺走，但看来他也帮她做出了那个决定。

根据曼努埃尔·阿斯卡拉特在其回忆录中所言，他认识蒙松是在"奇特的战争"期间，法国人硬要把 1939 年夏季至德国进攻西方初期那几个月高兴地称为"奇特的战争"。他没有明确两人第一次相遇的日期，但的确说了是卡门·德佩德罗把赫苏斯介绍给他。1940 年 2 月阿斯卡拉特终于获得了前往伦敦与家人团聚的签证，在此之前他经常陪伴赫苏斯和卡门，他俩总是在一起。离开法国之前的那段日子，对阿斯卡拉特来说显然卡门与赫苏斯有着牢固的爱情关系，虽然他们避免公开表现得像情侣。

与此同时奥罗拉继续生活在巴黎，纳粹占领法国之前的那个时期，蒙松与他的新女伴也定居在同一座城市，但阿斯卡拉特一个字都没有提及奥罗拉。或许赫苏斯从未把奥罗拉介绍给他，或许他朋友马诺洛决定把男人间兄弟般团结的不可估量的好处都倾注在其身上。不过根据所保存的信件，1941 年年末与赫苏斯完全失去联系的奥罗拉还在巴黎，而卡门有可能一无所知。塞尔西奥的母亲对德国占领之前那段时期赫苏斯既花天酒地，同时又懂得向新女友献殷勤的事一清二楚。她儿子的父亲一贯长期在外，花样翻新地持续出轨，在他毫不费劲地勾引对自己最有利的那个女人之前，这一切对奥罗拉下决心离开他已起到了作用。之后奥罗拉也许听说了卡门，因为蒙松习惯于通过信件与人绝交，不省略细节，但奥罗拉绝对远离他及其领导的那个党，直至找到一个移民墨西哥的机会。

在这段历史滑向令人惊讶的结局之前的许多世纪，在古希腊开始流传年轻的伊阿宋的故事，这个强壮、能干、聪明、漂亮、勇敢、敏捷、狡猾的小伙子，他的这些优点并不太突出，意识到自己的不足使他痛苦不堪。

伊阿宋被任命为"阿尔戈"号船长，该船以国王珀利阿斯的神圣诉求为名义，即将穿越文明的海洋，之后进入直抵科尔喀斯海岸的蛮族海域，今天我们称之为高加索，它是拒绝把金羊毛还给其合法主人的野蛮和不虔诚的海盗国度。国王声称是神谕而非自己选择了伊阿宋，因为神谕上写着伊阿宋将是唯一能够将金羊毛归还至希腊人手中的勇士。国王的这位年轻臣子虔诚地服从神灵的想法，但检阅由有史以来最出色的英雄所组成的全体船员时，从忒修斯、俄耳甫斯到卡斯托耳、波吕丢刻斯，其中还有伊塔卡的尤利西斯及赫拉克勒斯本人，伊阿宋审视自我，发现比部下差得太多，于是很想放弃这次航行。

伊阿宋的师父和良师，半人半马的喀戎，是具有特异能力的智者，得到了阿波罗所赐的预言本领。自从看到伊阿宋的母亲在其洞穴附近抛弃他，便负担起照顾这个孩子的责任，仿佛他是牧羊人的私生子而非贵族王子。此刻喀戎嘴边带着一丝微笑看着伊阿宋。他知道神谕的裁定是一句谎言。伊阿宋并不知晓自己的身份，珀利阿斯把那项不可能的壮举委托给这位侄子时，实际上是想让伊阿宋送死，让他永远不能从科尔喀斯回来对属于自己的合法王位提出诉求，但喀戎很平静。他毫不怀疑等待其弟子的将是荣耀，他培养伊阿宋就是为了获得荣耀，弟子的谦虚令他欣慰，缺少傲慢本身便构成了一种智慧的原则。或许因此他不允许弟子带着事先便怀疑自己会失败的痛苦起航，在伊阿宋出发的前一夜喀戎终于回答了他的问题。

"大部分阿尔戈英雄都比我强，他们更健壮或更睿智，更聪明或更精明。他们打败过可怕的怪兽，战胜过强大的敌人，登上过奥林匹斯山，下过地狱，可我呢……"可怜的男孩垂下脑袋，低下目光，绝望地揪着头发，"我能做什么，师父？"

"你也有一项本领，比他们的更有价值，因为它会让你抱着金羊毛凯旋。"喀戎温柔地看着自己的弟子，这番柔情很快消失，换作老色鬼的淫荡微笑，"伊阿宋，你生来就有让女人爱上你的本事。"

伊阿宋知道喀戎是智者，可以预见未来，从来不出错，但即便这样他也没能相信他的话。如果他根本不是最漂亮的，如果他的某些同伴身体比他更加健美，如果他不会调情也不会弹琴，没有美妙的声音、出众的才华，如果他仅仅是一个可怜的乡村牧羊人，粗鲁、无才华，是芸芸众生中的一员，怎么能让任何人爱上自己呢？然而，伊阿宋驾驶"阿尔戈"号船抵达科尔喀斯，跳过一张张床笫、越过一个个女王，当美狄亚公主的眼睛落到他身上的那一刻，他所有的问题都结束了。

"那个男人是我的。"

美狄亚出于对伊阿宋的爱而背叛了自己的祖国、神灵、家庭、王朝和父母。她亲自偷出部落最有价值的宝物——金羊毛，把它献给那个外国人，以换取一份婚姻承诺。她做了一桩规矩的买卖，因为伊阿宋履行诺言，与她成婚，将她变成了自己的王后，但他天生就有让女人爱上自己的本事，美狄亚不是世上唯一的女子。正如通常在这种情况下所发生的，甚至当众神旺盛的意志没有从中阻挠的时候，他俩谁也没有全错。从那时起，不朽的大写历史与凡胎之爱交汇时会做出怪事，但伊阿宋的子嗣几乎总是运气好。

奥罗拉·戈麦斯·乌鲁蒂亚在一个不确定的时刻，大概是法国解放之后，两手空空来到墨西哥，她终于走运了，之后获得成功。这位聪明勤奋、自学成才的出色女子以其能力弥补了大学文凭的缺乏，在壳牌跨国石油公司驻墨西哥代表处青云直上。50 年代初，她成为一位有远大前途的经理，嫁给了一个西班牙流亡者，此人的名字对这段历史而言缺少重要性。反过来蒙松非常重要，因为他教给奥罗拉一样东西，她的同胞不得不在当时尚未结束的极其艰难的战后被迫记住它。"学会生活没有咖啡、巧克力、盐和糖，比喜欢上那些替代品更容易。"

"小李子……"

50 年代初，当奥罗拉与她青年时期的爱人重新建立关系时，赫苏斯·蒙松还被关在坎塔布里亚的杜埃索监狱。唯一合乎情理的是认为首先写信的人是赫苏斯，他根本都无法确定自己服完了百分之多少的刑期，但事情不是这样发生的。不管怎样，尽管塞尔西奥死于一家苏联医院，是自由、成功、独立、富有、被命运宠爱但婚姻不幸的奥罗拉给赫苏斯去的信。而他再次用一个词回复便足够了。

"小李子……"

奥罗拉的信件包含了一个赫苏斯·蒙松·雷帕拉斯拒绝以其他方式祈求的对未来的承诺。他的家族从未抛弃他，也不断动用一切力所能及的影响来推动他的获释，但赫苏斯本人及时逐一挫败了家人的所有企图，拒绝与狱吏的任何合作。极少有人可以如此容易地获释，但他在西班牙的各个监狱待了十五年，有些时候甚至好像要服满完整的徒刑，因为监狱法官长期克扣法律赋予赫苏斯有权享受的减刑，拒绝执行属于赫苏斯的几次合法赦免。1956 年已经离异的奥罗拉为赫苏斯弄到一张前往墨西哥的签证，但签证到期时还没能让赫苏斯获释。1958 年终于向赫苏斯提供了可以享受一项赦免的机会，作为交换，他要立刻离开西班牙，但那时是他拒绝接受该条件，理由是他已服完刑，只愿意接受无条件的自由。

1959 年 1 月，带着"临时"这个形容词小费的自由降临了，但在这位新出狱者与当局的持续扯皮中，两个月后他与奥罗拉通过代理结婚时，既不允许他离开西班牙，也不允许奥罗拉进入西班牙。直到 1960 年 6 月她才获准回国。小李子终于与她生命中的那个男人在潘普洛纳团聚时，最终开启了对两人来说幸福、甜蜜的美洲阶段，不过它将比赫苏斯·蒙松囚禁在佛朗哥监狱的时间更短暂。

大写的不朽历史在与凡胎之爱相会时会做出怪事，但那种爱情结束时，那些懂得共同描绘最奇特且难以辨认的阿拉伯风格图案的命运，像平行线似的在一块单调的棕色地毯上伸展，在这个风景里产生了最枯燥无味的传记。因此卡门·德佩德罗没有任何幸福的结局。这个曾被爱的激情提升到史诗般高度的微不足道的粗俗小姑娘，正如她本人那样、无足轻重、平庸地度过了余生。但之前卡门必须为自己的大胆付出代价。

卡门不是很精明，很可能无法预见导致赫苏斯·蒙松于 1945 年 6 月被捕的那些事态的发展。或许她甚至以为远远听见了轻轻的摇铃声、一根凌空在警察头上挥动的魔杖的飞舞声，不幸的是，警察给她曾经如此深爱的那个男人戴上了手铐。可怜的卡门。也许她以为随着赫苏斯的被捕一切都摆平了，如一小块糖溶化在一杯水里，控告、指责、她自身的过失都化解在那次落网的天赐机会里。可怜的卡门，过快地守寡，仿佛那根坚韧、冒失的马克思主义魔杖，原本好像赋予过她一个本领即总能及时激发一个领导人的爱情，未能第三次拯救她。可怜的卡门，无论是她的智慧还是她的忠诚或勇敢，从来没有比得上参与这段历史的其他妇女。

赫苏斯被捕之后，卡门·德佩德罗的仙女教母想必以为已经替这个不谨慎的小姑娘付出了太多，她隐退歇息了，把卡门的命运留在一些远没有那么亲切的人手里。命运将阿古斯丁·索罗阿的落网定在1946年秋。命运没有干预他的死刑，这是判处他死刑的佛朗哥法院的全责，但确实下令索罗阿的处决发生在1947年12月29日。于是他在行刑墙前的战友是克里斯蒂诺·加西亚·格兰达，此人作为法国抵抗运动的英雄、刺杀加夫列尔·莱昂·特里利亚的负责人而名垂青史，作为光明与黑暗，荣耀的黯淡一面与苦难的光耀一面，反法西斯战斗的不朽象征、斯大林主义枪手不可磨灭的印记、最勇敢者与最胆小者、数以万计既配不上其美德也没犯下其罪孽的西共党员顽固却模糊的形象而载入史册。

可怜的卡门。蒙松的被捕应该使她产生无限的宽慰，一种近乎快乐的瞬间平静，或许连那也不是。但她肯定从来不敢大声说出来。即便卡门连在自己面前都不敢承认，也许她正渴望再次见到他，再次注视他，监视他的举动和目光。或许她也希望看到自己的对手，那个夺走蒙松的女人，因为她大概喜欢这样想，那样总比接受赫苏斯根本无须爱上比拉尔·索莱尔就可以甩掉自己要强。或许卡门梦想作为索罗阿的妻子，一个优秀共产党员的贤妻，出现在蒙松面前："瞧，你看见了吗？我再次走运了，的确比你运气好，你觉得怎么样？"但是为了她以及在法国的西共领导的安宁，那场渴望或不渴望的相遇从未发生。

因为要五年多之后西共领导层才会失去对赫苏斯·蒙松·雷帕拉斯的恐惧。五年的试探、诬蔑、谩骂般的谣言，五年的苦难一点一滴慢慢渗入赫苏斯追随者的内心，这位在许多方面都很出色的男人从来不是圣人，但也根本不是叛徒。五年间赫苏斯被排除在游戏之外，从一个监狱转到另一个监狱，而那些高尚的失败者保持沉默。只有当蒙松功绩的受益者确信无人会当面指责他们的过错之后，他们才利用捷克警察帮的一个忙与蒙松算账。

1949年诺埃尔·菲尔德在布拉格被捕，这位神秘的国际联盟美国职员作为志愿者与一神论服务委员会合作，该委员会理论上是一个致力于帮助难民的慈善机构，实际上用资金和地下网络推动对欧洲反法西斯组织的援助。诺埃尔，作为巴勃罗·阿斯卡拉特的老友，1943年在日内瓦接见了他的儿子马诺洛和卡门·德佩德罗，交给他们50万比塞塔，蒙松将这笔钱投入到西共在国内的重组。菲尔德与西共接触的那个时期，已经被二战期间美国驻瑞士情报机构的头目、即将担任中央情报局局长的艾伦·杜勒斯招募，尽管在日内瓦菲尔德已被怀疑倾共。从那时起他实际上充当了双面间谍，虽然他的意志、他的心一直是站在苏联这边。菲尔德的工作基本上是设法让杜勒斯执行他从莫斯科收到的指令。

尽管菲尔德有这样的履历，斯大林主义恐怖的无情蔓延还是造成他在布拉格被捕。他失去国际联盟的工作后带着美国中央情报局交给自己的任务前往该城。不论他的意志、他的心，还是为内务人民委员会工作的那些岁月，对菲尔德来说都于事无补。他受到严刑逼供，最终在距离死亡一步之遥时，承认他与美国情报机构的关系以及折磨他的人所想听到的一切。菲尔德的证词为在布达佩斯举行的一场诉讼打下了基础，其结果自然地是被无限期地关押在匈牙利的一个监狱。1954年斯大林逝世后，菲尔德被释放。当问及他为何愿意留在匈牙利而不是回到美国，菲尔德做出了令人震惊的声明，倘若他的刽子手还保留着为某事感动的人性能力，他的话会令这些人的眼睛充满泪水。"我愿意继续生活在爱我所爱的那些人中间，"菲尔德这样声明，"生活在恨我所恨、仇敌相同的人中间。"

诺埃尔·菲尔德的被捕为西共领导层提供了亲自发起诉讼的机会，它从道德上讲是残酷的，但身体上不流血，目的是通过蒙松最亲近的合作者来报复他。第一个是马诺洛·阿斯卡拉特，为了描写1950年1月西共在福尔茨大街的巴黎总部进行审讯的氛围，在其回忆录中阿斯卡拉特回忆说，从一场那样的审讯出来，假如不是他自己，假如不了解自己，他都会以为自己就是资产阶级的间谍。

阿斯卡拉特断言，他从未想过蒙松与任何美国间谍有丝毫联系的可能性。然而在回答头几个有关卡门与赫苏斯在被占领的法国优越的生活水平这些表面天真的问题时，他发现自己的答复可能正有助于掀起一场针对蒙松的诉讼，但也意识到，如果自己过于坚持维护蒙松，所冒的风险是最终被视为此人的同谋，因为他无法相信其余证人的供词，也不知道这些人的数量和身份。于是他尽可能地忍耐，没有为指控他朋友提供论据，但只限于不顾风险地为自己的清白辩护。不久阿斯卡拉特便发现自己的防备措施在多大程度上是有根据的。

因为整垮了阿斯卡拉特之后，他们又冷不防毫无理由地开始对最软弱的那个人动手，卡门·德佩德罗垮了。赫苏斯将近四年的伴侣无条件地崩溃了，坦白了马诺洛·阿斯卡拉特、比拉尔·索莱尔、曼努埃尔·希梅诺都没有供认的事，招供了她知道的和不知道的、记得的和从未发生的、临时想到杜撰的和其他人为她杜撰的事。卡门·德佩德罗供认了反蒙松和她本人所需的一切，但控方坚持要让她自取其辱，根据保留的记录来判断，她过分地卑躬屈膝，远远超出必要的程度。阿古斯丁·索罗阿的名字成为对卡门不利论据目录的一部分，仿佛她的控方也需要过了五年才惊讶于一场令所有同志目瞪口呆的婚礼，对索罗阿的崇高回忆帮不了卡门太多的忙，虽然她没有被开除党籍。后来卡门被送到莫斯科生活，十分遥远，十分孤独，永远为一种恒久的恐惧而战栗，完全不配分享赫苏斯·蒙松·雷帕拉斯一生最美好的年华。

于是命运对那位在一场世界大战的风暴眼中使西共变得伟大的男士名誉做出了奇怪的审判。最终蒙松是唯一被开除党籍的人，由于他被囚禁在西班牙，对其判决的后果只有痛苦。卡门·德佩德罗比任何人都曾更依赖他、深爱他，因此原本应该是最没有理由谴责他的人，却最残忍地打击了他，但之后也是唯一为这些后果付出代价的人。

蒙松的一些最亲密合作者获得了最彻底的豁免。其中第一位便是多明戈·马拉贡①，西班牙历史上最出色的伪造者，圣地亚哥·卡里略多次说他才是西共真正唯一不可或缺的人，三十多年里他为党制造了无数那么

---

① 多明戈·马拉贡（Domingo Malagón，1916—2012）：西班牙共产党员，在长达四十多年里负责为西共伪造各种证件和文件，是西共地下工作最得力、最重要的武器之一。战后曾被关入法国集中营，并在法国参加抵抗运动。1976 年回到西班牙，负责西共历史档案的建立。他出版了《一个造假者的自传》（*Autobiografía de un falsificador*）。

完美的护照、证明、文件和身份证，以至于佛朗哥警察从来无法将它们与自己官员制作的东西区分开来。但蒙松派的最高军事指挥官也完全没有受到干扰，无论是在"热情之花"选择公开赞扬维森特·洛佩斯·托瓦尔的1945年那天之前还是之后。即便蒙松的军事顾问拉米罗·洛佩斯·佩雷斯，别名马里亚诺，也未遭受任何制裁，或许是他制订了无懈可击的进攻阿兰谷的行动计划。马里亚诺依旧是党组织成员，1952年与西共"贵族"豪门之一的继承人卡门·洛佩斯·兰达①结为连理。她是那些在世界大战中没有遭受任何不幸、享受到苏联无微不至照顾的儿童之一，这个独生女的父亲是弗朗西斯科·洛佩斯·加尼韦特，安赫尔·加尼韦特②的外甥，格拉纳达的领导人，母亲是抗击佛朗哥的模范女英雄马蒂尔德·兰达。

但这还不是最典型的例子。1956年夏马诺洛·阿斯卡拉特重新成为西共几家杂志编辑部的一员，在一些国际活动中甚至代表西共。被剥夺所有职责长达十余年的曼努埃尔·希梅诺有一天居然收到一个陌生人的口信："圣地亚哥想见你。"圣地亚哥只能是卡里略，希梅诺赴约，遇到他一生中最大的意外之一。那位还不是西共总书记但已充当该职的人召集希梅诺不为别的，就是要向他提供作为地下工作者重新回到西班牙的机会。

希梅诺不动声色，而卡里略仿佛什么也没发生，向他解释新的政治路线，之后告知他，正在莱万特地区工作的同志与他们失去了联系。如果希梅诺接受的话，他的任务就是替代那位同志，向基层组织解释新的导向，

---

① 卡门·洛佩斯·兰达（Carmen López Landa，1932—2006）：作为西共两位著名领导人弗朗西斯科·洛佩斯·加尼韦特与马蒂尔德·兰达的独生女，1937年被送往苏联（当时有3000名西班牙儿童被转移到该国），西班牙内战结束后又先后流亡墨西哥、英国、捷克斯洛伐克，1970年最终回到西班牙。在此期间她父母相继在西班牙自杀，她的伴侣拉米罗·洛佩斯·佩雷斯死于一场车祸。作为西班牙"战争和流亡档案协会"（Asociación Archivo Guerra y Exilio）的积极活动家，她致力于恢复、保护佛朗哥统治时期那些镇压、判决共和派人士的档案。

② 安赫尔·加尼韦特（Ángel Ganivet García，1865—1898）：出生于格拉纳达一个中产阶级家庭，西班牙作家、外交官，被视为"九八年一代"的先驱，1898年西班牙失去最后的海外殖民地时悲愤地跳河自杀。

为"全国和解"①组织一些集会，当然他要回来汇报西共在国内的局势。为了使对话者摆脱自己的这番话所造成的沉重困惑并使他倾向于对自己有利，卡里略提醒希梅诺"你的朋友蒙松"也会从监狱里为组织潘普洛纳的集会而出力。于是希梅诺无法从椅子上起身，像没事似的离开那里，面对六年前在福尔茨大街总部进行的一场场审讯中充当最高指控者的这个男人，他斗胆再次重申自己及蒙松领导团队所有同志的无辜。希梅诺得到了一个明确而直接、坦率又最具纯粹蒙松风格的回复，他大概也没有料到。

"那些年非常艰难，我相当害怕，我们大家都很害怕……"

圣地亚哥·卡里略为迫害蒙松团队找借口，理由是追捕行动到了如此极端的地步，任何人都感到不安全，除了保护自己什么事也做不了。有些人会觉得这是其政治本能的又一次体现。另一些人则认为这是犬儒主义的最高表现。至于希梅诺，他盯着卡里略的眼睛，对卡里略的信任至少足以使他接受了前者刚给自己建议的任务。不久之后希梅诺在"全国和解"的口号下重新秘密潜入西班牙，该指示与他在其他旅行中所拥护的西班牙全国联盟纲领差别不大。

卡里略的答复不是那次会面唯一重要同时又令人震惊的信息，曼努埃尔·希梅诺从未撰写有关此次会晤的情况，但的确在一些采访中谈到过。西共的一些历史学家确认，西共领导曾多次试图恢复蒙松的地位，在他出狱之前重新将其纳入组织。但或许那一切都不如赫苏斯的魅力这般引人注目，他不仅在女人身上而且在接近过他的男人身上都留下了烙印。对于希梅诺来说，最容易、最慎重之举应该是忍住不说，但他没有这样做。在斯大林主义的淫威之下，不顾蒙松作为叛徒被开除党籍又遭佛朗哥监禁的双重不幸，强烈的个人忠诚继续维系着蒙松和他最亲近的合作者，这点很少有共产党领导人能做到。甚至在更宽松因而更适宜做到这点的环境下，更少的人能够在知己之间配得上并保留"朋友"这个头衔。

---

① "全国和解"（Reconciliación Nacional）：这是 1956 年 6 月纪念西班牙内战爆发二十周年之际西班牙共产党所提出的口号和政治目标。20 世纪 40 年代西共拒绝承认佛朗哥的胜利，继续游击战，试图以此武力结束佛朗哥政权。"全国和解"政策标志着西共的重大战略转向。

能够促使西共领导层重新恢复蒙松地位的动机只可概括为一点。大概他们依旧觉得蒙松是个危险的敌人，这并非是因为他有多少缺点，而是因为他的优点。任其逍遥的话不管怎样都太危险。但是尽管蒙松拒绝重新融入西共的纪律，那些昔日同志的担心也是没有根据的。在奥罗拉的名气及人脉的帮助下，赫苏斯先是在墨西哥，之后在委内瑞拉终于过上了好日子，虽然他作为"天主事工会"[①]创办的一所商学院的教师职业生涯是其相当难以置信的传记中最缺乏真实感的信息之一。然而赫苏斯从不认为那份工作与一种谋生手段有何不同，在签署合同之前的协商中也不断介绍自己一直以来的身份，马克思主义者、无神论者、西共历史上的领导人。赫苏斯·蒙松·雷帕拉斯在其余生中依然是一名无党派的共产党员。因此虽然多年以来他的许多学生、他在人生新阶段所结交的朋友都鼓励他讲述自己的版本，撰写回忆录，赫苏斯总是嘴角带着微笑拒绝那种可能性，他只有一个否定的理由。

"不行，那样对党会很不利。"

弗朗西斯科·安东也从未撰写自己的回忆录。这段历史的另一个伟大情人做出自己的决定，经历自身的苦难，面对自己的孤立，但没有留下生平事件的任何公开证词。很难估量在佛朗哥统治末期或民主转型的头几年，任何一位西班牙出版商，首先是行星出版社的创建者何塞·曼努埃尔·拉腊·埃尔南德斯，可能甚至愿意为一份讲述他与"热情之花"私密生活、哪怕没有明确细节的手稿支付多少万比塞塔。在很长一段时期那本书原本可以解决安东及其子女的生活难题。但事情并非如此，因为他从未写过这本书。

不朽的大写历史与凡胎之爱交汇时做出怪事，有时是好事，有时是坏事。"各取所需"，那个身穿中路军政委制服时如此年轻、帅气、迷人的小伙子，对他的评价很少见。远看他或许像是机会主义者，一个厚颜无耻、愿意利用自身美貌资本的男人，一个出身平民的骗子，只要往上爬什么事

---

① "天主事工会"（Opus Dei）：天主教会的一个机构，创建于 1928 年 10 月。1941 年首次得到马德里主教的认可，1950 年罗马教廷承认它为一个世俗机构，根据自身的教义进行管理。1982 年被立为教皇个人的教区。

情都干得出来。但关键时刻到来时，他首先表现得像一名男子汉，之后像一位绅士。

弗朗西斯科·安东敢于告诉多洛雷斯·伊巴鲁利或许仅仅向她证实，自己爱上了别的女人并愿意娶她的那天，他才比以往任何时候都无愧于多洛雷斯。无法猜测此事以何种方式发生在何处、何时，因为从一开始装聋作哑的共产党员就发布静默令，湮没这段历史结局的沉默甚至比想象他们串通一气还要令人捉摸不透。但是当21世纪的第一个十年快要终结时，删除20世纪最重要的那位西班牙妇女的一段激情对她毫无益处，这段感情从各个方面都将其生活变成了一场非凡的冒险。

不朽的大写历史与凡胎之爱交汇时做出怪事，但在两个目光交集所引发的不容改变、充满变数的奇迹之外，人类是时间，是小写的历史。即便近四十年来似乎并非如此，从多洛雷斯·伊巴鲁利身上流逝的时间也将从她的祖国逝去。胜利者的战利品是整整一代西班牙人，1939年胜利者的法律在其人质身上投射出一种停滞不动、窒息而死的幻觉，脱离了世界及世界的进步，在其表面开始裂缝之前多年已经不过就是一场幻觉。众多铁手指以坚韧的顽强试图在数百万惊恐的孩子良心上绣出永恒的帝国使命，那一缓慢而细致的工作最终都不值其付出的工作时间的代价。赢得内战的那个人在极短的时期内轰然输掉了对其子孙后代来说决定性的战役。当西班牙还在流通带有他肖像的钱币时，不止一个、两个电影演员身穿大元帅服，毫无恐惧、毫不恭敬地嘲笑他。西班牙依然流通带有他肖像的钱币，但过剩的钱币已经让严苛、痛苦、危险的徒刑期限第一次到期，假如民主政体没有屈从于可恶的、无法理喻的斯德哥尔摩综合征①，直至今日，21世纪第一个十年结束时还阻碍它们正式、明确地与1936年7月18日那个绑架民主的将军断绝联系，那次到期原本可以是最终的。但那不是佛朗哥主义，也不是反佛朗哥主义的问题，而是当代西班牙民主的症结。

"那个女人十分精明。"

弗朗西斯科·佛朗哥·巴阿蒙德的劲敌，他那个时代独裁者唯一曾经

---

① 斯德哥尔摩综合征，是指犯罪的被害者对于犯罪者产生情感，甚至反过来帮助犯罪者的一种情结。这个情感造成被害人对加害人产生好感、依赖心，甚至协助加害人。

允许赞美一下的人物，无法看到为之奋斗终生的胜利，但在其他也许她根本都没意识到的战斗中胜出。所有的编织品都有两面，正面如果没有反面的纬线、经线和架构，就无法存在。在"热情之花"生命挂毯的正面，她失败了，但在反面没有。西班牙人从未进行过一场无产阶级革命，正如之前也从未展开一场资产阶级革命，但即便没有这些革命，她与试图强加给她们的那种生活方式渐行渐远，最终不得已活得像男人，尤其是像敢于出轨的女人。因此多洛雷斯·伊巴鲁利对弗朗西斯科·安东的激情，在她同代人眼里代表的是一种不可原谅的伤风败俗，一个类似于罪孽的弱点，一桩只能放下百叶窗、闩上大门、在自己良心的洗涤槽里清洗的家丑，在她孙子辈眼里却获得了十分不同的价值。更不用说在她孙女们的眼里。

在时间与大写历史的另一边，除了那些因废弃而变形到难以辨认的耻辱，还有那些在旧事物的阁楼上与其相伴的尘封偏见，"热情之花"的爱情对多洛雷斯·伊巴鲁利有利，坚强和软弱以绝妙的比例对接，用个人赌注的动人小写字母打造了一段涉及自由、无畏、尊严、对自身命运掌控的历史。甚至多洛雷斯的失恋也有助于她本人，因为尽管怨恨向来是粗俗的，常常可悲，甚至经常弄巧成拙，但它同时也是人性的一种撕心裂肺的普遍症状。需要大爱过才会在爱情终结时痛苦得发狂。在21世纪的头十年，怨恨与势不可挡的激情一样，恰好归入可以理喻的量级范畴。不管怎样，它比斯大林时期匿名揭发的残酷专断、密不透风的沉默和不光彩的审判要好得多。

在介于1952年最后几个月与1953年头几个月之间的一个不确定日期，弗朗西斯科·安东面临作为叛徒嫌疑犯的审讯。这一次多洛雷斯决定从盟国胜利后其崭新、纯洁、几乎远离尘世的身份允许自己位居的崇高云端下凡，亲自主持审判委员会。对安东的指控五花八门，甚至好像没完没了。比平时更加秘密的开庭在一个更加机密的指示下举行。所有与会者接到相同的警告。发生在这间会堂里的一切尤其与一段凋零的爱情关系无关，也与安东最新决定跟一个比自己小十三岁的西班牙女共产党员共同生活无关，他俩在1949年有了一个女儿。把一句著名的意大利谚语"假如这是真的，那准是看错了"改动一下，假如这不是真的，弗朗西斯科·安东就不会是在这个节点上开始表现得像个男子汉。

50 年代初期，为了一个更年轻的女人而抛弃西共总书记，这需要很多爱和勇气。只有当弗朗西斯科·安东敢于向多洛雷斯·伊巴鲁利通报或承认某一看似不忠，但已不再是不忠的行为时，他才比以往都更配得上她，不仅是因为帕科的爱已经超出了他对总书记应有忠诚的所有极限，进而又把多洛雷斯变成了自己不忠的唯一对象。这个时期她在莫斯科，步入六十岁，他在法国，尚未满四十岁，两人的关系很可能已经不像美好时光的那段感情。几乎不可避免地认为他俩各自年龄的差距，加之地图上将俩人分开的距离，共同将他们的历史引向一个和平的清静之处，一个温和的国度，身体的激情在那里化作温暖但纯真的乐趣，如相伴、共谋、对往昔光荣岁月的回忆。"你记得吗，多洛雷斯？"但即便这样也难以相信多洛雷斯不会觉得受到她一生唯一爱过的那个男人的侮辱和背叛，招来别人可恶的同情。

如果是这样的话，多洛雷斯不愿意回忆，不愿意按照 1937 年将两人结合在一起的那段激情来思考安东的新恋情，那是她在失败、流亡、这么多年不幸中风雨同舟所捍卫的珍宝，那是免除了她所有内疚的爱情，因为它是真正的、伟大的、深厚的感情，像饥渴那样强烈，一种赤裸裸、过于剧烈和强大的激情，无法将它与一个荡妇的弱点混为一谈。"你记得吗，多洛雷斯？"她不愿意回忆那一刻自己根本没想到要考虑丈夫，不仅是因为1931 年就把他撇在比斯开，更因为在那个至高无上、绝对自由的主权时刻，即为了爱情而把自由献给另一个人，旧的羁绊已经根本无法妨碍她了。

安东或许从那入手，援引多洛雷斯决定献身于他的那种绝对自由，越过那份秘密和紧闭的大门将两人一直结合在一起的自由。之后再告诉多洛雷斯一个寻常的真相，一个众所周知，甚至陈腐的版本，因多次反复使用而磨损，不因熟悉而不再显得真实。"我不是有意为之，没有寻觅它，但遇上了，我不愿意发生这样的事，也无能为力，但这事发生在我身上，我无法抵抗，因为那是真正、伟大、深沉的感情，因为那是爱情。我爱上了另一个女人，我要跟她结婚，多洛雷斯。"谁都不会用金字在任何盾牌上刻下这个瞬间。谁都永远不会把那些话绣在一面旗帜上。谁都永远不会用安东的名字来命名西班牙军队的一个团，但很少有人像那个关头的弗朗西斯科·安东那么勇敢，那么有男子汉气概。

多洛雷斯对此不理解，不愿意理解它、接受它，根本无法思考那种可能性而不觉得自己背叛了自己。大概从来没人敢大声跟她谈这事，可是应该多次提醒过她，她在这么多双眼睛、这么多坏笑、这么多用假装善意的清漆粉饰的恶意表情里也应该读到过这个劝告……她本应能感觉到它，用一双秘密、神秘的眼睛看到它，向他们转过身去的那一瞬间用颈背上冒出来的奇特听觉倾听它。"姐们儿，你在犯傻，他会为了另一个比你年轻，甚至比他年轻的女人而抛弃你，难道你看不出来吗？你这么精明，没发现吗，多洛雷斯？"她以自己的爱情来回击那些声音，它们永远是卑鄙的，几乎总是可恶的，因为掩盖的不过是小气、嫉妒、吃醋、不满，她在爱情中变得坚强，她用铁拳巩固它，用博莱罗民歌歌词金丝绒般的温柔抚摸它。如果这是一个举世无双的爱情故事……她怎么能理解这个爱情的这番结局呢？

与那种可能性做交易等于承认所有那些可恶、圆滑的人们说得有理，这么多年来他们一直在背后同情她，完全不了解她内心燃烧的神圣烈火。他们能知道什么？这么多年里，当她向他们微笑，叫他们的名字，像她知道如何拥抱男人那样拥抱他们时，多洛雷斯或许已经问过自己这个问题："你们能知道什么？"当她亲吻他们更加活泼可爱，甚至脸皮更加厚实的妻子时，她会更加强烈地问她们："你们这些不幸的女人……如果你们根本不了解我跟帕科的事，你们怎么敢来同情我？"所有的爱情故事都是与众不同的，每一个都有其独特的方式。这么非凡的故事很罕见，多洛雷斯·伊巴鲁利决定不惜代价地与弗朗西斯科·安东这样的男人分享她的生活时，恋爱中的女人很少有像她那么勇敢的。当一切都结束时，她肯定也没想到最终付出的代价比情人强加给自己的更高。

50年代初安东只是在效仿她的榜样，复制她的勇气，而一直身为俩人之中强者的多洛雷斯突然变得非常弱小。她跟不上安东的自由，那是她传奇胆量的秘密变体，曾引导她为一个如此伟大的爱情，一段不合时宜、被禁止因而更加甜蜜的激情献身。多洛雷斯警告安东要打垮他，她做到了这点，但没有及时明白她的残酷、她粗暴的报复措施摧垮的更多是自己而不是安东。除了竭尽全力爱安东，向来最擅长思考的多洛雷斯却不懂得分析问题的证据。她估计错了，因为已经爱上其他女人的帕科，从来没有像在那些漫长、凄惨、无休止的厄运开庭中如此爱多洛雷斯，如此温柔、如此充满激情、如此无条件地爱她，一个接一个的怀疑，一次又一次的侮辱，一天又一天，另一天，他高昂着头，心悬在嗓子眼儿上，只考虑一件事："我这么做是为了你，我愿意承受推卸到我身上的一切，甚至更多的东西，只是为了你，因为我爱你。"在那场审讯中弗朗西斯科·安东昂首咬紧牙关，再次表现得像个男子汉。

多洛雷斯称安东为宗派主义者，其余所有的人都同意，做记录，避免看他。多洛雷斯称安东为私人主义者，他注视着她的眼睛，让她看见自己没有萎缩，没有害怕，不想乞求原谅。每个夜晚，开庭结束时，安东的朋友、同志疏远他，仿佛他会传染瘟疫，但帕科·安东不孤单。每天清晨当一切重新开始时，他还是像昨晚那样勇敢，他的勇气完好无损，他的铁肩依然，在反驳推卸到自己身上所有指控的紧要关头声音依然坚定，他爱上了另一个女人，但从来不是叛徒。

非常精明的多洛雷斯又是那么那么那么地傻，没有及时明白她的泄愤只会有助于强化她所爱的男人对另一个女人的爱情。与此同时她失去了与自己、与自己的伟大、自己的传奇比肩的机会。多洛雷斯的行为像她从来不愿意充当的那种角色，小气、保守的乡下假善人，守旧、怨恨的合法妻子，像她曾经发动过一次西班牙妇女起来反对的那些女人。但是等她选择承受的内心折磨走到终点时，多洛雷斯会发现谁失去得更多。

弗朗西斯科·安东被开除党籍。从落难之日起他将生活在波兰，没有任何津贴，作为一个寂寂无名避难者在一家工厂工作，但每天晚上与他相爱的女人共眠，上班之前送两人的孩子去上学。与此同时多洛雷斯孤身一人。

多洛雷斯既成全了安东又摧毁了他，但以毁灭他的洪荒之力毁掉自己。支撑她政治生涯的那股勇气，屹立于人性之上成为不朽象征的那些决定性时刻之动力，几乎恰好与她一生那段伟大爱情故事持续的岁月重合。1953 年之后多洛雷斯满怀怨恨的生命逐渐熄灭，直至蛰居在自身巨大的形象背后，那座最美丽、最受热爱和景仰的巴洛克雕像出来游行时引发无与伦比的狂热、呼喊、泪水、昏厥，但一年的其余时间关在一个又小又冷清的教堂里，在黑暗中度日，接待很少的来访，而且不是天天见人。

"多洛雷斯意志薄弱。"50年代中期她移居布加勒斯特时，那些最大胆的人开始嘀咕，"她什么也不想干，一切对她来说都无所谓，她年纪大了，累了，好像内心空了。"

倘若果真如此，那是她的悔罪。一切都会结束时她看着自己的双手，发现两手空空。于是轮到她记住，报复从来不会给予，总是剥夺，随着时间的流逝，怨恨在没有激情的单调、阴郁的岁月里变得模糊，醋意将停止对她的啃噬，像一条厌倦狂怒的狗趴在她的脚下，她睡着的时候开始梦见他，尤其醒来的时候渴望得到他，他还是那么年轻、英俊，与她的爱情般配，就像她认识他的时候。那将是她的痛苦，从来无人强迫她公开做的自我批评。她继续披着"热情之花"的外衣，让人接她出来游行，当她微笑、致意、亲吻向自己献花的孩子时，头脑中从来无法把安东抹去，依然臣服于帕科·安东的皮肤、眼睛、嘴唇、其少男野性身体的永恒旧情，回忆起每个姿势、每个亲吻、他胳膊的线条、他的手抚摸自己时的触觉。那是1960年把西共总书记的职位禅让给圣地亚哥·卡里略时她所唯一看重的、最挚爱、最令其痛苦的东西，对她来说这个党依然意味着一切，同时与她所失去的相比又什么都不是。

当她被恶劣、持续的细雨一点点慢慢淋湿，在雷同的白昼和无边的夜晚，她的内心在下雨，这时多洛雷斯或许会以另一种方式思念帕科。对他而言同时维持两段经历应该毫不费事，一面继续时不时在莫斯科陪伴多洛雷斯，一面在法国长期生活时与他女友低调同居。对帕科来说，向多洛雷斯提出一个约定，也不该太难，即旧情人在类似形势下最终达成的那种协议："瞧，多洛雷斯，这就是现在的问题，我不愿意抛弃你，不愿意让任何人以为我抛弃你，你是我这辈子的女人，这个女孩的事无关大局，但我得经历它。你让我经历一下吧，我们将像过去那样，像往常一样，继续在一起……"从长远来看，那两个解决方案中的任何一个都不会更好，反而更糟，对她来说更加丢脸。

那么精明的多洛雷斯也许最终明白了这一点，接受了一个被时间逐渐改变得不那么残酷、更令人宽慰的事实，因为他俩的敌人试图将帕科呈现为一个向上爬的钻营者、一个职业美男、一个挖掘自身性感魅力的人。而这个男孩表现得像个男子汉，所做的一切都是他应该做的，付出的代价是牺牲自己的政治前途。或许某一刻多洛雷斯会为爱上像帕科那样的男人而感到自豪。如果是这样的话，多年之后大写的历史将赠予她一个圣徒式的结尾。

　　1968年多洛雷斯·伊巴鲁利与弗朗西斯科·安东的命运再次交汇，情形是十五年前他俩分手时谁也无法预见的。"热情之花"在一份强烈支持杜布切克行动①的报道中再次看到帕科的名字和签名，也许对其爱情的记忆影响到她对"布拉格之春"同样强烈的支持，那是她人生倒数第二个青春的举动，一种柔情的冲动，也是七十二岁的她对苏共指导方针的第一次异议。西共领导从来不太看重浪漫主义，然而那个决定或许九年后继续温暖她的心。

　　1977年3月，恰好是"热情之花"多洛雷斯·伊巴鲁利与一位冉冉升起的年轻领导人分享莫努门达尔剧院舞台四十年之后，她终于可以登上飞机重返西班牙。全世界的摄影师将她从伊比利亚航空公司的飞机舷梯下来、重新踏上马德里大地的那一刻变成永恒，她最完整的微笑比任何时候都更耀眼，她作为世界无产阶级之圣母玛利亚的无瑕纯洁跟1939年时一样完好无损，她作为西班牙历代反法西斯分子的世界母亲地位未受任

---

① 1968年1月捷克政府更换领导人，由杜布切克（Dubcek）接任。同年4月杜布切克颁布新的社会主义愿景，放宽对人民和企业的管制，让不同政治党派成立，容许国民有更多言论自由，成就了短短的"布拉格之春"。但是捷克党内保守势力不满这种国民自由。1968年8月，保守势力向苏联要求拯救捷克，结束捷克的无政府状态。于是苏联以及华沙公约国的50万军队三路入侵捷克，坦克冲上布拉格街头，杜布切克和其他捷共领袖被捕，并且被押送至莫斯科。捷克各地人民上街抗议苏军入侵，人民以身阻挡坦克。其中布拉格查尔斯大学的学生，决定以抽签方式，轮流自焚结束生命，以图激发世人，帮助捷克脱离极权统治。大学生扬·帕拉赫抽了第一签，成为自焚抗议的第一人，用自己的生命为捷克和人类历史写下重要的一页。

何怀疑。与她一起回到马德里的是对她一个儿子的怀念，那是她一生心爱的人，一个被遗忘的共产党员，那些聚集在机场欢迎她的年轻人已不认识他。弗朗西斯科·安东比弗朗西斯科·佛朗哥晚几个月离世，但无论时代的标志是什么，对多洛雷斯无可挑剔的声誉而言，安东从来不意味着任何危险。他的忠诚幸存下来，因为多次表现得像男子汉之后，他像君子般逝世。

不朽的大写历史与凡胎之爱相会时做出奇怪的事。

倘若 1939 年春天多洛雷斯·伊巴鲁利没有爱上弗朗西斯科·安东，她就不会怀着把他抛弃在法国的痛苦前往莫斯科，也许会更好地考虑把比利牛斯山以北领导西共的责任交给谁。

倘若数月之后卡门·德佩德罗没有爱上赫苏斯·蒙松，大概她只会在早上通通风，时不时擦擦灰，正如党的领导对她期待的那样。

倘若"热情之花"的爱情不是如此伟大、真挚，以至于非但没有减少反而随着战争世界的距离而增大，那她绝不会利用德国占领法国的机会，当众表现出促使其向斯大林索要个人恩惠的弱点。

倘若不是有这么多的爱成就了弗朗西斯科·安东摆脱监禁、乘坐第一架飞机被派往莫斯科的奇迹，那么西共政治局在西欧会继续拥有一名代表。

倘若帕科没有与多洛雷斯在大陆的另一端团圆，赫苏斯·蒙松就不敢在 1940 年夏露面。

倘若卡门·德佩德罗的爱情不是如此热烈、坚贞不渝，以至于鼓励像她这样弱小的女人去违抗党的最高领导，赫苏斯·蒙松永远不可能成为西共在法国和西班牙的最高领导人。

倘若赫苏斯·蒙松对那个女人的爱情没有如此的把握，那他就不敢在 1943 年 3 月前往马德里。

倘若卡门·德佩德罗不曾愿意无论做任何事都行，只要重新得到宠信，得到那个男人的爱，攻占阿兰谷的军事行动也许就不会发生。

然后，不可名状的比拉尔·佛朗哥·巴阿蒙德就无法在其回忆录里写道，她只记得看见哥哥 1944 年因游击队的事而失态。也不可能说大元帅为了不让西班牙人担心，设法向他们隐瞒此事。

口红不会浮现在书页上。凡胎之爱在那个最终成为大写历史的官方历史版本里淡化，它的大写字母庄重、严谨、完美地平衡于所有角落的直角之间，很少会屈尊去思考灵魂之爱。

大写的历史鄙视肉体之爱，那个软弱的肉体以灵魂之爱所不及的残忍扭曲、移位、打乱历史，灵魂之爱的确更具声望，但也苍白得多，因此决定性更小。

在历史书里容不下黑暗中睁开的眼睛，以及被卧室天花板的四角所围成的天空，也容不下慢慢煎熬的欲望。它溢出愉悦的幻想、无关紧要的恶作剧、令人开心的麻烦之界限，直至沸腾于熔铅的金属浓液，这种浓重的液体使人口干舌燥，毁掉嗓子，压缩胃部，最终蔓延其帝国之火焰，即便在一具濒临死亡、毫无戒备的可怜人体的最后一个细胞里也要点燃篝火。

灵魂之爱高尚得多，但承受不住那个诱惑。

任何人、任何事物都承受不了它。

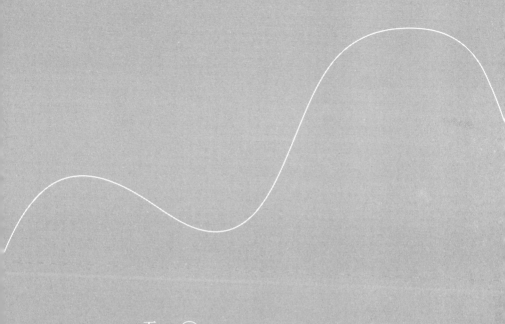

Ⅳ

五公斤炸面包圈

又一个明媚的 4 月下午总算来临了。我终于把自己关在马德里一所公寓的厨房里，履行一个比自己孩子还要老的诺言。做出该承诺三十三年后，我深呼吸，闭上眼睛，把手靠在一块崭新的厨房白色台面上，它的衰老注定比我的身体更加缓慢。

　　那个配方的成分和比例我抄过许多次，将它作为自己的备忘录分发给几十个女人和少数几个男人。1977 年春天的那个下午，我可以回忆起所有那些女人和男人，无论在美好还是艰难的时刻，她们怀孕了那么多次，他们严肃、瘦削，有时候消沉，有时候兴奋，刚开始那么年轻，依旧那么年轻，在我的记忆里永远那么年轻。"嗨！炸面包圈不是那么难做的……"过去做炸面包圈也不是那么费劲，因此我从未给自己写过那个配方。"面粉，尽可能多的面粉。"

　　我的厨房是崭新的，散发着新的味道。它有一扇窗朝向一个长方形大院子，几乎每天清晨一股埋在什锦菜汤里的煸炒食物的混合香气会升到四楼。所以我喜欢将窗户大敞，闻尽最后一滴从前那种文火烧制的香味，它慢慢盖过塑料和硅酮合成的冰冷。我的厨房是崭新的，十分现代，相当宽敞，方正、空旷。那套房子位于我过去街区的边上，萨嘎斯塔大街与弗朗西斯科·德罗哈斯大街几乎形成夹角的地方，米盖尔去看房时我向他打听厨房，他不知道该对我说什么。

　　"厨房？"他哑口了，仿佛刚想起来自己是一位厨娘的儿子，"我不知道。我认为不错，妈妈，你希望我说什么呢？是……一间厨房。所有的厨房都相似，对吧？"

我请求米盖尔交付定金之前与他姐姐再次去看房，我跟薇薇更谈得来，虽然那个家我还是觉得太大。最后也不是那么大，因为除了继续来往于马德里和图卢兹的费尔南多，我们在马德里生活的漫长两个月里，每个周末至少两个孙子——米盖尔或薇薇的孩子——有时候是四个，他们周五或周六或周五、周六都住在家里。周日所有的人都来吃饭时，我得把某个孙子安顿在用来爬到储物室最高隔板的楼梯上。

不过那个周六特殊，他们知道这事，因为我们已经提前很长时间通知他们了。薇薇有时候像是安赫利塔的女儿，她拒绝为了我们而关闭餐馆，但她父亲严肃起来，这比我含蓄地威胁开小差更有效。我们决定返回西班牙定居时，"美男子"事先知道他不会有问题。回来之后两天、三天、四天，他唯一要做的就是早起、穿衣、上街，坐在费尔南多数年前开设的律师事务所办公室里，继续从事一直以来的工作，虽然现在是反向操作。他跟吉耶尔莫·加西亚·梅迪纳近在咫尺，每天中午两人一起吃饭。虽然什么也不想对"美男子"说，但我每天晚上都失眠，思考将要为回国付出的代价，回国的渴望犹如我在流亡的冰天雪地的摧残中培育的一个秘密的热带小花园，一个长跑的终点，其奖励是让我独自过一个退休的家庭妇女的单调生活，这种生活我不理解也不喜欢。

但大女儿正在学会掌控她的傲慢，就像我得学会把控自己的傲气一样，因此她不再跟我发生更多的冲突，也不像她的兄弟们那么果敢，当房子还满是未开封的箱子时，薇薇问我多大程度上愿意当她的合伙人。一年半前我申请了贷款，以支付雀卡广场"伊内斯之家"最初的三分之二投资，用出售阿克莱大道"伊内斯之家"我的那部分收益付清了贷款，但薇薇说的不是那回事。

"我的厨房很大，足够让咱俩一起工作，妈妈。"

我重新照镜子，证实自己在马德里戴着压到眉毛的白帽子跟在图卢兹一样难看时，我感觉良好，很到位，于是决定只限于获取自己投资的收益，把工作送给女儿们。我们还没有消灭私有财产，但我也不需要建立另一个合作社。从那时起工作日的每天上午我与薇薇一起烹饪，下午偶尔去那里转一圈，帮她几个小时的忙。

1977 年 4 月的那个周六，我第一个不带孙子的西班牙周六，早上也去餐馆了。薇薇负责中午的工作时，我避开一个井井有条的高效率厨房表面的喧闹和忙碌，独自与晚餐菜单待在一起，身处一种无人能陪伴我的情绪中。中饭"美男子"和我在另一个厨房，我们家的厨房，吃了土豆配煎鸡蛋，仿佛在窗户的另一边是夜晚，我俩年轻、裸体。之后他去客厅，打开电视，睡着了。我在回想，把三袋面粉、一公斤糖、九个鸡蛋、一升牛奶、一瓶白兰地和一包黄油——这次是黄油——堆在台面上。三十三年后在我的冰箱里黄油富富有余。

我量好配料，做好面团，将它揉得正好，恰到好处，把面团分成同样大小的块状，把它们每一个做成筒状物，厚度有比我拇指更粗的大拇指那么粗，把它的两端连起来形成一个圆圈。

"外婆，你怎么能做得那么好？"薇薇的大女儿伊内斯每次看到我时都问我，"你怎么能够让所有的面包圈都是同样的大小？"

"我没法告诉你。"我回答道，"我做面包圈都不用想，可能是因为我这辈子做了太多、太多的炸面包圈……"

"多少个？"最后一次外孙女竟敢自己来计算它，"100 万？"

"没有。"我笑了起来，"只有一半，50 万。"

"啊！"她非常满意地点头赞同，仿佛七岁这个年纪，50 万个炸面包圈是一个可以理解、合情合理，与我的年纪和皱纹匹配的数量，"好的。"

"美男子"醒来时我已经开始炸面包圈了。之后在收拾自己之前，我把糖撒在炸面包圈上，用它们在窗户边垒起了一座金字塔，让它们凉下来。阿德拉自告奋勇六点半来接我们，不过虽然她是在西班牙生活时间最短的人，也是最匆忙地适应了西班牙准时概念的人，总是晚到十分钟。我留出那个空当把面包圈塞进一个特意为它们购买的纸板圆盒里，既不是七点差十九分钟也不是差二十一分钟，六点四十分女儿用自己的钥匙开门时，我已经有时间十分小心地把面包圈放置成同心圆层次，仿佛是要把它们放在马背上运输。

"安静点。"阿德拉在门口举起手，而她的四个外甥侄女中间的两个外甥，即薇薇的两个孩子，加上一个侄女，即米盖尔的大女儿，旋风般地进来，争抢我没弄清楚的某个东西，"把孩子们留给我。奥斯卡最佳姨妈得主……阿德拉·冈萨雷斯·鲁伊斯！"她把胳膊举到空中，做了一个鞠躬动作，惹得孩子们欢笑，向她鼓掌，忘记了互相挑斗。"我们去吃午后甜点，然后去电影院，行吗？但明天上午我把他们带回来，因为我换了餐馆的班，安德烈斯要下午才从法兰克福回来……"

　　"阿德拉，你干吗上楼来？""美男子"拉扯开再次偷偷互相殴打的玛利亚和胡安之后责备她，"你打个电话就行了，我们自己下楼。闺女，又该给你开罚单了。"

　　"怎么会呢。我把车双排停放，但对安东尼奥说如果警察来了就兜一圈。"

　　"安东尼奥？"听到那个名字，对我来说也是新名字，她父亲呆住了，上衣一只袖子穿上了，另一只还在空中，之后望着她，"哪个安东尼奥？"

　　"爸爸，就是安东尼奥。"阿德拉微微一笑，"我的一个朋友，他是报社摄影师，来给你们拍一张好照片，说真的，时间快到了。"

　　最近一年阿德拉大概每两个月来图卢兹看望我们一次，带来的男孩几乎总是与前一次旅行作为朋友介绍给我们的那位不同，自从在医院里将她抱在怀里，"美男子"尽管做了所有的承诺，但还是一直待阿德拉为他娇宠的女儿。当他可以与阿德拉单独相处时，总是摇晃着脑袋，暗示一种沮丧的表情，始终对她说同样的话："这可不行，阿德拉，这样没完没了，我的闺女……"不过那个下午，直到我们下楼到街上，看到一个留着胡子和长发的男孩从我们女儿差劲地横放在街角的一辆车里出来，"美男子"才开口，那个小伙子像是其余所有男孩的翻版，虽然他最终成为我们最小外孙的父亲。

　　"又一个相同的男人！"看到那个男孩，"美男子"倒是走近我，低声抱怨，"为什么都得是那么体毛重的人呢？"

　　我耸耸肩，因为对那个问题没有任何答案。安东尼奥至少是一个很有教养的多毛者，他很礼貌地向我们打招呼，接过我手里的炸面包圈盒子，把它放在后备厢，之后十分机灵地将副驾驶的位置让给了女友的父亲，好像在执行一项学得很好的训练。他很高，但不吭声地与我和孩子们挤在后座上，伊内斯在我俩之间。玛利亚只有三岁，她只有六个月大的弟弟坐在我的左膝盖上，让她嫉妒死了。胡安已满四岁，但不愿意放弃他在外婆右膝盖上占据的位置。我用胳膊把他们每个人都搂着，吸入他们的脑袋所散发出的香水和炸薯条的香气，加上橡皮的一点味道，他们的头发那么细，皮肤那么柔和，体重那么轻盈，跟他们的父母在他们那个年纪压在我腿上的小小躯体相似，但我想念自己的丈夫。那次出门我原本更愿意坐在他身边，紧挨着他，闭着眼睛把头嵌在他的肩膀上，吸尽他木头和香烟、干丁香花苞和肥皂的香气，同时隐约有一种又酸又甜的味道，如不太熟的柠檬细丝，还有少许刺鼻的味道，像刚磨碎的胡椒气味，我已经不知道如何把那个香气与自己的体香区分开来。

"爸爸……"在毕尔巴鄂街心广场阿德拉吃惊地看着他，"我闯红灯了。"

"我看见了。"但"美男子"再次望着车窗外面。

"你什么都不对我说吗？"

"不。今天不说。"

"啊！那我会好好开车的。"安东尼奥在我左边窃窃偷笑，但谁也没有在剩余的路程再次开口。

那次出行我原本更愿意坐在"美男子"身边。阿德拉无法理解，她的男朋友也理解不了，我们的孙子更理解不了，但在那辆沿圣贝尔纳多大街下行开往格兰大街的轿车里，他和我独自前行，与此同时我们同行的有更多的人，1944 年 10 月 27 日寒冷阴沉的清晨越过比利牛斯山的 4000 名武装战士和 100 位平民。那天上午"明白吗"没有跟我们一起来。我们在马上要再次成为博索斯特村长家的门口与他告别，他穿上了牧羊人的服装。首先"美男子"和他互相拥抱，这是我所能见到的他们之间最长的拥抱。之后"明白吗"十分严肃地看着我，食指举向空中。

"你欠我五公斤炸面包圈，明白吗？"只有当我点头同意接受那个承诺时，他才拥抱我，"我们进入马德里的那天。别忘了。"

整整一生，三十二年零五个月二十天，横亘在那些话及放在阿德拉车后备厢的帽盒之间，但我从未忘记那个承诺。当我们接近卡皮托利电影院时，我逐一回顾自己的经历，好的和坏的，更好的，话语与沉默，如此多的激动和苦难。我们接近卡皮托利电影院时，不管孙子的身体怎样压在我的膝盖上，我重新成为博索斯特的厨娘，一个年轻、幸福的女人，爱上一个男人和许多男人，爱上一个破碎的梦及其碎片，爱上一个与其说失败不如说被葬送的事业，它注定是比遗忘更不公平的不存在。

噩梦结束了。我们回家了，回到那座挤满人群的城市，他们行走在被闪亮的广告压得喘不过气来的大街，一座墙壁被胶水的有毒气味熏染的城市，一座没有大海的城市，学会了时时刻刻摇摆于肖像和口号、文字和图像、缩略词和更多陌生的缩略词所形成的涨潮，这些刚从机会的烤炉里取出来的缩略词对我和他们来说都是陌生的，有时候荒诞甚至可笑，但对掀起不存在的波浪、制造出那里从未发生过什么或在那之前无人为任何事情奋斗过的幻觉是奏效的。"那大概就是落潮的情形。"我每天都提醒自己，一边走在大街上，与别人说话，听他们聊天。"那大概就是落潮的情形，"我嗓子哽咽地重复道，"甚至可能是事实……"自从回到西班牙生活，每时每刻我都在回想自己离开西班牙的那天，在位于蓬特·德苏埃尔特的里卡多家里度过的最后一天。我回想起自己在一个只拥有加龙河边少量房屋的甜蜜、微型、迥异的国度所经历的全部日子的每个瞬间，那些明亮、闪耀的夜晚。对我而言那就是西班牙。我回归的这个国家名字相同，但对它知之甚少，它对我以及那一切毫不了解。

自从离开博索斯特，我们的撤退就像一个感染的伤口让我痛苦，然而在某一刻，当我认为自己更愿意坐在"美男子"身边出那趟门，在萨嘎斯塔大街与嘎耀广场之间的某个地方，那个伤口不再折磨我。对我来说，阿兰谷永远是一个开头、一个结尾和一条边界，这条界线把我所渴望的最好生活与现实允许我过的最好生活分开，但是当阿德拉沿格兰大街行驶时，那两种生活已经融为一体，在未来余下的时间里它继续是我的生活。

"瞧，爸爸，1944年你们没有进攻西班牙，可现在……"阿德拉也按她的方式理解他，"你不会抱怨的。"

阿德拉把车靠近人行道时，朝电影院的台阶指去，但我已经看见他们了，"石鸡"和埃莱娜站在那上面，好像是头一批到的。他们的右边是萨法拉亚，不需要剃光头了，因为完全秃顶，玛丽－弗朗斯挽着他的胳膊。相反"左撇子"头发全在，但全白了，古铜色的肤色。蒙塞跟他一样黝黑，她的短发还是一直以来的颜色。与他们相比"吉卜赛人"几乎是苍白的，因为玛利亚·路易莎和他返回托德西利亚斯生活了，虽然比不上他们极其苍白的桑坦德邻居洛拉，每次我们聊天她都说："你想象不到下了多少雨。"但"帕斯谷人"戴着一副和我认识他时一模一样的眼镜，把洛拉紧紧搂在自己身边。他的肩膀碰到了安帕罗的肩膀，她更胖了，但笑容满面，"狼"在她旁边也很开心，但越来越瘦。"教堂司事"和他的妻子，因为在他确信自己永远不会结婚之后五年便娶了玛鲁哈，她是费尔南达的表妹，50年代初移民法国。"大香炉"是一个人来的，带着鳏居后那副伤心的表情，站在"明白吗"和安赫利塔后面，他俩是最晚到的人。"羊倌"、索蕾与罗梅斯科几乎一起爬上台阶，后者与自己那位头发如金黄色瓶子的女人一起出现，因为自从他离婚，还在法国时，每次见到他，罗梅斯科带来的女孩都不同，永远被排除在所有照片之外。

负责把大家都约在那个台阶处的是"美男子"，因为"明白吗"已经把所有人都约在1936年11月他们第一次放假时，一起去看《胡安·西蒙的女儿》[1]的那个影院。"美男子"开始爬台阶之前用一只胳膊搂住我的肩膀，我感谢他，把头靠在他颈脖处片刻。大伙儿都在那里，但我把所有的注意力都集中在"明白吗"一个人身上，直到把炸面包圈的盒子从自己手里转交到他手中。

"我没料到这些，明白吗？"塞巴斯蒂安·埃尔南德斯·罗梅罗看着

---

① 《胡安·西蒙的女儿》(*La hija de Juan Simón*) 是内梅西奥·曼努埃尔·索夫雷维拉 (Nemesio M. Sobrevila) 的一部音乐剧，在西班牙曾两次被改编成电影。第一次由何塞·路易斯·萨恩斯·德埃雷迪亚 (José Luis Sáenz de Heredia) 导演，于1935年上演，主演是艺名为"小天使" (Angelillo) 的安赫尔·圣佩德罗·蒙特罗。著名导演路易斯·布努埃尔 (Luis Buñuel) 担任制片，并在其中扮演了一个小角色。第二个版本是1957年贡萨洛·德尔格拉斯 (Gonzalo Delgrás) 导演的。

我，他的眼镜很脏，相反他的眼睛很明亮，"我还确实以为你记不起来了。"

"我想起了这个诺言，你看见了。"我把炸面包圈放在地上，扑到他的怀里，免得过早哭起来，"我怎么会忘记呢？"

之后我拥抱安赫利塔，然后拥抱蒙塞，再后来我都不知道拥抱了谁、怎样拥抱的、按什么顺序，因为迷失在那场由紧张的情绪、胳膊、嘴唇和手构成的混乱中，沸腾的热血把一切都复杂化了，犹如已经从我们身上溜走的青春复苏了，它具有同情心和叛逆精神，正在等待那一刻，那是一种无法枯竭的情感，因为我们都在场，因为"明白吗"来了，因为安赫利塔与他一起来了，因为不缺任何人了。那是我的感觉，我们不缺任何人了，那个下午我们能够见面、亲吻的人，可以说话、抚摸的人，终于到齐了，还有其余的人，"多嘴"、"玩偶"、1945年被枪毙的"剪刀"、数月之后遭遇相同命运的"磨刀匠"、在行刑墙前陪伴他的"卖油条的"；还有"金发者"帕科，他越过边境永远没再回来时才结婚十七天；1949年在托莱多山区与国民自卫队枪战落网的"木头人"；1952年在莱里达省、恰好在该省闯过公路哨卡之后与一辆轿车相撞的"蚂蚁"；特赦前数月死在卡拉班切监狱医院的"静男"；还有其他许多人，阿兰谷的所有烈士，还有更多的人，认识的和不认识的，幸福的或不幸的，邻近的或遥远的，有些人还活着，另一些人去世了。然而1977年4月的那个下午所有人都在场，带着他们的脸庞和故事，他们的名字和姓氏，站在卡皮托利电影院的台阶上。

那场漫长、复杂的重逢和欢迎仪式结束时，安东尼奥已经在更下面的一处台阶支好了三脚架，阿德拉只顾带着那股让她父亲抓狂的麻利劲把车开到人行道上，亮起应急车灯，现在她在安东尼奥身边，每只手里牵着一个外甥，另一个侄女贴在她的裙子上，她所有的注意力都放在立刻开始向我们传达的指令上。

"喂，你们排成三行，最高的请站在后面。"看到阿德拉，我觉得安东尼奥跟她很般配。"小胡安，我看不见你，你挪动一下……那里不行，罗曼挡住你了，往你左边，很好……索蕾，劳驾！别对我哭丧着脸。爸爸，你挡住选戈了，跟他换下位置。安赫利塔，闺女，把包放在地上，你像是拎着一个褡裢。你，洛拉，笑笑，这是免费的……拉蒙，你也很忧伤，这样更好……"于是阿德拉朝安东尼奥转过身去，"怎么样？"

"很好。"安东尼奥亲吻她的脸，"你很有指挥才能。"

"这是家族遗传的。"阿德拉回答，笑了起来，"你见过我父亲了，等你熟悉我大姐时，你会明白的……顺便问一下，我们怎么处理炸面包圈？"

"不用管它。"它的主人已经将它放在恰好在他脚下面的台阶上，"炸面包圈待在这里，明白吗？"

"是的，这样更好。"安东尼奥同意了，他通过镜头望着我们，之后再次与阿德拉耳语。

"本哈明，你愿意……"罗梅斯科摇头拒绝，根本没看一眼他留在售票处的那个金发女郎，"好吧。马诺洛，把你那副太阳镜摘掉，你像是在卖彩票。你，妈妈，别哭，我了解你……这样你喜欢吗？"她男友同意了，之后躲到相机后面。"很好，我要数到三，一、二、三。现在你们说土豆！^①"

两天后《日报 16》^②刊登了照片，上面配了一个简短而神秘的标题《五公斤炸面包圈》。其文字部分把一组共和派战士的聚会变成消息，他们在马德里重逢，见证一个在三十多年的流亡岁月里保持不变的诺言的兑现，正如他们在民主的西班牙重逢的希望。消息是这么说的。一个字都不多。

薇薇和阿德拉满意极了，因为阿兰谷战役以及光明与黑暗、英雄与牺牲者、雄心与失败本应占据的地方，多洛雷斯的爱情与蒙松的才华、卡门·德佩德罗的享乐与孤独、战场的寒冷与胜利的温暖本应占据的地方，一辆刻有西班牙名字开进巴黎的装甲车、1939 年 4 月至 1977 年 4 月一个非法政党从未停止一天战斗的英勇顽强本应占据的地方，英国政府与佛朗哥的关系本应占据的地方，刻在一块墓碑上的铭文，"米盖尔·席尔瓦·马西亚斯，1923—1944"本应占据的地方，唯一出现在那里的是新开的"伊内斯之家"的名字、地址、历史和特色菜。后来安东尼奥送给我们那张照

---

① 这是西班牙人照相时习惯说的词，类似于中国人照相时说"茄子"。

② 《日报 16》（*Diario 16*）：西班牙一家位于马德里的报纸，1976—2001 年存在。其创办者为杂志《变革 16》（*Cambio 16*）的主编，第一期出版于 1976 年 10 月 18 日，成为佛朗哥独裁结束后继《国家报》最早创办的报纸之一。它的办报原则是捍卫民权和个人权利，成为西班牙政治转型的象征之一。

片的放大复制版，放在镜框里，它将永远挂在家里的客厅，但那些还安慰不了我。

"总而言之，党是什么呢？"

1965年10月的那天始于"玩偶"的葬礼，止于一顿也将成为他告别仪式一部分的晚餐。在这两次聚会之间，"美男子"和我都抵挡不住幸存者无法抗拒的冲动，不合时宜地沉湎于一个私人、私密、以意外的结局告终的仪式。那个下午，在自家自个儿的床上，在每天普普通通的平常生活中心，我们说起从未谈论过的事情。我已经无须时时刻刻考虑自己多么爱他才能明白永远不会再这样爱任何人，我们终于打破的沉默让我觉得可怕。然而"美男子"微笑着告诉我，在他进出西班牙、我和孩子们生活在图卢兹、在衣柜放箱子的最后一个角落藏着一张"美男子"照片的那些年，他一直认为我知道得越少对我越好。

我们不应承受那一切。我不应遭受那些，他也不应该，但我对"美男子"说这话时，他再次微笑，问我党是什么，我不知道该如何回答他。于是他自问自答，其自信源于所有那些夜晚事先不通知我就把朋友约到家里，大家一起喝光几瓶酒，只说一句话："假如我生活在西班牙，明天就退党。"

"党是什么？"他重复道，"多洛雷斯、卡里略、党代会和结论？当然是。"

"美男子"停顿了一下，转过身来，侧身看着我，把我的一缕头发放到耳朵后面。

"但党也是你，伊内斯，你带着3000比塞塔和五公斤面包圈从一匹马上下来。党是安赫利塔，在充斥着纳粹士兵的公路上摘掉又戴上草帽。党是'羊倌'，他有一个富裕的岳父，生活无忧无虑，却在监狱里待了五年，还要待剩余的年头。党是'左撇子'，五十岁还勇敢地以地下工作者的身份前往加纳利群岛，最终在最意外的一天给'羊倌'做伴。党是索蕾，她连西班牙人都不是，却为了离马诺洛近点而搬到桑托尼亚①。党是带着孩

---

① 桑托尼亚（Santoña）：位于坎塔布里亚自治区东部，距离自治区首府桑坦德约四十八公里。内战期间发生了一件重大政治事件：由巴斯克民族主义党指挥的十五个营无法抵抗意大利军队的进攻，被迫投降，签订《桑托尼亚协议》（Pacto de Santoña，1937）。此举被视为对西班牙第二共和国的背叛。

子前往拉斯帕尔马斯的蒙塞。""美男子"又停顿了一下，再次微笑，"对我来说，党甚至是吉耶尔莫·加西亚·梅迪纳，因为假如我们不存在的话，他自己根本不会参战的。我十分自豪地属于所有那一切。"

那天下午十三岁的阿德拉从学校回来时问我，难道不觉得她父亲和我年纪太大了，不适合下午六点还一起待在床上，但我当时对所发生的事感到十分惊愕和震动，都没责备她这么跟我说话。

"我们办砸了许多事情。"听到开门声之前的一刻，"美男子"为他和我做了概括，"我们把很多事情办坏了，但也干了很多漂亮的事，你知道为什么吗？因为我们从未静止不动。我们干了许许多多的事，不得不独自做事，没有任何人的帮助。唯一没出错的人是那些什么都没干的人，因为那是唯一不犯错的方式。我永远不后悔当一名共产党员。"

在报纸上看到我们照片的时候，我不必想起那些话，因为从未忘记它们。但读到其他十分不同的话让我很生气，从那天起连一个炸面包圈我都不再做了。

伊内斯的故事

（后记）

    《伊内斯与欢乐》是由六部独立小说组成的一个小说计划的第一部，它们共享一个灵魂和一个共同的名称——《无尽的战争轶事》。它的第一个词（episodios）不是偶然选择的结果。如果我愿意称它们为"轶事"，那是为了超越时空及本人的局限，将它们与贝尼托·佩雷斯·加尔多斯先生的《民族轶事》联系起来。我在很多场合声明过，他是历代西班牙文学——继塞万提斯之后——另一个伟大的小说家。

    此外，无论作为读者还是作者贝尼托先生是对我的生活影响最大的作家之一。我一直认为，假如没有从十五岁起阅读他的作品，那最有可能的是我根本不会成为小说家。但在 1975 年的夏天，7 月中旬我无书可读。爷爷曼努埃尔·格兰德斯在瓜达拉马河一个名叫贝塞里尔·德拉西埃拉的村子拥有一套房子，我和全家人在那里度夏，那里已经没有我没读过的书籍，唯一的例外是阿基拉尔出版社发行的几本用红皮装订、书脊上用金黄色字母印制的《加尔多斯全集》。我不记得自己终于敢抓起其中一本书的确切日期，那天我偶然打开它，翻阅消遣，直至找到随便一部小说的开头。但我记得很清楚，永远不会忘记，我找到的第一部小说，我阅读的第一部作品，书名为《痛苦》。我记得那本书改变了我的生活，因为它粉碎了我直至那时所拥有的西班牙形象以及其他一些观念。该作品无情地讲述了一位神父对一名无依无靠的孤女病态、残酷的肉欲，这对佛朗哥统治晚期的一个女孩来说简直是天方夜谭。阅读此书时，我开始怀疑自己不得不出生、生活在一个不正常的国家，时间的推移把这种境遇变成我生活和文学的关键词之一。

因此《伊内斯与欢乐》是力图纪念加尔多斯的书系第一部，同时也是公开表达对这位作家以及他所钟爱的那个西班牙的热爱。路易斯·塞尔努达在书写一首光彩夺目的诗歌《西班牙双连画屏》时，唯一承认那是他所热爱和需要的祖国，我借用该诗的最后几句作为所有《轶事》的共同引文。我原本希望将这一关系表达得更清晰，能够给它们取名为《新民族轶事》，但是佛朗哥及其独裁统治或许永远让形容词"民族的"变了质，而加尔多斯比任何人都更懂得赋予该词以尊严。

然而我不仅力图忠实于贝尼托先生《民族轶事》的精神，而且尽可能忠实于他所构建的形式模型，马克斯·奥布①在亦为六部的《神奇的迷宫》中以自己的方式重塑该类型小说。我的小说始于马克斯的作品结束的时刻，是虚构作品，其主要人物由我塑造，与我尽可能严谨复制的真实历史舞台上的真实人物互动。倒是没有涉及大的战役，如特拉法尔加战役或巴伊伦战役。我能够讲述的轶事同样是壮烈的故事，但微小得多，是反佛朗哥抵抗运动有重大意义的时刻，它们构成表面普通的史诗，但如果与其持续的时间以及展开的条件相联系，那么它们是宏大的。因为从十分不同的角度涵盖了几乎四十年不间断的战斗，在残酷镇压的环境下持久愤怒和勇敢的行动。多年来如此坚定的决心看似一场自杀，但假如没有它——不论多么不愿意正式承认——永远不可能有民主、沉闷的西班牙，我在这样的西班牙可以允许自己回忆这番决心。所以我确信假如加尔多斯生活在这个

---

① 马克斯·奥布（Max Aub, 1903—1972）：小说家、戏剧家、散文家。一生曾拥有过四个国籍：从父母那继承德国国籍，出生于巴黎，获得法国国籍。1914年第一次世界大战爆发后举家移居瓦伦西亚，加入西班牙国籍。内战期间担任西班牙共和国驻法国文化参赞。内战结束时逃亡法国，被捕并被关进集中营，后辗转至阿尔及利亚。1942年年底出狱后前往墨西哥，获得墨西哥国籍，在那里定居直至逝世。奥布作为小说家真正成名于战后的流亡阶段，他在流亡中完成了历史系列小说《神奇的迷宫》，包括《封闭的战场》（1943）、《血的战场》（1945）、《开放的战场》（1951）、《摩尔人的战场》（1963）、《法国战场》（1965）和《杏园》（1968）。

时代，他会理解我的选择。

《伊内斯与欢乐》讲述的是进攻阿兰谷的历史，一场发生在 1944 年 10 月 19—27 日、对绝大多数西班牙人来说陌生的军事行动。

这一惊人的堂吉诃德式壮举如此伟大、重要和雄心勃勃，我无法不诧异地接受它同时又是如此陌生这一事实，获悉此举的那一刻我感到一种想象力的开启，与此同时看见一个女人骑着马，带着五公斤炸面包圈与游击队员会合。我不知道为什么是个女人，为什么骑着马，为什么带着五公斤甜食，为什么得是炸面包圈，但十分清楚自己看见她了，看见她这样，看见她时我变得更加紧张，仿佛她的故事在我内心搏斗以求问世，而我对它还不了解。

那一刻，2005 年 2 月，我还在创作《冰冷的心》，无法考虑另一部小说。创作一部千页小说时难以想象之后再写一部，因为什么都不管用，什么都不充分，同样长度的一本书就像一部两百页的短篇小说一样不切实际。或许因此，因为它在我想象中勾勒的故事特征，我判定最好是拍一部电影。第二天下午三四点钟我给朋友"金发女人"阿苏塞娜·罗德里格斯打电话，她是任何小说家所能梦想的最佳同谋。因为我冷不防地问阿苏塞娜如何看待一个共和派女子骑着马、带着五公斤炸面包圈与 1944 年进攻西班牙的 8000 名武装人员会合，即便该女子不知道此事。与我在电话里聊了一会儿之后，阿苏塞娜对我说，她觉得主意很好。

在开始撰写这个故事的笔记本第一页，我注明日期为 2005 年 3 月 4 日。从那时起直到 2010 年春完成这部小说，我多次反复考虑伊内斯、"美男子"和阿兰谷战役，有时候独自一人，有时候与阿苏塞娜，她跟我一样是这个故事的作者。

数年间，"金发女人"和我多次考虑如何把它拍成一部电影。首先，对西班牙电影目前的预算来说太昂贵。数年我们曾决定又排除了自己制作该片的想法，寻找一个独立制片人或非独立制片人，或直接求助电视台，但从未能够如愿。然而我继续盲目地相信伊内斯和她的故事，一边还是不知道该写什么。

现在我确信最近几年遇到的最好事情就是没有为这个故事找到电影制片人。多亏了这点，我明白自己该做的是继续写小说。于是诞生了《无尽的战争轶事》。

《伊内斯与欢乐》是一部嵌到真实历史事件报道中的虚构作品。对我而言是一种新模式，为了应对它的写作，我保持了某些忠诚，也采取了某些自由。

我在《伊内斯与欢乐》铺陈的是本人关于攻占阿兰谷的版本，这部小说有三条主线，即标题在括号内的那些章节、伊内斯的故事和"美男子"的故事。

第一条主线叙述了一连串发生在阿兰谷战役那段时期现实中的历史事件，构成与本书其他章节迥然不同的层次。那是权力的层次，从那个高度决定着游击队员的命运。

另外两条主线完善了由我创作的一个虚构故事，虽然人物及参与的事件以跟括号内章节同样真实的历史和人物为依据。它们倒是发生在另一个层面，进攻士兵的层面，他们不知道在不同的地方对其命运正做出的决定，这些地方有时十分遥远，总是远远高于他们的层次。尽管有那个距离，小说的书页犹如现实的日子，被隧道和近路贯通，允许身居权力高位者不时降落到地平面上。

因此有三个叙述者。其中两个叙述者，伊内斯和"美男子"，是虚构人物。第三位叙述者是真实人物，因为是我。夹在该书虚构章节之间的四个括号部分汇集了我对那一事件的个人看法，我所能够调查、取证、联系和解读的东西，以便制定出一个仅仅试图对实际发生之事的逼真假设。如果我敢于陈述自己的看法，那是因为对于所发生的事件尚不存在一份官方版本，其动机在这本书的许多页里让人猜测。无论佛朗哥当局还是西共领导层，任何时候都不愿意承担将该事件的陈述定型的苦差事。

从该意义上讲，我尤其想提醒，《伊内斯与欢乐》从始至终是一部小说，因此无论如何不是一本历史书籍。非虚构的那些章节属于一本虚构作品，我的意图从来不是、将来也不是声称自己对这个主题享有任何权威。

如果我选择把历史－政治情节从该书的主干部分提取出来——出于相似的理由我大概会在《无尽的战争轶事》的第四部和第六部里再次使用这个技巧——那是因为如今谁都对阿兰谷行动一无所知。一方面，像伊内斯和"美男子"这样普通的两名党员能够获取与其生活毫不相干的环境里所发生的秘密情报，从叙事角度看是站不住脚的。但另一方面，假如当代读者不了解全国联盟军行动之后所促成的历史关头和政治阴谋，任何人都无法理解他们以及他们的故事。

    十分确凿的是 1944 年 10 月 19 日，属于全国联盟军的 4000 名人员越过比利牛斯山并进攻了阿兰谷，另外 4000 人自 9 月底起陆续从边境的其他地点入境，这一分散佛朗哥军队注意力的计策取得了成功，因为阻止了国民军在任何具体的边境关口集中部队。所有的行动，包括马德里政府反应的迟钝，大体上像该书叙述的那样发生了。然而，尽管事实上设立进攻指挥部的村子是博索斯特，读者所认识的指挥部所有成员都是我虚构的产物。

    把"美男子"与"明白吗"置于"二战"期间法国南部的那些轶事情况类似。即便他俩没在那里，并入法国内地军的"西班牙游击队员协会"① 的队员们多次遇到被他们打败的德国人的抵抗，德国人称西班牙共和派为 Rotspanier②，不愿意向他们正式投降。那些危机以各种方式加以解决，我选择了其中最简便的一种。事实上，在法国解放的阅兵式上有三色旗帜并听到了《列戈赞歌》。

    我虚构了"美男子"这个化名，但在"西班牙游击队员协会"的领导中间，不止一人强迫他们的人员洗漱理发、整理军容，以便以完美的队

----

① "西班牙游击队员协会"（Agrupación de Guerrilleros Españoles）：指第二次世界大战期间在法国参加抵抗运动的西班牙志愿者。该组织的大部分成员在西班牙内战结束后被迫流亡法国，并曾在法国关押营里待过。他们都把在法国抵抗德国占领的斗争视为解放西班牙的序曲。

② Rotspanier：德语名字，纳粹用来命名关在奥地利毛特豪森集中营的西班牙共和派俘虏、政治犯。

形列队进入他们解放的那些村镇。他们追随共和国人民军第十八军军长何塞·德尔巴里奥于 1939 年 2 月在法西边境所做的榜样，而胡拉多将军[①]只会重复"我们是混蛋，混蛋，我们是混蛋"，正如科登将军[②]在其回忆录中所述。与此同时，一位外国摄影师捕捉到一名筋疲力尽的妇女用空空的乳房给儿子喂奶的形象，他拍下了一张或许是内战失败最残酷的照片，《巴黎竞赛报》急忙在其封面刊登了该张照片。"明白吗"的名字也是真的。它对应的是一名真实的游击队员，他的外号变得那么流行，那些我查询过作品的历史学家一直用它来确定这位游击队员的身份，从来不补充他的名字和姓氏。

同样，进攻阿兰谷的情节反映的是真实事件。对第一个村子的占领几乎一丝不苟地符合一名游击队员——卡洛斯·吉哈罗·费伊霍，他的证言对我一本接一本的作品依旧是不可或缺的——亲自向我讲述的如何占领韦斯卡一个名叫拉埃斯布尼亚的村子。劳改队和接下来犯人逃跑的情节——虽然发生的时间和舞台与我所选择的不同——还有抓获加西亚－巴利尼奥[③]参谋部一名军官、被占领区大部分民众的敌意也都是真实的。

反过来，维拉莫斯战役是我虚构的。我没找到关于占领该村庄的任何叙述，出于真实性的原因我允许自己选择了它。它离博索斯特很近，足以为我所需要讲述的事件提供舞台，又不在那些详细记录在册的被占领村庄之列，这样维拉莫斯就变成了一个类似处女地的村庄。关注过阿兰谷战役

---

① 恩里克·胡拉多（Enrique Jurado Barrio, 1882—1965）：西班牙军人，出身于军人家庭，参加过摩洛哥战争。内战期间在瓜达拉哈拉和布鲁内特两大战役中发挥了重要作用。在加泰罗尼亚撤退战役中指挥东路军直到最后。进入法国后他拒绝回到西班牙中部地区，先后流亡法国和拉美，在乌拉圭逝世。

② 安东尼奥·科登·加西亚（Antonio Cordón García, 1895—1969）：西班牙军人，西班牙共产党杰出人士，在内战期间获得将军军衔，1944 年获得苏联将军军衔。出版过回忆录《历程》（*Trayectoria*）。

③ 拉斐尔·加西亚－巴利尼奥（Rafael García-Valiño y Marcén, 1898—1972）：西班牙军人，内战期间在叛乱方作战，是为数不多的佛朗哥的竞争者，官至国民军参谋长。据历史学家保罗·普雷斯顿（Paul Preston）的观点，加西亚－巴利尼奥是佛朗哥最年轻、最有能力的将军之一，后来成为佛朗哥的积极批评者。

的少数几位历史学家大概会发现，除了我想象力的成果，这场虚构的战役特点与实际发生的占领埃斯博尔德斯之战很相似。那场大捷比"美男子"在该小说中所取得的胜利更重要，但那里的防御者也在教堂钟楼负隅顽抗，游击队员的伤亡数量很大，令他们的喜悦黯然失色。

然而即便我为能够塑造一个如此迷人的情节而付出了一切，标题在括号内的那些章节所展开的沉重政治情节的任何因素都并非出自我的想象。其中叙述的事件，从多洛雷斯·伊巴鲁利对弗朗西斯科·安东的爱情，到卡门·德佩德罗的复杂情感轨迹以及她与阿古斯丁·索罗阿的婚礼，都发生在现实中，发生在此书所列举的同一时间和地点。为了叙述这些事件我尽量保持与该书其余部分同样的忠实与自由之间的平衡，鉴于西共出于小说中所指出的各种原因尴尬地回避阿兰谷事件及其主要参与者历程，至今西班牙史学还是大致尊重这种羞愧的做法，因此我被迫做更大程度的解读。但是，不论是好事还是坏事，赫苏斯·蒙松曾经存在过，凭借其非凡的才华，同样非凡的野心和胆量，能够建立起"热情之花"1945年回到法国时原原本本地称赞的"一个崇高的党"，事实上他也应该是像在该书里出现的那个男人一样难以抗拒。

作为总体原则，所有参与阿兰谷行动的有名有姓的历史人物，从最偶然的，如维森特·洛佩斯·托瓦尔、古斯塔沃·杜兰、塞缪尔·霍尔先生、曼努埃尔·阿斯卡拉特、巴列多尔兄弟、费尔明、"加泰罗尼亚人"帕科、克里斯蒂诺·加西亚·格兰达或斯大林本人，到最直接卷入情节的那些人物，如多洛雷斯、蒙松、安东、索罗阿、卡门·德佩德罗或圣地亚哥·卡里略，事实上都在小说引用他们的时间和地点出现过，按照此书赋予他们的相同心态行事。虽然"伊内斯之家"不曾存在，但毕加索前往图卢兹在"热情之花"五十岁生日的庆祝活动中与她共进午餐。我根本不知道在那个日子是否有人送给多洛雷斯夹心糖，但反过来知道胡安·内格林先生和里克尔梅将军曾经准备在维耶拉以西班牙全国联盟的名义主持一个临时共和国政府。

对1944年的绝大多数西班牙民众来说，进攻阿兰谷的战役是不存在的，就跟现在一样，也几乎同样不存在于任何读者可以看到的书目中。

甚至对该行动的解读都是复杂和矛盾的，关于这场战役所存的唯一专题著作，如丹尼尔·阿拉萨[①]的《游击队员的进攻》或费尔南多·马丁内斯·德巴尼奥斯[②]的《直至其彻底肃清》，从表面客观的角度讲述那些事件，任何时刻都没有质疑佛朗哥政权的合法性，当它们排除了意识形态因素，为什么不指出这点呢，还有促使西班牙全国联盟成员参战的爱国因素，结果就不那么客观了。我觉得两位专攻游击战的历史学家的不完整叙述对理解阿兰谷战役的真正原因更有用处。我所指的又一次是必不可少的朋友塞昆迪诺·塞拉诺[③]在《最后的壮举：战胜希特勒的共和派》和弗朗西斯科·莫雷诺·戈麦斯[④]在《抵抗佛朗哥的武装斗争：游击队员和游击战的悲剧》中的论述。

在我用于创作伊内斯故事的全部时间里，曼努埃尔·阿斯卡拉特回忆录的第一册《失败与希望》一直放在我的书桌上，满是折角和彩色粘贴标签，我在此书中第一次获悉进攻阿兰谷事件。阿斯卡拉特或许本该是讲述

---

① 丹尼尔·阿拉萨（Daniel Arasa, 1944— ）：加泰罗尼亚记者、作家，从事新闻业，曾担任驻欧洲、中东、美洲和远东特派记者。后为加泰罗尼亚欧洲新闻社主编。出版过二十多部关于西班牙内战、战后、游击队员、加泰罗尼亚参与第二次世界大战的著作，最新作品为《西班牙内战中的电波之战》（*La batalla de las ondas en la Guerra Civil española*, 2015）。

② 费尔南多·马丁内斯·德巴尼奥斯（Fernando Martínez de Baños, 1967— ）：西班牙历史学家，主要从事西班牙战后抵抗运动的研究，出版了《直至其彻底肃清》（*Hasta su total aniquilación*, 2002）、《游击队和游击队员：从比利牛斯山到马埃斯特拉兹戈地区》（*Maquis y guerrilleros. Del Pirineo al Maestrazgo*, 2003）和《游击队：一种西班牙流亡文化》（*El Maquis. Una cultura del exilio español*, 2007）。

③ 塞昆迪诺·塞拉诺（Secundino Serrano Fernández,1953— ）：西班牙历史学家，主要研究西班牙内战、反佛朗哥游击战、西班牙战后及共和派的流亡。

④ 弗朗西斯科·莫雷诺·戈麦斯（Francisco Moreno Gómez, 1946— ）：西班牙历史学家、教授。专门研究科尔多瓦省在西班牙第二共和国、西班牙内战、佛朗哥统治初期实施镇压以及当地游击战的历史。

那一事件的最佳人选，因为那是他的亲身经历，但他隐瞒的事实几乎超过述说的事实，虽然没有其他任何更加权威的渠道来重构赫苏斯·蒙松与卡门·德佩德罗在被占领的法国所做的工作和享乐。甚至这部小说里出现的对卡门的描写都来自阿斯卡拉特的回忆，它将被迫与任何其他当代作家在其他任何作品里所能描写的一致。在所有能接触的地方费力寻找她的肖像之后，我决定求助比自己更渊博的人士。但无论是历史学家费尔南多·埃尔南德斯·桑切斯①——目前有关内战期间西共历史的最权威人士，因为他对西共档案了如指掌，还是一段时间以来对政府档案总馆的档案进行编目的档案员玛利亚·何塞·贝罗卡尔——那里保管着四十年独裁统治所积累的刑事档案材料，他们都从未见过卡门·德佩德罗的一张照片。

曼努埃尔·马托雷利的著作《赫苏斯·蒙松，被历史遗忘的共产党领导人》里面也没有出现任何卡门·德佩德罗的照片，这本书对我来说十分重要，虽然我对赫苏斯的看法在某些方面与他相差甚远。除了那些分歧，假如没读过此书，我永远也不可能得到一些具体的信息，例如赫苏斯被捕的特殊背景或他与奥罗拉·戈麦斯·乌鲁蒂亚的关系，所以我对此书作者永存感激之心。

关于蒙松在国内的活动，我在卡洛斯·费尔南德斯·罗德里格斯的《地下的马德里：西班牙共产党的重建（1939—1945）》里查阅到一段简短但十分有意思的叙述，该书因发行问题本身就几乎是地下的，我能读到它多亏了朋友卡门·多明戈送给了我一本。

---

① 费尔南多·埃尔南德斯·桑切斯（Fernando Hernández Sánchez）：西班牙历史学家，马德里自治大学教授，专攻西班牙内战及西班牙共产党历史。著有《无党的共产党员：赫苏斯·埃尔南德斯，内战中的部长，流亡中的异己者》（*Comunistas sin partido：Jesús Hernández, ministro en la Guerra Civil, disidente en el exilio*，2007）、《战争或革命：内战中的西班牙共产党》（*Guerra o revolución. El partido comunista de España en la Guerra Civil*，2010）、《共和国的垮台》（*El desplome de la República*，2010）、《铅弹岁月：佛朗哥统治初期西共的重建（1939—1953）》（*Los años de plomo. La reconstrucción del PCE bajo el primer franquismo 1939—1953*，2015）。

有关"二战"期间在马德里展开的紧张外交活动的信息再次来自我的另一本"经典书籍",哈维尔·莫雷诺·胡利娅教授的《蓝色师团:洒在俄国的西班牙鲜血》。不过我只在"二战"期间霍尔的紧密合作者汤姆斯·彭斯①的儿子吉米·彭斯·马拉尼翁的《间谍父亲》一书里,发现了霍尔于1944年10月16日发给英国外交部备忘录这一惊人消息。至于另一个父亲,弗朗西斯科·佛朗哥的父亲,是多年前的一个晚上诗人安赫尔·冈萨雷斯②告诉我的,剧作家哈伊梅·萨洛姆③成长于尼古拉斯先生位于马德里的住家附近,多年来一直在那些邻居间收集尼古拉斯的信息。他的回忆录是关于这个奇特人物所有故事的首要来源,一些书,不多,甚至推荐了它。

---

① 汤姆斯·彭斯(Thomas Ferrier Burns,1906—1995):英国出版商、报业主编,20世纪中叶英国天主教报业界的重要人物。1941—1945在英国驻西班牙大使馆担任一秘和新闻主管,从事情报工作,是霍尔的得力助手。1944年与西班牙著名医生、作家、历史学家马拉尼翁(Gregorio Marañón,1887—1960)的女儿玛贝尔·马拉尼翁(Mabél Marañón)结婚,育有三个孩子,其中一个即吉米·彭斯·马拉尼翁(Jimmy Burns Marañón,1953—)。作为马拉尼翁的外孙和汤姆斯·彭斯的儿子,吉米·彭斯是著名足球记者,为《金融时报》《伦敦观察家报》《经济学家》等撰稿。出版了《失去其英雄的土地》(*The Land that Lost Its Heroes*,1987)、《马拉多纳,上帝之手》(*Maradona, la mano de Dios*,1997)、《巴塞罗那俱乐部:一个民族的激情》(*Barça. La pasión de un pueblo*,1999)、《当贝克汉姆来西班牙》(*Cuando Beckham llegó a España*,2005)。

② 安赫尔·冈萨雷斯(Ángel González Muñiz,1925—2008):西班牙"50年一代"诗人,1956年发表第一部诗集。1985年获得阿斯图里亚斯王子文学奖(Premio Príncipe de Asturias de las Letras)。1996年当选西班牙皇家学院院士,并被授予伊比利亚美洲索菲娅王后诗歌奖(Premio Reina Sofía de Poesía Iberoamericana)。

③ 哈伊梅·萨洛姆(Jaime Salom Vidal,1925—2013):西班牙剧作家、医生。西班牙政治转型开始时,他的作品以更加清晰的方式对现有政权进行批评,在《公鸡的短暂飞行》(*El corto vuelo del gallo*)这部关于佛朗哥的父亲尼古拉斯生命的最后岁月的剧作里重塑了一些历史人物和事件。

这部小说有大量的小细节取自许多不同的作品，但其中一部值得提及。有关弗朗西斯科·安东被排除在西共领导层之外的那场诉讼的确切日期，我在记得读过的相关主题的所有书籍里寻找之后，已经不期待找到它时，在圣地亚哥·卡里略最近写的有关"热情之花"那本书的年谱里遇到了它。安东在该书文本里被经常提及，但从未作为其女主人公的伴侣，也没有出现在任何一张照片中，虽然有一张胡利安·鲁伊斯的整页照片。不过在作为附录出现的年谱里，在多洛雷斯生命的关键日期中间注明了安东的政治垮台，始于1952年年末，止于1953年年初。或许可以认为那是一次失言，是作者记忆力隐秘区域的一个策略。但这也是"热情之花"想表现在自己身上的一种对真相的忠诚，对事实上超越她本人的那段爱情真相的忠诚。

《伊内斯与欢乐》是一部关于进攻阿兰谷的小说，是从1944年10月越过比利牛斯山、准备把自己的祖国从法西斯独裁统治下解放出来的那些人的角度撰写的。他们不知道与其命运交汇的有什么利益、算计及个人野心，但从未怀疑自己的目标是什么。

我原本可以选择另外同样有趣的视角，例如蒙松的视角，他有自己那部分道理，或西共政治局的角度，也有蒙松缺乏的那部分道理，但任何其他视角都不会这么公正。

任何别的角度也不会这么感动我。

阿尔穆德娜·格兰德斯

马德里，2010年5月